单田芳自选集

# 大唐惊雷

单田芳 著
单瑞林 整理

中国工人出版社

**图书在版编目（CIP）数据**

大唐惊雷 / 单田芳著；单瑞林整理 .—北京：中国工人出版社，2013.12
（单田芳自选集）
ISBN 978-7-5008-5701-3
Ⅰ.①大⋯ Ⅱ.①单⋯ ②单⋯ Ⅲ.①长篇历史小说—中国—当代 Ⅳ.①I247.5
中国版本图书馆 CIP 数据核字（2013）第 303216 号

大唐惊雷

**出 版 人** 李庆堂
**责任编辑** 陈 亮
**责任印制** 栾征宇
**出版发行** 中国工人出版社
**地 址** 北京市东城区鼓楼外大街 45 号 邮编：100120
**网 址** http://www.wp-china.com
**电 话** （010）62350006（总编室） （010）62005039（营销出版部）
（010）82075934（社科文艺分社）
**发行热线** （010）62005049 （010）62005042（传真）
**经 销** 各地书店
**印 刷** 北京市密东印刷有限公司
**开 本** 710 毫米×1000 毫米 1/16
**印 张** 31. 25
**字 数** 580 千字
**版 次** 2014 年 7 月第 1 版 2018 年 8 月第 4 次印刷
**定 价** 45. 00 元

# 目录

# 第一回

## 持正秉公李世民监国
## 奸情败露二奸妃诬告

公元618年，唐朝建立，唐朝的开国皇帝就是唐高祖李渊。李渊原来是隋朝的官员，任太原留守史，趁着天下混乱，他夺得了大权，做上了唐朝开国的皇帝。

虽然他做了皇上，三宫六院，嫔妃成群，吃喝不愁，但是呢，身体不由得他做主，想当初，他落下病根，浑身都是病，到了晚年，耽于酒色，荒淫无度，把身体搞垮了。身体是一切的根本，再大的英雄，身体不给做主，什么也做不了，所以李渊十分苦恼。在武德九年的时候，李渊一病不起，国家这么多的事情，一日不可无主，他病起来了，朝政归谁执掌啊？国家归谁管理呢？经过再三思索，他决定暂时由他的次子秦王李世民掌管大权。

这天他带着病，升坐八宝金銮殿，文武百官到齐。李渊当众宣布："朕年老体衰，需要调理，在此期间，由秦王李世民全权监国，他就代表朕，处理国家一切事务，你们必须听他的，有敢蔑视秦王者，杀无赦！"

他把腰里的玉带解下来，当众赐给秦王李世民。李世民跪倒谢恩，接管了大权。从这天开始，李渊就到后宫养病去了，李世民掌管着政治、经济、军事大权。李渊一共有四个儿子，长子李建成，次子李世民，三子李元吉，还有个老儿子叫李元霸。听过《隋唐演义》的人都知道，要讲能耐最大的，是四儿子李元霸，可是呢，李元霸年轻的时候就夭亡了，就只剩下仨儿子。这仨儿子当中，李渊最信任、最疼爱、最看重的，就是秦王李世民。这李世民不仅英俊潇洒，而且颇具才干，胯下马掌中刀，能包打前敌，提起笔来，能处理国家的政务，文武全才，声望甚高，文武百官无不敬服，所以李渊的这一决定，是符合大家的愿望的。

自从秦王李世民接管大权之后，不敢有丝毫的懈怠，每天早出晚归，日理万机，忙得不可开交。

最近这一段时间，李世民听到许多风言风语，说这个后宫里边不干净。所谓的不干净，不是说卫生方面不干净，而是指的男女私情，不知道怎么透露出来了。李世民听完就一皱眉，心说：这是宫廷重地，不能胡来！我光在外头转悠了，在我爹有病期间，一旦宫廷里头出现什么丑闻，我们父子颜面无光，传出去好说而不好听！我抽出时间得到内宫察看察看。

这天，李世民先到校军场检阅三军，忙了一天，吃过晚饭之后，让人提灯进了内宫，先到寝宫看望他爹。李渊最近一个时期，身体大有好转。怎么好转的呢？您想，现在李渊自己住到一个院里头，一个人安心静养，跟后宫的嫔妃一概不接触，再吃上补药，护理得又精心又及时，所以李渊康复得非常快，精神头也挺足。秦王李世民一看非常高兴："皇父，我看您的气色比前些时强多了！真是老天庇佑。祝愿皇父早日康复！"

"哈哈！世民哪，你说得不错，我也觉察到了，最近我的身体非常好，照这样，到月末我就可以升殿理事了。"

"皇父，愿您早日康复！"

李世民坐下，把最近朝堂内外的事情向他爹做了汇报。李渊一听，非常高兴。可坐了那么一会儿，李世民怕他爹疲倦，起身告辞。等李世民离开寝宫，要离开皇宫的时候，他发现点特殊的事。这天已经黑下来，暮色苍茫，他突然发现两个男人鬼鬼祟祟，贼头贼脑，一晃就没影了。李世民一愣，心说：怪事！莫非我眼差了没看准？不对！看得清清楚楚，这是什么人？后宫之中除了爹是男人之外，并无其他男人，明明看到两个男子，而且瞅着那么眼熟，那么是谁呢？他们办公事吗？不是，公事何必鬼鬼祟祟呢？再说现在也不是办公的时候，这里也不是办公的地方。哎呀，想起来了，怪不得外间风言风语，说内宫不干净，今儿个叫我撞上了！我要查他个水落石出！

秦王想到这儿，高抬腿轻落足，奔前边就下去了。到前边抬头一看，一座宫门，上头悬着匾额，三个烫金的大字：庆衍宫。他知道，庆衍宫是他父亲的爱妃张娘娘、尹娘娘居住的寝宫。这宫里头怎么有男人？莫非我真看错了？

他正疑惑不解的时候，就听宫门开了。李世民赶紧闪身躲到一棵树后，注意观察。就见这门先开了一道缝儿，待了那么一会儿，门又开得大了一点，从里边出来个小太监。这小太监头戴尽忠帽，身穿尽忠服，手里拿着个苍蝇刷，长得胖不嗒的，能有个十五六岁。就见这小太监迈步出来，反手把门关上，东瞅瞅西瞧瞧，也是探头探脑，鬼鬼祟祟。李世民恍恍惚惚记得，他是庆衍宫的一名小太监，叫小六子，心说：这小子干吗呢？我要察看清楚。

想到这儿，李世民迈步奔这小六子就来了。等来到他近前，小太监才发现："什么人？"

他一看，来人正是秦王李世民。把这小太监好悬没吓死！腿肚子都转筋，“扑通”就跪下了：“我当是谁呢？闹了半天是秦王！”

李世民一摆手，那意思让他低点声音。

“我且问你，你是叫小六子吗？”

“奴才正是！”

“你在这干什么呢？”

“我，回秦王，今天晚上是奴才值班。”

“噢！你值班？我且问你，方才有两个男人进了庆衍宫，是谁呀？”

“这……”

小六子这汗滴滴答答就滚下来了：“回秦王，您看错了吧？没有这么回事儿。”

“胡说！本王看得清清楚楚，你怎敢狡辩？如果不说实情，一旦让我查出实情来，我要你的小命！”

“哎呀！王爷饶命！我说……”

“那是谁？说！”

“唉！是您哥哥李建成，是您兄弟李元吉，是尹、齐两位王爷。”

“噢！怎么？是尹王和齐王①？”

“一点不错。”

“他们到这儿干什么？”

“那我就不清楚了，奴才也不敢问。”

“他们现在何处？”

“就在庆衍宫里边，陪娘娘说话呢！”

哎呀，李世民心里一翻个儿，他对他哥、他兄弟的脾气秉性是了如指掌，可以这么说，尹、齐二王，天生就是酒色之徒，到庆衍宫来，肯定没请示皇上，偷偷地进宫，犯了禁条，犯了不赦之罪！另外又想到张、尹二妃，出身本就不好，这两个女人就不是好东西呀！由于身份和地位的关系，秦王李世民不便多说，因为那是爹眼里的红人，爹爹爱如掌上的明珠，做儿子的怎好说别的？难道……

李世民不敢往下想了，就觉得脸上发烧，浑身发热，不由得怒火中烧。李世民心说：既来之，则安之，我一定查他个水落石出！他跟小六子说：“小六子，没你的事，你不必害怕，赶紧闪退一旁，本王要进宫察看！”

---

① 尹王、齐王：隋炀帝时期，为了笼络李渊，炀帝给他的四个儿子封了王，李建成是尹王，李世民是秦王，李元吉是齐王，李元霸是赵王（李元霸历史上名为李玄霸，后来因为避康熙帝玄烨的讳，改为李元霸。历史上的李元霸是老三，比李元吉要大，早夭），故此处也用此称谓，不过当时李建成实际上是太子。

“王爷，这么晚了，诸多不便，您还是回府休息去吧！”

“休得胡言！”

李世民怕他通风报信，把这小六子领到树后去，让他把裤腰带解下来，把这小六子给捆上了，然后又把他袍服里头那里子给撕下来了，团了团，塞他嘴里头，告诉小六子：“老实待着，一会儿我再放你。”

这小六子一句话也说不出来了。李世民全安排完了，转身推开庆衍宫的宫门，这就进去了。这宫殿五步一楼，十步一阁，正中央太液池，里边养着鱼，花草树木郁郁葱葱，一股香味扑鼻，特别是几大盆晚香玉飘来的香味，让人闻一鼻子，五脏六腑都觉得那么舒服。李世民不是看景来的，他是有事，沿着游廊走到正殿，天已经很黑了，屋里掌着灯，天气比较热，门窗都开着，里面挂着虾米须的软帘和斑竹的门帘，所以黑天从外往里看，看得是清清楚楚！李世民还没到近前，就听见男女说笑的声音，而且是胁肩谄笑，极不正经。李世民端带撩袍，轻轻上了台阶，来到门首，隔着这斑竹帘子往里头观看。不看则可，这一看，把秦王李世民臊得把脸就背过去了！为什么？里边太下流了！不堪入目！

他看见什么了呢？先说这个宫殿里的摆设，那是金碧辉煌，正中央放着一张大软床，那垫子比海绵还软乎，南绣平锦的。这床是又宽又大，正中央摆了一张方桌，他就看见哥哥跟兄弟，衣服已经款掉了，每人的怀里抱着个女人。再看这两女人，描眉打鬓，擦粉戴花，收拾得十分妖艳，外衣已经款掉，每人穿着兜肚，高高的束胸，白白的脖子，那膀子溜光水滑，跟藕差不多少，倒在两个人的怀里，是亲亲啃啃，打打闹闹。

李世民一看，正是他哥哥跟他兄弟和张、尹二妃鬼混在一起。您想想，这辈它不一样，张、尹二妃是李渊的爱妃，怎么能叫儿子搂着呢？人得讲个人伦，不能胡来！作为皇家，出现了这种事，这是国耻啊！李世民尽管知道哥哥、兄弟十分荒唐，但没想到他们堕落到这么严重的地步，他心说：哥哥！贤弟！你们贵为王爷，妻妾成群，你们要喜欢此道，民间不有的是地方去？你们爱怎么折腾怎么折腾，怎么居然跑到禁宫来胡闹，这要传到爹的耳朵里，得把他老人家活活气死！要传到外间，这就是国耻！

秦王李世民不仅脸上发烧浑身发热，这心“噔噔噔噔”也跳成了一个儿了，突然间，他剑眉倒竖，虎目圆睁，心说：我迈大步进去，把这四个畜生给按住，然后把他们杀掉！但又一想：抓住他们了，处以极刑也有那权力，那爹肯定得问：世民哪，你为什么把他们处以极刑？

我怎么说？我要不说实情，不可能，说实话，我爹照样生气。再者一说了，建成、元吉是自己一奶同胞，说句粗话，一条肠子爬出来的，我怎忍心要了他们的命！再可恨，我也下不了这个毒手！况且外间传闻，都说我们哥几个为了争权，是你死我活。知道情况的，他们不是人，应该明正典刑，不了解情况的，就认为我秦王李世民为了篡夺皇位，非常残忍地把一奶同胞给杀了！到了那时，我是有口难辩！怎么办呢？李世民左右为难。难道说我不管，我就听之任之，一走了之，任凭四个人胡来？不行！有那么句话，叫奸情出人命，将来他们四个打得火热，再做出什么不轨的事情来，对大唐朝的江山社稷十分有害！也不行，这……哎呀，急死人也！

正因为李世民是十分精细的人，所以这么为难。要换个旁人，换个大老粗，就想不了这么许多，管你怎么地，推门就进屋！李世民他不是那种人，思前想后一低头，看见腰里系着那条玉带。这玉带是百宝串成，爹爹当着满朝文武赐给自己的，那抬高了自己的身份，表现了无比信任。李世民心说：我不如把这玉带解下来，挂在宫门，以示警告！当你们发现之后，就知道我已经来过了，也就是说你们做的这些事情，我都知道了，你们一害怕，就有所收敛，以后就不敢胡来了，你们之间这段事情，就自消自灭，最好是收到这个效果。

李世民想到这里，把玉带挂上，再不想多看一眼，拂袖而去。到了庆衍宫外，把那名叫小六子的太监给放了，愤愤离去。单说这小六子，这回得释放了，越想越害怕，心想：我得到里边送信去！

他撒脚如飞，进了庆衍宫，到屋就跪下了："王爷！娘娘！大事不好了！"

这两男两女沉迷在酒色之中，正高兴呢，建成、元吉喝了七成醉，醉眼乜斜，搂抱着张、尹二妃，正在高兴的时候，小六子这一句话，如同冷水泼头一般，把四个人当时就吓愣了。李建成圆睁双眼："你说什么？"

"王爷，大事不好了！"

"他妈的有话快说，有屁快放！出什么事了？"

"刚才，他来了！"

"他是谁？"

"秦王李世民！"

哎哟！四个人吓得容颜更变，"唰！"，那脸都绿了！方才那股高兴劲儿早跑到了九霄云外。什么原因？李世民是监国的亲王，掌握生杀大权，在爹面前说一不二，他肯定知道这个事了，要到爹面前这一奏报，爹一瞪眼，谁都活不了！要了命了！

"哎呀！要了命了！奴才，你怎么不早说！"

"唉，回王爷，我让秦王给逮住了，嘴里塞了东西，手脚被捆，我想来也来不了！"

"哎哟！糟糕糟糕！"

他们赶紧把衣服穿好了。李世民走了，难道说没留下什么东西？他怎么一句话也没说？所以四个人进行检查。结果在门上一看，挂着一条玉带，摘下来仔细一看，百宝串成，认出来了，这是爹佩戴的玉带，给了李世民，说明小六子没说瞎话，千真万确。他为什么把玉带挂在门上，没进来？四个人就胡琢磨。

还是张妃心眼比较多，张妃琢磨琢磨："啊！我明白了。王爷不必害怕，不会有事。"

"何以见得？"

"您想啊，李世民来是有目的的，诚心堵咱们来了。也该着这个事败露，小六子这孩子也不懂事，结果让他给逮着了。那么李世民进来之后，你我正在高兴之时，并未察觉，李世民全看见了。根据他掌握的权力，完全可以进来，下令把我们四个人抓起来。他为什么没那么做呢？我猜出他的心理，他有点不忍下手，毕竟你们是一个妈养的，毕竟皇上现在在养病期间，他怕气着皇上，所以不希望这个事情张扬出去。挂玉带的目的，这是警告咱们有所收敛，让咱们今后慢慢地杜绝此事，他是这个意思。所以，我猜测，他绝不能禀明皇上。不信问小六子，秦王奔哪个方向去了？"

"回娘娘，他是离开皇宫，可能回府了。"

"怎么样？我猜得不错吧！他要向皇上禀报，他得往里边走，他能离开皇宫大内吗？所以说三位也不必害怕。"

"噢！"李元吉长叹一声，"话虽如此，我们的事情已经掌握在他的手中，也就是说你我四人的小尾巴，让李世民攥住了。虽然现在没败露，迟早有一天他也得说出去，一旦老皇上我爹不在了，李世民登基坐殿，咱四个还好得了吗？一个也活不成！人无远虑，必有近忧啊！我劝你们不要高兴得太早了。"

"是啊！说得是，这怎么办？"

"小六子，你先退出去，不让你进来，你先不要进来，不让你离开，你千万不能离开，不然，剥了你的皮！"

"是！奴才遵命。"

小六子退出去了，剩下四个人凑到一起，研究对付秦王李世民的办法。三个臭皮匠，凑成个诸葛亮，他们商量来商量去，到底是李建成鬼点子多："有了！"

那三人一听，算抓住了救命稻草。

"那你说有什么好主意？"

"有道是不毒不狠不丈夫！你们听我的，李世民没抓咱们，算他倒霉，这叫时也运也命也，咱不能听之任之。先下手的为强，后下手的遭殃，咱们倒打一耙，反咬他一口，来个移花接木，栽赃陷害，让他浑身是口，难以分辩！"

李元吉一听："我说哥，你说得净文词，就说大白话得了！到底什么主意？"

"是这样，我说俩美人啊，这事就得辛苦你们二位。老实说，我爹心目之中，对你们两个人是非常宠爱，所以你们两个人说话还是有分量的。从现在开始，你们二人别闲着，把头发披散开，把那脸抓几条子，把衣服扯得一条一条的，最好做点伤，我们哥俩儿先走，你们俩马上起身，赶奔我爹的寝宫。到了寝宫之后，你们就去告状打官司，你们就说李世民利用查后宫的名义，闯进庆衍宫，对你们强行无礼，幸亏你们俩坚贞不屈，把李世民吓走了，在爹的面前狠狠告他一状，利用爹的手，除掉李世民，你们说这主意怎么样？”

“好！真是好主意！”

李元吉说：“虽然损点，可这人逼到劲头上，有几个不缺德的？良心丧于困地，也只好如此了！”

李建成、李元吉两个先溜了，庆衍宫剩下张、尹二妃，两个人思想波动，激烈地斗争，这个事这么办，成还是不成呢？心里没底呀！最后一咬牙一横心，把头发抓得散乱，一咬牙，又拽下几绺来，然后照镜子看看脸蛋。这俩女人，长得十分妖艳，把李渊给迷得神魂颠倒。

这俩女人原来是隋文帝杨坚的宠妃，杨坚也好这个，她们十四五岁就进了内宫。隋文帝杨坚死了之后，隋炀帝杨广继位。杨广一看，他爹留下这俩小老婆，长得怪水灵的，干脆连江山带美人一块搂着吧！他又加封张、尹二妃为东西二宫。现在隋朝垮了台了，换了大唐朝，李渊也是个酒色之徒，李渊在清理后宫的时候，发现这俩女人，一看，长得真不错！干脆也划拉着吧！他又把两个人留在内宫，成为宠妃。其实说白了，就是泄欲的工具。现在李渊有了病了，这俩女人也不闲着，又跟李渊的儿子李建成、李元吉鬼混在一起，真是水性杨花，绝非善类。现在她们要害人，害人就得做伤，假的弄得跟真的一样。

按照李建成出的主意，把青丝抓下几绺来，这脸蛋上得做点伤，胸脯也得做点伤。她们一横心，把粉面挠了那么几条子，顿时那血就淌下来，把她俩疼得直蹦。最后把胸脯上又挠了几条子，血迹斑斑，把内衣撕得一条一条的，最后跟活鬼差不多少了。她们一看，伤做得不大离儿了，然后命总管太监进来。总管太监进来一看，好悬吓得没叫妈！心说：这怎么回事儿？张、尹二妃交代，把庆衍宫所有的宫女太监都集合起来，然后当众训话。这张娘娘说得挺清：“你们听着！今天庆衍宫里发生了一件事情，你们知道也假装不知道，不管任何人问起任何事情，你们是一问三不知，神仙怪不得！哪个人歪歪嘴，要走漏消息，多说一句废话，我要你们的命！活活地把你们打死！”

当下人的谁敢说？都知道这俩女人毒如蛇蝎，所以连连点头：“娘娘放心，我们什么都没看见，我们什么都不知道！”

“好！我要的就是这句话！将来我对你们都赏赐。”

全交代完了，她们拿着那条玉带，哭着赶奔内宫去找李渊，这都是同一天晚上发生的事。

李渊最近身体调理得非常好。他盘算着：到月底，我就可以升殿理事了。所以吃完药之后，他就睡下了，大殿里非常静。

在似睡非睡这么个时候，他就听见外头有脚步声音，紧跟着听到哭声。李渊眼没睁开，心里盘算：我是做梦啊？还是真事？谁这么大胆子跑这儿哭来？怎么走路这么仓促？难道就不知道犯下惊驾之罪吗？

李渊正想着，张、尹二妃推门进来："皇上救命啊！"

"救命啊！"

"扑通！""扑通！"二位妃子跪倒在龙榻之前，一下子把李渊惊醒了。李渊欠身一看，吓了一跳，心说：这眼前活见鬼！这是谁呀？血呼啦的。仔细一看，认出来了，正是张、尹二妃！李渊这心就翻了两个个儿，心说：这是怎么回事儿？李渊可吓坏了，这阵儿也忘了自己有病了，晃悠着就坐起来了："你们这，这是怎么回事儿？"

张娘娘先说："万岁爷，我们活不了了！求您给做主！"

"发生什么事了？因何造成这般模样？"

"万岁，我们不敢说。"

"唉！不敢说，你们又哭又喊，跑这儿来干什么？快据实讲来！"

尹娘娘说话："万岁爷，是这么回事儿，今天晚上有个人闯进庆衍宫。我姐姐正在沐浴的时候，他闯进来了，见我姐姐容貌甚好，他就起了淫心，过去把我姐姐按到龙榻之上，要强行无礼。说起来，我姐姐真节烈呀！就是不从！跟他厮打在一处，你看那脸，你看那身上，全是被那个人给挠的。姐姐真是好样的！拼命地呼救，把嗓子都喊哑了，吓得那些宫女太监四散奔逃，不敢靠近。幸好是我看望我姐，一脚门里一脚门外，亲眼目睹，我就急了，我说：'你是人吗？你怎么干出这种事来？我要报告给皇上！来人哪！'我这一喊来人，他害了怕了，所以转身逃走了。"

"噢？"

李渊是一代君主，怎能想象在皇宫大内，三尺禁地，竟发生这种事？而且发生在爱妃身上。听了这话，李渊简直是五雷轰顶一般！眼睛瞪得溜圆，呼呼喘粗气。他就问："这人是谁？谁这么大胆子？"

"万岁，不问也罢！"

"废话！我要不弄清楚，这还得了！他是谁？"

"我们不敢说。"

"不敢说？莫非他有三头六臂不成！说！"

"是，请，请万岁爷息怒，这个人就是你最喜欢的二儿子李世民！"

“啊?!”

李渊做梦没想到是李世民！他惊呆了半晌，没说出话来。他不相信自己的耳朵，不相信这是真的。因为李世民自己心爱的儿子，从小看他长大，李世民为人处世，道德规范，当爹的心里有数啊！世民绝不是那种人，这简直是胡说八道！

“什么？你们敢欺骗君主不成!”

“万岁呀！要不我们不敢说呢！怕说出来你不信！我姐姐受辱，是我亲眼目睹，我以人头担保！万岁爷，不信您看看这个!”

说着，把李世民挂在宫门那条玉带往上一献。李渊伸手接过来一看，正是自己的宝带，给了李世民。除了李世民之外，旁人没有了！人证物证俱在，铁证如山！不容他不信。李渊心说：世民，儿啊！爹看走眼了！没想到画龙画虎难画骨，知人知面不知心，闹了半天你是披着人皮的豺狼，你是猪狗不如的畜生！你在我的面前温文儒雅，嘘寒问暖，百般孝顺，背后你是个畜生！

李渊是肝胆皆裂，“哎呀”一声，人事不省。俩妃子一看，行了，看这样，李渊是坚信不疑了，赶紧就喊:“来人哪！来人哪!”

皇宫大内的总管太监叫马元启，闻讯赶到，请御医，扎针灸，按人中，拔罐子，捶打后背，摩挲前胸。经过一阵紧急抢救，李渊“咯喽”一声，才明白过来。

“啊！哎呀！气死我也!”

一看周围都是人，李渊不便多说，一挥手，让他们都退出去，把张、尹二妃留在床前。李渊毕竟有大将的风度，自己解劝自己，尽量叫气血平和，然后喘着粗气他问:“这件事情都有谁知道?”

“外人不得而知，发生在内宫里的事情，谁能知道?”

“好啊！你们切记，家丑不可外扬，传出去，对你们，对朕，没有好处，你们懂吗?”

“是啊！我们跟谁都没敢说，就来启奏圣驾。”

“保密！千万保密！此事朕自有处理的办法，交给朕吧！你们受委屈了，回宫养伤休息去吧!”

“陛下，世民毕竟是您的儿子，人非圣贤，孰能无过，陛下不要太生气了。这个事我们又不能不说，不能不讲，不说就犯下欺君之罪，但是请陛下息怒，千万别处置秦王李世民!”

# 第二回

## 众臣保本辞官职
## 二将情急请老程

李渊都气坏了，浑身颤抖，体如筛糠，冲她们两个人一摆手："朕自有主张，你们退下去吧！"

张、尹二妃一看，差不多了，这个事情适可而止，多说一句，露馅了，少说一句，火候没到。两个人擦擦眼泪，跪安之后，退回庆衍宫。

单说李渊，气炸连肝肺，锉碎口中牙，一直等到天要快亮了，他吩咐一声："来人哪！"

总管太监马元启从外边进来了："万岁爷，您有何吩咐？"

"朕要登殿理事！"

"啊？万岁爷您的龙体欠安，怎么突然要升殿？"

"不必多说！龙冠龙袍伺候！"

"我的万岁爷，您的身体如此虚弱……"

"不要说了！准备！"

吓得马元启抖衣而颤，马上命人服侍皇上。这升殿能跟内宫穿得一样？得身穿大典的衣服，里一层外一层的。李渊在这儿收拾着，马元启马上命殿头官到外头打招呼，这收拾着，外边龙鼓就响上了，三声惊钟响，六声御鼓催，向满朝文武发出信号，皇上要升殿理事。

钟鼓之声在长安城上空飘荡。在京的文官武将一听，哎哟！多少日子钟鼓不响了，今儿个怎么响起来了？看来皇上要上早朝，处理军国大事。谁敢迟到？因此赶紧收拾朝服，上轿的上轿，骑马的骑马，赶奔午朝门，越聚人越多，大家交头接耳，都不知道发生了什么重大的事情。时间不大，朝门大开，文官在东，武将在西，按照品级和官位的高低，分成两排，鱼贯来到含元殿。

到了里边一看，皇上已升坐九龙口，秦王李世民带头跪倒在地，三呼万岁，行了大礼，然后各立西东。百官远的看不清，离得近的看得挺清，一瞅皇上，吓了一跳！为什么？李渊都有点脱了相了，不像是李渊，原来多饱满，将军肚，脸皮红扑扑的，二目有神，锃明刷亮，说话都有膛音，一走起路来，肩膀直晃，何等的威风！再看现在，老了能有二十年！胡子眉毛全白了不说，佝偻着个腰，端着肩膀，骨瘦如柴。再看那气色灰中套暗，暗中套青，百官这心头就一颤，心说：够呛！皇上都这模样，升殿干什么？挨得近的，发现李渊浑身颤抖，两只手扶着御案抖晃个不停，看这个劲头，就知道有特殊的大事，不然皇上不能升殿。因此含元殿里一点声息都没有。

李渊坐到那喘了半天气，尽量把气血平和，传旨："宣秦王李世民。"

说话都没底气了。殿头官遵旨，高声喝喊："奉天承运，皇帝诏曰，宣秦王李世民近前问话！"

李世民就在旁边站着呢，他也不明白，为什么他爹突然宣布升殿？虽然爹身体见好了，但是离着升殿理事还有一段距离。李世民没想到有人要害他，赶紧出班跪倒在地，三呼万岁："儿臣参见皇父万岁万岁万万岁！"

李渊手扶御案，探身往下看了看，就像不认识李世民似的。他仔细一看，这二儿子长得真水灵！束发金冠，顶梁门一颗夜明珠，闪闪发光，再看李世民身穿南绣平锦大红袍，腰里系了根丝带。怎么系丝带呀？玉带挂到宫门了，又换了一条带子。往脸上一瞅，英华满面，是傲骨英风，那个眉毛、那个脸、那个鼻子、那个眼，五官端正，真是一表人才！当爹的能不喜欢这样的儿子吗？可是今天相反，越看越有气，越看心里越难过。李渊心说：嘿嘿！李世民，你长得是平头正脸，人模狗样，满嘴仁义道德，一肚子男盗女娼，你是披着人皮的豺狼！李渊这火就撞到脑门子上了，他真是想要跳起来过去，把李世民啃几口，但是出于君主的威严，他不能失态，尽量控制自己的情绪。

"世民哪！"

"儿臣在！"

"我且问你，昨天晚上你都到哪儿去了？"

"回父皇，昨天晚间我先给父皇探病，然后就回府了。"

"噢？回府了？哪儿都没去吗？"

"唉，儿臣哪儿也没去。"

李世民一听，怎么个意思？爹刨根究底的，其实我还去了庆衍宫了，那件事情我不能说，我要说，把我爹就气坏了！尤其这个场合，就更不能说。李世民只好违心地编瞎话："爹，儿的确哪儿也没去，离开您之后，我就回了秦王府。"

"你敢担保你说得不是谎话？"

"爹，儿说得是千真万确，不敢有半句谎言。那样我就犯了欺君之罪！"

“嘿嘿！好！好啊！哎，为父赐你的玉带哪里去了？”

突然这一问，李世民就一惊啊！心说：我爹怎么对这玉带注上意了？我那玉带挂到宫门了，警告那两男两女呀！可哪天他都不问，今儿个突然问自己带子的事，李世民真有点张口结舌。

“这，它……”

“说呀！玉带哪去了？因何不系？”

“回爹，儿突然听到钟鼓之声，手忙脚乱，为了服侍父皇，来得匆忙，把玉带落到府里了。”

李世民是被逼无奈，说了句违心的话。文武百官静静地听着，谁也不敢插言，不知道他们父子之间打的什么哑谜，都注意地听着。李渊显得格外平静，皮笑肉不笑：“嘿嘿！那玉带真落到府里了？”

“是落到府里了，挂在儿的床头上。”

“世民哪，你记准了吗？”

“记准了。”

“记清了？”

“清清楚楚。”

李渊突然就站起来：“是吗？既然你记得如此清楚，我这条玉带是怎么回事儿？”

说着，从袍袖里把张、尹二妃拿来的那条玉带往前一抖，“啪!”，扔到秦王的脚下。

“怎么回事儿？既然你记得清清楚楚、明明白白，落到府里头了，既然你记得真真切切落到床头上了，怎么落到朕的手里了？哼！怎么回事儿？”

百官吓得一哆嗦，一看皇上真急了，那身上，“突突突突”，不但抖动个不停，而且胡子撅起来多高！就像要吃人似的。李世民一看玉带，是大吃一惊！心说：这怎么回事儿？我把玉带挂在庆衍宫的宫门，怎么落到我爹手里头了？难道其中有变化？可李世民无论如何没想到张、尹二妃，建成，元吉串通一气，倒打一耙，他思想上毫无准备，因此被他爹这么一问一拿玉带，李世民也傻了！

“它，这……”

“说！怎么回事儿？说呀!”

“爹，儿可能忙得太厉害了，记忆有些不清，这何时把玉带失落的，我想不起来了。”

“好一个想不起来了！世民哪，我可是你爹！你是我最疼爱的儿子。难道你还骗我不成？我看你知我知，天知地知，就不必多说了吧！来人！把李世民王帽摘去，从现在开始，削去一切功名爵位，贬为庶人！金甲武士何在？”

“有！”

皇上升殿，下头排列着五百名金甲武士，是皇上的卫队，听皇上一招呼，进来八个，跪倒施礼：“参见陛下！”

“把李世民给我紧紧地捆上，推到午门，杀！”

金甲武士也一愣：“啊……”

“愣什么？马上执行命令！”

“是！”

金甲武士敢说什么？不容分说，拿过绳索，把秦王李世民抹肩头拢二臂，单三扣双三扣，捆了个结结实实，就推到殿下。李世民有口难言，光嘎巴嘴，你说怎么办？怎么翻这个供？怎么说？李世民就喊了一声：“爹爹！儿冤枉！爹，我请求您暂时先把我饶恕了，咱们爷俩儿找个地方单独谈谈，您看怎样？儿单独向您启奏。”

“不必说了！还有什么好说的？推出去！杀！杀了他！”

李世民一看，事到了如今，无话可谈了，心里全明白了，遭人陷害了！一定是这四个人狼狈为奸，串通一气，倒打一耙，指不定在皇上面前怎么说得！我爹偏听偏信，要置我于死地。这会儿要把家里那些丑事全端出来，丢人现眼，爹就得气死在八宝金殿，老李家顶风都臭八百里！不能再说了。看来情屈命不屈，该着我李世民得这个结果，这是天意呀！认命吧！

李世民再也不说话，任人推到殿外。再看这李渊把桌子拍得“啪啪”直响：“杀！快杀！”

文武百官一看，焉有不管之理？小官地位低，当然不敢言语，就拽那大官的袖子，那意思，你怎么还不说话？能看着秦王掉脑袋吗？怎么回事儿？糊里八涂地就把命给送了。这爷俩儿之间究竟是什么事儿啊？

中书令褚遂良官居一品，跟老主李渊有过命的交情，德高望重，只有他说话了。褚遂良赶紧迈步出班，高声喊喝：“刀下留人！”

喊过之后，跪倒在金阙之下：“万岁，刀下留人！杀不得！”

平时李渊见着褚遂良非常高兴，忠臣哪！这个人不仅德高望重，而且两袖清风，为大唐的建国，立下不朽的功勋，是功臣！说出话来，李渊从心眼往外那么爱听。但今儿个一看，他心里别扭，他一心要杀李世民，甭问，褚遂良要给李世民求情。他真想把褚遂良赶出殿外，但一想：别介！褚遂良不了解内情，这可以理解。

“卿有何本章上奏？”

“陛下！臣糊涂，臣不明白，陛下因何做出这种决定？想那秦王李世民，为大唐的江山社稷，为了开疆拓土，立下了不世之功！谁都知道，没有秦王，就没有大唐，他出生入死，跌爬滚打多少年，立下了多大的功劳！纵然秦王有过，或者犯了什么错，惹皇上生气，皇上也应该网开一面，高抬贵手，他犯了什么罪值得杀头？请陛下息怒，把秦王放回来，这才是正理。陛下开恩！”

褚遂良没说完呢，房玄龄也跪下了。房玄龄也是老臣，跟李渊是莫逆之交，现在虽然有君臣之分，但情谊还在。房玄龄大着胆子也跪下了：“陛下，褚大人所说一点不假，秦王为大唐立下了不世之功，纵然有过，皇上念及他功重如山，也应当饶他不死。请陛下开恩，赦免秦王才是！”

这俩人一带头，百官呼啦一下全跪下了，异口同声，要求皇上开恩，赦免李世民。有的胆大的还问呢：“皇上，臣等不明白，秦王究竟犯了什么罪了？您就决定把他处死。臣等糊涂！请陛下明示！”

可不是吗！你得说清楚为啥。嗬！李渊一听，这气大了！心说：你们起哄，仗着人多势众，给我施加压力。李渊冷笑一声：“众卿，朕问你们，我糊涂不糊涂？”

“陛下圣明！”

“我疯没疯？我傻没傻？”

“陛下您没有！”

“没有吧？那么朕平白无故，脑袋一热，就要杀自己的亲儿子，有这种道理吗？我杀有杀他的原因，斩有斩他的道理，我也不疯不傻，虎毒还不食子，何况人乎？你们不必追问了，朕心里清楚，李世民他不是人！他是畜生！我是非杀不可！任何人求情全都无济于事，尔等退了下去！”

“陛下开恩！”

“陛下开恩！”

李渊这气大了，到了现在，谁的话他也听不进去，谁给秦王求情他恨谁。他一看，百官这是起哄啊！文臣武将全跪下给李世民求情，这是跟自己对着干，不由得大怒：“不准！不准！就是不准！杀！杀杀！就是杀！”

大伙儿一看，李渊态度太坚决了，近似发疯，褚遂良、房玄龄带头把乌纱帽摘了，往眼前一放：“陛下，那好吧，臣等不再说什么了，愿陛下好自为之！臣等眼花耳聋，再不能服侍皇上了，愿退归故里，务农为业，请陛下恩准！”

“陛下，臣也辞职！”

“陛下，臣也辞职！”

接连有二三十个官员提出辞职，李渊大为震怒，心说：好啊！你们给秦王保本，朕不准，你们就以辞职来威胁，我能叫你们吓住吗？要叫你们威胁住，我皇帝的威严何在呀？李渊用手点指："好好好！你们不是愿意辞职吗？朕一律照准！回家去吧！走吧走吧！"

百官一看，李渊什么话也听不进去了，但是话已出口，没法往回收了，提出辞职的官员，不管是文官还是武将，摘掉纱帽，脱掉蟒袍，摘掉头盔，卸去甲胄，转身退出八宝金殿，大部分还在那跪着。李渊马上传话："你们想怎么样？你等辞官不辞？辞，快走！不辞，靠边站着！"

百官无奈，老老实实站起来，归班退在两旁。再看李渊吩咐一声："把天子剑取来！"

天子剑就是皇上佩带的宝剑，吩咐殿头官挂在九龙口，当众宣布："哪一个胆大包天，再给李世民求情的，一律同罪，杀无赦！"

大伙儿一看，皇上是真下了决心了，把天子剑往九龙口上一挂，谁还敢说什么？谁说杀谁。众人可就没咒念了，但是呢，作为京营殿帅的王君可，还是有点不甘心，王君可心说：不能看着秦王就这么掉脑袋。怎么办？求情是不敢了，看来唐高祖是非杀他儿子不可，只好变换话题。王君可二次跪倒："陛下，臣有话启奏！"

"王君可，你胆子不小啊！难道你没看见天子剑吗？"

"陛下，臣打死也不敢抗旨不遵。无论如何，我也不敢给秦王求情。"

"噢！不是为的这个，那么你说吧！你想干什么？"

"陛下，秦王看来犯下不赦之罪，因此陛下才要把他斩杀，肯定有一定的理由。既然陛下不明言，臣等也不敢追问，只是按照大唐律，人到法场，需要午时三刻才能开刀问斩，现在离这个时辰还相距甚远，臣等不求别的，只求皇上开恩，允许臣等祭奠法场，这个总可以吧？漫说秦王，就是普通的老百姓，也得三声炮响，人头落地，不知陛下允许否？"

百官一听，都跪下了："是啊是啊！求陛下开恩！"

"求陛下开恩！"

"这……"

李渊恨不能一下把李世民杀了，但是王君可这一提啊，他想起来：是啊！大唐例律规定得清清楚楚，犯了死罪，午时三刻开刀问斩，你再着急不能破坏这个规矩。因为这是在后方，这不是在前敌，在前敌情况特殊，那不受这个例律的约束，现在不行。自己亲手颁布的大唐律，自己能违反吗？哎呀！实在没有办法了，李渊点了点头："好！准奏！"

百官谢恩，下了八宝金殿，直奔法场。法场就设在午朝门外，再往外一看，御林军里三层外三层，守把法场，正中央是三尺高的断头台。现在的秦王李世民被五花大绑，绑在断魂桌上。李世民头低着，散发遮住的半张脸，失魂落魄，看那意思，一肚子冤枉。百官一商量，买点烧纸，买点祭品，准备点吃喝吧！别的能耐没了，可是再没能耐也得准备这些东西。有心机的人不是这么想，两个总兵官樊虎、连明问王君可：

“大哥，咱们就看着秦王掉脑袋？我说皇上今儿个怎么了？什么也听不进去，这，这怎么办呢？”

王君可长叹了一声：“唉！二位兄弟，我这也是下策，无非是缓兵之计。”

“那你打算怎么办？”

“我看现在没别的办法了，只有请一个人来，才能救秦王李世民。”

“哦？是吗？谁有那么大的能力？”

“咳！你看百官之中缺少谁？”

“缺……”

哎哟！两个人如梦方醒啊！缺谁呀？鲁国公程咬金，四哥没来！假如有四哥在这儿，皇上肯定得答应，哎呀！没想到这儿啊！还是王大哥聪明。王君可说：“我们现在去祭奠法场，你们两人抽时间赶紧去请四哥来，越快越好！”

“明白！”

“明白！”

“带马！”

樊虎、连明飞身上了快马，马匹一转头，“啪！”，一鞭子，“咵咵咵”就下去了，把街上的老百姓吓得是东躲西藏啊！不知道发生什么事儿了。眨眼之间，两个人到了西关里王府大街一号，到了鲁国公程咬金的府第。

说到这儿，咱得交代一下，程咬金为什么没来？原来老程现在享福了！享受特殊的待遇，建国之初，唐高祖李渊大封百官，兵、刑、工、吏、户、礼，六部九卿八大朝臣，挨个都封。后来封到程咬金，一张嘴就加封程咬金为鲁国公，他这朝堂之上，有那么十几位国公，这个官是最大的。公是爵位，那皇上之下，除了直系亲属，或者有特殊贡献的，封王，王之下封公，程咬金就是鲁国公，位极人臣，官居极品。

按理说，程咬金应该满意，可他这人脸皮特厚，旁人抹不开说的话，他敢说，旁人不敢做的事，他敢做，这就叫脸皮厚吃个够，脸皮薄吃不着。当李渊封完了之后，程咬金没谢恩，往跟前凑了凑，跟李渊商量：“万岁，回回手，回回手。”

李渊一听啊，这买菜呢？还带回回手的。

“王兄，你嫌官小？”

“唉！不小不小，鲁国公还小吗？位极人臣。臣的意思是说，你呢，再给我添点秤，饶点零碎儿。”

一句话把李渊也逗乐了：“王兄，我还真没经过这个。你说吧，我怎么添秤？”

“唉，就比方说那个，给我点特殊的待遇，特殊的权力什么的。”

唉，李渊琢磨琢磨，心说：程咬金这人有意思，的确立下很大很大的功劳。想了半天：“这样吧，除了鲁国公之外，你可以上殿不面君，退殿不辞君，你愿意来就来，愿意走就走，没有特殊事情，你不必上殿，这总可以了吧？”

“哎哟！谢主隆恩！嘿嘿，我说万岁，您真够意思！够朋友！不过还像少点什么。”

“啊？”最后李渊没词了，“那你说，朕还怎样加封你呢？”

“那你合计着办呗！没说吗？要点特殊的条件就行，跟旁人不一样，显示咱们君臣的关系特殊。”

“这样吧！国家没有斩你的刀剑，没有捆你的绳索，朕赦你不死，赐你七十二面免死金牌。比如你犯了死罪，你交回一面金牌，就等于你死了。再犯死罪，再交一面金牌，七十二面金牌使完了，从头再发放给你，这总可以了吧？”

“哟哟！多谢皇上，您太大方了！不错，臣一辈子忘不了您的恩典！我想这么办吧，您再回回手。”

啊？李渊心说，再回回手，我就脱袍让位得了，干脆你当皇上吧！后来叫程咬金逼得实在没辙了，这李渊也是高兴，敞开口又封了一大串，加封程咬金一把砍王的斧子，上管君王不正，下砍文武不忠，见官大三级，斧子上有八八六十四个棱，七七四十九颗星，砍一个王爷，去掉个棱，杀一个驸马，去一颗星。啥时候磨光溜了，重新再去领。

这程咬金这权力有多大呀！文武百官都妒忌了。但是讲功劳，谁也比不了程咬金，这就是以往的经过。因为程咬金受了皇封了，所以百官来，他可以不来，皇上没法治他的罪。这天程咬金也纳闷，就听见钟鼓齐鸣，老程心说：皇上升殿了？不是闹病闹得挺重吗？怎么好模好样地升了殿了？噢！大概有大事。多日我也没上朝，不如到那儿看个新鲜！

两个儿子程铁牛、程万牛就劝他：“爹，算了！皇上不是加封您了吗？没有特殊的事情，你不必上殿。不请你，你没必要去，您干吗呀？就在家好好歇着就得了。”

程咬金也是待懒了，听儿子说得有理，算了吧！所以他就没去，他也不知道要杀李世民。没去干什么呢？老程吃了点早点，后花园空气好，腆个大草包肚子到后花园。儿孙满堂啊！他往观武亭上一坐，把一家人叫过来了："唉！来来！过来过来过来！待着也是待着，闲着也是闲着，练练咱们祖传的斧子吧！练练我看看！"

程铁牛、程万牛练了一套，老程挺满意，后来他孙子小结巴嘴程千宗又练了一套，跟他爷爷那三斧子半，丝毫都不差。劈脑袋，小鬼剔牙，掏耳朵，捎带脚。程咬金乐得浑身的肉直颤："嘿嘿！行行行！咱们老程家后继有人了，我这点绝艺我孙子全继承了！"

一家人正在这欢欢乐乐的时候，樊虎、连明骑快马赶到，两个人从马上跳下来往里边就走。守门人一看，这二位是鲁国公过命的朋友，常来常往，无须通报，所以未加阻拦。两个人进来就问："我四哥在哪儿？鲁国公在什么地方？"

"啊，在后花园观武亭。"

这两个人一溜烟到了后花园，抬头一看，程咬金腆着草包肚子居中而坐，老程家一家子都在，不知道谈什么呢，一个个满面春风。樊虎、连明顾不得许多，迈大步来到亭子上头。

"四哥！大事不好了！"

"四哥！要出人命了！"

程咬金一听，吓了一跳："我说你们这是怎么了？什么事慌里慌张的？谁要出人命？"

"哎哟！我的哥哥，唉，你听我们道来！是这么这么回事儿……"

程咬金不听则可，闻听此言，"腾！"就站起来了，双目圆睁，倒竖虎须："哇呀呀呀！"

他叫唤开了，震得这个亭子"嗡嗡"都是闪回音。老程家一家子都听明白了，一个个面面相觑，真没想到皇上要杀秦王！程咬金也是着了急，还问："世民掉脑袋没？"

"废话！掉脑袋还找你来？黄花菜都凉了！"

"还没死？"

"没死呢！三声炮响，人头落地，现在百官都在祭奠法场，王君可王大哥让我们来的，你快去吧！你再不去全完了！"

"放心！没掉脑袋就死不了，这事包到四哥身上！也不是哥哥说大话，李渊他听我的，我们老哥俩儿多年的交情了，别看有君臣之分，我的话还是有分量的。我也不是吹呀！我到朝堂上一句话，皇上拉倒吧，这事就算了，李渊就得频频点头。"

"好！得了，冲您这一说，没事儿了！"

“他就得这样!”

“四哥，您说错了，我们方才跟你说得你听清了？今天皇上一反常态，褚遂良、房玄龄，德高望重，两个人宁愿辞官，都保不下本来，现在皇上是腰里揣铳牌，谁玩跟谁来呀！我说四哥，就你去了，也未必能保下本章来。”

“怎么？你们想使激 将法激我?”

“唉，不，绝没有这意思，不信哥哥你试试。”

“好嘞！就冲你们这句话，那咱就玩玩！看是他李渊厉害，还是四哥我说话算数！来呀！铁牛，给我准备斧子队，赶奔金殿!”

# 第三回

## 程咬金上殿保本
## 鲁国公斧劈宫门

樊虎、连明奉王君可之命，来请老四程咬金。程咬金别看嘴上那么说，心里其实预感到事情极其严重，他那么说呢，是吹牛皮，也是安定大伙儿的心，实际他内心做好了准备，再难也得把本求下来！总不能看着秦王掉脑袋。因为他跟秦王李世民关系太密切了！也知道李世民肯定是受人陷害了。但怎么陷害的他猜不透，但就算豁出老命，也得保秦王不死！程咬金暗下决心，还带着五百斧子队，带着俩儿子程铁牛和程万牛。

嚯！老程家这斧子队就出发了，跟旋风相似，眨眼之间来到午朝门。等老程来到午门一看，兵丁里三层外三层，围住法场，正中央断头台上捆的是秦王李世民，看来还没到时间。程咬金这才把心放下，从马上都下不来了，樊虎、连明、程铁牛、程万牛，过来十来号人，把老程从马上搀下来。程咬金通身大汗，百官一看："哟！来了！程老千岁来了！"

"鲁国公来了！"

"哗！"众人把老程给包围了："四哥您来了！"

"四哥您来了！"

"老国公您来了！"

"各位各位，我不一一问候你们了，来晚了来晚了！"

王君可就说："四哥，我们盼星星盼月亮，终于把您老人家盼来了！别人来都无济于事，秦王这条命，就在您老手心里攥着，您得想个办法！"

"唉！君可呀，放心放心，我跟樊虎、连明二位贤弟说得清清楚楚，我这一来，逢凶化吉，遇难成祥，没事没事！我先探探法场啊！你们把法场护住。"

老程说到这儿，一转身："铁牛！万牛！"

"在！"

"在！"

“把咱的斧子队拉进来，替这些御林军围住断头台，没有我的话，谁也不准靠近！谁要胆敢不听，拿斧子给我砍！砍死有我顶着！”

“喳！”

“是！”

“咵咵咵！”

斧子队开进来了。御林军一看，傻眼了，也不敢阻拦，都知道程咬金想当年那也当过皇上，在瓦岗山跺一脚，天下都颤三颤，摇三摇，谁不知道程咬金是当年的混世魔王大德天子？就唐朝这江山，有一半属于老程家的，那树大根深，德高望重。其实大部分御林军都希望程咬金能把本章保下来，睁一只眼，闭一只眼，把道路给闪开，让斧子队一个方便。再看斧子队把断头台护住，程咬金放了心，就那圣旨下来也没用！

程咬金迈步上了断头台，一看，李世民太惨了！好像魂都没了，低着头，散发遮着脸，声息皆无。程咬金心里十分难过呀！他是个热心肠的人，来到近前，拍了拍李世民的肩头：“世民！秦王！睁开眼睛看看，谁来了？”

李世民冤死了，满肚子话说不出来。爹怎么这么顽固？为什么就不听自己讲说？毫无疑问，是尹、齐二王，张、尹二妃，四个人联手陷害自己。不知道他们说了些什么，使父亲如此动怒，父亲不念父子之情，非要杀我不可！看来今天是必死无疑了！干脆我什么都不说了，时也！运也！命也！这就是命！因此李世民闭着眼睛在这等挨刀，迷迷糊糊的时候，听耳边有亲切的声音，睁开眼睛一看，哟！正是鲁国公程咬金，他跟程咬金是忘年交，两个人的感情至好。有道是不见亲人不落泪呀！李世民一看程咬金来了，眼泪滴答下来了：“老国公是您！”

“是我啊！世民呐，怎么回事儿？你怎么把你爹气成这样？我相信皇上不是糊涂的人，他做出这种决定，肯定有特殊的原因，能不能跟我说一说？我好给你上殿保本求情。”

“这……他……”

李世民本来想说，但是话到嘴边，又咽下去了，为什么？他知道程咬金性如烈火，纸糊的驴，大嗓门，这事绝不能暴露出来，跟他一说，一吵吵一喊，满城风雨，我爹和我脸上无光！因此他就没敢说。

“这……咳！老千岁你不必追问了，正像你所说，我爹做出这种决定，肯定有他的道理，这就应了那句话，君叫臣死，臣死，父叫子亡，子亡，我爹要杀我，我二话没有啊！听天由命，这叫情屈命不屈，老人家不必再问了！”

“我说这……我说世民呐，谁跟谁呀？我怎么越听越糊涂？你要照这个样子，我怎么给你保本求情？”

“老人家，您的心意我领了，我看不必保本了。”

"唉！好！就冲你这么一说，我是吃饱了撑的，太不像话了！我说世民，你平常办事当机立断，水萝卜就酒，嘎嘣脆，撂地下摔三截，何等果断！怎么今天吞吞吐吐，所为何故？你急死我了呀！我就问你一句吧，是冤还是不冤？这你得跟我说实话。你要说不冤，我转身就走，回去睡大觉。不冤，你就是该死！我替你保什么本？要冤，咱们另说另讲，这句话你总能说吧？我再问你，世民，你冤是不冤？"

"这……"

你说李世民不疯不傻的，内情不能跟他说，冤不冤都不说，那不傻实心了吗？"老千岁，我冤沉海底！"

"结了！唉，这我心就有底了。秦王，既然你冤，咱就好办！其实我现在一声令下，把绑绳给你解开没事了，我也敢这么干。但你别忘了，咱们的上边还有个皇上，怎么也得给皇上留点脸面，所以你呀，暂时先委屈委屈，容我上殿保本！"

"老千岁，能保下本来当然更好，保不下来就算了。"

程咬金心里就盘算：这里边肯定有隐情，不把这个事搞清楚，不好办事。老程转身下了断头台，告诉王君可、程铁牛、程万牛："护住法场，我要不传令，我要不说话，任何人不准斩杀秦王！有胆敢不听者，拿斧子给我砍！给他切开晾着，砍死咱也不偿命！"

"喳！"

"是！"

程咬金还来劲儿了。一切安排就绪，程咬金怀抱砍王的斧子，腆大肚子赶奔八宝金殿。

李渊由于方才激动得有点过分，身体虚弱，手扶着御案，一个劲儿地哆嗦，总管太监在旁边拿着毛巾，给皇上擦汗。李渊就盼着时刻快到，把李世民杀了，这心里才痛快呢！要不介，对不起张、尹二妃。

等啊等啊，正这时候，就听下边有人说："吾皇万岁万万岁！臣程咬金见驾！"

李渊脑袋就"嗡"了一声，心说：早不来晚不来，怎么这会儿来了？老实说，见着程咬金，李渊脑仁都疼！知道这位有时候软，有时候硬，有时候又是滚刀肉，蒸不熟煮不烂，拿他没咒念！李渊就知道有人给他通风报信了。抬头一看，人没进来，肚子先进来了，程咬金腆着大肚子来到金阙之下："万岁在上！臣给您磕头了！哎哟，腰酸背痛啊！"

他干说磕头，他不跪下，李渊就明白了。君臣多年，什么不懂啊？李渊心说：这是成心不愿意给我磕头，故意找个理由。算了算了！李渊欠身离座："老王兄免礼平身，免了免了！来呀！看座！”

那么多的官员谁都没座，唯独程咬金有座。有人搬过一把椅子，程咬金笑着点点头：“臣谢主隆恩！”

他往椅子上一坐，李渊就明白他是给秦王来保本的，他知道，程咬金跟秦王的关系是最好不过。

“老王兄不在府中，没有朕的旨意宣诏，上殿何故啊？”

“唉！万岁，您怎么这么说？咱们君臣感情甚好啊！多日不见，我不想你吗？听说你冷不丁地升了殿，我不看看你，我不放心哪！故此没奉圣旨，我就来了。皇上，难道您还挑理吗？”

“唉，不不不，朕没有这意思，欢迎你来呀！不过老王兄啊，今天没你什么事儿，你还是回府休息去吧！”

“哎，谢谢陛下。不过有件事情，我想问清楚了，然后再走。”

“那你就说吧！”

“是！适才老臣路过午门，见午门的法标上绑着一个人，老臣疑惑不解，到近前一看，出乎意料呀！绑的竟是秦王李世民！我问了问，这是怎么回事儿？谁都说不清楚，就说皇上震怒，非杀秦王不可。我说万岁，你我君臣多少年，患难的交情，我说得不过分吧？那么出了这等大事，臣焉有不闻不问之理？我想问问皇上，为什么要斩杀秦王？能不能跟老臣讲讲呀？”

“这……咳！程王兄，你就不必问了！咳！我确实有难言之隐。总之李世民犯下不赦之罪，但有一线之路，我也不能杀他。虎毒不食子，兔子都不吃窝边草，何况人乎？我说到这儿，你心里就清楚了。不必多问了，等李世民死后，过三过五，我把你请进内宫，然后再把经过如实地跟你讲述一遍，我说话算数。现在我不想说，望老爱卿能够谅解。”

“哎？噢！”

程咬金察言观色，一看李渊的表情、说话的语气，就知道事情的严重性，但他不说是为什么，有什么难言之隐？有道是家丑不可外扬，莫非这里边有谁？程咬金脑袋“嗬嗬”就转个儿，可李渊不说，他也不明白是怎么回事儿，因为他也不是神仙，他也不会算，他无论如何也不会想到李建成、李元吉跟张、尹二妃做出下贱之事！他更不知道是栽赃陷害。反正他知道，这里头是有个事儿。

“陛下，您既然不说，臣也不好勉强。不过呢，不管秦王李世民犯下什么大罪，按他的功劳而言，足可以将功补过。陛下呀，你们是亲父子，是不是？这么办，你消消气，把世民放了，在咱们面前一跪，让他认个错。你也可以打他，你可以骂他，甚至把他打残废了，养他一辈子都行！你顺过气去不也就完了吗？倘若陛下不听臣的话，一怒之下把世民杀了，迟早有一天你会后悔的！陛下，算了吧！我呀，替你传旨，来人呐！把秦王李世民赦回来！”

啊？李渊一听，干脆咱俩换个个儿得了！他替我传旨？开天辟地以来，哪有这种事？李渊闻听此言，把脸往下一沉：“哼！程王兄，你不觉得你这么做有点过分吗？”

其实这阵儿，百官都把希望寄托到程咬金身上，程咬金这一上殿，百官都跟着来了，站在大殿的两侧，静静地听着。程咬金觉得凭这张老脸，有软的，有硬的，李渊会答应，没想到李渊在这么多人的跟前，给自己来了个烧鸡大窝脖。尽管程咬金脸憨皮厚，也有点破门帘子挂不住劲儿了。程咬金也站起来：“陛下，这么说，你是不准本了？”

“不能准本！”

“非杀世民？”

“非杀不可！”

“一点活动气儿都没有？”

“这是废话！”

“好！既然如此，咱这么办行不？想当年，你给了我七十二面免死金牌，我还给你一面行不行？拿它恕世民不死，你看怎么样？”

“哎呀！程王兄说得哪里话来？那免死金牌乃是赐给你的，不是赐给李世民的，焉能替换？不必多说，下殿去吧！”

“万岁，拉倒吧！我知道你这阵儿挂倒劲儿呢，话说出去，收不回来了。我呢，给你做个台阶，干脆你一下台阶，满天乌云就散了。啊！陛下，饶了吧！”

“不饶！”

“合着我说了半天，等于没说！”

“老王兄，回府去吧！这件事情你最好不要参与。”

“万岁，你要动真格的，我也动真格的！”

李渊就问：“此话怎讲？”

“我说陛下，就凭我老程为大唐的江山社稷立下的十大汗马的功劳，我拿我这些功劳换李世民不死行不？我宁愿贬家为民，做个普通的老百姓，行不行？”

李渊闻听，冷笑了一声：“哈哈！王兄，你糊涂了！你是你，他是他，怎么能相提并论呢？实话对你说，不行就是不行！”

程咬金这火是三起三落，不管怎么说，面对面的是皇上，皇上是至高无上的，程咬金功劳再大，终究属于臣子，因此说再有理，也不敢逾越。所以老程又把这情绪稳定稳定，厚着脸皮嘿嘿一笑：“万岁，算了吧！老臣是个粗人，但我心眼不坏，说话呢，可能这情绪一激动，就有点走板，顶撞了陛下。我觉得咱们老兄老弟的，是不是呢？你也不能怪我。万岁，你真生气了？”

李渊一看，程咬金把话收回去了，只好把情绪也就控制住了：“王兄，没什么，正像你所说，咱们君臣多年了，我对你太了解了！过点分我也不怪你。”

“那就好！那就好啊！哈哈，唉，我说万岁呀，说一千道一万，我这次来见您的目的呢，是给秦王保本。秦王这人真不错呀！功劳太大了。您要把他杀了，非后悔不可！看在老臣的分上，拉倒吧！行不？方才我说得也是实话，我把我的功名利禄，一切的功劳全不要了，愿以人头担保，保他不死！万岁您看这？”

还没等程咬金往下说呢，也就是说这话还没等说完，就见李渊“啪”把桌子一拍，眼睛就瞪圆了：“程咬金！住口！今天你说什么都行，唯独这件事情不行！你怎么说起来没完没了？你呀！赶紧下殿去吧！”

哎哟！程咬金这脸上就跟挨了几巴掌似的！老程一看，真是龙颜无恩，翻脸无情，这李渊怎么变成这样？一谈到李世民，简直就冲了他的肺管子！那么究竟秦王犯了什么罪了？怎么李渊这么大的肝火？又一想：今天我既然到了八宝金殿，非得把本保下来不可！李渊答应也得答应，不答应也得答应！老程，打定了主意，厚着脸皮嘻嘻笑了一阵：“我说万岁呀，何必那么认真呢？你忘了？咱们两个人经常在一起闲唠，你还说过，人这一生，台上是戏，台下是戏，都在演戏，人生如梦啊！一转眼就玩完了。看把你气得这样！你这么认真干什么？再说你杀的又是你亲儿子，虎毒不吃子，兔子不吃窝边草，你这阵儿在火头上，可是过三过五，您脑袋一凉快，肯定得后悔。世上没有卖后悔药的，过后那就悔之晚矣！肠子都得悔青了！陛下，饶了吧！看在我的老脸上，看在我的分上，答应了吧！”

这程咬金这话呀，刚说了有三分之一，李渊就急了，把御案一拍，突然站起来，用手指着程咬金的鼻子：“程咬金！住口！我说你这个人是不是有病？张嘴求情，闭口保本，朕明确表示，就是不饶！就是不准！旁的都可以谈，唯独这此事，你是免开尊口！偌大年纪，回府休息休息有多好啊？下殿去吧！”

程咬金今天碰了好几回南墙，一阵冷，一阵热，实在有点接受不了了，程咬金破门帘子挂不住了，腾地站起来，把大肚子一腆：“我说皇上，看来人们常说龙颜无恩，翻脸无情，这话一点都不假。不是当年了！在打天下那时候，说得比唱得都好听，我说什么你听什么。现在我明白了！那阵儿你用我，你使唤我呀！现在江山打下了，你屁股坐稳当了，拿我们这帮人说话都当个屁！我说皇上，你可听明白了，我今儿个这么求你，我不是给我儿子求情，我们家什么事都没有，我是给你儿子求情！是为了你们老李家！你别分不出里外拐来！你瞅你，吹胡子瞪眼，恨不能一张嘴把我给吃了！咱们落到那步了吗？至于吗？我也不想多说了，今天我再问你最后一句，你是饶还是不饶？你给我一个明确的答复！你敢不敢再说五个不饶？”

李渊也有点挂不住劲了，冷笑一声："嘿嘿！程咬金哪，漫说五个不饶，就是五十个，五百个，朕怕你吗？不饶不饶不饶不饶不饶不饶，就是不饶！"

程咬金一听："什么？好啊好啊！杀人不过头点地，你把我姓程的逼到死胡同里！今天我也不活了！你来看！"

说着，他把砍王的斧子抡起来，在皇上面前要开斧子了！李渊一看："程咬金，你敢弑君不成？"

"你饶不饶？"

"不饶！我都说了，就是不饶！"

"好了！今天我就给你切开晾着！这斧子受过皇封，叫砍王的斧子，上砍君王不正，下砍文武不忠，见官大三级，可这斧子从来也没使唤过，无非是个样子而已。今天程咬金真想试验试验！"

大斧子往空中一抡，对着李渊这脖子，"嗖！"就来了，文武百官、金甲武士，殿上所有的人一看，吓得把眼睛闭上，心说：程咬金，你敢血染金銮殿，敢砍皇上的脑袋？自古至今，恐怕还没有过！

按理说，李渊得躲吧？唉，不！这李渊今天拧上了！一看程咬金把大斧子举起来了，李渊不但不躲，手扶御案，把身子往前一探，脖子一抻，把眼闭上了，用手一拍脖子："程王兄，这来！这来！往这儿砍！往这儿砍！来！你来！"

"我！我！"

程咬金把这斧子举了三举，没往下落呀！他再浑，能做那种荒唐的事？程咬金也不傻呀！要真把李渊给砍死，留下千古的骂名！这无非是逼得没办法了，吓唬吓唬李渊。没吓住！老程没词了，赶紧把大斧子轻轻放到地上，双腿跪倒："万岁，臣错了，我呀，也老糊涂了，做出这种过分的事情，我是罪该万死！陛下，我多少年没给你磕头了，你原谅我吧！老臣给你磕头了！"

"嘣嘣嘣嘣！"

程咬金是以头触地，李渊拿他真没有办法，一会儿软，一会儿硬，这位是滚刀肉！李渊赶紧摆手："王兄，朕不怪你，你怎么得都行，咱们君臣的交情在那儿摆着呢。赶紧站起身来，回府去吧！"

"陛下，还是那句话，老臣恳请陛下高抬贵手，饶了李世民吧！陛下如果不答应，老臣就跪死在你的面前！"

"嘣嘣嘣嘣！嘣嘣嘣嘣！"

那位干吗呢？以脑门子碰金砖，啲啲直响，传出多远去！时间不大，程咬金这大脑袋长了个小脑袋，这是真使劲儿磕啊！一边磕着，老泪纵横，程咬金就说呀："陛下开恩！陛下开恩！陛下开恩哪！"

"嘣嘣！"

磕得程咬金是晕头转向。也不知过了多长时间，上边一点反应都没有，突然肩头上伸过一只手来，拍了拍程咬金："四哥！四哥！"

"我……"

"哎！"

程咬金回过头一看，谁呀？正是大刀王君可，磕头的老六。

"哎呀！君可，什么事？"

"四哥，你给谁磕头？"

"给皇上啊！"

"给皇上？你看皇上在哪儿呢？"

程咬金揉揉眼睛，抬头一看，九龙口上空无一人，李渊没影了！什么时候走的？不知道！王君可就说："我说四哥呀，看出来没？皇上这个心比铁石还坚硬，看来今天是非杀秦王不可了！你在这儿磕头，人家把你蹲这儿走了，快站起来吧！"

"哎呀！哇呀呀呀！"这回程咬金可真急了，用手指着九龙口，是破口大骂，"李渊哪！李叔德！你算个什么东西？想当初，我老程做混世魔王大德天子的时候，你无非是太原的一个留守啊！见着我程咬金的面，点头哈腰，嬉皮笑脸，你我二人称兄道弟，论哪方面来讲，我老程要比你高贵得多！噢，今天你做了皇帝了，你没拿我姓程的当人！把我当成臭狗屎蹲这儿了！看来你是个人面豺狼，冷血的动物！今天我跟你拼了！"

再看程咬金，真跟疯了一样！抡开砍王的斧子，往后宫便追！谁也拦不住，谁拦着他砍谁，跟一头猛虎相似！

"噔噔噔噔！"

一边追，他一边喊："李渊哪！李叔德！你给我站住！李渊！我看你往哪儿跑？"

"噔噔噔噔！"

单说李渊，他这心里也不好受，您想想，杀亲儿子能好受得了吗？但是盛怒之下，他是非杀不可！这心里头跟开了锅了似的，让程咬金把他磨得实在没咒念，他一想：不有那么句话吗？惹不起我躲得起！我躲到后宫我不见你，传旨把李世民杀了，那么过后，程咬金这气也就消了，然后呢咱们君臣坐在一起，好好唠唠，我再安抚几句，不就过去了吗？他是这么想的。

可没想到他正走着呢，听后边喊上了！回头一看，呀！程咬金胡子撅起多高来！追来了！李渊情知不妙，现在也忘了皇上的仪态了，迈大步就跑，"嗖嗖"，就来到紫禁城，紫禁城外是皇上议事的金銮宝殿，紫禁城内是皇上住处，三宫六院七十二嫔妃都住在这儿。这李渊三步并成两步，进了紫禁城，吩咐御林军：

"关门！快掩门！"

御林军答应了一声。

"吱呀呀！咣当当！"

"上闩上锁！"

横闩上了，"嘎嘣"，把锁锁上了。李渊刚进了紫禁城，程咬金就追到了，眼睁睁瞅着李渊进了城了，城门关闭了。晚到了一步，把程咬金急得"咣咣"直跺脚："李渊哪！你跑不了！我程咬金跟你拼了！"

"咔咔咔！"

干什么？斧劈城门！其实那城门，拿斧子能劈开？笑话一样！城门半尺多厚，两边包的是铁板，大菊花钉钉着，里面有横闩，又有顶门杠子，又锁着，漫说斧子，你就什么也整不开！可李渊进到里边靠着城门，听见外边"咣咣"直响，他还真没忍心上内宫，觉得平安了，顺着马道上了城，手扶垛口，探身往下观看。一看，程咬金正在这儿玩命呢！李渊是又气又笑，身子探出去他就喊："程王兄！程王兄！朕在这儿呢！你别白费劲了，那城门是砍不坏的。"

"这个……"

程咬金往后倒退了几步，倒背斧子，仰起头来观瞧，君臣二人看得是清清楚楚。

"陛下！陛下呀！念臣诚心实意给秦王求情，念在秦王汗马功劳来之不易，你就高抬贵手，把他饶了吧！臣给你跪下了！"

李渊一看，得！又跑这儿来磨了。一看程咬金声泪俱下，李渊这心也就软了，但又一想：往后文武百官纷纷效仿他，我可怎么办？泼出去的水，说出去的话，不能再往回收了！想到这儿，李渊心一横："程王兄，你就跪死在这儿，你就把头碰碎，朕也不饶！回府去吧！过三过五，我把你请进内宫，再好好跟你谈谈，今天是绝对不行！"

"陛下，你真的不饶？"

"哎呀！你叫我说几句？就是不能饶！"

"陛下呀，摆在臣面前就是两条路：一、保本成功，你放了世民；另一条路，我就死在陛下的面前！难道你忍心叫臣死吗？"

"王兄，我既不饶李世民，我也不希望你死，这两条路都走不通！"

"好嘞！陛下，你这是逼着我死啊！看来，人生有处，死有地，我程咬金活到头了！"

再看老程站起来，把大斧子往脖子上一横："陛下！你再说一句，饶是不饶？"

"我……唉！王兄啊，王兄，别胡来别胡来！你跟世民是两回事儿。还是那句话，我，我不能饶啊!”

“哎呀!”

再看程咬金，“啪!”，把袍子往面上一遮，把大斧子一错，“扑通!”摔倒在地，斧子也撒手了。李渊看得清清的!

“程王兄！哎呀呀呀呀!”

他一看，程咬金真抹脖子了，那个心就一翻个儿。要说君臣没感情，那是胡扯，李渊也是重感情的人，跟程咬金不分彼此，这是国家的栋梁！就为这件事情，程咬金抹了脖子了，能说李渊不心疼？刹那之间，李渊就感觉到天旋地转，头重脚轻，身子一歪，好悬没从城上摔下去！幸亏很多的太监把他给抱住。李渊就觉得心头发热：“王兄啊！哎呀！你怎么这么糊涂?”

叫太监搀着，顺马道下了紫禁城，开关落锁，他从里边出来，来到程咬金的身体旁边，单腿跪倒抚着程咬金的大肚子，是放声大哭!

# 第四回

## 程咬金急请元帅
## 尉迟恭累死宝马

程咬金保本不成，横斧子自刎，这下可疼坏了李渊！李渊从紫禁城出来，单腿跪在老程的身边，抚着程咬金的大肚子，一边哭一边叨念：“程王兄！王兄啊！你死得好惨啊！其实你死得不值个儿，士为知己者死，李世民是个什么东西？如果我说出来他犯的是什么罪，恐怕连你都不能饶他！你现在不明内情，糊里巴涂就为他而死，可疼杀朕了啊！王兄啊！你死什么呢？其实你要不死，咱们好商量啊！”

这李渊发自肺腑，这么穷嘚啵，一说好商量，坏了！就见程咬金一骨碌，站起来了：“嘿嘿！陛下臣谢主隆恩，你终于答应了！”

“啊！”

把李渊吓得好悬没趴下！定睛一看，程咬金什么事儿没有！李渊情急之下，让他给蒙了，程咬金是装死。到现在，把肠子都悔青了！再想走，为时已晚，这程咬金过来把李渊给抱住了：“我说万岁，这回你说话得算数吧！你可说了好商量，我求你了！”

李渊心说：程咬金真是个名副其实的刺儿头！拿他没咒念。

“好好好！朕说话算数，你撒手吧！”

“你饶不饶？你说不饶我不撒手！”

“饶了！”

哎哟哟，这句话比钓金龟都难哪！程咬金趴到地上磕头：“谢主隆恩！谢主隆恩！臣代表满朝文武，代表秦王李世民，谢谢陛下！谢谢陛下！”

“哎！程咬金你先等等，我话可没说完呢！饶肯定是饶，但是只饶十天，你听清没？两个五天加到一块，是十天！”

程咬金一听：“陛下，饶就饶得了，何必十天？”

“唉！别说！别往下说！就是十天。这看在老爱卿你的分上，我实在没办法了，换谁也不好使！到了十一天，我还得杀他！你同意咱就这么办，你要不同意，朕说得话可以收回，现在我就杀！”

“我……”

程咬金也没辙了，可以说这顿折腾，使出浑身的解术，再要不答应，这事就不好办了！老程又一想：十天也不算短，那么在这十天之中，另想良策，有这十天，就不愁那十天。行！就这么吧！

“好好好！陛下，臣谢恩了！那么咱一言为定，您就饶他十天，我谢谢您了！”

“好！程咬金，你可听明白了！到时候你再这么要，我连你一并治罪！你听清楚了吗？”

“听清了！听清了！”

“来呀！传朕的旨意，释放李世民！”

“喳！”

“是！”

“把他打入天牢，没有朕的旨意，任何人不准探监，不准他跟任何人来往，抗旨不遵者，杀！不管是谁，偷着去看李世民就杀！”

当着程咬金的面，李渊传旨，其实是给程咬金听的，借程咬金的口警告百官。哎呀，一场风波过去了，秦王李世民暂时死中得活，李渊暂时回后宫歇着去了。李渊也是精疲力竭，回到内宫一头倒到龙榻上，就睡着了，好人也架不住这么折腾！程咬金拖着沉重的双腿来在外边见文武百官，把方才的事情简单地做了个介绍。谁不关心秦王的命运？十天一转眼就到，可以说是刻不容缓。那么就在当天的晚上，鲁国公程咬金的府里是高朋满座，十之八九的在京官员、文臣武将都到这来议事。老程是居中而坐，其他的分坐在两旁。大家出主意呀！还得接茬儿想办法，保秦王不死。

齐国远说话了，这齐国远是贾柳楼四十六友的老十九，外号人称空锤大将，他使那锤个头特大，但是是纸壳糊的，外面涂的颜色，所以叫空锤将。他跟程咬金经常开玩笑，但这会儿可不是开玩笑，都比较认真，齐国远就埋怨程咬金：“我说四哥，你办的什么事你？要求情你就求到底，你就把秦王彻底给救了！费了这么大的劲儿，才保下十天本来，一出溜就到，咱不还得着急吗？你说你怎么净干这种事情！”

他这一埋怨程咬金，老程急了：“我说你那说话呢？你那放屁呢？刚才保本的时候怎么没你？你跑哪儿凉快去了你？哎？十天还少？有能耐你去！”

这下哥俩儿弄了个半红脸。在座的人一看，赶紧解劝：“别别！都是自家弟兄，都在气头上，心里都有火，这何苦来的？”

这么一说呢，谁都不言语了。房玄龄一看，不说话不行：“我说鲁国公啊，这事啊，上火归上火，今儿个咱好不容易凑到一块了，还得想下一步怎么办。十天的确太短了，眨眼就到，秦王还得掉脑袋。如今咱就得群策群力，想一万全之策。”

“是啊！”

大伙儿说：“对对对！”

谁都没主意了。你看我，我看你，摇头叹息，愁得要命。还得说程咬金，老程坐那块半天没言语，眨巴眨巴眼睛：“哎！有了！”

大伙儿一听，“唰！”，目光全都集中到程咬金脸上了。

“什么主意？”

“什么主意？快说快说！”

“我看这样办吧！方才我瞅了一瞅，你们别不爱听啊！有能耐的都不在京城，在京城的跟我一样，都是饭桶！不然能费这么大劲儿吗？我说几个人，我老兄弟越国公罗成没在京，我二哥护国公秦琼秦叔宝没在京，大老黑尉迟恭跑到正定去了，也不在京。最有能耐的，我三哥徐懋功跑到江南去了，还不在京。鬼点子最多的老十八小白猿侯君集，这猴儿也不在京。哎！你说怎么那么巧？有能耐的都不在，却发生了这种事，哪怕有一个在京城，跟我联手保秦王不死，我这心里也有底，现在剩下我一个人，实在是无能为力。方才我想了想，这几个人最好有一个能回来的。当然，盼他回来没把握，就得派人送信呐！日夜兼程，让他们其中回来一个，我说各位以为如何呀？”

齐国远一听：“我说四哥，不是我今儿个找你的毛病，你说话太离谱！统共皇上给十天时间，就是飞也飞不回来呀！谁都挺远的，怎么能回得了京城呢？”

有人说：“是啊！时间恐怕来不及。”

“哎呀！”程咬金不爱听了，“我说你们这不成心跟我找别扭？现在就得死马当活马医，加快点速度！一边请人，咱一边跟李渊周旋，两头一借劲儿，不就有希望了？总比现在这么干等着强！”

程咬金这么一说，大伙儿一听：“言之有理！好吧，这是没有办法的办法了。”

方才程咬金说得这五个人有能耐，一点都不假呀！头一个，少保千岁、越国公罗成，白马银枪，常胜将军，他爹北平王罗艺。罗家为了大唐朝的江山社稷，前锁五龙，后锁五龙，立下汗马的功劳！所以说罗成要在京里头跟程咬金两个人救李世民，不成问题！可惜的是，罗成啊，回原籍探亲去了，一走已经两个多月，对京里发生的事一无所知。要找罗成，往返没有一个月根本达不到目的！

再说这第二位，就是秦琼秦叔宝，谁都知道，秦琼声望太高了！开国的元勋，瓦岗山兵马大元帅，德高望重。近年来，秦琼身体不好，到华山养伤去了，秦琼现在这条命都要保不住了！自顾不暇，能把他找来也不能找！

这第三位徐绩徐懋功，谁都知道，徐懋功官拜英国公，那是护国的军师！陪王伴驾多年。大唐朝的江山，有他一半的功劳！但是他奉旨到江南，考察钱粮去了，现在在什么地儿？不知道！哪儿找去？

再有一个，官拜顶天侯的小白猿侯君集，别看侯君集比前面那几位身份略低着一等，但是侯君集足智多谋，有特殊的本事，他跟李渊感情挚厚，意气相投，侯君集要在京里也好办事。

还有一位，官拜兵马大元帅的尉迟恭，尉迟敬德！尉迟恭血心仗胆，那是红脸的汉子！那为朋友，真是两肋插刀！尉迟恭是元帅，现在没在京里头，干吗去了？奉旨到河北正定府监修大佛寺，走了三年，没在京城。您看看，这几位有能耐的都不在，现在到了关键时候，程咬金把他们都想起来了。众人一看，可不是吗？怎么那么巧？该着秦王倒霉！现在按程咬金所说，死马当活马治，由房玄龄执笔，刷刷点点，给这几位分别写了书信。咱说了五个人，只写了四封信。为什么？秦琼病重，担不得沉重，这件事保密，不能跟他说，另外四位分别都给写了信。王君可就说："四哥，我派人吧！"

"不！你派人我不放心。去！把程喜他们给我叫来！"

说话间，上来四个人，都是程咬金眼前最可靠的心腹人，他们是程福、程禄、程寿、程喜。程咬金当面交代："你们每个人一封信，按上面的地点前去请人。记住，就是十天！就是飞，也得把他们找着！必须亲自把信交给本人。我再说一遍，可就是十天的期限！如果信交不到本人手里头，耽误了这事情，你们就别回来了！"

"啊？"

这四位一听，就咧了嘴了，脑袋瓜子多大！这不要亲命一样吗？但是没办法，主人这样交代了，大伙儿纷纷退下去，领路费，准备干粮袋，准备水葫芦，选快马起身，那年头交通工具最快捷的就是战马。程咬金单独把程喜给留下，那三位先走了，程咬金拉着程喜的手："喜啊，你给谁送信？"

"我这封信是到河北正定，请大帅尉迟恭。"

"对！从路程看来，你是最近不过，也是最有把握的。喜啊！辛苦点！我把一切希望都寄托到你身上了。这样，你到那，只给你四天到五天的期限，从时间上算，尉迟恭赶回来正好十天，保本还来得及。耽误一天，可就毁了！你明白吗？"

"奴才明白！"

"还有，你骑着我的卷毛兽大肚子蝈蝈红去，听没听见？"

“是!”

程喜怀揣着书信，急匆匆到了前面，领了路费，带好了水葫芦、干粮袋，把宝马牵出来。程喜心里说话：嘿嘿！五天哪，要人的命一样！我怎么着也赶不到！但是豁出去了！他也知道事情紧急，从内心讲，他也不愿意秦王死。

程喜飞身上马，扬起鞭子，“啪!”，再看大肚子蝈蝈红，鬃毛乱奓，踢跳咆哮，把脑袋一扑棱，尾巴一撅，“唏溜溜!”“咵咵咵!”一溜烟就不见了。程喜就觉得两耳生风，就这，他还嫌慢！要不说得使唤心腹人，受人之托，必忠心办事。程喜不负主人的重托，渴了喝口水，饿了吃口干粮，饮饮大肚子蝈蝈红，给它办点草料，马上就起身，日夜兼程啊！

这马就像飞起来一样，四个蹄都离了地了！一天、两天、三天、四天、五天、六天，程喜掐着手指头盘算，终于在第六天头上，来到正定府。等进了城啊，程喜都下不了马了！话都说不出来，回马站到帅府的前头。

“吁吁！哎哟，我的妈呀!”

守门的一看，有人认得他：“这不是程总管吗?”

“是我是我!

“哟！您这是从哪来?”

“从京城来。”

“找大帅吗?”

“正是！大帅何在?”

“哎呀！大帅没在府里头，现在在工地呢!”

“那好吧！烦劳你们给我带个道，我要亲自面见大帅，有急事找他!”

“好嘞!”

人家抽出一个人，在前面引路，又出了城到工地。那位说工地干吗？修大佛寺，嗬！这大佛寺工程浩大，三年了，基本完工，现在大殿、二殿、配殿全修好了，就剩一座山门还没修，上万名工人正清理工地，正在这打扫呢，碎砖烂瓦、锯末子、木头块，另外垫地的垫地，平整的平整，绿化的绿化，都在这儿忙着。离大佛寺不远，有一座土丘，上面有几棵树木，大帅尉迟恭正在高坡处监工。天气挺热，尉迟恭又胖大，就怕热，因此脱了个大光膀，光着脚穿双拖鞋，下身穿着大裤衩，也没系裤腰带，把腰一缅一掖，往大椅子上一坐，有几名亲兵在旁边给他打着扇子。尉迟恭往工地看着，一看工人干得是热火朝天，大元帅心里高兴：三年挂零了没回家了呀！家里的情况怎么样？还不太清楚，也不知道京里头发生什么事了？估计不会有什么事，战争结束了，太平年月会有什么事？嘿嘿！大佛寺的工程结束，回家喽!

尉迟恭正美着呢！突然那名亲兵带着程喜来了，两个人来到土坡上，迈不了步了！程喜来到尉迟恭近前赶紧跪倒，这下见着亲人了！程喜往那一跪，泣不成声，从嗓子眼挤出几句话："出人命了！大帅救命啊！"

尉迟恭正在工地上监工，思想上毫无准备，您说这一说，他能不吃惊吗？那么大的铁汉子，心里一翻个儿，吓得一哆嗦啊！

"啊！你是谁呀？"

"大帅，您连我都不认得了？"

尉迟恭揉揉眼睛，仔细一看，才认出是程喜来。这不是鲁国公程咬金府里的心腹家人吗？

"程喜，你怎么变样了？"

"哎呀！我都脱相了我呀！"

"出什么事了？"

尉迟恭问这话的时候，想到自己了：坏了！我府里头肯定出事了！莫非我夫人出事了？但又一想：不对呀！我的府里也有家人，他们不来，干吗老程家派人来？莫非鲁国公程咬金出事了？老程死了？唉，听这话也不对。总之在这转瞬的时间内，尉迟恭这个脑袋就转开个儿了！程喜说不出话来，声音都嘶哑了，从怀里头取出程咬金那封信，双手往上一递，顿时人事不知，累坏了！

尉迟恭一方面命人抢救程喜，按他的人中，给他灌水，让他吃东西，好好休息休息。另一方面，尉迟恭把信展开，定睛瞧看。不看则可，等看完，尉迟恭就叫唤开了："呀呀呀！"

尉迟恭大老粗，没念过书，你别看指挥万马千军，文化上文墨不通，这字认识他，他不认识字，干着急！他叫唤什么？恨自己当初怎么不抓紧时间读几年书呢？这不是瞪眼瞎吗？赶紧命人传唤师爷，让师爷逐字逐句给他念。

上写：书奉尉迟恭阁下亲拆，皇上升殿，无缘无故要斩杀秦王李世民，百官求情皆不允，是我程咬金豁出老命，闯金殿闹龙庭，跟皇上闹翻了，迫不得已用诈死的手段，骗取皇上的信任，终于给秦王保下本章十天。皇上说得清楚，十天之后，还要斩杀秦王。我等一筹莫展，急盼你见字之后，速返京城，同谋良策，回来早了，秦王有救，晚到一步，秦王休矣！上写千，下缀着万，程咬金叩首。

尉迟恭听完了，钢须倒竖，虎目圆睁，心说：这为什么呢？信太短，弄不明白。这会儿程喜可以说话了，他把程喜叫过来，从头到尾仔细又问了一遍，程喜直扑棱脑袋："大帅，我是一无所知，我就知道京里出大事了，皇上要杀秦王，谁求情也不行！我家主人玩了命了！这才保下十天来。后来大家感觉到谁也没有主意，才请元帅回京，临行之时，我家主人给我十天期限，他让我五天赶到正定，让您老五天之内赶回京城。"

"你走了多少日子？"

“我就像飞一样，我走了六天!”

“啊?”

尉迟恭一算计：还有四天，万水千山，那是说着玩的？他跟秦王李世民，那是莫逆之交！你别看程咬金跟李世民交情也不错，这个也不错，那个也不错，捆到一块，也不如尉迟恭！尉迟恭心说：要杀秦王，除非先杀我！

到了现在，他顾不了许多了，尉迟恭吩咐一声：“来呀！给我带马抬鞭!”

他那匹闪电乌龙驹，就在旁边拴着，鞍韂嚼环都现成的，十八节紫金鞭在上边挂着。做大将的，与宝马形影不离。有人答应一声，把宝马良驹牵过来，再看尉迟恭，顾不得旁的，飞身上马，是策马扬鞭，就冲下土坡！忽听后头有人喊他：“大帅等等！大帅等等！那还没穿衣服呢！大帅先别急呀!”

尉迟恭听得清楚，低头一看，呀！可不是吗，光着膀子，穿着裤头，下边光着两条腿，蹬着一双拖鞋，像话吗这个？在这个工地上行，在帅府行，一路之上再回京城，这也观之不雅，再着急也得穿衣服！

有人跑下土坡给他送衣服，帮着他穿戴整齐。尉迟恭把宝鞭背在身后，又有人给准备了水袋和干粮袋，草料口袋也给准备好了。尉迟恭二话不说，飞身上马，起身回京。一边走着，这心就开了锅了：四天、四天，无论如何我在四天之内要赶到京城！但愿神佛保佑，老天睁眼，我一定要救秦王不死！您想，它这马能不快吗？往前走了一段路，就听后边喊：“大帅等等！大帅等一等啊!”

“哗哗!”

“唏溜溜!”

“大帅等等!”

尉迟恭一想：又什么事儿?

“吁!”

把马匹带住。闹了半天，工头带着些伙计追上来了。您想尉迟恭那马多快！把工头他们都累坏了！追上尉迟恭之后，赶紧请示：“大帅，您是总监工，虽然说大佛寺的工程告竣了，还有些善后的事情没做处理。比方说，大佛寺的山门还没修呢！您倒指定一下这山门修到哪儿?”

尉迟恭现在方寸已乱，哪有心思管这些事？听完之后他也没想一想，用手往脚下一指：“就修到这儿!”

你说乱弹琴不？工头赶紧领命，大佛寺的山门跟大佛寺离着四十里，成为一景啊！那位说这是尉迟恭干的吗？唉，对！就他干的！要不有些人他不明白呢！怎么这山门没了？在四十里以外孤零零有座山门。就是这原因。

那么说到这儿，咱们还插一句，说尉迟恭在京里不待，跑这儿修哪门子大佛寺？实质这事他是奉旨行事。想当初，唐高祖李渊在正定一带跟对方交手，和敌对的势力大战了三天三夜！最后李渊被困正定，只困得里无粮草，外无救兵，眼看全军覆没了！有一天李渊做了个梦，梦见一座大佛，身材高大，金光闪闪，对李渊说："你不必着急，现在救兵就来了！"

李渊从梦中惊醒，天似亮似不亮，尉迟恭和秦王李世民两路救兵赶到了，杀退敌兵，救了李渊。李渊死中得活，就想起梦见大佛的事情，跟秦王和尉迟恭就说了。同时他还表示："如果将来有一天打下江山，要还愿，我要报答大佛！"

果然打下天下来，李渊做了天子，许的愿焉能不实现呢？因此他拨下国币帑银十八万两，让尉迟恭代表他，上正定来监修大佛寺。

且说大帅尉迟恭，这一路之上，恨不能肋生双翅，一下子飞回京城！哪有时间休息？渴了把水葫芦打开，"咚咚"喝两口，饿了抓把干粮，也顾不得喂那匹闪电乌龙驹了。这匹马有灵性，你别看它不会说话，跟随尉迟恭十三个年头，主人怎么想的，这匹马它心里头清楚。另外，现在不打仗了，这战马待着没事，它心里烦躁得慌，从来也没这么跑过，今儿个主人要用它，这匹马就撒开欢了！摇头摆尾，前腿弓，后腿绷，翻蹄腕亮掌镫，摇头摆尾，如飞似箭！尽管如此，尉迟恭心急嫌马慢，扬起鞭子照马的后胯"啪啪"就是几鞭子。

马也来了劲儿了，像疯了一样往前冲刺，人借马力，马借人力，千里马还得千里人骑。这马一眨眼就冲过去了！两旁的树木成排往后倒，山也转，水也转。就这样，尉迟恭还嫌慢！说起来，他跟秦王李世民感情是真好，想当初在万马营中，二人吃在一起，住在一处，是跌爬滚打，形影不离。咱举个例子，有一次，战斗相当激烈，尉迟恭大战了两夜一天没合眼。战争结束了，尉迟恭往那一躺就睡着了，秦王李世民挨着他，两个人睡觉，一个脑袋冲这头，一个脑袋冲那头，条件艰苦！尉迟恭睡觉还不老实，咬牙放屁吧嗒嘴，冷不丁一翻身，把那大粗腿压到秦王胸脯上了。您想，腿那么粗，压上谁受得了？压得秦王上不来气！可李世民有心把他这腿扑棱下去，怕惊醒尉迟恭，他心疼尉迟恭两夜一天没合眼，都累死了！但上不来气怎么办呢？李世民两只手托着他的脚后跟，一直托到天亮。后来尉迟恭醒了这么一看，吓得魂不附体！跪在秦王的面前，对天盟誓："王爷，您对臣太好了！臣肝脑涂地，为了您，我是万死不辞！"

他们俩的感情就这么好。今天李世民要挨刀，尉迟恭能不心疼吗？

就这样，日夜兼程，往京城赶路。尉迟恭心里头盘算着：一天、两天、三天、四天，哎呀！到了最后的一天了！他马的速度不但没减慢，相反，更加快了！到了第四天，日头往西转了，也瞅着长安的城墙了，尉迟恭眼都花了！

"哎哟！到了到了，再加把劲儿！再加把劲儿！"

"啪啪啪！"

又是三鞭子。

"唏溜溜!"

"咵咵咵!"

这匹马终于进了太平门。按现在钟表说话，就是这个晚上七点钟左右，秦王要挨刀，得明天，这一晚上有充足的时间保本求情，尉迟恭这心就放下了。可也进了太平门了，刚到小十字街，这匹马是平地摔跟头，"扑通!"，马失前蹄，把大元帅整个从马上甩下去了。尉迟恭摔到地上还有气呢，心说：人老了不值钱，马老了也不值钱！你说这匹闪电乌龙驹，驮着我日闯三关，夜夺八寨，立下多少战功！怎么在关键的时刻，你都摔跟头？没用了！这个奴才，我非打它！

尉迟恭从地上爬起来，回过头来，把鞭子高高举起，刚要打，他一看，可把他吓坏了！就见乌龙驹两眼翻着，顺着鼻子、嘴往外淌血。什么原因？活活被累死！马也是畜牲，不吃不喝不住劲跑，能坚持得住吗？那也就是匹闪电乌龙驹，换成旁的马匹，恐怕达不到目的地。

尉迟恭不看则可，一看，"哎呀"一声，扑倒在马身上，搂着马脖子，放声痛哭！心疼得要命！想起来，这些年跟宝马良驹形影不离，这匹马驮着自己立下多少战功！没想到救秦王，活活被累死！

天不算太晚，小十字街旁边有几家买卖还没关门，其中有个姓马的老头打着灯笼出来了。一看，认识尉迟恭。

"哎哟！这不是老元帅吗？您，您这是从哪儿来?"

尉迟恭抹了抹眼泪："啊！老乡，我从正定回来。"

"呀！您怎么满身尘土啊？不注意看，都认不出您来了！到茶楼坐坐!"

"没那时间了，老丈你贵姓?"

"我姓马呀！我是马家茶楼的掌柜的，您忘了？您有时候还到我茶楼品茶呢!"

"噢！想起来了。马老丈啊，我有一事相求!"

"大帅请吩咐!"

"唉！我这匹马被累死了，恳求马老丈准备一挂车，把这匹马装在上面，送到我的府中，告诉我的夫人说我回京了，因为有事，我先不能回家，我要赶奔天牢前去探监，叫家里放心。这匹马等我回家之后再去安葬。"

"好好好！我听清了，我听清了！大帅呀，您办事，没脚力也不行啊！我们这茶楼有匹笨马，跟您这马没法比，但是总比走路强，您用不用?"

"好！那就借用了!"

这老头儿真热心，回去叫儿子把那笨马给牵来。其实这笨马也不错，鞍鞯嚼环准备好了，另准备一挂车，把匹闪电乌龙驹弄上去，送到尉迟恭的帅府，咱暂且不提。

单说尉迟恭，把眼泪擦干，骑着马奔赴天牢！天牢在哪儿？在东南城角，这条街叫顺城街，占着很大很大一片地。从外表上看，看不出来是监狱，一道大青墙，高可过丈，这条街上静静悄悄的，不准闲杂人等通过。在天牢的对面有一排砖房，这就是看守官员住的地方。尉迟恭太了解这儿的情况了！所以打马到顺城街，到天牢的牢门外，飞身从马上跳下来，也忘记疲倦了，稳了稳背后的紫金鞭，迈大步往里就走！天牢门前有卫队，就是把守牢门的，一看来个人，黑了，看不清五官，过来给他拦住了："站住！什么人？胆大包天，敢到禁地！你活腻味了不成？"

尉迟恭一听，火往上撞，用手一指鼻子："尔等把你们的狗眼睁开，看看我是谁！"

# 第五回

## 二奸王天牢讲真情
## 尉迟恭当街遭暗算

老元帅尉迟恭为救秦王李世民，就像飞一样回到京城，结果累死宝马闪电乌龙驹！就这样，也没影响他救秦王，借了匹笨马，赶奔天牢。

天就黑下来了，守把牢房的牢头没认出是他来，过来把他拦住了：“干什么的？站住！”

尉迟恭也是个激劲，用手一指鼻子：“你们没认出我是谁？”

“真就没认出来，管你是个谁呢！你有圣旨吗？没有圣旨，任何人不准靠近这个地方！滚！”

尉迟恭一听，滚？你这跟谁说话呢？不由得火往上撞，挥拳便打！

“咣！”

这一拳头，揍趴下一个，这位连鼻子都找不着了，就地翻滚：“哎呀！打人了！”

其他的人“呼啦”往上一闯，就要动手。正这时候，对面那溜平房的里边走出一位官员来，这官员头戴方翅乌纱，身穿大红袍，今天晚上他值班，有不少人提灯引路。这官员喊了一声：“住手！你们想干什么！”

“回大人，这有个人要闯天牢！”

“谁这么大胆子？”

这官说着话来到近前，借着灯光一看：“哎哟！原来是大元帅！”

这当官的赶紧就跪下了：“闹了半天是元帅驾到！卑职不知，我手下人也没认出您来，请求大帅恕罪！”

尉迟恭低头看了看，认出来了，这当官的姓张，叫张世贵，现在身为三法司的主审官。三法司权力可够大的！不过官不太大，正三品。张世贵，尉迟恭认识他呀！

“噢！你是张大人！赶紧请起！请起！”

“是是是！大帅，手下人没认出您来，您千万担待！”

尉迟恭也感到内疚：“也怪本帅，我也是情急之下，把人给打伤了。不知者不怪，这怎么办?”

“好办好办！我掏俩钱给他养伤也就是了。大帅，您到这儿来，有事?”

“我要探看秦王。”

“这这这……大帅，您这是从哪儿来?”

“从河北正定。”

“怪不得您还不了解京里的情况，万岁降了旨，不经他允许，不准给秦王探监，大帅，卑职无能为力呀！我不敢让您进去。这要叫皇上知道了，我命难保啊！”

“噢？还有这条规定?”

“是啊！”

“张大人，我且问你一句话，秦王要掉脑袋，你心疼不?”

“心疼！”

张世贵不是演戏，他也是秦王一伙的，那天到鲁国公程咬金的府里商量营救秦王的事，也有他一个，就是官小，他有劲儿使不上！今天晚上正好他值班，他比谁都着急，一看见尉迟恭，给他乐坏了！所以回答老元帅问他的话，他是发自肺腑，说得都是实话。

“那么张大人，这么办行不行？有事我担着，天塌下来我托着！皇上要怪，怪我尉迟恭，跟你毫无干系！你就说，我要打你，你没有办法，让我闯进天牢，你能不能助我一臂之力呀？给我的方便，秦王倘若不死，必有报答！”

“这这这……”

张世贵一琢磨：是官就有私，是私就有弊，条文命令是死的，人是活的，任何事都可以变通。要按大元帅所说，也不是不可以，像这么点事儿，他在皇上面前一说也就没事了。

还得说张世贵也有胆量：“好吧！大帅，那我就助您一臂之力，您往里请吧！”

“多谢多谢！”

张世贵也是个精细的人，转身把手下人聚到一处，一方面命人去给那受伤的去治伤，钱从自己账上出；另一方面，告诉他们：“严加防守，外边如有风吹草动，或者什么人来了，速报我知！”

谁手底下没点心腹人？这些都是张世贵的人，唯他的命是从，不必细说。张世贵提着红灯，亲自陪着尉迟恭走进天牢。你别看尉迟恭知道这个地儿，从来没到里边来过，到里边一看，好家伙！楼台殿阁，工程浩大，这里边左一个院，右一个院，这哪像监狱？要不知道是天牢，这就像王府一样！什么假山、小桥、泉水，嗬！花草树木，一股香味扑鼻！

张世贵领着他转来转去，来到一所院落。这院落就更漂亮了！转过假山，转过太液池，正房闪出五间来，里边灯光晃动，说明秦王还没休息。张世贵紧走两步来到门前。

“啷啷啷啷！”

“秦王！秦王歇着了吗？”

李世民在里说话了：“噢，还没有，谁呀？”

“我是张世贵呀！您把门开开，看看谁来了！”

李世民赶紧把门开开，就见灯光一闪，张世贵身子往旁边一躲，尉迟恭进来了：“秦王，臣尉迟恭来迟了，您受苦了！”说着，倒身下拜。

李世民做梦也没想到尉迟恭能出现在自己的眼前，虽然说天牢里头条件优越，有水、有小桥、有假山，那顶什么呢？这人活着主要是靠心情。现在李世民什么心情？被软禁到这儿了，十天以后掉脑袋，你说他怎么个熬法？思前想后，冤沉海底，埋怨爹爹龙颜无恩，一肚子苦水没法往外吐！现在想说也没那机会了，能不盼亲人吗？说实话，昨天晚上做个梦，还梦见尉迟恭，没想成真的了！尉迟恭就出现在面前。秦王李世民赶紧抱住尉迟恭，二人抱头痛哭，感动得张世贵在旁边“吧嗒吧嗒”也掉眼泪。张世贵命人给沏了壶酽茶，摆了两碟点心，压低声音说：“王爷、大帅，有什么话你们快说。我倒不怕旁的，我怕有人来查监，要给堵上，可就麻烦了啊！我先到外边去伺候去了。”

张世贵退出去了，尉迟恭站起身来，把门关好了，扶着秦王，二人对坐，一边喝水一边谈心。这个尉迟恭心肠是热的，有一肚子话想问秦王，等真见着面了，一句话也说不出来了，挺厚的嘴唇，干嘎巴，不知道从哪儿说起。倒是秦王李世民，读过大书的人，李世民保持着冷静，先说话了：“王兄，您这是从哪儿来？怎么知道我押在天牢？”

“咳！一言难尽哪！是这么这么回事儿。”

尉迟恭把经过讲述一遍，当他说到累死那匹闪电乌龙驹的事情，李世民心疼，又哭了，看来二人有感情！不管尉迟恭救得了自己还是救不了自己，他算尽了心了，也尽了力了！他拉着尉迟恭的手，“吧嗒吧嗒”掉眼泪。尉迟恭就问：“王爷，这是为什么呢？你们爷俩儿关系那么好，为什么皇上突然之间做出决定要杀你呀？我到现在还糊涂着。鲁国公的信里头也没写，现在没人，就是你我二人，有什么话你尽管对我说！我做到心里有数，好救你不死啊！秦王，究竟为什么？”

“这……”

李世民真不想说，他这人挺古板，就记住那句话：家丑不可外扬。你说我哥哥、我兄弟干出禽兽不如的事情，跟我爹的老婆干出那种事，我怎么跟臣下说？说出来对我爹爹和我的颜面都不好看！

“这这这，咳！不说也罢！”

“唉！别介！你不说我怎么救你？王爷，难道说，你还背着我吗？咱们二人无话不谈哪！就即使你有一千个不对，一万个不对，皇上也不应该杀你，我相信你的为人，肯定受奸人陷害了！也许皇上偏听偏信了。秦王，究竟为什么？你要再不说，来不及了！”

“我……我……咳！”

“说呀！把我急死了！”

李世民又想说，又不想说。正在犹豫的时候，了不得了！张世贵从外边进来了，连门都没敲：“王爷、大帅，大事不好了！怕什么来什么，查监的钦差来了！”

“啊？”

你说怎么这么巧！这屁股刚坐稳当了，查监的来了。尉迟恭就问：“谁呀？”

“奉旨的钦差，尹、齐二王！”

秦王的哥哥、秦王的兄弟来查监来了，多好！死对头！尉迟恭坐那儿没动，李世民受不了，赶紧拉住尉迟恭：“王兄，赶紧回避回避吧！日后有了机会，再谈也不迟！谈不了，迟早有一天也会明白怎么回事，你快走！”

“我不走！”

“你快离开！”

“我不离开，爱钦差不钦差，他能把我怎么着？我什么都不怕！”

张世贵一听，“扑通”跪下了：“您是谁都不怕，可卑职我受不了啊！这要给堵上，那我一家人都活不了！求大帅赏个方便吧！”

秦王也劝，张世贵也哀求，尉迟恭没办法，这才站起来：“他娘的真晦气！一句话没说呢，就得躲开！”

刚想要走，来不及了！钦差到这院来了。就听一阵杂乱的脚步声响，李建成说话了：“哼！就这院吗？”

“回王爷，就这院。”

“不错嘛！比我的王府也逊色不了多少啊！”

又听李元吉说话：“嘿！累得我腿都疼，怎么这么远的道啊？里边有人吗？”

“回王爷，没人，就是关押的秦王。”

“别人没来过吗？”

“唉！没有没有。”

情急之下，再想出门也晚了！幸好里边带个套间，李世民连推带拉，把尉迟恭推进里间去了，然后把门关上了。刚关上门，建成、元吉就进了屋了，仆人左右一闪，建成、元吉借着灯光打量李世民。你看李世民心里紧张，表面上非常从容，看不破什么。建成一咧嘴："二弟，哥哥来看你来了！老三也来了。张大人，你怎么在这儿?"

"啊！我这不是准备点点心，给秦王准备夜宵。二位王爷，请坐请坐！臣告退。"

张世贵说完，走了。再看建成、元吉不亲假亲，不近假近，哥俩儿过来把桌收拾了收拾，李元吉就说："二哥，你受苦了！咳！真是天有不测风云，人有旦夕祸福呀！谁想得到啊？二哥呀，明天就是您大喜的日子，不管怎么说，咱们乃一母所生，见你掉脑袋，我们心里头疼啊！可又无能为力。今天晚上我们死说活说，哀求了一个时辰，咱爹这才点头，允许我们来查监，实际上就是来看你来了！查什么监？这不是吗！这都是你爱吃的，想吃什么，你就吃什么吧！"

李建成、李元吉哥俩儿亲自动手，罗列杯盘，什么南甜北咸、东辣西酸，皇封的好酒，摆了满满登登一桌子，哥仨儿围着桌子坐下，李建成亲自给李世民满上一杯："我说二弟呀，你先把这杯喝了，全当我们哥俩儿给你压惊了！"

李世民动也没动，眼珠观察着他们俩的举动，看了看菜，又瞅了瞅酒，最后李世民冷笑了一声："大哥、老三，我谢谢你们的盛情，酒我要喝，菜我要吃，而且得好好地吃。但是在此之前，有件事我得问问清楚。"

"啊！二弟你说吧！什么事儿?"

"哼！大哥呀，说句俗话，水贼过河，甭使狗刨，明人不做暗事。我是要死的人了，你们要欺骗要死的人，可罪上加罪呀！既然你说了，咱们是一母所生，能不能把事情的真相跟我讲讲啊？这地方没有外人，肯定没有走嘴的话，我究竟为什么触怒爹了？为什么爹非杀我不可？哎，你们在这里搞了哪些名堂？敢不敢跟我明说？我也死个明白，我也死个清楚！"

"我，这……"

李建成看看李元吉，哥俩儿思索了半天，眨巴着猴眼睛："好吧！老二，既然你说到这儿了，我就告诉你吧！你讲话了，这说话跑不了，谁也听不去不是吗？我说，我说二弟呀，你哥和你兄弟不是人！我们贪恋女色，实话跟你说，我们跟这个庆衍宫的张、尹二妃好了可不是一天了！前年的时候我们就鬼混在一起。你说邪门不？这一混到一起，还分不开了啊！这玩意它，它就是怪事！你说你没事你查哪门宫？那天你查宫一下把我们堵到屋里，宫门挂了玉带，你那意思，是不是以示警告？可是我们心里没底呀！小尾巴抓到你手里，你说翻脸就翻脸，什么时候叫我们死，我们就得什么时候死。人不为己，天地诛灭！你走之后，我们四个人发现了，后来经过一商量，嘿嘿，我说老二，我们就来个先发制人，倒打一耙。我出的主意，明人不做暗事，我让张、尹二妃抓破青丝和脸面，跑到爹爹的宫里去告状去了！告你李世民调戏皇妃，因奸不允，把人给挠伤，总之吧，就是这个意思。咱爹是老糊涂了，偏听偏信，以为是真的，一怒之间，这才要杀你。我一句瞎话都没说，这就是以往的实情！老三，你补充补充。”

你说这俩小子脸皮有多厚！李元吉一听，奸笑了一声：“嘿嘿！二哥，别笑话我们啊！大哥说得一点都不假，天生我们就有这病，您说怎么办？大哥刚才说了一句到家的话，人不为己，天诛地灭，我们得想想我们自己！不过呢，二哥你放心，你是屈，你是冤，你掉了脑袋之后，我们在爹的面前好好给你保本，给你修一座又高又大的陵墓，每逢初一、十五和你的忌日，我们多烧纸多设供果，祝福你早登仙界！二哥，这也算补偿。二哥，你吃亏吃到谁身上？吃到我们哥俩儿身上，咱一个娘肠子爬出来的，你呀，也就不要再想别的了，是不是呢？方才大哥说得都是以往的实情，的确如此，这不说清楚了？二哥，这回明白没？”

噢！李世民这才知道是为什么，火就撞到脑门子：“我说你们两个人这么做缺德不缺德？”

“是有点缺德，但是没有办法呀！兄弟，你骂也骂得，打也打得，总之你是非死不可了！来来来，先把这杯酒喝了好吗？喝完了咱们再接茬说，漫漫长夜，早着呢！”

他们为什么非叫李世民喝酒？原来酒中有毒，他们怕李世民临死之前翻案，怕把那事抖搂出来，您说毒辣不毒辣！李世民能喝吗？恨不能把酒泼了！他盘算错了，看眼前这种形势，不喝也得喝！

他们怎么想起这么个招来？原来这个事是张娘娘出的主意，自从秦王李世民被李渊捆起来要杀之后，这四个人甭提多高兴了！恨不能盼着手起刀落，“咔嚓！”，把脑袋切下来，他们这心就放下了。但是使他们气愤的是，文武百官一再求情，更可气的是，程咬金大闹八宝金殿，斧劈紫禁城，终于给保下十天人情。这十天对这四个人来说，难熬啊！哎呀，这四个人一有机会凑到一块，就嘀咕这个事，就怕李世民不死。另外李建成、李元吉也派下细作，探听以程咬金为首的这帮人，究竟想干些什么？

别说，把实底摸出来了，听说程咬金写了好几封信，而且派人骑快马送信去了。虽然说他们不知道信里头写的什么，也不知道给谁送的，但也猜个八九不离十，无非是秦琼、罗成、尉迟恭这些人呗！哎呀，他们一琢磨：虽然不可能请回来，一旦要来了呢？非常不利呀！后来这张娘娘出的主意：“干脆咱甭管他！先下手为强，后下手遭殃，你们以查监为名，给他送去酒菜，酒里投毒，把他毒死就得了！万一有变化怎么办呢？”

四个人商量好了，建成、元吉见他爹李渊前去讨旨，另外恳请他爹允许给李世民送点吃喝，表面上是关心兄弟，实质上内藏奸计。李渊现在病糊涂了，听儿子说得有理，就允许了，旁人探监不行，他俩例外！李渊也没想到，一个娘肠子爬出来的儿子，怎么会下此毒手呢？

李世民不喝酒，他哪有心思喝？肺都气炸了！这两个人一看他不喝，傻了眼了！最后李元吉冲着李建成一使眼色，两个人要动武把抄！再看李建成转到秦王李世民身后，唉，把李世民这两膀子给别住，李元吉一伸手，抓住秦王的头发，往下一拽，另一只手把那酒壶抄起来了，往下就灌！不喝就愣给灌！

只要酒入肚，李世民就算交待！至于下一步怎么办，他们再想办法。可做梦也没想到，里间还藏着个人呢！皂袍大将老元帅尉迟恭！尉迟恭面粗心细，他从心里往外恨这个李建成和李元吉！当年尉迟恭去投军入伍，李建成、李元吉那阵儿是招兵的主考，第一次见尉迟恭，一看尉迟恭长得傻大黑粗的，二话不说，一顿鞭子把尉迟恭给打出去了！尉迟恭二次投军，他俩一看，这傻大个子儿又回来了？不容分说，揍了四十军棍。后来尉迟恭没有办法了，想为国家效力，这门口进不去了呀！经过辗转运作以后，才投军入伍。

今天李建成、李元吉这一来，尉迟恭感觉到里边有文章，他把那门撬开一点缝，竖耳侧听，这李建成、李元吉所说这些话，一字不漏，都叫尉迟恭听见了！噢！是这么回事儿，怪不得秦王不愿意说呢！同时啊，把尉迟恭气火了，心说：这两个王八蛋真是个畜生！你看，还觍着脸说呢！气得他浑身栗抖，恨不能冲出去把他们碾烂了撕碎了，方消胸中的怒气。可是又一想：别着急，都说我这个人办事太草率太鲁莽，今儿个我破例也沉稳一回！且看往下怎么发展？

后来一看，这两小子动手要给李世民灌酒，他就明白，这酒里边肯定有毒！不然他们干什么那么着急？尉迟恭一看，到时候了，再不出去，秦王性命休矣！

因此他拽出十八节紫金鞭，“咣”一脚，把门就踹倒了，“嗷”一嗓子闯到外屋：“住手！”

这尉迟恭把这监狱变成了沙场，这大房子震得一呼扇，大地都颤了一颤！建成、元吉吓得魂不附体，心说：什么声？回头一看，妈呀！闹了半天是杀人的祖宗！“咣当”一声，酒壶落地，您说里边搁了多少毒药！地是方砖，酒一沾着方砖，“刺啦”闪了一道蓝光，把砖地都烧裂了！这要人喝到肚子里，还好得了吗？

这两小子转身刚要跑，尉迟恭个儿大腿长，“噌噌”两步就撵上了，他没打他们，伸手把两人的脖领子给抓住：“回来吧，孙子！”

就他这劲儿，十六个建成、元吉也白搭！像拎小鸡一样就拎回来了。两人一看不好，“扑通”，就跪下了。

“大帅饶命！”

“大帅饶命!”

“我打死你们两个王八蛋!”

抡鞭要砸。李世民一看，别给打死！死人嘴里没有招对，那就不好办了！

“王兄住手！打不得!”

尉迟恭一听就一愣，心里头老大不高兴，嘿！心说：行啊！到了关键时刻，人家毕竟是亲兄弟，李建成、李元吉这么害李世民，李世民反过来还给他们求情，我倒成了外人了！他转脸问秦王：“秦王，你怎么还给他求情?”

“王兄息怒，死人口中无招对，打死就麻烦了！再者一说，他们俩乃是一国的亲王，要处死他们，也得皇上降旨，你我哪有这种权力？我的意思是说，最好把事情审清问明，然后请皇上做主。”

“对喽对喽！还是读书人心细，看来我说不鲁莽，又鲁莽了!”赶紧把鞭放下了。

一转身，他坐下了，往桌上看了看这酒菜，又看了看建成、元吉。

“往前边跪，我要过一堂!”

他要过一堂，他倒成了审判官了！他告诉李世民：“秦王，有笔有纸没?”

“有有有!”

“你在旁边记录口供!”

再看尉迟恭把鞭一拄，黑脸蛋子往下一沉：“说！你们究竟怎样陷害秦王？都是什么手段？你们怎么商量的？要从实给我讲来！说对了，免得皮肉受苦，说错一个字，我打你们一鞭！听没听见?”

“听见了！听见了!”

“说!”

唉！要了命喽！你看跟秦王说没事，要跟他说，这事非叫皇上知道不可！有心不讲，不可能啊！这关过不去，尉迟恭还管那个吗？说打就打。两个人跪在尉迟恭面前，咧着嘴，把经过讲述一遍。尉迟恭一听，跟方才在套间里听的差不多少，但是为了精细，他连问了三遍，两个人重复了三遍，说得大致相同，李世民提笔记录。

“我说秦王，麻烦你给口供重复一遍，看看有没有错？让他俩更正。”

李世民拿起一朗读，就照他们的话写的，那还错得了？尉迟恭问：“怎么样？有错没有？你们可以照直说。”

“没有！千真万确!”

“是这么回事儿吗?”

“一点不差!”

“好嘞！你们俩画押吧!”

你看尉迟恭大老粗，公堂这事他还懂，白纸画黑道不假，不是他俩写的，是李世民代的笔，他俩翻供不认账怎么办？得让他俩画供。当场，两个人趴到地上，把指纹按上了。尉迟恭为了保险起见，来了精细的劲儿了："按一个手指头不行，把十个手指头全得按上！"

按完之后还觉得不保险："你们听着！把袜子扒了，把脚也得按上！"

两人一看，这回跑不了了！尉迟恭的话敢不听吗？不听当时就得被打死！两个人捏着鼻子，扒下袜子，挽起裤腿，蘸上印泥，把脚印也按上了。印完了，重新把鞋穿好，尉迟恭拿过来一看，心说：这回可差不多了！

把他们的口供卷一卷，揣到怀里头了。一想：怎么办呢？秦王方才说得对，把他们打死，没那权力，就得皇上降旨呀！总之，口供已经完全录下来了，他俩也跑不了，天到这般时候了，往哪跑？城门都关了。就等半天，奏明皇上，再行处置！

想到这儿，尉迟恭吩咐："你们听着！"

"听着呢！"

"我马上把你俩放了，回到府中听候处理啊！你们俩小子要想跑也行，看你们能跑到哪去？只能罪加三等！滚！滚！"

"哎！是！"

两个人是抱头鼠窜，跑了。哎呀，尉迟恭这心啊，吃了槟榔顺气丸了！转回身来拉着秦王的手："秦王，这回你放心吧！你死不了喽！哈哈，看来我尉迟恭今天回来就对了！怎么这么巧？神佛睁眼，老天保佑！秦王，这回你放心，好好休息一晚上，我现在就进宫见皇上启奏此事！"

李世民自然是高兴了，觉得也是万无一失："王兄，您受累了！"

"哎！没说得！没说得！你就静听喜讯吧！"

李世民把他送到院外，尉迟恭来到门口，见着张世贵，然后把马匹牵过来，上马赶奔皇宫。尉迟恭是个急性子，办任何事不拖泥带水，他想：此去皇宫我就叫宫门，皇上见我也得见，不见也得见！我把这事一说，不完了吗？真相大白了。

他心中是十分得意：哎呀！还没见着程咬金，也没见着那些哥们弟兄，算了！明天再唠吧！

这个马拐弯抹角，奔后宰门，因为奔皇宫，走后面肯定进不去，走后宰门属于内宫，所以这个道比较背点。刚走到胡同口，可坏了！尉迟恭做梦也没想到，胡同口周围埋伏着一百多号人！这些人黑纱罩面，手里都拿着家伙，绳子、铁索，另外好几个端着盆的，那盆里装的什么？白灰呀！都拿箩过了，那细白灰呀，端来十几盆。尉迟恭毫无防范，马刚到胡同口，"噌噌噌"，窜出七八个来，对着尉迟恭，把这白灰就扔出来了。

白灰在盆里边装着，往外这么一扣，哎哟！要了命了！全扣到尉迟恭这脸上！

“啊！”

尉迟元帅这一吸气，把这白灰全吸到鼻子跟嘴里去了！与此同时，又闯上十几条大汉，拿绳子套上尉迟恭这脖子：“给我下来吧！”

“扑通！”

把尉迟恭就拽下去了，拿过绳子，踩过脊背，拧过胳膊，不容分说，捆了个结结实实！又有人拿过口袋来，把尉迟恭装到口袋里，把口系上，四个人抬着就钻进胡同，那匹笨马呢，也被牵走了。这痕迹怎么办？早有人打扫收拾完了，痕迹皆无！

那么这伙儿人上哪儿去，三转两转来到尹王府的后门，门上有人，里头没关着。

“回来了？”

“回来了！”

“怎么样？”

“成功了！”

“哟！太好了！快进来，进来！”

“呼啦呼啦呼啦。”

都进去了，剩下那么两个往后街上看了看，无人跟踪，这才放心地把后门关闭，奔前院银安殿。说到这儿，您就清楚了，这伙人是谁的人？建成、元吉的人。咱们方才说了，尉迟恭盘算得挺好，口供掌握到手里，还怕他们翻案不成？

光注意这个了，他就忘了狗急了跳墙，把两人给放了。两个人回到府里头，就预感到灭顶之灾，赶紧把谋士们请来商量对策：“坏了坏了！你们说怎么办？怎么办？是这么这么回事儿。”

谋士们也没咒念了，后来给出的主意：“事到现在，不是鱼死就是网破了！就得豁出去了！文的不行，就得动武的了！”

尹、齐二王，贵为王爷，手底下打手上千！就这么着，他们马上采取行动，抽调了一百五十名精壮兵士，黑灰抹脸，有的面罩黑纱，穿青挂皂，拿着白灰、拿着器械，从后门溜出去，埋伏到路口。

他们怎么知道尉迟恭非得走这儿呢？当然猜不透，但每个路口都有他们的人，尉迟恭走哪儿也跑不了！就这样，把尉迟大帅给抓住了。仆人们到了院里，轻轻把尉迟恭放下，转身进了银安殿。建成、元吉正在这儿等着呢，跟火燎猴腚差不多少！两个人急得来回直转。

“回来了！启禀王爷，回来了！大功告成，把尉迟恭生擒活拿！”

“啊？人呢？”

“就在院里头。”

“抬进来！”

当然这里边都是他们自己的人。众人把口袋抬进来，建成、元吉吩咐一声：“抖搂出来！”

“喳！”

手下人遵命照办，绳子套解开，口袋撸下去，把尉迟大元帅倒出来。两人一看，跟面人一样！浑身上下全是白的，没把尉迟大帅给烧死！您想，生白灰这一呛，这嗓子、鼻孔、眼睛，什么人能受得了？

“哼！你横啊！你他妈不是横吗？想当初，你大模大样往上面一坐，审问我们哥俩。这回换个儿来，该我们哥俩儿审问你了！提水！提水给他冲一冲！”

有人拎来两桶白水，“哗”往脸上一喷，把这白灰就冲下去。尉迟恭眼睛还睁不开，咳嗽了半天，痰中都带血！哎呀，李建成跳过去，“啪啪”就是两嘴巴子：“哎呀，什么滋味？不好受是不是？我说大老黑，你睁开你那狗眼，看看我是谁！”

不用看，听声就听出来了。现在尉迟恭心里就是个后悔，把肠子都悔青了！心说：我还是鲁莽，嘿嘿，我没料到这手，狗急了跳墙啊！唉，怎么没想到这手？现在落到他们手里，肯定是九死一生了，也就豁出去了！

尉迟恭破口大骂：“狗娘养的！你们劫持大唐大帅，想干什么？”

“噢！你还是大唐的大帅？黑炭头，死到眼前你还嘴硬！方才你拿那口供在哪儿？”

“没有！”

“没有？给我搜！”

大家七手八脚从尉迟恭这怀里把那口供搜出来了，交给建成、元吉。建成、元吉一看，如获至宝：“哎呀呀！哈哈，看看你多精细！让我们按上指纹还不算，还得把脚印按上。干什么？到皇宫告状去？你打错了算盘了！大老黑，你看着！”

“刺啦”，撕成条条，然后以火焚之。尉迟恭心如刀绞，枉费心机了！全完了！再想叫他俩招供，势比登天！这两小子烧完了，把鸭子脖一拧：“哼！尉迟恭啊，你说这个账咱怎么了结吧？是给你一刀来个痛快呢？是给你乱刀剁死？你自己想主意吧！”

尉迟恭破口骂开，祖宗长、奶奶短，骂得这两小子火冒三丈：“来人！把这大老黑架到院里，给我乱刃分尸！”

# 第六回

## 二夫人兵围王府
## 程咬金见驾皇宫

大元帅尉迟恭遭人暗算，被李建成、李元吉绑架到王府，生命垂危。现在李建成、李元吉面目狰狞，咬牙切齿，不杀了尉迟恭难解心头之狠！而且不杀了大元帅，事情就败露了，他们命令把尉迟恭拉到院里乱刃分尸。

在他们的府里头养着不少谋士，也养着不少打手，这谋士当中有一个比较有头脑的，一看建成、元吉这么做，有点过分，所以赶紧就过来了："二位王爷且慢！使不得！"

李建成回头一看："噢！温先生有话请讲！"

这姓温的师爷压低了声音跟俩王爷说："二位王爷，不能这么干啊！尉迟恭是受皇封的兵马大元帅，有名的鄂国公，这要拉到院里乱刃分尸，倘若走漏了消息，皇上怪罪下来，二位王爷担待得起吗？"

"那不杀他也是隐患哪！"

"话虽如此，不杀死尉迟恭，还留有退身的余地，人做事不能做得太绝了，请二位王爷好好想一想，我说得对还是不对？"

"你说得也有一定的道理，但是这个事，留着他可不太好办呢！"

李元吉就说："大哥，别听他的，这是个书呆子，必须杀人灭口！杀了吧！"

李建成没表态，李元吉说了也不算。他正在犹豫这个事，报事的进来了："报二位王爷，大事不好了！"

现在这两人心都碎了，一听这词，吓得脑袋"嗡嗡"直响，李建成就问："什么事情？慢漫说。"

"尉迟恭的两位夫人黑白二氏，领着五六百人，把府门给堵住了，非要进来要尉迟恭不可！她们说得清楚，把人交出去还则罢了，不交人就要杀进来！我们阻拦不住，请王爷定夺！"

"哟！"

两人对看了一眼，那脸色“唰”地就变了，心说：他娘的怪哉，怎么走漏的消息？难道有人把我们出卖了？这也太快了！莫非黑白二氏从天上掉下来的不成？这是怎么回事？

两个人是疑惑不解，情急之下，没有办法，只能听温先生的，把尉迟大帅嘴堵上，捆结实了，藏在密室之中。李建成交代得挺清楚：“如此这般，这般如此，把他藏到这么这么个地方，千万要保密。”

众人刚把尉迟恭架下去了，就听这外头人喊马嘶，知道报事的人没说瞎话，两个人把屋里头收拾好了，正带抖袍，拔着胸脯，迈着方步，来到府门前，命人开门。门闩撤掉，两扇府门一分，往外头一看，好家伙！灯球火把，是照如白昼一般！这几百人，一个个瞪着眼睛咬着牙，跟凶神恶煞相似！往正中央观看，正中央是两匹高头大马，上垂手这位，头戴七星花的蛾冠，身披金锁连环甲，外罩百花袍，下蹬镶牛皮的战靴，走兽壶悬天袋是弯弓插箭，鸟翅环得胜钩挂着绣绒大刀。再往脸上看，是五官端正，那个眉毛那个脸，那个鼻子那个眼，年轻的时候是俊俏的佳人。不过这个女人多少黑那么一点，皮肤并不白，别看不白，绰号叫黑翠，黑得那么漂亮！虽然徐娘半老，风韵犹存呢！

往下垂手看，一员女将银盔素甲，外披战袍，胯下胭脂红，鸟翅环得胜钩挂着五钩神飞亮银双枪。再看，长得非常白净，年轻那会儿也是个漂亮的人，就是现在上了点年纪，也看得出来风流潇洒。

李建成、李元吉一眼就认出来了，尉迟恭的两位夫人黑白二氏！要说起黑白二氏夫人，都有能耐，黑月奴、白月娇两位夫人，当初是孟海公的夫人，孟海公属于十八路反王之一，也是反对杨广的。孟海公死了，丢下两位夫人，这两位夫人率部队降唐了。她们都是寡妇，尉迟恭那时候也没娶媳妇儿。他怎么没娶媳妇儿？并非如此，尉迟恭表面上没娶媳妇儿，实际有夫人，梅氏夫人在战乱之中失散了，不知道这个梅氏夫人是生啊还是死？所以尉迟恭也算是光棍一条。那么大的官，一个人生活，诸多不便，回京之后，程咬金出于好心，玉成此事，把黑白二氏夫人介绍给大元帅，挑良辰择吉日，三人完婚。

半路的夫妻，感情还真不错，这三人如胶似漆，形影不离，恩恩爱爱，过得十分和睦。那么这两位夫人怎么知道尉迟恭在尹王府呢？她们也不是神仙，也不会掐算，这有原因的。还是那句话，要想人不知，除非己莫为，纸里包不住火，天下没有不透风的墙。当尉迟恭被绑架那时候，刚好被一个人看见了，这个人还不是旁人，他姓徐，叫徐鹏，原来在大帅府尉迟恭手下当个小管家。徐鹏为人耿直，办事也干练，每样都好，尉迟恭对他也挺器重。此人就有一个毛病，爱喝酒。喝酒算毛病吗？当然不算，但是你别酒后误事，他就因为喝酒净犯错误，见酒如命，等喝醉了就不是他了，什么打人、骂人的事，经常发生。尉迟恭爱惜人才，大不见小不见，平常就不怪罪他，有一次他喝醉了耍酒疯，把蜡烛给打倒了，结果这蜡烛滚到帐帘底下，引起大火，这场火烧坏了十几间房子，损失惨重。有人建议把徐鹏送到官府治罪，判他一个纵火罪。结果尉迟恭爱惜人才，于心不忍，故此呢，没送他到官府，臭骂他一顿，给他一百两银子，撵回家去，把他炒了鱿鱼。

徐鹏打那之后，痛改前非不喝酒了，他不怪大帅尉迟恭，怪自己君子无德怨自修，痛改前非。有心回帅府，但是有点抹不开面儿，怕大帅拒绝，唉，过三过五，等大帅顺过气来，他再好好地求求大帅。尉迟大帅是好人哪！忠厚的君子，备不住就把他收留了。

他是这么想的，现在无事可做，做买卖还没有本钱，干点什么呢？把他愁得晚上睡不着觉。他这家离着尹、齐二王的府第不算太远，他晚上睡不着出来，蹲到墙根那发愁，盘算着下一步怎么生活？正在这时候，他发现了匹马，他还琢磨呢：这半夜前这谁呀？骑着马什么事这么着急？借着月光他一看，哎哟！老元帅尉迟恭！他心说话：大帅是从哪儿来呀？要上哪儿去？干脆利用这个机会，我把我的事跟他说说，他要一点头，就赏我饭吃了！

正在这个时候，马过去了，他站起身来就想追。前面就是小十字街，还没等他过来呢，尉迟恭那儿就出事了！发生的那些事，徐鹏看得是清清楚楚！哎哟！他这心就揪到一块了，这是为什么？这伙儿是哪儿的？为什么绑架大帅啊？他有心过去帮忙，可人单势孤，人家一百多号，自己怎么能行？过去白送死，干脆弄明白怎么回事儿吧！他就在后头偷偷地跟踪，等那些打手把尉迟恭架进尹王府，他到了门前仔细辨认辨认，认出来了！哎哟！对！这我太熟了，一天得走好几回，这不是尹王府吗？左边是尹王府，右边是齐王府，正中央隔着一道墙，听说墙上还有个月亮门可以随便出入，外边上看是两座府，实际上跟一座府没什么区别，老百姓都说叫二王府。

他又转到前边一看，没错！他一盘算：哎哟！我知道了。尹、齐二王一向跟大元帅不和呀！他们要陷害元帅不成吗？我救人是救不了，报个信儿总可以吧！

因此他一点没耽搁，撒脚如飞，跑到帅府报急。单说黑白二氏夫人，天黑下来之后，姐妹对坐在这儿谈话呢，谈话的中心也没离开尉迟恭。掐手指头一算，走了三年了，前些时来了封信，说工程眼看告竣了，大帅得什么时候回来？真想丈夫！

又坐了一会儿，有人来给送信来了，说："马家茶楼的马掌柜把大帅的乌龙驹给送回来了，还说有事求见夫人。"

姐俩就一愣啊！人哪儿去了？把马掌柜请进来了，一问，马掌柜说："大帅回了京了，也不知因为什么急事，把马给累死了。大帅吩咐，让我把马匹送回，说等他回来再处置。另外大帅给夫人捎来个信儿，他先不回府，上天牢也不知看什么人去了，让二位夫人放心。”

“哦?”

两夫人疑惑不解！重赏了老马头，把他打发走了。这一盘算，明白了！肯定大帅是为秦王回来的！现在京城的大事就是要杀秦王，听说鲁国公程咬金派人送信，没想到十日的期限他真赶回来了！他跟秦王关系最好，大概看一看他好放心，下一步就是给秦王如何保本。哎呀，丈夫回来了，准备准备吧！一会儿夫妻好见面。

她们让丫鬟、婆子把房子收拾得干干净净，晚餐准备好了，水泡好了，左等也不回来，右等也不回来，两夫人急坏了！心里嘀咕：什么事耽搁这么长的时间？有心去找去吧，天牢那个地方不能随便出入，去了也找不着。不找吧，心里还着急。等啊等啊，快到快半夜了，徐鹏来了，要求见夫人。黑白二氏认识徐鹏，知道是被解雇的一个人，赶紧让他进来了。徐鹏跪下，把经过讲述一遍，黑白二氏闻听，当时就傻了眼了！

“徐鹏啊，你看得清楚?”

“小人看得清清楚楚啊！我深知大帅与二王之间多年不和，这两个人要下毒手害大帅，我看得非常明白，把大帅绑架到二王府里了。”

两夫人一听就急了，这还了得！赶紧吩咐一声：“盔甲准备!”

两位都是女将，当初也指挥千军万马，摸爬滚打，在战场上待了多少年，因此盔甲全身，命人带马抬刀，点齐帅府五百多亲兵，这才来到二王府，这是以往的经过。那个徐鹏呢，自然也跟来了，他是人证。单说建成、元吉一看是黑白二氏夫人，他们心里头没底，表面上倒从容镇定，李建成拿出王爷的架子，把嘴一撇，胸脯一拔，小脖一梗梗，脑瓜一扑棱：“啊！我当是谁呢？原来是黑白二位夫人。请问夫人夤夜带着这么多人，拿刀动枪的要干什么呢?”

李元吉也说：“我说夫人，你们明火执仗，莫非要抢王府不成吗?”

黑白二氏恨透了这俩家伙，若他们不是皇上的儿子，不是一国的亲王，早把他们宰了！黑氏夫人说话了：“二位王爷，要问我们姐妹干什么来了，你们心里清楚！请问我丈夫尉迟恭是不是在你们府里面？快把人献出来，一笔勾销没有话说，如果不把人献出来，恼一恼，我们要杀进王府，一切后果由你们负责!”

李建成、李元吉一哆嗦，一看这黑氏夫人说得非常肯定，就像把握十足的样子。可事到了现在，两个人是死不认账，不能交代事实。李建成冷笑了几声：“嘿嘿！哎呀，我说二位夫人，说得哪里话来？我们都搞糊涂了！尉迟大元帅怎么能跑到二王府？这是谁放的屁？简直信口雌黄，无中生有!”

黑氏夫人一咬银牙：“是吗？二位王爷，鸟飞还有个影子，要想人不知，除非己莫为，你们也别说没有，我也别说有，能否让我们姐妹进府搜查以辨真伪？”

“什么？嘿嘿，我说夫人，你也是女将军，封为一品刚毅夫人，国家的制度难道你不晓得吗？这是什么地方？这叫亲王府！要搜查亲王府，没有皇上的圣旨是不行的。你真是不怕风大闪了舌头！我就把道路闪开你敢进吗？迈左腿，砍你的左腿，迈右腿，砍你的右腿，难道说你不怕死吗？”

“是啊！”

这李元吉在旁边打着帮腔。

黑白二氏夫人气得浑身乱抖，事到如今，不容思考了：“好！既然这么说，我们就豁出了性命不要了！来人！冲！”

帅府的人跟大帅都有一定的感情，听说大帅被困二王府，眼珠子都红了！夫人一声令下，这些人晃动刀枪：“冲啊！进府！”

这要往里冲。尹、齐二王一看：“哎呀！反了反了！来人！”

二王府的亲兵卫队也上千号，李建成吩咐一声：“把他们给我撵走！”

王府的人像恶犬一样就冲出来了，双方都是好几百人，就展开了一场械斗！

眨眼的工夫，互有伤亡，就放躺下二十多号。眼看事情闹大了，正在这时，从御街东面来了三四百人，红灯开道，快马如飞。为首的非是旁人，正是镇京的大帅王玄王君可！

王君可来并不奇怪，他属于京营大帅，负责京城的安全，今天晚上该他巡逻查夜，正好走到这儿，遇上这个事。

王君可一看，这是怎么回事儿？明火执仗，这么多人打到一块了，为点什么呢？要闹出大事，自己要负责任的，所以王君可高声喊喝：“住手！”

说着话，催马到了出事地点。他手下的亲兵跟一堵墙一样，把双方给隔开。黑白二氏夫人一看大帅来了，赶紧从马上跳下来，分獭尾撩战裙，来到王君可面前，躬身施礼：“殿帅，是我们姐妹！”

“哟！闹了半天是二位夫人，这是怎么回事儿？”

“哎呀！你且听了！”

两位夫人压低声音，把经过讲述一遍。王君可听完了，是又惊又喜呀！他跟程咬金、尉迟恭都是贾柳楼磕头的把兄弟，都偏袒着秦王。这些日子王君可掉了二十斤肉，就怕秦王有个三长两短！现在搬请的这些人一个都没回京，他认为这一点希望都没了。听二位夫人这一说，哎哟！他又高兴了！这是喜。惊什么？怎么老元帅进京叫二王给绑架了？这是怎么回事儿？要落到这两个人手里，大元帅还活得了吗？

王君可听完了之后，迈步来到府门，看了看建成、元吉：“臣参见二位王爷！”

李建成撇着个嘴："噢！王君可啊，你来得正好！你是京营大帅，你给评评理。他们明火执仗，要入府搜查，你说我能允许吗？我是受了皇封的，堂堂一国的亲王啊！要想进我的府，没有圣旨是不行的，这你都清楚。你说他们犯下什么罪了？你说说吧！"

王君可点了点头："是啊，二位王爷所说不假，她们的确不能进亲王府。但是事出有因，方才我听两位夫人跟我说了，她们说你绑架了尉迟大元帅，人家来要人来了，也不是没有道理。我说二位王爷，是否能这样？您把道路闪开，让她们进府看看。要没有，她们就是明火执仗，无中生有，陷害两位王爷，就得按律治罪。王爷您看这样……"

"哎哟！王君可，你可真会说话！照你这么说，你是支持她们进府搜查呗？行行行！这叫是亲三分向，不过你错打了算盘！我要不点头，我看谁敢！想进我的王府搜查，没门！"

李元吉也说："谁敢！我看你们哪一个敢进府？哥哥，别理他们，咱回府歇着去！把府门关闭，看他们敢进！"

王君可也傻了，人家说得也不是没道理，他管老百姓行，管亲王，没那么大权力，二位亲王就瞪眼不叫进，他也没咒念！这怎么办？

正在着急的这么个时候，救星来了，就听有人喊："君可呀，不必着急，四哥到了！"

众人抬头一看，来者非别人，正是鲁国公程咬金！老程的背后是他两个儿子程铁牛、程万牛，再往后看，都是程府的斧子队。

程咬金怎么也来了呢？原来黑白二氏夫人没起身之前，马上就派人去禀报鲁国公程咬金，怕事闹大了，一旦闹大了，有老程在这儿兜着，以防人单势孤。因为他们面对的是大唐的亲王，不是好惹的！程咬金得着信儿之后，马上领俩儿子，带着斧子队，就赶到出事地点。

程咬金这一露面，尹、齐二王脖子都冒凉风！心说：这老家伙，怎么他也来了？不好办呢！他们对付旁人行，对付程咬金，没那能耐！程咬金连他爹都不怕，连皇上见他都头疼，何况是他们！但是事到了如今，就得硬着头皮在这儿顶着。

程咬金腆着草包肚子，骑着马，来到王君可和二位夫人近前："吁！"

老头子翻身从马上跳下来，程铁牛、程万牛一边一个，搀着他爹，程咬金看了看黑白二氏夫人："二位夫人，你们也在这儿！"

"啊！老千岁，我们早就来了！"

"哎，咱们到这边说，到这边说，不能叫尹、齐二王听着。"

到了没人的地方，程咬金问："二位夫人，你们派人给我送信，说得都是真的?”

“老千岁，一点假都没有!”

“哦?你们怎么知道大老黑被二王劫持了?”

“我们本不知道，都是徐鹏说得。”

“徐鹏?我到你们府上串过门，不是一个什么管家叫徐鹏吗?”

“就是他!”

“这人在哪儿呢?”

“就在眼前。”

“叫徐鹏过来!”

徐鹏过来，给程咬金磕头，老程叫他起来就问：“徐鹏，事关重大，非同儿戏，这是你亲眼得见?”

“老千岁，一点都差不了!我看得清清楚楚!”

紧接着，这徐鹏把细节全对程咬金说了，老程又询问了半天。你看，程咬金面粗心细，他知道事关重大，非同儿戏，得问个清清楚楚。问完了，老程心里有数了，徐鹏起誓发愿：“千岁您放心，我胆子再大，怎敢诬陷一国的亲王?我以全家的性命和人头担保!”

“行了，别说了，我相信你。”

程咬金询问了现场的情况，做到了心里有数，转回身来见尹、齐二王：“哎哟!二位王爷，哈哈，还没睡呢?”

李建成心说：废话!这么折腾，能睡得着吗?

“啊!我们当是谁呢?闹了半天是老千岁!”

“别客气，二位王爷，我晚上睡不着出来兜兜风，正赶上这事，你看弄得多不愉快!方才我问了对方，对方说你这府里头有大老黑，大老黑是绰号，就是尉迟恭，我经常跟他开玩笑这么称呼他。不管怎么说吧!人在你们府里没在你们府里，你们也说说清楚。”

“老千岁，天大的冤枉!无有此事!纯属是造谣诬蔑!”

“好!我说这么办行不?你们双方好像打官司一样，各执一词，他说有，你说没有，那这个事怎么能了断呢?依老朽我的主意，你们把道路闪开，让他们进府看一看。要是没有，一天乌云不就散了?你们是清白的，然后就处置他们，他们的确是冤枉好人。可要有，那你们二位就琢磨着办了!不知二位王爷以为如何?”

李建成冷笑了几声：“老千岁，这话要出自别人的口，情有可原，您老要这么说可就不对了!我这儿不是市场啊!随便出，随便入，我这是堂堂的亲王府!我们可受了皇封了。说谁怀疑我们就进府搜查，那我们成了什么了?与国家的制度也不符合呀！老千岁，我不是撅你的面子，没有圣旨，任何人不准进府！”

老程一听，也对！这事可为难了！愣往里闯也不是不行，但那么着 就乱套了！谁能那么做呀？有理的事也变成没理了。哎，圣旨，对了！有圣旨就好办事了！行行行，算你们说得有理！老程转回身见黑白二氏夫人，见王君可，把这事儿一说，夫人就一皱眉：“老千岁，恐怕这样的圣旨讨不下来吧？当今万岁怎么能允许查他儿子的王府呢？”

“这，这你们甭管，包在我程咬金的身上！这么办，恐怕一会儿咱们都得上殿，我向皇上一讨旨，皇上就得问怎么回事儿，把你们全得牵扯上。这府外无人可不行！这俩杂种诡计多端。这样吧，铁牛！万牛！”

“在！”

“在！”

“带着咱们府里的斧子队，再带着王君可的亲兵，还有黑白二氏带来的家兵家将归你们俩全权指挥，把二王府给我包围，任何人禁止出入！一会儿我们上殿耽误的时间恐怕短不了，中间要有差错，唯你们是问！”

“爹，你放心吧！漫说是人，连只老鼠都逃不掉！”

“妥了！”

铁牛、万牛在这儿指挥，程咬金转身上马，赶奔八宝金殿。这一折腾，天就快亮了，程咬金心急嫌马慢，时间不长，来到八宝金殿外边。这金殿的前头左右有两座亭子，一个里面是钟，一个里面是鼓，这叫景阳钟、凤阳鼓，有急事，臣下可以鸣钟鼓，请皇上升殿议事。但有规定，轻易不准动用，要动用，就犯下惊驾之罪！

程咬金迈步来到近前，让王君可击鼓，他撞钟。

天似亮似不亮，街上静悄悄的，钟鼓这么一响，四野震动，那皇上能听不见吗？返回头说李渊，李渊现在瘦得跟那孙猴差不多少！还是那句话，家门不幸，出此逆事，他要杀的是他亲儿，当爹的能不痛心？本来想杀了李世民出气，让程咬金这一折腾，容期缓限十天，他觉得这十天怎么这么长？度日如年！尤其最近这几天，李渊经常发脾气，精神有点紊乱，经常拿这太监和宫女撒气。比方说，有个宫女给他献茶，一不小心撒出点茶水来，李渊大怒，亲手揍这宫女，还不解气，喝令一声，把宫女拉到外头，乱棍击毙！再比方说，有个太监给李渊捶腿，捶得稍微重了一点，让李渊一脚蹬翻在地，喝令拉到外边，重责八十。结果怎么样？打到四十棍上，把人就给打死了！短短几天，两条人命，谁不害怕？太监也好，宫女也好，战战兢兢，不知道厄运什么时候降临到自己的头上。

这李渊茶不思饭不想，昨天晚上通宵达旦没合眼，失眠了。李渊倒背着双手在屋里来回溜达，心想：明天就是十天头了，十天到期了，该杀李世民了！我看满朝文武还敢给他求情不？特别是这个程咬金，太可恨了！程咬金哪，你再厚着脸皮给秦王求情，我绝不饶你！他又一想：恐怕杀秦王不是那么简单的，群臣一旦闹起事来怎么办？唉，我宁愿江山不要我也得杀！我毕竟现在是皇上，豁出去了！

这李渊自己跟自己较劲儿，正因为他一宿没睡觉啊！四更天过后，他坐到寝宫之中，呼呼在这儿喘粗气，唉，来了困劲了，胳膊肘拄到茶几上，在这块打算睡他一觉。刚进入蒙眬状态，就听见钟鼓齐鸣，李渊就把眼睁开了，心说：谁这么大胆子？私动钟鼓，犯下惊驾之罪！哎，莫非又是程咬金？

正这时候，总管太监从外边进来了："启奏圣驾，鲁国公程咬金、京营殿帅王君可鸣钟击鼓，请皇上升殿，说有急事启奏。"

"哼！果然是程咬金，大事有他，小事有他，什么事都有他！这个老东西，他要要什么花活？程咬金哪，你要是又圈弄套，又想保秦王不死，我跟你完不了！你错打了算盘，我绝不准本！"

他想到这儿，没动。时间不大钟鼓又响了，比前次更响亮更惊人，总管太监二次进宫："启奏圣驾，程咬金、王君可说有急事求见陛下，请陛下从速升殿！"

"好吧！准备！"

有人服侍着李渊，袍带整齐，坐着肩舆，赶奔偏殿。李渊升坐了偏殿，值班的朝臣分列在两旁，他面沉似水，把龙胆一拍："宣程咬金上殿！"

"奉天承运，皇帝诏曰！旨意下，宣鲁国公程咬金上殿哪！"

程咬金都急坏了，一听宣诏，赶紧正冠抖袍，怀抱砍王的斧子，腆着草包肚子走进偏殿，他也没给皇上磕头，因为受了皇封，只是弯了弯腰："老臣程咬金参见陛下！"

"卿免礼赐坐！"

再不满意他也得赐他坐。程咬金四平八稳往那一坐，李渊就问："卿家因何鸣钟击鼓？有什么紧要的事情向朕启奏啊？"

"哎呀！陛下，闹出这么大的事情，您还一无所知！"

"哦？究竟发生什么事了？"

"嘿，大老黑尉迟恭还京了！"

李渊一听，尉迟恭还京了？他不在河北正定监修大佛寺？没有奉旨，怎么私自还京了？

"人在何处？"

"嘿嘿，人要在不就好办了？被人劫持了！"

"谁敢劫持大元帅？"

"就你儿子李建成、李元吉！"

“有这等事？”

李渊一万个不相信，心说：我儿子不疯不傻，能干这种荒唐的事吗？他劫持尉迟恭干什么？是，他们之间有点隔阂，但总不至于做出这种荒唐的事，有道是无利不起早，他们究竟是为什么呢？

李渊想到这儿，冷笑了一声：“请问王兄，你怎么知道此事呢？你是目击者呀？你还是知情者？”

“哎呀！万岁，老臣一无所知，我这是听见黑白二氏夫人跟我说得。”

“噢！宣黑白二氏！”

# 第七回

## 得密报搜查二王府
## 称问安打探养老宫

要按理说，一般官员的夫人没资格上殿，但是这两位夫人则不然，她们不仅是夫人，而且为他唐朝的江山社稷立下汗马的功劳，李渊加封她们一品刚毅夫人，所以才宣她们上殿。黑月奴、白月娇，正冠抖袍走进偏殿，先行了朝王大礼，李渊赐平身，这才问她们："鲁国公程咬金说，大元帅尉迟恭被劫持了，是你们跟他说得。你们是目睹还是耳闻？这一消息从何处得来的？"

黑月奴往上行礼："陛下，这是有人告密。"

"噢？有人告密？什么人告的密？"

"是我府中的一个家奴，此人姓徐，叫徐鹏，因犯错了，我们把他开除了。尽管如此，感情都不错，是他到府中告的密，我们才知道尹、齐二王劫持了我丈夫尉迟恭。"

李渊一听，荒唐啊！都是听说！为了弄明真相，李渊破例降旨，叫徐鹏上殿。这徐鹏头无寸职，是个家奴，无论如何不能到这儿来，国家的法度也不允许。可情况特殊，就得特殊对待。还得说唐高祖李渊对尉迟恭怀有一定的感情，为了查明真相，这才破例。

徐鹏走进偏殿，吓得是抖衣而颤，体如筛糠，长这么大，没见过皇上！汗珠子滴滴答答往下直淌。一进偏殿他就跪下了："小人，不，罪民徐鹏叩见陛下，万岁万岁万万岁！"

李渊很不耐烦地往下看了两眼："你叫什么名字？"

程咬金说："万岁问你叫什么名字？你就照直说，别害怕。"

"是！小人姓徐，叫徐鹏。"

"职业？"

"啊！"

"问你什么职业？"

“噢，小奴现在是无职的白人。”

李渊一皱眉：“为什么呢？”

“是这么回事儿，原当初我在帅府当一名小总管，因为小人有个毛病，爱吃酒带醉误事。前几回，我家主人没有责怪我，后来我越来越不像话了，因为喝醉了酒，把蜡烛灯碰倒，烧毁了十几间房子，我家主人大怒，这才把我逐出帅府。我回到家里了，想做买卖，没本钱，想干旁的，又没有一技之长，我打算还回帅府，又怕大元帅不允许，一直耽搁到现在。”

“行了，别说了，我且问你，黑白二氏夫人说，你到府中告密，说什么大元帅被尹、齐二王劫持了，可有此事？”

程咬金怕他出问题，过来提示他：“万岁爷问你呢，你要据实回奏，有什么说什么，不准增添一个字，也不准减少一个字。说呀！”

“哎！万岁容禀，是这么回事儿。小人晚上发愁，睡不着觉，在我家门口蹲到那儿胡思乱想。正好来了匹马，我抬头一看，哎呀！正是老元帅尉迟恭！我心说：想啥来啥，又不知道大帅半夜三更这是上哪儿去？我想利用这个机会，恳请大帅把我收留。可是一犹豫之间，大帅骑马从我面前就过去了。我后悔我嘴笨呢！我在后头就追，哪知道没走两步，在十字路口出事了！四面也不知怎么，埋伏了一百多人，这些人有的用黑灰抹脸，有的用黑纱罩面，都穿着黑衣服，手里拿着绳索和器械，还有几个人端着盆，盆里边装的都是白灰，‘呼啦呼啦’就往大元帅身上扣。您就别提了！弄得大元帅浑身都是白的，可能把眼睛眯了。就这在刹那之间，这一百来号人往上一闯，拿着绳索把大元帅给捆起来了，同时把嘴还给堵上，拿过一大口袋来把他装到口袋里，把口系上，在马上驮着就走了。说实话，小人吓得好悬没尿了裤子！我被眼前发生的事惊呆了。我又一想：大元帅对我天高地厚之恩，我焉有见死不救之理？有心往前闯救元帅，万岁请想，我一个人，人单势孤，我怎么能抵住一百来号人？我过去也白搭。另外，我一想：干脆看一看始末缘由，究竟是怎么回事儿？因此小人在暗中跟踪，跟来跟去，到了二王府的后门，他们叫开门进去了，我认得呀！就是尹王、齐王二位王爷的府邸，因为我们相距不太远，我每天都从王府前路过，所以对这地方我非常熟悉。我怕看错了，我又转到府门前，一看，一点都不假！我心说：为什么尹、齐二王指使手下的人干出这种事来呢？还是那句话，大元帅对我有天高地厚之恩，我不能忘恩负义，我不能见死不救，就这样，我跑到元帅府，向二位夫人告了密，这就是以往的经过。”

李渊、八大朝臣，在场的人都静静地听着。别看徐鹏胆小，说得是一字一板，清清楚楚。李渊睁大了眼睛，屏住呼吸听着，他察言观色，心说：这徐鹏绝不敢说瞎话，莫非是黑白二氏主使出来的？不可能！她们编造这谎言干什么？那么看得出，他是发自内心，说得是实情。可又一想：为什么呢？我那俩儿子再不成事，也不能干出这种荒唐事来！他们绑架尉迟恭，所为何故啊？就是平时有点不睦，也不至于下此毒手啊！难道说他们不知道绑架一国的元帅身犯何律？

“徐鹏！”

“在！”

“你说得都是实话吗？”

“万岁爷，小人不敢说瞎话，这么大的事情，我敢睁着眼胡白话吗？我愿意以身家性命担保。如果没有此事，我们老少九口愿意掉脑袋！”

程咬金爱听这句话：“陛下，您听见没有？徐鹏说得是字字实情啊！我们就因为这个，要搜查二王府，两个王爷阻拦着，我们双方之间发生械斗，才来这儿的。这回您老听清楚了，请求万岁爷做主啊！”

“来人！宣尹王、齐王上殿！”

再看两个人，收拾完衣服，迈步走进偏殿，然后双双跪倒：“儿臣叩拜父皇，祝父皇万寿无疆！”

“起来吧！”两个人站起来。

“谢父皇！”

“我问你们两个，你们可劫持了大帅尉迟恭吗？有人举报你们，说你们命令手下的人绑架了尉迟恭，可有此事？”

建成、元吉至死不能承认，两个人就跪下了：“父皇圣明，这是天大的谎言！儿臣冤枉啊！冤枉死了！这叫人在家中坐，祸从天上来，我们也没疯也没傻，怎么能干出这种事情呢？老元帅跟我们关系都不错呀！虽然在数年之前有点摩擦，但是那已成为历史，已成过去了，现在同殿称臣，大元帅又是我唐朝的顶天柱，干国的忠良，我们做这个干什么？父皇圣明，无有此事，请您严惩造谣者！”

李渊一看，没辙了，那头说得铁证如山，这头矢口否认，左右为难哪！他发自内心袒护俩儿子，不相信这是真的，但是又没法给驳倒。程咬金一看要坏，老程赶紧躬身施礼：“哎，万岁，我给您出个主意，您也不必为难。这不是吗？黑白二氏夫人关心自己的丈夫，听人举报，能不急眼吗？所以要搜查二王府也在情理之中。二王说得有一定的道理，他们能干出这种荒唐的事吗？也许是冤枉的。怎么能澄清呢？恳请万岁降旨，允许臣等搜查二王府，一搜没有，那不就是洗刷了清白了吗？那时候再严惩造谣者，这事不就理出头绪来了吗？陛下您为难什么？”

黑白二氏夫人也说：“是啊！鲁国公所说不假，恳请万岁降旨，允许臣等搜查二王府！”

“这……”

李渊犹豫不决！你说降这样的圣旨，简直是荒唐！他怎么能允许搜查二王府呢？但是不降旨，这事弄不清楚。咳！李渊最后一咬牙：算了！怎么这个逆事都摊到我头上？干脆破例吧！李渊当时传下口谕："尔等听真！朕命程咬金、黑白二氏夫人、王君可等人搜查二王府，任何人不准阻拦，凡阻拦者，杀无赦！"

建成、元吉一听，脸就变了："爹，您看这合适吗？"

"不必多说，朕意已决，搜！"

李渊怎么想的？搜完了，没有，俩儿子不就没事了？他不相信俩儿子能干出这种事，所以才做出这种决定。建成、元吉叫苦不迭，这下可好！无法阻拦，皇上说话了，谁敢拦着？程咬金高高兴兴带着徐鹏、黑白二氏夫人、王君可等人下殿，又回到二王府。程铁牛、程万牛等人掌起灯球火把，在这里围了个水泄不通，一看程咬金回来了，没等问话就知道大功告成了，从脸上的表情就带出来了！

"爹，怎么样？"

"咳！我要办的事没有不成的！来呀，列队进府！"

尹、齐二王没有办法，把府门开放。再看黑白二氏夫人的亲兵、程咬金的斧子队、王君可的御林军，外面一部分包围着，大部分进了二王府。等众人进来一看，好家伙！真气派呀！两座王府中间隔着一道墙，中间有个月门，可以自由往来，外边是两座府门，里边是五步一楼、十步一阁，金碧辉煌啊！哪座王府都上百间房子。程咬金、王君可两个人在这儿指挥着，分兵九队，开始搜查。

程咬金往大椅子上一坐，坐镇指挥，王君可亲自负责。府门、门房、两廊、仓库、厨房、厕所、银安殿、配殿、偏殿、后花园、书房、内书房、寝宫等，没漏下一处地方，这一路搜啊！山摇地动！尹、齐二王在旁边站着，面如土灰，一语皆无，他们不敢说旁的。

头一遍搜完了，一无所获。王君可"嗖！"一下，心就提到嗓子眼，紧锁眉头，压低声音对程咬金说："四哥，坏了！什么也没有！"

"哼！都搜过了？"

"都搜过了，我估摸着没有漏掉的地方。"

"怎么可能呢？再搜！"

"哎！各位弟兄，大家辛苦点，站好队，重搜！"

从头往后搜，搜到后边往前搜。第二遍搜完了，依旧一无所获！再看王君可那脸上的表情，跟吃了苦瓜辣椒差不多，就差哭了！

"四哥，没有啊！"

老程这心里也没底了，赶紧命人把徐鹏叫到眼前："徐鹏，你说得可是实话？"

徐鹏“扑通”跪下了：“老千岁，上有天，下有地，当中有良心，我以身家性命担保，我怎么敢不说实话呀？我亲眼目睹，千真万确！”

“哼！量你也不敢胡言，叫程铁牛、程万牛！”

这哥俩儿来了：“爹爹！”

“我们上殿请旨的时候，有什么人出去吗？”

“没有。”

“有什么人进来吗？”

“没有。”

“怪事啊！莫非把大老黑转移了？不对呀，鸟飞得有个影，外面那么多人在那看着，他怎么能走得了呢？如果尉迟恭在二王府，肯定被藏到了某一个角落，它怎么就搜不出来呢？”

程咬金站起来：“各位弟兄大家别泄气，再辛苦辛苦，跟着我搜！”

王君可心想：你搜也白搜！你不放心我呀？我指挥得非常仔细呀！但他也希望搜出来，只好陪着程咬金，从头往后详细地搜。

大家伙把那厕所的大粪都给翻了个个儿，所有的沟盖全给挑开，天花板地道墙上有个缝都得刨开，没有！老程这心里更没底了，搜来搜去、搜去搜来到了后边了，王君可就说：“四哥，怎么样？没有吧？我搜得够仔细了！”

“他娘的怪事！这要搜不出来，叫尹、齐二王抓着理，这事就不好办了！单说这个事还好对付，可别忘了，天一亮，十天的期限满天了，秦王就得掉脑袋！能不能找着大帅尉迟恭，关系着秦王的死活呀！这是说着玩的？无论如何也得把大老黑找着，他怎么就没有呢？”

唉，程咬金抬头一看，眼前闪出一带宫墙，宫墙都是朱红色的，门楼全都是黄绿琉璃瓦，宫门紧闭，静悄悄的。程咬金就问王君可：“这里边什么地方？搜了吗？”

“哎，这……四哥，这没搜。”

“糊涂！怎么不搜？”

“哎呀！四哥你别着急呀！你把眼睛擦亮点，你好好看看，这是什么地方？这是老皇姑住的寝宫啊！”

一句话把老程给提醒了：“噢！”

老皇姑是谁？哟！了不起！她是当今皇上李渊的亲胞妹，叫李淑燕。哎，他们兄妹之间感情甚好。数年前，李渊还做太原留守的时候，他就把胞妹许配给窦建德，这个窦建德在隋朝居官，官拜御史中丞，同时这窦建德还把姐姐许配给李渊，他们跟老李家就是这么一种亲戚，李渊把妹子许配给窦建德，窦建德把姐姐许配给李渊，俩人有裙带关系。隋朝末年，隋炀帝无道，逼反了十八路反王，刀兵四起。就说这窦建德，弃官而走，带着夫人李淑燕，到了外边，招兵买马，积草屯粮，举起义旗，兴兵讨隋，窦建德自立夏明王，他也是十八路反王之一！在那会儿提起夏明王窦建德，无人不知，无人不晓！尔后，隋朝灭了，军阀混战，窦建德一心一意想做皇帝，今儿打这个，明儿打那个，但是未能如愿，终于，李渊做了皇上了，一统天下，十八路反王纷纷覆没，夏明王窦建德也不例外，一赌气，自杀了！他一死，旗倒兵散，就剩下夫人了，就这老公主李淑燕。一开始李淑燕抹不开面子回京，后来李渊知道信儿了，派人把妹子给接回来，毕竟是兄妹呀！李渊就说："算了吧！过去的事情就算过去了，你今年五十多岁的人了，我是你哥哥，我的江山有你一半呢！啊！不要想过去的事了，收心养老吧！"

为了叫妹子养老，李渊不惜重金，修建养老宫，就是这个怡和宫，让妹子住进去。为了妹子的身价，李渊赐她尚方宝剑一口，有先斩后奏之权，同时赐她四条龙虎棍，谁对皇姑不尊重，打死勿论！这权力可不小啊！然后，李渊拨下国币帑银，派人服侍老皇姑。一晃过去这么多年，程咬金深知这李淑燕发自内心恨程咬金、尉迟恭等人，因为他们协助李渊和李世民，把十八路王子全给平灭了，也包括窦建德。李淑燕能不恨吗？没你们这帮人帮着我哥，我哥能坐江山吗？你们都是帮凶啊！她恨这帮人，所以从来跟这帮人也不接触，大家都忙，几乎把李淑燕给忘了。今天要不是搜查二王府，说什么也来不到这地儿！

程咬金思前想后一琢磨：李建成、李元吉的二王府跟这养老宫只有一墙之隔，据说他们关系处得不错，他亲姑姑嘛！能不能把大老黑藏到这儿了？怪不得这两小子矢口否认呢，有老皇姑保驾，他们觉得平安无事，看来这个秘密都在这府里头！不搜怎么能行呢？

想罢，他跟王君可说："我说兄弟，这不能不搜啊！敲门，搜！"

"我说四哥，你别胡来你行不行？咱们是奉旨搜的二王府，可没有权力搜查老皇姑府啊！这老皇姑可不是好惹的，你随便砸门搜，万一捅了娄子，咱是罪上加罪呀！"

"哎呀！我说你还做京营殿帅，你真是胆小如鼠！别怕，天塌下来我顶着！砸门！"

"四哥，这事是不是从长计议？"

"没时间了！再计议，大老黑死了，秦王也活不成了，快快砸门！"

"哎呀！好吧！"

王君可没有办法，走上近前，以手击门，砸了半天，终于把门砸开了。门一开，里边的总管太监姓杜，杜公公从里边出来了，这杜公公也五十多岁，大眼皮耷拉着，嘴角也往下耷拉着，看谁都看不起的样子，迈步出来之后，看了看："我说你是谁呀？在这鸡毛子喊叫。"

王君可躬身施礼："公公大人，在下是京营殿帅王君可！"

"王君可？我怎么没听说有这么一号啊！我说你领着一伙人，鸡毛子喊叫，你想干什么？私自扣打养老宫的宫门，你爪子还要不要了？"

王君可的脸一阵红一阵白的："公公大人，是这么回事儿，我们奉旨搜查二王府，都搜到了，就剩下这座养老宫。"

"我说你说这话什么意思？你们搜查二王府、八王府的，跟养老宫有什么关系？你是什么意思？想要搜查养老宫是吗？是这么回事吗？"

"我这……"

"怎么的？我说你的胆子可真不小！真是狗胆包天！谁给你的权力？你仰仗的是什么？你小小的京营殿帅，芝麻粒大个官儿，你还要造反吗？"

王君可没词了。

程咬金一看，就凑过来了，腆着草包肚子："哼哼！我说公公，他没那权力，我有没有这权力呀？"

这杜公公抬头一看："哟！你……"

杜公公认出来了，对面这大胖子老头，是鲁国公程咬金。有几个不认大老程的？这姓杜的威风"唰！"地就没了，这老小子是势利眼，欺软怕硬啊！他深知程咬金可不是好惹的，皇上都惧他三分！跺一脚，九城楼子就颤三颤，摇三摇，想当年做过混世魔王大德天子，指挥百万雄兵！所以这姓杜的马上乐了："哎哟，今儿个日头从哪边出来的？闹了半天是老千岁。老千岁在上，奴才叩拜千岁！"

"免了！我说你姓什么来的？"

"小人姓杜。"

"噢！杜公公，我说你刚才说话可真难听，我兄弟说了几句实话，你看你也不问青红皂白，叫人接受不了啊！哎，我再说一遍，我们奉旨搜查尹、齐二王府，要找的人我们没找着，就搜到这儿了。我们的意思呢，想见见老皇姑，平常很少见面，给老皇姑问问安，坐下谈一会儿，这也不允许吗？官不打送礼的，我们看看皇姑就不行吗？这也犯法吗？"

"哎呀！是，奴才没听明白，该死！"

"算了，能不能让我们进去呀？"

"我……老千岁，这么办行不？我是个奴才，我做不了主。我呢，回禀一声，经老皇姑允许，自然请你们二位进去，请老千岁稍候片刻。"

"这么说话还行，那我就等着了啊！你马上通报啊！"

"哎。"

刚说到这儿，尹、齐二王过来了："杜公公，等等！我们跟你一块进去！"

"哎，二位王爷也在，里边请里边请！"

他们仨进去了，门“咣当!”关上了。王君可一看，就觉得不妙，转回身对程咬金说：“四哥看着没？这俩狗娘养的先进去了，能不能跟老皇姑串通一气，蒙蔽咱们？”

“肯定是这么回事儿！你知道四哥我是怎么回事儿吗？这叫欲擒故纵，让他们随便表演，爱怎么地怎么地！反正这座养老宫我是非搜查不可！只要大老黑在这藏着，他就跑不了!”

“哎呀！四哥，我总觉得心里没底呀!”

“我也心里没底，但是你别忘了，吉人天相，你就瞧好吧!”

等啊等，足有半小时，那杜公公二次把门开开：“方才奴才已经禀报给老皇姑，老皇姑破例传旨，请你们二位进去。可是把话说清楚了，只允许你们二位，旁人可不行!”

“行了，那我谢谢你了。走!”

程咬金带着王君可进了怡和宫，他们刚进去，人家把门关上，“咣当”，还锁上了。程咬金、王君可还头一次到这个地儿来。心说：哎哟！修得还真带劲！虽然不太大，也是三层院子，头一层院子，银安宝殿，是老皇姑招待客人的地方；二层院子是书房和娱乐场所；最后一层院子是寝宫，在寝宫的后面，还有个挺大的花园，有假山，有凉亭，还有鱼池。李渊疼妹子，不惜重金，给修盖的寝宫，小巧玲珑，就是个小型的金銮殿，但名上有区别，那叫金銮殿，这叫银安殿，银子到任何时候没有金子值钱。

他们顺着甬路走进银安殿，往正中一看，嗬！正中央有一座三尺高的高台，台子周围有栏杆，两边有梯子可通上下，高台后面是八扇洒金的屏风，前边一把安乐椅，老皇姑在椅子上端然而坐，头上戴着双龙双凤的凤冠，身穿大黄色凤袄，下边是百褶裙，脖子上挂着一串朝珠，手里拿着一串素珠。往脸上看，白净净的面皮，没褶，没有鱼尾纹。她实质五十有六，看上去也就像四十岁还不到，但是满脸的怒气，是面沉似水，两眼露着凶光，盯着进来的王君可和程咬金，建成、元吉在左右站立。再往后看，站着二十四名宫娥彩女，一个个花团锦簇。

再往左右一看，银安殿的下面并列站着四十名刀斧手，各拿长矛大刀，有的手里拎着鞭子和棒子，更衬托这座大殿庄严肃穆。王君可一进来就跪下了，老皇姑是皇上的妹子，那是君，自己是臣，王君可往上叩头：“臣王君可叩拜皇姑千岁千千岁!”

老程用不着磕头，见李渊他都不磕头，老程只是把脑袋点了一点：“臣程咬金参拜老皇姑了，你挺好啊?”

他老资格，听这语气都听出来。老皇姑能有两分钟没说话，就好像没听见差不多，把两人给蹲这儿了，叫人受得了受不了？王君可就冒了汗了，心说：看着没？开头就不顺，全怪我四哥愣装能耐梗，看这下一步怎么办吧？

程咬金这个人，随机应变，脸憨皮厚。从年轻那会儿，摸爬滚打，那就是个混混！打闷棍、套白狼、背死倒、卖私盐、劫皇杠、占据瓦岗山，又做了三年混世魔王大德天子，在十八路反王之中居首。后来平隋兴唐，大江大浪渡过了有多少！什么人没见过？这小阵势他不摆在心上。老程一看，明白了，给我们哥俩儿来个下马威，当臭狗屎把我们臭到这儿！你不说话，我说话！

"唉，哈哈！"

他像发疯似的这阵儿狂笑，把银安宝殿震得直晃荡，在场的人一听，后脊梁都发凉！那宫女二十四人，有十六个趴下的，没见过这个！什么声这是？老皇姑是在那坐着，不坐着，她也趴下了！建成、元吉是相顾失色："这……"

王君可心说：我四哥疯了，怎么狂笑起来了？后来这老皇姑李淑燕镇定下来了："程咬金，你狂笑何来？"

"哎，老皇姑，这还犯法吗？因为你我君臣素日很少见面，在臣的心目中，老皇姑不定老到什么样子。方才亲眼目睹，老皇姑一点都没老，而且红光满面，身体健壮，因此臣非常高兴。这才狂笑，难道这也犯法吗？"

老皇姑本想找碴，一听程咬金这么说，没词了："程咬金，不要谈旁的了，你们两个人要见本宫，所为何故啊？"

"哎，皇姑容禀，不过一个跪着，一个站着，就这么回话，不方便吧？您怎么地也得赏我们两个座位呀，是不是呢？来人呢！老皇姑是大慈大悲之人，想赐给我们座位，别让她费劲了，来，搬两把椅子，快去！"

"哎，我……"

那杜公公一听，他先发话了，没办法，搬来两把椅子，程咬金一拽王君可："行了，老皇姑赐你平身，坐下吧！"

程咬金大屁股往上一坐，稳稳当当，是摇头晃脑，王君可厚着脸皮也坐下了。老皇姑一看，这气就不打一处来！心说：世界上还有这么脸皮厚的人！谁让你们坐了？又一想：算了！坐着说话，站着说话，也差不多少。

"程咬金哪！这回可以说了吧，到底为什么进我的寝宫？"

"皇姑容禀，我不知道杜公公跟你说没？臣奉旨搜查二王府。搜谁呀？这人您知道，兵马大元帅鄂国公尉迟敬德，就是那尉迟恭，我们哥俩儿关系不错，我给他起个绰号叫大老黑。据说二王把大老黑绑架了，有人亲眼目睹，可是呢，尹、齐二王矢口否认，双方顶牛了，没有办法，老臣到八宝金殿讨旨，蒙皇上恩准，命我为钦差处理此事。方才我们把二王府搜了个底朝天，正好到您这儿，我想起老皇姑来了，那么这次来呢，一是给您老问安，多年不见了，怪想您的，问候问候。另外，我们也想在这搜查搜查。"

“哼!”老皇姑哼了一声,“程咬金,你好大的胆!你奉旨搜查二王府,跟我有什么关系?我这是养老宫!皇上叫你来的吗?大概没有吧!我相信皇上绝不能允许你胡来。说什么来给我问安,这都叫借口,你是对我怀疑,不相信我,认为我跟尹、齐二王串通一气,藏起了尉迟恭是也不是?你扣打宫门的主要目的,是要搜查养老宫,是不是?”

“臣也有这个意思。”

“大胆!你没这个权力!来人哪!把他们两个人乱棍打出!”

一句话说完,这帮人“呼啦抄”往上一闯,要下毒手!

# 第八回

## 老皇姑当面翻脸
## 程咬金自残搅浑

这主子多大，奴才就多大，这些打手比秃尾巴狗都横！拿起来四根龙头凤尾棍，这种棍子受过皇封，打死勿论。他们如龙似虎，拿着棍子往上一闯，是举棍便打！王君可一见，是手足无措呀！

“四哥，你看？”

“兄弟，还等着挨打吗？你赶紧还手！”

“这……”

“打！出事我担着！”

其实讲，两个人的能耐都不差，王君可一看，只有还击了，站起身来，“噔”，这一脚，把头一个上来的踢了个仰面朝天，伸手把棍子就夺过来了。王君可也豁出去了，抡棍便打！左右开弓，泼风八打。那王君可是一员虎将，要不怎么能做京营殿帅？胯下马，掌中刀，也是勇冠三军！打他们这号还费劲吗？一转身的工夫，削趴下十来个。老皇姑在上头看得清清的：“哎哟！反了反了！王君可、程咬金，你们要造反哪！”

她一回身，把天子剑拿过来，这李渊加封的天子剑，有先斩后奏之权，杀死勿论。再看老皇姑一按绷簧，把宝剑拽出来，问建成、元吉：“你们两个有胆子没有？拿着天子剑给我砍，把他脑袋给我剁下来！”

建成、元吉比猴都奸，吓得抖衣而颤，哪敢靠近。

“哎呀妈呀！姑姑！”

“饭桶！废物！你们还算得男人吗？哪一个过去？”

这帮人一听，谁都不敢过去，谁那命都是咸盐换的，谁不害怕啊？老皇姑是骑虎难下，万般无奈，亲手仗剑，走下高台，是直奔王君可和程咬金。你看王君可打旁人行，怎么敢打老皇姑？老皇姑提着宝剑这一过来，王君可傻了：“四哥，这这这……”

程咬金说：“你他娘真废物！她算什么？看我的！”

老皇姑仗宝剑直奔程咬金，紧咬银牙，恶狠狠抡剑就劈！这老皇姑手底下有两下子，跟随丈夫窦建德转战南北，久经沙场，那也是一员女将，只是老了，不动武了，但是呢，基础是有，跟等闲之辈自然不同。她抡宝剑往下就劈，叫泰山压顶。程咬金也不含糊，老程那是经验丰富，一看宝剑下来了，上步闪身，把大肚子一甩："哎，来得好！"

"唰！"

宝剑劈空。李淑燕手腕子一翻，使了一招叫拦腰锁玉带，奔程咬金这腰里就扫来了。按说程咬金不是往空中纵，就是往下哈腰，躲过这一宝剑，但是两样都做不到！肚子太大，太笨了！蹦，根本蹦不起来，往下哈腰，也哈不下去，程咬金万般无奈，使了个千斤坠，大屁股往后一坐，"噌"，还真躲开了，这一宝剑扫空。

程咬金这乐子大了！心里想得挺灵巧，但老胳膊老腿不听使唤了！往后一撤，用力过猛，站立不稳，摔了个仰面朝天，跟倒了一面墙相似！

王君可在旁边看得清清楚楚，心想可把老程摔坏了："我娘啊！"

嗬！李淑燕得寸进尺，紧咬银牙："今天我就把你废了！我杀了你，我哥哥还能怪我吗？我又有理！"

李淑燕往前一跟步，双手摆剑，奔程咬金大肚子便刺！这要刺上，"噗"一下，就得穿透！宝剑那个快！程咬金急眼了："哎！这怎么办？"

急中生智，赶紧使了一招，叫兔子蹬鹰。你看程咬金能耐不怎么地，东掏一把，西掏一把，杂把凑，零碎还不少！这一脚蹬得十分有劲儿，正好踹到老皇姑小肚子上，老皇姑举剑刚要刺，程咬金"咣！"这一脚，把老皇姑蹬得双脚离地，"嗖"一下摔出五尺多远，也摔了个仰面朝天。

宝剑落地。

怎么了？老皇姑背过气去了！连气带摔。您想，这些年养尊处优，连水碗都不端，这人就废了！那么大的年纪了，再挨这一脚，能受得了吗？建成、元吉一看："姑姑！"

宫女也过来了，揉前心捶后背，大声呼唤："赶紧传太医！老皇姑要危险了！"

"姑姑啊！姑姑啊！"

再看建成、元吉，是拼命地号叫。说到这儿，咱得解释清楚，这两小子真不是东西！表面上叫，其实演戏！发自内心，他们希望姑姑死，希望她缓不过这口气来才好呢！只要姑姑一死，程咬金准死无疑，那爹能不急眼吗？程咬金犯下死罪，程咬金一死，也不搜查尉迟恭了，尉迟恭没了，谁也救不了秦王李世民了，他们就大功告成了！所以从心里盼着姑姑死。

哪知道这么一折腾，老皇姑身体还不错，她又缓过来了："啊！"

哎哟，一张嘴，吐出一口血来："要了我的命了！程咬金哪程咬金，你弑王杀驾，敢闯禁宫，打了本宫，这还了得！建成、元吉，快扶我上殿，我要见皇上去！"

"哇"，又是一口血。建成、元吉一看，姑姑醒了，上殿就上殿，肯定是有理！但愿这一本，把程咬金告倒。人家什么也不管，什么也不顾了，搀架着老皇姑，赶奔八宝金殿，其他的人全躲开，偌大的银安殿就剩下程咬金、王君可。王君可傻了，脸都绿了！来到近前，把程咬金搀起来："四哥，咱也活不了！肯定是活不了了！老皇姑到八宝金殿，还能轻饶了咱们？皇上都恨透咱们了！只是抓不着借口。这回好了！她要一告咱，咱还活得成吗？咱死是小，救不了尉迟元帅，更救不了秦王，全完了！咳咳！"

这程咬金一句话没说，瞪着眼睛，脑子里在急剧地转动："哼！君可呀，你害怕了？"

"不害怕不行啊！事情太严重了。"

"别怕，没有三把神砂，不敢倒反西岐①，我既揍了她，我就有办法处置！"

"噢！那你说说！"

"我还有什么招？她有一告，咱有一诉，不过这样可不行。哎，有了！"

"四哥快说，有什么好主意了？"

"嘿！你瞧好吧！"

再看程咬金，伸手从怀里头把圣旨拿出来了。哪来的圣旨？李渊口下旨，让他们搜查二王府，马上殿前御史就拟旨，没旨能行吗？交给了程咬金，这是皇上的圣旨。老程寻摸半天，把圣旨取出来，"嘎吱嘎吱"把圣旨撕了。

"哎呀！四哥你你！"

"哎呀！你少掺和，瞧好吧！"

撕完了揣到怀里头，程咬金骑马蹲裆式往银安殿上一站，先运气，王君可一看坏了，我四哥疯了！这干吗？这是自己跟自己运气呢，哪知程咬金把牙一咬，心一横，抡起拳头对着自己的脸，"啪！"

"哎哟！四哥，你怎么自己打自己？"

"啪啪啪！"

---

① 没有三把神砂，不敢倒反西岐：大意和"没有金刚钻，不揽瓷器活"类似。具体典故有两个不同版本，但大意相似。其一版本就是：周文王在逃脱商纣王的控制之后，借助了道德真君给的三把神砂，才脱出重围，回到西岐。（其中"倒反"，当"返回"讲）。多数评书艺人采用此版本的解释。另一版本是：纣王的长子殷郊，因遭妲己陷害而出逃。他本想协助周朝打败商朝，结果半途听说其弟死于姜子牙之手，于是他愤而加入商军的行列，攻打周朝。其中"神砂"为殷郊的宝物之一，威力很大。

连着就是几拳，程咬金也真豁出去了，给自己揍了个满脸开花，鼻子嘴流血，胡子都染红了，然后把自己的袍服撕了个乱七八糟。王君可傻了："四哥，你疯了你这是？"

"兄弟，没事，咱得演戏得做伤，不然非掉脑袋不可！你别着急，附耳过来。"

"是！"

"咱们要这儿办……"

王君可一听，频频点头："还得是我四哥！真有损招！"

"不损能行吗？唉，现在演戏开始，我可不说话了，全看你的了！"

程咬金说到这儿，仰面摔倒，一语皆无。王君可按照他的计划，往外就跑："来人啊！我四哥完了！叫人打毁了！"

宫门这一开放，黑白二氏夫人、程铁牛、程万牛、徐鹏等人冲进内宫，到里边一看。

"啊！"

一瞅程咬金，跟血葫芦似的，"咕咚咕咚"，直喷血沫子，近前一瞅，双目紧闭。

"哎呀！"黑白二氏夫人问王君可，"这是怎么了？"

"哎呀！叫老皇姑给打的！撕碎了圣旨，扯坏了袍服，还打成了这样！赶紧咱们上殿见驾去吧！不见皇上讲不出道理！"

把软床准备了，十来个人把程咬金这大坨儿搁上去，程咬金闭着眼睛，跟死人相似！王君可也不敢乐，心说：演戏还跟真的似的！

到了外边，王君可代替程咬金传话，让程铁牛、程万牛按兵不动，包围二王府和老皇姑的寝宫，严密监视，千万别放出一个人，别放进一个人，让黑白二氏夫人也在这守候。然后王君可领人赶奔八宝金殿。早上七点半左右，刚天亮，街上的行人不明白发生什么事了，一会儿看过去一伙人，一会儿又过去一伙人，心说：朝里发生什么事了？可够热闹的！

老百姓交头接耳，议论纷纷，咱暂且不说，单说唐高祖李渊。半夜前，程咬金鸣钟击鼓催自己升坐偏殿，讨旨搜查二王府。李渊这气就不打一处来！自从他们走了之后，李渊这脑袋不停地转动，首先想到尉迟恭：我那尉迟王兄乃是我大唐朝擎天白玉柱，驾海紫金梁，干国的忠良！他肯定是回了京了。他无缘无故怎么失踪了呢？假如不是建成、元吉干的，什么人绑架了他？种种事实足以证明，尉迟恭是出事了！谁能对他下毒手？甭问，尉迟恭还京肯定是为秦王李世民来的。哼，综观这一切坏事，就坏到李世民身上！李渊心说：冤家冤家，你不是我儿子，别看你长得溜光水滑，你给引来多少麻烦？等到午时，我是非杀你不可！

谁给求情我也不答应！我宁愿江山不要了，我也把你这冤家铲除！

他又想到建成、元吉，虽然赶不上李世民，可也不是省油灯，难道说人大心大，背着我捅马蜂窝？李渊心里也没底！

胡思乱想着，天已经亮了，正这时候，钟鼓齐鸣，请他升殿。李渊二次升坐稳当了，老皇姑、建成、元吉就上了殿："皇兄哥哥！万岁！给本宫做主啊！"

"啊？"

李渊都不认识自己的妹妹了，凤冠也掉了，凤袄也撕碎了，面色苍白，口里吐着血沫子，前心都染红了，就像疯子似的！建成、元吉一边一个，搀扶着姑姑，跪倒在御案前。李渊就站起来："这！胞妹，这，这是怎么回事儿？从速奏来！"

"王兄，我活不了了！我这是叫程咬金把我踢的！"

"啊？程咬金怎么胆敢踢你？你什么时候跟他遇在一起了？"

"陛下，我就不说了，让建成、元吉说吧！"

这俩小子狗嘴能吐出象牙来吗？有的也说，没的也讲，总而言之，一股脑全推到程咬金身上。李渊等听完了，气得浑身栗抖："气死我也！反了！程咬金哪程咬金，大事有你，小事有你，什么事也离不开你呀！你想干什么？你想把大唐的江山社稷推翻不成？即使我胞妹有一万个不是，你当臣子也不应该踢她呀！你眼里还有朕吗？实在是叫人难忍，可杀而不可留！来人！把程咬金、王君可给我带上金殿！"

有人答应一声，时间不大，王君可命人抬着软床，来到偏殿外边。王君可先进来了："罪臣参见陛下！"

李渊一看王君可，气得眼珠子都红了！

"王君可你可知罪！"

"臣罪该万死！"

"程咬金呢？因何不进殿？"

"启奏圣驾，伤势太重了，已经不能走路了！恳请陛下恩准，用软床把他抬进来。"

李渊就一愣，程咬金也受伤了？听这个意思可不轻啊！

"好！准本！"

多热闹！哪有臣子进殿用床抬上来的？哎，人家程咬金就破纪录！十来个人抬进偏殿，一直放到御案前。李渊站起身来手扶御案，探身观看。不看则可，一看吓了一跳！就见程咬金血肉模糊，他胸前撕得一条一条的，胡子都染红了！双目紧闭。

"这，这是怎么回事儿？"

王君可跪倒上奏："陛下，这是叫老皇姑给打的！"

"啊？"

李渊心里一翻个儿，心想：究竟谁是谁非呀？老皇姑说程咬金打了她了，怎么反过来程咬金还受了这么重的伤？

"王君可，快把事实讲出来！"

"是！"

王君可按照程咬金教的那样说了，说："我们奉旨搜查二王府，结果搜来搜去，搜到老皇姑的寝宫。我四哥就说，多日不见老皇姑了，十分想念，利用这个机会给老皇姑问个安、磕个头，另外告诉老皇姑不要害怕。本来是好心，经老皇姑允许，我们就进了怡和宫。哪知到了银安宝殿之上，老皇姑怒气冲冲说我们不应该私闯禁宫，不奉圣旨犯下掉头之罪，不容臣等分说，命人举棍就打呀！您看看吧，我四哥被打成这样，命都保不住了！这就是以往的经过，请陛下做主啊！"

老皇姑一听，可气坏了："王君可呀！上有天，下有地，当中有良心，你怎么颠倒是非，胡说八道？陛下别听他的！他胡说！根本就不是那么回事儿！"

建成、元吉也帮腔："父王别听他的，他纯属造谣生事，颠倒黑白！"

李渊听谁的？赶紧听程咬金的吧！这程咬金人事不省啊！命人抢救，把御医也找来了，这顿折腾！好半天程咬金把眼睁开："唉！我在哪里？"

王君可也不敢乐，心说：我四哥装相装得跟真的一样！

"四哥呀，您现在进了皇城了，正在偏殿。"

"冤枉啊！"

"皇上等着问你的话呢！皇上就在眼前呢，你把眼睁开。"

"皇上在哪里？"程咬金说话气力微弱。其实程咬金在那儿躺着，心里清清楚楚，心说：我这招是够损点，我自己做的伤，但是没有办法呀！你要说实话，讲真理，行不通！

李渊呼唤了几声，程咬金这才"清醒"过来，其实他早就明白："咳！吾皇万岁万万岁！臣冤枉啊！求万岁皇爷给老臣做主！我让皇姑都打毁了，骨头都折了，老命保不住了！"

李渊就问："程咬金，究竟是怎么回事儿？你要从实讲来！"

"王君可没说吗？"

"朕要听你讲！"

"咳！要死的人了。好吧！我就把实情禀报万岁爷。"

程咬金这声音时高时低，间隔还挺长，慢慢吞吞把经过讲述一遍，李渊为听得清楚，探着脖子侧着脸，仔细倾听。他说得跟王君可一般不无二。其实这事不奇怪，王君可说那套，都是程咬金教给他的，能有两样吗？

程咬金说完了，老皇姑那火就压不住了："皇兄啊！他信口雌黄，颠倒是非，根本就不是那么回事儿！皇兄，给为妹做主吧！不然我可活不成了！"

她有点撒泼，李渊就一皱眉："程咬金，皇姑说你把她打了，这是真的吗？"

"噢，是真的！"

王君可一听，得！得呀！说了半天，就这一句话说输到底了！你怎么承认这事？皇上找棱缝还找不着呢，你这一句话把自己套进去了。果然不出所料，李渊闻听，眼睛就一亮啊！

"程咬金，你再说一遍！老皇姑是被你打的？"

"啊！正是为臣打的。"

李渊把桌子一拍："胆大程咬金！你可知痛打皇亲是什么罪吗？老皇姑受过皇封啊！那是我的胞妹，金枝玉叶，龙生凤养。你这官再高，你是臣，她是君哪！你以下犯上，痛打皇姑，犯下不赦之罪！你可休怪朕翻脸无情，把程咬金抬出去杀了！"

王君可一听，得！完了吧！你总觉得你能说，说来说去把自己说进去了，看来是准死无疑了！程咬金在床上躺着，一点都没害怕，当人们抬着他，刚要出去，程咬金说话了："万岁，臣有本启奏！容我说完了再杀我，行不？就说一句，一句呀！"

"把他放下！有什么话你就说吧！"

"万岁，盐怎么咸的？醋怎么酸的？水有源，树有根呢！你得问问清楚，皇姑是我打的，我为什么打她？"

"我……对呀！"一句话把李渊给问得没词了，"那你说说看，为什么痛打皇姑？"

"万岁呀，是这么回事儿，臣奉旨搜查二王府，是您给的圣旨吧？"

"对呀！"

"后来我到了老皇姑的怡和宫，我去给她问安。她问我干什么来了？我说我奉旨搜查二王府，路过您这，顺便问问安。她问圣旨何在？我说在我的怀里呢。我把圣旨请出来了，臣真没想到，这老皇姑像发疯似的，一把把圣旨就抢过去了，用手指着圣旨说：'这是什么混圣旨！皇上就不应该降这道旨意，搜查二王府！尹王、齐王身犯何律？法犯哪条？当爹的就应当袒护儿子！虎毒还不吃子，他是老糊涂了！怎么下了这么一道浑蛋旨意？'万岁你听听，当着为臣的面，她这么说，我能答应吗？臣据理力争。我说：'皇上是好皇上，皇上非常的英明，虽然你是皇上的胞妹，你也不应该这么说话呀！快把圣旨还给我。'我就抢圣旨，她就不给。一怒之间，她把圣旨撕成了四瓣，臣一见火撞顶梁！万岁请想，圣旨是您发下去的，圣旨就代表着皇上，撕圣旨就是造反，撕圣旨就等于打了皇上！

像我这样的忠臣，我能答应她吗？因此臣一怒之间，这才跟她厮打在一处。她喝令手下的人，拿着龙头凤尾棍，往臣身上脸上可劲抽打，才把臣打成了重伤。这就是全部的经过！如果万岁爷觉着，我保护圣旨打皇姑有罪，那你就随便处置吧！我死而无憾哪！”

王君可一听，偷着乐，心说：我四哥真能扯！说得跟真的一样！说到痛心之处，声泪俱下。偷眼看李渊，李渊还真蒙了：“这这这……”

转脸问：“御妹，是这么回事儿吗？”

“冤枉啊冤枉！他胡说八道，根本没有此事！”

“好！你们是兄妹，你们咋说咋有理！万岁你看着办吧！”

“这……呀呀呀！”

李渊真有点为难了。他心里清楚，虽然程咬金是个无赖，但是他做事也不能太过分了，肯定他说话当中有水分。究竟哪些是假？哪些是真？他揣摩不透。那么胞妹为了告倒程咬金，说话也肯定不实，其中也掺糠使水了。究竟哪些是假？哪些是真？揣摩不透。这可如何是好？

李渊当皇上这么多年，从来没这么犯难过，今儿个真把他给难住了！程咬金又说话了：“万岁不必为难，咱们老君老臣一场，你知道我程咬金对你是赤胆忠心，为了圆这场，为了给老公主下台阶，你就把臣杀了吧！臣没什么可说得！”

李渊越发没咒念：“这……我……也罢！算了，有理五八，无理四十，你们双方都活该！活该呀！”

你听，皇上和开稀泥了！

“算了，这件事情不要计较，就让它过去吧！”

程咬金这个乐呀！没事了！王君可也松了一口气。老皇姑可不干了：“万岁呀！皇兄！你说得这叫什么话？什么叫有理五八，无理四十？合着我们俩都不对！合着我们一点理都没有！你妹妹叫人揍，叫人欺负了，当哥哥的就这么解决呀？这我当家的死了，他要活着，怎能不心疼？我可活不了了！”

老皇姑坐到偏殿的地上，又敲地又叫唤，这路哭！她这一哭，李渊火上来了：“住口！你说得什么话？噢，提起窦建德来了。窦建德跟朕还争过江山！那你那意思是说，你老头子活着，你就能把大唐的江山夺过去？哎呀！妹妹呀，就冲你这一句话，你就有不臣之心！你还思念着过去！要不看在你是我妹妹的分上，朕绝不饶你！下殿去吧！”

得！老皇姑明明有理，弄了个没理！建成、元吉一咧嘴，百分之百赢的官司打输了，你说这事窝火不窝火？紧劝老皇姑：“姑姑，跟万岁告了饶吧！”

“说两句软和话吧，这样顶起牛来不好办呢！姑姑您是明白人。”

老皇姑最后也没有办法了，就得服个软：“王兄全怪我，一时糊涂，说了几句错话，望哥哥担待！”

你说亲胞妹，是亲三分向，李渊也不能较真了：“算了！”

算了？程咬金不答应啊！

“我说万岁呀！今天的事怎么引起来的？就是搜查二王府引起来的。现在的事情还没有眉目，臣讨旨，还得继续搜查呀！万岁呀，您看怎么样？”

老皇姑一听，什么？还得搜查？

“王兄啊！别听他的！他们已经搜过三四遍了，把沟都掏了，把房瓦都揭了，无孔不入啊！根本就没有什么尉迟恭！照这样搜下去，何时是个了结？程咬金这是要无赖呀！万岁应当降旨，不允许他再搜查！”

程咬金反唇相讥：“哎！老皇姑，你这话就说错了！事情得全始全终，不能有头无尾。搜到半道上，中间停止，好说不好听啊！万岁您说是这个理不？您说尉迟恭咱就不找了，您说这事就算完了，这么做合适吗？”

“程咬金，你的意思还继续搜查？”

“正是！”

“你要搜查哪呢？”

“不但二王府，还包括养老宫！”

“噢！你要讨旨搜养老宫？”

“正是！”

“要搜不出来怎么办？”

“陛下，要搜不出来，臣这条老命不要了！杀剐存留，任其自便！”

“好！程咬金这话可是你说得！大伙儿都听清了！”

众人说：“都听清了！”

“程咬金，真搜不出来，朕要砍你，你没说得吧？”

“没有！”

“好嘞！御妹，既然程咬金把话说到这个程度了，朕就降旨叫他搜查，你不必阻拦。”

“是！臣妹谢主隆恩。”

程咬金说：“等等，我还没说完呢！万岁呀，假如我把尉迟恭搜出来怎么办？也得给我个答复。”

“是啊！御妹呀，程咬金说得有理呀，真要搜出来你怎么办？”

“陛下，真要在养老宫或者在二王府搜出尉迟恭，我们就犯下不赦之罪。那我们就是绑架一国的兵马大元帅，图谋不轨，任凭万岁爷发落！”

“好！众卿都听清了吧？空口无凭，立字为证！”

文房四宝伺候，得写上，白纸得画黑道，得按上手印。光这么一说之后，往后又矢口否认，那怎么办？这叫私凭文书官凭印。一切都准备好了，程咬金不会写字，让王君可给代笔。王君可跪到偏殿，手提毛笔，刷刷点点写好了。这是个保证，说：我搜不出来，宁愿掉脑袋。皇上杀我绝不喊冤！

然后把手印按上了。李渊转回身叫老公主写。老皇姑一看，写吧！也按这套词，大致的意思差不多少，也写上，然后把手印也按上。

程咬金还说："光这不行，还得找保人！光我们双方能行吗？得有中证人。"

李渊点头，程咬金在床上，欠身坐起来，冲着值班的大臣一抱拳啊："各位呀！什么事情你们都清清楚楚，我不必多说了。哪位捧场？我请三位保人替我作保，有没有？"

谁敢给担保？这不是一般的事。欠点钱还行，这关系重大，作为保人，他就是当事人，说话不算数，保人得负责！当事人跑了，保人得负责；怎么负责？就跟着掉脑袋！谁那命是大风刮来的？尽管如此，程咬金真有人缘！

值班的大臣踊跃上前，纷纷愿意担保。程咬金一抱拳："谢谢！谢谢各位！"

从中挑了三人，褚遂良、房玄龄、杜如晦，这三位把手印全按上了。老皇姑也得找保人，问："谁给哀家担保？"

连问六遍，无人答言。建成、元吉一看，着急呀："各位呀！你们不应该袖手旁观呢！担个保，没亏吃啊！哪位给担保？"

一个愿意的都没有！李渊一看，得！我这妹子和我这俩儿子，这人缘怎么走的？最后万般无奈，李渊厚着脸皮："也罢！朕给你们担保！"

皇上一个顶仨，有他出面担保，旁人更不敢靠近了。李渊签字画押，然后这两份全交到李渊手里头，妥善保管。李渊当殿传旨："朕降旨，搜查养老宫，搜查二王府！"

程咬金高兴："臣谢主隆恩！"

皇上说："慢着！还有个条件我得说清，到巳时结束。搜得出来，搜不出来，都得结束！不能无限期地延长啊！到那时候就做个结论。朕怕你们双方再起冲突，命皇宫大总管马元启作为监视官，代表朕前去监察。"

马元启当殿磕头谢恩，皇上同时宣布："午时三刻要处斩李世民！任何事情不能耽误这个事！"

派人到天牢去提李世民。这么多的事都搅在一起了，众人下殿之后，程咬金被抬回二王府。等这一回来，程铁牛、程万牛、黑白二氏夫人全围拢过来。铁牛、万牛就说："爹爹，您这伤怎么样？"

"爹，您能行不？"

"去你妈的！"程咬金一骗腿，从软床上跳下来。

"爹，您没事？"

"早就没事，我装的!"

程铁牛、程万牛一看，暗挑大指：行！我爹真行!

程咬金拿着湿毛巾，把脸上跟胡子上的血擦了擦，都是外伤，用不了几天就好。为救尉迟恭，为救秦王李世民，就受点伤又算得什么？程咬金抖擞精神，马上命人进行再次搜查，马元启作为监督，前后院跟着，建成、元吉、老皇姑都闪退一旁看着。王君可心说：这回要搜不出来呀，可就要了命了！但愿老天保佑!

# 第九回

## 搜元戎程咬金技穷
## 念昔日侯君集赴京

程咬金讨旨下殿，再次搜查二王府和养老宫，这回回来，这叫孤注一掷。老程心里默默祷告：苍天有眼，神佛保佑，但愿把大老黑找着，要找不着可就毁了！因此他下了决心了，重新调整队伍，亲自指挥，王君可帮着忙，一路搜，把二王府搜了个底朝天，什么也没有！又开始搜养老宫。王君可在旁边跟着，心里直犯嘀咕："四哥，你觉得有几成把握？"

"没问题，你放心吧，肯定能搜出来！"

"但愿如此。搜！"

这就搜开了。马元启怀抱圣旨在旁边监督，一句话不说。闹了半天，这马元启有个亲哥哥叫马元合，这马元合和他都是皇宫大内的大总管，一个打内，一个打外。当然了，这都是李渊的心腹，他就代表皇上在这儿盯着，看看谁是谁非，随时向皇上启奏。马元启一看，二王府果然没有，心里做到有数了，现在这些队伍开始搜查养老宫。老皇姑气得不得了，让杜公公招待程咬金等人，她呢，带着建成、元吉升坐在假山石上的牡丹亭，这牡丹亭建到假山上，六棱八角四面通风，在这一坐，又眼亮又凉快，没事她就上这坐着来。虽然说这御花园不太大，可也不算太小，这花园里头曲廊、小桥、假山、钓鱼池、花草树木应有尽有，老皇姑在上头坐着，居高临下看着兵丁、亲兵卫队在这儿搜查，气得浑身栗抖。牡丹亭里有个石头圆桌，转圈有四个石头墩，有人把垫铺到石头墩上，老皇姑在这儿坐着，一边品茶一边看着。

单说程咬金，指挥几路人马犄角旮旯全都搜到了，搜了个四门到底，最后各路人纷纷向把禀报："没有！"

"没有！"

"回千岁爷，什么也没有！"

"千岁爷，都搜到了，什么都没有。"

王君可那汗就冒下来了："哎呀！坏了四哥，没有啊！莫非您真要掉脑袋不成？这这这……是不是那徐鹏把咱给耍了？”

“不能够，方才我又问了徐鹏，他说得千真万确，肯定大老黑在这儿。”

“那怎么没有呢？”

“哎呀！偌大的养老宫和二王府，要说藏个人也十分容易，那地面上没有，肯定在地底下呢！”

“我说四哥，在地底下，你还能把地翻个个儿吗？时间也不允许。皇上说得清楚，到了巳时就得结束，不管搜得出来搜不出来，这就算做个了结了！”

“哎哟！君可，现在什么时候了？”

“现在到了巳时了。”

“哎呀！”

老程也冒了汗了，过去计算时间是按时辰算，子丑寅卯，辰巳午未，申酉戌亥，下来是二十四小时。这么一折算，十二个时辰，一个时辰就是两小时，巳时是九点到十一点，现在巳时过去一半了，也就是还差一个小时挂零，就到了午时了，这可怎么办呢？

正这时候，程铁牛从外头跑进来：“爹！大事不好了！”

“什么事？”

“方才有人亲眼目睹，秦王李世民被从天牢里提出来，坐着牛车拉到午门去了！看皇上这意思，午时一到，就要开刀问斩了。您得抓紧时间！”

“这……”

程咬金急得一跺脚，汗珠子滚下来了。王君可一看，我这四哥，我跟他处了一辈子，从来他没着过急，在万马军中也谈笑风生。现在看出来，真着急了！老头子胡须乱颤，脑筋绷起来多高。

程咬金也钻进牛角尖了！走投无路了！往前进不了，往后退不出来。程咬金真急了，你别看他嘴硬，心里也没底了，说把地翻个个儿，那太荒唐了，时间不允许！就是允许，也做不到。程咬金哪，心里真没底了，老程一想：生有处，死有地，该着我归位了！真搜查不出来，我就得抹脖子！甭等皇上杀我，这把砍王的斧子就是给自己准备的！

他两眼有点发直，一句话不说。王君可看出来了：“四哥你咋了？四哥你可得抖起精神，往宽处想啊！你要有个三长两短，可全完了！四哥，唉，你咋啦？”

“没怎么的，不要胡思乱想。”

老程腆着大肚子背着手，一看四外全搜了，还有一个地方没搜，就是老皇姑坐的那牡丹亭。一看，上头有一伙人，前面有个石桌，周围是石头墩，他问王君可：“那儿搜没搜？”

“哪儿啊？”

“亭子。”

“唉哟！我的四哥，那搜查啥呀？四面通风，一眼看穿，那有什么可搜的？”

“那也不见得！去，把老皇姑等人撵走，搜！”

哎呀，王君可心说：多此一举呀！但是又不能不听。硬着头皮，顺着假山来到牡丹亭：“皇姑对不起，我们要搜查牡丹亭，请你高升一步，挪开这个地儿。”

老皇姑这气大了：“怎么？你们看不清，非得叫我挪挪地方？好，我就挪一挪。王君可你记住，你告诉程咬金，再要搜不出来，我跟他算总账！”

说着话，怒冲冲领人离开。建成、元吉偷着问：“现在什么时候？”

“快到午时了。”

“嘿嘿，程咬金哪，你不能耐吗？你不是刺儿头吗？看你这回还有啥咒念！”

他们下了假山，用白眼珠看了看程咬金，鼻子还哼了一声，扬长而去。老程假装没看见，腆着草包肚子，迈步上了牡丹亭。王君可就说：“四哥，这有啥可搜的？石头桌周围通风，一眼看穿，啥也没有啊！搜什么呀？”

“我说兄弟，都搜到了？”

“搜了六遍了！这么多人搜，还能有遗漏之处吗？”

“难道说大老黑真没在这儿？”

“是啊！你问谁呀？我心里头早就没底了。”

“这可怎么办呢？”

又耽搁一会儿，就听李建成在下头说话：“程咬金，你磨蹭什么？时辰快到了，认输吧！去等着掉脑袋吧！”

程咬金一句话都没说出来。正在这紧急关头，突然在对面那戏台上冒上一个人来，这人飞身跳上戏台，小尖嗓音喊了一声：“呀！四哥不必担惊害怕，不必着急，尉迟恭藏在哪儿我知道！”

这尖嗓子传出多远去！程咬金听着那么耳熟啊，不由得精神就一振。王君可揉揉眼睛往对面戏台一看：“哎哟！四哥你瞧他是谁？”

说话这人身材矮小，瘦小枯干，长得是尖头顶、尖下颌、窄叶里盖、奓脑门、两腮无肉，骨瘦如柴，鸡鼻子眼雷公嘴，一嘴的芝麻粒牙，两锥子把的耳朵，头上戴着马尾过梁透风巾，在头前打了个拱手，高绾象鼻子疙瘩，左鬓边戴一百单八颗珍珠串就的十二连成绣八宝一朵守正戒淫花，英雄不动，它也不动，英雄一动，突突乱颤，上碰额角，下打肩头。往身上看，穿青挂皂，寸排骨头钮，衲领衲袖衲边衲扣，排扣到底，金线盘花，上绣万字不到头①，黄龙绦勒着

---

① 万字不到头：就是“卍卍”（左旋）连起来的图案，因为绣在衣服边上，连续不断，称为“万字不到头”。本图案来自于佛教，梵文 Svastika，武则天定音为“万”字；意译为吉祥海云，吉祥喜旋，为佛三十二相之一，也是八十种好之一；此为显现于佛及十地菩萨胸臆等处之德相。长阿含经卷一大本经、大萨遮尼乾子所说经卷六、大般若经卷三八一等均记载佛之胸前、手足、腰间等处有卍字。

十字袢，灯笼穗前面一扔，背后一掖，左右一打，腰中系着一巴掌宽五色丝鸾板带，在头前绾个猫耳朵，上头一提溜，下头一耷拉。往下身看，穿着青缎十三飞的裤子，挑三针衲两线，衲的万字不到底，打着半字鱼鳞裹腿，蹬着一双犟牛帮，疙瘩底，翘半尖，鹦哥嘴，带尾巴的小洒鞋，斜挎百宝囊，背背一把三岔鬼头刀，英雄氅脱下来，麻花扣背在身后。往脸上看，狗油胡七根朝上八根朝下，一对黄眼珠子滴溜溜乱转，往那一站，是一团足壮的精气神！

程咬金一看："嘿哟！我的好兄弟，你来得太及时了！"

原来是白猿。白猿是谁？就是有名的机灵鬼，小白猿侯君集！他来了。程咬金知道，侯君集受异人的传授，本领出众，他跟其他的大将皆不相同。别人都是骑战马，唯独是他，练的是高来高去，陆地飞腾，走高楼越大厦，如履平地！受高人的传授，软硬的功夫，一夜之间，能走千家，过万户。此人天资聪明，旁人想不到的事，他能想到；旁人做不到的事，他也能做到。侯君集属于怪杰，谁提起来都得挑大指称赞！

咱们说了，四十六友刺血临盆，在贾柳楼结了拜，侯君集也是其中的一个，排行在第十八，又叫侯老十八，跟程咬金、尉迟恭等人交情莫逆。那么侯君集这是从哪来呢？怎么在戏台上冒出来了呢？

侯君集来，有他的原因。数年前，大唐朝建国了，众人都降唐了，侯君集跟着也来了，李渊坐上龙位，大封功臣，除了国公之外，加封侯君集为顶天侯。这是个爵位，可不低呀！论身份和地位，侯君集仅次于尉迟恭、程咬金、罗成、秦琼、徐懋功等人。另外在京城给他修造顶天侯侯府，本来仗不打了，太平了，应该享享福吧！谁也不知道为什么，没到两年，侯君集辞官不做，挂印封金，回了江西红桃山了！对侯君集的走，人们有看法。有的人说："侯君集是个怪人，放着福不享，就是个穷命！"有的人说："侯君集不爱看建成、元吉，不愿意跟老李家的人打交道，有情绪走的。"还有人猜测："侯君集嫌官小，没封他国公，不满意，故此走了。"

其实这帮人都没猜对，侯君集不是不识数的人，为什么放着太平福不享，走了呢？这就是侯君集高人一等之处。侯君集这个人好动不好静，天资聪明，他深知鸟尽弓藏、兔死狗烹的道理，古往今来就流传着一句话，"伴君如伴虎"，战争年月，倒没危险，太平盛世就有危险了！那皇上是虎啊！翻脸无恩，瞪眼无情啊！侯君集心说：现在战争年代结束了，吃太平饭，我们已经没有用了，在这儿待着得担多大的风险！现在大唐统一，马放南山，刀枪入库，老百姓得以休养生息，我也算告一段落。岁数不算太大，也不算太小了，回到原籍务农多美呀！闷踏三山，闲走五岳，不担任何风险，谁也管不着！想睡到什么时候就睡到什么时候，想什么时候起就什么时候起，站在高山看虎斗，趴在桥头看水流，逍遥自在，何乐而不为呀！当什么官？当官有什么好处？铁甲将军夜渡关，朝臣戴露五更寒，日出三竿僧还睡，看来名利不如闲呢！

侯君集把这世道都看透了！故此辞官不做，回到江西红桃山侯家寨，他还有个叔叔，叫金鸡独立老白猿侯登山。老头儿个儿也不高，倍儿精神！那乃是大唐的一位武林高手。一看侄儿回来了，就问呢："君基，你怎么不做官回来了？"

"叔叔，我是这么想的……"

一番言辞后，他叔叔不但不生气，反而拍拍他的肩头，挑大指称赞："好侄子！做得对！叔叔赞成！回家来一百个正确！咱爷俩儿在家一待，有多美呀！何必受那种约束呢？行了行了，这回我身边也不孤单了，你回来，我还能多活几年。"

打那之后，侯君集跟叔叔是形影不离，一天吃饱了没事干，干什么？专门钻研武艺。就这几年的时间，侯君集的能耐，又长了一大截！

单说这一天，金鸡独立老白猿侯登山应朋友之约，去赴会去了，临走把家里托付给侯君集。结果这叔叔一走，一年多没回来，侯君集是抓耳挠腮，闲得难受。有叔叔在这儿，爷俩儿能唠唠嗑，谈谈心。叔叔不在，跟谁谈去？再说侯君集，好动而不好静，在家一憋这么多年，也觉得有点寂寞。闲来没事，侯君集就想过去的事情，一出出一幕幕，如在眼前。想起二哥秦琼秦叔宝，想起四哥程咬金，想起三哥徐懋功，想起来老兄弟罗成，想起当初攻城占地，弟兄们形影不离，有说有笑，何等欢乐！如今谁也见不着了，心里酸溜溜的不是滋味。后来侯君集一想，趁着我还没老，我呀，溜达溜达，到京里头走一趟，看望看望我这些好弟兄。在京里住些日子，然后我再回来。哪也不去了，闭门等死。

他把主意打定了，谁也没带，家里的事情交给总管家人负责，好在他们也没有什么大积蓄，也不怕丢，这些人都是心腹人。侯君集说得清楚："等我叔叔回来，告诉他老人家，我上京城走一趟，连路上耽搁，再在京里头，顶多也就是一年挂零吧，我就回来，让我叔叔别着急。"

家人领命，侯君集拎着个小包，背好三岔鬼头刀，斜挎百宝囊，带了足够的银两起身进京。这就是以往的经过。那么他知道京里发生的事吗？刚起身的时候，一无所知。你想那阵儿通信不方便，路途遥远，百里不通风，江西离陕西那么远，怎么能知道呢？所以离开家门他也不着急，看看名山大川，访访名人，看看古迹，溜达着往前走。高兴就走走，不高兴就睡下，逍遥自在。也合该着有事，这一天侯君集路过一个地方，叫安平镇。这镇店可不小！看这意思，足能有一千多户人家，一条南北的大街，两旁边是店铺。他到这个镇店的时候，红轮西坠，眼看这天就要黑了。侯君集一想，也饿了，干脆今儿晚上就住到这镇子上，缓缓乏，明儿早早地起来，再继续赶路。想着甩开大岔，就来到镇子口。他来到镇子口一看，嚯！一棵大榆树的底下围着一伙人，能有百八十号，男的女的老的少的，站到后边的，踮着脚，伸着脖子，往里边看。

侯君集不知道是什么事儿，您别忘记这句话，好奇之心，人皆有之。哪块围着人，您要遇上，也得往里头看看。侯君集这个人又好动不好静，所以就到了人群的后边了，看了半天，什么也没看着，他挺着急，就跟前边的人商量："我说老兄啊，借光借光，让我看看好吗？"

这人是个小伙子，五大三粗的，正往里头看着，听身后有人说话，回头一看，一个小个儿。你倒瞅瞅五官相貌，这人多大年纪？他也没注意瞅瞅，以为是个小孩，心里挺不高兴："去！谁家孩子跑这捣乱来！"

侯君集一听，什么？嘿！你怎么说话呀！"我说小伙子，说话嘴下留德，你们家孩子都带胡子？"

这小伙子仔细一看，哟！闹了半天是个小老头！脸一红，赶紧道歉："老爷子，我光顾往里看，没留神，您老人家多加担待呀！您往前请。"

"哎！这还差不多！借光了！"

侯君集个儿小，也灵巧，三挤两挤，挤进人群。到里边一看，怪不得围这么多人啊！在榆树的下边跪着个女人。这女人穿的衣服破旧不堪，补丁摞着补丁，青丝散乱，一句话也不说，看意思刚哭完，脸上带点泪痕。在女人的前面放着一块白布，四四方方，四个犄角用砖头压着，在白布的旁边还有个笸箩，笸箩里头大概有十来个铜钱吧，白布的上头写着字，都有核桃大小，有很多人就往那白布上看写的什么。

侯君集别看是武夫出身，很有文化根基，写得一手好字。他用眼睛一瞅，上边大致是这样写的：小女子王氏，丈夫外出经商三载，去而未回，活不见人死不见尸，家中生活困苦不堪，如今婆母娘、公公染病在床，无钱医治，万般无奈，抛头露面，沿街乞讨，恳请四方仁人君子，如能施舍一文二文，不忘大恩！王氏叩首。

侯君集一看，闹了半天是个讨饭的女人，这个女人面嫩，不愿意说话，写这么一块白布，你一看就明白怎么回事儿了。侯君集这心里很不是滋味，心说：人呢，这一辈子悲欢离合，穷富不等。就拿这女人来说，有一线之路，能抛头露面，跑这儿跪着来？真怪可怜的！摸了摸这兜里头，揣着不少钱，就想给她那么点。

正在这时候，顺着侯君集来那条道上，来了两匹马，这两匹马挺快，"咵咵咵"，也到了人群这了。结果被堵着还过不去，进不了镇子，骑马的主就把马匹带住了。

马这一嘶叫，围观这些人赶紧把道路闪开了，怕撞着。包括侯君集在内，闪目往马上观看。这是两匹白马，鞍韂嚼环锃明刷亮，马上坐着一主一仆，那仆人也就是十六七岁，是个孩子，头戴甩头疙瘩巾，身穿青袍，腰系丝带，斜背着包袱，拎着马鞭，满脸都是尘土。这主人也是个年轻的小伙子，看岁数不超过二十二岁，长得是眉清目秀，齿白唇红，大耳垂肩，五官端正，头上戴着文生公子巾，身披文生公子氅，腰中黑带，足蹬黑缎的靴子，也是斜背着包袱，但是马上带着沉甸甸大褥套。那褥套是装东西的，就见这个小伙子把马匹带住之后，先擦了擦额头上的汗："吁！"

来者心说：这些人怎么这样？这是大道，你们在这围观，把交通都堵塞了。一开始挺不高兴，但是在马上居高临下，他往下一看，看着这个白布，用眼睛一瞜，明白怎么回事了。噢！闹了半天这儿有个讨饭的女子，家境困难。所以这主人也动了怜悯之心，回过头去跟那仆人说："星儿！"

"主人！"

"看见没看见呢？怪可怜的，送几十两纹银给这女子。"

"少爷，咱带的钱也不太富裕，给她这么多钱，那咱们……"

"别说了！让你怎么办就怎么办！"

"哎！"

那小孩甩镫离鞍，从马上跳下来，来到主人近前，伸手到褥套里头，一伸手，拽出一封银子。那位说一封是多少？纹银五十两！把这一封银子拽出来之后，掂量掂量，那意思，给多少呢？主人说话了："算了！为了图个省事，把这一封银子都赏给她吧！"

"哎！一封银子！"

这小孩挤进人群，把这一封银子很平整地放进笸箩："我说这女人呢，你看见没？看见这是我们好心的公子爷赏给你的啊，你还不谢谢！"

这女人垂着头，眼睛盯着地，搁这银子的时候她看得清清的，心就一动。听完了这番话，这女人翻眼睛往上边看看，因为她在这儿跪着呢，那老爷骑着马挺高，看了一眼，女人赶紧把头低下了："谢好心的菩萨，祝您长命百岁，心想事成！"

"嘿嘿，挺会说话。"

那主人一看，心里挺高兴，也没言语，那个意思，这马一拐弯，好进镇子，人家也不想走了，找个地方想休息。哎呀，这一封银子往笸箩这一搁，就引起轰动！围观这一百来人是赞不绝口："嘿！瞧人家出手大方，看来是个活财神呢！"

"赏给讨饭的一封银子，五十两啊！"

咱说得是唐朝的事，大唐朝那钱可值钱！五十两银子，得买多少东西？就是一个好劳力，春种秋收，干上一年，也挣不了三两银子。再举个例子，如果是个五口之家，吃粗粮，隔些日子吃顿细粮，多搁点油，有时候买点肉。这五口之家，吃这一年，也吃不了五两银子。您说这五十两多值钱吧！那么这个小伙儿一伸手就拿出五十两，你说他得带多少钱？这小伙儿家得有多少钱？能不引起轰动吗？

侯君集心里也在想：哎呀！这小伙儿行！这叫惜老怜贫呢！年轻人这么懂事的不多。就是有钱的人，他也不一样。有钱人都大方吗？那不见得，往往越有钱越小气，有那土财主，良田千顷，连吃都舍不得！有时候一高兴买块豆腐，还得切成四瓣，一天吃一块。吝啬鬼有的是！侯君集见过的人多了，暗中想：这小伙子够仁义的！哎呀，都是同路人，没事问问他姓什么叫什么，将来处一处，他有为难之处，我好帮帮他忙。

这是侯君集心里盘算，就在这个小伙子要走还没走的时候，在侯君集身后站着四个人，这四个人都用毛巾包着头，身上穿着粗布，蓝布大花布，有的挽着裤腿，有的穿鞋，有的光脚，看那意思，好像本镇的农民。为首的这人能有四十来岁，小黑眼珠，长得是满脸横肉，他们呢，就在侯君集身后站着，看这个公子赏给讨饭的女人五十两银子之后，这几个人就说黑话。那位说，黑话是什么话？那当然，跟咱们普通的话截然不同！都是那些土匪山贼，说得他们行里的话，就叫黑话。他们是这么说得：“合字并肩字，招了把合，风字上的雏，叶子火，蓝头海，提了入窑，亮青字，摘瓢把！”

旁人不懂，侯君集懂，小白猿侯君集，十二岁闯荡江湖，五宗十三派八十一门的人，他什么人没会过？哪一个门户的暗语，哪一个教门里的黑话，没有他不懂的！侯君集一听就心里一动，遇上贼了！哈哈，有意思，这一路之上，虽然游山观景，也觉得枯燥无味，今儿个破例啊！没事抓几个贼玩，也开心呢！所以他用眼角的余光看了看身后这四个人。

他们说得是什么话呢？翻译一下，“合字并肩字”，是打招呼，因为他们四个人，看来这个四十多岁的人是个头，“合字并肩字”，那意思，“哎，伙计”，是这个意思。

“招了把合”，“招了”是眼睛，“把合”是看，“伙计你们看”，就这意思。

“风字上的雏”，“风字”是马，他们这个黑话，管马叫风，风它不快吗？一刮，“呜”，过去了！是这个意思。“风字上的雏”，“雏”是那年轻的，就是骑马那公子。

“叶子火，蓝头海”，“叶子火”就是穿得好，“蓝头”是银子，海是“多”，意思是说，“你看看这年轻人，不仅穿得好，银子还特别多。”

怎么办呢？下边就说了，提了入窑！“提了入窑”怎么解释？就是咱们想办法把他骗进咱们的黑店，窑就是店房，就是休息站脚的地方。说想办法把他骗进咱的店房，而后呢，“亮青字，摘瓢把！”“瓢把”是脑袋，“青字”是刀。就用刀，把脑袋给他砍了！这就叫图财害命！

侯君集心说：嘿！哪都有贼啊！可够狠的！哎，遇上我，你们可倒了霉了！今天晚上我要扶困济危，把你们这个贼，刀刀斩尽，刃刃诛绝！把贼毛都给你们拔干净！

但是侯君集心里这么想，表面上没露声色。就见四个小子嘀咕完了，来到这公子和这个小仆人的近前。就这头子先说话了：“哎哟！少爷！您留步，我说几句话！”

少爷是个读书人，很有礼貌，一看有几个陌生人过来抱拳打躬，赶紧从马上就下来，以礼相还：“各位老兄有话请讲！”

“哎，我说读书人哪，您这心可太好了！您是佛心的菩萨，我们是种地的，旁的不懂，好坏看得清楚。您说您，这一给这女子，就给了这么一大块银子！说明您家里殷实，可能花钱不困难。好心倒是好心，你可别忘了，红粉佳人面，财帛动人心，您知道这一百多人有什么人呢？什么歹人都有！看着您有这么多的钱，倘若对你暗下家伙，您这不是惹了祸了吗？尤其我们这地方很不太平的。撬门轧锁的，入室抢劫的，劫道儿的，时有发生！正因为您是好人，我们替您担心，您别花了钱，再招来病！”

这读书人一听，还真害了怕：“原来如此！那，那应该怎么办？”

“哎呀，谁让您是这么好个人呢？要听我们的话，您这么办得了！我们就住到镇子里头，你甭走了，找个店房一住，舒舒服服住它一夜，明天起早别走，等日头升起来，路上行人多了，你们再一走，不就平安无事了吗？愿意住店跟我们走，这镇子里头有一家大旅馆，跟我们还是朋友，掌柜的姓翟，翟掌柜的，那是交朋友的人！您有钱没钱只管住，吃喝都方便！人那地方住得还安全。怎么样？”

年轻人一听：“噢！多谢多谢！那好，走！天快黑了，咱们结伴同行！”

说着，他们就一块走了。侯君集暗笑：噢！这就叫“提了入窑”，这书呆子主仆被骗走了。要不遇上我，今天晚上就亮青字摘瓢把！你们还活得了？但侯君集一看，这个天色并没太黑，就是这个少爷和这仆人住到店房，他们也不能下家伙，下家伙也得等到那半夜，不着急，在这再观察观察。这路上的行人还有，所以又围上来不少人，时间不大，就见那四个人去而复返，那主仆就没影了，侯君集明白，肯定安排到贼店里头了。哼！他一看这四个小子挤进人群，还假装在这看热闹，侯君集心说：我要你一要，看老爷子我的！

他打定主意，故意提高了声音：“咳！这一讨饭的女子实在是可怜哪！哎呀，真叫人受不了啊！有道是救人一命，胜造七级浮屠，我呀，也得给她点钱花呀！”

侯君集说着，把身上背这包解开了，往地上一放，抖搂开了，故意让四外的人看，尤其让这四个坏蛋看。侯君集出门，路费可没少带，白的少，黄的多，白的是银子，黄的是金子，金光灿灿！再看侯君集在手里头摆弄摆弄：“哎呀！这十几两黄金都给她吧！”

“哗啦”一抖搂，连银子带金子，全倒进她的笸箩里。围观的人一看：“呀！”沸腾了！

“我说这位更有钱啊！”

那四个贼一看，眼睛发亮！

# 第十回

## 小白猿遇贼十字街
## 侯君集大闹安平镇

咳！侯君集有自己的打算，给也不能白给，分文也不能损失。他这一倒这金银财宝不要紧，围观的人一阵骚动！

“哎哟！今儿怎么财神爷都凑到一块了！方才那个念书的人，他就够大方的，我说这老头，就更大方！”

“就是就是！这老头干吗的？怎么有这么多钱？舍得把黄金给要饭的！”

“就是！”

人们说短论长，那四个贼一看，眼睛都放蓝光！哎哟！心说：瞧见没？今儿买卖出来了！财神爷遇到一块了，该我们发大财呀！嘿！这小老头真行！

这四个人想到这儿，嘀咕了一阵，自然也是说得黑话，侯君集全懂。当小白猿侯君集转身刚要走的时候，他们四个过来把侯君集拦住了：“哎呀！老爷子您留步！”

“有事吗，四位？”

“老爷子大好人哪！您真是菩萨心肠，怎么您把这么值钱的东西倾囊而赠，都给这讨饭的了？”

“啊！我看她怪可怜的，我都想哭。我家有的是钱，我身上带的也无数。你看我怀里头，我这么跟你说，连我裤裆里头，净是好东西！”

“行行行！老爷子别说了，您真露了白了！人，什么人没有，一旦遇上歹人，您还活得了吗？老爷子，我怕您花钱引来杀身之祸呀！你看，这天也已经黑了。别走了，我们帮您找间店房住下吧！好好睡一晚上，洗洗澡，烫烫脚，明儿个日头升起老高来，您再走，平安无事！不然，我们这儿可乱了，净是贼！前些日子还出了条人命呢！有个做小买卖的，是卖线的，你说才多少钱？不到一两银子，叫人给勒死了！何况是您呢？”

“你怎么不早说呢？我这是花钱惹祸！”

“就是！不过，老爷子您别害怕，遇上我们了，您就放心吧！”

“那烦劳四位给我帮帮忙，看哪儿安全，给我找个地方，我不忘大恩！”

“没说得！走，您跟我们进镇子。我们家就住到镇子里头。”

说着，把侯君集领到镇子。侯君集在当中，这四个人一边俩，小白猿戏耍他们，往左边看看，右边看看：“我说四位，你们是干什么的？”

“种地的，我们是本地的坐地户。”

“噢，请问四贵姓啊？”

“哎呀，我们种地的，什么贵姓贱姓的！我姓李。”

那个人说：“我姓刘。”

旁边这人：“我是姓唐。”

那说：“我姓西。”

侯君集一乐：“哎哟！要把你们四位这姓串在一起，就是里边流着糖稀了！”

“哎哟！老爷子，您真能开玩笑，这有串在一起的吗？”

“不说不笑不热闹嘛！”

说话之间，走到小十字街，路北有一座大店房。再看这店房，能有几十间房子，旁边还有牲口圈，门前挂着招牌和红灯。这阵儿天已经黑下来，再看这四个人，领着侯君集进了店房，推开门先进门房，门房又叫账房，屋里灯光明亮，柜台旁边放着一把特大号的圈椅，在圈椅上坐着一人，侯君集借灯光一看，不由得就是一愣！就看这位，要站起来，平顶身高，高可过丈，头似麦斗，大脸蛋子，扫帚眉，大环眼，秤砣鼻子，厚嘴唇，满嘴大板牙，一对扇风耳，连鬓络腮的胡子，扎里扎沙，跟钢针相似！往身上看，天热呀，他光着膀子，穿着白麻布的坎肩，就是那马甲，敞胸露怀，再看前心，全是护心毛，跟那马刷子差不多少！这大肚子“当啷当啷”的，那肉都层层叠叠，露着大肚脐眼，下半身穿着半截大裤衩，没系腰带子，这裤子缅着，光着脚丫，蹬着一双拖鞋，手里拿着张桑皮纸的大扇子，“呼嗒呼嗒”，还在这扇着。柜台里边还有账房先生和两名伙计。

他们这一进来，灯光闪动，引起屋里人的注意。再看这四位，迈步来到这个大胖子近前：“翟掌柜的，还没歇着呢！”

“没有没有，哎哟！四位你们怎么来了！”

“我说掌柜的，给你介绍一位客人。看着这老爷子没，哎哟！心地良善，出手大方，就咱们镇子口那块那要饭的王氏，今儿发财了！就这老爷子，一伸手把那黄金都给了那女人了！我们担心老头儿出事，所以把他领到您这店房，在您这儿一住多保险！我说掌柜的，您可多加关照！”

“哎哟！多谢四位！改日我请客！”

“没说得，乡里乡亲的客气什么？”

说着话，这四个人走了。明眼人一看就清楚，他们是一个集团，说这番话是给侯君集听。这阵儿，小白猿侯君集就装熊了，咧着嘴："哎，掌柜的，您看我住哪儿合适？"

"老爷子不必担心，店家，店家，到了店房就是家！您往我这翟家老店一住就保了险了！哎！伙计！"

过来个伙计，一瞅就是能言善讲的人，小薄嘴片，一对小圆眼睛："掌柜的！"

"我说伙计，把这老爷子让进东跨院，好生服侍，听见没？"

"是，老爷子，您随我来！"

这伙计领着侯君集，拐弯抹角到了东跨院。东跨院有两间房，把门户推开，掌上灯，让侯君集进了屋。侯君集进屋一看，还真挺宽敞，一个人住到这儿，太方便了！外屋没什么可说，进了里屋一瞅，一张大双人床，被褥、床单都非常干净，靠着窗户这一张八仙桌，几把太师椅，墙上还挂着几张字画，屋里纤尘不染，非常干净。就这样，伙计是习惯动作，在肩头拿下抹布来，还擦了擦，掸了掸："老爷子您请坐！"

侯君集坐下了。伙计这才说："老爷子，您没用晚饭呢吧？"

"没有，光着急赶路，什么都没吃。"

"那您想吃点什么？喝点什么？吩咐下去，咱们店房里什么都会做，不次于饭馆子！"

"是吗？你们这有什么？"

"嗬！有什么？南甜北咸，东辣西酸，煎炒烹炸，熬炒咕嘟炖，什么都有！您只要想吃，您点出名儿来，我们这就能做！"

"哎呀，我吃不许多。这么办吧！你给我准备四个菜，冷、荤、热、素，怎么样？你给搭配着。另外呢，你们主食有什么？"

"我们这有白面馍，还有大饼。我那意思，您吃大饼吧！我们打的千层饼是非常有名！"

"那就给我来张饼吧！还有什么？"

"老爷子，我们自己店房酿制的好酒，叫'随风倒'。这酒才好呢！您喝点吧！要喝点'随风倒'，您睡觉非常舒服！"

"哎呀！酒我可喝不太多，来那么四两吧！"

"好嘞！"

伙计转身出去了，二次回来，拎着两桶。里边一桶是温水，一桶是凉水，干吗呢？客人得洗一洗。侯君集净净面，洗洗手，烫烫脚，然后伙计撤下去。紧跟着，托着个方盘，把要吃的东西端进来了，往桌上一放。侯君集一看，色香味美，提鼻子一闻，香气扑鼻，果然不错！筷子吃碟放下，时间不大，酒也拿来，酒杯也放到这儿。伙计往后一退："老爷子，您看怎么样？"

"不错！嘿嘿，我这一闻，这味打鼻这么香！好吧！伙计，那我就吃了！你先忙你的，有事我再叫你！"

"好嘞！老爷子，那我就走了啊，有事您只管叫我！我叫老三，你一喊老三，我是随叫随到！"

"好嘞！"

伙计退出，把房门带好了。说走，他可没走，高抬腿轻落足，转身到了窗户这，点破窗棂纸，往屋中偷看。侯君集虽然没看见，心里跟明镜一样！心说：猴崽子，偷着看，那你就看着吧！

侯君集还真饿了，他仔细看看这吃喝，凭多年的经验，可以判断得出，这饼跟这菜是干净的，肯定没有毒，这毛病出在酒里。他的眼光落在酒上，倒了这么一杯一看，这酒底打磨磨转圈，"唰"，哟！好厉害的毒啊！这是麻醉药，想把我麻倒了，半夜前好动手。哼哼，你们错打了算盘了！

故此侯君集先没喝这酒，光吃饼吃菜，"稀里呼噜"吃了半天，觉得也差不多少了，把筷子放下了，又喝了两碗茶："我说老三哪！老三！"

老三一听叫自己，退出多少步，假装才听见："哎！来了！"

老三推门进了屋里："老爷子，有什么吩咐？"

"我也吃个不大离儿了。"

"您这酒还没喝呢！"

"是啊，我这人喝酒有毛病，一个人喝着没意思，总想找一个做伴的。我说伙计，来，坐下，你陪我喝两盅！"

"哎不！我说老爷子，我们店房有严格的规定，店房的人不准陪客人喝酒，您要叫我帮您这一喝酒啊，我饭碗就砸了！"

"别介！特殊情况，特殊对待，这都很晚了，喝两盅算得了什么？"

"哎不！我谢谢老爷子，我不能喝！"

侯君集心说：不喝我也得叫你喝！你别看他嬉皮笑脸，一伸手把伙计这脖嗉给掐住。

"老爷子你这……"

稍微一使劲，伙计浑身都酸软，胳膊都抬不起来。一张嘴，侯君集"咕咚"把这一杯酒整个给他灌下去了！然后把酒壶抄起来，对着嘴又给灌了几下。脖嗉叫人掐着，伙计就失去了自由啊！任人摆布。他一上不来气，"咕咚咕咚"，一杯喝三口！侯君集又掐了一会儿，再看这伙计身子往下坠，他轻轻把手松开，这伙计"扑通"摔到地上。侯君集借灯光一看，就见这伙计五官挪移，四肢抽搐，就打开哆嗦了！再待了一会儿，不动弹了。哼！侯君集心说：好啊！麻醉药！其实这种药是毒不假，不是剧毒，跟什么八步断肠散不一样，那个喝下去，把肠子把胃烧断了，人就活不了了！这属于麻醉剂，喝完之后，药性一发作，失去知觉。到了一定的时候，你不救他，药劲儿一过，还能苏醒。这侯君集闯荡江湖一辈子，什么不懂？看得清清的！心说：小子你就老老实实在这躺着吧！

侯君集把他搁起来，放到床上，把床帘放下，心说：今儿我这地方让给你了！爷爷今晚上还有活做，我要杀贼拔贼毛，把这贼窑给他端了！还得救那公子和那小书童。

侯君集打定注意了，然后一回身，"噗"，把灯吹了，屋里边是一片漆黑。侯君集从里屋出来到了外屋，他干什么？他找有没有暗道，有没有销器，有没有埋伏，知己知彼，百战不殆呀！不能有半点马虎。

他里外屋这么一搜查，发现外屋对着门是张八仙桌，一边一把椅子，八仙桌的上头有一张画，画上画的南极仙翁，这画宽有二尺八，长没八尺也差不多少，侯君集就知道这里有毛病，轻轻把这画移开，往后一看，明白了！画后头是一扇暗门。

侯君集看清楚之后，赶紧做准备。什么准备？按经验判断，这时候他不能下手，因为很多人都没休息呢，天热，有的住店的还在院里凉快，街上还有行人走动，得后半夜，夜深人静，人们熟睡之后，他们才能干活。侯君集抓紧时间，闭目养神！里屋的床给了那伙计老三了，所以他就到了外间屋，轻轻一蹦，上了八仙桌，盘腿往这儿一坐，五心朝天，运用气功，眼观鼻，鼻问口，口问心，五心朝天，舌尖顶住上牙膛，经络畅通，血脉畅通。

练好了这种功夫，坐这一小时，等于熟睡八小时，体力恢复得非常快。侯君集软硬功夫无一不精。他在这块坐着，咱且不提，外边是斗转星移呀！很快就到了后半夜了，侯君集正在打坐之时，就听见背后那画的后头，像那耗子的声一样。侯君集赶紧把眼睁开了："来了！"

侯君集双腿一飘，从八仙桌上下来，然后把八仙桌轻轻地移开，探膀臂把刀拽出来了，往墙上一靠，就做好准备。待了一会儿，又没声了，又待了一会儿，声音又响起来了，比方才的声音稍微高了一点。暗门开放，里边的人没先出来，用根杆子挑着帽子，把那画挪开，在侯君集的眼前晃了晃。侯君集贴墙在这站着，看得清清的。噢！心里明白：看来这帮贼颇有经验，要冷不丁一进来，怕被察觉出来，所以先探探路。

侯君集没言语，果不其然，一会儿帽子杆又缩回去了，又待了一会儿，画撩开，蹦进一个人来。黑呀，看不太清，但是从身段上来看，这人是个年轻的，手脚麻利，双腿落地，声息皆无，手里头拎着一把单刀。侯君集就把刀举起来了，有心一刀把他砍了，又一想：别介，这都是小毛贼，教育为目的，但能容人且容人吧！他把单刀交到左手，探三指，把这位脖子给掐住了。

这位不能叫唤吗？叫唤不了！侯君集掐得都是穴道！这一掐上，三手指头一使劲儿，这位眼睛就翻上去了！时间不大，失去知觉。侯君集轻轻把他放到旁边，心说：后边还有！

果不其然，第二个跳进来了，侯君集一看，来了！

"噗！"

又给掐住。时间不大，不动换了，又放在旁边。第三个又进来了，侯君集照样用这种方法，把他给制服，拖到旁边。这第四个还挺奸，这第四个就琢磨：那三位怎么进去一点声也没有？怎么不跟我打个招呼？就有点发毛，压低声音就问："怎么样？"

问的时候，他这个脑袋探出来，又缩回去，探出来，又缩回去。侯君集就有点沉不住劲儿了！心说：他妈的，这小子咋这么滑呀？得了，干脆我把他提溜进来就得了！

他想抓住他的头发，把他拽进来，哪知道伸手一抓，那位"刺溜"，跑了！什么原因呢？这位是刨花秃，没头发！由于黑，侯君集没看清楚。这一跑不要紧，这小子就叫唤开了："了不得了！出事了！"

顺着地道，撒脚如飞，跑到后院去了。干吗？给掌柜的送信去了！这个掌柜的姓翟，叫翟忠，在这开了多少年的黑店了，从来没失过手。这屋里头，明灯蜡烛，还有那么二三十号，都在这听喜信。因为什么？今天来了两拨客人，头一拨是个年轻的读书人，带着个书童，主仆二人有的是钱！被那李刘唐西给引到这来了，他们喝了点酒，中了麻醉药，现在人事不省，好收拾。第二拨来的就是小白猿侯君集，旁的人没拿侯君集当回事儿，认为一小老头儿，太好收拾了！实在不行，抓起来，"啪"，就给摔死了！

可这个掌柜的翟忠颇有经验，他察言观色，就发现这小老头儿瞳孔放光，眼珠"嗖嗖"直转，绝非等闲之辈！因此他是格外慎重。没动手之前，也就是前半夜，关上店门，特为这个事召开一个紧急会议，所有的伙计、账房先生，都是贼，到他这屋了。掌柜的翟忠一脚蹬着凳子，一手掐着腰跟大伙儿说："我说各位，咱们吃黑道的买卖这么多年，没像今天这么特殊，来了两份有钱的，这个买卖无论如何，咱得做到手。我的意思，我现在吃这碗饭吃够了，不想再干下去，如果买卖顺手做成了，咱们均摊匀散，各位回家，该种地的种地，该做买卖的做买卖，金盆洗手，今后不干了，咱们做一个老实本分的好人。"

大家也都同意了，所以这掌柜的要求，手脚麻利，活一定要干得干净利落，千万别捅马蜂窝，所以他才命伙计从地道去收拾侯君集。怕什么来什么，这屋正听信呢，报信的顺着地道上来：“掌柜的！大事不好！买卖做跐了！”

“哗！”

屋里人全乱了套了！掌柜的就问：“什么？怎么做跐的？慢慢说！”

“我们奉命，去了四位弟兄。那三位进去就没信了，我有点怀疑，我问，也没人答应。我刚往里一探头，结果那小老头儿他没睡！也不知道怎么地，他也没昏迷不醒，他倍儿精神！伸手抓我，幸亏我跑得快，不介就叫他把我逮住了！这买卖就这么做跐了！”

“噢呀！他娘的，说不干了，还翻了船了！”

大伙儿就问：“怎么办？”

“软得不行就得硬的！这个买卖非做下来不可！这是逼着我开杀戒！来呀！各抄家伙跟着我，把东跨院包围了！”

好几十号人，掌起灯球火把，亮子油松，冲出来，把侯君集住这小院就给包围了。这掌柜的手中擎着三停大砍刀，破门而入，进了院了。一看这两间房，窗户纸是黑的，屋里鸦雀无声。那位说侯君集哪儿去了？嘿！侯君集一看，跑了一个，就知道坏了，这个肯定回去送信去了。杀急了，就得动武！所以事先做好了应战的准备。侯君集没在屋待着，怕人堵到屋里，没法施展，所以他开开门，把门倒带着，飞身上房。东跨院被包围的情景，他在房上看得是清清楚楚！借着灯光一瞅，这掌柜的够凶的！这位要顶盔贯甲，骑上战马，手中舞战刀，真好像金甲天神相似！侯君集往他后头一看，还有个女的，怎么瞅着怎么眼熟。在哪儿见过？哎哟！想起来了！这女的不就是镇子口树底下要饭那个王氏吗？啊！现在都明白了！看来要饭那是假的！那白布上写那套词那是买卖，根本不是那回事儿！这个女人在那块引诱有钱的人，谁要露了白，那李刘唐西，那四个贼就把他引进贼店，闹了半天，这是一合手的买卖！哈哈！是个女贼！

这时候就听掌柜的哇哇直叫：“呔！我说房里那老头儿你听着！你干什么的？有胆量的赶紧出来送死！难道你还叫我堵窝掏不成吗？出来！”

女人也喊：“出来！老不死的，你出来！”

“出来！快出来！不然我们要破门而入了！”

侯君集在房上蹲着，看得清清楚楚，不由得乐了：“嘿嘿！我说你们咋呼什么呢？我老人家在此！”

“啊！”

大贼小贼，女贼男贼，抬头往房上一看。

“在房上呢！”

“房上呢！”

侯君集一不慌二不忙：“在房上怕什么？怕我跑了？我下来喽！”

说着话，就见他一长身，脑瓜朝下，下来了！群贼一看，这老头儿有病，这要戳到地上，脑瓜就碎了！他怎么这么蹦啊？真是与众不同。其实侯君集是故弄玄虚，卖弄一手，眼见脑瓜离地三尺多远，就见他舌尖一顶上牙膛，使了个金刚贴板桥，又叫云里翻，“啪！”一翻个儿，头朝上，脚朝地。

“啪！”

轻飘飘落在地上。群贼惊呼：“我的妈！这老家伙可是个武林高手！”

那掌柜的就是一惊啊，心说：坏了！今儿个晚上非出大事不可！真是后悔不迭呀！早知现在，何必当初！这买卖不做就对了！全怪他有贪心。但是事到如今，悔也无用了，想到这儿，把大刀平端，立声断喝：“呔！老家伙，道个万吧！我看你不是一般人，能不能把姓名说一说？”

“有名有姓，现在还不能告诉你！我说年轻人哪，就冲你这一堆，这一块，这个坨个儿，这个长相，你干点儿什么不好？为什么非选做贼？你说你们干这行的，上为贼父贼母，下为贼子贼孙，本身为贼，顶风都臭着八百里！损阴丧德，有什么好处？国法所不容，老百姓所切齿啊！你呀！把你自己坑了！要听我老人家相劝，你们赶紧把家把式全放下，跪在我的面前苦苦地哀求，表示痛改前非。我这人心慈面软，听你们哀告得可怜，算了吧！手起刀落，‘扑哧扑哧！’，全把你们宰了！”

“啊？”

掌柜的一听，你比我们还损呢！“嘿嘿！老头儿，开什么玩笑？今天晚上无非是破釜沉舟，我跟你拼了！着刀！”

“唰！”就一刀，这招叫力劈华山。侯君集赶紧甩头，身子往旁边一躲，“噌”，蹦出八尺多远，一刀走空。再看这个掌柜的，藏刀攥，推刀头，这刀平着又过来了！“唰”，这一招叫拦腰锁玉带，又叫横腰斩，他刀那个儿，刀尖儿尖，刀把儿牢，刀头都有三尺多长，跟小案板差不多少！那要推上好得了？侯君集赶紧往下，使个大俯身，一刀走空。这掌柜的搬刀头，献刀攥，三棱一个尖，猛刺侯君集的胸膛！侯君集吐气吸胸，往后一撤，“噌！”又退出一丈多远，一刀刺空。

这掌柜的一看，这小老头儿真精神！比猴都快，动作麻利。他有点着急了，施展开绝艺，八八六十四路春秋刀法，一刀紧似一刀，一刀快似一刀，“唰唰唰”，舞得跟刀山相似！掌柜的心里是这么想的：不管怎么说，你上了年岁了，年老不以筋骨为能，你跟我不能比！我三十多岁正当年，我凭着气力，也胜你一头，累也把你累趴下！

所以他越耍越使劲，越使劲刀越快，耍着耍着，那个女子在后头说话了：“掌柜的，你还耍个什么劲？小老头儿都没了，你跟谁耍？”

“啊？没了！”他赶紧把大刀收住，定睛瞧看。可不是吗？自己练刀，不知道什么时候，小老头儿没了！

“气死我也！你在哪里？”

侯君集“咯咯咯”，乐了，在墙头上出现，“我在这儿呢！”

“啊？你什么时候上的墙？”

“我早来了！我看你耍得挺好，我在这蹲着看热闹。”

“你废话！你给我下来！”

“下来了！”

“噌！”侯君集又下来了。这回再下来，跟方才不一样，方才是探探路，看看这掌柜的究竟有多高的本事，因此光躲闪，采取守式，并未进攻。二次下来，开始进攻，晃动三岔鬼头刀，侯君集施展平生所学，结果这一使劲儿，掌柜的受不了了！不是有那么句话吗？不怕不识货，就怕货比货。这掌柜的不是不善武术，也有一定的根基，分跟谁比，比侯君集，差着老大的一截！所以这掌柜的可发了疯了，也不知道怎么下刀了，眼花缭乱，气喘吁吁，只有招架之功，并无还手之力了。侯君集一看，差不多到时候了，“唰唰唰”，使了个盖顶三刀，紧跟着下边使了个钩挂连环腿。

掌柜的站立不稳：“哎哟，我的妈！”

“扑通！”

“当啷啷！”

掌柜的刀也撒了手，摔了个仰面朝天。侯君集往前一纵：“别动！”

抬左脚踩住他的前心，把刀高高举过头顶。掌柜的一看，把眼一闭，完了！一生就此结束！

周围还那么多人呢，男的女的，伙计好几十号，怎么不过来救他？事情发生得太快了！就这一连串的举动，也没超过几秒钟。他们再想过来，已然来不及了！干张嘴，瞪着眼：“啊！”

不过侯君集呀，是吓唬吓唬他，说良心话，对这个贼，他挺喜欢，心说：他这能耐不善，为什么做贼呢？肯定有原因。所以，他没下刀，先杀杀他的威风和锐气。拿这刀在脑门子上头蹭了那么几下，拿掌柜的脑袋当了磨刀石了！

“啊！”掌柜的吓得魂不附体！

侯君集乐了：“嘿嘿！”把腿一抬，“小子，起来！服不服？不服接茬比！什么时候服了，什么时候我再收拾你！”

“我……”

这掌柜的站起来发傻了，看了看地上的刀，心说：比呀？比我也白比！我差得太多！算了，别找第二次丢人了。

“我说老头儿，你能不能报个名？让我做个明白鬼，这总行吧！我不打了！”

“瞧，让你打，怎么不打了？”

“我能耐没你高，我打也白打！我就想知道知道你是谁！”

“嘿嘿！好啊！孺子可教也。你还挺明白事儿呢啊！站稳当了，听我报名！”

“我说老头儿，干什么还得站稳当？”

“哎呀，这你就不明白了！我的名气太大了，我这一报名，怕把你吓出个好歹！哎，所以叫你站好了。”

“不至于那么胆小，你请讲吧！”

“你听着，要问我，祖居山东济南府历城县永安寨专诸巷，有个绰号，孝母似专诸，交友赛孟尝，人送绰号‘神拳太保’，做过瓦岗军的大元帅，姓秦名琼字叔宝！”

他一说到这儿，这掌柜一听：“什么？你是秦琼秦叔宝？”

“待着待着，没说完呢！秦琼是我哥哥！嘿嘿！”

掌柜的心说：这老头儿怎么这么诙谐？什么时候还开玩笑！

“那您是哪位？”

“我名气也不小，我祖居江西红桃山侯家寨，江湖人称小白猿，我姓侯，叫侯君集！”

当他说完之后，掌柜的睁大了眼睛，嘴张有多大：“哎哟！闹了半天您是我十八伯父啊！伯父啊，大水冲了龙王庙，一家人不认一家人了！早知道是您，打死小侄我也不敢！伯父请上，受小侄一拜！”

掌柜的跪下，“嘣嘣嘣”磕响头。这么一弄，侯君集也有点发蒙，小白猿一听，这是怎么回事儿？他怎么知道我排行在十八？怎么管我叫伯父？这玩意有点蹊跷，哎，我还真得留点神！侯君集把脸往下一沉：“待着！不亲假亲，不近假近，我且问你，你是谁呀你？这称呼从哪来的？你给我讲清楚！”

“伯父，我要说出来，您就明白了。我姓翟，叫翟忠。说我您不清楚，提起我爹，也有一号，想当年，占据瓦岗山，总辖大寨主，江湖人称金钱豹，叫翟让！”

他一报名，可了不得了！侯君集闻听：“哎哟，我的儿！”

把刀也扔了，过来把翟忠给抱住了：“我说孩儿，哎，真没想到咱爷俩儿此时此地相见！你变样了。想当初的时候，你还小呢，没事我就哄着你玩啊！有时候你往我胳膊肘上拉青屎啊！哎哟，现在你长大成人了，上哪儿认去？见着你，我就想起我那好兄弟来了！”

侯君集可不是演戏，说着眼泪掉下来。

要提起金钱豹翟让，赫赫有名！占据瓦岗山，总辖大寨主。后来程咬金、秦琼走马取金堤，三斧子定瓦岗，结识了翟让，他们冲北磕头，结成生死的弟兄，秦琼做了大元帅，程咬金做了混世魔王，侯君集、翟让、王伯当、谢映登等人被封为五虎上将军。翟让为瓦岗山出过不少力，后来建立大唐了，翟让死于战乱之中，为国捐躯。那翟让死了，他的后人，按理说，应该接收他父亲的产业。没有！这怪李渊，李渊是仕途上发展起来的，对绿林英雄，他歧视，觉得翟让是贼，这个贼呀，就不怎么地，死就死了吧！并没允许老翟家的人继承产业，也没封官，故此翟忠是弃家逃走，流落在江湖。这就是以往的实情，侯君集多方打听，没有消息，没想到今日，在安平镇叔侄相见！

# 第十一回

## 安平镇小白猿遇亲
## 长安城程咬金救人

翟让死了，李渊对他的子女毫不关心，这翟忠也是心里有一口气，没继承父业，干脆开黑店得了！这也是一种不满情绪的发泄。但是他开黑店从来不枉杀人，就是在有钱人身上得那么一点，维持店面的开支和生活。

他也没想到今儿住店的是老前辈侯君集，怪不得那么大能耐呢！彼此通报姓名，一说经过，爷俩儿抱头痛哭啊！翟忠把侯君集让进内宅，盛情款待，这些伙计们还有那个女人围着团团转，高兴得不得了。侯君集就问："那女的是谁呀？"

翟忠脸一红："那是您侄媳妇。"

"嘿！你们这买卖做得不错呀！把我都给骗住了。"

说到这，侯君集想起一件事来："我说老贤侄儿，旁的先别提，是不是有个公子，还带着个小书童，也住到你这了？"

"啊，一点不假！"

"能不能看在我的分上，把他们也饶了？"

"当然当然！我把这茬儿忘了。"

命人下去，服上解药把那主仆给救了，也让进内宅。这翟忠一再地赔礼道歉，侯君集一问，这小伙子姓马，叫马宝山，一盘他的祖宗三代，闹了半天，是开唐名将马三宝的一家子！哎哟，亲门近侄，没有外人啊！马宝山主仆赶路，他们到长安去找亲戚办事，不遇上侯君集，恐怕也够呛！侯君集劝翟忠说："你的先人虽然出身绿林，靠打家劫舍为生，后来毕竟做了开唐的元勋，你发泄也好，你不满也好，你重操旧业，干这行太不光彩了！孩儿，看在我的分上，听我的劝，金盆洗手，别干了！你想想，黑道上的人，有几个有好结果的？你这么做下去，我真有点不放心。"

翟忠也说："伯父，我早就有心不干了，我干得腻味儿了！您这一说，正好我现在就收庄，我宁愿回到家里种地去，我也不干这缺德的事了！"

“哎，别介，咱爷们还用得着种地吗？这回我进京办事，见着我那些老朋友，我提提这个茬儿，无论如何也得给你找个好营生。咱是子一辈父一辈的交情，我能不管吗？”

翟忠夫妻千恩万谢！他们这块吃着酒谈着，天已大亮，街上车马行人逐渐地增多，伙计还得照常营业，不干黑道上的买卖，干正常的总归可以吧，尤其现在没关张呢，挑幌营业。突然，来匹白马，马上栽下来一个人来，口吐白沫，人事不省，招惹得围了不少的人。正好在店房门前，这伙计一看，怎么办呢？撒脚如飞，到里边给翟忠送信。翟忠本想不管，哪有那份闲心？侯君集是个多事的人，一听：“我说见死哪能不救呢？这些年，爷们也干了不少缺德的事，现在也应该积点德了！把他抬进来，找个郎中给他看看。没钱给点路费，这是应该做的！”

“是，侄儿遵命！”

结果把这个人抬进来，把马牵到院里，休息那么一会儿，这人就明白过来了：“我那马！我得着急送信！我得去请人！现在都耽误了不少天了！”

他这一咋呼，侯君集听着话里有话，到近前就问：“我说你是谁呀？贵姓啊？”

“我姓程，我，我叫程禄。”

“从哪来？”

“从京城来。”

“从京城来？你在哪个府里头当差？”

“我在鲁国公程咬金的府里头当差。”

哟嗬！侯君集一听，喜出望外，一指自己的鼻子：“你看看我老人家是谁，你能认识不？”

“哎呀！如果我没认错的话，您是侯将军，侯君集！”

“对了，行，你还能认出我来。我说程禄，别着急，把经过跟我说说，你去请谁？看我能不能帮上忙？究竟发生什么事了？”

“哎呀，侯将军，我就请的是您呢！怎么这么巧，在这遇上了。”

“请我，为什么？”

“一言难尽哪！”这伙计就把以往的经过讲一遍。

“哎哟，我说程禄啊，你算计算计，离京城几天了？”

“六天了！啊？都六天了？万水千山，非同等闲呐！哎哟！可要了我的命了！”

侯君集感到问题的严重性，他跟秦王李世民交情莫逆，没想到京里发生这么大的事情！那自己一定要尽力。侯君集不敢耽搁，告诉程禄：“见着我你放心吧，信我也不看了，你呢，在后边跟着走，什么时候进京都行，我得先行一步了！”

然后他跟翟忠把事情做了交代。翟忠一听事情严重，也不敢挽留了，把侯君集的钱如数还给他。再看小白猿背背单刀，斜挎百宝囊，出离翟家老店，往下一塌腰，施展陆地飞腾法，十二个字的跑字功，跟那小燕子一样，“吱吱吱”，奔京城猛跑啊！要在往常，像这种夜行术的功夫，轻易不使用，得有特殊的事，还得夜深人静了，施展这种能耐。现在顾不了许多了，秦王要掉脑袋，时间紧迫，管他这个规矩那个规矩呢！所以侯君集也不顾别人看还是不看，这路跑啊！

“嗖嗖嗖！”

一塌腰三十里，喘口气再一哈腰，又是三十里，喘喘气，喝口水，还接茬儿跑。马不停蹄，一鼓作气，终于在秦王被监押十天的晚上，他来到京城。侯君集可累坏了，往城根底下一坐，大口大口地喘粗气。哎呀，他冷静冷静，一想：怎么办呢？看意思，城门早关了。按正常的手续走，就得叫人把城门开开，按照规定是不允许的，那么一往返，耽误时间，那秦王还救得了吗？干脆我按老办法行事吧！

什么老办法？越城而过呀！侯君集有这种本事，他赶紧从百宝囊中取出飞爪百链锁，不过它不够长，又掏出一节绒绳，把它接到一块，这回差不多了，单臂一晃，“嗖”甩上去。这飞爪正把这垛口给抓住，侯君集两臂一较力，拽了一拽，一看挺结实，不至于发生意外，这才长身躯，倒着爬城锁，“噌噌噌”越上城头，跳到城上，把飞爪百链锁卷吧卷吧，揣进百宝囊，顺着马道下了城，进了长安了。进了城之后，他一看，大街上冷冷清清，空无一人，心说：上哪儿去找我四哥去？见着程咬金再说！他对京城太熟悉了，拐弯抹角，穿街越市，来到程府。一看，大门也关着呢，干脆吧，别叫门了，越节省时间越好！翻墙而入，他赶奔内宅。一看，窗户纸刷亮，里边有哭泣之声。他这才叫门。

“咣咣咣！开门哪！开门哪！”

屋里是哪位？正是老程的夫人裴氏。裴氏为什么哭？接二连三发生这些不幸，她的心都碎了！最近一个时期以来，她知道，因为秦王，程咬金得罪了皇上，皇上把他恨得叮叮的！只是拿他没有办法，一旦缓过手来，还不得收拾他呀？就拿今儿晚上来说，又被王君可众人找走了，说什么老元帅尉迟恭失踪，怎么净出怪事儿？她替丈夫捏一把汗，这一着急，在屋哭开了。哎，正这时候，有人砸门，裴氏夫人吓了一跳，命侍女把门开开，侯君集进来了，一看是四嫂，倒身便拜：“嫂子一向可好？小弟给您磕头了！”

裴氏夫人揉揉眼睛，才认出来：“哟！原来是十八弟！”

“快起来，你这是从哪儿来？”

“哎。嫂子，我听说我四哥找我，我焉能不来？”

“噢，你见着信了？”

“见着程禄，一切我全清楚了。嫂子，我四哥呢？”

“出去了，听说老元帅尉迟恭为了救秦王，也进了京了，连家都没回，到天牢探监，看望秦王。后来也不知道怎么的，他离开了天牢，被人劫持了，现在活不见人，死不见尸啊！王君可把你四哥找去了，说什么要寻找尉迟恭，领着人包围了二王府，折腾了大半夜了，现在还没有个结果。”

侯君集一听，脑袋“嗡嗡”直响，怎么这个逆事都赶到一块儿了？他不敢耽搁，安抚四嫂几句，转身退出来，飞身赶奔二王府。侯君集飞檐走壁，正好到齐王的花园。还没等他喘过气来，对面来了一伙人，看那意思好像抬着什么东西，仔细一看，抬着个人！这是怎么回事？借着灯光，他看得很清，为首的这个人是个大个儿，拎着把刀，满脸横肉，能有四十多岁，指挥着那帮人：“来！跟我来！告诉你们，嘴角要严密，哪一个走漏了消息，我砍你们的脑袋！”

哎，又过了一会儿，他发现穿过花园，进了养老宫。侯君集纳闷啊：离开二王府了，这是养老宫啊！噢，想起来了，这不是李渊他妹妹住的地方吗？噢，到养老宫干什么？他还在后头跟着，这叫有心人。侯君集办事多精细呀！跟到一座假山，假山上头有亭子，八角凉亭的正中有个石桌，就见他们把这个人抬到凉亭上去了，也不见按点什么，石桌一转个儿，这帮人没影了。侯君集躲到一棵树后头注意看着，心说：这能不能是尉迟恭啊？备不住啊！怎么那么巧？我刚来就叫我碰上。又过了一会儿，那一伙人又出现了，从亭子上走下来，拎刀的那个头头又叮嘱一遍：“赶紧回去，没我的命令，不准回来！听到没有？这事要绝对保密！”

“知道！”

“知道！”

那一伙人奔前院去了，回了二王府，就剩下一个人把刀背在背后，在假山的下头来回溜达，看那意思，是巡风放哨。哎呀，侯君集急不可待呀！为了弄清真相，他实在忍不住了，高抬腿，轻落足，来到那个人的身后，那个人一点都不察觉，侯君集伸出三指，“砰”，把喉咙给他掐住了，一使劲，那位就翻了白眼了。侯君集不想叫他死，想从他嘴里了解些情况，所以轻轻地把他放到地上，抽出鬼头刀，对准他的咽喉。等那位明白过来一睁眼，可吓坏了！就见对面站着一人，狗油胡撅着，二目闪光，一把冰凉的钢刀正指着脖项。他知道情况万分危机：“好汉饶命！好汉饶命！”

“我问你，你叫什么名字？”

“小人叫，叫朱焕章。”

“朱焕章，你他妈是干什么吃的？”

“我是齐王府的保镖。”

“你不在齐王府，上养老宫干什么？”

“我是奉旨行事。”

“行什么事？说！别他妈问一句说一句。”

“是是是。”

“怎么？不老实！”

“噌！噌！”

侯君集在他脑门上蹭了两下刀，这位被吓出一身冷汗来：“饶命！我说！我说！”

“说！快说！”

“奉二王之命，抬个人放到这里的密室里边了。”

“抬的是谁？说不说！”

“是老元帅尉迟恭！”

哟！歪打正着，侯君集这心才放下：“我且问你，老元帅被押在什么地方？”

“密室之中。”

“好嘞！密室里都有多少人看着？”

“没人了，甭看着，手脚捆着，把密室的门一关，想出也出不来。”

“那好了，我且问你，想活想死吧？”

“蝼蚁尚且贪生，何况是人？我自然是想活了。”

“想活，好办，站起来给我头前带路，领着我赶奔密室。你小子要耍鬼点子，你可小心着！”

“我明白！”

侯君集拎刀在后头跟着，这朱焕章也知道跑不了了，捏着鼻子在前边带道。顺着盘山道上了假山，来到八角凉亭，来到石桌的近前，侯君集看了看，从表面上瞅，严丝合缝。

“怎么打开？打！”

“哎！”

就这样，这小子一按销器，石桌一转动，下边露出个井口，就跟那井一样。往下一看，黑咕隆咚的。

“下去！你先下！”

“哎！”

“听着啊！你要耍花活，你小子就甭想活！懂吗？”

“不敢！”

这位下去，闹了半天里头有个梯子。侯君集跟着他，哎哟，挺深的，足有好几丈深，一直到了平地，朱焕章说：“往左拐。”

侯君集一手抓着他袄领子，刀指着他后腰眼，一步一步往前挪。也不知道拐了几个弯，终于眼前有亮光了，闹了半天，这石壁上有两个拱洞，里边点着灯呢。借着灯光一看，哟！这密室还挺大，靠着转圈不是立柜就是躺箱，都用封皮封着。甭问，这里边装的都是值钱的东西，再往墙角那一看，那躺着个人，仔细一看，哟！正是失踪的老元帅尉迟恭啊！侯君集又惊又喜！他一回手，把那个叫朱焕章的叫过来了，跟他商量："我说对不起，你先委屈委屈！"

说着，拿绳把他给捆上了，把他提溜到旁边。侯君集来到尉迟恭近前，再看尉迟恭，浑身是伤，昏迷不醒，受老了罪了！那个嘴里头勒着东西，那个绳子煞到肉里边了，这个钢打铁铸的汉子跟死人相似！侯君集赶紧用刀子把绳挑开，把嘴里的东西给他掏出来，扑打前胸，拍打后背，同时在百宝囊之中一伸手，拽出个小瓷瓶，里边装的是百宝丹，倒出来两粒丹药，给尉迟恭喂下去。时间不大，尉迟恭"哎哟"一声，这才明白过来。

"哎呀！"

"老元帅，老元帅睁眼！你看看我是谁？"

尉迟恭，真不愧是一员虎将，旁人受这罪，非折磨死不可！也就是他，体质健壮，元气充足，睁开眼睛一看，眼前发花，没认出来。侯君集急了："我呀！你都不认识了？我不是你兄弟侯君集吗？"

"唉哟！原来是兄弟！"

尉迟恭坐起来，抱住侯君集，哥俩儿亲热得不得了。侯君集就问："我说这会儿你觉得怎么样了？"

"哎呀，浑身疼痛，不过还忍得住。我怎么到这来了？"

"你叫人鼓捣到这里来了。我说老元帅，此地并非讲话之所呀，咱们赶紧到地面上去吧！这是下边的一个密室。"

说着话，把他搀着站起来，尉迟恭活动活动筋骨，刚才这粒丹药发挥作用了，觉得还能支持得住，身子晃悠晃悠，恢复了正常。侯君集一挥手把那朱焕章提溜过来了，把腿上的绳子给他解开，胳膊照样绑着。侯君集用刀一指："听着！还在前边引路，顺着原路，咱们上去。"

"哎！"

尉迟恭就问："他是何人？"

"王八蛋！他是李建成、李元吉手下的打手，折磨你也有他一份儿！"

"王八蛋，我劈了你！"

"别，留口活气，将来有用，咱们回去要紧。"

顺着原路，他们又来到石桌的下头了。这回可倒了霉了！说什么也弄不开这机关了，侯君集急得满头大汗。尉迟恭也着急："你下来，交给我！"

他觉得他有把子气力，但是费了九牛二虎的劲也上不去。侯君集一转身，把那朱焕章叫过来了：“我说怎么回事儿？嗯？你要什么鬼花活？怎么这个销器不动了？”

“哎呀，我想起来了，这个销器得上面有人开，上面不开，底下累死也弄不开！”

“方才你怎么不说？”

“方才您那刀指着我，把我吓迷糊了，我忘了这手。”

侯君集气得蹦起来给他来俩嘴巴。但是一看，他说得是实情，说什么也弄不开，可就耽误工夫了！侯君集急得直蹦，又问这个朱焕章：“我问你，除了这条道之外，从哪儿还能出去？”

“没路可走，就这么一条道。”

哎哟！要了命了！就是侯君集把这朱焕章宰了，也解决不了问题。后来也是急中生智，侯君集在百宝囊之中把零碎全掏出来了。怎么叫百宝囊？什么都有！带尖的、带刃的、带钩的、麻花的、拧劲的、带倒虚钩的、带蛾眉刺的、小耙子、小搂子、小锥子、小攮子，滴滴琅琅有的是。侯君集抖搂抖搂，把那盗洞的家什找出来了。那位说，他还会盗洞？当然了！夜行人当初作课，也学过这招，可是侯君集从来没使用过。今天也是逼急了，学老鼠盗洞。他看了，四外都是砖砌的，石壁上头沟着灰，非常结实，用鬼头刀撬下几块砖来了，里边是土，看了看，差不多了，他开始盗洞。拿这耙子挠，拿钩子挠，这土“哗哗”往下落。他没劲儿了，尉迟恭挠，尉迟恭掏累了，又把那个朱焕章绳解开，叫他挠，就这么一寸一寸，一尺一尺地往前进。这时候，地面上搜查皇姑的官邸，正是热火朝天，下边盗洞，上边一点都不知道。这洞盗来盗去，盗去盗来，忽听上边来回走路的声音都听清了。侯君集一看，有门！为此精神一振，用三岔鬼头刀往上捅，“嘣嘣嘣”！这下坏了！砖，再木头，再灰尘，全落下来了，弄了侯君集一脖子！与此同时，一道亮光射向洞里，哎呀，新鲜的空气也进来了。侯君集赶紧把眼睛闭上，好半天睁开眼睛，把这洞盗得大一点，从里边钻出来了。这是什么地儿？这是老皇姑家的戏台，他们从戏台底下冒上来的，可周围有御林军奉旨搜查皇姑府，有不少御林军来回地走动，其中有一位回头一看，吓得“妈”一声，跳起多高来！

“呀！闹鬼了！地里头钻出来个怪物！”

他这一喊，有人也看见了：“老鼠精！耗子成精！怎么这么大个儿！”

侯君集这气就别提了！从坑里头爬上来，把尘土抖搂抖搂：“放屁！你们家耗子这么大个儿！”

“哟！怎么还能说人话呢？”

他们正在害怕的时候，过来个老兵。这老兵认识侯君集，打量了多时："他，我……您是侯将军吧？"

"哎哟！还真有认识我的。在下正是侯君集！"

"哎哟！侯将军，您这使的什么仙术？怎么在地底下钻出来的？"

"废话少说！底下还有人，快帮着抢救！"

人们一听，不是妖怪，胆子壮起来了，先救出侯君集后，再救出尉迟恭，最后把那朱焕章也提溜起来了。侯君集告诉他："这小子可不是好东西！先拿绳把他捆上，等候发落。"

这侯君集站到戏台上，往对面一看，哟！那不是四哥程咬金吗？再一看那不是王君可吗？在假山石那石头供桌旁边，正转悠着呢。故此侯君集大喊了一声："四哥不必着急，大元帅我找着了！在这儿呢！"

程咬金一看是侯君集，这下可乐坏了！他拉着王君可，赶紧走上戏台，一瞅，哟！大老黑也在这呢！程咬金抱着尉迟恭，忘了自己多大岁数，又跺脚又鼓掌："哎呀，我说大老黑，你还活着！我以为你早不在了！"

"哎呀，程王兄，我要不在，你能这么高兴吗？哈哈！"

双方是开怀大笑。程咬金全明白了，转回身拉着侯君集的手："我说兄弟，哥哥说你句什么好呢？你真不是人！"

"呀！我说四哥，您这是什么话？"

"你是神！也就是你，换旁人说什么也找不着尉迟元帅，你算立了大功了！"

"你也别那么说，自家人嘛，您还捧我干什么？"

王君可就说："那么你怎么知道老元帅在地底下呢？"

"我哪知道是这么回事儿，是如此这般，这么这么回事儿。"

侯君集把以往的经过讲述一遍，众人听完，皆大欢喜，这还有什么说得？现在彻底胜利了，找着尉迟恭，就不愁李世民了，李世民获救这目的就全达到了。老程一转身，赶紧把李渊派的总管太监马元启给找来了。其实马元启在旁边看着呢，他代表李渊在这监视着，他心头一凉，完了！李建成、李元吉还有那位老皇姑，彻底吹灯拔蜡！难怪程咬金在金殿打赌，人家有十足的把握！你看真把老元帅找出来了！马元启来在程咬金的面前："老千岁，您甭说了，我亲眼目睹，我是见证人。"

"哎，这就对了，你全看见了吧！我给老皇姑和建成、元吉栽赃没有？"

"没有。"

"是不是在这儿搜出来的？"

"一点不假，这洞还在这呢。"

"好嘞！我就希望你在万岁面前说句实话，你是皇上的代表，你可以传旨了吧？把老皇姑、建成、元吉赶紧拿下吧！”

“是，我忘了这个茬了，来人！”

马元启立刻传旨，代表皇上嘛！让御林军抓这三人。时间不大，有几个人跑回来了，向程咬金、马元启禀报：“老皇姑没费劲抓住了，可是建成、元吉没影了。”

哟！程咬金急得直跺脚。这两个孙子，见事不好，逃之夭夭啊！他们能跑到哪儿去？外边有军兵围着，跑不了，鸟飞也得有个影啊！看来没离开王府，就在这地儿。程咬金命令御林军重新搜查，无论如何得把他们找着。派下人之后程咬金还不放心，把王君可叫过来了：“兄弟，你还得辛苦辛苦，必须亲自出马。你是知道的，必须把这两个王八蛋抓住！”

“小弟明白，您放心吧！”

王君可领人下去了。程咬金马不停蹄，赶紧带着尉迟恭、侯君集、老皇姑、马元启等人赶奔八宝金殿。为什么不等建成、元吉？为什么这么着急？那还有个秦王李世民，午时三刻开刀问斩！现在眼看时刻就到了！晚去一步，秦王掉了脑袋，白折腾了！所以他们上了马，像一阵彪风一样，来到午朝门。程咬金高声喊喝：“呀呔！尔等们听真！刀下留人！”

喊过之后，众人冲进法场，程咬金点手，把俩儿子程铁牛、程万牛叫过来：“你们听着，赶紧把秦王保护住，没我的话，不准任何人伤害秦王。”

“明白！”

“明白！”

“哗”，斧子队把断头台给包围了，程咬金率领众人赶奔八宝金殿。这回李渊不升坐偏殿了，正经八百，升坐八宝金殿，李渊那气就不打一处来！为什么？恨程咬金！心说：你真能胡搅你！本来我要杀李世民，你装疯卖傻，又抹脖子又自尽，逼得朕容期缓限十天。现在十天到了，我是非杀李世民不可！半夜前，你无中生有，跑这告状来，你说什么我的胞妹，我俩儿子把尉迟恭藏起来，简直是胡说八道！朕我就够瞧的了。尽管我一百个不乐意，我赐给你一道圣旨，为的是堵住你的嘴，我看你还要什么鬼把戏！如果搜不出尉迟恭来，你见我有何话说？咳！不管怎么地，我也得杀李世民！这法场立好了，三声追魂炮响过两声了，李渊就等着第三声。正这么个时候，程咬金来了：“吾皇万岁万万岁！臣有本见驾！”

李渊气得眼睛都直了，心说：这家伙又来了！你又要干什么？

“老爱卿，搜查得如何？”

“启奏圣驾，我们是大获成功啊！把尉迟恭搜来了！”

“搜出来了？”

“搜出来了！”

“在哪儿搜出来的?”

“在老皇姑的假山之下，密室之中。”

李渊倒吸了一口冷气，心说：程咬金真能胡说八道？我不相信这是真的！但是当着文武百官的面，这是八宝金殿，程咬金敢这么胡说吗？李渊接着问：“尉迟恭现在何处?”

“臣来了!”

随着声音，尉迟恭走上金殿，堆金山倒玉柱，跪倒在金阙之下，以头拄地：“罪臣尉迟恭叩见陛下万万岁！陛下，臣受老了苦了！恳求陛下为臣做主啊!”

李渊都没认出是尉迟恭，一瞅这个形态，一瞅这个狼狈相，的确受了陷害了。李渊半天没说出话来，手扶御案，把身子探出多远：“王兄你究竟什么时候进的京？快把经过从速讲来!”

“是!”

尉迟恭是个粗人，向来直出直入，不会拐弯抹角，当着李渊，当着满朝文武的面，把经过详细地讲了一遍。先从大佛寺监工开始，怎么程喜送信，怎么回的京，如何累死的乌骓马，如何到天牢探监，见着李世民怎么说得，建成、元吉怎么去的，他们怎么逼李世民，怎么给李世民灌毒药，后来自己怎么给解的围，审问建成、元吉，这两小子吐露了实情，跟张、尹二妃干出见不得人的事情，所以对秦王下毒手。后来他拿着口供单，准备半夜面见天子，哪知走到半路上，被建成、元吉绑架，他们是用什么手段把他拿进府去的，又如何打他，如何审问的，最后把他放到密室之中。他昏迷不醒，后来是侯君集把他救的。

把这个经过一五一十，“啪啪啪”，说了个清清楚楚。李渊原来蒙在鼓里，文武百官也不明真相，为什么皇上那么大的火要杀秦王？皇上不说，秦王也不讲，别人想摸细底，也摸不出来，叫尉迟恭这一说，真相大白！李渊不听则可，闻听此言，是又气又恨，又羞又恼，我们老李家缺了哪辈德了？皇宫大内怎么出了这种丑事！我亲儿子建成、元吉跟我的爱妃在那胡扯啊！哎呀，李渊那脸往哪儿搁啊？听着听着，就见李渊眼睛一翻，气死过去了！哎呀，太监往上一闯，把皇上给扶住，文武群臣也乱了套了！七手八脚抢救皇上。好半天的时间，李渊才明白过来：“哎呀！气死我也!”

那简直是无地自容啊！作为一朝人王帝主，家里出了这种丑事，你说他心里什么滋味？正在这时，程咬金跪倒了：“陛下，这回你明白了吧？陛下呀，快赦免秦王吧!”

“唉，这……”

正这么个时候，就见有人进来向程咬金禀报：“禀报鲁国公!”

“什么事？”

“建成、元吉抓住了！”

程咬金眼睛一亮：“太好了！带上殿来！”

时间不大，把这俩小子拿绳捆着，推上八宝金殿。再看李建成、李元吉，那脸都绿了！睁着失神的眼睛，二人跪倒在地：“罪儿罪该万死！”

李渊手脚冰凉，瞪眼看着俩儿子：“这……建成、元吉你们还有何说！”

# 第十二回

## 恨儿不争李渊气病
## 孤注一掷建成设宴

尉迟恭大元帅被解救了，李渊升殿审问之后真相大白，他这才知道，真正的元凶罪魁祸首是俩儿子建成、元吉和他妹子，尤其老皇姑的事，他是一无所知，怎么可能呢？就凭我妹子的为人，跟我俩儿子搅在一起，狼狈为奸，陷害李世民和尉迟恭，我还蒙在鼓里！我还是皇上，我还想做个明君，简直是一塌糊涂！

李渊心跟开了锅了似的，建成、元吉上了殿了，一见他爹，吓得是体如筛糠，二人慌忙跪倒，一个劲儿地叩头说好话，这李建成小嘴能叭叭："父皇在上，儿臣罪该万死，我是死有余辜啊！爹爹，饶了儿吧，留得儿三寸气在，我一定在堂前尽孝，痛改前非，重做新人，爹爹，饶了儿吧！"

李元吉也一个劲儿说求饶的话："爹，人非圣贤，孰能无过？怪儿一时糊涂，把路走错，求爹高抬贵手，法外施仁，饶了儿子吧！我是您亲儿子，爹唉！"

当着满朝文武的面，这俩小子失声痛哭，顿足捶胸，哭成了泪人。李渊一句话也没说，看着俩儿子，心如刀绞，又恨又气又疼，当然了，这李渊偏心眼，偏袒着这俩儿子，都说这爹娘最疼没出息的，这话有一定的道理。李渊思索了多时："你！你们还有脸跟我说话，我不是你爹，你们俩也不是我儿！你们干下乱伦的事情，还不从实地讲来！"

程咬金在旁边打帮腔："对呀，哭有什么用？哭没用！你们俩要想活，就把以往的真情，一点不漏地说出来，说给大伙儿听听。"

文武百官也说："对！说说！"

两人一看，没有办法了，只好跪到那儿，又把经过讲述一遍。是真的假不了，是假的真不了，砍的不如旋的圆，他们俩说得，跟尉迟恭方才所说这一对，一点不差，有人偷着给记录，李渊实在听不下去了，把桌子一拍："哇！不要说了，你们两个畜生，简直要气死为父啊！我岂能容饶！"

程咬金说："等等，我说陛下，您先别难过，事已经如此了，秦王在外头捆着，您得下旨意，把秦王赦免回来呀！”

李渊这才想起来，一挥手，传下圣旨，把秦王李世民释放，秦王那个委屈劲儿就别提了！到了八宝金殿，双膝跪倒：“父皇在上，儿臣叩拜爹爹！”

李渊从桌子后头转过来，抱住秦王李世民：“我的儿！你受委屈了！爹对不起你呀！”

虽说是父子，作为一朝的人王帝主，能说出这几句话来，那是千金难买。爷俩儿个抱头痛哭，李世民多懂事：“爹爹，善保龙体啊，儿受点委屈算不了什么，儿生从何来？为了爹爹，肝脑涂地，万死不辞！就是我掉了脑袋也毫无怨言！”

“儿啊，别说了，你们听着，秦王官复原职！”

一句话，复了官了。这程咬金就说：“哎，我说陛下，趁热打铁，今儿个您把这些事都做个了断。老皇姑怎么处置？建成、元吉怎么处置？受害人尉迟恭怎么办？这些事都等着您解决呢，您干脆来个痛快得了！”

“我……我……”

怎么办？李渊真杀俩儿子吗？真处置胞妹吗？舍不得，但是有话又说不出，最后李渊气堵咽喉：“我……我……”又迷糊过去了。

朝堂上一阵大乱：“秦王赶紧传旨！”

“秦王赶紧传旨！”

“把建成、元吉押到天牢断寺狱，把老皇姑软禁在怡和宫，听候处置。救皇上要紧！”

李渊一病就病倒了二十多天，这回不仅是病倒了，大口吐血，他感到末日到了，快到终点了，得精神恍惚，但是有时候还明白，一明白过来，他就想建成、元吉的事，先是恨，后是疼，心说：我病好之后，我还得升殿，文武百官还得逼着我表态，谁都好办，就这程咬金我惹不起！这也罢了，人家有理呀！我，我怎么表这态？杀了吧！杀了就得了！这……又昏过去了，他在恍恍惚惚的时候，他发现对面来个人，李渊心说：谁呢？怎么瞅这么眼熟，揉揉眼睛，仔细一看，哎呀！原配夫人窦氏！窦氏就是窦建德的姐姐，跟李渊十分恩爱，这几个孩子都是她生的。李渊心说：她怎么来了？莫非我要死了，她来找我来了？李渊就问：“你可是我的爱妻？”

窦氏苦笑了一下，点了点头：“不错，正是为妻呀！我这次回来没旁的事，我想念你和咱的孩子，我回来看一看。哎呀，我正有一肚子心腹事跟你商量。你甭说，我全清楚，你是不是现在左右为难呢？杀建成、元吉，还是不杀建成、元吉，你拿不定主意。”

“正是，看来知我者，贤妻也！你说我得怎么办？”

“还用我说吗？建成是咱的长子，是你我夫妻恩爱的果实，这孩子自幼就聪明，我是爱如掌上明珠，你也喜欢得不得了，无奈这个孩子不走正路，不成才呀！我临死之时曾经跟你交代过，对这孩子你要格外地恩爱，对他多加照顾，算对得起为妻我了。可是这话你忘了不成吗？人非圣贤，孰能无过？年轻人一步走错，倒也情有可原，虎毒不吃子，兔子不吃窝边草，生身的父亲，能瞪眼杀儿子吗？他又没背叛大唐，又没犯谋反的罪名，只是兄弟之间争权夺利而已，你又何必下其毒手呢？你是一家之主，你说什么算什么，你要做了主，文武百官再有本事，他能翻得了天吗？尽管孩子错了，也得给他们留一条生路才是。”

“说得有理，说得有理，你跟我想到一处了。不过朕万难启齿啊！百官追问起来，我如何解释啊？”

窦氏一笑，转身走了。李渊急了：“夫人慢走！你上哪儿去？”

话还没说完呢，“忽悠”一声，梦中惊醒，李渊满身都是汗，嗓子都喊哑了，床边正站着一个人，这人干吗呢？正服侍李渊呢。

“爹爹！您怎么了？您做噩梦了吧？您在跟谁说话？”

李渊擦了擦额头上的冷汗，把眼睁开，一看，说话的人正是秦王李世民，原来李世民进宫给爹探病来了，来的时候可不小了，因为看爹正在睡觉，没敢惊动，垂手站在床边，后来发现他爹五官挪移，胡说八道，李世民赶紧过来呼唤爹爹，李渊这才惊醒。世民点手把宫女叫过来，把燕窝粥端过来，亲手一勺一勺喂他爹，李渊好不容易这才平静下来：“世民哪，我病了多少天了？”

“二十一天。”

“啊，儿啊，爹爹恐怕要离开你了。”

“爹，您千万不要这么想！爹爹龙体康泰，不久就能康复，我大唐朝的江山全依靠爹爹呀！您千万不要这么想。”

“咳！会说得不如会听的，人活到百岁，终有一死啊！你看我病成了这个样子，还哪里能好呢？世民哪，你来得正好，爹有句话问你，你要如实讲来。”

李渊要问什么，李世民全知道，他爹这次闹病的原因，主要心疼建成、元吉，李世民这心里也深感不平啊！心说：杀我那时候，你是当机立断，毫不讲情面，到我哥哥、我兄弟，你是优柔寡断，左右为难，说句实话，你舍不得！同是儿子，你怎么这么袒护他们两个人？他们俩犯的罪，死几回都应该！但是作为孝子，不能这样质问他爹，李世民假装糊涂：“爹您说吧，什么事情？”

“世民哪，方才我做了个梦，梦见你娘了。”

“噢，是，您跟我娘感情甚好，这也是人之常情。”

“你娘给我托了个梦，在梦中跟我说了许许多多心里话，谈到建成、元吉的事，你娘哭了，她还求我宽恕这两个畜生。唉，世民，你是个明白人，你说这个事应该怎么办？是杀还是赦呢？”

李世民心说：瞧见没？我准知道我爹得说这套话！心里这个气就不打一处来。有心抢白几句，那不是孝子，再看他爹病成这个样子，于心也不忍，不说憋气，因此李世民是低头不语。李渊一看李世民不言语，这心里就不安了："世民，你怎么不说话？爹等着你回答呢！"

李世民没办法，往上施礼："爹，事关重大，儿也说不明白，杀也好，赦免也好，全掌握在爹的手里。您是一朝人王帝主，您老看着办吧！怎么处置，儿没得可说。"

"唉，世民呢，你说你们弟兄四人，元霸死在瓦岗山，剩下你们哥仨儿，我再把他们俩杀了，就剩下你一个人，爹有走的那天，我也放心不下呀！所以我想赦免他们，给他们留条生路。按他们所作所为，死有余辜，我之所以这么决定，是要对得起你娘啊！世民，你说把他们官职一捋到底，贬为庶民，赶出京城，永不叙用，这么做行不行？"

李世民一笑："爹，您这么做，无可挑剔，于公于私，合情入理，儿没得可说。"

"好！我为难就为难在你身上，既然你没得可说，百官就好办了，替朕拟旨吧！"

"是！"

李世民多会来事，站着刷刷点点，李渊念一句他写一句，圣旨拟就，李渊哆里哆嗦从枕头底下把印取出来，当着秦王的面，用了印。这就生效了。

"儿啊，为父还要继续养病，你跪安吧！替朕传旨就是。"

"是！爹，还有件事情向您启奏。"

"说吧，什么事？"

"大元帅尉迟恭怎么办？"

"噢，尉迟恭受了委屈，那是干国的忠良啊！他依然是兵马大元帅，敖国公之职，为了嘉奖他，他受了委屈嘛，从今月开始加双俸，一个人开两个王的俸禄也就是了。"

"谢爹爹！还有件事，我姑姑怎么办？"

"唉！对呀，还有老皇姑的事。这个人糊涂死了，怎么跟建成、元吉搅到一处？对她嘛，长期软禁，她快六十的人了，就叫她活还能活几天哪？软禁起来，直到死拉倒。"

"是！"

秦王李世民执掌朝纲，大聚文武，当中宣读圣旨。好，这旨意传下之后，底下就开了锅了！当天晚上，所有的人聚集在程咬金的府里头，在座的有尉迟恭、侯君集、王君可、房玄龄、褚遂良、杜如晦等文官武将，有一百来号，程咬金居中而坐，骂不绝声，用手点指着皇城："这个皇上老糊涂了！真不是东西！做的什么屁决定？太不合情入理了，万难叫人接受！"

程咬金一带头，引起一片骂声，程咬金骂完了问尉迟恭："我说老黑，你怎么不言语啊？你是唱主角的，为了你，我们费了多大的劲儿呢！怎么？皇上给你加了双俸，你就没词了？"

尉迟恭冷笑一声："我说程咬金，我尉迟恭是那种人吗？只是我觉得说跟不说，好像都没什么用处。"

"这叫什么话？有话说有屁放！你也得表个态！"

"我说程咬金，我比你还气愤！皇上是个浑蛋王八蛋，他不配做咱们的皇上！这种昏君保他无益！有什么好处？趁早换一换得了！"

"哎！我就等你这句话呢！我说尉迟恭，你真想换皇上？"

"真想！有他在位，没咱的好果子吃！"

"那你说说换谁？"

"换那还有选吗？换上秦王李世民，李世民文武全才，德配天地，那要做了皇上，那是咱们和老百姓的福分！"

程咬金点点头："哎，众位听见没？这可在我家，各抒己见，你们全都发表发表态度，你们认为如何？"

众人是异口同声："大元帅说得对，我们愿拥立秦王为天子！"

程咬金就问："这皇上怎么办呢？让他上哪凉快去？"

大伙儿思考了半天："这么办吧，让李渊退归养老宫，名义上挂个太上皇，有职无权，就养起他来不就得了？只要他不问政事，咱就放了心了。"

"对！就这么办！"

"对！就这么办！让李渊退位，拥立秦王为君！同时呢还得把建成、元吉给铲除，留着就是祸害！"

房玄龄是个读书人，心地善良："是不是这样？这么大的事情，咱别擅自做主，不要拥立秦王吗？最好把秦王请来，争取争取他的意见，看他怎么说？"

程咬金一听："别，把他请来，麻烦了！你想逼他爹退位，让他当皇上，他怎么说？他心里是这么想的，他嘴也不能这么说！顾虑重重，他要一来就麻烦了。咱干脆就决定吧，先斩后奏，同意也得同意，不同意也得同意！"

大伙儿一听，程咬金说得有理，后来一致推举程咬金分兵派将。老程往左右看看："我说各位，你们可够损的，让我当带头人，千古留下骂名啊！可我也不在乎这个，爱怎么地就怎么地！好吧，你们听我的啊！王君可听令！"

王君可赶紧站起来了："四哥您吩咐吧！"

"君可呀，我说你这个京营殿帅管着多少人马？"

"御林军三万。"

"我说那些带兵官，还有那些士兵，都听你的吗？"

“嘿！四哥，这你还怀疑吗？当然得听我的。”

“那好，君可，这个事你伺机而动，听我的命令。你先把人马都组织好了，发动政变的那一天，你要把里九外七皇城四门，紧紧地围住，围他个水泄不通！京城的治安交给你了，宫里的事情交给你了，有敢滋事者，杀无赦！明白吗？”

“明白！”

“好嘞！你下去就准备，甭在这坐着耽误时间。”

“那我先走了，各位再见！”

王君可下去，程咬金转回身来跟尉迟恭说：“我说大老黑，你别看我在嘚啵嘚，嘚啵嘚，我是辅佐你的，你得唱主角，兵马大元帅嘛！我说大老黑，你可不能退缩呀！”

尉迟恭一乐：“我说老程，有话你就说吧，别拐弯抹角的。”

“我打算派你去干掉建成、元吉这两个畜生，你愿意吗？”

“愿意！我恨透了这俩杂种了！要解心头恨，拔剑斩仇人，不亲手杀了他们，我死不瞑目！”

“好了！太对了！我说这个，你别带兵，你帅府里头有多少亲兵卫队？能使唤上的，能有多少人？”

“不下五百人。”

“足够了。你跟王君可一样，回去把人召集起来，特别是那当头目的，交代清楚，届时发动政变那一天，大伙儿动作要麻利，最好你亲自下手，把建成、元吉给干掉！”

“那没问题，交给我了！”

“好嘞！这是你的事。我说侯君集贤弟。”

“有！四哥，您吩咐吧！”

“兄弟，你可立了大功了，真可谓扭转乾坤啊！你的能耐特殊，跟一般都不一样，我就派你为四路接应使，哪路不到，你接应哪路，比方说王君可要出了乱子，你协助王君可，大老黑这出了乱子你协助大老黑，我需用你，你再协助我，以防意外，精明着点，怎么样？”

“四哥，没问题，你交给我吧！”

“我要卖卖老，我说房玄龄房大人，褚遂良褚大人，杜如晦杜大人，魏征魏大人，你们四位是元老，都是朝臣，到时候劝李渊退位的时候，他肯定舍不得，真要那样，全靠你们了！两行伶俐齿，三寸不烂舌，陈说利弊，讲今比古，那就靠你们的舌头根子了！啊！怎么样？”

“行，您放心，交给我们几个了！”

“好了，你干什么，你干什么，你干什么……”

“啪啪啪。”

程咬金都做了详细的交代，人们暗挑大拇指：罢了！别看程咬金是个粗人，这人面粗心细，够个统帅的资格。大家分头下去行动，这个唐高祖李渊现在干什么呢？病情加剧，精神恍惚，一阵明白，一阵糊涂，自知寿命不长了，这些闹心的事，能没有压力吗？这天吃过药去，李渊正在迷迷糊糊，闭目养神。马元启进来了，马元启是内宫的总管太监，先请了安，然后跟李渊说：“陛下，建成、元吉两位王爷，不，两位您的儿子……”他为什么这么说？现在贬为庶民了。所以他知说错了，赶紧改口，“打算向您辞行。”

“不见！”

“万岁，他们远离京城，不知流落到什么地方。毕竟是您的亲骨肉，那么向您辞行，最好您是见一面。”

“咳！”

李渊心如刀绞一般，考虑了多时，做出决定：“让他们进来！”

就这样，他们进来了，这俩小子来到寝宫，双膝跪倒：“爹爹，儿不是人呢！儿身犯不赦之罪，论理死有余辜，可爹法外施仁，饶我们不死，我们哥俩儿是感恩不尽呢！现在向您辞行，明儿个我们就要走了。”

李渊连看也没看，好半天才问：“你们到哪里去呀？”

“我们哥俩儿也商量了，天地虽大，没有容身之所。怎么办呢？只有回山西太原老家去了，我们宁愿春种秋收，务农也业，然后闭门思过，一是焚香祷告爹爹百年长寿，江山一统。另外，如果爹您消了气，觉得我们还有点用，盼望爹爹降旨，把我们招回京城，爹善保龙体，儿告辞了！”

李渊一听，还真哭了，不愿意叫他俩看见，脸朝着里，用龙袍蘸了蘸眼泪：“好吧，愿你们好自为之。别忘了，天作孽有可为，自作孽不可活呀！你们罪孽深重，应当好好地想想。”

“是！爹，金石良言，铭刻肺腑，你就甭操心了。”

两个人磕下头去，转身退出，府叫人查封了，那不是属于他们的，他们临时租了间小房，在那眯着。别看建成、元吉说得那么可怜，但他们这个心呢，可不是这么想的，这两小子早就计议好了，临死也得抓个垫背的！就这么回太原，就这么倒手就不管了能行吗？归根到底，恨上了李世民，心说：李世民哪，我们倒霉就倒到你身上！好嘛！我们哥俩儿一退出，贬为庶民，大权肯定会你指掌。爹百年之后，由你一统江山，你要当了皇上，我们哥俩儿想眯着也眯不住了！你还不得拿我们俩开刀啊？干脆先下手为强，后下手遭殃！

他们定了毒计，亲自写了封信，派人送到秦王府，约会李世民，赶奔玄武门，因为什么呢？他们出玄武门回太原，要在玄武门城楼上摆一桌酒席，向秦王告别。信上说得言辞恳切，说：我们是一奶同胞的弟兄，我们要走了，你就不赏脸来一趟吗？希望咱们哥仨见上最后一面，我们有些事情还拜托兄弟你办。上写着千，下缀着万，派死党送去了。请李世民干什么？想要把李世民给整死！在玄武门，他们要动用死党，把李世民乱刃分尸！这叫孤注一掷！能行则行，不行我们逃之夭夭！你说这两人够多狠毒！第二天中午不见不散，时间地点都定下来了。有人把信送到秦王手里，秦王李世民展开一瞅：噢，哥哥、兄弟要走了，要回山西太原，心里也不是滋味。狠归狠，毕竟是一奶同胞，李世民一看，请自己赴宴，按理说呢，应当给饯行，现在弄得翻了个儿了，咳，算了！去就去吧！在席面上好好叮嘱叮嘱他们俩，怎样做人，怎样痛改前非。这李世民还一片好心呢，正在这么个时候，程咬金来了，你说事多巧！李世民赶紧起身迎接，把老千岁接进银安殿。

程咬金干吗来？受百官之托，来探听李世民的口气，分宾主坐定之后，李世民先是一番客气，感谢程咬金保本求情之恩，程咬金一摆手："我说秦王，说这个就见外了，谁跟谁呀？咱们老君老臣的多少年了，甭提这个。秦王最近身体可好？"

"我挺年轻，自然身体不错。"

"我也看出来了，神采奕奕，容光焕发啊！该着你走时运。我说秦王，明儿个你干什么？"

"唉，明天的事也不少，早晨起来到阅兵场，检阅检阅军队，中午我还赶奔玄武门。"

"上玄武门干什么？"

"您看，这有一封请帖，我哥哥跟我兄弟要回原籍了，他们摆一桌酒席，请我参加，我呢，想利用这个机会，劝劝他们俩怎样做人？"

"你给我念念，我听听。"

李世民拿程咬金不当外人，把这请帖念了一遍，很简短的几句话。程咬金听了眼睛就一亮："那时间地点都定准了？"

"定准了，明日中午，玄武门不见不散。"

"噢，好！"

李世民也不懂程咬金说"好"是什么意思。程咬金心说：幸亏我来了，这个消息多及时啊！一会儿回去，我就分兵派将，包围玄武门，把建成、元吉干掉！趁势包围皇宫，用兵谏的方式，逼李渊退位！

这是程咬金心这么想的，李世民猜不透。程咬金又坐了一会儿，问李世民："我说秦王，咱君臣不见外。现在你哥哥、你弟弟一走，你就是接班人了，皇上百年之后，肯定由你来继承江山，如果你要当了皇上，你打算怎么办？"

李世民一笑："老千岁，您怎么说这话呀？是不是早了点？虽然我爹有病，但我听说吃过药去，正在康复，他年纪并不算太大，几年是不成问题，我根本谈不到继皇帝位，只能尽力指掌朝纲，辅佐万岁。"

"比方说，你爹要死了，你怎么办？"

"这……"

李世民就不太高兴，心说：程咬金，你我虽然不见外，说话也得有个分寸，哪有盼着爹就死了的？这个人真是直出直入。当然，秦王也不怪程咬金，就敷衍搪塞，说了那么几句。程咬金心里头有事，心说：干脆回去分兵派将，别耽误工夫。这才起身告辞。当天晚上，程咬金在府里召开了紧急会议，把侯君集、王君可、尉迟恭、房玄龄、杜如晦、魏征等，文武二十余人全请来，这些人都是拿事的，都是主角，程咬金把建成、元吉的消息透露给大家，众人一听，是摩拳擦掌真真的！

程咬金说："看见没？机会来了，咱们说干就得干呢！你们都准备得如何了？"

"一切就绪，万事俱备，只欠东风！"

"好了，我就放心了啊！咱可别属背后要大刀的人，说得冠冕堂皇，临阵退缩，这次办事，各个勇往直前，不准退缩，听到没有？是骡子是马，牵出来遛遛！大老黑呀，这回也看你的了！咱们做好充分的准备，各位，分头行动吧！"

大伙儿激动得一晚上没睡好觉，夜怎么这么长啊？那星星像钉到天上了，不动弹了似的。其实这事不奇怪，你要一着急，盼着，哎，显着时间就长了，你要怕时间短，哎，一会儿它到了，这主要是心情的关系。

到了第二天，一切准备好了，长安的街头上依然如故，老百姓依然是人来人往，做买做卖的，他们哪知道将要发生一场剧变！尉迟恭等人分头都做好了准备。单说秦王李世民，眼看快到中午了，更换衣服，束发金冠，身披红袍，腰系金带，上了逍遥马，带了八名亲兵，起身赶奔玄武门，玄武门是一座大城楼啊！等来到城门洞下，甩镫下马，一看，靠着边上有二十几辆大车，上头有箱子有行李，都拿大绳子划着，车老板抱着鞭子，都在旁边等着。李世民一看就知道，哥哥、兄弟要走了，这是他们拉的东西。有人一看秦王来了，赶紧过来打招呼，李世民就问："建成、元吉现在何处？"

"在城楼上呢？等您半天了。"

李世民赶紧端带撩袍，顺着马道上了城楼，玄武门城楼上有座大厅，十分宽敞，建成、元吉在门口等着，一看李世民来了，赶紧抢步起身，过来迎接："秦王！"

"兄弟、哥哥，咱又见面了。"

李建成、李元吉一边一个，拉着秦王的手，走进大殿，居中摆着一桌丰盛的酒宴，周围站的都是建成、元吉的心腹，这哥俩儿非按着李世民居中而坐，李建成拉着秦王的手：“二弟呀，你听说了吧？我们哥俩儿要走了。”

“知道，您那请柬上说得清清楚楚。”

“咳！我现在是百感交集呀！兄弟，哥哥对不起你，兄弟，今日一别，不知何年何月才能见面，咱爹还有朝堂的事情，你就多费心了，你比我们哥俩儿强得多呀！千斤重担你一个挑，愿兄弟好自为之！”

兄弟李元吉也说：“二哥，我心里真怪难受的。要走了，二哥保重吧！如果你还念及咱们是一奶同胞，经常给我们写信。过个三年五载的，咱爹的气消了，我们哥俩儿还可能回来给爹爹问安，再看望二哥。”

李世民眼圈也发红：“哥哥、兄弟，你们放心，爹在盛怒之下，做出这种决定，他心里也不好受。你们心里头清楚也就得了。记住，到了家之后，千万别困难着，缺钱只管跟我打招呼，好好地过日子。”

“是是，多谢秦王！多谢二哥！”

“多谢兄弟！”

说话之间，哥仨儿把筷子抄起来了，李元吉小眼珠一转，心说：重头戏在后头呢！这都是演戏！他赶紧冲两旁的杀手一使眼色，这帮人心领神会，拽出了利刃！

# 第十三回

## 玄武门兄弟相残
## 石铁虎大闹庆典

李元吉使眼色，命令杀手动手，还没等这帮人把家伙拽出来，玄武门就乱了！

“咚！噔噔！”

简直山摇地动，开了锅了！建成、元吉和秦王全傻了，心说：这是怎么回事儿？这要干什么？就听见外边响起杂乱的脚步声和武器的撞击声。

“啊！”

“呼噜呼噜呼噜！”

紧跟着“咣当”一声，有人破门而入，三弟兄惊呼，站起身来，往外一看，为首的正是皂袍大将老元帅尉迟恭。再看尉迟恭，头上包着包巾，身穿战袍，内衬金锁连环甲，手提十八节紫金鞭，钢须倒竖，圆睁豹眼，真好像杀神附体一样！再往后看，都是尉迟恭身边的亲兵卫队，李世民一想：这要干什么？迟愣片刻，他先发言：“老元帅，你这是何意？”

“哎呀，秦王，你还被蒙在鼓里！酒无好酒，宴无好宴，这两个小子包藏祸心，要把你置于死地，你还不明白呢！来呀！给我杀！”

不容解释，他的亲兵往上一闯，举起刀枪，下了绝情！建成、元吉心里头明白怎么回事，一看大势已去，做困兽之斗，两个人把防身宝剑也拽出来了，屋里头有几十名死士。

“往上冲！”

双方打了交手仗。那能挡得住吗？让尉迟恭左右开弓，一顿钢鞭，打得是死尸翻滚，他这亲兵往上一闯，有活气的就不行！

“啊！”

“噗！”

眨眼之间全报销了。李建成一看不好，转身要走，那能走得了？被尉迟恭手起一鞭，正打到后背上！“扑通”一声，摔了个狗啃屎。尉迟恭用手点指着狗头：

"你也有今日!"

他把鞭背上，把刀拽出来，"咔嚓"一刀，把李建成脑袋给砍下来。与此同时，就听见惨叫一声，那些亲兵把李元吉脑袋也给砍下来，玄武门城楼上到处是尸体，到处是鲜血，秦王李世民吓得容颜更变："这这这……王兄，这这……"

"秦王，你还不明白呀？他们要杀你呀！逼得我们走投无路。你快随我们来!"

等李世民到了玄武门城下一看，到处都是军队，都戒了严了，李建成、李元吉手下的人大部分都送了命，有乖巧的跪到那投降了的，免于一死。尉迟恭拉着秦王李世民上马，赶奔皇宫，沿路之上，李世民一看，家家户户是关门闭户，全都是军队，一个个弓上弦，刀出鞘，密摆刀枪，如临大敌。一边走着，尉迟恭把计划向秦王讲述一遍，李世民恍然大悟："哎呀！王兄，你们欲陷我不仁不义呀！我怎么能逼着我爹脱袍让位？我就成了千古罪人了!"

"秦王，你听也得听，不听也得听，这叫大势所趋，人心所向。"

来到午门，程咬金率领百官在这等着，金钟三声响，御鼓六声催，请皇上升殿，李渊还不知道怎么回事儿呢，心想：这钟鼓怎么响得这么急？马元启、马元合都来了，哥俩儿双双跪倒："陛下，坏了！好像今儿个京城发生什么事了，街上全都是军队，皇宫也被御林军包围了，一个个眼珠子都红了！百官齐聚朝门，请您升殿议事!"

"啊?"

李渊预感到不妙啊！这要干什么？要造反不成吗？你看那皇上，有一定的权威，那可以作威作福，往上面一坐，撇着嘴瞪着眼，说一不二，遇到这情况也发傻。不听你的，你算个儿啊？李渊强打精神，战战兢兢在众人搀扶下，升坐九龙口。刚坐下，百官进来了，跪倒一大片，三呼万岁之后，李渊这才问："卿等无故鸣钟击鼓，所为何故啊?"

魏征带头说话了："陛下，臣有本上奏，今天午时发生了一件特殊的事，玄武门之变。"

"噢?"

李渊就一愣，什么叫玄武门之变？他不明白。

"卿如实奏来!"

"是！万岁，建成、元吉打着回籍的名字，今日中午在玄武门城楼宴请秦王李世民，这两个人真是死不悔改呀！酒无好酒，宴无好宴，想把秦王给杀掉！臣等洞察他们的一切行动，事先早有准备，故此一举歼之，保护了秦王的安全，这就叫玄武门之变。"

"有这等事?"

言还未尽，尉迟恭大步流星走进八宝金殿，浑身是血：“万岁，臣有本上奏！”

李渊一看，这是怎么回事儿？尉迟恭杀神附体，浑身都是血，再一看，手里拎着个包，鼓鼓囊囊，不知是什么，透出血迹斑斑。

“爱卿，你有何本章？”

“陛下，方才魏征所奏属实，臣为了保护秦王，把那些人一举全歼，请陛下放心。”

“那些人是指谁？”

“建成、元吉手下的亲兵，以及建成、元吉啊！”

“他们死了？”

“万岁请过目！”

尉迟恭把包解开了，一抖搂，“骨碌，骨碌”，两颗血淋淋的人头摆在金殿上，李渊一看，正是俩儿子！

“啊！”

真是魂不附体！顿时就瘫软到椅子上，欲哭无泪，欲气无声，真好像木雕泥塑的一般！与此同时，文武百官全都跪下了，褚遂良、房玄龄、杜如晦、魏征一一劝说李渊。他们说得挺好听，一说李渊身体欠安，需要找一个安静的地方去养病，以度晚年，二愿立秦王李世民为君，大家一致同意，请李渊禅位，就这么两件事。李渊不傻呀！听得清清楚楚。心说：完了！没想到我李渊落到这般地步，逼着脱袍让位！甭问，这都是李世民捣的鬼，嘿嘿，看这意思，答应也得答应，不答应也得答应，我李渊成了什么人了我？

李渊昏倒在地。秦王李世民一看，怎么也向着他爹：“爹呀，容儿解释！”

怎么解释？人事不省了。把李渊抬到后面，经过御医抢救，李渊总算缓过这口气来。他是个明白人，一看大势已去，把李世民叫到床前，李渊哭着说：“儿啊，爹心里什么都明白，怪就怪我无能啊！儿啊，既然人心所向，爹无有话说，这大唐的江山就让给你了，你要好自为之，天下来之不易！”

李世民跪到那，哭成泪人，怎忍心这么做？百官是同意，自己不能同意，爹还健在，怎么能说这种话？怎么做出这种事来？李世民表示：“爹在一日，儿绝不继位！您老放心。”

李渊心说：甭跟我演戏了，你是主谋啊！还说什么呢？李渊一伤心，又昏迷过去了。第二天群臣到秦王府，议秦王登基坐殿，李世民说什么也不干，后来李世民表示：“如果你们众位逼我这么做，我宁愿死在众位的面前！我不能落个不孝之名。”

百官一看秦王真急了，也不好勉强了，李世民依然监国，后事都做了处理，宫门挂带的事，张妃、尹妃早已死去了，两个人没脸见人了，悬梁自尽，老皇姑本来就上岁数了，一着急一上火外加害怕，也窝囊死了。建成、元吉人头落地，这一场风波才算平息。现在就剩李渊了。李渊从这天开始，每况愈下，一天不如一天，终于在公元626年的冬天，李渊含着眼泪与世长辞，死了。李渊一死，秦王李世民自然要继位，就在这年的冬天，在群臣百官的拥戴下，登上大宝，改元为贞观，开始了贞观之治。

说实话，李世民能不高兴吗？谁不想当皇上？要说他不高兴，那是骗人。李世民继位之后，大赏百官，隆重祝贺，普天之下，热闹非凡，光那个爆竹不知放了有多少！说实话，李世民比李渊那要不知道强多少倍！很多人都清楚，这大唐的江山从哪来的？要没有李世民，哪有大唐的江山？这叫子打江山父坐殿，那么李渊一死，李世民自然成为大伙儿拥护的皇帝。这个人文武全才，极其聪明，人缘又好，百官无不心悦诚服啊！经过商量之后，李世民决定在贞观元年正月十五，普天同庆，放假三日，祝贺贞观天子继位，要隆重祝贺。那么在此之前，拨下的国币帑银，让户部张罗着把京城修缮一新，御路、街道重修，城墙哪块坏了重修，宫殿重新彩绘，哪儿坏了哪儿补，整个的京城是焕然一新，精神面貌为之一变，真是有点新气象。祝贺的地点选在兴庆宫，这座大殿被修缮得金碧辉煌！

到了正月十五这一天，百官都穿着新衣服，拥载着新皇帝来到兴庆宫，在宫廷大乐之中，李世民升坐宝位，那不仅是朝臣们在这祝贺，唐朝是强国，在中国历史上是光辉的一页呀！国富民强啊，你别看有点乱子，这属于内部的，实质上实力很雄厚，而且唐朝很重视外交，跟世界上六十多个国家和地区都有外交关系，事先早发下通知和邀请书，届时金亭馆驿，外臣都住满了！什么蓝眼珠黄头发的，碧眼金发的，穿得奇装异服的，操着不同语言的都来了。等到盛会这一天，六十多个国家的使团全都出席了，不仅是友好国家和邻邦，特别是一向跟唐朝为敌的东突厥、西突厥，也派来庞大的使团前来观光，十五这天，也全都参加了。大唐天子李世民升坐大殿，容光焕发，神采奕奕，众人一看李世民，头戴着镀金的冕旒冠，身穿九龙团花袍，腰束百宝串成的珍珠带，足蹬厚底黄帮福字履，面似冠玉，燕尾胡须，眉分八彩，目若朗星，往那一坐，既威严又和蔼，真不愧一朝人王帝主啊！百官无不称奇。各国的使团、使臣，无不挑大指称赞，李世民亲自主持宴会，命人给功臣们敬酒，大家是笑语欢声气氛融洽。

该着出事，就在这喜气洋洋的气氛中，突然有人喊了一嗓子：“呔！各位陛下，我说几句！”

李世民就一皱眉，心说：这是谁呀？这什么地方，你扯着嗓子喊叫什么？但是听这个舌头根，多少有点发硬，好像不是自己的人。闪目往下一看，左边宴会桌上站起一人，推开椅子，大踏步“噔噔噔”走到金阙之下，双手在胸前十字交叉，行了鞠躬礼，李世民一看这个人，身高过丈，长得是五大三粗，花布包头，身穿豹皮坎肩，下边系着狼皮围裙，足蹬牛皮靴，往脸上一看，怪肉横生，两眼珠子往外鼓鼓，耳戴金环，满脸都是骚皮疙瘩，一部扎了扎煞黄胡须都带着卷，但这个人汉语说得不错，李世民就问："贵使臣，你是哪国人呢？"

"西突厥的，我姓石，叫石铁虎，奉我家汗王所差，特来给唐天子祝贺。陛下，我要把礼单呈上。"

嘿！李世民一听，给我送礼，你吵吵什么？所以呢，唐天子稍微欠了欠身："好，多谢。"

殿头官把礼单拿过来，一看，挺丰厚，珍珠、玛瑙、翡翠、钻石，特产开列了二三十样，李世民当面谢过，让人验收，把礼物收了。寻思说两句客气话不就完了？哎，这石铁虎还不走："陛下，外臣还有本上奏。"

"请讲！"

"陛下，那礼单上的东西不算，我还带来几件活物，我准备当堂助兴，不知道陛下可愿看否？"

"噢？"

李世民听明白了，除了礼单上的东西，还带来几件活物，什么？不清楚。李世民点了点头："多谢，朕要一饱眼福！"

"好！"

石铁虎转身出了兴庆宫，从仆人的手里接过一条鞭子来，这鞭子漂亮，那杆都用银子镶的，周围镶满了宝石，他把挽手套好了，胳膊一摔，鞭子发出清脆的声音，以唐天子为首文武百官、各国使臣都往外看着，就见石铁虎发出信号不久，有四十名突厥兵排着队走进兴庆宫。李世民一看，都是身强力壮的彪形大汉，装束跟唐人不一样，牛皮帽、牛皮坎肩、牛皮靴，腰里都扎着带子，胸脯鼓鼓着，每人手里一把鞭子，李世民纳闷啊，他们想要干什么？正在这时就听见铁车响，从外边推进一辆铁车来，用黑布蒙着，往里看，什么也看不清。就见石铁虎一伸手，把蒙着这块黑布"唰"拽下去了，人们透过铁笼子才发现，里边有一个毛乎乎的东西，雪白雪白的，什么玩意？就见石铁虎在腰上把大钥匙拿下来了，"咔吧"一声把锁拧开，铁门打开，再看里边的活物，"噌噌噌"跳出来了，人们这才看清楚，是五只白色的猿猴！这猿猴个头儿一边高，看那样，都在四尺左右，身体矫健，这黑眼闪着凶光，爪子像利剑相似，脖子上有皮圈上边有铜铃，稍微一动唤，那铃铛"叮当叮当"直响。就见这五只猿猴蹿出来之后，东瞅西看，瞅着什么都新鲜。兴庆宫一阵喧哗！

"哗！"

连李世民都为之惊喜，百官议论纷纷指手画脚。就见石铁虎把掌中的鞭子一晃，"啪"，发出信号，这五只猴子都是经过严格训练的，听着这鞭子声，就知道主人叫它们干什么。再看五只猿猴，一字排开全跪下了，冲着李世民吱吱直叫，磕头跪拜。这下把李世民乐坏了，不仅人要朝拜我，连动物都知道给我行礼。李世民开怀大笑，百官也乐了。再看石铁虎把鞭子举到空中，“啪啪啪”又甩了几下，左右摇摆，又向这五个猴子发出信号，再看五只白猴，跳起来舞蹈，前蹿后纵，左右躲闪，其形状好像是人，跳得姿势非常的优美，引得满朝文武、各国的使臣，还有李世民是抚掌大笑，兴庆宫气氛热烈。等猴子跳完舞了，石铁虎又把鞭子甩了几下，再看这猴子一字排开，规规矩矩垂手站立。石铁虎非常得意，知道自己表演得非常成功，往前紧走两步，躬身施礼：“大唐的皇帝，您全看见了，这几个猴子乃是我国的特产，视为国宝，但是它可不叫猴子，另外还有名字。你们大唐朝是大邦之地，人才济济，我想请问一下，谁能叫上名字来，并能说出它的产地，我是无限地佩服啊！不知道哪位有学问的人能回答这个问题？”

李世民一听，哎哟嗬，这还出了难题了啊！这能难住吗？李世民闪目往两旁观看：“众卿，哪位知道这五只猴子真名是什么？产于何地？回答得正确，朕必有重赏！”

你看在座的文臣武将好几百号，看热闹行，回答这问题，还真就难住了。好半天无人答言，李世民就觉得脸上无光。正在这么个时候，殿角下站起一人：“吾皇万岁，臣知道，我来回答这个问题。”

说话间，这人迈步来到前边，躬身施礼，李世民一看，此人能有五十开外的年纪，头顶金盔，体挂金甲，外罩征袍，盔缨颤颤巍巍，十分好看，方面大耳，一部花白胡须，二目如电。李世民一看，认识，此人姓杜叫杜义杜文忠，他身为边关的总镇，为这次庆祝大会花了不少气力，又是大唐的开国元勋，所以李世民就把他留下了，让他列席这次盛会。杜文忠施礼之后，李世民问他：“杜爱卿，你能回答这些难题？”

“正是！”

杜文忠说完了一转身，来到石铁虎近前，他跟西突厥这个代表的个儿，相差无几，杜文忠一抱拳：“贵使者，我回答这问题好吗？”

石铁虎上下打量杜义：“请问将军遵命大名？”

“杜义，杜文忠。”

“噢！杜将军，幸会。那么杜将军，你就当众解答我提的问题吧！”

“好嘞！你听着，但是呢，可不一定正确啊！三十年前，我在北平府当差，有一天我在街头上遇上一个卖书的，我从中挑选了一本，其名叫《百兽图》，这《百兽图》里头记载着很多珍奇的动物，在这第一章第七页上，就有这种动物，跟我眼见的一般不二。那上头记载得非常清楚，这种猴子不叫猴子，叫雪山白猿，简称叫雪猿，出产在昆仑山碧霞谷，乃是一种最珍奇的动物。而且这雪山白猿其性灵敏，但是很残忍，又好斗，非常聪明，翻山越岭如履平地，如果训练得当，它会耍各种技巧。贵使臣，不知道我回答得对还是不对？”

“哈哈，一点都不错呀！各位呀，杜将军回答正确。”

杜文忠十分得意，转身刚要走，被石铁虎给拦住了：“且慢，杜将军留步！”

杜文忠就问：“还有什么事吗？”

“杜将军，可见你博学多才，有两下子。看您的穿着打扮，您是一员武将。方才您说了，这雪山白猿其性好斗，我们也真训练过，杜将军有兴趣没？如果有兴趣的话，能不能跟雪山白猿比试几下？”

杜文忠乐了：“噢！明白了，你的意思，让我跟雪山白猿比武？”

“那我倒不敢说，无非是当堂助兴而已，如果您不愿意就算了。”

那杜文忠也是好斗的人，武将一般都性情刚烈，当着唐天子的面，当着文武百官六十几国的使臣，杜文忠能害怕吗？能叫他给将住吗？杜文忠乐过之后，点了点头：“好，那我就比试比试，以助酒兴！”

他这一说，兴庆宫所有的人掌声热烈。喝酒在那坐着，有什么意思？看跳舞那看惯了，不如换一种方式，人跟猴斗也是别开生面，所以大家兴趣高涨。再看把桌椅都往后退了一退，把场子打开，就在兴庆宫里摆下小型的战场，那些突厥兵一共四十个，手提着鞭子，站到正东、正西、正南、正北、东南、东北、西南、西北，四面八方，隔着几步就一个。那干吗呀？看着这雪山白猿，怕它们跑了，也怕它们惹事，所以每人手中提着一把鞭子，在这严密监视着，这里边就是小型的比武场。杜文忠顶盔贯甲，那怎么比？马上点手唤仆人更换装束，摘盔卸甲，然后换上短衣襟小打扮，薄底的靴子，抬胳膊抬腿，没有半点绷挂之处。杜文忠心中暗想：我跟人没短了争斗，跟这猴比画，这还是头一次，看来我得格外小心！这玩意是很难对付的！

但是杜文忠有本事啊，仗着功底扎实，还不是太紧张，一切都准备好了，石铁虎点了点头：“杜将军稍候片刻！”

说着，他把掌中的鞭子往空中一举，“啪啪啪”，连甩五下，兴庆宫周围都起了回音，甩鞭子干吗？发出信号。这五个雪山白猿明白，刚才是一字排开，垂手站立，听着鞭声，活跃起来了，“吱吱”直叫，“噌噌噌”摆好了阵势，东西南北各站着一个，摆了一座方阵，脸都朝里，脊背对外，正中央还有一个，甭问，中间这是头。阵势摆好了，石铁虎转身对杜文忠说：“杜将军，一切就绪，请您进场吧！”

“哼！好吧！闪开了！”

杜文忠心琢磨：五个，跟哪个比画呢？心里也没底儿。又一想：得了，我呀，就对付中央这个！把这个打趴下，再挨个对付旁边那几个！杜文忠打定主意，脚尖一踩金砖，飞身形，“噌”，跳进方阵，直奔中间这个雪山白猿就来了！就见这只白猿，眼睛瞪得溜圆，一个爪子在前，一个爪子在后，做好攻击防守的准备，明眼人一看，就知道是经过严格训练的，对武术颇有研究，它跟人差的就是不会说话。杜文忠“嗖”一声跳到白猿的近前，左手一晃它的面门，正手一掌，叫“单掌开碑”，奔雪山白猿前胸猛击！一巴掌就到了！那杜文忠练过气功，他个儿也大，巴掌也大，真给拍上，重有千斤，那白猿就得当场毙命！再看这雪山白猿，动也不动，闪也不闪，杜文忠还觉得有点纳闷呢，它怎么不躲呀？哎呀，看来畜生就是畜生，怎么说它也赶不上人！这玩意到关键时候，有点发傻，他是那么想的，结果猜错了，杜文忠的单掌，眼看贴到白猿的毛上了，就在这时候，雪山白猿开始还击了，就见它“吱”一叫，身子一转个儿，比闪电还快！杜文忠一掌击空，这白猿就跳到左侧了，探出爪子，猛抓杜文忠的脸面！没说吗？它那爪子比钢钩还快！抓上把肉就得撕烂了！杜文忠一看不好，赶紧使了一招缩梗藏头，往下一哈腰！“哈！”一爪子没挠上，你别看前爪没挠上，还有后爪呢！它“吱吱”一叫，揉起后边两个爪子，奔杜文忠双腿就掏来了！它毕竟是动物，动作麻利，比人快得多！杜文忠说声不好，横着跳出一丈多远，才把这后爪子躲开。他对付的是中间这猴，那四犄角还有四个呢，杜文忠刚把中间这猴闪开，挨他最近这个，下了家伙了，“吱”一声，猛扑上来，奔杜文忠脸蛋子便抓！杜文忠一看不好，甩头上步，“噌”，往前一纵，正好跳到那猴近前，那猴一看来了，“吱”一叫，上来了！三只雪山白猿把杜文忠困在当中！在场的人看得清清楚楚，杜文忠身材胖大，尽管有一定的武功，对付三只雪山白猿，对付不了！顾前顾不了后，顾左顾不了右，就几个照面，累得吁吁带喘，大汗直流，眼花缭乱。一个没留神，被中间那白猿“咔嚓”这一爪子，把后背的衣服就给撕开了，不仅把衣服给撕坏了，在后背上挠了一道沟，“刺啦”这一声，是皮开肉绽，鲜血迸流！把杜文忠疼得：“哎呀！”

他这一哆嗦，稍微慢点，旁边还有只白猿，探爪子就抓！把杜文忠这腿里子拽下一块肉去！杜文忠疼得往地上一躺，使了个就地十八滚，以最快的速度逃出险地。兴庆宫所有的人都惊呆了，李世民起身来：“啊！杜爱卿，你怎样了？快点找郎中医治！”

你出了这圈就没事了，时间不大，来了五六个御医，把杜文忠架下去，进行医治，这就得说是不幸之中的万幸，命保住了。包扎完伤口，杜文忠上殿跪在李世民面前请罪，李世民一笑：“爱卿何罪之有？赶紧坐到旁边，喝口酒压压惊吧！”

如果说这阵儿就收了场，这事就算完事了，哪知这石铁虎是别有用心！杜文忠败了，大唐朝的文武脸上无光，这小子火上泼油，再看他把胸脯一腆，大嘴岔一张，说开狂话了："哈哈！哎呀，我为杜将军高兴，杜将军就算败了，命保住了嘛！但是我也深感遗憾，你看杜将军这坨不小，又是什么总兵官，我说这总兵就这两下子，挺大个人，连动物都斗不过，岂不被人耻笑？难道说大唐朝都是这样的英雄吗？要都这样，我看这事就算了，等我回到突厥国，一定把这事如实地禀报我家可汗！哈哈！"

李世民一听，把脸就沉下来了，心说：可恶！可恼！石铁虎，你哪是席前助兴？你是成心挑衅，藐视我大唐没人啊！不就这意思吗？李世民也好斗，圆睁二目问左右："哪位将军愿跟白猿比试？还有没有？"

"我！"

随着声音上来一人，正是徐州镇的总兵官，名叫金甲金国栋。金甲过来躬身施礼："陛下您不必上火，有几个畜生，没什么了不得！交与为臣！"

# 第十四回

## 石铁虎耍猴逼老程
## 侯君集出马降畜生

金甲金国栋，金甲是他的名，国栋是他的字，也是一员上将，想当初在贾柳楼四十六友刺血淋盆，就有他一个，现在荣升总兵，他岁数不大，四十岁挂零，个儿不高，好斗！请旨之后，摘盔卸甲，换了短衣襟小打扮，显着比杜义灵巧得多，来到石铁虎近前："贵使臣少要卖狂，几只畜生算不了什么，方才我杜大哥一时未加留神，受了点伤，有什么了不起的？你瞅把你美得，连北都找不着了！我想比画比画，你看怎么样？"

石铁虎撇着嘴，一脸的看不起："将军贵姓？"

"金甲是也！"

"金甲？没听说过。怎么？您想比画比画？"

"然！"

"好嘞！我是来者不拒，请稍候片刻。"

"啪啪啪！"

鞭子一甩，五只雪山白猿依然改成方阵，跟刚才一模一样的，四角四个，正中一个，做好了临战准备。

"请吧！"

金甲方才看过一阵，心里头有底呀，心说：我呀，也打正中央这个！不过呢，得预防着周围这四个，避免它们突然袭击。所以他往里一蹿，脚还没站稳，掌就到了，泰山压顶，猛击白猿的顶梁门！白猿真有两下子，一点都不紧张，一看来人打它的脑瓜顶，它"吱"一叫，"嗖"往前一蹿，出去有一丈五尺远，金甲一掌击空，转回身白猿就到了，探爪抓他的脸，金甲往旁边一甩，白猿抬起后爪，照小肚子便蹬，都带钩的，蹬上就是口子！要蹬严重了，把肚子就掏开了！金甲赶紧吐气吸胸，往后一坠，倒了霉了！正好坠到旁边这白猿的近前，就见这白猿"吱"一声，往前一纵，探出爪子抓他的脖子。金甲往旁边一躲，那个又上来了，"吱"，抓他的前心。他刚躲开，中间那个又到了，抠他的眼睛！三只白猿围住金甲，“吱吱”直叫，上下跳跃，把金国栋困在正中！那还闲着俩儿呢，那俩儿在那观战，不到一定的时候，不参加，就这仨儿，就够瞧的！金甲看着容易做着难，身临险地，汗淌下来了，哎呀，心说：我低估了这几个畜生了，这玩意儿动作太快，而且仗着人多势众啊！我双拳难抵四手，算了，三十六计，走为上策！

他转身刚想走，稍微慢了一点，这左肩头上叫一只猿给啃了一口，“咔嚓”这一口，给啃下一块肉去！能不疼吗？疼得金甲一哆嗦，“哎哟”一声，哪知道另只猿又上来了，照他脸蛋子掏了一把，“咔哧”，这一下把腮帮子给掏开了，刹那间是血肉模糊！金甲一看不好，“扑通”躺到地上，再想走，为时已晚，这五只猿猴都上来了，就想把金甲给撕碎了！百官惊呼：“啊！完了！”

瞪眼看着得死人！哪知道石铁虎把掌中鞭子一晃，“噔”，五只白猿纷纷退下。石铁虎还假装好人呢，迈步进来把金甲扶起来：“哎呀，金将军，我说什么来着，你还不爱听，你没这两下子，你何苦自找倒霉？伤症可不轻啊。我说快来人呢！快来抢救，不然失血过多，这命就保不住了！”

李世民传旨，一大帮大夫上来，把金甲抬下去了，止血、包扎伤口。杜文忠包扎完伤口，还能上殿向皇上请罪。金甲做不到了，现在依然昏迷不醒。金甲这一受伤，这石铁虎更来劲儿了：“哈哈，哎呀，真不幸啊，众位都听见了，我方才阻拦过，为什么我要拦着呢？我就准知道这金将军，他不是白猿的对手，可这人挺犟，他就是不听，结果吃亏了吧，是不是？我奉劝各位，要有自知之明，刮风下雨不知道，自己有多大的能耐还不知道吗？我看算了，咱们就到此为止吧！但是呢，我又怕大唐天子和各位不服，方才金将军不说我狂吗？我怕落那么个结果，是不是呢？干脆我挑人吧，我挑的这几位，大概都是差不多，不知道众位意下如何？”

他说完了一掐腰，腆着肚子指名道姓：“我说秦琼秦大帅在这儿没有？秦大帅，您要出面还差不多，因为您呢，名望太高了，武艺太好了！我在突厥那会儿，我就听说您是山东济南府历城县的人，年轻那会儿，拳打张三灯，脚踢李四虎，威震黄河两岸，孝母似专诸，交友似孟尝，为朋友两肋插刀，胯下马掌中枪，威震山东。提起你秦琼来，无人不知，无人不晓，后来听说贾柳楼四十六友磕头，你排行在二，官称秦二爷，到了河南瓦岗山之后，您辅保混世魔王大德天子程咬金，做了兵马大元帅，日后您是战功赫赫呀！也是大唐朝的开国元勋。秦将军您在不？您能不能露露面，赏给我的脸？我说您怎么不言语啊？到底您在没？还得我到近前去请您是怎么回事儿？就凭您那么高的身份，叫五个畜生给震住了不成吗？啊？”

这小子这狂劲！他声音也高，大殿“嗡嗡”直响回音呐！百官和李世民都气坏了，肚子鼓鼓的。魏征实在坐不住了，拍案而起！

"石铁虎少要卖狂！实话对你说，我们大帅秦琼不在，因为身体不好，正在华山养病，如果他要来了，早就下了场了！能允许你这么猖狂吗？"

"噢！"

石铁虎一听，嘿！闹了半天秦琼不在，让他捡了个便宜，其实我这次带着雪山白猿来，就是冲着这几个有名的，什么杜文忠、金甲，都是碌碌之辈，就抓烂了几十个，也没什么了不起的，那有名的，毁他一个，我就算没白来！算了，秦琼算捡了个便宜。

"噢！秦大帅不在，遗憾呢！哎，我又想起一位来，罗成罗将军在不？不至于也有病吧？我听罗将军号称常胜将军，白马银枪，所向无敌，当年大破隋军，破过一字长蛇阵，大闹北平府，听说一辈子没打过败仗，能耐比秦琼高着一大截！我想开开眼，见识见识，罗将军您在不？罗将军，您怎么不露面啊？"

房玄龄说话了："石铁虎，你别咋呼了，罗将军上山东给母亲祭坟去了，也不在。"

石铁虎一听，这个泄气！罗成也不在。合着这有能耐的都不在京城。那我叫谁呢？哎，他又想起来了，对呀，我怎么把这个人给忘了？这个人能耐不怎么样，可是名气，超过秦琼和罗成！那就是程咬金！想到这儿他眼睛一亮："各位呀，我再请一位，我说有位姓程的，叫程咬金在吧？我听说您叫长寿星啊，体质倍儿棒，谁有事您也不能有事。我听说怎么的？您是抓切糕、抢馅饼、打闷棍、套白狼、贩私盐，后来贾柳楼结拜，三斧子定瓦岗，走马取金堤，做了三年混世魔王大德天子，您还闹过扬州，夜宿龙床，抱过娘娘，这也不知道是真的还是假的？听说您的斧子可够厉害的，您平生就会三斧子半，怎么成这么大的名呢？我说程咬金程老将军在不在？"

这回让他押中了，程咬金能不在吗？挨着李世民坐着。程咬金是开国元勋，官拜鲁国公，见官大三级，这些日子程咬金高兴得厉害，美得不得了！一切都达到目的了，李世民做了皇上了，那跟程咬金做皇上也差不多，老程心满意足，正陪王伴驾，下边发生了这种事。程咬金也直皱眉呀！有心下去吧，没那两下子，不下去，干着急！没想到石铁虎这小子大言不惭，指名道姓，指到自己鼻子上了。一提程咬金，满朝文武，所有的人，"唰"，这个目光全落到程咬金身上，老程就倒吸一口冷气，心说：看什么？你们不能不看哪？这不是给石铁虎送信吗？哎呀！气死我也！

程咬金想到这儿，就不能再眯下去了，你看，老程胆子挺大，程咬金拍案而起，把草包肚子一腆："石铁虎，你咋呼什么？我老人家在此！"

噢，石铁虎这才发现，这就是程咬金，原来呀，他听过程咬金的大名，没见过面，这回算开了眼了！心说：是个糟老头子，哎哟！这肚子都出号了！笨得跟大狗熊差不多少。嘿嘿，程咬金，该你倒霉！人家都不在，就你在，这回呀，收拾个稳当的！真把程咬金废了，我算立了大功一件，我家可汗必定重重赏我！

正在这时，老程躬身施礼："陛下，看见没？这小子有多狂！必须杀杀他的锐气，打打他的威风，他眼里简直没人了！视我大唐如无物！老臣请旨去教训教训他！"

李世民心说：你行吗？你充这好汉有什么用啊？你那两下子，我心里是清清楚楚。不过呢，程咬金勇气可嘉，李世民赶紧就劝："王兄，算了吧，杀鸡焉用牛刀？这么多人，还用得着您吗？您呢，就坐下休息。"

"哎，不，您没听见？他指名道姓，指到我鼻子尖上了，我能打哑谜吗？我怎能让？这过分！万岁，你不必拦着，我马上就下场，对付几个猴子有什么了不起的？您还不了解我吗？大江大浪经过多少，什么人我没会过？想当初在扬州，我亲自会战过天宝大将宇文成都，这你是知道的，那是天下第二条好汉，我都不惧，几只猴子能把我镇住？您说是不是？您等着啊，我下去！"

李世民再没说什么。这程咬金一看，皇上不劝他了，有点泄气，心里着急，心说：皇上，你真不晓事！你等我把大话吹完了，你再一拦着，我就不下去了。你倒好，不言语了，那意思是同意我下场了！老程实在没办法了，腆着草包肚子，来到石铁虎近前，石铁虎这才看清楚，这老头子身体够棒的！大肚子"当啷当啷"的，说话瓮声瓮气。

"您老就是鲁国公程老千岁？"

"对了，正是我老人家呀！"

"哎呀，久闻大名，今幸得见，老人家，我算有福啊！这次中原我算没白来。"

程咬金点了点头："你算说对了，见我一面真不容易！证明你小子有这点福分。我说石铁虎啊，你是不是有点太狂了？你听听你方才说那套词，言下之意，我天朝没有能人，你弄几只破猴子，跑这耍什么威风？要治不了这个，怎么打天下？你不是叫我下场吗？我来了，现在我就下场！"

"欢迎啊！老人家，您能耐太大了，肯定得打胜仗！"

石铁虎说到这儿，把掌中的鞭子，"啪啪啪"，连甩了十三下。这是为什么呢？发出紧急信号，这个雪山白猿经过严格的训练，颇有灵气，这鞭声怎么响？响几下？它都明白是什么意思。响了十三下，这五只猴子明白了，噢，紧急命令，那意思是告诉我们，来的这个人至关重要，非把他整死不可！白猿明白了："吱吱！"

众猿依然摆下方阵，四角四个，正中一个，面对程咬金，龇着牙，扬着爪子，十只眼睛露着凶光。程咬金吓得倒吸了一口冷气，老程一想：够呛啊！都给我准备好了，难道说我真下场吗？不能下，下场就得玩完！我连走路都吃力，何况斗猴子？我转个身都费劲，进去就完了！方才那几位的能耐都比我强得多，要了老命了！你说叫猴子把我掏了，我死不瞑目！程咬金一想：不下场，大话扔出去了，都听得清清楚楚，连一点退路都没有了，这可怎么办呢？但是他心里还有主心骨，他心说：别着急，我现在得拖延时间，一会儿备不住谁心疼我，说一句，“四哥，不用您了，您别下去，我下去吧！”不就把我救了吗？真格的了，在座的，我的磕头把兄弟不少，别看他们现在不言语，一会儿就言语了。程咬金还抱着一丝的侥幸呢，跟真的一样，更换了衣服，也是短衣襟小打扮，再怎么换，这肚子还是那么大。程咬金真有点发愁啊！让人找来一根一丈多长的丝带，叫两个壮小伙子，帮他勒这肚子，腰上围了两圈，甩出两头去，一边一个，程咬金骑马蹲裆式，往这一站，吩咐两旁的人：“使劲拽！”

哎，您真别说，这招还真灵！把肚子勒小了，但是那肉勒不丢，前胸后背倒鼓起两包来，老程在前边系了个死扣，一挥手，仆人退下，再看程咬金在这个外圈来回溜达，光转圈了，不进去，只要不下去，那白猿就不发起进攻。看程咬金，稳当！腰板拔得倍儿直，迈着方步，一步一步，一圈两圈，他转起来没完了，把石铁虎急得直挠后脑勺，等着程咬金转到第八圈了，他实在忍不了就说：“老千岁，您在外头转悠干什么？您得下场啊！外头转悠不解决问题呀！”

“废话！你知道什么呢？你以为我瞎转悠吗？”

“那您干吗呢？”

“我运气呢，这叫气功。我不下场则可，下去出手如电，马上解决问题！现在这气功还没运好呢！”

“噢，是这么回事儿，那您得什么时候能运好呢？”

“快了，还得两圈。”

说完这话，程咬金后悔了，你看，我要不说还有两圈，我且转悠呢！现在把自己套到里边了。哎哟，还有两圈啊！程咬金一边转着，一边心里骂街，骂谁呀？骂那些磕头的把兄弟，心说：我这么磨蹭，你们就猜不透我的心思吗？怎么就没有一个自告奋勇替换我呢？都多长时间了，你们谁都不言语，莫非真想看我的哈哈笑吗？又一转念：算了，交什么，也别交人，这人最是白眼狼！嘿嘿，没事的时候，搂脖子抱腰，说得是天官辞府，有的事用他们，都眯起来了，这不就是现成的例子吗？真叫人寒心哪！我真要死了，变成厉鬼，我把这些没良心的也掐死！

这程咬金胡思乱想，眼看转到了第十圈了，实在没词可说了，程咬金把牙关一咬，心一横：算了吧，就是今天了！他真要下场，正在这关键时刻，站起一人，高声喊喝：“四哥！小弟替你！”

“嗷”这一嗓子挺尖，在场的人全听见了，众人为之一惊！甩脸观瞧，说话的非是旁人，正是定国公，小白猿侯君集！侯君集本来不想当官，到京里看望众位弟兄，然后回到江西一忍就算了，没想到赶上这么大的事，李渊死了，李世民继位，李世民拉着他的手，说什么也不放他走，哀求得侯君集心慈面软，而且李世民亲口加封定国公之职，原来是鼎天侯，现在又升了一格，跟秦琼等人平级了。侯君集呢，并非贪恋爵位，这个人很重义气，李世民这一哀求他，带着哭腔，他不忍心走了，心说：管他什么国公呢，在京里待些日子，不顺心再走也不晚，大不了二次辞官。今天这个盛会他也参加了，陪王伴驾，挨着尉迟恭在这坐着。程咬金这一下场，侯君集暗中好笑，心说：我四哥就是这脾气，年轻那会儿就这样，真是狗改不了吃屎，你充什么好汉？谁下去不比你强？你不自找倒霉吗？程咬金的所作所为，包括那转圈，侯君集全明白：我四哥等着救兵呢！嘿！我且不言语呢！不把你急个好歹的，我是不能出头露面！

侯君集也够坏的，后来他一看程咬金实在没有退路了，非要下场，非出危险不可，这才挺身而出。程咬金一听是小白猿，乐坏了，不过表面上不露声色，脸蛋子沉着，侯君集迈步来到近前：“四哥，杀鸡焉用牛刀，这小菜一碟的事，还用您老亲自出马吗？兄弟我代替您不就得了？”

侯君集也会来事儿，拣那老程爱听的说。程咬金心说：哎，这才是我好兄弟呢！知我者侯君集也！但是他脸上还沉着：“兄弟，怎么？你想立功？”

“正是！”

“好了，你四哥这个人，你是最了解，我这个人向来不争功。露脸的事，成名的事，就让别人去干，受苦受累的事我去干。这可是露脸的差事，既然你愿意，让给你了！”

侯君集心说：我四哥多能扯呀！这两下子，谁也比不了。

“是！四哥你放心，您回归本座，看热闹去吧！”

“哎，不，我不能回去，我要在这儿给你帮兵助阵。我不放心，如果实在你顶不住了，还有我呢！”

侯君集一听，心里好笑啊：我四哥吹牛吹上天去了！不但侯君集这么想，在场的人，了解程咬金的，都明白是怎么回事儿，众人是掩口而笑，不能笑出声来。包括李世民在内，假装喝酒，把这笑声压一压，当着外国使臣的面，不能露馅。单说程咬金说完之后，往旁边一闪身：“兄弟，看你的了！”

“是！”

“等一等，还有话说呢，你下场之后，别使你的本事，你那几招都不灵啊！你得使我教给你那本事，听见没听见？”

侯君集心说：说你胖，你还喘上了！什么时候我跟你学过能耐？你那两下子，不就三斧半？顶个屁用！但是戏演到这儿了，还得往下演："四哥放心，小弟谨记不忘！"

"哎！行了！我在这给你把关，你平心静气地比吧！"

说着，侯君集来到石铁虎近前："我说石铁虎啊，快甩鞭子，我替我四哥了！"

石铁虎早就看见侯君集了，但是呢，对中原的人物他不甚了解，他一瞅，眼前一个小老头，长得干巴巴的，跟那猴比起来差不多少，不过是没长毛而已，说话嗓音发尖。他心里老大的不痛快，心说：你要不跟着搅和，程咬金就废了！眼看到手的功劳，叫你给搅了。等这一搭话，石铁虎满脸的不高兴："我说这老爷子，您是哪位？"

"哎呀，我是无名少姓之辈，祖居江西红桃山侯家寨的人呢，我姓侯，我叫侯君集，绰号人称小白猿，在朝廷荣任定国公之职。"

"您是谁？"

"侯君集！"

哎呀，听说这侯君集可了不起呀！四十六友结拜，有他一个。听说他还盗过三星白玉人和百宝莲花万寿珍珠灯，在瓦岗山被封为五虎上将之一，身怀绝技，盗过一字长蛇阵的阵图，会斗过靠山王杨林，扬州索玉玺的时候，他也出力不小。听说这个人有一种特殊的本事，飞檐走壁，横跳江河竖跳海，万丈高楼脚下踩，噢，就是这位！想到这儿，不敢小瞧了，抱拳施礼："哎哟！见着您真是三生有幸！我说老爷子，您的名我早就听说了，今天一见，我太高兴了！我这次到中原真就没白来！"

"算了，别捧我了，捧得越高，摔得越疼，咱捞干的吧！我下去比画比画，可以吗？"

"当然了！非常欢迎。老爷子，您还转圈吗？您还运气吗？"

"不用。"

"既然不用，那您就做好准备吧！"

"那是自然！"

侯君集换了衣服了，因为陪王伴驾，不能随便穿，穿什么呢？得穿朝服，说起来那朝服就是做样子，帽子也沉，衣服也紧，往那一坐，跟活受罪一样！要不是赶上喜庆大典，或者皇上升殿，谁也不愿意穿这玩意儿！穿日常的衣服那有多好！换句新词，谁都喜欢休闲服，宽松肥大，穿到身上非常的舒服。侯君集盼着快把这套脱了，正好有了借口了，王帽摘掉，官服脱下，而后又人服侍着，把那套衣裳给拿来了，头上戴好了马尾过梁透风巾，勒好了英雄髻子，身穿三串吞口夜行衣，寸排骨头钮，十字袢勒好了，大带煞腰，下边骑马岔蹲裆滚裤，把小撒鞋也穿好了，鞋带勒紧了，抬胳膊抬腿，没有半点绷挂之处。再看，换了俩人！石铁虎在旁边瞅着，暗挑大指，罢了！这侯君集还真精神！与众不同。大概是有两下子。

一看一切就绪，他把鞭子一晃，“啪啪啪”，甩了几下，提醒五只雪山白猿，做好准备。侯君集一想：我呀，也得打中间这个，人家都这么干的，我别破坏了规矩。但是打中间这个，还得提防周围那四个，方才侯君集看得清清楚楚，一边看着他一边盘算着如何能胜得了这五只猿猴。

再看侯君集，“嗖！”往里头一蹿，奔正中央这白猿就来了！侯君集深知这种东西，它是畜生，这玩意儿它打胜不打败，首先得用士气把它给逼住，杀杀它的威风，那就有取胜的把握，你要叫它把你欺负住了，没个赢！这侯君集真有经验，他来到正中央雪山白猿的近前，甚至脸贴脸，鼻子都挨着鼻子了，侯君集先没伸手，把双手一背，把牙一龇，狗油胡一撅，冲着这只白猿它发威！这下行之有效，把这白猿吓得毛都奓起来了！侯君集心里头好笑：行了，达到目的了。紧跟着，出其不意，攻其不备，“啪！”就是一掌！这白猿真是训练有素，尽管侯君集发掌那么快，也没打着，雪山白猿往旁边一闪，侯君集一掌击空。再看这白猿，一蹦蹦起有两丈来高，头朝下，脚朝上，前边这两爪就下了绝情了，奔侯君集两肩头便掏！侯君集哈腰闪身，往前一纵，白猿双爪落空。它“吱吱”一叫，转回身来就追侯君集，一人一兽就斗在一处！说时迟，那时快，侯君集是干什么的？准知道利在速战，要慢了，非吃亏不可！也就几个照面，侯君集使了个盖顶三掌，把这只白猿的眼神领到上头来了，“啪啪啪”，这动物“吱吱”直叫，光忙活上头了，侯君集的腿发挥作用了，猛飞起这一脚啊，用脚尖正好点上白猿的心口上！

“啪！”

这下重有千斤！这白猿哪架得住？“嗷”这一声，双爪离地，飞起来五尺多高，摔出去两丈多远，摔了个仰面朝天，结结实实！

“哗！”

宫殿里一片热烈的掌声。就在这时，四犄角那四只白猿叫着，同时就扑上来了，让你顾前顾不了后，顾左顾不了右，八只爪子探出来，猛击侯君集！侯君集早就做到心里有数，再看他一不慌二不忙，一脚把正中央的白猿蹬出去之后，双脚点地，腾身而起，就蹦起来五尺多高，紧跟着使了个金刚铁板桥，“啪”，仰面朝天，悬到空中。当然老在那停着不会的，就是停两秒钟，一般人也做不到啊！他伸出两只脚来，左脚蹬一个，右脚蹬一个，把两胳膊往后甩，左胳膊打一个，右胳膊打一个，一曲一伸，就这么快！耳轮中就听见“啪啪”，招招落实啊！同时四招，手脚全用上了，那四只白猿全都中了家伙，有的被踢，有的被打。

“吱吱!”

“扑通扑通!”

侯君集一翻身，双脚落地，奓着臂膀，往周围看着呢：“嘿嘿，怎么样？这滋味不太好受吧？起来!”

还起来什么呢？都翻了白眼了！石铁虎在旁边看得清清的，哎哟！他心头一凉啊！训练了多年的宝物，全交待了。不由得火往上撞，他跳进来了：“我说侯将军，行！你真有两下子啊！我算开了眼了。那么话又说回来了，这猴子再厉害，它毕竟是畜生，它跟人不一样，我石铁虎不才，要陪你走上几趟!”

什么意思？他要报复！侯君集心说：太好了！打这畜生，怎么打它也是畜生，它得听人的使唤，你是罪魁祸首！我不收拾收拾你，还真出不来这口气！侯君集一笑：“好，在下奉陪!”

再看这石铁虎，晃着高大的身躯，把鞭子交给突厥兵，晃身过来就抓侯君集。那能抓得住吗？侯君集这身子比猴还快，忽前就后，忽左就右，石铁虎扑了半天也没抓着。两个人这一照面，再看侯君集，双胳膊往上一甩，领他的眼神，石铁虎为了保护眼睛，把两只手十字插花架在一处了，哎，上了当了，这回侯君集没使腿，使唤脑袋，这招叫老和尚撞钟！你看他这枣核脑袋，硬如钢铁呀！他往下一低头，对准石铁虎的胸口，“咣”，就是一昂头！石铁虎事先一点准备没有，这一下撞了个结结实实，应声倒地！再看石铁虎这个胸脯一起一伏，一起一伏，把大嘴一张，“哇”，一口血喷洒在地。

“哗!”

众人掌声雷动：“打得好！替我们大唐朝争光露脸哪!”

连李世民也忘了自己的身份了，热烈鼓掌：“爱卿立下大功啊!”

侯君集自然是高兴了，赶紧命人把石铁虎扶起来了，这石铁虎也是好样的，把嘴上的血沫子擦了擦，心中暗想：这个仇是非报不可！

# 第十五回

## 突厥令下五王出兵
## 贺兰关外兄弟阵亡

小白猿侯君集大显身手，不但把五个雪山白猿给废了，还把突厥国的使者石铁虎打得大口吐血。

这突厥在唐帝国的西北边，最早居住在阿尔泰山一带，以游牧为主，后来从中原学会了纺织和冶炼，在六世纪初，逐渐强大起来，建立了很大的奴隶制汗国，以乌德犍山为基础，东起辽海，西至里海，南至沙漠，北至贝加尔湖，纵横五六千里，成为西北部最大的汗国，隋朝的时候，这突厥内部分化了，争夺权势，分成东西部，人们习惯地说东突厥和西突厥。东突厥比较温顺，西突厥则不然，它野心勃勃，猖狂万分，赤比宝康王野心更大，建都在宿州，又名神京，置百官，设省台、寺院、衙门，管辖着大小三百多个部落，这是个极其残暴，而且还能耍弄权术的君主，能文善武，智谋过人，远在隋初的时候，他就不断派兵，侵扰隋朝的边境。把中国这个边境的人、牲畜、金银财宝，抢去了许多许多，人都沦为奴隶，财宝大伙儿分了。大唐朝立国之初他还继续派兵侵扰，对唐朝威胁很大。

不过，东突厥也好，西突厥也好，对大唐怀有野心，却都不敢贸然大举进犯。为什么？因为他们怕李世民，尤其是怕开唐的功臣宿将，什么秦琼、罗成、尉迟恭、程咬金、侯君集。这次石铁虎奉命到长安，是刺探虚实，什么送礼单？那是个幌子，送白猿有意挑衅，没想弄了个烧鸡大窝脖，当众出丑，大口吐血。

哎，石铁虎这小子还真不善，仗着年轻，功底扎实，晃晃悠悠站起来，吐了几口血沫子，佝偻着个腰，还真能挺住。李世民也高了兴了，侯君集给自己长了志气，竖了大唐的威风，自己腰板也直了！把龙胆儿一拍："石铁虎，念你是突厥国的使臣，朕不加怪罪。不过把话要说清楚，你不要包藏祸心，以为我大唐软弱可欺！借你口中言，传朕心腹话，回去告诉你们汗王，两国是友好的邻邦，我希望长期和睦相处，平等对待。如果再要侵扰我边境，朕绝不容情！你听懂了吗？为了惩罚你，来人哪！”

文武全站起来了。

“来呀！李如辉听旨！”

李如辉也是总兵，晃着高大的身躯过来了：“臣见驾！”

“李如辉，朕命你率军兵五百，把石铁虎押送出境！”

“遵旨！走吧，哥儿们，把东西收拾收拾。”

石铁虎不服啊！怪眼圆睁，紧咬后槽牙，但好汉不吃眼前亏，他也不敢说旁的：“谢主隆恩，咱们后会有期！”

下半截儿话没敢说，就这样，石铁虎非常狼狈地转身下殿。程咬金一看：“哎，等等，回来，还有点儿事你忘了。这玩意儿叫什么雪山白猿啊？都给我架着走！回去给你们汗王炖肉吃去吧！”

程咬金说话够损的！一句话引得大家哄堂大笑。石铁虎粗脖子红脸，也没敢言语，就这样滚出长安。李世民重新传旨，重摆酒宴，又表演了几个节目，兴庆宫笑语欢声，又恢复了刚才的气氛，唐天子在这祝贺了三天，然后一切完毕，恢复正常，该上班上班，该治公治公，走入正轨。单说李如辉，带着五百军兵，押着石铁虎及其手下的人，一直奔大西北，路过八百里瀚海呀，来到一个地方叫周西坡。周西坡其实是一道沙梁，下面还有条河，叫淤泥河，这条河有时候一点水都没有，赶到雨季，就满槽了，但是河的下头能有一丈多深，都是淤泥和沙子，从表面上你看不出来，这就属于大唐和西突厥的边境，在这周西坡的两边，全有瞭望楼，各有军兵在此把守，坡西就是西突厥，离老远就看见望楼，旗幡招展。

到这之后，李如辉做了交接手续，才放了石铁虎。石铁虎移步回到他们国家的边境，长出了一口气，转回身来指着李如辉：“哎，小子你听着，完不了！受辱之仇，我突厥国是非报不可！”

李如辉掐着腰也乐了：“哈哈，欢迎，随时恭候，不怕死你就来！”

双方斗了一阵嘴，各自收兵。且说李如辉到了周西坡，就是到了边境了，一路之上，人困马乏。李如辉一琢磨：干脆我到周西关吧，休息几天再回京。他带着几百人到了周西关。这周西关是一座重镇，大唐朝在此囤有重兵。到了周西关，李如辉正好接到圣旨，皇上在圣旨上说：你不要回来了，为了怕西突厥派兵进犯，我们要加强力量，你领着本部人马囤驻在周西关，听候调遣。

当臣的不就得听皇上的话吗？李如辉磕头谢恩之后，就驻在周西关，严阵以待。

再说石铁虎，回到神京，就是宿州，正赶上赤比宝康王升殿，石铁虎满腹的冤屈，上了银安殿，到了殿上喊了一声：“可汗！我委屈啊！”

大吼一声，人事不省。银安殿上的文武大惊失色，赤比宝康王赶紧命人抢救石铁虎，时间不大，他明白过来了，当着满朝文武和王爷的面，把这次进大唐朝观礼的经过讲述一遍。他千方百计地扩大事实，有很多水分，他把不是全推给唐朝了，什么唐天子怎么狂傲，文武百官怎么没理，对突厥国怎么蔑视，对他怎么小瞧，等等，说了一大堆。

赤比宝康王性情残暴，这家伙能文善武，是个野心家，哪受得了这个？听石铁虎介绍完了，他拍案而起，哇哇暴叫："呀！气死孤也！"

他用手指着东边，大骂："李世民哪！李世民哪！实在欺孤太甚！孤必兴师问罪！"

他是这么说得，也是这么做的，就在第二天，他召开了御前会议，各部的郡长、酋长、头面人物都参加了，其中最重要的有这么几个人，突厥国的军师叫哈一格，这家伙足智多谋，这就好比大唐朝的军师徐懋功，能出点子。兵马大元帅单珠土布，副元帅叫特尔巴干，还有大都督瓦尔古，副都督格桑，郡王齐奇郎杰，什么玛什顺、吉及特，还有大酋长复查包依、僧存德尔、安朝珠步、塔什干，将军石铁虎、巴山、巴特尔等，男女有一百来号。赤比宝康王余怒未息，当众说："李世民欺孤太甚，孤欲兴兵征讨他们，不知各位有何高见？"

副元帅特尔巴干先说话了，这家伙是个大胖子，论分量没三百斤差不多少，声音嘶哑："汗王起兵，正合天意！常言说得好，先下手为强，后下手遭殃，因此臣赞成出兵！"

大将军巴山站起来一拍桌子："汗王，天无二日，国无二主，留得李世民在，汗王就难以统率万邦。不如趁此机会，长驱深入，灭掉大唐，杀死李世民，就与汗王多年的夙愿相吻合了！"

石铁虎也说了："汗王，臣这次奉旨入唐，我注意观察了，大唐帝国空有虚表！臣知道，像秦琼，虽然有能耐，染病在床，眼看就不行了，那个罗成呢还远在山东，余者大都是什么年迈之人，老朽昏庸之辈。臣还发现，沿路的官防并不巩固，只要汗王愿意出兵，臣管保在一年之内，或者是一年半，就能拿下长安，三年就能攻占整个天朝领土！"

他这一说，大伙儿来兴趣了，郡王齐奇郎杰说话了，把大嘴一咧，眼睛眯成一条线："哼，各位说得对，大唐朝物阜民丰，山川秀丽呀，除了这个，听说还出美女。真要咱们打胜了，在座的诸公，哪一位不弄他三五十个美女啊？哈哈！"

一句话说得大伙儿这个笑啊！就好像他们已经占领了大唐帝国。你别看这些人这样，这个军师叫哈一格，比较狡猾，头脑也比较冷静，等别人都说完了，军师站起来："汗王，唐帝国地大物博，人口密集，山川秀丽，遍地都是金银财宝，确实是得天独厚，也是人向往的地方。不过呀，从历代兴衰看来，这个国家是很难征服的，请汗王不要轻举妄动才是。"

他这么一说，宝康王不高兴了，把脸蛋子往下一沉："那么依你之见，还是不出兵的好了？"

"不，臣不是这个意思，我是说咱们应该谨慎对待。"

"什么叫谨慎对待，你能解释清楚吗？"

"回汗王的话，依臣之见，咱们暂时先养精蓄锐，按兵不动，命令五王先出兵，让他们骨肉自相残杀。倘若五王胜了，咱们就坐享其成。倘若他们打败了，就两败俱伤，咱们正好乘虚而入，收拾残局。退一步说，即使唐帝国战胜了五王，他的人马也会消耗大半，人困马乏，粮饷两缺。到了那时候，我们再把雄兵放出去，岂不事半功倍呀？"

"这说得有理！"

这赤比宝康王，虽然专横跋扈，但是非常英明。他一听军师说得非常在理："好吧！就这么决定了，先叫五王进兵，咱们坐享其成。"

马上他传出旨去了。说了半天，五王是谁？五王是五个王爷，他们是天顺王杨度，南阳王朱伍登，潞州王单天长、夏明王窦永山、后汗王刘黑闼。这些人基本上都是十八路反王，反对大隋的，有的是十八路反王的后人。争来抢去，打了半天，让李世民一统天下。特别是程咬金瓦岗山归顺大唐，这帮人就撑不住了，旗倒兵散，有的降唐了，有的不服气，率领本部人马跑到西夏，现在这五王基本都在玉门关外，各占一块地盘，跟西突厥友好相处。就是给人家当了奴才。这宝康王也有意养着他们，将来好使唤。现在到用他们的时候了。有道是养兵千日，用在一时！汗王叫他们出兵，谁敢不听啊？他们势力可不小啊！这五个王子的兵力加到一块，没三十万也差不多少。

当天五王接到圣旨，一个个是喜出望外，按照汗王的指示，他们分兵两路。哪两路？第一路由天顺王杨度，南阳王朱伍登，率领大军十二万，横跨瀚海，翻越贺兰山，直扑贺兰关。第二路由后汗王刘黑闼统率，带着潞州王单天长、夏明王窦永山，统雄兵二十万，出马群，迭路，偷渡白龙河，取成都，直扑阳平关！两路人马左右呼应，对长安构成了夹击。

天顺王杨度是隋炀帝杨广的亲叔伯兄弟，越王杨素的儿子，隋朝灭亡了，他率领着家眷逃往西夏，自立为天顺王，在西夏招兵买马，积草屯粮，搜集隋朝的残部，成为一支反对大唐的顽固势力。杨度做梦都想着灭唐兴隋，恢复已经失去了的隋帝国，好由他主宰天下。

南阳王朱伍登是南阳侯伍云召的儿子，后被朱灿给收养了，故此取名叫朱伍登，头前带着两家的姓。他的养父朱灿曾经自立南阳王，属于十八家反王之一，后来大唐把他灭了，朱灿战死，朱伍登率领惨兵败将，也逃到塞外，他跟杨度一样，也投靠了西突厥，在人家卵翼之下生存，坐等良机。现在机会来了，但是呢，他们这俩反王想法还不一样，杨度野心勃勃，想推倒大唐，恢复大隋，一统天下，他做皇上。朱伍登不这么想，他就想：光复父业就满足了，我把南阳夺回来，我尽了人子之情了。不管他俩怎么想吧，目的只有一个，都是反对大唐的。朱伍登的实力，在五王之中比较小，可论起能耐来，却是最大！想当年，南阳侯伍云召就有能耐，所以这朱伍登也不白给，胯下马，掌中独龙铲，勇冠三军！没打过败仗，要不说罗成是常胜将军，朱伍登不服气，那意思，哪年哪月我们会会，看咱俩究竟谁是常胜将军！要不说人贵有自知之明，像朱伍登这样的人，没有自知之明，始终不服。这次领旨之后，跟杨度合兵在一处，向大唐朝进发，朱伍登担任前部正印先行官，杨度垫后，两人率本部人马，是长驱直入，不到一个月的时间，占领了乌海、桃乐、平罗、新城，然后直逼贺兰关下！这个速度就算够快的。

贺兰关是大唐朝边塞重镇，设有重兵。唐朝建国之后，让四员大将在此镇守，他们是张公谨、白显道、屈突通、屈突盖，这都是开唐名将，贾柳楼结拜的把兄弟，手下有军兵五千。这个战报早就传到贺兰关了，张公谨得着战报，大惊失色！连失数城，自己要担责任的！他一面飞马向长安告急，一面部署兵力，他们还开了个碰头会，张公谨决定，让屈突通、屈突盖各领本部一千人马，在贺兰关外驻扎，称为左大营、右大营，他跟白显道两人守城。什么囤积粮草，训练士兵，另外怕兵力不足，又把贺兰关的老百姓组织起来了，青壮年都上城，老年人通风报信，妇女们给做饭、服侍伤员，贺兰关城里紧急动员！

刚准备好了，敌军就到了，朱伍登率领先头部队，直逼贺兰关下！他知道外头有左右大营，不敢轻举妄动，离关五里，安营下寨，头一天埋锅造饭，休息一晚，到次日平明，擂鼓升帐，他手下兵精粮足，士气高涨，又打了胜仗了，一个个摩拳擦掌，跃跃欲试。朱伍登把一切安排好了，饱餐战饭，率领三千军兵，在关前骂阵。左大营屈突通听着信了，率本部人马，前来应敌，两军对员，双方见面，屈突通胯下马，掌中大铁枪，在马上往对面观看，一看朱伍登的人马队伍整齐，旗幡招展，旗帜鲜明，刀枪剑戟都刺眼哪！金盔金甲、银盔银甲、铜盔铜甲、铁盔铁甲，都是金甲的武士。往旗角下观看，一员大将，凤翅金盔，二龙斗宝，身披金锁连环甲，胯下桃花马，掌中独龙铲，往脸上看，面似晚霞，眉分八彩，准头端正，方海阔口，稍微有点小黑胡子楂儿，看这意思也就在三十七八岁。屈突通认识他呀！噢，朱伍登，这小子还没死，卷土重来了！屈突通看罢多时，把马往前一提，用枪点指，高声大骂："呔！对面来的可是朱伍登吗？"

朱伍登也认识他："哎，你不是屈突通吗？"

"正是本将军！朱伍登啊，你率领人马进犯大唐，你觉得这么做对吗？你可是天朝的子民哪！我听说你投靠了突厥，给人家当了鹰犬。这次领兵犯唐，无异于骨肉自残！听我良言相劝，下马投降，我知道你心里头不平衡，说什么你要替父报仇，光复祖业，还要占领南阳，恢复失去的天堂，是这么回事儿不？不过朱伍登啊，你岁数不大，脑筋发呆板呢！你别忘了，事情都得往前走，没有往后退的道理。现在这是大唐朝的江山社稷，你想光复父业，根本是不可能的，你何必钻牛角尖呢？听我的，咱们见皇上去，秦王李世民现在是贞观天子，这个人非常英明。如果你见着他之后，把你这些事说一说，唐天子绝不会亏待你，这才是一条正路啊！要不然，你想硬打硬拼，想要什么恢复这恢复那，纯属白日做梦！"

"啊呸！"朱伍登咬牙切齿，"屈突通啊，别说了！我跟大唐朝是势不两立，解不开的仇疙瘩！我知道你这个人也不错，趁早你献关投降，我朱伍登是交朋友的人，我在难处，你拉我一把，我肯定不能亏待你。如果硬碰硬，非要兵戎相见，你来看！你也知道本王我的厉害！"

"去你娘的！"

三说两说，说翻了，就得武力解决！屈突通拍马摇枪，直取朱伍登！朱伍登合大铲，接架相还。二马盘桓，斗在一处！

马上打仗就是这样，专讲究马快手疾，眼睛好使，有气力。你要能占住这几样，不说取胜吧，也差不多。两个人这一伸手，屈突通就败下阵来！他这两下子，比朱伍登差一大截！朱伍登掌中这条宝铲，重八十二斤，抡起来一两贯一斤，两臂一晃，千斤之力！屈突通实在有点招架不住，拨马便走，但是他的马是一般的马，没有朱伍登马快，刚一拨马。朱伍登就冲上来，手起一铲："屈突通你在这吧！"

"噗！咔嚓！"

斜肩铲背，这一下就给劈上了，可叹屈突通命丧疆场！这当武将的也不容易，太平年月没事，战争年月，说死就死！屈突通在贾柳楼上磕头，到今天还没逃出战场的厄运。再看朱伍登，马到近前，又一铲把人头砍下，让军兵把脑袋挑到旗杆上，然后发起进攻。屈突通手下一千来人，一看主将阵亡，人心散乱，哪招架得住？哭爹喊娘，四散奔逃，死者大半，余者跑到右大营。刚到营门，屈突盖引兵出战。屈突盖听说了，兄弟领兵带队决战，他就做好准备，刚到辕门，噩耗传来，没想到屈突通死了！屈突盖闻听此言，肝胆皆裂，哇哇爆叫，催马抡大斧子，率领本部人马，还有败下来的六七百人，兵合一处，直扑朱伍登！

两员大将遇上了，这回是没的可说，屈突盖眼睛都瞪裂了："朱伍登啊！杀人偿命，拿命来！"

屈突盖催马抡斧子玩命。可打仗凭的是本事，尤其屈突盖情绪太激动了，眼花缭乱，十几个照面，招架不住了，被朱伍登手起一铲，"咔嚓"，人头砍下，从战斗开始到结束，不到一小时，屈氏兄弟双双毙命。朱伍登命人把头砍下来，挑到高杆上，然后引得胜之兵，直扑贺兰关。这阵儿这个败兵像潮水一样，拼命地往关上跑，张公谨、白显道两个人巡城，知道前方交了手了，他们担心，手扶城头往下看着，一瞅兵丁败下来，马上命人开关落锁："加把劲儿快跑！"

平常有基本功的跑得快，骑兵跑得快，有的就不行了，腿快的进了城了，腿慢的，还没等过吊桥呢，追兵就上来了。张公谨、白显道恐怕城关有失，命人："关城关城！"

那位说："外头还有自己的人呢！"

"那讲不了了，到了现在特殊情况，就得特殊对待！"

城门关闭之后，张公谨喝令一声："开弓放箭！"

刹那间，箭如雨发，灰瓶炮子滚木礌石，跟刮风下雨相似！也不管自己的人，也不管朱伍登的人，见着就砸！再往城下看，死尸一片！朱伍登眼珠子都红了，喝令："架起云梯，一鼓作气把贺兰关给我拿下来！"

无奈连攻了五次，都以失败告终。朱伍登碰了壁了，心说：再这么打下去，损失的人马就太多了。就这样，检点官兵，死伤了两千余人。战争年月，人是最宝贵的，身为主将的他，心疼啊！无奈传令收兵，掩埋尸体，打扫战场，自不必说。朱伍登心里着急，心说：怎么办？明日再战吧，必报此仇！

到了第二天，朱伍登引本部人马关前挑战，张公谨、白显道就来个闭门不出，坚守城池，在这等待援兵，朱伍登怎么骂，城上也不言语，你靠近我就打你！哎呀，第二天又这么结束了。到了第三天，又展开大规模进攻，架云梯，开弓放箭，但是一靠近关城，张公谨、白显道喝令一声，箭如雨发。

"杂种！我叫你有来无回！"

"啪啪啪！"

又把朱伍登击退了。哎呀，这朱伍登真是百爪挠心，无计可施，当天晚上在宝帐之中喝闷酒，他就琢磨着怎么能把贺兰关拿下来。要等着唐朝援兵来了，我就没有胜利的把握了，这这……

正在这时候，有个军兵进来了："报！报王爷，杨度王爷有请。"

"噢？"

朱伍登一琢磨：这是着急了，杨度在我后边呢，请我恐怕是议论军事。我跟他说明说明，叫他好放心。

朱伍登赶紧带上军兵，骑上快马，到杨度的大营。杨度自封天顺王，论辈分，论实力，都在朱伍登之上。两个人见面四只手握在一起，杨度满面赔笑："朱将军，恭喜朱将军，贺喜朱将军，你可打了大胜仗了！本王已经用红旗报捷，赤比宝康王非常高兴，给你送来了贺礼，对你大加赏赐。来，入席入席！"

两个王子对面坐下，朱伍登面沉似水，唉声叹气，杨度就问："王兄打了胜仗，立斩屈氏弟兄，立下不世之功，你干吗还发愁啊？”

“咳！王兄啊，虽然说我打了点胜仗，怎奈这贺兰关我久攻不下，反倒伤兵损将，我是一筹莫展呢！”

“噢！为这事。我听说了，不过王兄，打仗嘛，总有受挫折的时候，虽说一鼓作气，哪有那么顺当的？你这就不错了。因此呢，今天摆了桌酒席，我给你祝贺，另外叫你看一样东西。来呀！拿上来！”

朱伍登不知道怎么回事儿，等了那么一会儿，就见杨度手下的中军官托来个盘子，往上一递，金光灿灿。杨度用手一指：“王兄，看见没？这是五面金牌，黄金五百两，白璧四双，知道么？这是赤比宝康王赏给你的，奖励给你的！别心灰意冷，你还是攒足了锐气，这才叫上策呢！”

谁见着赏赐不高兴？朱伍登点了点头：“王兄谢谢您了！”

说着伸手就想接，正在这个时候，杨度一摆手：“慢！先别接。”

“王兄，你这是何意？”

“哈哈，朱王爷，这东西最好我先给你保管着，等你攻下贺兰关，咱们一起祝贺，再赏给你，好不好呢？我先给你保存着。你讲话了，现在你前军受挫了，贺兰关没攻下来，这件事恐怕赤比宝康王还不知道，要知道呢，也不太高兴，你看好不好呢？”

朱伍登心说：杨度啊杨度，你什么东西！我没有贪图赏赐，你这不讽刺我么？给我奖赏，我伸手接，你又拿回来。哎哟！可够损的！有心翻脸，没敢，还是那句话，杨度的实力比他大，他还得靠着杨度给他撑腰。尤其现在是合作者，还没怎么地呢，内部不和，这事就麻烦了！所以他心里不高兴，又把这火压下了。

“杨王兄，好，您说得正确，就依您，拿下贺兰关您再给我。不过杨王爷，发自肺腑，我说句话，贺兰关太难打了！我也不知道下一步该怎么进行，请王兄教我！”

“哎，朱王爷，这是你问到我的面前了。你别忘了用兵之道，逢强智取，遇弱活擒哪！不能硬碰硬，现在人家守在坚固的城池里，让军兵愣给拿下来，恐怕很难！咱得动动智谋啊！”

“王兄说得是，但不知用什么智谋呢？”

“那我给你出个主意，附耳过来。”

朱伍登往前一探身，杨度趴到他的耳边，“如此这般，这般如此。”

“噢，杨王兄，您这一句话，点醒我这梦中人，高！实在是高啊！”

“哈哈！”杨度也乐了，“朱王兄不妨一试，行不通咱再来，我就不相信啃不下这骨头！”

“是，杨王兄，要那么的，我马上告辞，着手准备，不把贺兰关拿下来，我闭不上眼睛！”

“好了，那我就不挽留了。”

两个人拱手告别，南阳王朱伍登带本部人马回到营盘，到营盘之后，马上按计划行事，他就琢磨着，主意是不错，损点！可又一想：不损办不成大事啊！哼！他让其他人退下去，派一名心腹，把手下的中军官白平给找来，白平白华龙，跟随朱伍登多年了，从南阳那时候就跟着他，白平一共是哥俩儿，他还有个兄弟叫白忠，这哥俩儿跟着朱伍登，同甘苦共患难，摸爬滚打这么些年，也没离开，现在呢，这白平做了中军官。时间不大，来了：“参见王爷！”

“兄弟，来，坐下讲话。”

“哎！不！我怎敢在王爷面前就坐？”

“哎！升帐议事，分品级大小，没事的时候咱们是弟兄，何必拘于常理啊？这是晚上，咱哥俩儿得好好聊聊，你还得助为兄一臂之力！”

# 第十六回

## 误中奸计贺兰关失陷
## 二将相争唐天子派兵

白平坐下之后，手脚没地方搁呀：“王爷，您找我有什么事，您快说吧！我这人心眼小，憋不住，您找我干什么？”

“哈哈，别紧张啊，我说贤弟呀，你是知道的，我们面前是一座坚城，贺兰关，拿不下这座关城来，咱就没法进兵。眼见着咱们伤兵损将，你不心疼吗？”

“是，王爷说得是，我呀，觉都没睡好，的确，我也很痛心，死一名弟兄，伤一份元气，打仗全指着兵呢！那您说，王爷，我能干什么？”

“你能帮我大忙！”

“是吗？我这两下子……”

“哎，不是用你那两下子，我说兄弟，我对你怎么样？”

白平一听，更糊涂了，心说：你跟我兜什么圈子？你想说什么呢？白平这心里七上八下，都弄糊涂了。就听朱伍登说：“兄弟，我对你怎么样？”

“王爷对小人天高地厚之恩！”

“那比方说，我要叫你帮忙，你是什么态度呢？”

“上刀山，下火海，万死不辞！”

“真的？”

“真的！用我脑袋都现成！”

“咳！不至于那样，你这脑袋我不用，我打算用你弟弟白忠的脑袋使使！”

白平大吃了一惊，心说：难道王爷跟我开玩笑？不是！他一看朱伍登，面带严肃，两眼冒着凶光，他就打了个哆嗦。

“我说王爷，您说得是真的？”

“君无戏言，我能跟你开玩笑吗？”

“王爷，我兄弟那脑袋能有什么用？”

“咳！话说回来了，咱不是关系不错嘛！满营众将没有不知道的，就士兵都知道。正因为关系不错，我明日升帐，抓你弟弟一招之错，人要找人的毛病，还找不着吗？我把他杀了，肯定都不服气，一看，‘朱伍登怎这么浑蛋呢？做出这种糊涂事来！’，你呢，就制造舆论，你背后可以骂我，你说什么都行，我绝不怪你。然后你借着这个为由，给张公谨写封信，你就说朱伍登怎么怎么不是东西，无缘无故，抓一招之错，把我弟弟杀了，我们跟随他那么多年，没功劳，有苦劳，这人太残忍了！你怎么说都行，你就跟张公谨、白显道约好了，里应外合，大破我的联营。只要你能把张公谨、白显道勾引出来，我就想法把他消灭，这一消灭，这贺兰关不就咱的了吗？不知道我这么说，你听清没？你呀，使用的是诈降计，你看怎么样？”

“哎呀，我……”

白平一琢磨：朱伍登既然说得这么肯定，他下了决心了。我要不答应，连我都活不了！兄弟命苦啊！无缘无故把脑袋丢了。可这种事情，古往今来的战史上也出现过，没想到轮到我头上了！他内心斗争了一阵儿，站起来了：“王爷我同意，我尽我微薄之力，漫说用一颗脑袋，用我的脑袋也现成！”

“不不！一颗就足用了，你还得留着，你还得给我帮忙呢！将来回到南阳府，你还得跟我一块享福呢！不过白平贤弟，你不要难过，对你，对白忠的家眷，我格外恩款，你看怎么样？”

“是，王爷做出的决定，小人听从就是。”

“千万保密，不能走漏消息。”

“是，我一定守口如瓶。”

白平回去了，到自己的营帐，睡得着觉吗？把被往头上一蒙，偷着哭泣。哎呀，哭了半夜，后来糊了巴涂睡着了。到了第二天，朱伍登按原计划行事，升坐宝帐，三通鼓响，副将、参将、中军主将、各路带兵官到齐，盔明甲亮，站立两旁，朱伍登居中而坐，白平、白忠也都到了。这白平在旁边站着，偷眼看看他兄弟，心说：你要掉脑袋了，你还不知道，哥哥没法告诉你！心如刀绞一般。朱伍登把桌子一拍，把两旁众将吓得一蹦，屏气凝神，听他训话。

“各位，战事进行得很不顺利，就是弹丸之地贺兰关，说什么拿不下来，反而伤兵损将。为什么？你们说说为什么？我已经调查清楚了，有人从中捣鬼，拖我的后腿呀！制造谣言，军心散乱，故此才没拿下关城。你们知道这个人是谁吗？”

“哎，这……”

大伙儿你看看我，我看看你，全冒了汗了，不知他指的是谁。

“现在我把这个人就揪出来。白忠！”

白忠吓得好悬没尿了裤子！瞬间汗就淌下来了。他赶紧来到前面施礼：“王爷！”

“白忠啊，你都干了些什么？我调查清楚了，你背后颇有怨言，打兴兵的那天开始，你就制造谎言，说什么不应当进兵，说什么这是不义之师，说什么根本打不过大唐。你是这么说得不？你在背后还谩骂本王！在攻城的时候，你往后退，不往前进，身为参将，统领一标人马，你贪生怕死，要不杀你，何以服众！左右，推出去杀了！”

“冤枉！”白忠就跪下了，声嘶力竭，“王爷，没有的事！我从来没说过！不信您调查去！”

“别说了！推出去，杀！”

满营众将皆不服，跟白忠处得都不错，白氏弟兄一向忠厚老实，这哪儿有的事？跪倒了十来个：“王爷刀下留人！”

“刀下留人哪！白忠不管有没有错，平常一贯对王爷忠心耿耿，王爷，他纵有不对之处，发几句牢骚也是人之常情。王爷，留下他！”

“不要说了，乱棍打出！”

把众人赶出去，白忠的脑袋掉了。不一会儿，血淋淋的人头，有人拿着盘子托着进了帐。朱伍登看了看，心里也不是滋味。再看白平，在旁边昏过去了。一奶同胞，能不心疼吗？要真犯错还行，什么错没有，把脑袋混丢了！所以众人七手八脚把白平抬下去了，朱伍登严令：“再要攻城之时，哪一个不往前冲，哪一个散布谣言，以白忠为例！退帐！”

他退了帐了，众将回去不敢明言，窃窃私议，都认为南阳王这么做太荒谬了，无缘无故斩杀大将，真是无道的昏君！单说白平回去了，哭吧！哭完了之后，给自己的兄弟举行葬礼，请示了南阳王，同意了，买棺椁装尸体，吹吹打打在就近的地方，挖个坑给埋了。然后这白平按计行事，见谁都骂朱伍登，他这一骂，别人都不敢听，这要传到朱伍登耳朵里还了得？白平那个骂啊！把祖宗都给掘出来了！骂了两天之后，觉得差不多了，偷着写了封信，说偷着写，这也是按计行事。写完了，密封好了，他也有心腹人，把心腹人找来，做了交代：“明日你们在巡逻的时候，把这支箭还有这封信，射上城头，听没听见？”

“是！”

这些人心里头也不服啊！跟着南阳王朱伍登有什么好？到头来，把脑袋混丢了，不如归降大唐。所以到了第二天，骑着马假装巡逻，那个城又不算太高，拉弓搭箭，“吱”，射上去了，守把关城的军兵一看，射来一支箭，往旁边一躲，箭落到城头上，箭杆上拴着封信。把信解下来一看，信皮上写的：面呈张公谨、白显道二将军亲拆。那谁敢看？报事的军兵拿着信来见张公谨和白显道，这哥俩儿连日来衣不解带，躺下打呼噜，睁眼就巡城，心都提到嗓子眼！干吗呀？盼望救兵啊！掐手指头盘算：快了快了，大概皇上已经见着信了，这会儿正在点兵，派谁来呢？心里没底。哎呀，在这关键时候，一定不能有闪失，一定把贺兰关得守把住。哎，这两天挺肃静，为什么朱伍登不攻城了呢？这小子肯定不能善罢甘休，另打算盘呢！咳，不管你怎么想，想进贺兰关，势比登天！

正这时候，报事的进来："报！二位将军，城下有骑马的，利用巡逻为名，射上一箭，箭杆上绑着封信，信上写：面交二位将军亲收，大概这里头有事。"

"信在何处？"

"在这儿。"

"拿来我看。"

张公谨把信接过来，让没用的人退下，白显道也凑过来。一看，写得不错，信瓤掏出来，定睛瞧看，信写得很简短：拜上张公谨、白显道二位将军亲自观看，小人名叫白平，在南阳王朱伍登手下，官拜中军官之职。朱伍登残暴不仁，抓一招之错，杀死我弟白忠，我们白家弟兄为朱家立下汗马功劳，没想到他转眼无恩，这种人绝不能成其大事。现在我是痛心疾首，众将也多有不服者，希望二位将军不要错过良机，明晚二更，我在营中举火为号，身为内应，希望你们出兵劫联营，咱们里应外合，捉拿朱伍登，切切，顿首，白平。

大致的意思就这么写的，白显道一看，把大腿一拍："哟！真是天赐良机呀！哥，白平这个人是咱的好帮手，干脆明天晚上就偷营劫寨，他在里头帮忙，里应外合，这不是天赐的良机吗？"

张公谨比较谨慎，没表态，倒背着双手，来回溜达。溜达一会儿，琢磨一会儿，再看看这封信，看完了再溜达，脑子在飞快地旋转："这……我说兄弟，兵法云，兵不厌诈，虚者实，实者虚，虚实并用，我怀疑这个白平是在调理我，莫非其中有诈？把咱骗出贺兰关一举歼灭？不可不防啊！"

"大哥，您说得有一定的道理，不过呢，我看这事真的，不信咱调查调查。"

"对！应当稳妥。"

当天晚间，贺兰关派出的细作回来两拨。细作是什么？就是间谍，刺探军事情报的，敌中有我，我中有敌嘛！这细作回来，向张公谨白显道反映情况，反映的事跟信上写的一般不二，细作还说："现在朱伍登手下的将官，乃至当兵的，都有怨言，都说朱伍登太残暴了，不该这么做，人心浮动。现在可以说军心涣散，如果偷营劫寨，这是大好的良机。"

张公谨还不太信，把另一拨细作找来一打听，说得一样。白显道说："哥哥，你犹豫什么呢？胆小不得将军做！这还有什么？不相信白平，还不相信咱自己的人吗？利用他军心涣散的时候，一举歼灭，把他消灭，咱这城就保住了。"

"这样吧兄弟，为了稳妥起见，咱分兵两路。"

"大哥，您这话什么意思？"

"听我说，我带着三千人马，偷营劫寨，试探白平是真是假，你领着余部坚守此城。别管我啊！一旦我那出了事，跟你没关系，你要死守贺兰关，等待援兵，如果没事，当然更好了。”

“行，听您的！”

分兵两路，白显道监守关城，张公谨做好了一切准备，第二天，饱餐战饭，等到半夜了，披挂整齐，偷开城门，放下吊桥，带着三千军兵，开始进发。今天的晚上特别黑，伸手不见五指，对面看不见人，大伙儿是摸黑前进，把马的铃铛都摘下去了，把马蹄子都包上，尽量避免发出声音，每人的嘴里都叼着块布，但是就那样也得有声，“哼哼哼”，说时迟那时快，五里之遥，眨眼就到，来到朱伍登帐篷外头。一看，马号连马号，联营挨联营，那些灯光闪烁着，听了听大营盘里头，鸦雀无声，他们就知道朱伍登的人大概都熟睡了。嘿嘿，白平说得是一点不假呀！在这等信儿吧！就在这等着。等啊等啊，一会儿抬头看看，一会儿瞅瞅听听，到了三更天正点，就听朱伍登大营中响了一声信炮，“吱！咚！嘡！”哟！张公谨眼睛一响，这向我们打招呼呢！他把掌中枪一摇：“弟兄们，冲啊！”

“冲啊！”

“哗！”

张公谨一马当先，冲进敌阵，他就觉得有点不对劲儿。什么原因？他一看，防守的军兵四散奔逃，一路上没遇上抵抗，就说军心涣散，也不至于这样。再看，许多帐篷都是空的，外头掌着灯，里边没人。张公谨一琢磨：不好！我们要上当！把枪一摇：“来！前队变后队，后队变前队，撤！”

哪还撤得了？顷刻之间，伏兵四起，就听这炮都响成一个儿了！

“咚咚咚，嘡嘡嘡嘡！”

“冲啊，别让唐兵跑了！抓住偷营劫寨的！”

“哗！”

“唏溜溜！”

张公谨一看，坏了，被人家整个给包围了，朱伍登率人倾巢出动，里边是步兵，外头是骑兵，到了现在，只有拼了！张公谨一马当先，摇枪刺杀，双方展开了混战！

“哗！”

大唐朝的人马，一没有障碍，二没有掩体，赤裸裸暴露在敌军面前。这敌军灰瓶炮子，滚木礌石，开弓放箭，这顿揍！成排的人倒下去，张公谨左肋也受了重伤，血流如注。再一看，剩下六七百人，眼看突围要冲出去了，对面来了朱伍登：“别走了，此路不通！”

张公谨立马摇枪，定睛瞧看，就见朱伍登跟金甲天神相似，桃花马、独龙铲，借着灯球火把的光辉，就看他纵声大笑：“张公谨哪，你中了我的烟炮鬼吹灯了！聪明一世，糊涂一时，你走不了了！”

那个白平也在旁边呢：“嘿嘿，张公谨哪，我写那信你看见了吧？一纸文书，你就上当受骗，你算得了什么指挥军队的将军？你纯属是饭桶！”

张公谨大叫一声：“气死我也！”

可这阵儿，朱伍登动了怜悯之心，他知道张公谨是好汉，朱伍登把大铲一背，满面赔笑：“张将军，你我虽然没相处过，你的为人，你的胆识，我非常钦佩。张将军，你的贺兰关保不住了，就得全军覆没，我敬你是英雄，敬你是好汉，有道是，识时务者为俊杰呀！你何必给李世民卖命呢？他不就是对你不错吗？如果张将军能下马投降，我朱伍登加倍给你加官晋级，比李世民对你还好！张将军愿降否？现在在你面前摆着两条路，一生一死，你自己现在……”

“啊呸！朱伍登，闭住你的臭嘴，俺至死不降！拿命来！”

拍马摇枪，直奔朱伍登！朱伍登一看，这个人是没救了：“既然如此，我就成全你！”

拍马舞铲，跟张公谨斗在一处。张公谨本就不是他的对手，何况身负重伤？十几个照面，耳轮中就听见“咔嚓”一声，可叹张公谨死于非命！朱伍登命人把人头砍下，挑到杆子上示众，引得胜之兵，直奔贺兰关！三千人全报销了。

噩耗传到关上，白显道一听直跺脚：“哎呀！怪我！我要是给出个主意，按兵不动就好了，我是催命鬼呀！大哥，你死得太惨了，我跟你们拼了！”

他这一激动，要给张公谨报仇，开关落锁，领兵杀出去了！迎面正遇上朱伍登，话不投机，当场动手，他这两下子更不行，就死在乱军之中，四员主将先后阵亡，唐兵群龙无首，只好开关纳降，倒戈投降了。哎呀，朱伍登乐得！吹着得胜号，敲着得胜鼓，唱着得胜歌，这得胜之兵进了贺兰关。打这之后，城头上飘摆着突厥国和南阳王的大旗，第二天，朱伍登把杨度接进关城，摆酒祝贺，杨度把金牌黄金给了朱伍登，这个打仗就是打的钱，没钱怎么打仗？像那军兵吃喝用度，战马的草料，哪点能离不开钱？大军未动，粮草先行，吃饭是最主要的。他们在关上，一边歇马，一边打粮，准备养足了精神，再继续进兵。

话分两头，噩耗传到京城，传到长安，唐天子李世民得着信之后，大叫一声，几乎摔倒！李世民也哭了，屈突通、屈突盖、张公谨、白显道，都是大唐朝开国的元勋，没想到为国捐躯，死在贺兰关，能不难过吗？当天召开了紧急的御前会议，可巧，军师徐懋功从南方回来了，常胜将军罗成从山东也回来了，回来的当天，都参加了这个会议。朝中命官、文武二十余人，全都参加了，李世民把经过向大家做了介绍，详细情况由兵部尚书王君可向大家介绍，众人听完这个消息之后，一个个圆睁双目，紧握双拳：“这……”

气坏了！既恨赤比宝康王又恨南阳王朱伍登，非要给死者报仇雪恨！李世民争取大家的意见："众卿以为如何呢？咱们是兴兵还是不兴兵？兴兵怎么办？不兴兵怎么着？各抒己见。"

徐懋功先说话了："万岁呀，这就叫来者不善，善者不来，赤比宝康王早有这种打算，现在果然爆发了。据我听说，三川六国九沟十八寨的人，加上东突厥、西突厥的人，再加上五王，雄兵不下百万，战将不下千员，来势凶猛，陛下还要慎重行事，越稳妥越好，千万不要意气用事。"

尉迟恭说话了："陛下，军师所说一点不假，我们要稳扎稳打，不能头脑一热，轻易兴兵，误了大事。"

大伙儿正这么说着呢，罗成冷笑不止。罗成听尉迟恭说完了，他发言了："陛下，我不赞成这种说法，我反对！尉迟将军身为兵马大元帅，怎么能说这种气馁的话？突厥有什么了不起？我看没什么，无非是乌合之众。什么叫五王？那不是被咱们打走的残兵败将吗？现在他们攒鸡毛凑掸子，又纠集在一起了，名曰雄兵百万，实际上是乌合之众！臣不才，愿提一旅虎狼之师，赶奔贺兰关，斩将夺旗，收复失地。陛下，我同意用兵，而且力在速战，不能推迟！"

这个罗成叫常胜将军，那骄傲得不得了！没有不知道的！年轻那会儿，气死小辣椒，不让独头蒜，自知有己，不知有人，眼空四海，目无一切呀！也难怪他这么骄傲，他真有能耐呀！文武兼备，从来没打过败仗。李世民点了点头，还没等说话，尉迟恭又说话了："越国公，您说这话不对，方才我说并不是为害怕，我的意思是稳妥，稳妥不等于胆小，这么大的战事，能草率行事吗？对人命还得负责，国土还要收复，所以我建议陛下，稳妥行事。你看，叫你这一说，走板了，就像我贪生怕死。想当初，大战小战，我打过千余次，我能怕死吗？"

"嘿嘿，老元帅，好汉不提当年勇，过去是过去，现在是现在，你年轻那会儿，很可能不怕死，现在你有功名，有地位，上了年纪了，也许就怕死了。不管你怎么解释，我以为你说那话说得不对！"

"那你说得对？哎，罗成你还别小瞧人！"

"我小瞧你怎么地？"

"小瞧我就不行！"

他俩吵吵起来了。不知道为什么，这尉迟恭和罗成两人是死不对眼，别遇到一块，遇到一块就抬杠，三说两说，就得翻脸。现在都上了年纪了，还依然如故。李世民一看，赶紧解劝："二卿，不必斗口了，你们这是何苦来的？其实你们二位所说，都为我大唐江山社稷，都是好意。既然这样，你们俩闹翻了，这叫大家观之不雅呀！依朕所言，尉迟元帅也没说错，越国公说得也有一定的道理，二卿不要争了！怎么兴兵？咱们仔细研究稳妥，没有什么不对。"

在场的人一看，罗成性骄气傲，说话压着别人三分点，就不愿意发言了，一发言怕被他给冲回来，军师徐懋功太知道老兄弟的脾气了，也不便多言。徐懋功想了一想，站起来了："陛下，请同臣方便方便。"

李世民明白了。方便是什么意思？离开这个会场，到外边说几句话。就这样，李世民跟着徐懋功到了后宫，就是君臣二人，李世民这才问："军师，有话请讲。"

"陛下，有些话当众说着不方便，你一言我一语，就乱了。依臣的意思，应该进兵，这就叫人不犯我，我不犯人，西突厥一向骚扰我国边境，不是抢人就是抢牲畜，这是大唐的一大威胁，迟早战争要爆发。那么现在呢，看来是坏事了，那么从另一面看，又是好事，我们应当利用这个机会，制服西突厥，解除西方的大患。但是瞎进兵不行，为臣方才想了，敌军分兵两路，派五王打先锋，我应当也分兵两路迎敌。依臣的意思，派罗成为征西大将军，领兵五万，兵发贺兰关，收复失地，斩将夺旗。以罗成的能耐和韬略，万无一失，再给他配备几位开国元勋，有经验的人辅佐他，这是一路；再派尉迟恭为平西大将军，领兵八万到十万，战将十员，赶奔周西关。这样五王就被我们挡住了，我想，前方在打，我们后方再搜集粮草，及时支援前方，前后呼应，我觉得万无一失。"

"军师说得对，那就这么决定吧！"

君臣二人商量多时，又回到前边。大伙儿都等着呢，李世民坐定之后，当众宣布："方才我和军师商量已定，众卿听旨！"

"哗！"

全跪下了。李世民十分严肃："罗成！"

"在！"

"朕加封你征西大将军之职，率精兵五万，命段之贤、马三宝、刘洪基、殷开山作为你的副将，三日后起兵，兵发贺兰关，务必收复失地，斩将夺旗，不得抗旨！"

"臣遵旨万万岁！"

"尉迟恭！"

"臣在！"

"我给你精兵八万，你率领开唐众将，十名将军，三日后起身，兵发周西关，加封你平西大将军之职！"

"谢主隆恩，万万岁！"

"程咬金！"

"哎？还有我的事？万岁您说吧！"

"我命你为两路总督，专管粮草，不得有误！"

"我净干这事，行了，臣谢主隆恩！"

“侯君集!”

“在!”

“侯爱卿，我命你为两路接应使，哪处不利，你哪处增援!”

“遵旨!”

“徐军师!”

“在!”

“你也辛苦辛苦，你身为两路人马的总监军，前后照应，有事及时与朕通报。京里的人，你们就放心，由朕一人主抓!”

“万万岁!”

皇上拍了板了，这叫闻风而动，点兵的点兵，整个京城就动起来了，有道是救兵如救火呀！前方战争那么紧急，哪敢拖延哪？单说罗成，兴冲冲回到越国公府。他这个府就在钟楼的下边，庄氏夫人庄金定，率领丫鬟婆子迎接，把老爷接进后室，夫妻对坐之后，庄氏就发现罗成面带笑容，从里往外那么高兴，不明白发生什么事了：“老爷，我看您面带喜色，何喜之有啊?”

“哈哈！夫人有所不知啊！方才我参加了御前会议，皇上做了决定，加封我征西大将军之职，率领五万人马、四员上将，三日后兴兵出征!”

“怎么又要打仗?”

“咳！仗是要打的。夫人哪，你从小长到现在，你仔细想想，哪天没打过仗？在这个世界上，到处都在打仗，人呢，就是在征战之中生存，太平盛世也是用鲜血换来的，打仗有什么不好?”

“噢，那老爷三日后就要走，什么时候才能回来?”

“我料，多则一年，少则半载，就会凯旋归来。”

“那么快?”

“哎呀，那都是乌合之众，攒鸡毛凑掸子，没什么了不起的。我从来就不信邪，领着虎狼之师，一走一过，就把他们扫平了！你就听喜讯吧!”

夫人一听这话，心里一翻个儿。为什么？对丈夫，她太了解了！要说罗成不仅长得漂亮，又有能耐！文武双全，胯下马掌中枪，没打过败仗。这都是优点。她也深知丈夫致命的缺点，什么毛病？骄傲过人，太狂了！目中无人！夫妻生活了这么多年，夫人也没短了劝他。但在当时，做夫人的讲究贤惠，不能惹丈夫生气，每每谈话之时，引经据典，点到为止，不敢深说。那么从目前来看，丈夫又犯这毛病了，还没等出兵呢，就蔑视一切，说得十分轻巧。这要是有点事儿可怎么办？事关重大，夫人不能不说呀！她苦笑了一下：“老爷，怎么我听说这次敌人来者不善哪！赤比宝康王纠集了百万雄师，千员上将，攻城占地，咱们大唐伤兵损将，请老爷千万不要掉以轻心!”

哟！这下冲了罗成肺管子了！他眼梢一立，脸沉下来了："夫人，你这话是听谁说得？"

"哎，我……我听府中罗春跟我说得。"

"大胆！夫人哪，这是在家里闲谈，我不怪你，这要在军营之中，你这是什么？你是破坏军心！长他人之威风，灭自己锐气，论理当斩呢！你知道不知道？这些事情今后你不要参与！"

夫人闹了个大红脸，好悬没哭了！庄夫人那也是女中的魁首，巾帼丈夫，胯马抡刀征杀两军阵，跟罗成患难相助，过了这么多年，不是不懂军事，说这话没过分。没想到罗成接受不了，夫人气堵咽喉，再不想往下说了。临别之际，闹不愉快，犯得上吗？但是话还得拉回来："老爷不必动怒，为妻的意思，您还是稳妥一些为好。"

"这我就知道了，不必多说，给我打点行李！"

# 第十七回

## 勇罗成轻取乱石沟
## 朱伍登劫寨遭围困

庄夫人不敢深劝，只好含着眼泪收拾东西去了。等吃晚饭的时候，罗通放学了。罗通是谁？罗成的儿子，宝贝疙瘩，今年还不到十岁，又蹦又跳，来到父亲近前，躬身施礼："爹爹！儿参见爹爹！"

"免了，过来让爹看看。"

罗成也是人，再严厉也喜欢自己的孩子，这小罗通长得俊眉俊眼，跟他爹那才相似呢！有的地方也随他娘，一嘴小白牙，伶牙俐齿，文的跟娘学，武的跟爹学，你别看是个小孩儿，有能耐！长大之后那是将才，不见得次于罗成！因此罗成十分钟爱。

"过来，爹问问，你读书读得怎么样？"

"爹，凡是老师教给的，我全会了！"

"背诵我听听！"

罗通一背，口似悬河，滔滔不断，口齿清楚。

"有出息，吃饭吧！吃完饭写写字，早早休息吧！"

"哎！爹，我刚才进府的时候，怎么听说您要出兵打仗？"

"嗬！你这小孩还挺能管闲事呢！是有这么回事儿，爹几天内就要走了，我走之后，一年半载回不来，不要惹你娘生气，好好念书，好好练武，懂吗？"

"是！爹爹放心，儿全记下了。不过，爹，我听说这次突厥国来了不少的人马呀，凶得很！杀了咱不少人，抢了咱不少的地方。爹呀，你领着多少人去？"

"五万人马。"

"太少了吧？人家一百来万，你才五万，太叫人担心了！爹，要不您带着我去吧！我在马前马后，也能助爹一臂之力！"

"哈哈！"罗成高兴地拍着罗通的小肩膀，"孩儿，你还小，你还是个娃子，怎么能到战场去呢？别着急，等你长大，不去也得叫你去！好好在家读书吧！不过你方才说这些话，谁跟你说得？”

“罗春跟我说得。”

“罗春真不是东西！先跟夫人说，又对少爷讲，他安的什么心？孩子，别听他的。是，突厥国来了不少兵，不过都是乌合之众，不堪一击！爹带的兵虽然不多，都是精兵，以一顶十，肯定能打胜仗！”

庄夫人怕孩子冒胡话，罗成说高兴就高兴，说翻脸就翻脸，一句话不顺，要翻了脸，多不愉快！所以这夫人一挤眼，小罗通真聪明，就明白怎么回事儿了，低下头在那吃饭，再也没说别的。罗成吃完饭，早早地休息了。就这样三天一眨眼到了，罗成披挂整齐，率领五万精兵，祭旗出发。李世民率领百官在德胜门给他饯行，这饯行典礼极其隆重。这罗成一离开京城，罗成那心就飞到贺兰关！一路上就想：张公谨、白显道、屈突通、屈突盖，这都是贾柳楼磕头的把兄弟，我的四位哥哥，死得太惨了！几乎都死在朱伍登的铲下。朱伍登朱伍登，你等着我！到了贺兰关，我把你扎成筛子，给兄弟们报仇雪恨！

他想到了关上的人，不定受什么样的折磨呢！他心急嫌马慢，催动三军急行军，大家都知道罗成翻脸不认人，军令如山，说得出做得出，在他手下当差，得加着一百二十个小心。走出几天，罗成传令：“不行！以这个速度太慢了，从明天开始，每天要走一百五十里，不管死活也得达到这个数字！”

大家知道，罗成约束军队甚严哪！谁敢不听就要掉脑袋！因此第二天尥蹶子往前跑，果然走了一百五十里。以这个速度行进，自然是快。罗成一看，离着贺兰关不太远了，在马上传令：“马三宝听令！”

“在！”

“老将军，我命你带三千人马前面开道，探听敌军的虚实，不得有误！”

“明白！”

老将军上马提刀，银髯飘摆，率领三千人先下去了，罗成督促大队在后头跟着。单说马三宝，加着一百二十个小心，他抬头一看，这是什么地方？左边是山，右边是树林，树林的那面弯弯曲曲还有一条河，这条路是坎坷不平，一直往正东伸展下去了。马三宝一琢磨：此处十分险要啊！这要设下伏兵，我们可要倒霉呀！赶紧把探马蓝旗叫到马前，问：“这是什么地方？”

探马蓝旗对地理相当有研究：“回老将军，此地名曰十里铺。”

“噢！十里铺。离贺兰关还有多远？”

“整十里，故此得了这么个名字。”

“这山叫什么名？”

“此山叫乱石沟，那条河叫彩虹河，这片树林叫长叶林。”

“噢！下去吧！”

蓝骑官下去了，马三宝一想：要格外加小心！把三千人马布成方阵，步兵在正中，骑兵在转圈，弓上弦刀出鞘，做好临战准备，就进了乱石沟，顺这道，曲曲弯弯往前走，刚走进去三分之一，坏了！就听这个炮，“咚！噔！”紧跟着伏兵四起！

“杀呀！别让唐人跑了！”

“哗！”

老将军一惊，横大刀定睛瞧看。怎么样？真有伏兵！风卷旗号，往大旗上看，清清楚楚，原来是南阳王朱伍登的部将，大将徐鹏，副将徐顺，亲哥俩儿，每人一把大斧子，在这设下伏兵，他们打算布下口袋阵，等唐军进来之后，一扎这嘴，就地全歼！没想到马三宝带兵多年，经验丰富，刚走到这口袋嘴，就不往里走了，因此他们的阴谋未能得逞。他们怕唐兵跑了，一股着急的心情，从四面八方冲下来了。这徐鹏和徐顺是南阳王朱伍登手下的大将，勇冠三军！

朱伍登怎么没来呀？有原因。朱伍登取下贺兰关，摆酒祝贺，把杨度接到关上。不是不想进兵，粮草接济不上。二十来万人，一天得吃多少粮食？他们一面派人到神京，催促赤比宝康王，速运粮草，一面命军兵就地打粮。其实连年征战，附近住着多少老百姓？就有，也逃亡了，一打粮得出去多远多远，还不定能不能打着粮食。就这么迁延时日，要不然早就进兵了。但是朱伍登心里跟明镜似的，心说：这可不好，我这迟迟按兵不动，那么唐朝肯定得来援兵，能善罢甘休吗？要来了，我怎么办呢？他跟杨度一商量，让老百姓、当兵的，加固城防，把这贺兰关又加高加厚，护城河加宽加深，准备灰瓶炮子滚木礌石，在这严阵以待。后来杨度建议他：“咱们在这城里死守不行，离这十里，叫十里铺，我了解这地势，哎呀，那个地形非常险要，我们应该呀，派一队精兵在那驻防，让这些精兵都埋伏起来，唐兵不来，还则罢了，要是来了，进了口袋，一举全歼！就是不能全军覆没，也煞煞他的威风，叫他知道知道咱的厉害！”

“高！实在是高！”

朱伍登听了杨度的建议，这才派手下大将徐鹏、徐顺，率领五千人马，在这驻扎，把口袋阵就摆好了。果然马三宝的先头部队，到了口袋边上了，双方展开一场混战，兵对兵，将对将，杀得是天昏地暗！

“冲啊！杀呀！”

武器的撞击声，人喊马嘶声，哭爹叫娘声，骂声，声嘶力竭，震耳欲聋，离远了，什么也看不见，尘土高起，到处都是沙子，一会儿倒下一片人，一会儿又倒下一片人。徐鹏、徐顺一看，对面一员老将，金盔金甲大红袍，手端三停大砍刀，风卷旗号，上书大字“开唐四将马”，他们不知道这马是谁，噢，这人肯定姓马，他是领兵带队的，把他干掉就没事了！徐鹏告诉徐顺：“为兄我过去会他！”

拍马抡大斧子，直奔马三宝！两个人一照面，也甭说话了，话不投机，当场动手，刀斧并举，就斗在一处！这徐鹏以为：是个糟老头子，石铁虎说得一点不假，大唐朝空有虚表，都是些庸庸碌碌之辈！除了几个有能耐的之外，都老迈昏庸。这不吗？糟老头子，眉毛都白了，在家抱孙子多好？就你这样的还征战呢？年老不讲筋骨为能，这回该着我露脸！想得倒美。可一伸手，他大吃一惊！姜还是老的辣，这老头子银髯飘摆，跟下山的猛虎相似，这口大刀舞动如飞，风雨不透，徐鹏还真就斗不过他！直累得鼻洼鬓角热汗直淌。徐顺在后头看见了，哎哟！糟老头子厉害呀！我哥一个人还真不行。

“呔！大哥不必担惊，小弟助你一臂之力！”

“哗哗！”

一催马来到阵前，哥俩儿两把大斧子，夹攻马三宝。这二位也是虎将，马三宝对付一个还行，对付俩儿受不了。老头子心说：完了！罗成知道还是不知道？这怎么办？正在酣战的时候，有人飞马向罗成告急。罗成呢，跟先头部队有一段距离，但是不超过三里，他就听见前边炮号连天，他就一愣：“吁！”

罗成把马匹带住了。因为不了解情况，不能贸然行进。正这时候，报事的来了：“报！报大将军，前方接火了，战斗非常激烈！”

“噢？马老将军怎样？”

“马老将军力敌两员猛将，力不能支，我军形势十分危机，请大将军定夺！”

“再探！”

罗成在任何情况下，都是稳如泰山，告诉刘洪基、殷开山、段之贤督住后队，点兵五百，飞马直奔前敌！率的都是马队，“哗！”跟刮起一阵狂风一样，眨眼之间来到乱石沟！等到这之后，罗成立马在高坡处，往下观看，透过尘沙，看得清清楚楚，哎哟！一老头儿正在那打呢，三匹马搅到一块了。再往远处看，大唐的军兵跟南阳王的军兵正在交手，打得是你死我活，势均力敌。他看得最清楚，有几个唐兵满身是血，身带重伤，就这样，至死还不降，还打着。罗成满意地点了点头，士气高涨，要照这样打下去，没有问题！甭问，那老头儿是马老将军，我得助他一臂之力！罗成眼眉往上一立，脸绷得跟铁块一样，用枪杆一打闪电白龙驹的后胯。

宝马良驹踢跳咆哮，“哗！”冲下高坡，眨眼就到了马三宝近前。

“呀呔！马老将军不必担惊，罗成到了！”

罗成那嗓子也脆，“嗷”这一嗓子到了近前，马三宝一听，哎呀，心里高兴，这才叫及时雨呢！罗将军晚到一步，我命休矣！虚晃一招，拨马跳出圈外，罗成就把他替代了。徐鹏、徐顺正在得意的时候，认为这糟老头子完了，累也把他累趴下！没想到来人了，这“嗷”一嗓子，罗成！两人害了怕了，人的名，树的影啊！谁不知道罗成啊？常胜将军！两个人张着嘴，瞪着眼，举着大斧子往对面观瞧，一瞅，来了位将军，银甲素袍，白马长枪，背后背锏，肋下佩剑，五官端正，一团正气，看来肯定是罗成了！

他俩吓傻了！啊！他就是罗成！就这么一迟愣的工夫，也就是两三秒钟，罗成手起一枪，直奔这徐鹏就来了！徐鹏有点发傻，“噗”，这一枪扎了个透心凉！斧子也撒手了。罗成后把一压，前把一抬：“去你娘的！”把徐鹏挑落于马下。

徐顺一瞅他哥死了，他连伸手都没敢伸，怕罗成怕到这个份儿上！拨马便走。罗成能让他走吗？摇枪催马在后头追赶，这徐鹏、徐顺骑的都是笨马，跟罗成那宝马没法比，这徐顺这马跑出去没有半里地，就让罗成给撵上了，手起一枪挑于马下！

罗成大战乱石沟，枪挑徐鹏和徐顺。要说罗成这两下子，真不简单！不仅名气大，人家是真有能耐！尤其他今年三十多岁，年富力强，日照中天，又有经验，又有本事，像这种战斗，无非是小菜一碟！没怎么费事儿，把敌人解决了。朱伍登手下的军兵开了锅了，主将死了，无心恋战：“兄弟们，跑吧！”

“跑！”

“哗哗！”

敌军是旗倒兵散。罗成抬靴子底，把枪蹭了蹭：“马三宝、段之贤！”

“在！”“在！”

“我命你二人带一千骑兵，穷追猛打，不准让败兵有一个活着回去的！给我斩尽杀绝！”

“得令！”“得令！”

两个人领着骑兵赶下去了。

“殷开山、刘洪基听令！”

“在！”“在！”

“你们把所有的俘虏全都集中起来，清点人数！”

“是！”

您说打仗能不抓俘虏吗？把这俘虏全集中到河滩，“啪啪啪”一点数，刘洪基回来禀报：“报大将军，一共是一千一百零三人。大将军，怎么处置？”

“马上带人，全都给我杀了！”

“罗将军，一千多人呢！留着还是有用的，要把他们都杀了……”

“你敢抗令？”

谁也不敢言语，都知道罗成翻脸不认人，心想：杀吧！领着手下的部队把俘虏包围了，这顿砍！俘虏嘛，手无寸铁，只有干挨刀。眨眼之间，尸骨堆积如山，鲜血流成河！把河水都染红了。正在这时候，马三宝他们回来了，后边拉着大车，好家伙！车上装得满满的都是人头！

“回大将军，我们追赶这些敌军，一个没剩，全都斩尽诛绝。这是人头五百六十四颗。”

“好！干得好啊！把人头、尸体抛进河中！”

“得令！”

你看，罗成可够狠的，那眼睛一瞪，六亲不认！罗成怎么想的：打仗就是这样，战争本身就是残酷的，你不杀他，他就杀你，你死我活的争斗，留着有什么好处？没好处！只有这样，对方才害怕，才怵头，这是罗成的逻辑。当天晚间宿在乱石沟，这众将长途跋涉，又经过一场激战，人困马乏，都盼着晚上睡个香觉缓缓乏。好嘛！吃过晚饭不久，有的刚躺下，军中响起别列号，哟，大伙儿一听，这是什么意思？别列号是集合的声音，怎么半夜了还集合呀？后来中军发下通知：“营官以上，到大帐议事！”

人们嘴不说，心里不痛快，心说：在罗成手下真倒霉！连喘口气的工夫都不给，这又议什么事？谁敢不来呀？抗令不遵，掉头之罪！众人赶紧到了中军大帐，一看，罗成居中而坐，顶盔贯甲，罩袍束带，系甲揽裙，怀抱令箭，好像天神一般！两眼倍儿亮！精神头足极了！再看众人，参拜了主将，分列两旁，有的坐着，有的站着，大帐之中锃明瓦亮，灯球火把，亮子油松，照如白昼一般！罗成沉着个脸，叫中军官点名。中军大将尚青山，“啪啪啪”一点花名册，叫到谁头上，“有”，叫到谁头上，“有”，一个不缺，半个不少，还没有迟到的，罗成这才点了点头，深感满意。

“各位将军，自从离京到现在，众位辛苦了。我知道大家都累乏了，论理应当好好休息。但是情况特殊，不允许我们睡大觉，敌人还在瞪着眼睛盯着咱们，能叫咱们休息得好吗？我料朱伍登必来偷营劫寨，因此我们必须做好充分准备。现在众位，听我的命令！”

大伙儿一听，能吗？朱伍登在贺兰关呢，上这偷营劫寨，怎么可能呢？但是主将发令，不敢不听，各自领兵埋伏去了。罗成骑着马，到四外检查了一遍，一看，按照自己的意志行事，这才放了心。他冷笑了两声，心里说：朱伍登啊朱伍登，你来不来？要来，太好了，我随时恭候！这就叫挖下深坑等虎豹，撒下香饵钓金鳌！

且说朱伍登在贺兰关，跟天顺王杨度，两个人听前敌的消息，这报事的流星探马，一拨挨着一拨，把前方的情况随时报给王爷，朱伍登一听，就皱了眉了，知道打了败仗了，后来听说两员爱将双双阵亡，全军覆没，几千人全报销了，哎呀！朱伍登那脸当时就变了！气得直捶桌子：“姓罗的！我跟你完不了！我必报此仇！来呀，带马抬铲！”

按他的意思，马上要点队，去征讨罗成。天顺王杨度在旁边坐着，一看：

“慢！我说兄弟，消消气，兵家胜败，此乃常事，你也无须心疼。我看这么办，罗成新胜，锐气正旺，你顶烟上，不会有什么好的结果。我的意思，你先稳住脚。”

“那此仇我就不报了吗？”

“并非如此啊！怎么能不报啊？杀人偿命，欠债还钱，死了好几千弟兄，就这么完了？我的意思不是这么回事儿。我是说，罗成人困马乏，你想，长途跋涉，能不累吗？到这又打了个大仗，而且打胜了，他们是心满意足，肯定今天晚上睡个消停觉。哎，晚上你再去，出其不意，攻其不备，打他个迅雷不及掩耳，一举成功！你看我这主意怎么样？”

“好，就依王兄。”

朱伍登白天没动，晚上定更天，他带领一万人马，都是精兵，选了十六员上将。披挂整齐，手提大铲，离开贺兰关，杨度一直把他送到城外。杨度一琢磨：我们是联军，老叫朱伍登自已打，也不是那么回事儿，于是他派出本家一个兄弟，叫杨昆，率领三千军兵，在后头垫后，支援朱伍登，这也算两路人马。朱伍登十分感激，杨度守把贺兰关，在那听信。朱伍登走马兵取贺兰关，力斩张公谨、白显道、屈突通、屈突盖，毫不含糊，他心里头最不服的就是罗成。他恨不能见着罗成，两个人比个高低。这回机会来了，再加上报仇心盛，所以催动三军赶快前进。朱伍登也是个暴脾气，翻脸不认人，手下的军兵战将都害怕，主将传下令箭，谁敢不听，所以这速度非常之快，走了一会儿，朱伍登问：“前边到哪了？”

“回将军，前边就是乱石沟，罗成的大营就扎在沟内。”

“命令前军，停止行动！”

命令传下，部队站住了。朱伍登也不傻，以防万一啊！他骑着马，带着十几名亲兵，那声音极轻，找个制高点，登高往下瞭望。他往沟里头一看，这面是山，那面是树林，树林外头是河，当间一片开阔地，罗成的联营就扎在平地上，他拢目光一看，稍微有几处灯火，侧耳朵一听，静悄悄，声息皆无。是睡了，罗成，你可没想到，本王偷营劫寨，打你个措手不及呀！从高坡上头下来，回到本队，马上传下令箭，让两名爱将张甲、李齐率兵一千，为前部正印先行官，直扑罗成的大营。张甲、李齐点头领命，把掌中枪一晃：“出发！冲啊！别让罗成跑了！”“哗！”冲入唐营，朱伍登在后头催动三军，也杀进去了。他们不进唐营也没事，到了唐营心腹重地了，张甲、李齐往四外看看，怎么没声啊？帐篷虚设，点着灯火，没有一兵一卒。坏了！上当了！张甲拨马来见朱伍登：“王爷，我们上当了，大帐是空的！”

“啊？撤退！”

撤退呀，门儿都没有！言还未尽，就听见四面八方炮号响成一串，“咚咚咚”，唐朝的伏兵从四面八方全站起来了，竖起刀枪，唐兵就喊：“别让朱伍登跑了！冲啊！”

“别让朱伍登跑了！”

“哗！”

再看正东正西，正南正北，东南东北，西南西北，四面八方全是唐兵唐将，把朱伍登这一万来人，整个压到山坡下河滩旁。朱伍登仗着人多势众，虽然有点害怕，知道上了当了，但觉得实力雄厚，也许能转败为胜，他把大铲一举：“弟兄们不要慌！没我的命令，不准后撤！大家拼了！跟他们拼了！”

“拼了！”

“哗！”

又是一场空前惨烈的战斗，双方投入那么大的兵力，兵对兵、将对将，就在乱石沟的山坡下、彩虹河的河边，到处是战场，到处都在玩命，到处都在流血。朱伍登指挥军兵往外冲杀，他一马当先，在前头走出去没有半里地，一声炮响，伏兵拦住去路，为首是一员老将军，立马横刀，高声断喝：“呔！朱伍登，此路不通！老夫等候多时了！”

“吁！”

朱伍登赶紧把坐骑带住，借灯光观看，对面这员老将，跳下马来，平顶身高九尺挂零，细腰奓背，双肩抱拢，头顶红铜盔，体挂红铜甲，外拢皂罗袍，胯下大黑马，掌中三停大砍刀，往脸上看，面如晚霞，眉毛胡子都是白的，两鬓如霜，大脸蛋子跟铜锣相似！尽管这么大的年纪了，眼睛倍儿亮！人高马大，真不亚于天上降下来的太岁，火燎金刚似的！

“老家伙，报名再战！”

“哈哈，要问老夫，开唐名将，姓殷，我叫殷开山！”

“噢，无名之辈呀！殷开山，知道我是谁吗？”

“你不就是朱伍登吗？”

“哎，好，知道就行！老匹夫，罗成在哪儿呢？我朱伍登斗的是罗成，打的是常胜将军，你一个糟老头子了，你是何苦呢？赶紧把道路闪开是你的便宜，牙崩半个不字，你来看！我叫你在铲下做鬼！”

“未必吧！朱伍登啊，你身陷绝境，有什么值得猖狂的？拿命来！”

这殷开山，开唐名将，他跟马三宝他们几个，那都是了不起的人物，别看今年六十有七，奔七十的人了，体格健壮，一顿饭能吃斗米斗面。这些年来，功夫就没扔下！每天早上起来，二五更的工夫坚持举墩子、练石锁、耍大铁刀、骑马，这人贵在坚持，所以殷老将军那是一头猛虎，毫不怯敌！他没把朱伍登看在眼里，拍马舞刀，二人斗在一处！

刀铲相碰，殷开山就觉得两臂发酸，虎口发麻，心说：完了！人老不值钱了，不服老不行啊！我觉得有把子气力，比朱伍登还是差着一截儿。他算说对了，真是年老不讲筋骨为能，英雄出少年。朱伍登三十多岁，血气方刚，那多棒！而且朱伍登能耐也大，连着三十几个回合，殷老将军冒了汗了，大刀也不听使唤了，一招慢似一招，只有招架之功，并无还手之力。朱伍登一看，行了，老家伙，你不知趣儿，我就把你解决得了！正在这时候，有人大喊一声："殷老将军不必担心，某来助阵！"

来者非别人，开唐名将头一位，马三宝！第二位，刘洪基。俩老头儿，两把大刀，两匹马，从东南方向突围进来，支援殷开山。殷开山一看，心中念佛：来得太及时了！他们二位可没闲着，血染征袍，净打仗了！不过没遇上敌手，一会儿就把强敌解决了，抓了很多的俘虏。一看这边打得激烈，上这来增援，正好遇上殷开山和朱伍登。他们是开唐四将，好得跟一个人似的！一看兄弟有难，焉有不管之理？两匹马两口大刀，飞入敌群，夹攻朱伍登！三个老头儿把朱伍登困在当中，三口大刀上下翻飞，四匹马搅作一团！朱伍登气得哇哇直叫，事到现在，他心里非常清楚：完了！今天的命运就是全军覆没呀！看来我朱伍登也活不了许久了。尽管如此，杀一个我算够本，杀俩儿我赚一个，我豁出去了！

胆大的怕不要命的，一人舍命，万将难敌，何况朱伍登本身还有能耐，哇哇爆叫，掌中大铲舞动如飞，力敌三老，毫无惧色。正这么个时候，罗成到了。罗成四外巡视，一看这打着，罗成就奔这来了，居高临下一看，心中大喜："朱伍登，我看你哪里走！"

# 第十八回

## 朱伍登横剑自刎
## 姜道陵大战罗成

罗成轻轻一提丝缰，白龙驹摇头摆尾，来到朱伍登对面，罗成脸上似笑非笑，满脸都是得意，他一打量，这朱伍登够条汉子！金盔金甲大红袍，胯下大红马，掌中独龙铲，那铲杆的粗细跟茶杯口差不多少，英雄出少年，在前面一戳一站，真好像是金甲的天神！罗成也爱才，看罢多时微微一笑："对面你是朱伍登吗？"

朱伍登早看见罗成，一直盯着他到了马前，一看罗成银盔素甲，白袍大白马，掌中银枪，眼角眉梢千层杀气，马前马后百步威风，在马上坐着，稳如泰山。朱伍登也暗挑大拇指：罢了，这就是罗成啊！常胜将军！今儿个见着本人了，肯定是他了！

"你可是罗成？"

"正是在下。"

"休走！接铲！我跟你拼了！"

他抡铲刚要玩命，罗成把枪一晃："慢！朱将军，着什么急呀？我还有一些话，要讲在当面。"

"说吧，你还有什么可说得？"

"呵呵，朱伍登，我听说了，你爹爹就是南阳侯伍云召，我见过你爹，扬州索玉玺的时候，我们形影不离，你爹够条汉子！又是隋朝的忠臣。后来造反，那是被逼得没有办法，你祖父伍建章，那更是大大的功臣！你是名门之后，将门虎子。后来你亲爹死了，你被南阳王朱灿给收留了，把你抚养成人，请高人传授你武艺，你才有今天。我罗成啊，不但有爱将癖，感念你家世代忠良，人人敬佩，所以对阁下，我也十分敬重。老实说，你杀了我们贾柳楼磕头的把兄弟，我恨不能把你逮住，啃你几口，碎尸万段也不解恨！但是话又说回来了，咱们是各为其主，不能计较那种事情。我说朱伍登，咱这么办行不行？识时务者为俊杰，你看看这个形势，你还走得了吗？肋生双翅，难闯重围啊！你已经是虎落平川了，我罗成网开一面，只要你愿意投降，我绝不难为你。我家大唐天子是李世民，你早有耳闻，我们的皇上非常英明，对你也非常敬佩，朱伍登，你真要投降，在唐朝居官，那官还小得了吗？最少你也弄个侯爷，你我同殿称臣，何乐而不为呀？不知道你愿意呀还是不愿意？”

还没等罗成把这话说完，朱伍登眼睛就立起来了：“啊呸！罗成，少在我面前卖狗皮膏药，爷不买账！你说李世民英明，我说他是个屁！我跟他解不开的仇疙瘩，当皇上的没一个好东西！我堂堂的大丈夫，岂能受制于人？罗成，事到了现在，没有别的可说，叫我投降，没门！就是战死也无所谓！再过三十几年，还这么大个儿！”

罗成那脸就沉下来了。罗成打仗从来不讲这个，你听他劝过谁？不劝！伸手就要命！他对朱伍登这是破了例了。结果人还不买账，罗成十分不痛快：“朱伍登，好良言难劝该死鬼，既然这样，那我可要成全你了！”

“你来吧！你少说废话！”

朱伍登真急了，催马举铲，“唰唰唰”就几下，力劈华山、拦腰锁玉带、秋风扫败叶，大铲挂风，罗成左躲右闪没还手。朱伍登赶紧把马带住：“哎，罗成怎么回事儿？为什么怯战，你不还手？”

“罗某今天犯病了，我跟谁打仗从来没这样过，不信你打听打听！为什么你砍我三下，我没还手呢？好像有点理由。就像我刚才说得那样，第一，你家世代忠良，为了纪念你爹、你祖父，我让你头一招；你是英雄好汉，我敬重你，让你第二招；我想成全你，咱留个纪念，我让你第三招。”

“气死我了！爷爷不领情！谁让你让来着，你接铲！”

“嗖”，他这大铲，立着当刀使。再看罗成，横担铁门闩，又叫举火烧天式，把银枪一横，“噔”，把大铲给他崩出去了。罗成那脸“呱嗒”整个沉下来：“朱伍登！你个该死的鬼！你是不是觉得你了不起？我可告诉你，你在我的马前过不去十个回合，你信不信？要能打到十一个回合，我把‘罗’字倒着写，跪在你的马下，管你叫老师！”

“哟！你可真狂！”

“不信试试，我一枪，我给你铆个眼，铆到最后，我扎你个透心凉！”

“你吹牛皮！接铲！”

大铲又劈下来了！罗成那可不是吹呀，说得到做得到，眼睛盯着大铲，眼看到了顶梁门，再看罗成后把一推，前把一压，用枪头把大铲给压住了，朱伍登往回一撤铲，罗成的枪随着大铲就递进去了，就在这肩头上，“嘣”，就这一下，说时迟那时快，这一下扎了有二寸多深，正扎到肩胛头上。那是人肉，大锥子三棱一个尖，给铆二寸多深，谁受得了？疼得朱伍登一咬牙，鲜血横流，好悬没撒手把铲扔了！朱伍登心说：真厉害！真有两下子！我跟你拼了！咬牙忍痛，第二铲又拍下来了。这回不是砍的，是拍，罗成马往前提，这个枪在他铲底下就滑进去了，阴阳一合把："这还有一枪！"

"嘣！"

奔心口窝，朱伍登有点害怕了，赶紧在马上一拧身子，前心躲开了，哪知道罗成这招是虚的，可你要不躲，就是实的，一躲，罗成后把一立，前把一压，"吱溜"，枪尖奔下来了，正好扎到朱伍登大腿根上！

"噗！"

"哎哟！"

扎进去有三寸多深，二马一错镫，罗成反背一枪，正拍到朱伍登后背上。

"啪！"

把朱伍登打得在马上摇三摇晃三晃，一张嘴，血喷出来了。这下朱伍登可受不了了，眼花缭乱，但是他还不服，拨转马头，哇哇爆叫："罗成啊，我跟你拼了！"

"嗖！噗！"

"哎呀！"

一下一枪，罗成就扎了他十三枪，再看朱伍登浑身是血，全是窟窿眼，最后一枪挑破他的虎口，大手指头都耷拉了，那还握得住大铲？"嘡啷啷"，大铲落地。朱伍登知道，完了！

"怎么样？服不？朱伍登，你别看受了伤了，现在投降不为迟晚，方才那篇揭过去，我还爱你是个英雄，能投降不？"

"我至死不降！"

"是让我动手把你扎死呢？你还是自己找个方便？"

"我……"

他一看，周围唐兵唐将都瞪着眼睛盯着他，五百弓箭手，弓上弦，刀出鞘，就等罗成一声令下，把他射成刺猬，他就是个鸟也飞不出去了！完了！彻底地完了！我还等罗成要我的命？自己找条路吧！他一只手残疾了，手指头耷拉了，他一伸手，把佩剑拽出来。

"罗成，行，我服了你。我大仇未报，心愿未了，此乃时也、运也、命也，天不佑我，我就变成厉鬼，我跟你也完不了！祖父、爹爹，儿跟你们来了！"

"噗！"

朱伍登横剑自杀。半天这身子都没倒下，那个血"哗哗"往下淌，罗成拖着枪盯着他，最后他身子一栽歪，"扑通"，栽于马下。罗成骑着马，围着他的尸体转了那么几圈，"踏踏踏"，确认已经死了，罗成擦血挂枪："马三宝听令！"

"在！"

"有件事托付你，朱伍登，英雄也！死得令人折服，不能叫他尸骨显天，派人买上好的棺椁，把他盛殓起来，找一风水宝地，埋了。"

"尊令！"

马三宝负责，买了好棺材，给朱伍登洗完了伤口，有口子的地方，找个皮匠给缝一缝，换套新衣服，入了殓，棺材钉上，找了一向阳的高坡，挖个坑，把他埋了。这还不说，还立了一石碑，上头刻着字，这是后话。罗成大获全胜，犒赏三军，这一查点，光俘虏将近六千多人，罗成瞪着眼问："俘虏多少？"

马三宝一听，干吗？又要杀呀？前者那俘虏一个没剩，一千多号。这六千多呀！心都提到嗓子眼，他有点打怵："大将军，六千零四十一人，包括受伤的，大将军，怎么处置？"

罗成眼睛转了转，就一句话决定生死，所有的人心都提到嗓子眼，罗成最后说："算了，受伤的，老幼病残者，一律释放。青壮的杀！"

"尊令！"

青壮的占绝大多数，脑壳全给砍下来了，然后尸体被扔进河里。这河还好得了吗？全是死尸和鲜血，河水全都染红了。一切都解决完了，罗成犒赏三军，然后率得胜之军，直扑贺兰关！敲着得胜鼓，唱着得胜歌，这军队腆胸叠肚，士气高涨。

天顺王杨度派自己本家的一个兄弟叫杨昆，领着三千人声援朱伍登。联军嘛！这杨昆领着人跟着，哪知道这朱伍登也太狂傲，根本没把这个杨昆看在眼里，告诉杨昆："你呀，离我远点，你就在这扎下人马，我用你，你过来；我不用你，你甭过来！"

杨昆就不高兴，心说：我成多余的了！早知这样，我跟着你来干什么？实际上朱伍登怕他抢功劳，我这偷营劫寨立了大功，你还得分一半，那何苦来的？所以没用他。这一没用，还是好事了，朱伍登死了，全军覆没，这杨昆一点事也没有，他捡了个便宜，领人回到贺兰关，见着天顺王杨度，他大声疾呼："王爷！南阳王朱伍登抹了脖子了，全军覆没，死得太惨了！"

"怎讲？"

"南阳王朱伍登完了！"

兔死狐悲，物伤其类，虽然他们之间有矛盾，毕竟是合作者，两个人多大的力量，有一个完了，他心里也没底了。杨度那脸也变色了，坐在那，木雕泥塑一般，张着大嘴，半天没喘过这口气来。战将们无不惊骇，一听"罗成"两字，脑仁都疼！好半天有人说："王爷，做好准备吧！听说罗成领着得胜的兵，奔贺兰关来了！"

"行，我明白，开会！"

召开紧急会议，偏副将、大将、军师，一百多号都参加了，杨度把情况做了介绍，争取大伙儿的意见，看看有什么破敌之策。你一言他一语，都乱戗，戗了半个时辰也没有眉目，杨度也不知道听谁的好了，哎，这听谁都有理，听谁都没理，他心里没底了。

“这……”

扭回身问军师，这军师姓姜叫姜道陵，人送绰号鬼谷仙师，列国年间有个鬼谷子，他崇拜鬼谷子，故此自己的绰号也叫鬼谷仙师，这老道有两下子。杨度扭回身问他：“军师，你怎么不说话?”

“无量佛！王驾，罗成果然不好对付，但是也没什么了不起，因为他是人，他不是神。另外王爷，知己知彼，百战不殆呀！罗成是有能耐不假，有本事也是事实，但是他有个致命的缺点，您知道吗？此人骄傲无人，太狂了！目空一切，这是他致命的弱点。我们就抓住这一点，置他于死地!”

“是吗？军师有何良策，能不能当众讲来?”

“哈哈，王爷，别忘了敌中有我，我中有敌，法不传六耳。这事我得单独跟您说。”

说着趴到杨度的耳边说了一通。

杨度听完了，喜上眉梢：“哈哈，军师，看来罗成必死无疑!”

“是啊！只要按贫道所说，万无一失!”

“那就麻烦您了，您统筹安排。”

“遵旨!”

但是老道还告诉杨度：“罗成来了，不管他怎么讨敌骂阵，他不管说多难听的话，咱是闭门不出！等我安排好了，咱们再引他进埋伏圈。”

第二天，罗成关前扎寨。罗成一想：大伙儿也够累的了，不管怎么说，休息一天吧，所以这天大伙儿恢复得不大离儿，到第三天，关前骂阵，这关上是闭门不出，高扯吊桥。罗成喊破了嗓子，人也不理，你攻，人家是开弓放箭。罗成为了避免损失，收兵撤队，隔日又讨敌骂阵，他们仍然闭门不出。如此三天，到四天头上，罗成急了，不能这么拖下去了！正在关前骂阵，就见城门“吱呀呀”开放，杨度亲率大军出战。那还用问吗？一切都准备好了，老道姜道陵也跟来了，八名上将，十六名副将，雁翅排开。天顺王杨度，胯下马掌中枪，威风凛凛，立马在当中，往对面观看。一看，金旗飘摆，绣带飘摇，这唐兵唐将果然是整齐严肃。往正中央观瞧，帅字大旗高有一丈八，月白缎大旗，镶着红色烈火沿，随风就摆，行书就卷，旗上绣着字，越国公征西大将军罗，背面上绣着：三军司令，马到成功。另外左右还有四杆人标旗，都是白月缎的人标旗，镶着红边，绣着红字，上面绣的是：掌中枪神鬼怕见，白龙马越海登山，常胜将无人不晓；第四幅，罗公然三略六韬。那口气有多大！当兵的高高举着人标旗。杨度恨得牙根都痒痒。正中央还有一把大红伞，红伞罩下有一人，白马银枪，白盔素甲，面似银盆。往脸上看，眉分八彩，目若朗星，准头端正，方海阔口，稍微有点小黑胡，搂海带绣八宝，密匝匝绣金环，弯弓插箭，真是天神似的，长得太带劲儿了！

罗成是男子汉大丈夫！眼角眉梢带着千层的杀气，马前马后是百步的威风，是大将军！再往后看，旗罗伞盖，国公的仪仗，全套的！金瓜、钺斧、卧瓜、马镫、雁翎刀、涂金的斧子。往左右看，金盔金甲，银盔银甲，铜盔铜甲，铁盔铁甲，偏副战将能有上百员，雁翅排开，往里瞅，五百弓手护住中军，周围一色是马队呀！开唐四将，马三宝、段之贤、刘洪基、殷开山护住两翼，进可以攻，退可以守。杨度看完，倒吸了一口冷气：啊！名不虚传！难怪南阳王朱伍登当场毙命，孤也够呛啊！若不是军师献出良策，这仗都没法打！但他心这么想，不能气馁，他把逍遥马往前一提，掌中枪往身后一背，抖丹田喊了一声："呔！对面你可是罗成吗？"

离着不太远，看得清楚，罗成早看见他了。这个天顺王杨度也不含糊，人马整齐呀！手下的人雄赳赳气昂昂，倒有几分英雄气概，罗成一看，这个杨度长得细高挑，多少有点弯腰弓背，腰板不算直溜，头上戴凤翅金盔，二龙斗宝，黄金抹额，搂海带子，上头密匝匝扣着金钉，身上穿着九吞八扎金锁连环甲，外罩杏黄缎的征袍，上边团花朵朵，海水江牙，凤凰裙遮住双腿，龙头靴双插马镫，这匹马是金鞍玉辔。再往脸上看，杨度这脸长得不太好看，狗舌头一条，又细又长，窄脑门，尖下颌，两腮帮深陷，眼窝深塌，一对小黄眼珠子，稀不棱登有那么二十来根胡子。旁边有一匹白马，马鞍桥上坐着个老道，嗬！这老道长得够凶的！身高过丈，宽宽的肩膀，细细的腰身，九梁道巾，八卦仙衣，水火丝绦，胖袜云履，背背双剑，手拿拂尘，面似瓦灰，挺大鼻子，鼻子眼睁睁着，鲇鱼嘴，满嘴的板牙，一部花白胡须散满前心。别看长得不怎么样，倒有几分仙风道骨。其余的都是战将，摆成了一座方阵。罗成点了点头："在下正是罗公然！"

不是罗成吗？怎么罗公然？古人都是这样，有名有字，姓罗名成，字公然，姓秦名琼，字叔宝，程咬金叫程知节，尉迟恭叫尉迟敬得，也叫尉迟敬德。罗成这一报名，杨度点了点头："罗成啊！不知死的鬼！我知道你了不起，你太狂了！现在你看见没？五王兴兵，军兵超过百万，战将超过千员，要直捣长安城！因为什么？因为那是大隋朝的江山，被李世民给抢夺了，某要光复大隋的江山社稷，我的宗旨，灭唐兴隋！罗成，我知道你不含糊，遇上本王，你可倒了霉了！你敢跟我交手吗？"

罗成冷笑一声："是骡子是马，牵出来遛遛。说大话没用！"

罗成拍马摇枪，直奔杨度。杨度你别看说得话挺大，他可不敢过来，他问身边左右:“哪位将军会战罗成?”

“我去!”

旁边有一人,姓刘,叫刘容,绰号人称大刀将,还有个绰号,叫马前三刀。这家伙不服罗成,长得黢黑,个儿也不小,真好像从煤堆里头爬出来似的!头顶镔铁盔,体挂镔铁甲,胯骑乌龙马,掌中大铁刀,催马摇刀直奔罗成!罗成也没问他叫什么,把嘴一撇,用眼角的余光看了看他:“尔替杨度来死吗?”

“你胡说八道!着刀吧你!”连着三刀。

罗成手起一枪:“你给我在这儿!”

“噗”这一枪,把嗓子眼捅个窟窿,“吱”一下,这气冒出来了。这位一琢磨:鼻子眼和嘴出气,行;嗓子眼出气,那活什么劲儿?死了吧!“咕咚”死了。

日不移影,让罗成“噗噗”,连刺六员上将,一个活的也没有!杨度看得清清的,一面命人收尸,一面打冷战:这姓罗的是人吗?

“军师,我看该您的了,罗成该死了。”

“把他交与贫道!”

“我说军师,他能上当吗?”

“您放心,罗成这种人不上当,谁能上当?我这些招数专治骄傲的人!王驾,给我观阵!”

“踏踏踏”。姜道陵来在罗成近前,把拂尘卷了卷,插到袄领子后头,探臂膀拽出双剑,他这双剑叫长剑,剑苗子四尺来长,能有巴掌那么宽,锃明瓦亮,十字插花搭在马头上。

“无量佛!罗将军,认识贫道否?”

罗成早看见他了,就不知道他是谁。

“你是什么人呢?”

“哼!我在我家天顺王驾前称臣,官拜护国军师之职,姜道陵是也!”

“没听说过!姜道陵,你想跟我伸手吗?”

“然也!见高人焉能交臂失之?不过越国公,没伸手之前,我给你相了一面,能不能允许我说说呀?我发现越国公罗成,你印堂发暗,要倒霉呀!恐怕你的性命坚持不了多久了。罗成啊,明白事的,赶紧收兵撤队,再往前进一步,掉进万丈深渊,你命休矣!”

“哈哈!满嘴的胡说八道!拿命来!”

“慢慢,贫道的话还没说完呢,罗将军,你我二人交手,非同一般,你是大唐朝的忠臣,堂堂的越国公,征西大将军。贫道也不是平常人,我是一国的护国军师,是不是呢?咱俩打得打出个名堂来。”

“啊?什么名堂?”

“比方说贫道我要败在你的手下，我不是你的对手，我不白输，奉劝我家王爷，双手奉献贺兰关，你不想要我身后这一座城吗？给你了！你看好不？那反过来说，贫道要侥幸把你赢了，你不是我的对手，你怎么办？越国公，咱打个赌，你敢吗？”

“哈哈！好！这个打法有趣。比方说我罗成不是你的对手，我把身后的五座关城让给你了！”

一张嘴，五座关城，那就是五个县！罗成说完了，老道一听，抓住把柄了：“好，无量佛！各位呀，大家都听清了？我相信唐营的军兵也听明白了，我们的人也听得清楚。越国公罗成说话，吐个唾沫是个钉，绝不能反悔！”

“老道，你甭说旁的，大丈夫一言既出，驷马难追！岂有反悔之理？”

杨度一听，乐坏了，心说：我们这军师真行啊！把罗成拿话咬住。罗成真要败了，让给我们五座关城，那得省多大的事！五座关城纳入我的版图，这次兴兵就没白来！姜还是老的辣，我们军师是有两下子！可马三宝众将在后头一听，心头一颤，马三宝看了看段之贤，段之贤看了看那两位老将，大伙儿心里不痛快，怎么想的？心说：罗将军，你太狂了！哪能这么说话？一张嘴把五座关城赌上了。那是你的关城吗？那是大唐朝的城池！天下没有不打败仗的将军，你怎么押这么大的赌注？所以众人心里都不痛快。

老道听完了之后，非常高兴：“罗将军，咱这么办行不？你我二人说话不算数，咱们还得交代手下的人，省着大伙儿不认账。”

罗成点头：“可以！”

姜道陵转身冲杨度说：“王爷，我替您做主了，我要不是越国公大将军的对手，我双手奉献贺兰关，您有意见吗？”

“孤同意！只要仙长打败了，我就把城让给罗成！”

“多谢王驾！”

罗成拨马回归本队，跟手下人一交代，马三宝一皱眉：“将军，这合适吗这？您下这么大的赌注，万一有失，咱的损失太大了！皇上知道，焉能容您？”

罗成把脸往下一沉：“什么皇上不容？将在外，王命有所不受，我领兵带队，一切就得听我的！你是担心和怀疑我不是老道的对手了？”

“我只是说，您还应当谨慎对待，话不要说得太绝了。”

“多此一举！”

罗成谁的话也听不进去：“就这么决定了啊，你们听着，我要不是老道的对手，马上收兵撤队，把五座关城让给他了。谁敢不听，掉头之罪！”

姜道陵在这听得清清的，心花怒放，心说：罗成，好样的！我叫你狂！你中了我的烟炮鬼吹灯！你忘了，有力使力，无力使智，你不是宁折不弯吗？这回我就弯你一回！罗成交代完了，一转马头，来会姜道陵。

“老道，这回你放心了吧？”

“放心！我太放心了！罗将军真是个人物，说出话来，水萝卜就酒，嘎嘣脆，撂地下摔三截！我就愿意跟这种人打交道。要那样的话，咱俩比画比画。”

“休走！着枪！”

两人斗在一处。一伸手罗成才发现，别看老道年纪大了，剑术出奇呀！这对双剑上下翻飞，寒光闪烁，呼呼挂风，要不是自己有经验，还真就抵不住他！罗成那是大将，舞动掌中素白亮银枪，上下翻飞，上崩下砸，里撩外划，划拿崩拔压，窝挑盖打扎，“啪啪啪”，二十个回合，老道一看，别打了！再打我非倒霉不可！凭武艺，我绝不是罗成的对手，我那都准备好埋伏了，我跟他费这事干吗？想到这儿，虚晃一剑，拨马跳出圈外：“吁！慢！罗将军，你先住手！”

罗成兴致正浓，脸往下一沉：“老道，你还有何话说？”

“罗将军，我服了，你真有两下子！不过呢，我可也没败呢，是不是呢？罗将军，你是大丈夫，大丈夫临危不惧，你敢跟我来吗？你敢追我吗？你要认输，你就别追。你要有把握赢我，你随我来！”

拨转马头离开战场，老道钻进大山。

这……

罗成琢磨：他想干什么？噢！有埋伏，肯定引我上当。我要不去，我输了，叫他把我震住了；要去，中了埋伏怎么办？这……

罗成一琢磨：怎么地？你有什么埋伏？你能把我震住？你的埋伏还能超过当年老杨林摆的一字长蛇阵吗？就是刀山我也得爬，油锅我也得跳！叫你震住，我算什么常胜将军？想到这儿，催马摇枪，紧追不舍！

# 第十九回

## 盘蛇岭侯君集发威
## 贺兰关天度王授首

罗成在贺兰关前大战妖道姜道陵，这个老道诡计多端，论本事，他远不如罗成，但他鬼点子极多，事先已经做好了准备，有意用话激罗成，败往盘蛇岭。盘蛇岭是什么地方？就在贺兰关的东边，是一带大山，山岭重叠，怪石横生，古木丛生，形势十分险要，这老道拨马进了山了，怕罗成不追他，一边跑一边回头看，一边看着，还一边叫喊："哎，罗成，你不是常胜将军吗？敢追贫道吗？有本事你就追！没这种胆量你就别追。无量佛！哈哈。"

罗成就受不了这个，他这人气性大，还骄傲，宁折不弯，闻听此言，冷笑一声："妖道，你上天我赶你到凌霄殿，你入地我赶你到鬼门关！你有什么了不起？眼前有刀山还是有油锅，罗某从来就没怕过！你拿命来！"

罗成说罢，催马便追。姜道陵心中暗喜，心说话：罗成啊罗成，管叫你有来无回！他这心里高兴得不得了，稳操胜券，认为这罗成是非死不可。跑来跑去，在眼前闪出一座木桥，这木桥并不长，能有四丈多长，八尺多宽，在两个山头当中架，但是桥下是无底深涧，云雾缭绕，如果掉下去，那肯定摔个肉泥烂酱。这座桥的名字叫断魂桥。老道为什么往这跑？这就是埋伏，闹了半天，这座桥是经他一手设计的，这桥是活的，有人要一按销器，桥立刻从中间分为两段，那人还不得掉下去？这两天老道干吗？就设计这座桥，日夜赶工，故此取名叫断魂桥。销器在哪？当然姜道陵知道了，他偷眼一看，罗成还有一段距离，他心里高兴，催马过了断魂桥，然后甩镫离鞍，跳下坐骑，直扑桥栏杆。那栏杆上头有个八棱的大球，这就是销器。再看姜道陵，双手握住八棱的疙瘩，瞪眼抽着罗成，这时候，罗成催马已上了木桥，老道一看，机会来了，用手一拧销器："哎！开！"

半天没拧动。姜道陵纳闷，怎么回事儿啊？我在试验的时候，非常的灵活呀！怎么到了关键的时候，不好使唤了？真是百思不得其解。说时迟那时快，罗成就要过了桥了，看得清清楚楚！罗成眉往上挑，紧咬钢牙，阴阳一合把，抖大枪就要扎他了！姜道陵心里念了个佛，转身就跑，飞身上马，往大山里跑。罗成怎么追那么慢呢？这有原因，罗成的脚力叫闪电白龙驹，太快了！那要豁出命在后头追，一道闪电！几个老道也跑不了！他之所以追得慢，原来罗成没敢快追，他一边追着，一边注意观察姜道陵，他知道这里边准有毛病。罗成也不傻呀！一个劲儿往前追，中了埋伏怎么办？他得眼睛看着，耳朵听着，所以马的速度就减下来了，这就是没追上的原因。

再说姜道陵，二次上马，单手提剑，豁命地往大山里跑，一边跑一边盘算：怪哉怪哉，真该着我倒霉呀！它怎么就不好使唤了呢？好在我是三环套月的埋伏，一样不灵，还有第二样；第二样不行，还有第三样，在眼前还有一处埋伏，叫“铁树开花”，道旁边一棵树，你要不注意的话，就是普通的大树，枝繁叶茂，可你要不知道的，你就得上当！闹了半天这树假的，树皮树叶是真的，这树干里边被掏空了，而且树的枝头上拴着不少大铁球，那铁球的大小，都比我们这拳头大得多。那玩意砸到人身上，受得了吗？这铁球都在上头挂着，用树叶挡着。树干为什么是空的呢？事先里头藏着一个人，钻到里边去了，在树上钻个眼，往外看着。藏的这人是谁？老道的徒弟，叫沙瑞。姜道陵告诉他：“你呀，就在这埋伏着。到了关键的时刻，你看我把罗成引来，我过去，你把树推倒。这么大的树干，枝繁叶茂，罗成往哪跑？那铁球砸上他就完！这个砸不上还有那个呢！假如砸不死，把他砸伤，我转回身回来，我再把他干掉！”

故此这道埋伏叫“铁树开花”。沙瑞在里头藏着，老道心里有数，离不远就看见大树了，心说：看看这回行不行吧！一催马，“踏踏踏”，在这大树旁绕过。他怕时间长了，这沙瑞再打瞌睡，睡着了，耽误事。他还咳嗽一声：“无量佛！”

那意思提醒他，就这一嗓子，就算沙瑞打盹睡着了，也能给惊醒。他转过去，罗成就到了，罗成疑疑惑惑，眼睛往四外踅摸着，也没注意这树是怎么回事儿，罗成催马绕树而过，这树纹丝没动。姜道陵心说：沙瑞！孩儿！你几天没睡觉了你？你跑这打盹来了？哎呀，误了我的大事！我怎么选了个饭桶啊？要了我的命了！他也没工夫看看究竟，跑吧！罗成在后头追他。

其实啊，怎么回事儿？断魂桥失灵，有人破坏的；“铁树开花”里头，这沙瑞早都被人给放了气了！早死多时了！那树也没开花。什么人干的？当然老道不清楚，他心里胡思乱想，催马紧跑，眼前来到一处埋伏，也是最后一处埋伏。这地方叫鬼门关，两山夹一沟，这沟很窄很窄的，老道就进了这沟了，在沟口都是矮树毛子。这矮树毛子也是假的，都是人工故意整的伪装，在矮树毛子后头趴着十个人。带队的名字叫沙龙，就是沙瑞的堂兄，领着九名枪手，在这后头趴着。干什么？准备了五条火铳，铳是什么？铳乃枪也。那阵儿还没有这火枪，这名叫火铳，拿铸铁铸的，挺粗个筒子，里边搁上铁沙子，后边有火药，有导火索得有人点，这药芯子一碰着火药，火药一着，一闪火花，通过这个炸药的力量，把铁沙子弹射出去，一打就一大片！不过那射程并不远，最多就是三十步到五十步，再远点就没有杀伤力了。放一枪完了，还挺麻烦，还得擦这枪膛，重新装药，重新装铁沙子，再准备导火索，再准备火药，太麻烦，太耽误时间，这么一折腾，没半小时差不多。所以在战场上不太实用，远不如弓箭和弓弩，但是也分什么时候用。比如说，在这守着，这玩意就好使，一般守城能用得上它！因为能倒出手来，有时间擦和装药，故此这埋伏着十个人，这五条火铳的口都对着山口外头，全给罗成准备的。罗成一来，到了射程之内，这一点，“嘣”，那罗成还好得了吗？怕一条两条不好，使用了五条。

要说这老道够歹毒的，三环套月的埋伏，一计不成还有二计，他认为万无一失，不然能在杨度面前打了包票？他这心提到嗓子眼，心说：就指望着第三条毒计了！这要再失灵，可要了我的命了！他打马转过矮树毛子，罗成就到了，心说：这火铳怎么还不响？在马上扭回头一看，哟！要了命了！闹了半天，他安排的这十个人，仰壳在那躺着呢，每人脖子上一道刀口，鲜血把前心都染红了！那火铳都拿尿给泡了。

“啊！”

姜道陵吓得魂不附体，心说：谁这么损？给我破坏了。这人是谁杀的？就在这刹那之间，听见前边有人冷笑：“嘿嘿，老道啊，挺好吧？”

“啊？”

姜道陵往马前一看，马前站了个小老头儿，离着不太远，就见这小老头儿，身上穿着软捎的衣裳，头上戴马尾过梁透风巾，迎门高打英雄髻子，左鬓边插着一朵守正戒淫花，穿青挂皂，寸排骨头钮，勒着十字袢，大带煞腰，下面骑马岔蹲裆滚裤，蹬着一双镶牛皮的小靴子，英雄氅卷成麻花扣，斜背在身后，斜挎百宝囊，手中提着明晃晃一把三岔鬼头刀。往脸上看，狗舌头一条，跟那柰柰差不多，斗鸡眉，小圆眼，鹰钩鼻子，薄片嘴，狗油胡是七根朝上八根朝下，浑身上下一团足壮的精气神！他一看，这是谁？不认得！

“你什么人？”

“嘿嘿，不认识我老人家，我就报个名吧！我辅保唐天子，驾前称臣，在下姓侯，我叫侯君集，江湖人称小白猿！”

“啊？”

姜道陵好悬没从马上掉下去！人的名，树的影，小白猿侯君集，这六个字太响亮了！尽人皆知。老道就问：“莫非这销器都是你破坏的？”

“你算说对了！断魂桥那疙瘩让我给死住了，不灵了；铁树开花也开不了了，里边那人，让我给放了气，包括这十位，都叫我拿刀给抹了。”

“哎呀！侯君集，我跟你完不了！”

抡长剑便砍。侯君集往马旁边一闪，宝剑落空，侯君集把三岔鬼头刀交到单手，伸出一只手，把姜道陵的脚脖子给抓住："下去吧！"

"扑通！"

"噔唧唧！"

姜道陵摔了个狗啃屎，还没等他起来，侯君集跳过去，抬腿把他给踩住了："别动！"

把老道的丝绦解下来，拧胳膊给他捆上了，就这么快！罗成也到了，罗成一愣啊，仔细打量："哎哟！原来是侯大哥，您这是从哪儿来？"

"老兄弟，无巧不成书啊！这些事叫我赶上了。"

"多谢侯大哥助我一臂之力！我全明白了，要没您帮忙，我早死多时了！"

"老兄弟，你照这话说吧，悬哪！悬透了！这老道才不是东西呢！布下三环套月的埋伏，一计不成，还有二计，先是叫你掉到桥底下摔死，二是叫那大树把你砸死，三是用火铳把你崩死，哥哥我遇上了，全解决了！"

"哎呀！多谢仁兄！这老道人面兽心，着枪！"

说着话，摆枪要刺。

"慢！兄弟，沉住气，我看这是死狗，你扎他不扎他，也差不了许多，不如留个活的，作为人质，还许有用。没用，再解决他也不晚呢！"

"大哥所说极是。"

"我说兄弟，此地并非讲话之所，咱们回到前敌吧！"

"请！"

侯君集总是那么乐观，不管有什么愁事，见着他，愁云就散了。这事多难解决，见着他，马上迎刃而解！哥俩儿往回走，罗成也不骑马了，牵着马走，边走边谈。侯君集就把来的经过如实地讲了一遍："是这么这么回事儿，这么这么这么回事儿。"

罗成不听则可，闻听此言，"唰"，那脸就变了色儿了："侯大哥，真有这种事？"

"那还错得了吗？不然，我大老远，能亲自找你来吗？"

"好，搁着他的，放着我的，把贺兰关解决完了，咱们再算总账！"

"对呀，现在你先别着急，把这事处理完了，咱哥俩儿一块走，或者我留下，你先走。"

两个人到了两军阵前了，哎呀，马三宝等人正着急呢！恐怕主将有个闪失，刚要派人去察看，一看，罗成回来了，后边还跟着侯君集，还提溜着一个老道。再看那老道，这不姜道陵吗？啊，大家心放下了，闹了半天打了胜仗了！罗成回归本队，让大家放心，把老道双腿的绳子给解开了。罗成告诉他："你跟杨度答话，因为咱俩打了赌了，对不对呢？红嘴白牙是这么说得，你要不是我的对手，献关，把贺兰关交给我。我要不是你的对手，我把五城给你了。大丈夫说话算数啊！你跟杨度交涉吧！”

侯君集过来用刀一指：“我说老道，放聪明点！这嘴可是说话的地方，不是喷粪的地方。如果你口不应心，耍花活儿，我一刀一刀把你片了！”

姜道陵低着头，一语皆无啊！侯君集又找来个绳，挺粗挺长，拴到他胳膊上，像牵牲口一样牵着他，用刀尖捅着他的屁股：“走！”

天顺王杨度一看，发傻了，不但罗成没死，姜道陵还叫人逮住了。他这心就一翻个儿，这怎么回事儿？不管怎么说，他知道姜道陵失败了。这时候姜道陵在两军阵前出现了：“王驾千岁，我对不起您！我的计划全没实现！我叫人逮住了。不过王爷，你甭管我了，你想怎么办，你就怎么办吧！贫道我不忠了！”

杨顺气得火冒八丈，也不知道如何是好了。这时候罗成说话了：“杨度，说话算数不？献关不献关？你说！”

“我……”

天顺王一琢磨：哪那么便宜？我好不容易得的贺兰关，就为这老道，我就交出去？绝无此理呀！他厚着脸皮不认账：“罗成，想得倒美！叫本王献关，势比登天！”

“不要你的人了？”

“我……不要就不要！他算个什么了不起的？”

他变卦了，侯君集气得往前一蹿，“噗”，就这一刀，把姜道陵脑袋给砍下来了！

天顺王杨度一看：“哎呀！”

这小子是又惊又怕，事到现在，他也豁出去了，不是鱼死就是网破，他把掌中大刀往空中一举，代替军令：“弟兄们！有不怕死的，随本王冲啊！”

“冲啊！杀！”

“哗！”

像潮水一样，卷地而来！罗成早就有充分的准备，把银枪往空中一举，也代替军令，喝令三军：“冲！”

马三宝、刘洪基、殷开山、段之贤，开唐的四将、偏副将军、大唐的士兵，就迎上去了，双方展开一场残酷激烈的血战，直杀得天昏地暗、日月无光！死尸成排地往下倒。这罗成眼尖，他呀，就盯住了天顺王杨度，心说：射人先射马，擒贼先擒王啊！不把他给消灭了，这战斗何时是个了结？因此他催马摇枪，是直奔杨度！杀透重围，终于到了杨度的马前了。

“呔！反叛！尔往哪里走？罗成在此！”

杨度真打怵，可没有办法，把牙关一咬，心一横，拍马舞刀，直奔罗成！也就是五六个回合，让罗成手起一枪，正扎他大腿上头！

“咔嚓！”

“扑通！”

“哎哟！”

从马上栽下去了。还没等他爬起来，罗成又补了一枪，从后腰眼给他穿进去了，在肚皮把枪尖露出来了。

“唉！”

干吗？他难受！手刨脚蹬也就是四五秒，不动了。罗成怕他不死，又补了一枪，喝令军兵，把人头砍下。然后罗成用枪尖挑着杨度的人头，高声喊喝：“呀呔！杨度手下的官兵看着！你家主公已死，尔等还敢恋战不成？”

人无头不走，鸟无头不飞呀！杨度手下的军兵一看：“妈呀！王爷都完了，咱还给谁卖命？”

投降投降，各扔刀枪，往那一跪，举双手投降。很快战斗结束了，抓的俘虏能有上万名，一串一串的，大唐的军兵在这看着，罗成率领得胜之兵，就占领了贺兰关。本来贺兰关的老百姓都是大唐的，一看唐兵来了，能不欢迎吗？夹道欢迎，敲锣打鼓，热烈祝贺，有人还放起了炮竹。罗成进关之后，出榜安民，晓谕军兵，一不准随便进老百姓家门；二不准调戏妇女；三不准抢夺老百姓的财物，哪个不听，杀无赦！在罗成手底下当差，都战战兢兢，谁敢不听？因此城中秩序井然，老百姓欢天喜地，该做买卖的做买卖，该干什么的干什么，好像没发生战争似的。罗成到了帅堂，把一切安排就绪，侯君集、马三宝、刘洪基、殷开山、段之贤，偏副将纷纷上来报功，罗成在功劳簿上，一一给标明。什么都处理完了，还有俘虏呢！上万名俘虏，马三宝就请示：“大将军，这俘虏怎么处置？”

“杀！一个不剩！”

“我这……太多点了。”

“多也杀！留下是后患！”

侯君集在旁边一听就一皱眉。侯君集一想：我赶上了，我不能不说话。

“我说老兄弟，不，大将军，慢慢！以仁治天下者昌，以暴治下者亡，俘虏何罪？既然已经投降，就免他们一死，改编了还给咱们使唤，是不是呢？我说老兄弟，不能杀！”

别人一听：“有道理！”

“是啊，大将军，不能杀！”

罗成“呱嗒”那脸沉下来了：“听我的听你们的？我是大将军你们是大将军？留着有什么好处？这些人为什么投降？还不是看着杨度死了，失去靠山，为形势所迫，故此才投降，并非真心投降。将来有个风吹草动，他们还得变卦，留到军中必是隐患！我说杀他们，这叫斩草除根，有什么不对呀？杀！”

侯君集一听：“别，老兄弟，你说得有没有道理？有道理，哪个不都是形势所迫？连你我弟兄，在特定的情况下，有时候也做违心的事，说违心的话。都是自家人，留着教育他们，感化他们，化敌为友，这才叫上策，一味地杀戮，不算明智。老兄弟，看在我的分上，饶了吧！”

“不行！非杀不可！”

侯君集什么时候受过这个？当着满营众将的面，让罗成给他来了个烧鸡大窝脖，侯君集是有涵养的人，但是也有点破门帘子挂不住了，“腾”这脸就红了，侯君集还不愿意发火，但今儿个例外，他一看罗成太不像话了：今儿在你哥哥面前，你要吧什么？如果你做得有道理，我绝不阻拦。这是不是有点过分？

侯君集一蹦多高，“啪”，把桌子一拍：“我说罗成，杀不得！有我在，就不准你滥杀无辜！”

“侯大哥，你敢抗我的军令？”

“抗了怎么地？连我一块杀吗？要杀，来吧！”

两人顶了牛。众将一看，这还得了吗？赶紧过来解劝。这边劝侯君集，那面劝罗成，罗成气得小脸煞白，也就是侯君集，换个旁人，罗成才不听这套呢！不管怎么说，侯君集救了自己的命，磕头的盟兄，也有赫赫战功，你是越国公，人家也是国公，官一般大。再说了，侯君集素日跟自己的关系相当不错，这罗成再是个翻脸猴，他有所顾及。没有办法，头一低：“好吧，那就听你的。”

“哎，兄弟，这就对了！”

侯君集一看，罗成把话拉回去了，马上给罗成下了台阶：“贤弟是不是心里不痛快？哥哥惹你生气也好，是怎么地也好，兄弟，哥哥是为你好，是不是呢？”

这俘虏一万多人，算保住命了，都得感谢侯君集。吃完了晚饭，侯君集一琢磨，心里也不是滋味，哥俩儿弄个半红脸，这是何苦？所以主动来到罗成的屋里头，进行耐心地解释。侯君集多会来事！那小嘴“啪啪”的，多能说！说来说去，把事说开了。罗成一笑：“大哥，您别往心里去，现在我回过味来了，我做得确实有些过分，您拦着我是对的。往后咱哥俩儿常处，你看我哪点不对，你尽管阻拦，你骂也骂得，打也打得。”

“哎哟！兄弟你说得太过了！哥哥怎么敢呢？今儿个我也是有点火太壮，当着满营众将的面，顶撞兄弟几句。不管怎么说，你是大将军，是不是呢？兄弟你请担待，下不为例。但是话又说回来了，你要做错了，哥哥绝不能不管，是不是呢？”

哥俩儿握手言和，然后话锋一转，说到正题了。侯君集说：“兄弟，我来请你来了！那面的战场等着你，你不去可不行。哎，我看你现在把手边的事情处理处理，最好明天就起身。”

“对了，侯大哥，我这才想起来，我看这样吧。侯大哥你辛苦辛苦，我把贺兰关就交给你了。”

“兄弟，可以。临行之时，军师也是这么交代的，如果实在你分不开身，由我来取代你。那我就替你负责吧！好吗？”

“多谢盟兄！”

一夜无话，到了次日，罗成饱餐战饭之后，顶盔贯甲、罩袍束带、系甲揽裙、周身上下紧衬利落，带着亲兵卫队，还有骑兵五百，离开贺兰关赶奔前敌。

他走了之后，侯君集在这把守着贺兰关。侯君集那人多随和！走到哪，哪乐呀！跟开唐四将、偏副将军，把贺兰关守得铁桶相似！侯君集心里着急，但盼老兄弟去了，手到病除，马到成功，早点回来把我替换走。我不是这材料！我这人，好动不好静，让我在这守城，要了我的命了！

罗成干什么去了？侯君集找他什么事儿？哎哟！另一路的战场出了大事！咱们说过，李世民做出决定，两路分兵，征西大将军拜了罗成，咱们就说罗成这一路的事，怎么攻打贺兰关，怎么大战天顺王杨度和南阳王朱伍登。那么还有一路呢，平西大将军拜了尉迟恭，尉迟恭率领八万生力军，大将数百名，赶奔阳平关。皇上感觉到尉迟恭这一路比较艰难，怕尉迟恭一个人盯不住，就让军师徐懋功随行，加强他这方面的力量，有徐懋功在旁边给掐着点，有尉迟恭的勇敢，所以进展得十分顺利，伏牛山一战，消灭五国联军将近八千人，唐军士气大振，长驱直入，攻必取，战必克，没费吹灰之力，收复阳平关，不断到京城去报捷，给皇上送喜讯，叫皇上放心。

可大军到阳平关的第二天，又展开了战斗。尉迟恭对付的是三个王子，一个是潞州王单天长，另一个就是夏明王窦永山，还有后汉王刘黑闼。要讲这三个王子，属后汉王刘黑闼的实力雄厚，他的前部正印先行官，就是窦永山，窦永山在关前讨敌骂阵，尉迟恭率兵征讨，徐懋功给定了一计，八门金锁阵，活擒窦永山。按理说，应该处置他，把脑袋扑棱下去，不就完了吗？但是尉迟恭也好，徐懋功也好，考虑到一个问题，这个窦永山是窦建德的儿子，窦建德的姐姐嫁给了唐高祖李渊，你看看，他们这个亲还挺近呢！论辈分来排，这个窦永山是李世民的亲表兄弟。姑表亲，姑表亲，扯断骨头连着筋，所以徐懋功和尉迟恭经过商量，决定把窦永山打囚车装木笼，送到京城，交皇上处置。

这么决定之后，让贾云福、柳卅臣，带了五百军兵，押着囚车木笼回京，一方面报捷，一方面献俘。哪知道他们出了阳平关，往回走，路过定军山，被一哨人马拦住去路。他们一看呢，为首的一员大将，金甲绿袍，面似蓝靛，胯下青鬃马，掌中六十四斤沉的金顶枣阳槊，一看大旗，“潞州王单”。噢！认识，赤发灵官单雄信的儿子单天长。想当年贾柳楼大结拜，四十六友刺血淋盆，哥四十六个磕了头了，单雄信排行在五，官称五哥。那单雄信还了得？是南七北六，十三省绿林之中的总瓢把子，本事高，又重义气，在四十六友当中，首屈一指！跟秦琼秦叔宝、程咬金、罗成等，都是磕头的把兄弟。眼前这小伙子非是旁人，是单雄信的儿子。后来单雄信死在御果园，他儿子长大成人了，就恨上瓦岗山这些人了，不应该要我爹的命！他更恨李世民哪！所以才自立潞州王，因为他们家是山西潞州天堂县的人，故此他自称潞州王，五王之中也有他一号，但是属他年轻。

贾云福、柳卅臣一看是单天长，小名叫明儿，哥俩儿一商议，怎么办呢？看在他爹的分上，别翻脸。因此贾云福把马往前一催，满面赔笑："明儿！天长！还认识我们哥俩儿吗?"

单天长一看，认识："你不是贾云福吗？后边不是柳卅臣吗?"

"你还真认识。明儿，你这干什么？怎么把我们的去路给拦住了？孩儿啊，你是不是还记仇啊？过去的事情就叫它过去。你爹是怎么死的？你大概也听说过，你爹是自己找的！所以你呢，偏听偏信了，对我们有误会。这没关系，将来咱们爷们坐到一起，好好把这个事讲讲，就知道谁是谁非了。孩儿，你能不能把道路闪开呀?"

"呸！贾云福、柳卅臣，你们两个狗头！我爹瞎了眼了，怎么能跟你们磕头？你们是狼心狗肺之辈！到了一定的时候，把我爹出卖了。我爹死得好惨呢！让李世民给杀了。我跟大唐朝，跟老李家，有解不开的仇疙瘩！只要我三寸气在，就没有老李家的江山社稷！废话少说！把人给我留下！我知道夏明王窦永山让你们逮住了。我听说了，你们要进京献俘，没那么便宜！把人给放下，我或许能饶了你们。如若不听，后果自负！"

贾云福、柳卅臣也是半大老头儿了，让他一个后生，当着这么多人一骂，能不上火吗？两位老英雄拍马舞刀，来战单天长。结果三下五除二，让单天长把他俩一对，都给生擒活拿，杀散唐兵，救了夏明王窦永山。然后单天长引得胜之兵，回到定军山。那位说他怎跑这来了？三王合计好了，正面是窦永山、刘黑闼，侧翼是单天长，单天长利用徐懋功和尉迟恭进兵阳平关的机会，抄小道，转到他们后边去了，把后路给他断了，这徐懋功和尉迟恭是一无所知！故此才吃了这么个亏。

单天长回到定军山，本想把贾云福、柳卅臣杀了，但他这个人也是挺重义气的，最后把他俩提上来了，指着他俩的鼻子说："你们听着啊，并非我不杀你，我打算借你们口中言，传我心腹话。你们赶紧回到阳平关，见徐懋功，见大老黑尉迟恭。告诉他们，我最恨的就是罗成，当年抱刀的就是这罗成！他把我爹脑袋砍下来的！叫罗成来，罗成要不来，我骂他八辈祖宗！罗成把我赢了，我呀，随便叫你们处置，我马上收兵。”

就这样，把贾云福、柳卅臣给放了。这两人回去见着军师徐懋功和尉迟恭一说，这尉迟恭就急了，尉迟恭心说：单天长，你一个年轻人，这么不晓事啊？谁杀你爹了？他自己找死！你拿着不是当理说，这还了得？带着贾云福、柳卅臣，三千唐兵，会师定军山，想要战单天长。所以大军来到定军山之后，马上命人开兵见仗！

# 第二十回

## 尉迟恭战场遭擒
## 程咬金苦劝干儿

皂袍大将尉迟恭兵发定军山，其实呢，他想解劝单天长：这孩子真不懂事，我把原初那些是是非非，都跟你讲讲，以长者的身份爱护孩子。他还这么想，出发点完全是善意的，扎下营寨之后，尉迟老元帅马上分兵派将，在阵前讨敌骂阵。时间不大，单天长率领八员战将，冲下定军山，列开旗门。按现在钟表说，早晨六点多钟，太阳刚升起来，霞光万道，看得清清楚楚，定军山风景如画！尉迟恭在马上一看，正中央这就是天长啊！他的乳名叫明儿，一看，变样了，单天长人高马大，跳下马来，摘盔卸甲，平顶身高九尺挂零，再穿上厚底靴子，再顶上盔头，就一丈挂零，宽宽的肩膀，厚厚的腰身，头上挂着红铜盔，体挂金锁红铜甲，外罩蓝袍，下边是战靴，手中提着金顶枣阳槊，弯弓插箭，佩剑悬鞭，全身的戎装，面赛蓝靛，奔儿颅头，翘下巴，多少有点短胡子楂儿，活脱就是单雄信！尉迟恭这心呢，还不怎么是滋味，见着他，想起单雄信来了，马往前提，铁过梁上横担长矛，老元帅喊了一声："对面你可是明儿吗？"

单说单天长，性如烈火呀！山前列队。他一看，旗号都是大唐，他就烦这唐字，一瞅，这气就不打一处来。往纛旗下一看，一员老将，面如黑锅底，五大三粗，金甲皂袍，一眼就认出来了，尉迟恭！这尉迟恭喊什么？叫我的乳名，你真是恬不知耻！单天长就骂开了："呀呸！我说你是尉迟恭不？你是大老黑不？你叫我什么？我有名有姓，你提我的乳名干什么？你真是吊死鬼擦粉，不知死的货！"

他声也高，"哇啦哇啦"一喊，借着山传回来回音，在场的人都听得清清楚楚，尉迟恭这么大的岁数了，哪受得了？"腾"，那脸就红了，火撞顶梁门：这孩子真不晓事啊！看这意思是六亲不认。又一想：算了，毕竟是个孩子，我跟他爹不错，压压火吧！老元帅把火又压下去了，依然笑脸相赔："天长啊，你怎么这么说话？毕竟我是你的老前辈，想当初我跟你爹有过交情，是不是呢？你这么说话，太有点非礼了。"

“去你娘的！尉迟恭，你套什么近乎？你跟我爹真有交情吗？有交情，我爹能死吗？你们都是刽子手！你们都是李世民的帮凶，走狗！你不来了吗？这是战场，分个你死我活！休走！着槊！”

话到马到兵刃到，“呜”，搂头便砸。尉迟恭赶紧把马一拨，把大槊闪开了，压住火没还手：“慢！孩子，你先别打，容我把话说完行不？”

“还有什么说得？”

“有许多说得。我长话短说，你张嘴我们是刽子手，闭嘴你爹死到我们手里，孩子，这叫颠倒是非！不是那么回事儿！你虽然没赶上，你毕竟能听说过。想当初，你爹单雄信在洛阳招了驸马，他自立为王，跟大唐朝为敌，各为其主，能不打仗吗？我们兵发洛阳，那时候，再三劝你爹投降，贾柳楼的弟兄都保了大唐了，唯独他没保，这个我们有什么不对？可你爹至死不降，后来夜袭联营，他偷营劫寨去了，让我们给抓住。就是那样，我们也没难为他，依然劝他投降，哎，这事你问问，是这么回事儿不？小秦王李世民那就不错了，亲自给你爹解开绑绳，在你爹面前一躬到地，甚至给你爹跪下，求他投降。结果你爹飞起来一脚，正蹬到小秦王李世民的心口上，好悬没把李世民给踢死！大伙儿一看，实在不行了，这才把他杀了。他是这么死的，并非谁害得他。那么这个事儿，不是自己找的吗？就尽管这样，单雄信死了之后，秦王李世民表奏他爹，依然不怪他的家眷，用棺椁把他盛殓起来，派专人送回山西潞州天堂县八里二贤庄，把他埋了，修坟立墓，修祠堂，盛礼安葬。另外大唐朝还加封你四品荫生，你就是不懂事，也给你关饷，把你培养成人。我说这皇上，要能做到这一步，就得说是明君哪！换旁人能做得到这手吗？你呢可好，恩将仇报，大了以后，当了反王了，要给你爹报仇雪恨，拿我们这些人当敌人。就抓住这个理由，反对大唐，就是这样。我们在发兵的时候，唐天子一再交代，如果见你单天长，陈述利弊，欢迎你归唐。孩子，你现在率众要归唐，不失封侯之位，你我同殿称臣，何乐而不为呀？你何必拧着劲儿来？你觉得有突厥做后盾，你觉得你不含糊，这不行！邪不能侵正！你有天大的能耐，手大捂不过天来，是不是？要听我良言相劝，孩啊，放下武器，兵合一处，将打一家，我是求之不得呀！”

“放屁！大老黑，少给我来这套鬼吹灯！方才我说了，你们都不是人！我要把你们刀刀斩尽，刃刃诛绝！在你们这些人当中，我最恨的是罗成，我让贾云福、柳卅臣给罗成捎个信，我在定军山，在这等着他。罗成不来，这事就完不了！尉迟恭，少说废话，你着家伙！”

他就下了绝情了！尉迟恭一看，没法劝了，他钻了牛角尖了，这孩子太犟了，只好翻脸动手。这一翻脸，两个人一动家把式，您还真别说，尉迟恭真就不是单天长的对手。这单天长啊，比他爹单雄信能耐要高得多！金顶枣阳槊舞动如飞呀，马快槊沉，老元帅一个没注意，让单天长走马活擒！

"过来吧你！"

然后挥师杀退唐兵，大获全胜，夹着尉迟恭回了定军山。贾云福、柳卅臣一看，魂不附体："哎哟！可要了命了！老元帅叫人抓去了，那还活得了？"

赶紧挥师找了个山洼，安营下寨，这几个人就哭开了："完了！老元帅准死无疑！回去见军师，我怎么交代？这个单天长，这小子太不是东西了！"

大家愁得晚饭都没吃。正在这时候有人禀报，押粮运草官来了。谁呀？鲁国公程咬金。程咬金奉旨押粮运草，就好像今天这后勤部，军需给养都归他负责，程咬金干这个真有一套！搜集的粮台无数，拉着多少车，有米、有面、有草料、有军装、有棉被，凡是前方打仗用的东西，他准备了很多很多，行走路过这儿，一打听，知道都是自己的人，贾云福、柳卅臣率偏副将，列队迎接，把老程接进中军宝帐。程咬金屁股刚坐稳当，哥俩儿就哭开了："您来得正好，四哥呀，大元帅完了！"

"噢？哭什么？怎么地了？"

"您还不知道啊？"

"我刚来，我知道啥？"

"刚才在定军山一仗，大元帅叫人抓了俘虏了！"

"叫谁抓去了？"

"叫单雄信的儿子单天长给抓去了，这会儿恐怕已经不在人世了！"

"啊？"

程咬金大吃一惊，怎么能出这种事儿？这个大老黑，老了老了，不中用了，叫人抓俘虏。真不像话呀！程咬金一盘算，救人如救火，他沉不住气了："行了，你们怎么不劝一劝呢？"

"劝得了吗？嘴唇都磨破了，单天长他不听啊！"

"噢，这样吧，我把粮草先积存到这儿，我也不上阳平关了，我要赶奔定军山，去见单天长。如果大老黑还活着，我把他要回来。"

"啊？四哥，使不得，你是没看见，那单天长六亲不认，逮谁骂谁，逮谁打谁，根本不念过去之情！您老要上定军山，好吗？等于一块肉送到狼嘴里，是有去无回呀！"

"废话！你们不去，我再不去，那大老黑就彻底完了！我宁愿掉脑袋，我也得去救大老黑，我也得训教训教这个小畜生！"

谁劝也劝不了，程咬金打听明白路径，催马到了山下了，人家在定军山设下路卡呀，都是单天长手下的军兵，"呼啦"，出来一大帮，把老程给围住了："站住！"

程咬金把草包肚子一腆，稳如泰山，一不惊二不慌，往左右看看："你们鸡毛子喊叫的想干什么？把狗眼睁看看，我老人家是谁？没有三把神砂，不敢倒反西岐，我来了我就不怕，怕了我就不来！你们哪个敢动啊？”

这些当兵的一看，这老头子，好家伙！眉毛都白了，这肚子都出号！挺威风，说话嗡嗡的，都带膛音。

“那么请问你，你叫什么名？”

“我叫什么名，能告诉你们吗？你们到里边去送信，告诉单天长，你就说他干老来了！干老懂不懂？我是他干爹，他是我干儿子，叫他吹三通打三通，列队迎接。来早了还则罢了，来晚了，我不答应他！听没有？”

“哎，您老稍候片刻。”

有人撒脚如飞，到军帐禀报。单天长收兵撤队之后，马上命人把尉迟恭的衣服给扒了，埋了个棵桩子，把他捆上。另外单天长吩咐一声：“准备灵堂！”

灵堂里头牌位供的是谁？就是赤发灵官单雄信。素蜡高烧啊，四外全是白的，单天长头顶麻冠，身穿重孝，腰里系着麻绳，手中拿着哭丧棒：“爹爹，您死得太惨了！不孝的儿天长，祭拜爹爹！爹爹在天有灵，您睁眼看看，我要给您报仇了！虽然元凶罗成我还没抓着，但是把帮凶尉迟恭我抓着了。现在我把我来个大开膛，摘他的心，我要祭奠爹爹的亡灵！爹爹，助儿一臂之力吧！”

单天长这个哭啊！哭罢多时，吩咐一声：“来呀！把尉迟恭给我架下来，我要亲自摘他的心！”

那面把尉迟老元帅架下来了，有人拽着胳膊按着腿，动是动不了了，老元帅一闭眼，在这等死，再说什么也没有用了。还有人递过一把牛耳尖刀，端过装水木盆，接血呀！单天长把刀子接过来，“噌噌”在鞋子底蹭了那么几下，刀是雪白瓦亮，还没等他伸手，报事的来了：“报！报告王爷，山下有人求见。”

“不见！你没看我忙着？”

“不，他说您要见也得见，不见也得见，还说您必须列队迎接，迎接晚了他还不答应！”

“谁他妈这么大的口气？他叫什么名？”

“他不说呀！也不是不说，他说是您干爹，您是他干儿子。”

“放屁！谁敢占我的便宜？他活腻味了！”

哎，单天长一琢磨：莫非是他？是程咬金吧？除非他能这么说话，旁人不能。您还别说，程咬金还真就是我干爹，这一点假也没有，你说我是见呢，是不见？单天长犹豫了片刻，一琢磨：得见，程咬金你来得正好！嘿！我明白了，一你为救尉迟恭，二顺说我投降，就是这两件事，你是痴心妄想啊！老家伙，你来也白来呀！谈旁的，怎么都行，要谈这事，我就把你扣住，你跟这尉迟恭是一样的下场！

说着话，把刀放下了，衣服他都没换。

“来人呢！”

“有！”

“守住灵堂啊，把尉迟恭先绑到树上，没我的命令，先别动他，我去看看去。”

“是！”

谁敢不听？这拉着架子，单天长上马，带着亲兵卫队，下了定军山。往对面一看，孤单单冷清清，一人一匹马，到了近前，再仔细一看，坐着个胖老头儿，银髯飘摆，鸟翅环得胜钩挂着车轱辘大斧子，哎呀，这老头跟老寿星差不多，恍恍惚惚认出来了，是程咬金。这单天长还真行，你看对别人吹胡子瞪眼，唯独对程咬金，还真挺礼貌，甩镫离鞍，跳下坐骑，撩衣服跪下：“干爹！干爹在上，不孝的儿天长，叩见爹爹！”

干爹也是爹，程咬金看得清清楚楚，哎呀，一看见单天长，老程心里一翻个儿，鼻子翅一扇乎，眼泪掉下来。老头儿赶紧从马上跳下来，来到单天长近前，用双手相搀：“我的儿！儿哎！想死爹爹了！”

程咬金还真哭，绝不是演戏呀！程咬金跟单雄信的感情非同一般，赤发灵官单雄信对程咬金是毕恭毕敬，一个是磕头的老四，一个是磕头的老五，那么见着单天长，想起单雄信，老程是热心肠，能不哭吗？

这是怎么回事？真是干父子吗？这个假不了。那瓦岗山轰轰烈烈，到头来，散了将了，换句白话说，就是散了伙了，瓦岗山的五虎八彪上将，各奔西东，各投生路。因为瓦岗山的头换了，当初的时候呢，是混世魔王程咬金，大元帅是秦琼，后来换了个西魏王李密，程咬金脱袍让位给了他了，李密做了瓦岗之主，改国号叫西魏王。李密这个人咱说过，是重美人不重江山的一块货，本来好好的，瓦岗山的人心里也没散，但是李密呢，爱上肖美娘了，把大伙儿舍死忘生夺来的玉玺，换了肖妃。这一下，激怒瓦岗的英雄，大伙儿一看，酒色之徒，不能共事啊！徐懋功带头写了四句反诗，写的是：心中恼恨西魏王，玉玺换来肖美娘，瓦岗山上散众将，一统江山归大唐。

就这么地，人散伙了，就有一个没走的是王伯当，扶保李密。后来战斗的时候，王伯当、李密都死到山沟里了，那条山沟叫断密涧。那么瓦岗山散将之后，秦琼、程咬金和罗成无处投奔，哪儿去呢？漂流了几个月，后来到了河南洛阳，因为洛阳有个王子叫王世充，王世充台前有位驸马是单雄信，就是单天长他爹，秦琼跟单雄信交情莫逆，程咬金、罗成跟他也不错，哥仨儿无处投奔，就投靠到单雄信这儿来了。单雄信在洛阳很吃香，东床驸马，王世充把女儿王赛花许配给单雄信了，还生了个小子，就是这单天长。一看秦琼他们来了，单雄信喜出望外，盛情款待。单雄信向着王世充，那不但是王子，还是岳父老泰山，心说：要能把秦琼、程咬金、罗成给收买住，我们哥儿个在一起共事，将来王世充肯定能成其大事！所以对秦琼他们是格外地恩待。王世充拨下巨款，给这三位修了一个房宅，叫三贤馆，上马一锭金，下马一锭银，三天一小宴，五天一大宴，照顾得无微不至，把这三个人也感化了。三人一想：没地方去了，王世充人也不错，单雄信一片苦心，干脆我们就扶保王世充吧！

就在那住了半年多，这程咬金呢，没事老上单雄信家串门去，穿房过宅，不分彼此，单雄信拿他当亲哥哥，程咬金拿单雄信当亲兄弟，二人无话不谈。那么经常见着单天长，那阵儿单天长满地跑，还不大呢，见着程咬金，伯父长，伯父短。程咬金真喜欢他，有时候来了，给他捎点吃的，没事领他上街上转圈去，还有时候带着他行围采猎，有时候还背着他，抱着他，爷俩儿处得亲密无间。有一次在吃饭的时候，单雄信就说："四哥，你真喜欢天长吗？"

"那还用说？这假得了？"

"您要真喜欢，就收个干儿子吧！你看怎么样？"

"好啊！我早有此心。"

"天长，给你干老磕头！"

天长也乖，趴地上给老程磕了三响头，程咬金乐得两手拍不到一块，儿长儿短，另外程咬金还提出来："将来孩子长大，你给他娶个媳妇儿，我也给他娶个媳妇儿。你给他娶的媳妇儿，生的孩子姓单，我给他娶的媳妇儿，生下孩子姓程，这叫一子两不绝，好吗？"

"好啊！"

哥俩儿把酒杯换了，这事就定下来了。之后程咬金再来，单天长就叫干爹，他呢，就叫干儿，这爷俩处得真是亲密无间，有一定的感情。后来分手了，各为其主，兵戎相见，杀人流血，那是后来的事。单天长也不小了，虽然说自立为王，童年的事情记忆犹新，一见着程咬金变样了，老了，那会儿多年轻！一看，现在的程咬金，肚子也出了号了，胡子也白了，他想起往事来，心里难过呀！程咬金也不是演戏，也是发自肺腑。爷俩儿哭罢多时，单天长说："干爹，这些年您混得不错吗？"

"孩儿，这哪是讲话的地方？你怎么不把我让到里边？"

单天长一听，对呀！把这茬儿忘了。

"干爹，您别生气，我见着您，我这一激动，我把这茬儿忘了。来人！准备！"

程咬金心说：准备什么？时间不大，几名军兵抬来的爬山虎。这爬山虎就好像四川使用那滑竿，还有个名，叫"二人抬"，一把大圈椅，一边拴个杠子，拿绳镖结实了，往上一坐，前后有两人抬着，这玩意儿上山，省老了力气了！坐着非常舒服。单天长尽孝心，怕程咬金吃苦，故此准备的滑竿。老程满意地点点头，从马上跳下来，坐到圈椅上，有人给牵着马，单天长陪着："来呀！请我干爹进帐！"

人抬轿起，开始上山。抬轿的人可受不了！一会儿一换人，压得是龇牙咧嘴，心说：这老头儿怎么这么沉啊？怎么着也得三百五十斤！光这肚子，一百五十斤都不换！要了命了！肩头都压肿了。老程挺美，"嘎吱嘎吱嘎吱，呼扇呼扇呼扇"，真跟神人相差无几。说着话，来到定军山的半山腰，滑竿沾尘，单天长亲自把老程扶进来，架着程咬金往里走。一到中军帐这院里，程咬金一看，呀！旁边是树，树上捆着一人，五花大绑，正是尉迟恭！在尉迟恭周围站着好多刽子手，怀抱鬼头刀，拧眉瞪眼，跟凶神恶煞相似！再往大帐的正中观看，摆着灵堂，素蜡高烧，再往周围看，都是单天长手下的八彪上将，一个个佩剑悬刀，都穿白挂孝，中军宝帐鸦雀无声呀！老程倒吸了一口冷气，偷眼打量单天长，一看，这孩子奔儿颅头，翘下巴，深眼窝子，高鼻梁，不好说服啊！就知道这孩子又拧又犟。老程真有点打怵，怎么能说服他，把尉迟恭给放了呢？难哪！但是，再难就为这事来的，也得说了。单天长让老程进宝帐落座，程咬金先没去，来到香案前，看了看牌位。程咬金想起单雄信来了，想当初，哥俩儿交情多好！没想到做了刀下之鬼，屈指一算，单雄信死了十三年了！十三年！老程心如刀绞，亲自捻香，烧了几张纸，往拜垫上一跪，放声大哭："老五啊！兄弟！哥哥程咬金来祭奠你来了，兄弟呀！"

程咬金动了真感情了，越哭越悲，越哭越痛，到后来，眼睛一翻，背过气去了，在场众人无不动容。单天长一边哭，一边感激程咬金，后来叫人把老程抢救过来，单天长一边擦泪一边解劝："干爹，人死不能复生，希望您老人家节哀。这么大的年岁了，千万要保重虎体，请到里边坐吧！"

众将也劝，程咬金这才止住悲声，进了中军宝帐，分宾主落座。单天长在旁边陪着，吩咐一声："来呀！泡茶，准备酒饭！"

"慢着，孩啊，喝点水行，饭我吃不下去。快跟我讲讲，这些年你是怎么活过来的？快说说！"

单天长闻听，口打咳声："咳！一言难尽！干爹，这么跟你说吧，自从我爹死到洛阳之后，我无家可归，我呀，流落到塞北，后来我拜了个师父，此人姓赵，叫赵登禹，人送绰号塞北大侠，能耐极高，人品出众。后来我一报我的身世，恳请他收我为徒，赵大侠动了怜悯之心，就点头答应了，此后我住在他家，人家年供柴，月供米，我吃喝不愁，不仅把我抚养成人，还传给我满身的武艺，现在我浑身的能耐，什么长拳短打，马上步下，弓刀石马步剑，胯下马，掌中金顶枣阳槊，都是跟人家学的。没有人家的栽培和抚养，我就没有今天。我长大成人之后，立志给我死去的爹爹报仇雪恨，故此交了不少的朋友。您是知道的，我爹生前好交朋友，所以我这一写信，大伙儿都捧我的场，纷纷来投，有人的出人，没人的出钱，我家还有点家底，就这样我招兵买马，积草屯粮，挑起大旗，自立潞州王。但不管怎么说，我手下人马不多，我觉得想给我爹报仇，人单势孤，后来没办法，我到西夏，就投靠了突厥王，又跟五国联军达成协议，我算其中的一路，跟后汉王刘黑闼、窦永山，跟夏明王等，我们结为一体。旁人怎么想的我不管，我的意思是，推翻大唐，另立明主，给我爹报仇雪恨！这就是以往的经过。”

“噢，好啊！孩子，志向远大，干爹佩服你。男子汉大丈夫，理应做一番轰轰烈烈的事业。不过天长啊，咱爷俩儿说句掏心窝子的话，你把尉迟恭给抓住了，你想怎么处置？”

谈到正题上了，程咬金说着，也是试探性地看看单天长什么态度。单天长一听，问这事，眼珠子就立起来了：“干爹，那还用说吗？我跟黑鬼解不开的仇疙瘩！他是我爹生前的仇人，没有他在御果园单鞭夺槊，我爹也不能倒霉！没有他给李世民帮忙，我爹也不能死！他就是李世民的帮凶啊！就是杀我爹的仇人！您是知道的。要解心头恨，拔剑斩仇人，今天落到我手，他还好得了？我想把他开膛摘心，给我爹报仇！”

“噢，孩儿啊，算了吧！过去的事情，就算过去了。别忘了，冤仇宜解不宜结，就像系绳子扣一样，越结仇扣越多，越解不开，那么你解开一个就少一个，是不是呢？孩子，千万不要树敌太多呀！我看看在干爹的分上，把尉迟将军就放了！”

“啊？”

你看单天长对待老程那么尊重，一听这话，脸蛋子“呱嗒”沉下来：“干爹，您这叫什么话？我杀父的仇人，我不杀他，我把他放了，我成什么人了？我还够两撇吗？我对得起死去的爹爹吗？您老是不是老糊涂了？”

“放屁！胡说八道！我才不糊涂呢！孩儿啊，提起当年的事，你是孩子，有的你记得住，有的你不懂，那个事情错综复杂，要说我最有权发言，我都经过的事，谁是谁非，谁黑谁白，我都清清楚楚。是，你爹是掉了脑袋了，你怎么就不问问你爹为什么掉脑袋？为什么李世民杀他？这里头得有原因。你爹扶保的是王世充，他就想帮着王世充建功立业，独霸天下，他闭眼不看事实，李世民德高望重，手下战将如云，多大的实力！王世充和你爹那纯属是以卵击石！后来开兵见仗，打不过人家，你爹被抓了俘虏了，多少人劝他投降，恨不能跪下求他！我也在场，我好话说了三千六，我眼泪都哭干了！可你爹拧呀！他就是不听！视死如归，逮谁骂谁，逮谁咬谁，摇头涮甲，你没看着当时那样！就像疯了似的，谁劝他骂谁！小秦王李世民就算不错，亲自给你爹解开绑绳，躬身给你爹施礼，你爹怎么样？飞起来一脚，正踢到李世民心窝上，好悬没把秦王给踢死！基于这种情况，劝不了了，他非要死不可！秦王实在没辙了，这才下令把他给杀了。你说你爹不是作死吗，谁害他来的？至于谈到死人，孩啊，战争年月，各为其主，这玩意儿不奇怪。哪年不死人？哪天不死人？你要是那会儿领兵带队，你不定得杀多少人！如果说就为这个事，揪起来没完没散，他杀过我爹，我就要报仇，那请问，谁家没死过人？都报仇，那还有个完吗？你杀我，我杀你，不定把人都给宰光了吗？另外，孩子，我不怕你不爱听，你爹，我给他做了总结了，他是不忠不孝不仁不义！”

“此话怎讲？”

“你别不服气，你听我说，先说你爹不忠，你爹保王世充吧？王世充守洛阳，弹丸之地，唐王大军压境，他也算计了一下，他一看，力量抵不住人家，人家王世充愿意投降。要一投降，就没事了，就你爹在里头横着，他是左不答应，右不答应，弄得王世充没有办法了，你爹要行，也行，他根本就不行啊！你爹死了，洛阳城破了，王世充也死了，做了刀下之鬼。他不是坑王世充吗？所以这是不忠啊！再说他不孝，你爹太自私，光想自己脑袋一热，想干就干，想没想本家的人？按说，他犯的罪，死有余辜！论理，刨坟掘墓，锉骨扬灰，夷其九族！如果唐王下了那道命令，你们家得死多少人？把祖坟都得刨了！这不是不孝吗？说他不仁，你爹多狠！在临离开洛阳的时候，知道没有个好，逼妻弃子，把你娘给逼死的！你娘怎么抹的脖子？就叫你爹给逼死的！把你寄放给单福，好家伙，他倒壮烈！喝完了酒，一个人单槊匹马，去玩命去！我说仁何在呀？结发的妻子不顾，孩子不顾，想怎么地怎么地，仁字怎么解释？说他不义，被抓之后，上百人给他求情，上百人给他解释成破利害，上百人劝他，谁劝他骂谁！他懂得好坏吗？他懂得香臭吗？置弟兄的情义于不顾，义字何在？所以他不忠不孝不仁不义！孩子，你爹是自己作死的！跟谁都没有关系。你别恨天怨地，别恨张三，别恨李四，你最好恨你爹！我说得都是大实话，你爱听也是这么回事儿，不爱听也是这么回事儿。”

单天长脸都青了，眼睛越瞪越大。最后单天长实在听不下去了，站起来：“干爹，别说了！那按您所说，我爹算白死了呗？我这么折腾，一点道理也没有呗？”

程咬金一听：“对！孩啊，就是这么回事儿！我今天说得是至理名言，你信不信也是这么回事儿！”

# 第二十一回

## 罗公然长途救友
## 单天长骄傲落败

程咬金把过去的事情一扑一解，都给做了介绍，无奈这单天长太固执，忠言逆耳，有心发作，碍于情面，不发作，这口气出不来。这就是程咬金，换个旁人，他恨不能把他啃烂了，嚼碎了！

“哼！干爹，算了，不管老人家您怎么讲，我呀，没认为我错！事实可以做证明。”

“行了，孩子，咱俩别抬杠，多年不见了，爷俩儿闹个脸红，咱犯不上！我还是那句话，尉迟恭没得罪你，他根本就不是什么你杀父的仇人，那也是你的老前辈。当年各为其主，兵戎相见，不奇怪。你说你把他杀了，你不屈死他了？孩啊，看在我的分上，把他饶了吧！你还能驳我的面子吗？我这么大年纪，求你一回，张回嘴，你不想叫我离开这个门了？”

“我……”

“怎么？孩子，你要不答应，咱这么办行不？你不是要杀尉迟恭吗？连我一块捎着，我也不活了！把我们一块杀了吧！来吧！砍吧！”

程咬金站起来，吹胡子瞪眼，把手背过去，倚老卖老。单天长还真就为难了：“这，干爹，您消消气，容我考虑考虑。”

“那你考虑吧！”

程咬金心里想：这是最后的一招，如果不灵，我算没咒念了。他眼睛盯着单天长，就见单天长咬着牙，瞪着眼，眉梢这青筋蹦起多高，一句话也不说，手扶桌案在那琢磨：“干爹呀，我看这样办。”

“说，怎么办？”

“我问您一件事，您必须得实话实说。”

“说吧！凡是我知道的。”

“我听人跟我说，杀我爹那会儿，罗成担任了监斩官。李世民问大伙儿，谁当监斩官，谁都不言语，就他自告奋勇。在他的监斩下，我爹掉了脑壳，这是真的是假的？”

“我……”

程咬金一听，还真有这么回事儿，单天长这小子了解了不少情况。

“孩啊，是有，是这么回事儿。”

“要是这么回事儿，罗成那是元凶啊！我跟姓罗的完不了啊！这么办吧，我可以把尉迟恭饶了，但是我不能说彻底饶他，我给您老人家十天期限，不管你想什么办法，你把姓罗的给我找来。冤有头，债有主，只要罗成一来，我就放尉迟恭。如果超越期限罗成没来，休怪我翻脸不认人！我肯定杀这个老黑，开膛摘心！不知道我这么说，您听清楚没有？”

“噢，孩子，其实也不怪罗成，这叫上职下派。您说旁人都不言语，他再不言语，不给秦王冷了场了吗？所以他……”

“您再也别说了，我不听！我说谁是我的仇人，您就袒护谁。我说干爹，您要这么做，叫人心里不痛快。我敢断言，罗成是第一元凶，不杀他，我对不起我爹！您老能不能给捎个信吧？”

“我……孩儿啊，罗成啊，现在在贺兰关，离这太远了，十天的期限，没门啊！孩子，我肯定把他找来，你还得容期缓限。你真想解决问题，你再多给几天时间。”

“十五天吧，再多一点也不行了！十五天的期限，我在定军山等着罗成，罗成一露面，我放尉迟恭。您看够意思了吧？这还得冲着您，换旁人，门儿都没有！”

程咬金一听，也差不多了，没法往下深谈了，再谈，非掰脸不可！岂不前功尽弃？

“好吧，孩子那我就谢谢你了，这个我现在就告辞。时间紧迫，我得派人去找罗成，好吗？”

“干爹，您辛苦了，那我也就不挽留了。”

“等等！孩儿啊，能不能把尉迟恭放了，我跟他说几句话？”

“行。”

把尉迟恭带过来，有人从树上把绳解开，把尉迟恭推进大帐。其实尉迟恭看见程咬金来，他不敢说话呀！程咬金在屋里怎么嘚吧，没听清，总之是来救自己来的。尉迟恭迈步走进大帐，程咬金先说话了：“哎，我说老朋友，你放心吧！你死不了！这不是我们爷俩儿谈了半天了，我干儿子够意思，赏给我个全脸啊！让你呀，先活十五天，让我找他的仇人罗成去。你呢，暂时先委屈委屈，我相信天长是大人物，也不会亏待你，罗成来了就把你放了。天长，是这意思吗？”

单天长把脸一沉：“尉迟恭！大老黑！你听清楚了，看在我干爹的分上，我暂时饶你不死，这就看你命大命小了。罗成按时来了，你能得活。如果他要失约，我依然开你的膛，摘你的心！就看你祖上有没有造化了。我这人历来说话算数，来人，把他押下去！”

尉迟恭被带走了，程咬金这心多少轻松一点，老头子喝了口水站起来：“儿啊，我告辞了。”

“爹，我送您！”

单天长真够意思，一直把老程送下定军山，临分手的时候，程咬金还说：“天长啊，为人处世，以信义为本哪！我相信你说话是算数的，不能反悔吧？”

“爹，老单家的人铁骨铮铮，吐个唾沫是个钉！我怎么能反悔呢？您老是不是怀疑我？”

“不，咳！人老了爱唠叨，其实孩子你真不是那样的人，但愿你口心如一，将来把事情办完了，咱爷俩儿再在一起好好唠唠。”

“好吧，但愿如此！”

“告辞了！”

程咬金上了马了，单天长回去怎么办，咱不提，单说程咬金，催马回到营盘，走到半道上，齐国远、李如辉、党士仁、党士杰不放心，在半道接来了：“四哥！”

“四哥，您回来了！”

“噢，回来了。”

众人还往后头看看：“怎么尉迟元帅没一块回来？”

“放屁！像你们说得那么简单，说回来就回来，我说得算吗？”

“是，那怎么样了？”

“回去说。”

回到营盘，众将不放心，把程咬金围住：“怎么回事儿？”

“咳！言者痛心呢！是这么这么这么回事儿。”

程咬金把经过讲述一遍，众人一听，给十五天期限，一算计，也够紧张的。

“四哥，那派谁去请罗成？”

“这个事还得请示军师，家有千口，主事一人，我充其量是个督粮官，我不掌大权哪！那军师在阳平关呢，再送信，再做决定，再请罗成，还来得及？一旦耽误了，老元帅的命就保不住了！”

“就是！谁去合适呢？”

“他……”

正为难呢。

“报！”

有人跑进中军宝帐：“回各位将军的话，侯君集求见！”

“谁?”

“侯君集，公爷来了!”

“哎哟！想啥来啥，快请!”

时间不大，侯君集走进大帐：“哎哟！四哥，各位好啊!”

众人盛情款待，程咬金拉着侯君集的手：“兄弟，你从哪来?”

“阳平关。”

“哎哟！真是及时雨呀！兄弟，你来有什么事吗?”

“有点事，军师不放心，派我回来看看，所以呢，我日夜兼程，这才来到这儿，没想到四哥你也在这儿。不知道这边定军山的事办得怎么样?”

“哎呀！难死了！兄弟，你听我说，是这么回事儿。”

程咬金把尉迟恭被俘在定军山，怎么顺说单天长，怎么给了十五天期限，怎么要罗成的经过，讲述一遍。最后程咬金说：“兄弟，派谁去我都不放心，唯独是你，我一百个放心。兄弟，你来得正好，辛苦一趟，你到贺兰关找找罗成，把这事跟他讲讲，无论如何，叫他快回来！回来早了，老元帅能保住命。回来晚了，一切都凉了，他也得担责任!”

“噢，是这么回事儿。”侯君集想了一想，“这事我可以办到，那么是否先请示军师?”

“来不及了，咱们先斩后奏吧！你去请人，我这派人跟军师去说，这叫两不误。好吗？兄弟，能者多劳!”

“那老兄弟要来了，贺兰关的事交给谁?”

“交给你，我就委托你代办！你替老兄弟在那盯几天，好吗?”

侯君集一皱眉：“我说四哥，我不是那个材料，你要让我跑道、送信，都行。让我守关把寨，恐怕我负不起了这个重任，最好您找个旁人，能把我替换回来。”

“你放心，你先走，剩下的后事我来办。”

他们拍了板，侯君集是急性子，吃完饭，连歇着都没歇，当天就起了身了。你看侯君集又说又笑，十分诙谐，但正事从不耽误，老头子玩命了！高来高去，陆地飞腾，施展陆地飞腾法，这路跑啊！他不走大道，走山路，哪近从哪走，所以缩短了路程。单说这一天，来到盘蛇岭，侯君集累得腰酸背痛，找了一棵树底下，坐下在这喘口气。坐下之后他盘算着：大概离着贺兰关不远了，我听有人告诉我，最多十里地。哎呀，我就可以见着老兄弟罗成了！掐算掐算日期，没耽误。正这时候，他发现眼前来伙人，看服装打扮，不是自己的人。侯君集机警，闪身躲到树后，侧耳细听，他发现有个老道，在那比比画画，声音不高不低，但听得很清楚。闹了半天，在这设下埋伏，要引罗成来，把他置于死地！这老道就是姜道陵。侯君集一听，呀嗬！来早了不如来巧了！嘿嘿，你这条毒计都让我听见了。要不怎么都给破坏了呢？都是侯君集干的，这就是以往的经过。当侯君集救了罗成之后，哥俩儿一边往回走，侯君集一边介绍情况。什么事？就是刚才咱说这些，那么之后，杨度死了，姜道陵死了，贺兰关夺过来了，按原计划行事，侯君集代替罗成，在这驻守，罗成带着亲兵卫队，起身往回赶，到定军山，好救尉迟恭。

罗成领着人往回走，一边走一边盘算，对于尉迟恭被单天长抓住，要开膛摘心这件事，罗成可以说无动于衷，相反的，幸灾乐祸。罗成怎么想的？他就跟尉迟恭两个人处不来，见面就别扭，他对尉迟恭一百二十个瞧不起，两人从来不说话，一说话就抬杠，往往弄个不欢而散，满朝文武，甚至连皇上都知道。罗成怎么想的？尉迟恭算个什么东西？铁匠出身，长得五大三粗的，就是能吃饭，有把子气力，他怎么能够当元帅？大唐朝没人了？皇上怎么那么偏心眼，让他取代秦琼，做上三军大元帅？罗成不服气，所以这次尉迟恭叫单天长抓住了，罗成反倒高兴，心里说：活该！这就看出来了，我瞧不起他，有原因，我是正确的！有这样的元帅吗？让人生擒活拿了。他本来就没能耐嘛！这给皇上一个教训。罗成心里倒快活，高兴！但是转念一想：不管怎么说，得顾全大局呀！我四哥急得要命，风是风，火是火，派侯大哥来唤我，满营众将都等着我解决问题呢，去救尉迟恭，我还得尽力，这也是为了国家吧！单为尉迟恭，我才不救他呢！

他又一想：见着单天长，我怎么办？听侯大哥说，这个单天长十分了得，胯下马，掌中槊，勇冠三军，不然，能把黑大脑袋抓住吗？这就充分证明他的实力。其实他也没什么了不起，你别看尉迟恭白给，我是罗成啊！要胜他呀，不费吹灰之力！但是有一样，他想起往事来了，单天长是个孩子，他爹单雄信对待我不错，一幕幕一宗宗，想起往事，想起十来年前，自己和表兄秦琼、四哥程咬金到了洛阳，天不作美，我得了风寒感冒，一病就是四十多天。单五哥衣不解带服侍我，甚至家都不回，跟我住在一起，给我煎汤熬药，甚至端屎端尿，没人家精心服侍，我罗成哪有今天？大丈夫知恩必报啊！总结过去一宗宗一件件，我有很多的事情对不起单五哥，可是后来呢，当然弟兄反目了，我做了监斩官，执行命令，把他给杀了，过后颇有悔意。人家都不讨旨，我为什么讨旨？当时还是年轻，意气用事，哎呀，五哥我对不起你！现在你儿子长大成人了，拿我当第一元凶，非要找我报仇雪恨，我怎么办？我把他也扎死，那样连点人味儿都没了！干脆到了定军山，见着单天长，先是解劝，再是解释，实不可解，那只好动手了！咳！真不愿意！

您说罗成，这人不糊涂，这个人也不是说翻脸不认人，有些事他翻来覆去地想，有些事感到自责。

“报！报大将军，前方已到定军山。不知道是安营扎寨，还是先奔唐营的营盘?”

罗成一听，到定军山了啊，来得好快！一看天到这般时候了，最好先别打仗，好在日期还没到，先到营盘，见着我四哥，把情况了解了解。

“来呀！找着我营的营盘，合兵一处!”

“是!”

那还找不着吗？到山洼里，两军会合。程咬金一听来了，哎哟，真快！心花怒放，率领全队热烈迎接。双方见面之后，程咬金拉着罗成的手，携手揽腕，进了中军宝帐，众将过来参拜大将军。都是磕头的把兄弟，罗成热情地打过招呼，大家坐下。罗成也是急性子，刚坐下就问：“四哥，我回来晚没?”

“没有，还有两天时间呢，你提前赶到了。兄弟，说实话，我真担心死了！我就怕闹天气，拖延了时日，那样大老黑就活不成了!”

“四哥放心，依弟之见，救人如救火，我现在就发兵，赶奔定军山，去救老元帅!”

“不用，人困马乏呀！你也得歇歇。人是铁，饭是钢，一顿不吃饿得慌，大骡子大马，到时候也得休息，何况人呢？今天晚上你睡个好觉，我让人给你烧点水，洗个热水澡，明天精神头足了，哥哥陪着你赶奔定军山，你看怎么样?”

“就依四哥!”

就这样，罗成睡了好觉，次日平明，也缓过乏来了，精神头也足了，程咬金张罗着：“来呀！点队!”

两方面的人马合到一块，没有一万也差不多少，旗幡招展，众人好像众星捧月一般，保护着罗成，来到定军山下。不必安营扎寨了，就在山脚下找了块开阔地，列开旗门，罗成问程咬金：“四哥，这个仗怎么个打法?”

“我说老兄弟，你太客气了！我是个督粮官，你是大将军，一切都听你的。”

“四哥，那我就不客气了。来呀！赶紧给我讨敌骂阵!”

程咬金陪着罗成，来到定军山下，罗成把银枪一摆，代替军令，命叫阵官讨敌骂阵，这叫阵官都是身强体壮的，嗓子特好的。四名叫阵官催马到了山坡下，扯开嗓子就喊：“呀呔！定军山的人马听真，我们是唐营来的，奉大将军罗成所差，要见你家主将单天长，快出来哟!”

“单天长出来哟!”

大清早起，借着山谷的回音，听出多远去！山上的人早就查明白了，到里边禀报单天长，单天长点点头：“真守信用，没到十五天，来了。爷爷等的就是这一天！亮队!”

单天长一共是一万多人马，在山前列队，摆成了方阵，进可以攻，退可以守，步兵在中央，骑兵在两翼，五百弓箭手射住阵脚。罗成看得清清的，老子英雄儿好汉，强将手下无弱兵，看来单天长够把手！堪称将门虎子。罗成定睛往对面一看，就见门旗开处，一马飞出，马鞍桥上坐着一员大将，金盔金甲大绿袍，青鬃马，金顶枣阳槊，面似蓝靛，奔儿颅头，翘下巴，稍微有点连鬓络腮的胡子楂儿，双目如电，真是威风凛凛，相貌堂堂。也不知是罗成眼花，还是出于什么原因，在眼前活脱就是单雄信！所不同的是，比单雄信更威风、更暴烈。罗成心一翻个儿：不愧是老单家骨血，跟我单五哥一样的模样！看着他，看着我五哥了。甭问，这就是单天长。

正在这时，单天长一马飞出，来到罗成的马前，“吁”，瞪着眼珠子，打量罗成。还用报名啊？他认出来了！那阵儿单天长就不太小了，已经很记事了。他一看，罗成还那么漂亮，不同的是，过去那么多年了，罗成那脸上不像过去那么光溜，那么放光彩，多少有点老，眼角稍微有几道鱼尾纹，除了这个之外，显着比当初更成熟了。仇人见面，分外眼红啊！单天长用槊一指：“呔！对面来的是罗成吗？”

罗成一听他这话锋，就不善，心里老大不痛快，又一想：孩子，别跟他一般见识。我在路上怎么想来的？我得看在我五哥的分上，我欠我五哥的情。罗成想到这儿，满面赔笑：“天长啊，不才正是盟叔！多年不见，你挺好啊？”

“住口！你套什么近乎啊？你是谁的盟叔？我是你们老罗家的祖宗！”

你说这玩意，当着这么多人的面，单天长一言出口，罗成那眼眉“刷”就立起来了。罗成多暴烈呀，哪受过这个？罗成一咬牙，热血沸腾，心说话：单天长可恶，你小子这嘴太臊了！真应该过去一枪扎你个透心凉，叫你吃点苦头！转念一想：算了，毕竟年轻人不晓事，别跟他一般见识。罗成真有涵养，这人就变了一样，听了这几句话之后，依然付之一笑：“天长啊，咱别说旁的了，言归正传，我听说你把我列为第一元凶，你说什么，只要我来了，你就把尉迟元帅放了，果有此事吗？”

“对，我是这么说得。”

“那好啊，我来了，希望你话复前言，把老元帅放了吧！有账你跟我算，你看怎么样？”

“哼！好，好啊！来呀！把尉迟恭架出来！”

就见本队出来一伙军兵，押着尉迟恭。再看尉迟老元帅，发髻披散，五花大绑，光着膀子，让人家架着，刀斧手怀抱鬼头刀，跟头趔趄来到两军阵，罗成一看就一愣，是尉迟恭不假，不像放的样子。

“天长啊，你怎么不把人放了？”

“哈哈，罗成，你拿我当小孩子？没那么便宜！”

罗成一听，要变卦：“天长，难道说你出尔反尔不成？”

程咬金在后头一听，坐不住劲儿了，扯开大嗓子喊开了：“天长啊，你怎么跟我讲的？你不说，罗成来了就放人吗？我相信孩子你说话算数啊！你已经表了态了，老单家的人吐个唾沫可是个钉啊！怎么回事儿这是？”

“干爹，我没说我不放人，我没出尔反尔，你们这是何苦来的？哎，罗成我是那么说得吗？当然，放跟放不一样，尉迟恭就在这摆着呢，咱俩首先得论个输赢。看见没？你要把我掌中大槊给赢了，我二话不说，马上放人。你真要不是我的对手，嘿嘿，就讲不了说不起了！我先杀尉迟恭，然后再宰了你！”

罗成实在压不住火了，“腾！”这火就撞到脑门子来了：“好啊！天长啊，你是好样的！你不是想跟我打赌吗？我本不想跟你伸手，但是这是你逼的，休怪你盟叔翻脸无情了！”

“啊呸！没人领你的情！你算个什么东西？你觉得你还不含糊，你快点过来就得了，这是战场，不是要舌头的时候！”

罗成一听，话说到这个份了，还怎么往下再说？气得他是两肋发胀啊！再看单天长，往前一催马，抡起金顶枣阳槊，搂头盖顶，往下就砸！罗成端着枪并没招架，一别马镫，马往前边一闪，大槊走空。单天长横着大槊就拍过来了，罗成使了个金刚贴板桥，腿往前伸，身子往后仰，枣阳槊贴着鼻子尖过去了。二马一错镫，单天长反背一槊，奔罗成后脑便拍。罗成往前一哈腰，俯到马脖子上，一槊扫空。两匹马跑出去，又圈回来，马打对头，单天长哇哇直叫：“罗成啊！你因何不还手？你是怯敌你是怯阵？”

罗成一笑：“天长啊，你不明白，听盟叔解释。你打了我三下，我没还手，什么原因呢？一，我跟你爹单雄信是磕头的把兄弟，所以我让你头一招；二，我有很多的事情对不住你爹，我在重病期间，你爹服侍过我，为了报恩，我让你第二招；你是我的晚辈我是你的长辈，不管你承认不承认，我让你第三招。也就是说，我欠老单家的情我全还了，天长，你再要无理伸手，休怪盟叔无情了！”

“你放屁！我没说，爷爷不领你的情！我是你祖宗！拿命来！”

说着话，催开青鬃马，抡起枣阳槊，就下了绝情！罗成一看，算了，我已经做到仁至义尽，不得不还手了，这才抖擞精神，挺银枪接架相还，二马盘桓，杀在一处，槊枪并举，杀了个天地鬼神惊，一伸手就十五六个回合。罗成偷眼观看，行啊！怪不得单天长如此狂傲，怪不得他力胜数阵，活擒尉迟恭，真有两下子！还是年轻人，英雄出少年，不服气不行，马快槊急，真受过高人的传授，名人的指教。拿我来说，大战小战数百战，遇上的高人有的是！我也得多加提高警惕，一点放松，今儿非吃亏不可！

单天长一边打一边想：这罗成叫常胜将军，都说他厉害，过去没交过手，今儿是第一次，看来罗成是够厉害的！不愧叫常胜将军。掌中这条枪都使神了！偷眼一看，雨打梨花似的，风雨不透，上护其身，下护其马，进可以攻，退可以守，就是我单天长啊，换旁人早输了！看来今儿给我爹报仇还挺麻烦啊！想赢他也不太容易。罢罢罢，拼了！我豁出去了！

两个人又打了二十回合，没分胜负，罗成打着打着，不打了："慢！天长，你先等等。"

单天长一愣："什么意思？"

"天长啊，有件事我得弄明白了。"

"说吧，什么事？"

"比方说，我侥幸把你赢了，你能不能放尉迟恭？你别使唤傻小子，我折腾了半天，你说话不算数，我不白费劲儿了？"

"哎，姓罗的，你把我当成什么人了？事到现在为止，我也没说不放啊！方才我不说得挺清楚？你把我赢了，我就放人。你赢不了我，讲不了说不起了！"

"大家可都听清了啊！各位都听明白了，我要赢了单天长，他就放人，言而无信，不配做大丈夫！"

"你甭说废话了！你当是你呢，说话不算数，我肯定说话算数！"

"但愿如此，你过来吧！"

两人接茬儿又打，又是十几个回合，难分胜负。罗成一想：论气力，我未必比他大，要一般的枪法也赢不了他。哼！算了吧，我何不用败中取胜赢他？罗成就打定了主意了，要使用卧马回身枪，败中取胜。罗成打定主意之后，还得把对方给骗住，所以罗成耐着性子又打了十几个回合，这回显鼻子显眼，罗成不行了，张着大嘴"呼呼"喘气，只有招架之功，并无还手之力，"叮当叮当"，两旁众将看得清清楚楚。单天长正发愁呢，怎么能给爹报仇？一看罗成要完，冒了汗了，光能招架，不能进攻了。爹呀，您是不是保着儿子我呢？老天睁眼，活该给我爹报仇啊！看来大有希望！他精神一振，这条大槊使用得更凶猛了，一招紧似一招，一招快似一招。

他一使劲儿，罗成更招架不住了，虚慌一枪，是拨马便走，奔西北方向。单天长一看，要跑啊，没门！你不是救尉迟恭吗？不救了？仇人活蹦乱跳就在眼前，我能让你逃走了吗？单天长什么都没想，以为稳操胜券，他觉得罗成不是我的对手，这一高兴，有点脑瓜发热了，拍马舞槊，是紧追不舍，边追边喊："罗成！把狗命留下！哪里走！"

"哗哗！"

眨眼之间，风驰电掣一般，就赶上罗成，马头碰到马尾，再看单天长高高举起金顶枣阳槊，咬着牙往下就砸！恨不能这一下砸到罗成后脑勺上，打个万朵桃花开！就在这紧要的关头，罗成人往前边败，耳朵往后头听着。罗成是干吗的，眼观六路，耳听八面风，你要回头一看就露馅了！不能看，全凭着听力，罗成一听这马蹄声，到了，一听兵器声，砸我了，该用上了！卧马回身枪怎么使？他这马经过训练，闪电白龙驹深通人性，跟罗成多少年了，主人怎么想，它全明白！所差者，它就不会说话，平常没事的时候，也得给它练习，主人跟它配合得相当默契，罗成赶紧把枪交到单手，一拍马的脑袋，“啪”，马明白了，噢，叫我使卧马回身枪！再看白龙驹前腿一弯，“扑通”趴地上了，当然，非常迅速，出乎意料之外，不知道的，以为这马失前蹄，要倒霉呢！再看罗成，赶紧甩镫一骗腿，从马上跳下来，冷不丁一回身，手里平端大枪。他这一回身，单天长这一槊拍空了，再看罗成后把一压，前把一翻，对着单天长的心口窝就是一枪！这招使用得这个漂亮，配合得这个好啊！单天长做梦也没想到这招，举起大槊拍空了，刚然一愣，罗成这条大枪带着寒风就到了！单天长吓得魂不附体呀！怎么了？把眼一闭，在这等死，心头一翻个儿：完了！我上了当了！

单说罗成，要说这一枪扎他个透心凉，不费事儿，就在刹那之间，罗成想起单雄信：我欠我五哥的情，无论如何我得手下留情！因此后把微微一翘，前把往下一低，没扎他的前心，在单天长这大腿上给他来个眼。

“噗!”

就这一下，扎进去三寸多深，那大枪，一尺八的枪尖子，那三棱一个尖，扎上能受得了？把单天长给疼得：“哎!”

在马上一哆嗦，好悬没摔下来！再看这匹马踢跳咆哮，“唏溜溜”，回归本队，罗成把枪尖的血蹭了蹭，上了白龙驹，一提铁过梁，马站起来了，一切恢复正常。罗成啊，心就放下了，多年不使用了，他心也没底，要不是逼不得已，他也不冒险，心说：老天保佑，还行。心里非常高兴，稳住心神，他问单天长：“姓单的，说话算数不？你可败了，放不放人?”

单天长没言语，回归本队，偏副将围过来：“王爷！王爷怎么样?”

单天长用手指了指伤口，赶紧把医官给找来，就在这两军阵，上药包扎。这三角大口子这么深，能塞进俩鸡蛋去，可单天长那是大将，咬着疼痛的牙齿，额角上“滴滴答答”，往下直淌汗，时间不大包扎好了，单天长也没收兵，端着金顶枣阳槊，怒视着罗成。

# 第二十二回

## 恩师探望单天长
## 小娇勇闯罗成帐

罗成用卧马回身枪，扎伤了单天长，这招玩得真漂亮！这单天长败归本队，包扎完伤口，战场上鸦雀无声，大家都担心尉迟恭的安危。尉迟恭在那绑着呢，五花大绑，刽子手抱着鬼头刀，在那直给他相面，就等着单天长一声令下，所以人们才紧张。就见单天长眼睛瞪着罗成，一句话也不说，足能有三分钟，他才说话："来人！"

"在！"

"把尉迟恭放了！"

哎哟！人们这心才放下。谁敢不听啊？绑绳解开，把尉迟恭的东西，盔甲、战袍、兵器、战马，所用之物全都送给大唐。等尉迟恭跑回本队来，程咬金从马上跳下来，拉住他的手："哎哟！大老黑！我认为你非归位不可呀！"

尉迟恭脸一红："老千岁，多谢您救命之恩！"

"哎，别谢我呀，我算个啥？你得谢谢咱老兄弟，人家是正主！"

"是！"尉迟恭转身来到罗成的马前，深施一礼，"唉，老兄弟，我不说什么了，救命之恩，恩同再造，小兄礼过去了！"

罗成笑着点了点头，没言语，心里怎么想的？大老黑，这回服了吧？不是我罗成亲自出马，焉有你的命在！你服了就行。这时抬头一看，单天长已经收兵撤队，回归定军山。罗成也累了，不想再打，一声令下，唐兵也收兵撤队，离这不远，五里地，在山根下安营扎寨。那么尉迟恭回来了，也是大喜的事，一面派人飞报军师徐懋功，一面传令摆酒祝贺，给老元帅压惊，唐营的人是皆大欢喜，笑语欢声，自不必说。

安下唐营的事咱不说，再说单天长，带着伤，打了败仗，窝火憋气，回到定军山，往宝帐上一坐，是一语皆无啊！

"哼！"

把那拳头得“嘎巴嘎巴”直响，满营众将也没词了，劝也不知从何说起，不劝又不是那么回事儿，你看我，我看你，是左右为难哪！这大帐之中，死一般的寂静。哎，就这么地，僵持了能有十分多钟，突然报事的进来了：“报！报王爷，有一位老者求见。”

单天长一听，又是老者，前者是程咬金，莫非他又回来了？不可能啊！

“不见！”

“哎，回王爷，这位老者说了，是您的授业老恩师！”

“我师父来了？真没想到！”

单天长打起了精神，就站起来了：“我师父现在何处？”

“在后山，还来了几个人，还有一辆车，看那意思，还有旁人。我们得着信之后，马上就给您报信来了。”

再看单天长，转身上马，来到后山。后山就是后寨门，等出了寨门，越过战壕，往小道上一看，可不是吗？老师赵登禹，塞北大侠，骑着一匹大白马，正在那着急呢。一看赵登禹，头顶鸭尾巾，身穿灰布长衫，腰系丝绦，肋悬宝刀，斜挎百宝囊，面似晚霞，一部银髯飘洒前心，二目如电，那是神采奕奕，就是赶长途的，脸上身上有不少的尘土，后边跟着几个随从，再往后一看，还有一辆骡车，帘封得挺严，不知道里边坐的是谁。单天长一见师父来了，又委屈又高兴，甩镫下马，抢步欺身过来：“师父，哪阵香风把你刮来了？弟子迎接来迟，死罪死罪！”

说着磕头，塞北大峡赵登禹也从马上下来，用双手相搀：“天长啊，起来！自家师徒，客气什么呢？天长啊，怎么样？”

“师父，进展得很不顺利，您来了太好了！我有一些话，正想对您说。”

“算了，兵家胜败此乃常事，用不着往心里头去，天下没有不打败仗的将军。有关你的情况，我在路上就听说了。听没有？大丈夫能折能弯，讲的是胜不骄败不馁，你懂吗？”

“是，师父，我一定听您的！”

“咱们谈点喜事吧，你看谁来了？”

说着，命人把轿帘打起来了，从车上“噌”跳下一个美貌的少女。哎哟！这个姑娘长得这个漂亮！个头不高不矮，身上不胖不瘦，正好得体，一张瓜子脸，宽宽的脑门，尖尖的下颌，一对柳叶弯眉，杏核眼睛，悬胆鼻子，樱桃口，那脸蛋有红似白的，该白的白，该红的红，一对元宝的耳朵，头上绢帕罩头，斜搓麻花扣，身上穿了一身火炭红啊！外边批着大红的披风，腰悬着宝剑，斜挎百宝囊，脚上蹬一双镶牛皮的软底靴子，长得是干净利落，眼角眉梢是傲骨英风。哎，这女孩儿非常大方，来到单天长近前：“哥您挺好吗？小妹这厢有礼了！”

单天长不见这女人还则罢了，一看是这女人，“腾”，脸跟大红布差不多少。

你看，万马营中毫无惧色，唯独在这女孩面前，他太拘谨了，手足无措，不知道放到哪了，说话是结结巴巴：“哎，噢，原来是小娇妹妹，你怎么来了？”

“这有什么奇怪的？想你了，到两军阵前来看望看望。你认为不可以？”

“当然欢迎，当然可以。”

老头赵登禹一看，捧腹大笑：“哈哈，天长啊，你真不配做个男人！在你妹子面前，你怎么这样啊？连说话都结巴了，至于吗？”

赵登禹不说，单天长还好点，这一说，单天长更没词了，额角上都冒了汗了。原来，这女孩跟单天长关系非同一般，换句话说，接近未婚妻。那么这个女孩是谁呀？姓刘，刘小娇，有个小小的绰号，叫妙手赛嫦娥。嫦娥不是漂亮吗？不是有能耐吗？她叫妙手赛嫦娥。刘小娇是谁？她是后汉王刘黑闼的老闺女。要说起这刘黑闼来，也不是等闲之辈，他为什么叫后汉王？他当着别人说，他是刘邦的后人，说得有鼻有眼的，他的祖先，汉高祖刘邦。所以他挑的旗号叫“后汉王”，要光复大汉朝的江山。这刘黑闼没儿子，生了四个闺女，这四个闺女一个赛着一个俊俏，功夫都不低。这刘黑闼拿他这四个女儿，就做了发家致富、笼络感情的本钱。

怎么这么说呢？他把他大女儿刘金娇许配给夏明王窦永山，控制了窦永山。把二女儿许配给大将苏定方的儿子苏山。把三姑娘许配给赤比宝康王的亲侄儿，叫那末米海。三女儿不愿意呀！哭得跟泪人一样，但是父命难违，只好嫁过去了。现在就剩这老姑娘。你看这四个姑娘当中，属老姑娘小娇最娇，属她能耐最大，属她最狂，小娇胆子特大，跟她仨姐姐不一样，跟他爹娘说得非常清楚，说：“父亲母亲，有关我的婚姻大事，我自己做主。您呢，不必操心，我的条件也不高，只要他是男人，他是个英雄好汉，我愿意我就把终身许配给他。我不愿意，你们要掐脖，我就抹脖子！”

小娇仨姐姐就老实，就会哭，所以爹妈怎么说她就得怎么听。唯独这小娇例外，她这一说，真就把后汉王刘黑闼给镇住了，保媒的不少，她全相不中，刘黑闼夫妻也不敢勉强。但是刘黑闼善于耍手腕，拿政治做交易，后来五王联合，其中有单天长，潞州王在酒席宴前这一谈话，哎呀，刘黑闼发现这单天长是个茬子，又年轻，能耐又大，别看现在人马不多，实力不太雄厚，迟早有一天，非发迹不可呀！所以他就相中了单天长，要把小娇许配给他。后来一问这小娇，哟！小娇乐得两手拍不到一块了！原来请客那天，小娇在门缝那看见，一眼就相中了单天长，一打听，没结过婚，哎哟，小娇心说：这个嘛！配做我的丈夫。

一了解家庭情况，是赤发灵官单雄信的儿子，小伙子能耐大，志向也高，所以小娇一百二十个愿意。可没想到单天长不愿意。单天长不乐意的原因是什么？父仇未报，大事未成，不考虑婚姻的事，就把后汉王刘黑闼这个要求给端回来了。小娇哭吧！心说：我的命太苦了！我相不中的人，车拉船载；我相中的人，人家不愿意！您说哪天是个头啊？就这个事，不凉不热撂下了。但是小娇从来就没死心，几天前，塞北大侠赵登禹来看望后汉王刘黑闼，其实他主要看看徒弟天长来了，刘黑闼盛情款待，在酒席宴前又提到这件事，他要求赵登禹从中为媒，劝劝天长。

“你说我这老岳父怎么样？要兵有兵，要将有将，要钱有钱，要势有势，他找我这么个靠山，是他的福分哪！我那女儿在那摆着呢，四个女儿，属她能耐大，属她长得好看。你说单天长为什么就不同意呢？大侠，您给帮帮忙吧！玉成此事之后，我必有答报！”

赵登禹一听，这是好事，天长这孩子怎么这么拧？他也看见小娇了，一瞅，真合适！因此他把胸脯一拍，在刘黑闼面前打了包票：“王爷你放心，我竭尽全力，我相信我徒弟听我的话，我要把成破利害跟他讲清了，他万无拒绝之理！”

刘黑闼大喜呀：“老侠客，我就听您的喜讯啊！”

等赵登禹要奔定军山，小娇知道了，挺身而出，提出要求，说什么也得跟着。刘黑闼一看就一皱眉：“丫头，你跟着算哪一出？毕竟你是个女孩啊！别去了！”

“不！我非去不可！我听说单将军率领本部，抄了大唐的后路了，兵扎定军山，是不是显着人单势孤啊？我不放心哪，万一有个闪失怎么办？我陪着大侠去，起码能助他一臂之力！爹您别拦着，我非去不可！”

刘黑闼知道这老丫头她拧，说什么是什么。

“这……”

赵登禹一听，也好，要不我就带着她去，丫头说得一点不假，别的说办不到，起码能给帮帮忙，她有能耐，所以就同意了。简短捷说，一老一少，一个骑马一个坐车，带了十名仆人及应用之物，起了身了。这是在阳平关外边，要想到定军山，他们得转出多远去，他们转到阳平关的后边去，路上有话则长，无话则短，历尽坎坷，担了不少的风险，这才来到定军山。到了后山，前边正打仗，赵登禹居高临下一看，天长打了败仗，要不怎么他劝单天长？他知道个一知半解，这就是以往的经过。等一见着面，单天长一看是小娇，为什么脸红呢？不是有人给提过媒吗？所以跟旁人他不一样。赵登禹一看，有门！

“天长啊，此地并非讲话之所，还不让客人到里边休息吗？”

“噢！哎呀，瞧我瞧我，我忘了，师父、妹子，往里请。”

说着话，把他们让进中军宝帐，洗漱已完，落座吃茶，单天长命人准备了一桌丰盛的酒席，给老师接风，给妹子洗尘，三人团团围坐，老头儿坐中间，他跟小娇坐了个对面，光这三人也不合适，又挑出两位大将，一个叫周刚，一个叫郭春，让这两位作陪。五个人推杯换盏，边吃边谈，塞北大侠赵登禹这才问：“孩儿啊，究竟发生了什么战事啊？我还不太了解情况。”

“师父，是这么回事儿。”

单天长把经过讲述一遍，最后一手一指自己的大腿：“师父，您没看出来？我腿部受了伤了。”

“我瞅着你一瘸一点，我还纳闷。”

“叫罗成给扎的，此仇不报，我誓不为人！”

“算了，虽然受伤，把命保住，这就不错了。孩子，那么下一步，你打算怎么办呢？”

“我正在考虑呢，是撤兵还是进兵？要撤兵，那我就承认彻底失败了；进兵，我又不是罗成的对手。老师，您说我应该怎么办？”

刚说到这儿小娇说话了：“我说单将军，这有什么好说得？只能前进，不能后退。方才老师说得好，大丈夫胜不骄败不馁，不能说因为打了一次败仗，就垂头丧气，跌得倒，还得站得起来，罗成有什么了不起？他有三头六臂呀？他不是个人哪？你讲话了，你不要报仇吗？就得报仇！依我的主意，今大晚上饱食严装，偷营劫寨，杀他个出其不意，攻其不备，打他个迅雷不及掩耳！”

单天长对此低头不语呀！紧锁双眉，不住地打咳声。这刘小娇是个急性子，别看是个女孩，一看单天长的表情，十分不悦呀：“将军哪，你怎么了？如果我没猜错的话，你是不是被罗成吓破胆了？这就叫一朝经蛇咬，十年怕井绳啊！莫非小妹的建议，有什么差错不成？”

“这……咳！妹子，并非愚兄胆小。你是知道的，罗成不仅本事高强，而且善会排兵布阵，此人文武兼备，我想他必有防范。如果此计不成，岂不全军覆没呀？故此小兄我有顾及。”

“哈哈！哎呀，我说将军哥哥，你是大错特错呀！你不善于揣摩人们的心理。你想，罗成今天在定军山大获全胜，把你扎伤了，打了个漂亮的大胜仗，他这个人，又骄傲又自大，他准以为你呀，一蹶不振，他高兴还来不及呢，防范什么呢？我们就利用这种心理，所以打他个措手不及！这有什么顾及的？”

“不然！罗成不是那样的人，再加上程咬金、尉迟恭这些人辅佐他，肯定会有防范，我觉得心里头没底。”

小娇一看，怎么也劝说不动，十分不高兴，转脸问塞北大侠赵登禹：“老人家，您说呢？”

“哎，我这么想的，小娇的计策没什么不妥，尤其这次偷营劫寨，与往次不同。我是这么想的，天长，你领着全部官兵，大军团作战，我跟小娇身为内应，我们两个人凭着全身的武艺，潜入唐营，先把罗成给干掉，一高兴，或许把尉迟恭、程咬金脑袋都给砍下来。群龙无首，他们就乱套了！你乘虚而入，有什么不妥的?”

“对呀！老人家说得极其有理呀！方才我忘了提这个茬儿了。这次偷营劫寨，的确跟往次不同，我跟前辈先进唐营，我们两个人的本事，他们是毫无察觉呀！如果找到中军宝帐，或者罗成的寝帐，先把他给干掉了。罗成一死，他们就乱了，这一乱，不打胜仗等什么呢?”

单天长一听，眼睛一亮：“要这么说，还有把握。”

“你考虑考虑，是这么回事儿不？事不宜迟，你赶紧拍板!”

“好吧！就这么定了！能不能报得了仇？能不能打得了胜仗？就在此一举！升帐!”

单天长一声令下如山倒，带兵将军全都到大帐听点，再看单天长全身披挂，居中而坐，刘小娇，他老师在两旁陪坐，单天长传下令箭，晓谕官兵：“今天晚上三更天，偷营劫寨，输赢胜败，就在这一家伙！希望大家振作精神，勇猛往前冲锋者有赏，怕死畏缩者就地斩!”

令箭传下，手下的人是闻风而动，全都做好了一切准备。在定更天左右，他们就出发了，先遣部队就是赵登禹和刘小娇，再看两个人，短衣襟、小打扮，各带利刃，斜挎百宝囊，多了一样的东西，就是响箭，响箭还带火药的，又叫火箭。干吗呀？里边成功得手了，或者把罗成给杀了，甚至机会来了，他们要放起三支火箭，还带声的，跟火龙一样，腾空而起。这是一种信号，那么单天长见着三支火箭，马上指挥军队往里杀，这就叫里应外合。临分手之时单天长一再叮嘱：“师父，您老年事已高啊，为了徒儿铤而走险，希望老人家千万慎重！唐营能事者极多，千万小心。能成则成，不成赶紧撤出来!”

“孩儿啊，你放心吧，这些话应当我告诉你，跟我说都没有用。”

“妹子，保重吧!”

“哎呀！单将军，你就听喜信吧！保不住捎回几颗重要的人头!”

一老一少说完了，往下一塌腰，“吱吱吱吱”，眨眼消失到夜幕之中。单天长一看他们走了，马上传下命令，一共是一万多人，倾巢出动，拔营起寨，离开定军山，赶奔松山口。松山口什么地方？就是罗成安营扎寨的地方，都是山区和密林哪！单天长呢，为了保证这次成功顺利，传下死命令，人衔枚，马包蹄，把威武铃全摘下去了，有响动的东西尽量都把它裹住，不发出声音，蹄子拿棉布都包上，单天长胯骑青鬃马，倒提大槊，一边走一边盘算：这次能行？的确与往次不同。爹，在天之灵保着你儿子，如果一战成功，就给您报仇雪恨了！罗成啊，我要把你逮住，就把你碎尸万段!

“快！传令前军，加快脚步!”

“哼哼哼!”

二更天左右，来到山口外头，单天长对这一带的地理比较熟悉，他把这一万来人分成三部，命大将周刚守住东面，命梁齐梁大将军守把西面，他在正面，都找最有利的地形，埋伏到这儿。那战马都经过训练，你不叫它发出声音，它就没声，全都卧到山坡后头，人嘴里叼着东西，出气都格外加小心，什么蚊子咬、毒蛇咬、虫子咬，活该！动也不能动！因为一个人这一动，暴露了目标，整个计划就失败了！单天长找了块高坡，立马横槊，等待消息，眼望着前面的唐营，心里是咚咚直跳。

话分两头，再说赵登禹和刘小娇利用飞檐走壁的能耐，没费吹灰之力，越过三道壕沟，跳过两道鹿角，就深入到唐营心腹重地。他们会夜行术，那多快！唐营的军兵毫无觉察。等进了唐营，他们东瞧西望，一看唐营，是一片灯火啊！这么晚了都没睡，每座帐篷都传出来划拳行令之声："瞧瞧！怎么那么个瞧？大元宝，你喝！"

"喝！哈哈，来来，吃肉吃肉，今天晚上热烈祝贺，一醉方休！"

有的还说："难得放这一天假呀！让咱们喝酒，这是特殊的待遇！不打漂亮的胜仗，能有这个吗？喝！"

那真是酒气浓重。一老一少互相看了一眼，脸上露出笑容，看来所猜想的是一点不假呀！他们需要的就是这个。看唐营那意思，连巡逻放哨的，几乎都没有，沉浸到一片欢乐之中。后来爷俩儿一商议，咱俩别在一起，在一起是死的，而且目标大，干脆咱们分头行动，赵登禹巡视东路，刘小娇搜查西路。找谁？找罗成！今天的中心目标就是罗成，无论如何得把他干掉！就这样他们分开了。单说刘小娇，就这丫头也是狂得不得了！咱没说吗？她是后汉王刘黑闼的老闺女，自幼受异人传授，本领出众，善使宝剑和飞爪，没打过败仗，而且跟她爹多年净在战场厮杀了，经验丰富，什么排兵布阵、攻杀战守、逗引埋伏，样样皆通。她一看这个形势，心里有了底，心说：罗成啊，按你排兵布阵之法，扎的这座营盘，叫五行八卦中心大阵，你的确有两下子。但是主事得在人，你现在人无斗志，这是空架子，看来你罗成活该得死啊！

她心里盘算着，左查右找，找来找去，发现一座大营，帐篷十分高大，一瞅就是中军大帐，往里头一看，灯光明亮，"嗡嗡"传出说笑的声音。她转到大帐的后面，这大帐不是帆布的，是牛皮的，多少张牛皮缝到一起，能有三层楼高，里边用木头杆子做支架，像是什么临时的议事厅、军事开会的地方。一看这个架子，就是中军宝帐，比别的帐篷大得多得多！刘小娇不敢走正面，比猫还轻，比老鼠还快，转到后边去了，往左右看看，没人察觉，单手提剑，单腿跪到地上，用匕首把那牛皮捅了个三角，撬开一点缝儿，睁一只眼闭一只眼，往里面窥视。她一看，里头是灯火通明啊，提鼻子一闻，酒味都刺鼻子！里边摆着一大桌，围着十几号人，正在开怀畅饮，谈笑风生。她一看，正座上坐着个人，大蓝靛脸，挺大的肚子，都出号了！眉毛胡子都是白的，属他嗓门最大。心说：这个是不是程咬金呢？看这肚子像。哎，她真猜对了。

挨着这老头的旁边，坐个漂亮小伙，三十多岁，长得面似银盆，眉分八彩、目如朗星、傲骨英风，穿着软捎的衣裳，在这坐着，脸上带着得意的神情。小娇琢磨着：他就是罗成，我没见过，听介绍了。

再看旁边，坐着个黑鬼，挺大的脑瓜子，浓眉阔目，是阔口咧腮，连鬓络腮的胡子楂儿，那形象好像三国的猛张飞，肚子也不小。再看其他的，黑的、白的、丑的、俊的、高的、矮的、胖的、瘦的，什么样都有。反正她盯上罗成了，噢！罗成在这呢！今儿姑奶奶就是找你来的！虽然这屋里的人都可杀，你是中心，你要死，那头一个！那么她着急没用，听他们说什么吧！她侧耳听着，就听程咬金在里正白话呢：“老兄弟，你可给唐营露了大脸了！难怪你叫常胜将军，您真行！威风不减当年！你还记得吗？想当初的时候咱哥们刚见面，你戏耍四哥，用你掌中枪，把我衣服都挑碎了，让我当众出丑。后来贾柳楼结拜了，我还冒坏水挑拨你跟单雄信之间的关系，你们俩还打在一起了，回忆以往，真是又羞又愧啊！不过呢，还说眼前，兄弟你能耐只比早先强不比早先次，别看说英雄出少年，相比之下，你现在比过去更成熟。哥哥谁都不服，就服你！”

罗成点点头：“四哥，您别把我捧蒙了，适可而止。端起酒杯，您就开始捧我，到现在您也没住嘴，您这是干吗？自家弟兄，用得着这样吗？”

“哎，不，实事求是嘛！我说得都是大实话。我说元帅，你说是吗？”

尉迟恭点点头：“老兄弟是有本事，这回我算服气了。”

“是啊！来，为这次胜利干杯！”

旁边有军兵过来给酒满上。就听其中有一个人说：“我说各位国公，你们说单天长现在干什么呢？”

程咬金乐了：“嘿嘿，他干什么？我看他都要愁死了！今天他没死，算捡了个便宜。他呀，现在是一筹莫展，我揣测，他领着残兵败将，滚回突厥了。好一好，去搬兵求救去了。”

“哎，也差不多少，来，干！”

再说就说闲话了，什么酒好喝，肉好吃，哪哪有什么特产，跟军事上没什么关系。刘小娇耐着性子在这等着，她心里这个着急呀！也不知道赵登禹现在干些什么？哎，等等！就听罗成说话了：“各位呀，适可而止吧！少要贪杯，这是战场，预防着有变！”

程咬金不爱听：“我说老兄弟，你这话什么意思？”

“咱们以防万一呀！一旦出点事儿怎么办？”

“哪能出事儿？前边也是咱的军队，后边也是咱的军队，前边是阳平关，后边是定军山，万无一失啊！干脆咱就痛痛快快地喝它一晚得了！不到天亮，绝不罢休！”

“不，四哥，绝对不行！适可而止。散了！”

罗成一发话，众人很扫兴，先后离开中军宝帐。那么别人上哪去，刘小娇全不注意，唯独她看见罗成站起来了，可能是喝多了，罗成脚底下没根，多少有点发晃，亲兵赶紧过来，左右架着他，罗成还直打饱嗝。

“大将军，早点休息吧！”

“回我的寝帐！”

“噢！回寝帐！”

刘小娇眼盯着，一看他们离开议事厅的大帐，拐弯抹角奔了一座帐篷，这也不小。一瞅，这亲兵把罗成架进去了，刘小娇也转身到后头，这回仗着胆子，划了个大三角口，往里边看着。容等她看的时候，罗成已经躺在床上了，亲兵把帐帘给放下来，旁边是茶几，给倒了一壶茶，然后转身退出去，屋里还掌着灯光，只是不那么亮。啊！睡了！等一等。

刘小娇耐心地等待，时光流逝，斗转星移，过了很长一段时间，再听，里边打开呼噜了。

着了！嘿嘿！这回该我下手的机会来了！再看刘小娇，站起身来，单手提剑，咬着银牙，迈步往前头转。她一看不行，门前有人在这守把着，哎呀，我一进去，非被发现不可！顺着原道，她又转回来了，依然到了大帐的后边。小娇一琢磨：怎么进去？不就是牛皮帐吗，我开个便门得了！她用宝剑在三角口这儿插进去，往上，往左，往下，她这一划，那宝剑多快！跟切豆腐一样，开了个便门。扁着身子，她进了大帐了，不由得心花怒放，高抬腿轻落足，蹑影潜踪来到床前，用宝剑尖一撩这帐帘，往床上观看，罗成仰面朝天，正在酣睡，两手垫着后脑勺，腿担得是二郎腿，穿着一身便装，帽子摘了，靴子扒了，穿着袜子，还睡呢。

嘿！要解心头恨，拔剑斩仇人！罗成啊，你真没想到死到姑奶奶我手里头了！此时不下手，更待何时！

再看她把宝剑举起来，分心便刺。她真没想到，罗成睡着觉，比醒着一点都不差，二郎腿担着，左腿压到右腿上头，宝剑往下一落，再看罗成腰眼使劲，腿就伸直了，“啊啪”，这个寸劲，正蹬手腕子上，宝剑也攥不住了。

“噹啷啷！”

宝剑落地。把刘小娇吓得是魂不附体，一提搂腰，往外就跑，罗成使了个鲤鱼打挺，“噌！”就蹦到床下：“抓刺客！我看你哪里走！”

# 第二十三回

## 刘小娇命丧唐营
## 单天长兵败被俘

刘小娇更害怕了，她刚跑到门这儿，门左右蹿出两人来，每人掌中一把钢刀，两个人是左右夹击，两把刀奔刘小娇软肋就扎来了！

“你在这儿吧！”

“哎哟不好！”

刘小娇还真有能耐，赶紧使了个燕子投井式，头在前脚在后，蹦起来三尺多高，“吱”，把自己弹出去了。换旁人能做得到吗？两把刀全落空了。等刘小娇双脚落地，伏兵四起，“哗”，掌起灯球火把，亮子油松。

“刺客跑不了了，被我们包围了！”

与此同时，罗成也追出来了。罗成单手提剑，这阵儿把靴子也蹬上了，发髻也包好了，借灯光观瞧，噢，闹了半天是个女孩，真觉得有点泄气。罗成用宝剑一指：“呔！丫头你是谁？你怎么这么大胆子？竟敢行刺本大将军！报上名来！谁派你来的？”

咱这么说，刘小娇一开始胆都吓裂了，那怕得没法再怕了，到了现在，反到平静下来了，她一看这个架势，走不了了，走不了就豁出去了！人要把死豁出去，就不害怕了，再看刘小娇丁字步往那一站，宝剑没了，便在百宝囊之中一伸手，把飞爪拽出来了，这就是兵器，一丈八尺长的链子，挽手套套好了，手中扣着飞爪，转回身跟罗成说：“哼！我说姓罗的，姑奶奶真没想到，你比猴都精！事先有了防范。我中了你们的奸计！不过罗成，你不要高兴得太早了，别看姑奶奶被你们包围了，要杀你，如同探囊取物！”

罗成冷笑了一声：“先报个名吧，你是谁？”

“刘小娇！”

“刘小娇？没听说过！谁派你来的？”

“我爹就是最最有名的刘黑闼，我未来的丈夫就是小灵官单天长，今天晚上我是奉命前来行刺！你没死，天意也！该着你多活那么一会儿。不知道你听清没有？休走，接爪！”

“哗棱”就是一爪，罗成是马上的将军，步下交手的时候也有，但是不多，手提宝剑，一看飞爪来了，用宝剑往外一扑棱，哎哟，没想到刘小娇耍这玩意还真有两下子，手腕子往后一错，“嗖”，又抻回去了。“哗棱”一抖，奔罗成肚子抓来，一道闪电就到了！飞爪跟那小手差不多少，五把钢钩，掏上那就玩完！罗成上步闪身，把飞爪躲过。再看刘小娇单臂一晃，“吱！哗棱！”这玩意抡起来，又奔罗成的肩头。罗成一个没注意，五个齿有一个齿钩住衣服了，“吱啦”一声拽下一块，跟手帕大小差不多。把罗成吓得脑袋“嗡”了一声，一摸这肩头，还真就没受伤。正在这时候，外头来了一位：“老兄弟不必担惊，四哥到了！”

大老程来了，腆着大肚子，手里端着大斧子。他热心肠，觉得这刺客被包围了，没什么了不起的。他一露面，就被刘小娇盯上了，因为他肚子太出号，“哗棱”一抓，掏他的肚子，程咬金也搭上了年岁了，动作缓慢，这种打仗他也不习惯，罗成喊了一声：“四哥留神！”

老程掌中大斧子一扑棱，稍微慢点，爪来得快点，正抓肚子上。程咬金一闭眼：完了！吐气吸胸，一缩这肚子。也搭着刘小娇心慌意乱，失去了准头，掏正了，老程完了！肚子给他掏开！就这样，飞爪那齿正挂到他腰带子上头，刘小娇往怀里一拽，“吱啦”一声。这下乐子大了！老程那丝绦也折了，肚皮也露出来，“突”，裤子还掉下去。那么大的鲁国公，那么大的年纪了，当众出丑，人们全乐了！程咬金懂得害臊，赶紧把身子背过去了。刘小娇也顾不得害臊了，拽回飞爪来，刚要出手抓第二爪，罗成又上来了。咱就这么说，这场战斗是空前激烈，刘小娇就像疯了似的，一般人还真就捂扯不住她！罗成一看，还得带马抬枪，太费事了！正在这紧要关头，听见有人口诵佛号：“无量天尊！尔等闪开，贫道来也！”

众人一听，这是谁呀？“呼啦吵”，闪开一条人胡同，从外头稳稳当当走进一个出家的道姑。这会儿程咬金把那裤子提上，把那带子也接上，有人帮着，都系好了，老程稳心神闪目观瞧，连刘小娇也背飞爪甩脸观看，一看，这道姑身高七尺挂零，长得是小巧玲珑啊！头上鱼尾道冠，鱼头冲前，鱼尾冲后，两根飘带飘洒左右，身穿南绣平锦大红缎子衣服，腰系水火丝绦，下边胖袜云履，背后背剑，手拿拂尘。往脸上观看，一张瓜子脸，弯弯的眼眉，悬胆似的鼻子，嘴不大不小正适中，满嘴银牙，一对阔目，眼角眉梢带着千层杀气，身前身后百步威风，脑门上三道竖纹，更显得傲骨英风，是个杀人的祖宗！看上去四十左右岁，其实实际年龄已经接近七十岁了。罗成一看，谁？哎哟！真没想到正是授业的老恩师，红拂女张初尘！不但他认识，程咬金也认识：“哎哟！老剑客，您从天上掉下来的？”

尉迟恭也喊：“老剑客，您这是从哪来？”

赶紧过去迎接。张初尘把拂尘一晃："无量天尊！各位免礼了，贫道巧遇此事，故来拔刀相助。"

那么罗成跟她什么时候定的这关系？怎么以师徒相称？哎，这事千真万确，说这话，数年前了，罗成那时候还是少爷羔子，十来岁，跟北平王罗艺习文练武。有一天，来仨人串门，看望北平王罗艺，罗艺一看，喜出望外，来的是谁呀？大名鼎鼎的风尘三侠！这风尘三侠在隋末唐初，那是叱咤武林呢！提起来，无人不知，无人不晓。风尘三侠是谁呀？三人，大师兄就是三元李靖李药师，第二个就是闭目虬髯公张鼎张宗谦，第三位就是红拂女张初尘。一师之徒，一走就是三人一帮，所以叫风尘三侠。三人跟罗艺关系不错。平日里罗艺就是花钱请也请不来，那回一看人家主动登门，自然盛情款待，每天谈文论武，谈论形势。罗成天天习文练武，就把他叫到老三位近前，这三位非常喜欢罗成，特别是红拂女张初尘，一看罗成小孩长得漂亮，也聪明伶俐，一对大眼睛，也会说话，张初尘也是一时的高兴："这孩子真有出息，将来很了不起，我要收这么个徒弟嘛，还差不多。"

罗艺钻了个空子，赶紧告诉儿子："跪倒，磕头拜师，这就是你老师！"

罗成多聪明，岂能错过这个机会？跪倒就拜师了。张初尘一笑："好吧，这事就这么定下了！"

为了这件事，风尘三侠在北平府住了半年多，老哥仨儿轮流传授罗成武艺。当然了，罗成正式的师父是张初尘，那两位是师伯，就有这么一段渊源。后来老哥仨走了，那么再以后呢，见过几次面，没时间传授武艺了，但是始终保持这种关系。一晃，光阴如箭，多少年没见着，罗成做梦也没想到老师居然在这露了面！他心里热乎乎的，两眼湿润，跪倒在地："恩师在上，多年不见，师父您好啊！"

张初尘点点头啊："孩儿啊，起来吧，我这次经此路过，听说你在这开兵见仗，忙里偷闲，特为来看看你。"

"是，师父，您看您来得多不巧，正好有不少的麻烦事。"

"行了，有话一会儿再说吧！闪退一旁！"

张初尘这才来到刘小娇近前。刘小娇并不认识风尘三侠，也不知道眼前这是杀人的祖宗红拂女。她一看，那面又磕头又说话，不知道说得是什么。等道姑到她近前，她还挺横，把飞爪一晃："呔！你是个谁？你想干什么？"

"孽障，你可叫刘小娇吗？"

"是又怎样？"

"你是后汉王刘黑闼的闺女？"

"啊！对呀！你怎么知道的？"

“小娇啊，年纪轻轻，你不应该这么荒唐。这战场之中，都是男人的事，你个女孩儿跑到这行刺来，也太粗野了！别看我不是大将军，我可以代替大将军传话，一个女孩家家，逃命去吧！罗成二话不敢说。”

像那个刘小娇，识时务者为俊杰，说两句客气话，扭头一走，完了！没说这女孩她不懂事，犯开混了，就见她柳眉一挑，杏眼圆翻：“呀呸！你是个谁呀？放我逃走不难，我就一个小小的要求。”

“什么事？说吧！”

“把罗成的脑袋交给我！罗成不死，我不能走！”

“可恶！孽障，你找死！”

“谁找死？我看你找死！”

这刘小娇是寸步不让，“哗棱”一抖飞爪，奔张初尘就下了毒手了！张初尘左躲右闪，一看这女孩太不像话了，简直是个疯子！眉梢一挑，把宝剑拽出来了，她是一口宝刃，名叫流彩虹，那是列国年间造剑大师造的，切金断玉，削铁如泥，吹毛利刃。宝剑一出匣，军营之中打了一道利闪，借着灯光一照，放出七彩的光芒。老程直眨么眼睛：“哎哟！怎么这么亮？这宝剑可够快的！”

张初尘把宝剑拽出来，用剑尖点指：“丫头，你找死不成？倘若忠言逆耳，休怪贫道无情！”

“你拿命来！你唬谁？我怕你，你是个几儿啊你？”

她还来劲儿了，抓起没完来了！张初尘一皱眉，眯缝着眼睛：“无量天尊！造孽！贫道要开杀戒了！”

就这张初尘，厉害得邪乎！这个风尘三侠，性格各异，三元李靖，大师兄，非常平和，老是笑呵呵，与人为善，本领还高，还没架子，所以人缘最好；老二张鼎，山东人，有点气粗，他这人平常也非常随和，但是别犯脾气，一犯脾气，九条牛拉不回来！着死铆！能耐也大，本事也大，热心肠；这老三红拂女张初尘性情孤僻，一年也说不了几句话，脸老是绷着，很少见她有乐的时候，本事也最高，可别把她激怒了，把她激怒了，瞪眼就宰活人！她是有仇必报，有恩对人家更加恩德。凡是善者，她鼎力相助，凡是恶者，她绝不放过！多少年不杀人了，今天刘小娇把她激怒了，她一看，这个丫头极其无礼，一招紧似一招，下了绝情了。老剑客眉尖一挑，身形转动，“呰啷”一宝剑，正碰到飞爪链子上。那链子架得住这宝剑削吗？“哗棱”折为两段，刘小娇一看：“呀！你伤我的兵器！”

话未说完，宝剑就到了，“扑哧”这一声，从前心扎进去，在后边露出剑尖来，再看刘小娇七窍喷血：“啊！我……我没活够！”

老剑客一抖腕子，宝剑拽出来，鲜血跟着喷出来，刘小娇仰面摔倒，四肢抽搐，痛苦难当。也就是几秒钟的工夫，停止了呼吸，一朵鲜花没开呢，就死在大营。再看红拂女，把宝剑上的血擦干净，宝剑还匣："造孽呀！"

呀！正这么个时候，外边乱了，有人喊叫了一声："张初尘！你太狠毒了！我跟你不能善罢甘休！"

唐兵往左右一闪，外边蹿进一个老者。谁呀？塞北大侠赵登禹！他偷营劫寨，跟刘小娇分兵两路，他负责东路，划拉半天没找着罗成，就听这打起来了。登高一望，哟！小娇跟一个道姑伸手了。他一眼认出来了，红拂女！哎呀，赵登禹这心就紧缩到一起，心说：小娇呀小娇，好不懂事！你知道她是谁？她是杀人的祖宗！我得拦着，别叫她伸手。要伸手，你非玩完不可！

但是紧赶慢赶，迟到一步，小娇死了，他也到了。一见老剑客张初尘，用宝刀一指："张初尘，你够狠毒的！一个不懂事的孩子你都不放过，我跟你岂能善罢甘休！"

张初尘认识他，塞北大侠。

"噢，这不是赵大侠赵登禹？"

"然！"

张初尘说："你来干吗？行刺也有你一号？"

"正是！我要杀罗成，单天长是我徒弟，我替我徒弟拔横！"

"噢，原来如此。赵登禹，天堂有路你不走，地狱无门自来投！看来刘小娇不是死在我手上，而是死在你手上！你这么大的年纪了，什么不明白？你要劝说她，她能干这种荒唐的事吗？你有何颜面在我面前说三道四！"

"你胡说！张初尘，我今天给小娇报仇！"

蹦起来就是一刀。这玩意，意气用事不管用，你别看他叫塞北大侠，分跟谁比，跟张初尘差着一大截！两个人一交手，就看出胜负来了，无奈他这个人也挺犟，他觉得把小娇扔到这儿了，回去见着天长，怎么解释？见着后汉王刘黑闼，又怎么说？他对不起人家！内心发愧。所以他就像发了疯似的，想要把这脸找回来。那能行？差得多！红拂女让之再三，一看赵登禹钻了牛角尖了，万般无奈："赵大侠，不要逼人太甚，否则贫道要翻脸了！"

"啊呸！你早该翻脸，拿命来！"

说到这儿，咱得介绍介绍，张初尘从哪来？有什么事要见罗成？其实这个事并不复杂，像他们哥仨，三元李靖、张鼎张宗谦，包括张初尘，他们属于游侠，没事的时候便游名山大川，看古迹，访名人，逍遥自在，无拘无束，他们是属于那种世外的高人，就是改朝换代，他们也是袖手旁观。当然了，谁好谁坏，他们心里有数。张初尘今年多大岁数？快七十了，看上去四十左右岁，跟她心里头平和、与世无争有绝对的关系。但是张初尘性情孤僻，不爱交人，唯独对罗成钟爱，虽然说才有半年之久的团聚，但是想罗成啊！张初尘一琢磨呀：我呢，再游荡一圈，见见罗成，交代几句，然后隐居深山，就很少出头了。她主动找罗成，从京城一直找到这儿，但能不见面的人，她不见，但能不说话的，就不说话，正因为她性情孤僻，所以呢她了解的事情比较多。什么定军山的战场，怎么回事儿，她都在暗中看见了。哎呀，替罗成高兴。但她也发现，罗成十分骄傲，作为老师，放心不下，就拿这次来说，塞北大侠赵登禹和刘小娇劝单天长偷营劫寨，这事让张初尘知道了，她夜探敌营，听了个真，她一听，大吃一惊，怕罗成没有防范，吃亏，这又跑到松山口，向罗成提示。怎么提示的呢？她没露面，写了个纸条，扔进罗成的大帐，罗成打开一看：今夜三更，小心劫营，有人要尔的性命，切切留神。

就这么几个字。罗成一看，这笔体怎么这么眼熟啊？说什么想不起来了。没说吗？师徒在一起半年，有些事都淡忘了。但罗成准知道，这是一位世外高人提示我，故此开了个紧急会议，罗成“啪啪啪”做了部署，唐营做了充分的准备，只留下两千人在中军大帐周围，其他的人埋伏到正东、正西、正南、正北、东南、东北、西南、西北，四面八方。从表面上看，嗬！猜拳行令，简直沉迷到胜利的喜悦当中，毫无防范。实则不然，早就准备好了，布下了天罗地网，这都是张初尘的功劳。张初尘以为着，来两人能怎样？结果发现这刘小娇还真不好惹，万般无奈，这才出头把她置于死地，没想到赵登禹也来了，话不投机，当场动手。老剑客慈眉倒竖，心说：这个可恶东西，也是可杀而不可留啊！虽然说但能容人且容人，分留什么人！因此老剑客紧咬牙关，大开杀戒，也就是几个回合，“噗”这一宝剑，把赵登禹脑袋给扑棱下来了，塞北大侠也吹灯拔蜡了！程咬金一眨么眼：哟！真够狠的！这出家人瞪眼宰活人！

大家过来给老剑客道辛苦，罗成就说：“师父，弟子多年没孝顺老师，今日得见，我太高兴了！请师父不要走了，暂时住在我大营之中，弟子以尽孝道！”

张初尘一笑：“孩儿啊，见着面我就放心了。为师已经告诉你，单天长布下兵力，要偷营劫寨，你还能让他们走了吗？大仗还在后头，为师不便久留。不过呢在临行之时，有几句话向尔交代。”

“是！师父您说吧，弟子聆听教诲！”

但是张初尘呢，很有修养，当着这么多人的面，不便张嘴，把罗成找到一个没人的地方，这才对他说：“孩子，此番你挂了将军印，身为征西大将军，你这脸都露足了！我听说一路之上，攻必取，战必克，你净打胜仗，跟你这常胜将军名副其实。不过我发现，这场争斗是刚刚开始，不定得打几年才能结束。孩儿啊，你现在肩负重任，任重道远哪！我向你说一件事，你再往西边进兵之时，有一个人，是后汉王刘黑闼手下的名将，身为五路盟军大元帅苏定方。据我所知，苏定方是你杀父的仇人，这个咱先不说，但是苏定方绝对是你个对头冤家！此人胯下马，掌中刀，勇猛无敌，善于谋略。将来有见着他那一天，切莫掉以轻心，能跟你打平手的，那就是苏定方。苏定方还有几个儿子，也十分了得，你切记，莫要高傲，你懂吗？”

“是，徒儿记下了。”

“罗成啊，我所担心的，就是你这个脾气禀性，你太狂了！这是你致命的弱点。不要忘了，狂必骄，骄必败，今天不栽跟头，明天不栽跟头，迟早有一天你会栽个硬跟头！不要忘了，人外有人，天外有天，英雄背后有好汉，好汉背后还有豪杰，你手大能捂过天来吗？说你是常胜将军，那么从这以后，你老打胜仗吗？我看不然。就是为师学艺这么些年，闯荡江湖也这么多年，我都不敢掉以轻心，你能记住吗？”

此刻的罗成，心里热乎乎的：“师父，金玉良言，弟子当铭刻肺腑，永世不忘！”

“好啊！但愿你口心如一。等到你凯旋那天，我再上京城前去看你！”

“师父，您真要走？”

“我真要走，你这还有事儿，赶紧分兵派将，对付单天长吧！”

“师父！”

“哎，罗成，身后那是谁？”

“啊？谁？”

罗成扭转身形一看，没人，心里纳闷：老师这么说干吗？再回过身来一看，张初尘踪迹不见，身法就那么快！罗成对着天磕了三响头，心里默默祷告：但愿老师百年长寿，咱们师徒还有见面的时候。罗成转身回来，程咬金、尉迟恭就跟着：“老兄弟！”

“老兄弟，老剑客走了。下一步怎么办？”

“随我到中军宝帐！”

偏副战将、各路豪杰，都进了中军宝帐，罗成马上传令：“我师父方才说得明白，单天长要夜袭唐营，这口肉我们不能放弃呀！今天晚上一股全歼，把他彻底消灭！众将官，听我的令箭！”

“啪啪啪”，罗成做了部署，众将各自领兵，起了身了。

单说单天长，本来今天晚上，他不想偷营劫寨，咱没说吗？就这个刘小娇、赵登禹一个劲儿鼓动，单天长终于接受了，率领一万多人马，埋伏到松山口周围，他就在这等信儿。左等没消息，右等没消息，也没人放火箭，他就问旁边的军官：“什么时候了？”

“回王爷，大概三更天过了。”

“噢？”

单天长一皱眉，三更天都过了，信息皆无，不用问，这一老一少遭了不测了。嘿！我怎么一时动摇，就做出这个决定了呢？我要说不来，不就好了吗？他预感到不妙，吩咐一声："三路收兵，撤回定军山！"

令箭传出去，也走不了了，刹那之间，火炮如雷。

紧跟着战鼓如雷，响起牛角号声："冲啊！杀呀！别让单天长跑了！"

"别让他跑了！"

"哗！"

伏兵四起，单天长一见，吓得好悬没从马上摔下去！哎哟！上了当了！

"快撤！"

哪儿撤呀？到处都是唐兵唐将。单天长完全处于被动的地位，让人压到山沟这儿，军兵死伤无数，三路人马是丢盔卸甲，投降的投降，逃跑的逃跑。次日平明，天似亮似不亮，你看吧，满山坡都是尸体，被丢掉的旌旗、战鼓、战马、刀枪器皿，堆积如山，罗成打了个漂亮的大胜仗。可这时候有人向他禀报："大将军，西北角那还打着呢！"

"何人在那支撑？"

"单天长还拼死决斗呢！"

"哈哈，瓮中之鳖！他还有什么神气的？嘚！"

"踏踏踏"，罗成催马赶到出事地点。一看，好！单天长就剩老哥一个了，胯下青鬃马，掌中金顶枣阳槊，玩了命了还在打。程咬金、尉迟恭、尚怀忠、丁天庆、黄天虎、李成龙、樊虎、连明、金甲、童环众人在周围围着。罗成大吼一声："呔！各位闪开！"

"哗！"

众人都闪开了，罗成把白龙马一提，来到单天长马前。单天长都疯了，眼角瞪裂了，胡子上挂得全是血。罗成到了近前了，单天长二话不说，抡槊便砸！罗成把马往前一拨："慢！天长啊，服不服啊？还想打吗？"

"你放屁！拿命来！着槊！"

其实，拼了半夜的命，单天长早都没劲儿了，就这么打，也叫虚张声势，声嘶力竭。罗成冷笑一声："单天长，有道是识时务者为俊杰，你太不识时务了！尔胆敢猖獗，休怪罗某无情！"

罗成说着把马一催，抖枪便刺，两个人打了十几个回合，罗成没费吹灰之力，走马活擒单天长，往胳肢窝一夹，回归本队，"扑通"往地上一扔："绑！"

单天长就得了这么个结果。

罗成率领得胜之兵，把战场打扫完了，回归松山口营盘。按现在的时间说，上午九点钟挂零，别看战斗了一夜，人们一点都不疲倦。为什么？打了大胜仗了！罗成一路上看着那些俘虏，一串一串的，得的那些战利品，堆得跟小山头相似！他能不高兴吗？回到中军宝帐稍事休息，各位将官纷纷报告，军政司在花名册上都给标明功劳，得了多少战利品，将来好请功啊！都完了事了，尚怀忠向他请示："大将军，抓了俘虏四千二百七十四人，怎么处置？"

"把老弱者释放，年轻的杀！"

程咬金眨么眨么眼。

"哎，四哥，您想说什么？"

"不说了。"

程咬金知道罗成狠，既然他做出决定，不便阻拦。把那俘虏全砍，还真不错，老弱的给放了，这就算罗成积了点德。然后表彰每个人的功劳，这时候早饭做了。

"请大将军进餐！"

罗成一挥手："各位都饿了吧？吃饭！"

饭吃完了，罗成来精神了，吩咐一声："升帐！带单天长！"

大帐里鸦雀无声，都为单天长的命运担心。因为他情况特殊，他爸爸赤发灵官单雄信，跟大伙儿都是磕头的把兄弟，子一辈父一辈的交情，但是现在是对头的冤家，两国的仇敌，能怎么办？再看刀斧手身披大红，推推搡搡，把单天长推进来了。这单天长像疯子一样，是立而不跪！圆睁二目直哼哼。不服气?！罗成冷笑了一声："我说你们让他用饭了吗？"

"回大将军，给他准备了四个菜一碗汤，他不吃。"

"那好了，让到是理呀！单天长，你还有何说？现在真是孤家寡人了，剩你老哥一个了，你还不服吗？摆在你面前有两条路，一是生一是死，如果你说句软和话，我今儿就把你饶了，你认识到错误，我就放了你。你愿意投降归顺，我双手欢迎！你看怎么样？"

这单天长是真不知趣："放你娘的屁！罗成啊，今天我失败，这是天意呀！嘿！我死也不降，我死也不服！你给爷爷来个痛快！不然，我就骂你的八辈祖宗！"

"啪！"

罗成把虎胆一拍："单天长，杀你跟捏个臭虫差不多少，你真是给脸不要脸！来人！把他推出去砍了！"

"是！"

把单天长推出去了，程咬金一看："哎，慢，刀下留人！老兄弟，算了，这小子是个混小子，不看僧面看佛面，不看鱼情看水情，看在老五的分上，他爹跟咱可不错，你法外施恩，饶了他吧！"

罗成一听，“呱嗒”，脸沉下来了：“四哥，您是哪儿头的？大伙儿都看见了，我对单天长已经做到仁至义尽，事到现在，他都不服不忿，这样的人能饶吗？四哥，如果你说了算，你做主吧，我不管！”

“哎，我说老兄弟，别这样，你饶也罢，不饶也罢，干吗跟我翻脸？是，你是做到仁至义尽了，我们也做到仁至义尽了，他妈这小子他作死，不怪你发脾气。还是那句话，不是看他，是看他死去的爹，你说爷俩儿都挨刀，太残酷点是不是？”

程咬金刚说到这儿，满营众将都求情，连尉迟恭也说话了：“老兄弟，高抬贵手，我也不会说什么，饶了他吧！”

嗬！罗成这个不乐意，直摇脑袋。但是众将都求情，一不扭众，百不随一呀！罗成实在没办法了：“把单天长推回来！”

程咬金一看，真不容易，罗成真给面子！

“老兄弟，我代表死鬼单雄信，我谢谢你了！我好好教训教训他。这回如果他不听，听你的！”

单天长回来，毫无惧色，叉着腿往那一站，脖子梗梗着，脑袋青筋暴跳。程咬金过来了：“我说天长啊，我说你点什么好？人家都说识时务者为俊杰，你可好，整个是个大浑蛋！死爹哭妈，拧种！到了现在，有什么可说得？你想死，没那么便宜！”

单天长瞪着程咬金，一句话也不说。

“能服个软不？今天你服软也得服软，不服软也得服软！天长啊，我求你了！我可不是求你，我替你爹求你！老单家不能没有后代，事不能做得太绝了。”

单天长一听，咬着牙：“我要不服软呢？”

“嘿！你小子还嘴硬！”

程咬金真急了，他怕罗成翻脸，好不容易求到这种地步，一翻脸，全完了！蹦起来，“啪啪啪”，给单天长来了一顿嘴巴：“你服不？你说！”

后来单天长是低头不语，程咬金这心才放下：“老兄弟，你看今儿这事儿？”

“哼！”罗成也猜透老程的心意，“来人，把他给放了！”

真难得的这机会！程咬金亲自伸手，给单天长绑绳解开了，心说：爹，你快走吧！你再待一会儿，冒出一句胡话来，你命难逃啊！

# 第二十四回

## 罗公然释放单天长
## 苏定方大战阳平关

这个单天长虎着脸，瞪着眼，盯着罗成：“我说姓罗的，真放我？”

罗成点了点头：“军中无戏言！”

“你可别忘了，纵虎归山，必要伤人。你把我放了，我还得报仇，我还得宰你！你怕不怕？要怕，趁早你把我杀了，不怕，爷走了！”

这话也够难听的，罗成那脸一阵绿一阵青，咬着后槽牙：“姓单的，我等着你！有种你就来找我报仇！”

“好嘞！”

单天长哈腰捡起应用之物，转身出去，外边把他的马、兵器都准备好了，再看他飞身上马，连头也不回，“踏踏踏”，一溜烟不见了。那么单天长上哪去了？后来怎么报仇？报得了报不了？暂且不提。单说程咬金，长出了一口气，心说：这个拧种，都把我吓死了！回到营房之后，见着罗成，满面赔笑：“老兄弟，我谢谢你！我代表死鬼老五谢谢你了！”

罗成一笑：“四哥，您这是干吗？您说这话就见外了。放是要放的，我有很多地方对不住五哥，我感到内疚，放了单天长，我心里也还得了点安慰。”

“这就对了！”

且说定军山打了个漂亮大胜仗，把什么潞州王这一支，彻底消灭了。这是大捷报，罗成一面上奏朝廷，让皇上高兴，一面飞报到阳平关，让军师放心。连日来开仗，大伙儿全累了，罗成决定在这儿休兵三日，要整顿整顿。就在第二天的早晨，突然阳平关来了紧急公文，罗成打开一看，“刷”，那脸变色儿了，程咬金就看出来了：“老兄弟，那上写面的什么玩意儿？”

尉迟恭也问：“老兄弟，是不是有事儿？”

“你们看看吧！”

“我们不认字，等于白看，你念念就得了！”

罗成简单一念，什么事？阳平关告急！军师徐懋功都急坏了，在告急的文书上写着：五国联军最高统帅苏定方，率领三子和二十万大军，冲破十七层防线，我们的城池被夺去十七座，现在攻到阳平关城下。我现在要兵无兵，要将无将，紧守城门，不敢出战，希望罗成见信之后，迅速带人赶来增援。来早了，阳平关还能守住，来晚了就危险了！上写着千，下缀着万。你看，这面打了胜仗了，那面告急，接连失掉了很多城池，所以罗成这心一下就缩紧在一起了。原来想休兵三日，现在一看，不可能了，救兵如救火，还哪有心思再待下去？他跟程咬金、尉迟恭一商议，怎么办？把兵力做了部署，尉迟恭首先提出来了："既然老兄弟领兵赶奔阳平关增援，我先留下，我守住定军山，把住咱的后路，听候军师的调遣。贺兰关先交给侯君集在那儿驻守。"

老程点了点头："临时先这么安排吧，我跟老兄弟赶奔前敌。"

因此当天整顿旗鼓，让尉迟恭留在定军山，其他的人大队人马兼程赶奔阳平关。没过几天就到了，徐懋功听说罗成、程咬金来了，又带来数名上将，这心才放下，城门大开，亲自迎接。等见着罗成和程咬金，把徐懋功乐得不得了："老兄弟、老四，你们可来了！我做梦都想到你们来！没想来得这么快。"

程咬金说："我说三哥，救兵如救火呀！接着你的战报，我们马上就出发了，老兄弟比我们还着急呢！"

罗成说："是啊，三哥，我们来了，您放心吧！"

"当然我是放心了，里边请吧！"

兵合一处，将打一家，罗成的屁股还没坐稳当，就站起来："三哥，我打算到城上去看看。"

"休息休息吧！"

"不，我心如火烧，我打算看看。"

徐懋功这才陪着罗成和程咬金，登上城楼，往西面一看，好家伙！马号连马号，帐篷挨帐篷，旌旗飘摆，全是五国联军的战将和军兵。什么叫五国联军？五国就剩下一国了，那四国均被消灭了，南阳王朱伍登，人死国破，完了！潞州王单天长新败，瓦解冰消。其他的两个王也是名存实亡啊！就剩下后汉王刘黑闼，所以说五国联军并不存在，就剩一国了。罗成看罢多时，问徐懋功："三哥，这都是谁的联营？"

"花刀大将苏定方的联营。这个老东西厉害得邪乎！勇不可当，三哥我真怵头啊！"

"哈哈，三哥，您知道苏定方跟我什么关系吗？"

"我倒听说一耳朵，好像当年老爷子就是被他杀害的。"

"对！我还记得清楚，那一年苏定方夜袭北平府，跟我爹交战，这个小子射出一支带钩的狼牙箭，射中我爹的左眼。在起箭治伤之时，我爹活活地疼死了！

打那之后我扶保着我的母亲，背井离乡，离开了北平府。此仇此恨，至今我是耿耿于怀！我以为苏定方死了，闹了半天这老东西还活着！我恨不能把他抓住，锉骨扬灰！”

“噢，这我就清楚了。老兄弟，下城，我们好好谈谈。”

他们又回到帅厅，进行长谈，罗成和程咬金详细了解了前敌的情况，徐懋功自然做了真实的介绍。张嘴苏定方如何厉害，闭嘴苏定方文武双全，罗成不愿意听了：“三哥，休长他人的威风，灭自家的锐气，苏定方为什么打胜仗？为什么攻陷咱的城池？就因为他的对手都是饭桶！要遇上兄弟我，他早归位了！这也是天意，让他猖狂几时。这次兄弟我来了，他的末日就在眼前！”

徐懋功一听，心里不痛快，心说：我这老兄弟哪儿都好，就是太狂啊！这毛病得带到棺材里。但是又不能不说：“老兄弟，你说得有一定的道理，的确那些官员不是他的对手，但是也不等于说苏定方不是个人物啊！我说兄弟，你千万不要掉以轻心，要认真对待。不要忘了，轻敌者必败呀！”

程咬金也说：“三哥领兵多年，什么人没见过？老兄弟，听三哥的，你呢，还是审慎对待才是。”

“好吧！我不跟你们抬杠，是骡子是马，咱牵出来遛遛！”

罗成头天刚来，总算睡了一宿好觉，第二天在被窝里头正睡着，就听城外这个炮，“咚咚咚咚咚”。

“怎么回事儿？来人！”

“大将军！”

“外边什么声音？”

“响炮的声音。”

“探听探听怎么回事儿！”

这个还没等走呢，报事的进来了：“报！报大将军，军师请您登厅议事！”

“噢，我这就来了。”

罗成边穿衣服边看，天还没亮呢，亲兵服侍他，周身上下穿戴整齐，大步流星走进帅堂，一看，程咬金在这儿坐着，满营众将都到了。罗成脸一红，这不怨他迟到，因为今天没准备打仗。罗成赶紧坐下问徐懋功：“三哥，怎么回事儿？”

“贤弟，你来得正好，方才流星探马业已调查清楚，苏定方讨敌骂阵。你看这事儿怎么办？”

“哎，三哥，兵来将挡，水来土掩，古往今来，用兵之道，您还用问我吗？苏定方来得太好了，我叫他有来无回！备马抬枪，点队出征！”

这罗成说得出来，干得出来，程咬金一听：“老兄弟，我给你观敌瞭阵！走啊！都跟着！”

点兵一万，开关落锁，冲杀出去了。徐懋功登上敌楼，在城上观战。再说罗成，到了两军阵前，摆下一座方阵，骑兵布在两翼，步兵布在中央，五百弓手稳住阵脚，进可以攻，退可以守，罗成横枪立马，在纛旗之下，往对面观看。就见对面来了无数的兵马，摆了一座八门金锁阵，金盔金甲、银盔银甲、铜盔铜甲、铁盔铁甲，勇猛之势，都在前敌，刀枪似麦穗，剑戟似长林，都闪着耀眼的寒光。再往纛旗下观看，并排四匹战马，其中有三个年轻的，一个上了年纪的。一看这个上年纪的，跳下马来，平顶身高九尺挂零，细腰奓背，双肩抱拢，扇子面的身材，体形真棒！头上戴黄澄澄帅字金盔，三插戟顶，包耳护项，搂海带绣八宝，密匝匝上扣金钉，身上披九吞八扎连环甲，外罩杏黄缎的征袍，凤凰裙遮住双腿，飞虎靴插进镔铁镫，往脸上看，好像三秋古月，一绺花白须髯，洒满前心，二目如电，手中擎锯齿飞镰大砍刀，走兽壶悬天袋，是弯弓插箭，全身的戎装。别看上了年纪，真好似下山的猛虎，出水的蛟龙啊！罗成暗挑大拇指：罢了！这就是苏定方了！嘿嘿，不管怎么说，你是我杀父的仇人，今天我绝不能让你跑了！

再往旁边观看，三个年轻的，骑着三种颜色的战马，鞍韂嚼环，都锃光瓦亮，头一个大白脸，一对细眼，银盔素甲，白马大砍刀；第二个红脸，红铜盔，红铜甲，身披着大红袍，胯下黄马，掌中一对双刀；第三个个儿小点，长得一张饼子脸，小鹰钩鼻子，薄嘴片，镔铁盔，镔铁甲，胯下骑大黄马，手中一对镔铁压油锤，那锤头也够个儿，甭问，是一员虎将。

罗成不愿意细看，把马往前一提，用枪点指："呔！老匹夫，你可是苏定方？"

是苏定方吗？一点不假，所谓的五国联军的统帅。苏定方在后汉王刘黑闼驾前称臣，有能耐！他们一共爷四个，号称苏家四虎，刘黑闼以为栋梁，这次出兵，苏定方可露了脸了！一路攻城陷地，立斩唐将，一口气夺了十七座关城，一个捷报挨着一个捷报，大军直逼阳平关。要不是徐军师善能用兵，这座关城早被攻破了！现在苏定方锐气正盛，他也知道有这么个罗成，知道罗成号称常胜将军，他心说：我要能把罗成给战败了，嘿嘿，我就能直捣长安，推翻大唐！他正在讨敌骂阵，一看，关城大开，出来无数的唐兵唐将，风卷旗号，斗大个"罗"字，往旗角下一看，嗖！左面八个，右面八个，正中央纛旗下，一匹大白马，马鞍桥端坐一员上将，银盔素甲，白马长枪，面似银盆，那是稳如泰山，傲骨迎风。一看旗号，一看人，苏定方明白了，回头跟三儿子说话。三个儿子分别是苏山、苏林、苏凤。

"儿啊，看见没？前面那个人就是常胜将军罗成。"

"看见了，他嘛，小白脸子，没好心眼子，他有什么能耐？"

"哎，切莫掉以轻心，待为父与他答话！"

催开宝马良驹九点桃花豹，离罗成不远，横刀点了点头："不才正是苏定方，你就是常胜将军罗成喽？"

“然！苏定方，过去的事情你还记得吗？”

“记得，你是说北平府的事？”

“对！我爹罗艺惨死在你的箭下，此仇至今未报！今天跟你见面，咱是前世的冤家，今世的对头，这笔账你该还了吧！”

“哈哈，罗成啊，你报得了仇报不了仇，尚在两可之间，你得问问我掌中的刀答应不答应！你有没有那种本事？”

“是吗？苏定方，听说你有个绰号，叫花刀无敌。好，今天我就会会你掌中这口刀，拿命来！”

罗成说着话，拍马舞枪，直奔苏定方！还没等苏定方还手呢，他大儿子苏山就忍不住了。这家伙性如烈火，把掌中大刀举在空中，一催马就过来了：“爹，杀鸡焉用牛刀？一个小白脸子有什么了不起的？您给儿观战，把他交给我了！我把他切开晾着！你着刀吧你！”

“刷刷刷”就是三刀。苏定方拨马回归本队，在阵前给儿子观战。但是埋怨苏山：怎么一点稳当气儿都没有？不奉我的令箭，谁让你出战的？你知道罗成有多厉害吗？但是再拦，也拦不住了，他只是替儿子默默地祷告，希望他千万别出事。他一看儿子很勇猛，接连着几刀，罗成没还手，罗成左躲右闪，苏山一看就是一愣：“吁！罗成，因何不战？你怕我不成？”

“呵呵，年轻人，我还不认得你是谁。你先报个名字，再战也不迟！”

“噢！不知道我是谁？方才跟你谈话的，那是我爹。我是他的长子，花刀将苏山是也！”

“噢！无名小辈！苏山，我斗的是你爹，战的是苏定方，你是个无名的走卒，我怎么能跟你伸手？姓罗的枪下不死无名之辈，逃命去吧！”

“你气死我了！你着刀！”

“刷刷刷”，连着又是几刀。罗成实在有点受不了了：“好！小辈，既然你不知好歹，自投罗网，今天我就成全你吧！”

罗成抖擞精神，这一还手，苏山受不了了！他这能耐跟罗成怎么比？差了一大截！眼花缭乱，手忙脚乱。

“哎哟！”

“噗”，一个没留神，大腿上挨了一枪，鲜血淋漓。苏山疼得一咬牙，好悬没从马上摔下去，拨转马头，败归本队。也到了家了，也坐不住了，“扑通”，栽在马下。苏定方不知道他哪受伤了，这老家伙护犊子：“儿啊！”

让人赶紧抢救。一看，放心了，没扎肚子上，扎腿上了。赶紧进行包扎，抬到大营调治伤症。苏定方这么一忙活，没看住二儿子，二儿子苏林催马就过去了，打仗亲兄弟，上阵父子兵，这苏林光想着给哥哥报仇，他倒不想想，他那两下子行吗？还是那句话，意气用事没用，在这得凭本事！也就是几个回合，罗成笑了："你叫苏林哪？回去吧！我说过了，我枪下不扎无名之辈。你白给！"

"你狂！"

"我狂吗？哎，咱这么办，今儿个咱们做个小小的游戏，我扎你三枪，都给你放点血。头一枪扎你的左肩头，也就是一寸左右。第二枪扎你的左腿根，两寸左右。第三枪我扎你的右腿，两寸左右。不信你回去拿尺量，我说错了，我就不叫常胜将军！"

"哟！你真是能说大话，我就不信！"

抡双刀过来战罗成，几个回合，"噗"，左肩头一个眼。他刚一愣，枪往下一划，"嘣嘣"，左右大腿两眼。这苏林一看，真不是罗成的对手，咬着牙忍着疼，败归本队。到了门旗这儿，"扑通"，从马上摔下去，鲜血淋漓呀！苏定方赶紧命人抢救，搭回营盘，前去治伤。这老三急了，一看俩哥哥都冒了血了，他把双锤往一起一碰，"噹啷啷！""呀呀呀！"催马抡锤，要战罗成。让苏定方死说活说，把他给劝住了。苏定方一瞪眼："儿啊，这是两军阵前，不徇私情，我不让你过去，就是不让你过去！违令者杀！"

这才把老三给镇住。还是那句话，苏定方护犊子，哎哟，疼这仨儿子，所以被伤害一点，他都心疼得不得了。他知道老三过去也白给，当爹的有责任保护他，这才把老三给镇住。苏定方拍马舞刀，亲自来会罗成。

"姓罗的高！太高了！有道是不服高人有罪呀！你这枪玩得太花溜了，我苏定方不才，要在阵前领教！你报得了仇，报不了仇，就在此一举！"

书中代言，苏定方这口大刀，十足的分量，一百零八斤。都说关老爷刀沉，青龙偃月刀八十二斤，他的刀比关老爷那口刀沉着几十斤，打仗凭气力，一两贯一斤，这刀挂着风就下来了！

"呜！"

要换成旁人，你就得躲。没说吗？罗成太狂了，他也发现这口刀有分量，但是罗成怎么想的？我不能叫你给镇住，你刀沉，躲什么？我就接你一家伙，看看咱俩谁的气力大！说着把银枪横着往上一架，名字叫举火烧天："开呀！"

"噹啷啷！"

一刀剁到枪杆上，把大刀颠起来四尺多高，把苏定方震得是虎口发酸，肩膀酸疼。罗成在马上侧了两侧，晃了两晃，也觉得虎口发烫，心说：苏定方上了年纪，好大的力气！苏定方也想：罗成真厉害，敢接我一刀，真行！他们心里想，嘴上没说，二马一错镫，战在一处！刀枪并举，各展绝艺。再看罗成，把掌中这条枪舞动得跟枪山相似！使出看家的本事，五虎断门枪，"啪啪啪"，那真是风雨不透啊！跟纺车轮差不多少！苏定方使的是六合刀，八八六十四路，舞动得跟刀山相似，二马盘桓，打得是难解难分！这时间可不短了，将近能有半个小时未分胜负，罗成鼻子尖冒汗了。你什么时候听说罗成冒过汗？头一次！罗成边打边着急，哎哟！难怪我三哥长他的威风，这老家伙果然厉害！我从来没费过这么大的劲儿，今天遇上劲敌了！看样子我得加着十二分小心，一时不慎，准死无疑呀！苏定方也冒了汗了，张着嘴直喘："哈哈哈！"

玩这个劲儿。苏定方暗挑大拇指：罢了罢了，罗成不愧叫常胜将军，马快枪疾，招数出众，也就是我，换个旁人早归位了！完了，我比人家大着不少啊！心里不服不行，我这气力怎么不足了？照这样下去，再过十几个回合，我命休矣！

单说军师徐懋功，在城楼上站着，看得真真切切，赶紧命人请程咬金。老程进了城，顺马道上了城楼，见着三哥了。

"三哥，有事儿？"

"老四啊，你看这事怎么办？有道是二虎相斗，必有一伤，我替老兄弟担心。"

"是啊，我也担心。三哥，赶紧鸣金收兵吧！让老兄弟好好歇歇，改日再战。"

"我也是这么想的。来人！鸣金！"

城楼上二十四面大锣同时响起：嘡啷啷，嘡啷啷！

罗成正酣战苏定方，哎，忽然听见鸣锣的声音，罗成心里大大不悦呀！心说：这是我三哥的主意，怎么的，你不让我打胜仗啊？怎么在这个节骨眼上，你叫我收兵啊？又不能不听，这是军令，只好违着心，拨马回归本队，唐兵有秩序地撤回阳平关，然后紧闭城门，高挑吊桥。等回到帅府，一进门罗成就火了，见着徐懋功就问："三哥，您这是怎么回事儿？眼看我大功告成了，你怎么叫我收兵啊？坐失良机，真叫我搞不懂啊！"

徐懋功知道他准得翻脸："老兄弟，不是看你太累？连日征战，不得休息，今天遇上劲敌了。哥哥担心你的安危，故此收兵，让你回来。等休息过来，再战也不迟啊！"

"哎呀！三哥，你好糊涂！机会难得，坐失良机，恐怕之后就没有了！你看得清清楚楚，苏定方都冒了汗了，眼看就不行了！用不了多少时间，我就置他于死地！你非得叫我这会儿收兵，这……"

徐懋功也够生气的，心说：你这人怎么这么狂啊？好坏不分。程咬金赶紧打圆场："哎，老兄弟，要怪你怪我，这主意是我出的，你说人家冒汗，你没冒汗？你说人家累，你没累吗？三哥疼你，四哥也疼你，这有什么不对呀？好在你连胜了两阵，这脸也算露了。兄弟，知足者常乐。"

大伙儿一劝，罗成没词了。罗成当天晚上睡不好觉，他这个人气性大，翻来覆去睡不着，等到第二天，他向徐懋功提出请求："三哥呀，我觉得咱们这么多人马，全集中在一起不利。"

"噢，老兄弟，你的主意呢？"

"我的主意，咱们最好是分兵。小弟不才，愿率领一万军兵，到关前驻扎，咱们列成掎角之势，可以互相声援，这样把这盘棋就走活了，您以为如何呀？"

其实罗成说这话有目的，他干什么呢？一宿没睡着觉，他有自己的打算。跟徐懋功、程咬金在一起，太受制约了，什么事都得商量，不听还不行。第一，他是三哥；第二，他奉旨身为总监军，高着我一块。你别看我是大将军，我得听人家的。你不听吧，都不痛快；听吧，实在违心。不如我单独行动，到了营盘，我说了算了，有什么事我可以拿主意，避免很多很多的麻烦。

其实罗成一提这个要求，徐懋功就明白了，徐懋功点了点头："也好，那咱就分兵，不过我有个要求。"

"三哥您说！"

"即使分兵也不要单独行动，有什么事情，咱们互相商议，你同意吗？"

"同意！自然我得向三哥请示了。我敢单独行动吗？不过那小事儿，不一定都跟您商量。"

"当然，小事儿你可以做主，大事儿必须得商量。"

程咬金也明白，心说：这老疙瘩主意可够多的！

"我说老兄弟，你自己领兵在外，多加谨慎啊！"

怕他人单势孤，徐懋功派出四员大将，樊虎、连明、金甲、童环，让这哥四个给罗成打下手，另外也起监视他的作用。其中，金甲当初斗雪山白猿的时候，受了伤了，但是隔了这么长时间，伤势早好了，这次也到军前效命。罗成高高兴兴答应了，从这天开始，带精兵一万，四员副将到关前驻扎。这回罗成可高兴了：嘿嘿，我想怎样就怎样！在他安营扎寨的第二天，他就主动出兵讨敌骂阵，恨不能一口把苏定方给吃了！苏定方也不服气，歇了一夜，缓过来了，为了给儿子报仇，在军前列队。两个人一见面，眼珠子都红了！刀枪并举，就斗在一处！

要说他俩的能耐，真就是差不多。眨眼八十回合未分胜负。苏定方一咬牙，哎呀，这个罗成真是我的天敌呀！此人不除，我志难伸啊！怎么办？哎，有主意了，我怎么忘了？想当初我用带钩的箭射死罗艺，今天我何不依然用这种办法？我有百步穿杨的能耐，我干吗不使用？干脆把他射死，不就省事儿了吗？

苏定方想到这儿，打定了主意，虚晃了几刀，拨马便走，奔东北方向下去了。罗成冷笑一声："老匹夫，来得容易走时难哪！你还想走吗？拿命来！"

催马摇枪，在后头就追。苏定方心中暗喜，用最快的速度，一抬腿，"咯噔"，把大刀挂到得胜钩上，伸手抽弓搭箭，一回身，抿朱红，搭悬扣，"啪"，这箭就射出来了。身为大将，讲的是弓刀石马步剑，身为大将，不会这个，那怎么能行？苏定方在射箭方面下过苦功，那真是弓开如满月，箭走似流星，带着风就到了！直奔罗成的喉嗓。罗成正追，冷不丁抬头一看："啊！"

瞬间明白了，弓弦一响，他还不懂吗？罗成反应是最灵敏的，一看不好，赶紧抠住铁过梁，双脚往前蹬，身子往后仰："呀！"

躺到马身上了。这一箭走空了，罗成双脚使劲儿，身子刚挺直了，"啪"，第二支箭到了，把罗成吓得，在马上一拧身，这箭贴着鼻子尖过去了。刚正过身来，第三支狼牙箭又到了，这回罗成再躲，就来不及了！一闭眼。哪知这箭射得歪了一点，正射到罗成左肩的吞肩兽上，发出金属的回音，"噹啷啷"，雕翎箭落地，把罗成吓得一眨么眼睛，用手一摸，没受伤。做大将的为什么顶盔贯甲？起保护作用，两肩头有吞肩兽，吞肩兽就像那老虎脑袋，狮子脑袋，干吗的？保护两肩的，胸前有护心镜，后背有掩心镜，身上披着铁锁连环甲，这要不是要害部位，还真就能起作用。今儿这吞肩兽起作用了！不然，肩头就叫人射中了。虽然说没受着伤，把罗成吓得冒了一身冷汗。

单说苏定方，连射三箭未中，真有点懊恼啊！拨转马头，再战罗成。罗成边打边想：你会射箭，我不会呀？你会百步穿杨，难得住我吗？我也下过苦功。这回以牙还牙，以血还血！打到四十回合，罗成往下败，苏定方在后头追，罗成把枪挂上，抽弓搭箭，"啪啪啪"，连射三箭。苏定方真是好样的！左躲右闪，两箭未中，第三箭躲不开了，他一闭眼：完了！耳轮中就听见，"噹！"发出这么个声音，雕翎箭落地。闹了半天，罗成这一箭正好射到护心镜上，这护心镜像大茶盘，在前胸这扣着，护住心口，真起作用了！把罗成急的！

正在这时，苏定方营房锣声响亮，他仨儿子不放心，三儿子命人筛锣，鸣金收兵，所以苏定方迫不得已，拨马回归本队。他那意思，打算回去休息休息，再商量下一步这个仗怎么打。哪知道罗成杀得性起，把银枪一招，发下军令："追！"

"哗！"

唐兵卷地而来！苏定方刚进了大帐，得着报告了："营门被攻破，唐兵杀进来了！"

"啊！"

吓得他是魂不附体！披挂整齐，刚一上马，罗成催马就到了："老匹夫！想跑啊，没门！拿命来！"

左有樊虎、连明，右有金甲、童环舍命相斗，苏定方不敢恋战，拨马而逃。罗成紧追不舍，苏定方的部队乱了套了！

"哗！"

七零八落，惨不可言。苏定方好不容易跑出四十几里，收住战马，刚想喘口气，罗成就到了：“拿命来！苏定方，你走不了了！罗成在此！”

“我的妈呀！退！”

“哗！”

打了败仗，军令也失效了，人越多是越乱套。别看二十来万军队，七零八落，四散奔逃，苏定方喊破了嗓子，也约束不住了，只好保护着仨儿子，带着残兵败将，一阵一阵往下跑。刚想埋锅造饭，罗成又到了。罗成下了死命令：“不活擒苏定方，是绝不收兵！追！”

谁敢不听啊？说累了活该，累了也得冲锋。罗成这么做也不是不对，一个胜仗挨着一个胜仗，不给对方喘气的机会，又名痛打落水狗！苏定方开兵见仗以来，从来没吃过这个亏，这回简直惨透了！收不住脚，一阵一阵往下败，一座一座关城，都丢失了，都让罗成复得。罗成高兴，命人用红旗报捷，让三哥、四哥高兴，一口气追出多少天来！正好赶到九月的天气，前面一条大河拦住去路，苏定方领着残兵败将过了河。前面是一座关城，这座关城叫临潭府，他领着人，跑进城去了，关上城门，扯起吊桥来。另外命士兵把红水河大堤给挖开了，以水代兵，阻挡唐军。罗成本来想一鼓作气，活擒苏定方，一看，做不到了，这水也太大了！眨眼之间到了马肚皮了。罗成传令，挪到高坡之处，这才避免了伤害。

第二天想要率兵攻城，天公不作美，“哗哗”下起了大雨，这仗还有得打吗？樊虎、连明提出建议：“老兄弟，大家太累了，该整顿整顿了。你看这天，这仗没法打！”

“哼！传令下去，在高坡处安营扎寨。”

“得令！”

哎哟！这唐兵求之不得呀！在这泥泞的地方安营扎寨，天空稀稀拉拉下着雨，只好埋锅造饭，后面的粮台跟不上来，只好命人到四乡去打粮，另外请军师徐懋功速派人押运粮草，等众人吃饱了，一鼓作气再攻占临潭！

# 第二十五回

## 退临潭苏定方求援
## 去书信徐懋功劝弟

罗成率领得胜之兵，一口气攻占了十七座城池，把苏定方压过红水河，龟缩到临潭城里。罗成心急如火，看了看这个天，阴雨连绵，总是不开晴，这要打开天气，我肯定一鼓作气，把他老窝给他端了！偏赶上这时候，粮台官向他禀报，粮草接济不上了。罗成是愁上加愁。人不吃饭行吗？马不喂行吗？人是铁，饭是钢，一顿不吃饿得慌，哪有空着肚子打胜仗的？所以罗成马上命张公、李义两员副将，骑快马赶奔阳平关，前去催粮。罗成盘算着：粮草一到，天气打开，再打也不迟！利用这个机会，军队也可以进行修整。

单说苏定方，领着残兵败将败进临潭，本来打败仗，心里就难受，粮草也接济不上了，他也这么多人呢，把他愁得是唉声叹气。每天派人四外打粮，每天派人回去求援兵，但是一日两，两日三，消息隔绝，真好像石沉大海相似。粮台官向他禀报："大帅，还能吃两顿饭，还得喝稀的，干的都吃不起。您看这怎么办？"

"你下去吧！"

粮台官下去了，苏定方召开了紧急会议，三个儿子、儿员大将都参加了，苏定方把目前的形势跟大伙儿一说，众人是一筹莫展。大伙儿就猜测，为什么后方不派救兵？也不运送粮草？难道叫我们饿死不成吗？又等了两天，还是没信，苏定方的大儿子苏山说话了："爹，别人仰仗不上了，为今之计，非得您老人家辛苦一趟，回到临夏前去催粮了。您见见王爷，问他为什么不派救兵？不然咱们就得束手就擒！战马都杀着吃了。这仗还有得打吗？"

"儿啊，你们哥仨儿都在，为父也想到这一点，恐怕家里面有事，我想亲自去一趟。但是大敌当前，给你们哥仨儿留到这，我不放心。你们哥仨有个共同的毛病，致命的缺点，就是轻敌、好战，我怎么能离得开？"

"爹，您放心吧，我们都不是孩子了。您说得的确不假，分什么时候，现在要兵没兵，要将没将，连吃的都没了，我们还哪有心好斗？我们怎么敢轻敌呢？

您呢，一百二十个放心！把临潭交给我们，万无一失！”

“这个……”

苏定方考虑再三，左右为难。最后仨儿子向他做了保证，苏定方这才放心，当天晚上拍板了，把城池交给他们，自己回京城去催粮食。可临行之时，把三个儿子叫到近前，一再叮嘱：“我走了，临时的元帅就是苏山，苏林、苏凤要听你大哥的，哪个不听，按军法从事！听见没听见？”

“听见了！”

“听见了！”

苏定方全交代清楚，后半夜，在保密的情况下，他走了。作为一国的兵马大元帅，绝对得保密，那要传出去，城中无主将，那还了得吗？哎呀，这苏定方一路之上，恨不能肋生双翅，飞回京城。那位说京城在哪儿？离前方的阳平关五百五十公里，那就是一千一百里地，地名叫临夏府，在阳平关大西北，这个地方也不大，是后汉王刘黑闼盘踞之地，所以呢，也叫京城，其实啊，有其名无其实，比县城也大不了多少。但是地理位置相当重要，左边有座山坡，叫伏牛山，住着西突厥三万生力军，右面有丛林背后有大山，这个地方进可以攻，退可以守，刘黑闼在这儿盘踞多年了，城池加高加厚，城防布置得非常严密，他自己还吹：“这是铜帮铁底呀！”

他临时的王宫也修建于此。闲言少叙，书归正传，单说苏定方，催开马，一千多里地还架得住走吗？也就是几天的工夫，进了临夏府。进城，天挺黑，他一想：算了，人困马乏，先休息一晚，明天再见后汉王。这城里也有金亭馆驿，金亭馆驿就是旅馆，官家开的，找地儿他住下了，当天晚上写上折本，派人投递。睡了个香觉，吃了顿饱饭，等到第二天快近中午，他得着信了，后汉王刘黑闼在王宫召见他。苏定方衣冠整齐，骑着马来到王宫——其实就那么几十间破房子，在外边下马，迈步进了银安殿，文武百官俱在，一看大帅来了，纷纷上前问候。苏定方跟大家打过招呼，提带撩袍，走进银安殿。往上面一看，后汉王刘黑闼居中而坐，宫娥彩女分立两旁，这个刘黑闼好像个没毛的大狗熊，身高过丈，真像半截子黑塔似的。五十岁开外，花白须髯，头顶王冠，身披黄袍，腰束金带，还有点架子，还有点派头，但是脸蛋子沉着，什么原因呢？刘黑闼心情不痛快，遇上一大堆烦心事。

五王兴兵，组成联军，这五王有潞州王单天长、南阳王朱伍登、天顺王杨度，再加上夏明王窦永山，还有他。现在五王完了四个，就剩下个光杆总司令，他能不愁吗？人多了力量大，众人拾柴火焰高，现在人单势孤，他压力非常大。第二个，他现在吃人家突厥的，喝人家突厥的，那赤比宝康王也不是省油的灯，能让他白吃白喝吗？要挟他，约束他，提出种种苛刻条件，他实在是难以接受，他现在才知道，人在屋檐下，怎敢不低头？吃下眼食不是长久之计，他巴不得把大唐消灭，他主宰中原，但是心有余而力不足啊！现在缺兵少将，粮饷两缺，因此他愁得睡不着觉。最近的事情叫他闹心，最心爱的小女儿刘小娇死了，而且死得那么惨，连尸首都没找着，他是肝肠欲裂，哭了好几天，众人苦劝，他才进食，因此连日来唉声叹气。更腻味的是，苏定方连着打败仗，一口气丢了十七座关城，他能不恼火吗？最近一个时期，这个无名火撞顶梁，逮着谁拿谁撒气，动不动摔盘子摔碗，踢桌子打宫女，连嫔妃他都打了好几个！正在这节骨眼上，苏定方回来了。刘黑闼就一皱眉呀，所以今天升殿就没有好气。苏定方哪知道啊？一看王爷在这儿呢，抢步上前，躬身施礼："臣叩拜大王千千岁！"

"起来吧！"

刘黑闼都没赐坐，他俩还是对门的亲家，刘黑闼把自己的姑娘许配给苏山了。没说这刘黑闼挺有手腕吗？这几个闺女全许配给有势力的，对门亲家，但是他不留客气。苏定方一看，就感觉到风头不顺，在旁边垂手站立。刘黑闼说话了："孤并未传旨叫你进京，你回来干什么？"

苏定方心里说话：你这是说话呢？你这是放屁呢？没事儿我能回来吗？我写了那么多信，难道你没看着？你装什么糊涂？但是碍于情面，憋着气回答："大王，我回来自然有回来的原因，难道说您没接着我的战报？我在前方屡次失利，伤兵损将，现在要兵无兵，要将无将，兵退临潭，举步维艰。臣太困难了！不得以，星夜赶回京城，恳请大王派兵增援。"

刘黑闼一听，哼了一声："哎，苏定方，你不是花刀无敌吗？你不有两下子吗？怎么遇上敌手了？我可告诉你，想当初要不是你纵容，要不是你蛊惑，我下不了决心出兵啊！你那阵儿打了包票，有一百二十分的把握，到头来，连丢城池，败兵损将，我说你该领什么罪呀？噢，叫罗成打败了，你想起我来了。我告诉你，要粮没粮，要兵没兵！你把失地给我夺回来，把城池给我占领了，把阳平关给我拿下来，方能够将功补过，本王就不怪你。做不到这一点，嘿！我什么都没有！"

当着文武百官的面，刘黑闼大放厥词，苏定方怎么能接受得了啊？苏定方也不是让人的，本来他也窝着一肚子火："大王千岁，您可是一国之君哪！有这么使唤人的吗？是，我打了败仗了，古往今来，没有不打败仗的将军。我举几个例子说，项羽厉害不？九里山垓下，把他逼得兵败将亡，抹脖子自杀了，我比项羽，我比得了吗？诸葛亮能耐不？那么能掐会算，还丢失街亭。我不是神，我是人呢！再者说，我手下伤兵损将，没有补给，没有增援，我怎么能打得了胜仗？我怎么能转败为胜？巧妇难为无米之炊，你这是管姑子要孩子！大王，既然这样，这个元帅我不能当了！我没那个能耐，你另请高明！"

刘黑闼一看，也蹿火了，拍案而起："苏定方！放肆！可恶！强词夺理，这还了得吗？你不干就拉倒，有能耐的有的是！”

文武百官一看，这怎么办？赶紧过来解劝，先劝苏定方：“大帅留步！哎呀，现在到困难的地步，君臣之间，您应当互相谅解，您千万不能这样！咱们后汉全指着您呢！您消消气！”

转回身又恳请刘黑闼，有人压低了声音：“王驾千岁，且息雷霆之怒。现在正在用人之际，咱们全指望苏家父子，您要把他逼走了，对咱们大大的不利呀！王爷，要着眼全局呀！”

“王爷消消气吧！”

刘黑闼不傻呀，他刚才说得是气话，转念一想，为了顾全大局，把火往下压了一压：“苏定方，你说吧！要多少兵？要多少粮？”

苏定方一听，他把话拉回去了，也就别坚持了，转身回来，袍子穿上，帽子又戴上了：“王驾，多了我不求，我也知道咱很困难，你再给我一万军队吧！”

“一万？我上哪弄这一万去？”

“王爷，没有一万军队解决不了问题，我肯定不能转败为胜。另外呢，粮食不能少于五千石，没这些粮食我支应不了啊！请王爷三思，能不能满足我的要求？我这要求一点不苛刻，要到最低限度了。”

“唉，苏定方，行！我再困难也给你筹措！可是我问你，你要再打了败仗怎么办？你收复不了失地怎么办？”

苏定方一听，要挟我呀？他也是在火头上：“王爷，如果我不能战败罗成，收复失地，甘当军令！我以人头担保！”

“好，我要的就是你这句话！各位大家做保人，你们都听清楚了，空口无凭，立字为证！”

“立字就立字！”

文房四宝取过来，苏定方脑瓜一热，提笔在手，刷刷点点立了军令状，最后把手印按上了，刘黑闼拿着，叫百官都看清楚了，搁抽屉里锁起来了。

“好吧，你先回去休息，我马上就给你筹措。”

刘黑闼真是脑袋疼，东掏一把，西掏一把，好不容易把一万军队、所有的粮食，全都给备齐了，这就耽误了十来天，苏定方心如火燎一样，他不放心仨儿子，不放心前敌呀！但是来了也不能空着手回去。要一走，怕刘黑闼说话不算数，等啊等啊，好不容易凑齐了，苏定方这心才放下，这天到王宫见刘黑闼：“王爷，臣今天就起身了，您老还有事儿吗？”

“苏定方，咱们两个人是对门亲家，又是君臣，我呢，前些日子发火，也有点过分，你知道我肝火太盛，不顺心哪！说话不好听，你千万可担待着。”

苏定方一听，赶紧赔礼：“王爷，我做臣的也有不对之处，王爷您得原谅。”

“没说得，不过呢，我要说得可不是这个，苏定方你肩负着重任，我现在把一切希望寄托到你身上，你只能胜，可不能败呀！那不是说着玩呢！你真要打了败仗，我可得军法从事啊！白纸画黑道，你写得挺清楚，到了时候休怪我翻脸无情！”

“王爷放心，我苏定方说话历来算数，如果不胜，甘当军令，你砍我的脑袋！”

“好，那就祝你旗开得胜吧！”

苏定方上了马，带着军兵，押运着粮草，一路走着一路生气，暗骂刘黑闼：这个黑鬼，真他娘不是东西！我在前方卖命，你在后方享福，说三道四，挑肥拣瘦，压砂求油，你就不想一想，我们有多么辛苦？咳！也罢，自古君王都是如此，要不怎么说伴君如伴虎呢？他又后悔了：我打那包票干吗？我立那军令状干什么玩意？我不糊涂了吗？真打了败仗，这黑鬼真就得把我杀了！哎呀，老了老了，糊涂死了！看来现在只能往前进，不能往后退，真不能收复失地，一则脸上无光，二则把命就得搭上！咳！

路上他也没闲着，就是住到那，也睡不着觉，他心早飞到前敌，不知道临潭境况如何？催动三军，倍道而行。这一天，正往前走着，一马飞来，谁呀？报事的来了！滚鞍下马，跪倒在苏定方马前：“报！”

把苏定方吓了一跳：“吁！什么事？”

“回大帅，两位少帅到了！”

“谁呀？”

“苏山、苏林，两位少帅求见。”

苏定方一听：“这是怎么回事儿？他们不在临潭，怎么跑这儿来了？发生什么事了？”

“唉！您见着二位少帅再问吧，我不敢说。”

一言未了，就见对面尘土飞扬，苏山和苏林率领残兵败将，来到苏定方近前。苏定方一看，这俩儿子衣冠不整，满脸是伤，盔歪甲斜，带浪袍松。再往后看，那些军人大部分都受了伤了，有的脸都熏黑了，一看就知道不妙。

“苏山！苏林！怎么回事儿？发生什么事儿了？”

“爹！完了！都完了！”

两个人在马前放声痛哭，把苏定方给急的：“快说！怎么回事儿？你三弟怎么没来？”

苏定方护犊子，最偏爱老三，不见三子，心似油烹：“怎么回事儿？”

苏山止住悲声，这才说：“爹呀，临潭丢了，叫罗成攻占了！老三，老三叫罗成生擒活拿了！”

“啊!”

苏定方大叫一声，“扑通”，从马上摔下去，顿时人事不省。

“爹呀!”

“哎呀！爹!”

苏山、苏林一边一个架着爹，放声痛哭，摩挲前心，捶打后背，当将官的都过来了：“大帅醒醒!”

就在这荒郊野地，苏定方昏迷了能有十分钟，这才缓过这口气：“哎呀！老三哪！我的儿!”

丢了临潭，他也心疼，但毕竟这城不是他家的，想办法再夺回来吧！宝贝儿子是至关重要的，苏定方仨儿子，偏爱三儿子，当老人的都有偏心眼，这三儿子落到罗成手，叫罗成生擒活拿了，后果可想而知，那还好得了？就好像摘他的心一样！他焉有不昏迷之理？明白过来之后，放声痛哭，也不顾大帅的尊严了，顿脚捶胸，哭得眼泪之中带着鲜血。苏林、苏山跪下了：“爹！善保虎体!”

“爹呀！千万保重啊，全指着您呢!”

“大帅节哀！虽然说三公子被获遭擒，也不见得出危险呢！您还得往宽处想。咱们想什么办法，能把三公子救回来，这是当务之急呀！大帅您得保重!”

“咳！我看没指望了，家都丢了，没有立足之地呀!”

苏定方，毕竟是当统帅的，难过了一阵，一咬牙，把眼泪擦了擦：“对面那是什么山?”

“回大帅，那叫锅盔山。锅盔山有两座，您看着没？矮的叫小锅盔山，高的叫大锅盔山。”

苏定方一看，真像那锅盔差不多少。

“好吧！就在锅盔山下，安营扎寨!”

得有个窝啊！靠着山根，扎下联营，布好鹿角，埋锅造饭，然后苏定方把俩儿子叫到面前问：“临潭怎么丢的？老三怎么让罗成抓住的？把详细经过对我讲来!”

“哎，他，他是这么回事儿……”

“啊!”

苏定方一听，这才明白，怎么回事儿呢？苏定方搬兵去了，把家交仨儿子了。一开始的时候，仨儿子真听话，爹抻着耳朵告诉，哪有不听之理？再加上天老下雨，阴雨连绵，没完没了，他们这心就安定下来，都知道这个天气，罗成不能轻易进攻，就起了个保护伞的作用。当务之急，他没吃的，所以呢，苏山做主，让军兵四外去打粮。战争年月，老百姓死走逃亡，尤其这地方，地广人稀，十分荒凉，打粮的跑出老远老远去。什么叫打粮？就是抢粮，不管你穷也不管你富，见粮就抢，见牲口就拉，甚至连老鼠也不放过。人到饿急了眼的时候，连砖头都得啃几口。但是打不着啊！有时候两三天，空去白回。即使弄回点东西来，僧多粥少，无济于事。怎么办呢？就得杀战马，那马没用的，老了，或者受了伤了，把那马肉煮熟了，大伙儿分着吃。这哥仨儿也盼着爹快回来，您老要再不回来，就完了！甭人家打，饿也饿死了！他们就在这艰苦支撑。可是，他们仨闭门不战，不等于罗成不战。

罗成现在兵退绵州，这绵州也是一座小城，但是地理位置相当重要，中间隔着一条红水河，对面就是临潭，晴天的时候，看得真真的，现在老下雨，雾气昭昭，什么也看不见。这罗成也是心赛油烹，他的粮台也不足，派张公、李义回阳平关讨粮。单说这天，俩人回来了，哎，罗成甚觉奇怪，按路程计算，回不了这么快，莫非出什么事了？把张公、李义唤进帅厅，这哥俩儿也是磕头的把兄弟，往里边走着，两人就乐："恭喜大将军！贺喜老兄弟！给你道喜了！"

"喜从何来？"

"粮台问题解决了！现在盛延师、丁天庆两位将军押着无数的粮草，正奔前敌来。我们在半道上遇到了，这回您能不高兴吗？"

"太好了！"

说话之间盛延师、丁天庆从外头喜冲冲地进来了："老兄弟你好！"

"大将军你好！"

罗成起身相迎，赶紧让弟兄坐下，两个人拿个单子往上一递："大将军请过目，这是军师给你送来的。盔甲、锣鼓、帐房、枪刀、器皿、火药，外加粮食四千石。军师还说，大批粮草随后就到，您要多少有多少！"

"哎呀！太好了！"

罗成一高兴，吩咐摆宴，给盛延师、丁天庆接风。张公、李义众位大将陪着，大家是笑语欢声。这几个人问了问前敌的情况，罗成一指这天："你们看见了，阴雨连绵，诸多不便呢！再加粮草不足，我有点担心，故此未能开兵见仗，便宜了苏定方，让他多活几天！"

"可也是！"盛延师就说，"老兄弟，除了这一喜之外，还得给你道喜！"

"噢？这是什么意思？"

"哈哈，老兄弟，你这脸露足了，净打胜仗了！军师已经禀报天子，据说啊，据说你要升官了！"

"我要升什么官？"

"嘿！听说皇上拟旨，要加封你镇西王！"

满营众将一听："是吗？恭喜大将军，贺喜大将军！"

罗成一摆手："圣旨未到，不能说最后见准，各位千万别提这件事！"

罗成这心里乐啊！现在我是王爷了，镇西王，要这么算起来，都是国公，唯独我是王，我就高他们一头啊！皇上还是公平的，看来李世民还是知道我罗成的。罗成就喜欢这手，盼望着圣旨早日下达，但表面上还不能露出来。就尽管掩饰，那肉纹里头也带出笑容来。丁天庆说："老兄弟，现在除了皇上，还没有王子，唯独是你呀！现在你是王了，一人之下，万人之上啊！老兄弟，你这脸可露足了，将来别忘了咱这磕头的把兄弟！"

"大哥，你这叫什么话？我就是不升官，我也忘不了各位呀！"

"来，为你的荣升，热烈祝贺！"

重新更换酒席，大家是猜拳行令，喝着喝着，盛延师想起一件事来："对对，你看我怎么把大事给忘了？"

罗成就问："什么事？"

"军师让我捎封信来，这一见面交给你。光顾高兴，把这茬儿忘了。"

罗成一听，三哥来信了，急于要看看怎么回事儿。

"快拿出来！"

盛延师从怀里取出信，双手呈上。罗成把信瓤拽出来，仔细观看。上面大致的意思是这样写的：

愚兄徐懋功致书罗成贤弟，我弟会师西征，所向披靡，战功赫赫，举世瞩目，愚兄已向天子为弟请功，不久将有特大喜讯。

正是盛延师、丁天庆所说的那件事，往下看：

为将之道，应胜而不骄，败而不馁，严忌得意忘形，忘乎所以呀！苏定方虽败，雄心仍在，实力犹存，弟切不可轻敌。对待此人，应刚柔并用，软硬兼施，能治一服，不治一死，弟如能将此人收降，为我所用，则平突厥灭西夏，事半功倍矣。为大将者，应着眼全局，而不计较个人恩怨，弟阅历丰富，精通史鉴，对此中利弊，定能明达，切记，败兵之将不可穷追，望弟切记谨慎，切记谨慎，小兄不久即可到绵州，与弟共议灭敌之策，纸短情长，书不尽言，切切。

罗成把这封信看了三遍，那脸"呱嗒"就沉下来了。要一般的人，挑不出毛病来。徐懋功哪说错了？情真意切，说得是尽情尽理，罗成就不爱听。他怎么想的？我现在是大将军，我指挥人马，用不着别人约束和指点我，指手画脚，多此一举！我又不是孩子，你不就是我三哥吗？你不就是军师吗？你想干什么？拿我当小毛孩了！他心里不痛快，这是头一样。

第二样，对待苏定方的态度，能治一服，不治一死，他是万难接受。心说：你干什么？苏定方这种人还留着？难道忘了他跟我们老罗家的仇了？他用带钩的箭射死我爹，夜袭北平府，把我们老窝给端了，这种仇叫血海深仇！我一直耿耿于怀呀！不杀苏定方，不把老苏家的人斩尽杀绝，我死不瞑目！你看，我三哥跟我想得相反，还要收他，说什么此人武功盖世，要把他收下，才能灭西夏，平突厥，荒唐！用仇人平西夏，用仇人灭突厥，岂有此理！我们没人了？我罗成干不了啊？用他干什么？荒唐透顶！

总之，他跟徐军师想的截然相反，罗成这脸往下一沉，都挂相，在场的人一看就愣住了，本来挺高兴的事，何必呢？他们知道罗成为什么生气。作为磕头的把兄弟，他们无话不谈，盛延师、丁天庆就劝。盛延师先说："老兄弟，你是不是不痛快？别介！三哥为谁？也为你好。你看我们哥们在阳平关，没短了议论老兄弟你，你战功赫赫，谁也比不了你，众人瞩目，没有不知道的。那么徐三哥怕你骄傲，提醒你点，有则改之，无则加勉，这算不了什么。至于说到苏定方这个事，苏定方虽然是我们的仇人，果然是大将的材料，把他给收降了，给咱们干活，有什么不利呀？这不是好事？你熟读历史，你想想，历朝历代，这种事屡见不鲜呐！是不是老兄弟？所以说……"

"别说了！"

罗成真是翻脸猴，说乐就乐，说翻脸就翻脸，"嗷"一嗓子，把大伙儿吓得全没词了。再看罗成，拂袖而起，转身退入后堂，哎呀，大伙儿都知道罗成的脾气，谁也没敢劝。再说，罗成回到内宅，越想越生气，他一琢磨：我三哥不久要来了，他真要来了，我就得听他的，到那时候更被动了。现在粮台有了，只要不下雨，我就开始攻城，非把苏定方老兔崽子宰了不可！

没想到这雨还真就不下了，罗成出来看看天，这心里宽松了不少，他一高兴，带着亲兵前去巡城，围着这绵州城转了这么一圈儿，隔着红水河，看了看临潭那方向，雾昭昭的看不清。他正在这巡城的工夫，往城下一探身，一看，唐兵押着一串俘虏，都拿绳拴着，打得头破血流的。罗成纳闷，告诉亲兵："去，把他们都给我带到这儿来。"

时间不大，城门开了，把这些俘虏押到城楼上来了。众人一看，大将军在这儿，赶紧施礼："将军您好！"

"在哪儿抓的俘虏啊？"

"回大将军，我们奉命测试红水河的水位，正这时候，遇上这几个小子了。他们是对面城里的，都是苏定方手下的人，跑到这打粮来了，让我们给逮住了。"

"噢，你们办得不错呀！把他们带过来！"

七个俘虏吓得面如死灰呀！跪下了。罗成就问："你们是苏定方的人吗？"

"唉，大将军饶命！"

"废话！是不是苏定方的人？"

"是！正是，我们都是被抓来的。"

"不管怎么来的吧，你们这七个人当中谁是头目啊？"

“回大将军，我是头目。”

罗成一看，这人长得挺瘦，个儿也不高。

“你叫什么名?”

“我叫阿宽。”

“噢，当什么官?”

“一个小小的棚头，这几个人都归我管。”

“先把这几个带下去，把这叫阿宽的留下。”

那六个带走了，罗成就审问阿宽：“我且问你，你们为什么出来打粮?”

“这还用问吗？城里头早就断顿了！弟兄们是饥一顿饱一顿，惨不可言。我们是奉命四外打粮，结果什么也没整着，还当了俘虏。”

“噢！苏定方现在干什么呢?”

“那我可不清楚，他是最高统帅，我是小小的棚头，我怎么敢问?”

“苏定方现在干什么你不清楚?”

“我不清楚。”

“他是在城里，还是在城外?”

“最近一个时期没看着他，就我们大公子苏山说了算。”

“噢，苏定方不在?”

“哎呀，我可听那么一耳朵，说他上哪儿去弄粮食去了。”

这是重要的情报，罗成眼睛一亮：“此话当真?”

“大概差不多少，我这是听副将大人他们议论的时候，我听了这么一耳朵。”

“好吧！把他带下去，再换一个!”

随便又换了一个，罗成详细一问，这个也说：“好像我们大帅不在，走了好几天了，去弄粮食搬救兵去了。”

又带上一个一问，也这么回事儿。罗成做到心里有数了，噢！苏定方不在，前些时，我这儿断顿，他也没吃的了。甭问，他没在临潭，弄粮食去了。好机会！好机会！趁他不在，我何不一鼓作气拿下临潭？就这么办！

他转回身吩咐：“来呀！把这七名俘虏拉到下边砍了!”

一个没剩，“嘁里喀喳”，把脑袋全给砍下来了。罗成转身下城，回到帅府，立刻吩咐：“点鼓升帐!”

就听见鼓响三通，将官到齐，罗成居中而坐，稳如泰山。他往两旁看了一看，提高了声音：“弟兄们做好准备，今天晚间要攻打临潭!”

# 第二十六回

## 失临潭苏定方欲降
## 杀俘虏罗公然绝情

罗成传下命令，夜袭临潭，众将听了非常高兴，本来嘛，憋了多少日子了，都想打仗，战争快结束，好回家，这没完没了的，谁耗得起呀？因此一个个兴高采烈，摩拳擦掌，按罗成交代的，纷纷下去准备。当天晚上，唐营的将官是饱食严装，冒雨出城，偷渡红水河，就摸到临潭城下。到这时候，雨还真停了，但是天可没晴，雾茫茫的，唐兵就靠近城根底下，罗成一声令下，架云梯爬城，三声炮号响，惊天动地！

"哗！"

"噔噔噔！咚咚！嘡嘡嘡！"

放炮干吗？助军威，三军呐喊，争前恐后，纷纷爬城。城上有守城的，人家也是戒备森严，这哥仨儿下了死命令，每个时辰，谁谁谁守城，在这个时间内，如果出了闪失，唯他是问！岗位责任制，这说着玩呢？谁不害怕呀？守城的军兵开弓放箭，灰瓶炮子滚木礌石，好像下雨一样，"啪啪啪"，双方展开了激战！

单说苏山，把一切都安排好了，他躺下睡觉了，他觉得不会有事，多少日子不打仗了，说老实话，也放松了警惕了。他怎么想呢？起来消耗体力，肚子更饿得慌，多少天了，就吃一顿饭，哪受得了？所以他昏昏沉沉，似睡非睡，正躺着，就听外头这个炮响成一个了！他赶紧搁被子就下地了。正这时候，报事的来了："报将军，大事不好了！罗成领兵攻城了！"

"快！备马！"

这阵儿他也忘了饿了，披挂整齐，在辕门外上马，正好苏林、苏凤这哥俩儿来了，哥仨也没说话，骑马到城下，从马上跳下来，顺马道上城。一看，唐兵正好有一部分人登上城楼，正跟手下的军兵厮杀呢！苏山吓得魂不附体，把宝剑拽出来，高声喊喝："顶住！把他们打退！"

把登城的杀绝了，把他们撵下去，哥仨儿同心协力。这一督战，可叹先登上城的唐兵，全被斩杀，一个也没剩。这才把秩序维持住了，哥仨儿瞪着眼睛呼号喊叫的，才过了这道难关。那罗成打算来个出其不意，攻其不备，结果连攻了三次都失败了，此刻罗成立马横枪在高处看着，一瞅自己的军兵成串地从城上掉下来，地下死了一大片，罗成心都疼，他是紧锁双眉，玩这个劲儿，盛延师在旁边："老兄弟，使不得！赶紧下令收兵，照这样下去，咱得死多少人！看得出，人家做了充分准备了！"

"鸣锣收兵！"

"噹啷啷！"

锣声一响，不攻城了。但这一不攻城，城上的人可乐坏了，特别是那苏凤，手提着宝剑，嗷嗷直叫，把头探到外面挑衅："哎？罗成来没来呀？唐营的官兵听真哪！城里有好吃的，你们要不要啊？怎么不攻城了啊？来呀！有种的快攻城啊！"

这是挑衅，他这一说难听话，罗成听得真真的，罗成眼睛一亮，对呀！我何不使用激将法赢他？他虽然说不让攻城了，不等于收兵，这军兵都在城下，罗成吩咐，分成三拨讨敌骂阵，什么难听就喊什么。这倒好办，唐兵吃得挺饱，在这叉腰一站，大伙儿就喊开了，什么难听说什么，那谁不会说呀？祖宗奶奶地骂，把老苏家祖坟都骂翻个儿了！好嘛，这一骂，城上的人接受不了了，你看苏山、苏林能沉住气，老三苏凤沉不住气了："好啊！大哥出兵吧，宁愿战死也不能叫他们骂死！"

苏山一听："不行，老三，你怎么了？爹说得话你忘了？这你还不明白？这是罗成使用的激将法，叫咱们上当，咱一出城就坏事了！他骂他的，咱就是不听，有何不可呢？"

"大哥，你说错了，士可杀不可辱啊！你要害怕，我不害怕，我领一哨军兵去战罗成！"

"不行，我说什么也不能同意！"

"你不同意我也去！"

哥俩儿抬起杠来了，最后苏山没办法了，"啪"一跺脚："我说老三，私下咱是弟兄，论公，我是代理元帅，军令如山，违令者杀！"

一说这话，老三不言语了，赌着气下城了。苏山和苏林以为把三弟镇住了，其实想错了，这老三真拧，上来脾气，九条牛也拉不回！他"噔噔噔"下城之后，点齐自己的亲兵，就三十多人，开关落锁，冲出临潭。苏山在城上看得真真的："哎！那，那是谁？"

"回少帅，可了不得了，三公子出城了！"

"呀呀！老三，你可要了我的命了！"

这哥俩儿呆若木鸡，眼瞅着老三几十个人，几十匹快马，直奔罗成！罗成心花怒放，达到目的了，催马摇枪来战苏凤。苏凤仗凭着年轻，又有把力气，怎能不是罗成的对手？但罗成另有打算，跟他战了十几个回合，虚晃一枪，拨马便走。这苏凤一看，呀呀，都说罗成厉害，这两下子不怎么地，我爹把他捧上了天，把我大哥二哥吓破了胆，嘿！跟我一伸手，败了！罗成啊，你还想跑吗？催马抡锤就追下来了，这苏山看得真真的，扯着脖子喊："老三回来！别追！老三！"

他只当没听见，也可能真没听见。这苏凤追罗成一程又一程，追了半天，罗成没影了。哎？苏凤就一愣啊！我别上当中计呀！回头看，离城太远了，我回去吧！拨马刚想回去，炮号一响，是伏兵四起，盛延师、丁天庆、张公、李义、樊虎、连明，各领人马，都出现了，过来，"哗！"把苏凤给包围了。苏凤本来那两下子不怎么地，被这么多人围住，他能受得了？顾前顾不了后，顾左顾不了右，也就是一照面的工夫，从马上摔下，被唐兵生擒活拿。

消息传到城上，苏山、苏林大叫一声，老三是我爹的心肝宝贝，我爹回来一看，老三没了，我怎么交代？两个人头脑一热，忘乎所以，想要抢救老三，带兵开关落锁，出城就扑上去了！双方展开一场混战，他们怎么是罗成的对手？被唐兵打得七零八落，四散奔逃，眼睁睁瞅着老三叫人家给提溜走了，哥俩儿那肠子都疼折了！实在没办法，哥俩儿哭着商量，苏林说："大哥，算了吧，这是天意呀！咱们回城再商量妥善的办法。"

"老二，也只好如此啊，老三算够呛！"

他们打算回城，结果到城门脸，就听城门这儿"咕噜咕噜"，鼓声阵阵，抬头一看，罗成在城上呢："二位，临潭属于大唐朝，此路不通！开弓放箭！"

"啪啪啪！"

两人这才知道上当，为了救老三，把城丢了。现在无路可去，只好带着残兵败将夺路而逃，找他爹苏定方。见到苏定方，两个人跟苏定方一说，苏定方大叫一声，不省人事，这就是以往的经过。等苏定方醒过来，哥俩儿一五一十，把详细的情况都讲完了，苏定方又哭了："苏凤！我的儿！咳！怎么办？这这这……"

苏定方没心思再打仗了，在锅盔山安营扎寨之后，通宵达旦，眼皮都难合呀！一个是想儿子，另外想对策。他冷静下来仔细盘算，用武力办不到，不是罗成的对手。现在军心涣散，这一条实现不了。那怎么能救我儿子呢？哎，引申一步，他把刘黑闼想起来了：这个黑炭头！此次我去搬兵求救，你听他说得那几句话，太难听了！叫人心寒呢！我现在立了军令状，不能收复失地，他非杀我不可！这怎么办呢？难道说我就不兴另想办法吗？苏定方想来想去，其他的路都行不通，只有一条危险的路，投降！苏定方心说：就凭我这身份，投降太难听了。但是事情逼到这儿，也迫不得已，有道是良心丧于困地，我这么做也不算对不起刘黑闼，也不算背叛，我这叫弃暗投明。听说李世民是个英明的天子，这人错不了！我现在将功补过，他能不要我吗？凭着我的名誉，凭着我的武艺，他得双手欢迎。罗成能答应吗？罗成很难对付啊，他跟我有国仇还有家恨。又一想：罗成也是人，也有七情六欲，他得顾全大局，我这么做，他少了多少麻烦，他得少死多少人，他得省了多少工夫。如果他能这么想，就不计较个人的恩怨了。咳！

为了儿子，没有办法，苏定方痛下决心，天还不亮呢，把俩儿子苏山、苏林给找来了，还有几位心腹的大将刘天林、刘天立也参加了。苏定方把门关上，压低了声音："各位呀，我现在是走投无路了，咱们现在到了紧要的关头，方才本帅想了下下策，说出来你们别笑话我，我打算弃暗投明，归顺大唐。"

谁都没想到这手，参加会议的人大吃了一惊，你看我，我看你，半天没说出话来。苏山和苏林一听："爹，使不得呀！这太危险了！您怎么能想出这么个主意来？使不得！"

"为什么？"

"爹您想，咱是败将，罗成都恨死咱了！如果我们投降，无异于自投罗网，那不等于我们自己去送命啊？现在虽然困难，我们有兵有将，还能支撑一阵子，也不敢说就永远不打胜仗了。但是爹的意思我明白，你主要考虑老三，光为他一个人您就投降，绝非上策呀！恐怕罗成不能答应吧？"

"是啊！"

其他人也附和。刘天林说："大帅，我看这个事一点把握都没有，这罗成气死小辣椒，不让独头蒜啊！您要去了，太危险了，大帅三思！"

"别说了！我一晚上没睡觉，考虑上百遍了，不会发生问题的，只有走这条路，否则我们就得全军覆没，死无葬身之地！"

刘天林就说："我说大帅，能不能这样？咱们稳妥一些，您别露面，先派个人跟罗成交涉。如果有把握了，就按您的主意办，您看怎么样？"

"是啊，我也不敢轻易冒险。怎么办呢？哎，天林哪，既然你说到这儿，你能不能替我辛苦一趟，去见见罗成？"

刘天林迟疑了一下，马上站起来："大帅，末将愿听军令！"

"好！天林呢，你跟我多少年了，你我弟兄也不分彼此，希望你到那看看三少爷，瞅瞅我那犬子，是活着呢还是死了？如果你能办到，跟罗成谈好了，把老三领回来，我忘不了你的大恩！请受本帅一拜！"

老头子说着就哭了！"扑通"跪下。刘天林一看，也跪下了："大帅不可如此！末将赴汤蹈火，万死不辞，尽全力把这事给办好。"

"那我谢谢你了！我这写封信你带着。"

多难哪！提笔在手，写了封信。斟酌斟酌词，觉得差不多少，修改修改，又誊了个清，然后用了印，把它封存，交给刘天林。他告诉刘天林："你去千万保密，这种事情不能让军兵弟兄们知道，要知道就毁了！”

“您放心，我知道。”

别人也没词了，单说中军大将刘天林，带着苏定方这封信，四名亲兵，冒着生命危险，赶奔临潭。等到了城根底下一看，嘿嘿，曾几何时，我们还在这驻兵呢！没想到现在换了主人了，罗成跑这住着来了。咳！真是胜败难料啊！刚到城门口，这让守关的城兵给拦住了：“站住！干什么的？”

“哎，各位别误会，我是大帅苏定方派来的使者，我有急事求见大将军罗成，烦劳各位给通禀一声。”

“你叫什么名？”

“我呀，我叫刘天林，官拜中军主将。”

“下马！”

几个人从马上跳下来，把手举起来。到这就得听人家的，五个人把手高高举起，佩剑、佩刀、匕首，带尖的，带刺的，都没收了，一看，零碎皆无。

“这么办啊，只能允许一个人进去，你们几个在外听信！”

把他们锁到空房里头，把那四个亲兵关了禁闭，有人守把着带着刘天林进了城。刘天林一句话也不说，人在矮檐下，怎敢不低头啊？一直到了帅府辕门：“站住！别动！”

有人到里头送信去了。单说罗成，美！嘿！达到目的了！为什么呢？看看攻临潭，这仗打得多漂亮！还抓了个大俘虏，人前显圣，鳌里夺尊，但美中不足的，没抓住苏定方，没把他全军消灭。等着机会，所以排酒祝贺。正谈论这个事，报事的进来，一说：“有个叫刘天林的，求见大将军，他是苏定方派来的使者。”

罗成多聪明，沾点就犯啊：“哈哈！各位看见没？老匹夫苏定方又在耍花活，有什么可谈的？就是为他儿子而来！”

樊虎就说：“老兄弟，不管怎么说，把他叫进来问个清楚就得了。”

“正对！残席撤下，升厅！”

升坐帅厅，众将官分立两旁，罗成把桌子一拍：“来呀！叫那个刘天林进来！”

刘天林往里走着一看，两旁边密排刀斧手，杀气腾腾，他那心就提到嗓子眼。等走进帅厅，抬头一看，居中而坐的正是罗成，那脸沉着，怀抱着令旗令箭，往两旁看，众将官分立在左右，一个个是盔明甲亮，整齐严肃。刘天林这心“咚咚”直敲鼓：“参见罗将军！”

一躬到地。罗成“啪”把桌子一拍：“见着本大将军，因何不跪？”

刘天林也不是省油的灯：“回将军的话，我不是你手下的战将，我不是大唐朝的臣子，我干吗要跪？”

罗成闻听，勃然大怒，用手指着刘天林的鼻子：“你是不是活腻味了，想要在这放放血？拉出去！砍！”

给推出去了。哎呀，满营众将一看，有点过分，还没问问人家的来意，抓一着之错，就给砍头。所以这樊虎仗着胆子说：“大将军，刀下留人！杀不得！”

“为什么？”

“是，这个叫刘天林的的确有点失礼，但是您呢，别忘了，两国相争，不斩来使。他说得也有一定的道理，他又不是你手下的战将，又不扶保大唐，鞠个躬也就可以了。”

“哈哈！”

罗成没言语，一阵狂笑把大伙儿笑蒙了。

“大将军，您这是何意？”

“你们以为我真杀他？我这叫杀杀他的威风！把他推回来！”

哎呀，等中军主将刘天林回来，脸都绿了！谁不怕死？在顷刻之间，刘天林还想：这个罗成是个疯子，这人怎么这样？我早知如此，不该来！等回来了，他心放下了。罗成一笑：“刘天林，我跟你开个玩笑，你怕了？”

“回大将军，身为武将者，生又何欢，死又何惧？我不怕！”

“是吗？那好，方才我记得你说句什么，你奉苏定方所差，给我送书信来了，我没听错吧？”

“没有。”

“那么信在何处呢？”

“噢，在我怀里。”

刘天林取出来，往上一递，有人接过来，转呈给罗成。罗成半天都没动这封信，嘴角撇着，满脸的瞧不起，最后慢悠悠把封头撕掉，信瓤拽出来，似看非看，用眼角的余光瞟了那么几眼。字不多，大致的意思是说：

苏定方拜上大将军罗成麾下：

我苏定方有心弃暗投明，恳请大将军收留，如果您能做到这点，指明受降的地点和日期，我苏定方率全部人马放下武器，之后为大唐朝尽心竭力，征讨突厥，肝脑涂地，万死不辞，俯首帖耳，急期回音。苏定方。

咱这么说吧，苏定方是一个字一滴血，说得言辞恳切，但是罗成不屑一顾，看完了之后，哼了那么两声：“刘天林，苏定方做出这种决定，我认为是正确的，以他的才干，要文有文，要武有武，上马指挥千军万马，这是难得的人才，弃暗投明走正路这也是对的。俗话说，良臣择主而侍，良禽择木而栖嘛！不过话又说回来了，他想得倒是不错，他想没想到，我能不能答应呢？”

刘天林一看罗成的表情，说话的口风，情知不妙，话里带着刺。刘天林赶紧深施了一礼："大将军，容在下回禀。我觉得大将军八面威风，以您的身份而言，深明大义，绝不会把我家主公拒之门外，我想您会答应的。"

"是吗？你知道不知道我们两家的仇恨？数年前，苏定方夜袭北平府，用带钩的箭射到我爹眼睛上，我爹为此毙命，北平府丢失，害得我家破人亡啊！我母亲身体本来很壮，因为受惊吓，悲伤过度，一病不起，终于搭上那条老命。此仇不共戴天！我焉有不报之理？噢，他想投降，投降了，什么事都结束了。能有那好事吗？你说呢？"

"唉，大将军，应该以大局为重啊！这件事情不能以个人的恩怨做主题，恳请大将军还是度量大一些。"

"呔！别说了！我度量大一些，你说得倒是轻巧！我告诉你，这件事绝不可行，你回去告诉苏定方，把脖子洗干净了，我现在就要拿他开刀！"

咱这么说，罗成啊，这套词说得不怎么样，满营众将听了，也觉得有点刺耳，何况是刘天林？再看那刘天林，汗珠子滴滴答答往下直淌，后来体如筛糠。刘天林并非害怕，是气得！心说：罗成啊罗成，欺人太甚了！有道是杀人不过头点地，你这是干什么？往绝路上逼我们？可叹我家元帅，怎么选择了这么条路？受人家讥讽，叫人家瞧不起，结果还叫人家拒绝了。我回去，我怎么传达啊？看今天这个形势，罗成还不一定能把我饶过呢！

罗成说了半天，最后又乐了："哈哈，刘将军，方才我是打个比方，说实话，苏定方能够投降，我是双手欢迎，我很高兴，这条路他选择得十分正确。你可以回去转告苏定方，原地待命，把花名册给我报上来，好吗？"

呀！刘天林一听，丈二和尚摸不着头脑，这罗成一会儿喜一会儿怒，这究竟是怎么回事儿？简直有点发傻了。

"大将军，您说得是真的？"

"军中无戏言，我能跟你开玩笑吗？"

"既然这样，我替我们大帅，多谢大将军了！"

"到下边吧！听说你们粮食不多，我这儿粮米有的是，你可以饱餐一顿，休息片刻，就可以回去了。"

"多谢大将军！"

刘天林把汗擦了一擦，但是有些话还得说："大将军，我还有个小小的要求。"

没等他说，罗成就明白怎么回事儿了："你是想见见你们三公子苏凤吧？"

"对对，大将军圣明！临行之时，我家大帅交代过，不管怎么说，我见见我们三公子。活呢，见个活人，死见一下尸体，不知大将军肯否？"

“哎，这个要求并不过分，来人！把苏凤带上来！”

刘天林一听，这是没死，死还能带上来吗？心里就“咚咚咚”跳成了一个儿了。等着吧！等了好半天，就听外头传进脚步的声音，人影一晃，就见三公子进来了，后边跟着四名身强力壮的刀斧手，各抱鬼头刀，架着苏凤。刘天林张大眼睛一看，都不认识了！才隔了几天，这个人都脱了相了！就见苏凤是披头散发，衣服破碎，血迹斑斑，满身的伤痕。还用问吗？那是打得、折磨得，左边眼睛青了，脸上血块一块挨着一块的，走起路来还一瘸一拐。刘天林真心疼啊！再看苏凤，来到里边，往上瞅了一眼，立而不跪，别看这么狼狈，哎，这气质不衰，脖子梗梗着。罗成看了他一眼：“苏凤啊，看样子，你还是有点不服气啊！你往旁边看看，那是谁呀？”

苏凤还真就没看见，听罗成这一说，甩脸观瞧，对面站着一个人，哟！这不是中军主将刘天林刘将军吗？他激动得连话都说不出来，刘天林赶紧过来，抓住苏凤的手：“三公子，你还好吗？还认得我吗？”

“刘将军，我怎么不认得你？”

“三公子，我奉大帅所差，前来见你。能见你一面，我就放了心了！回去跟大帅一说，大帅也就放了心了。三公子，你没受什么委屈吧？”

“别说这个，刘天林，你怎么上这来了？你想干什么？罗成怎么允许咱见面的？”

“唉！咳！一言难尽！三公子，长话短说，大元帅决定投降了，跟大唐要兵合一处，将打一家，之后要扶保大唐，所以我才来的。我给罗大将军下书来的，顺便来看看你。”

“什么？投降了？你说得是真的还是假的？”

“三少爷，这，这还假得了吗？千真万确！”

“糊涂的爹爹呀！你怎么能做出这种荒唐的决定？谁投降我也不降！”

刘天林一听，我的爹！我好不容易哀求得罗成答应了，好嘛！你这一句话全给推翻了！刘天林都不知道说什么好了：“三少爷，大概关押多日，您精神有点不正常了吧？三将军，可千万别这么说话！”

满营众将听得清清的，罗成靠到椅子上，沉着脸，眯缝着眼睛听着。到了这阵儿，他忍无可忍了：“哎，我说苏凤啊，你干什么？这是什么地方，你鸡毛子喊叫？你爹投降就是投降，他选择得没有错。苏凤，能不能给我服个软呢？你求求我，我马上把你放了，然后回去见你爹去，你看怎么样？”

刘天林一听：“三少爷，说句软话吧！罗大将军开恩了，快说呀！”

这苏凤不听便罢，听完了，是暴跳如雷！

“呀呸！罗成啊，你想得倒美！我苏凤铁骨铮铮，不是软骨头！我给你赔礼，我错在什么地方？我冲什么给你服软？你是他妈什么东西！”

哎哟！苏凤“噎噎噎”这几句话，罗成接受不了：“好！苏凤，这叫天堂有路你不走，地狱无门你自来投！拉出去！斩！”

事情发展到这个地步，无可挽回了，刘天林都傻到那儿了，张口结舌，不知道说什么好，眼睁睁看着刀斧手把苏凤推出去了。时间不大，提着脑袋进来了，往地上一放：“回将军，苏凤已经正法！”

“把尸体掩埋了。刘天林哪，你可是见证人，你看得清清楚楚，我罗成没心要他的命，他可是自己找的！你回去吧！也不能让你白来，把人头拿了回去！”

“好吧，多谢大将军！”

刘天林哭了，要了块布，包着人头，这眼泪滴滴答答往下直淌，怎么出去的，怎么迈的步，他一点都不知道。昏昏沉沉走出城门，有人开开城门，把四个亲兵给放了，把他们的东西交还给他们，战马拉过来，刘天林哭着上了马，一路之上一语皆无啊！蔫头耷拉脑，心说：见着大帅，我怎么说呀我？但是再怵头，也得回去，大帅等着回信。他又恨罗成太狠，又恨这苏凤不懂事，你真是自己找死！把你爹逼上绝路，要了命了！

路上无话，回到锅盔山联营，辕门下马，有人禀报。苏定方正着急等回信，刘天林走了之后，苏定方干脆就没坐着，倒背着双手，在屋里来回直遛，别人也没法劝，也不知道说什么好。等啊等啊，连饭都没吃，正在这时候，刘天林回来了。苏定方一听，眼睛就一亮：“请他进帐！”

刘天林拖着沉重的脚步，进了大帐，“扑通”就跪下：“大帅！”

这一下，无异于当头一棒，苏定方马上就明白了！好半天才问他：“刘将军，说说吧，怎么回事儿？”

“大帅，我把三少爷的人头带回来了！”

说着把包解开，往前一推。苏定方一看，顿时就死过去了！营帐里就乱了套了，苏山也哭，苏林也喊叫，满营众将也擦眼泪，再抢救苏定方。折腾了很长时间，苏定方才缓过来：“我的儿啊！”

抱着苏凤的人头，又哭死过去，再抢救，明白过来再哭，又昏过去了，就折腾到点灯，这个乱哪！苏定方连着昏厥了三次，还真禁折腾，到底没咽这口气。经过大家苦苦相劝，苏定方这才止住悲声，要不说，还是个大将军。

“来呀！人头拎了下去，到锅盔山之处，暂时掩埋，留下标记。”

“是！”

“快！”

看着人头他伤心，快点埋了就得了。然后苏定方把刘天林叫到面前：“天林，你何罪之有？你没有错，本帅绝不怪你，你把情况详细讲来。”

“是!”

刘天林这个人比较诚实，既不夸大也不缩小，原原本本把经过讲述一遍。苏定方听完了，一恨罗成二恨儿子，心说：小冤家，你要不是这么拧，何至于做了刀下之鬼？时也运也命也！归根到底，他是恨透了罗成了。苏山还埋怨他爹：“爹，你看怎么样？偷鸡不成反丢一把米，落得叫他耻笑，咱怎么收场？这要传到后汉王耳朵里，里外不是人!”

苏定方追悔莫及呀！儿子再说难听的也不为过呀！自己恨自己：我真不是个人！我活了半百了，怎么做出这种荒唐决定？报应啊!

苏定方顿足捶胸，连连长叹。这一晚上，苏定方没合眼，想到三儿子惨死在刀下，掉眼泪，想到罗成，气炸连肝肺。他把这个眼光就落到地图上，那年月也有地图，他盘算来盘算去，哼！眼睛一亮，心说：苏定方啊，你糊涂了？是，你不是罗成的对手，但是你得动动脑筋哪！逢强智取，遇弱活擒呢！你怎么把这条忘了？对！我从这方面下下功夫！他想啊想啊，真是苦思冥想，终于想出一条计策，对！就这么办，管叫罗成准死无疑!

当天晚上，他把众人请来，把自己的想法讲述出来了。大伙儿一听，可乐坏了：“嘿嘿！真是好主意!”

# 第二十七回

## 下书信苏定方布阵 救兄弟程咬金拼命

苏定方走投无路，想了个主意，欲置罗成于死地，满营众将，包括俩儿子，无不鼓掌称善："太好了！早有这个主意，何至于丢人现眼呢？"

一致通过。苏定方给儿子报仇心切，也抖起了精神。

针对罗成的弱点，苏定方又写了书信，这回不是派人送去，是用箭射到临潭城里。罗成得着这封信了，打开一看，上面说得清楚：罗成啊，我苏定方前者并不是真心投降，我使的是诈降计，你把我儿子杀了，不共戴天的仇恨，我跟你完不了！现在本帅在大小锅盔山布下大阵，你罗成有种的，敢破我的阵吗？知道我摆的什么阵吗？你要来，是名副其实的英雄好汉，你要不来，实属贪生怕死之辈，叫天下人耻笑！落款苏定方。

罗成是什么人，看罢之后笑了："哈哈，苏定方啊，前者你明明真心投降，后来一看，没辙了，你现在改变了口风，你这叫掩耳盗铃，自欺欺人！不管怎么说，你是被我给吓住了。噢，摆了一座阵，你会什么阵？我罗成从小就研究阵法，像什么一字长蛇阵，二龙出水阵，天地三才阵，四门兜底阵，五虎群羊阵，六丁六甲阵，七星北斗阵，八门金锁阵，九子连环阵，十面埋伏阵，你说什么我不懂？你跟我玩这个，这不是笑话吗？"

马上点鼓升帐，把信叫大伙儿看了，然后做出决定，分兵三路，要攻打大小锅盔山。令箭传出，众将你看我，我看你，金甲跟他关系不错，大着胆子过来："大将军，老兄弟，我说两句行吗？"

"大哥有话说吧！"

"老兄弟别忘了，苏定方这叫狗急跳墙啊！我记得兵法上说什么，败兵之将不可穷追，追来追去，必然吃亏。现在苏定方都红了眼，什么招数都有，大将军千万不要掉以轻心。反正我这么看，这封信虽然不长，这个意思想要叫您上钩啊！用激将法，把您激进大小锅盔山，而后设下埋伏，对您可不利啊！"

"是啊！"

“是啊！大将军三思！”

“老兄弟，好好想想才是！”

这些把兄弟都不放心，几乎是异口同声劝阻罗成，罗成那脸“呱嗒”沉下来了：“各位什么意思？你们要干什么？你们认为我罗成胡来吗？各位呀，你们放心，我这么决定没有错，我不疯也不傻，你们听听是这个道理不？苏定方虽然是狗急跳墙，可他能跳到哪去？他是我手下的败将，军心涣散，不堪一击，他这叫说大话使小钱。即使他真是骗我上钩，他能钩住我这条大鱼吗？他有那种能力吗？有道是兵贵神速，一鼓作气，以获全功啊！现在摆在眼前的形势对咱多有利呀！咱何必瞻前顾后呢？坐失良机，悔之晚矣！各位盟兄，你们放心吧！没错！”

“我这……”

“这……”

大伙儿一听，罗成说得也不是没有道理。

“好吧，既然你这么决定了，但愿马到成功！”

“听我的令箭，樊虎！连明！”

“在！”“在！”

“我给你们马步兵三千，作为我左翼。张公！李义！”

“在！”“在！”

“给你们兵马三千，作为我的右翼。我自统中军，带着八千弟兄，赶奔大小锅盔山去会苏定方。切记，到了那块之后，给我穷追猛打，不准手软！勇往直前者，立功受奖，畏刀避剑者，格杀勿论！听见了吗？”

“听见了！”

“遵令！”

他转身跟金甲、童环说：“二位盟兄，你们辛苦辛苦，留在家里，替我镇守临潭城。如果粮草到了，你们先代我接收，好吗？”

“是，大将军放心！”

“您放心！”

罗成张罗了一晚上，到次日平明，点炮出发。三路大军浩浩荡荡，赶奔大小锅盔山。金甲、童环送他走了以后，哥俩儿回到帅府，不知道为了什么，闹心哪！咳！哥俩儿就在这看着，金甲跟童环说：“我说兄弟，你觉得这次能行吗？”

“谁知道啊？看老兄弟的意思，有十足的把握。”

“是啊，他倒是有把握，咱心里没底呀！苏定方也不傻呀！这不明摆着的事吗？用激将法，叫咱们上钩入套。万一有点闪失，可怎么办呢？”

“是啊！我也这么担心。但是这话咱不敢说呀！罗成那个人你还不清楚？忠言逆耳，咱们官小职微，又没多大的能耐，说话还不如放个屁！”

“哎！”金甲突然想起来了，“我说这么办行不行？咱们把这一情况快禀报军师和四哥程咬金，让他们拿个主意。”

“哎！对！行！”

就这么，他俩写了封信，把这情况如实地写上，派人骑快马去送信。说着话，早上起来做的决定，没到中午呢，送信的人回来了，金甲、童环就一愣：“怎么回来得这么快？”

再看送信的跪倒禀报：“报二位将军，说来也巧，小人刚走到半道，正遇上军师和程老千岁。他们押运着粮草，带着一万军兵从阳平关来了。”

“噢？现在何处？”

“已到营门。”

“迎接！”

金甲、童环高高兴兴亮全队迎接，往对面一看，徐懋功骑着马，程咬金在旁边陪着，后边无数的兵将，两个人赶紧过去施礼：“三哥！四哥！你们来得正好！”

“嘿嘿，又见面了，有话咱里边谈吧！”

进了帅厅，徐懋功和程咬金坐下之后，往左右看看：“大将军罗成呢？”

“走了。”

“走了？上哪儿去了？”

“去打大小锅盔山去了。”

“为什么？”

“我们正想跟您说呢，您先看看这封信，这是特为派人给您送的，结果半道遇上您了。”

把信往前一递，徐懋功展开一看，半天没说话，程咬金急得抓耳挠腮：“我说三哥，您就这点不好，你心里有数了，就不管旁人了，你倒叫我清楚清楚！”

“噢，我给你念念这封信。”

徐懋功从头到尾念了一遍，金甲、童环和满营众将做了补充，程咬金一听，把大蓝脑袋一拍：“嘿！这明明是激将法，设下了圈套，他怎么就往里头钻呢？我说三哥，这可不行，赶紧叫他回来！我想从时间上判断，他走不多远，现在派人撵他，还来得及。”

“晚了！”

“噢？何以见得？”

“四哥呀，你想一想，老兄弟罗成性骄气傲，心如火烧，他能走得慢吗？肯定是兼程前进，已经过了一上午了，上哪儿追他去？”

“不追也得追呀！我说三哥，你估摸这个事儿能怎么样？”

“我估摸着苏定方没安好心呢！这是最后的决战，不定要弄什么阴谋诡计。”

“是啊！我就为这事，我替老兄弟担心。三哥，要不我去撵撵他？无论如何我把他拉回来，有事咱们商议决定了，再叫他去。就是他再不愿意，他也得听咱的，你是总监军。三哥，你看怎么样？”

“也好，老四，非你不可！派别人去等于没派，别人镇不住罗成，他也不听，只有你才有这资格。那你就辛苦辛苦！”

“好嘞！我多带几个人。”

程咬金往周围看看，点了几个人跟着他，又点兵三百，离开临潭，就追下去了。

话分两头，单说罗成，这罗成啊，恨不能肋生双翅，飞进大小锅盔山，拼命地叫军兵快走。这军兵一天一夜就走出一百八十里来，脚都磨出燎泡来了！谁敢说个不字？这一天终于来到大小锅盔山的山口。

“吁！”

罗成把马带住了：“来呀！四处寻找后汉王的军队，看看苏定方在哪儿呢？”

“是！”

结果派出五路人马，转悠一天，回来了：“回大将军，没有踪影啊！”

“没人啊！”

罗成一愣，莫非苏定方跑了？噢，就这主意，就这阵法，真叫我一笑！又一转念不可能：苏定方不是那种人，既然他没跑，他埋伏在哪儿了呢？他一看，这山太大了，山连山，岭连岭，山岭重叠，怪石横生，漫山遍野都是古木参天，道路崎岖，立石如刀，卧石如虎，那草都长没房顶，上哪找苏定方去？张公、李义一看：“老兄弟，咱这么办，咱们都累了，是不是稍事休息，然后再派军兵打探？你也够累的，下马歇歇，等攒足了精神，再战也不迟。”

这张公、李义也是大着胆子说这几句话，没想到罗成答应得挺痛快：“好吧，传令原地休息！”

军兵一听，一咧嘴，哎呀，真是没想到，日头从西边出来了！有的躺到地上就不动了，有的饮马，有的找水喝，有的靠到树上闭目养神，什么模样的都有。要在往常，罗成早就不干了，今天情况特殊，他一看，军兵的确累坏了。罗成从白龙马上跳下来，有人把马牵走，刷洗饮遛，把小板凳给搬来了，罗成把盔头摘了，甲胄卸了，在这儿凉快凉快。他觉得这个天呢，非常干燥，身上挺难受，他坐下之后，火头军埋锅造饭。哎，正在这么个时候，报事的来了：“回大将军的话，有人要见您！”

“见我？什么人？”

“是个出家的道士，年纪可不小了。”

“他是干什么的？”

“我们问他了，他不说，说不见着大将军，他绝不说。”

“把他带到我这来！”

有人下去了，时间不大，领来个老道，罗成坐到小板凳上，仔细打量，一看这老道太老了，个儿不算高，骨瘦如柴，青筋跳起来多高，那大眼皮往下垂着，看不着眼珠，鹰钩鼻子、菱角嘴，一绺银髯洒满前心，不过梳理得很不好，跟那乱草差不多。身上穿着灰布道袍，腰里系根丝带，手里拄着一根拐杖，后边还背着个兜子，走起路来，看那样子还挺不方便，慢慢腾腾来到罗成近前。军兵介绍：“哎，老道，看见没？你面前的就是我们征西大将军，罗将军，还不过去施礼？”

这老道一听，点了点头，声音又沙哑又粗：“无量天尊！贫道见过罗大将军，无量天尊！”

嘿嘿，罗成一看，老到这个份了，你还出来溜达干什么？

“我说道士，高龄几何呀？”

“还小呢，八十有九。”

“好！快九十了，你真个是老寿星！出家在什么地啊？贵上怎么称呼？”

“你说什么？”

众将就说：“问你在哪儿出家，叫什么名？”

“咳！一言难尽哪！我出家在九合宫，离这老远老远了，因为这年头兵荒马乱的老打仗，我那道观被烧，贫道无处投奔呢，云游四海，到处为家，我娘家姓吴，我叫吴慈恩。”

“叫什么？”

“吴慈恩。”

“噢！”

罗成吩咐手下人，去再搬把凳子，叫他坐下，还真不错，赏给老道一把凳子，老道也不客气，坐到罗成对面。

“您老想喝点水吗？”

“哎呀，我嗓子实在是干渴，要讨口水喝，我求之不得！”

当兵的把水袋拿过来了，这老道真渴了，嘴对嘴，长流水，喝了几气，喝饱了：“咳！多谢罗将军！”

“道士啊，要见我罗成有什么事儿吗？”

“哎，罗将军哪，我有一事不明，当面领教啊！”

“讲！什么事你不清楚？”

“你带着这么多的军队这是要上哪儿去？”

“我要进大小锅盔山。”

“干吗去?”

“打仗啊！我要跟苏定方决战!”

“为什么跟他决战呢?”

刚说到这儿，张公、李义过来了：“哎，老道，这是你问的事儿吗？这属于军事秘密，不必多问，要为这事儿，快走!”

罗成一摆手：“别。”

罗成还上来耐心了，挺爱跟他搭咯：“我说道士，你打听这个干什么?”

“咳！别看我老了，我跟我老师学的，能掐会算，善指阴阳啊！我能算出来国运的兴衰，能算出来打仗的胜负，甚至能算出寿命多少啊!”

众将一听，全乐了：“你别看这么大年纪的老道，还会吹牛呢!”

罗成满脸严肃：“噢，这一说，你不简单哪！那么你给我算算，我这一仗能输啊是能赢?”

“不用算，我看了你的五官，罗将军，实不相瞒，你印堂发暗，眼前有一场大祸呀！这还用问吗？你是必输无疑!”

众将一听，“嗷”一嗓子把老道围上了，拽出刀剑：“你胡言乱语!”

“你胡说八道!”

“把他剁了！把他剁了!”

你别看大伙儿咋呼，罗成不发话，谁也不敢动手。罗成用眼睛看了看大伙儿，示意众人退下，大伙儿没办法，收起刀剑，退在两旁。罗成又问他：“我再问你，你看看我能活多大岁数?”

“哎，罗将军，这我可不敢说。”

“说嘛！算卦嘛！你有什么就说什么，但是要跟我说实话。”

“大将军，方才我说了，你要进了锅盔山，非打败仗。那么打了败仗，你还活得了？我想今、明、后这三天，就是你的死期!”

一句话说得罗成透心凉啊！要说罗成不信迷信，那叫瞎话，但是罗成呢，又不是十分相信，确切地说，他是半信半疑。罗成心说：甭问，这个牛鼻子老道不是后汉王刘黑闼派来的，就是苏定方派来的，妖言惑众，乱我军心哪！想到这儿，他眉眼立起来了，冷笑了一声：“我说吴老道，你究竟是什么人？莫非你是苏定方、刘黑闼派来的不成?”

“哎，别这么说话。刘黑闼、苏定方是谁，贫道都不清楚。”

“哼！人是木雕，不打不招；人是苦虫，不打不成啊！左右拿下!”

众人听这话也别扭，瞅这老道怎么这么不顺眼！“呼啦”过来一抓他，都没想到，刚才那个老道大眼皮耷拉着，弯腰驼背，一阵风都能刮躺下。这一说抓他，他来了精神了，“噌”站起来了，把肩膀一摆，脑袋一晃，变成两样人，眉眼也立起来了，眼皮也撩起来了，从眼里头放出两道凶光，把掌中的拐杖抡开了，左右开弓，“噼里啪啦，噼里啪啦”，打躺下七八个，紧跟着一塌腰，“噌噌噌”，就钻进树林。罗成一看：“我没看错吧？一定是苏定方的人！带马抬枪！”

等他上了马，提着枪，再追这老道，是踪迹不见！这身法就这么快！罗成心说：好大的本事！看来此人夜行术的功夫不含糊，怪我方才费唾沫，就应该见面就把他拿下。众将都劝：“大人不见小人怪，这是个什么东西！大将军何必跟他一般见识？他无非江湖术士，惯耍嘴皮子而矣。”

罗成听着也是这么个理儿，但是还是生气，看看天色，这会儿大伙儿也歇个不大离儿了，罗成吩咐一声：“列队进山！给我寻找苏定方，一定决一死战！”

张公、李义一看就一皱眉：“老兄弟，我们看这么办得了，这个老道尽管胡说八道，但是说得这话叫人心里十分不痛快。苏定方诡计多端，你看这大山，山岭重叠、怪石横生，你知道他眯到哪儿了？人家熟悉地理，咱们不熟，是不是呢？一旦中了奸计就不好办了！大将军，我看咱们就宿营宿到这儿，休息一晚上，派弟兄们打探他们的情况。等摸清了，再进兵也不迟。”

“哼，二位仁兄，你们过于谨慎了，苏定方有什么了不起？那是我手下的败将！现在跟我捉迷藏，说明他心虚，不敢跟我见仗。越是这样，咱越找他，不必多说！我意已决，进山！”

谁也不敢多说了，都知道罗成的脾气，吐个唾沫是个钉，他决定的事情，谁也无法改变，所以大伙儿硬着头皮，跟着进山吧！跟随罗成进了大小锅盔山。

一夜晚间过去，次日天光见亮，日头爬上了山头，金光万道，照射着大小锅盔山，偶尔的时候，飘过一块云彩，往天边上一看，天边的云彩可不少，真要刮起风来，说下雨就下雨，变幻莫测。正在这个时候，来了一支军队，从旗号上看，是大唐朝的军队，旗脚下并列四员大将，为首的是老头子，肚子都出了号了！胯下马，掌中车轱辘大斧子。还用问吗？正是程咬金程老千岁！程咬金的身边是齐国远、李如辉、毛公旦三员大将，往后瞅，三百骑兵。程咬金受命追赶罗成，拼命地追，拼命地赶呢，这才来到大小锅盔山。他跟罗成只差半天的路程，那就没地方找去！等进了锅盔山了，程咬金立马横斧子，看了看地形：“哎呀，我说老齐呀！你们瞅瞅，这地方太险要了！一眼都望不到头的山脉，你说咱老兄弟在哪儿呢？”

“是啊！我看咱没地去找去。”

“没地方找也得找！拼死拼活也得把他找着！”

“是，我们也那么想的。”

进山往里走，三百多人进了山了，又走了五六里地，可了不得！就听见炮号如雷，把程咬金的大肚子蝈蝈红震得跳起来多高！

众人闪目观瞧，正东正西正南正北，四面八方全是苏定方的军队，刀枪似麦穗，剑戟如麦林，旗幡招展，队伍整齐，把老程他们困在当中。谁不害怕？程咬金暗道不妙，中了埋伏了！但是他经验也非常丰富，心里虽然慌乱，表面上却很镇定："来呀！摆下圆阵！"

什么叫圆阵？他的三百多人，"哗"，马头朝外，马屁股朝里，围了个圈，那些骑兵把马刀、弓箭都准备好了，离远处看，就像个大刺猬差不多少。程咬金这心里多少还安定了一点，揉揉眼睛仔细看，正面一员大将，金甲绿袍，手托大刀，看年岁不大，旗号上有个苏字。往左面看，旗号上也有个苏字，马鞍桥一员大将，红铜盔红铜甲，掌中使双刀。往这面看，一员大将，银盔素甲，白马大棍。程咬金不认得，往后看，不认得，他正是大将刘天林！还有那个上年纪的老道，吴道人。原来这老道是苏定方的一个师叔，这次巧了，看望苏定方，被花刀将把他留下了。苏定方现在正没人呢，一看老道来了，喜出望外："您得帮帮我的忙，别走了！"

吴老道排兵布阵非常有两下子，他向苏定方了解了两军阵前的情况，苏定方把自己的计策跟他一讲，两个人一拍即合，罗成啊，真没料错，他就是扰乱军心去的，现在呢，他就是苏定方手下的参谋长。这老道不是东西，但是功夫十分了得，掌中这条铁杖，乃万人之敌呀！

程咬金一看被人家包围了，这心都提到嗓子眼儿了，齐国远、李如辉发傻了："四哥坏了，咱要玩完！"

"放屁！谁玩完，咱也不能玩完！看我的！"

再看程咬金，催开战马来到最前边，没说话之前，先耍了一顿斧子，耍完了斧子之后，高声断喝："呔！你们干什么？有头没？叫你们那头过来跟我搭话！"

老道过来了，来到程咬金的马前，二目射着凶光："无量天尊！不用问，你是程咬金吧？"

"哎，正是我老人家，我说你是谁呀？"

"无量佛！连贫道都不认识？我告诉你吧，苏定方是我的主帅，我是他的军师吴道爷是也！"

"噢！你还是个军师？甭问，你肯定是个狗头军师。我且问你，我老兄弟罗成现在何处？你们把他骗到哪去了？牙崩半个不字，我叫你在我的斧下做鬼！呀呀！"

程咬金真能唬人，大嘴岔一咧，哇哇直叫，震得山谷都应回声。老道冷笑了一声："程咬金，少来这套！我对旁人可能不太清楚，对你有深刻的了解呀！你是有名的大饭桶！谁不知道老程的斧子三下半？何况你还上了年纪了。程咬金，想要问罗成哪儿去了，我就实话对你说，他已经早死多时，做了无头鬼了！罗成的人马已经全军覆没！”

“啊！”

程咬金这心一翻个儿，额角就冒了冷汗了，干吗来了？找罗成。别看罗成性骄气傲，那优点还是多的，跟程咬金是莫逆之交，程咬金对罗成比亲兄弟还疼！他一听老道说出这话，他能不吃惊？但程咬金又一琢磨：不可能，这小子瞪眼说胡话，我老兄弟不是寻常之辈呀？手下带着那么多的弟兄，说被他吃掉就被他吃掉吗？噢，他是有意地造谣，乱我军心！别吃亏，别上当。

想到这儿，程咬金乐了：“我说牛鼻子老道，你挺大年纪，怎么瞪眼说胡话呀？我根本就不信！你少在我面前要这烟炮鬼吹灯，牛鼻子，我看你是活腻味了！”

说完了，程咬金一回头：“齐国远！”

“有！”

“打他！”

齐国远心说：我四哥就这么个人，说大话使小钱，狗掀帘子，全指嘴呢！动真格的还是我们哥儿们。齐国远又不能不听，答应一声，催开大花马，晃动掌中锤，直奔吴老道。吴老道手晃杈条杖，赶紧应战，断喝一声：“无量佛！黑鬼你是谁？”

“大将齐国远哪！着锤吧你！”

“呜”地砸下来了。老道横铁杖往上招架，“噹啷”一声，把锤崩出去，心说：这黑鬼好大的劲儿啊！齐国远有个绰号，叫空锤大将，自称天下无敌的大将军，他就糊那大纸锤，都用那金叶子一层挨着一层。这玩意真唬了不少人，像三公子裴元庆，西府赵王李元霸，都叫他蒙了。不过哪回都露馅，人家那真锤一旦碰上他这假锤，就给捅漏了！后来齐国远一赌气，这招也不灵了，干脆使真锤吧！这才又换的真锤。虽然说齐国远爱吹牛，但是不等于他一点能耐也没有，他这两下子还是比程咬金强点，这对铁锤上下翻飞，跟老道打了十几个回合，未分胜负。程咬金怕他招架不住，跟李如辉说：“我说你怎么还看着？上啊！人家人多，咱们人少，就得速战速决！”

“对！”

李如辉点头，拍马舞大铁枪加入战团，一边打一边还说呢：“老齐，我助你一臂之力！咱哥俩儿揍他一个！”

“好嘞！这才叫够哥儿们呢！”

“嗖”，铁锤砸下来，老道刚架出去，“噌”，大枪到了，刚把枪崩出去，锤又到了，把老道气得一个劲儿念佛啊：“你们这是什么战法？倚多为胜？”

其实老道那面人也不少，苏山、苏林都在那观战呢，他叫谁都可以过来，但是这老道挺自负，觉得要叫别人帮忙，有失身份，你们两个人打我，又算得了什么呢？因此他咬着牙在这顶着，三匹马鞍镫相磨，打了个难解难分。

程咬金这在看着，心说：我呀，也得过去凑凑热闹，一定得把这老道给解决了！老程瞅来瞅去，瞅去瞅来，机会来了，吴老道的脸冲着前面，后脑勺、后背对着程咬金。老程一看，行了，两脚一点飞虎檐，大肚子蝈蝈红往前一蹿，出其不意，攻其不备，就到了吴老道背后了。程咬金把大斧子抡开了："牛鼻子你给我在这儿！"

"嗖"就一斧子，老道再想躲，来不及了！怎么来不及呀？眼前的事都招架不过来，一闭眼睛，把脑袋交给程咬金了。"咔嚓"这一斧子，力劈华山，把吴老道劈为两半，"扑通"，死尸栽于马下。程咬金哈哈大笑："我说你们俩怎么那么饭桶？折腾了这么半天了，都没收拾得了他。你看你四哥，一伸手就把他切开晾着了！"

两人心说：你真能凑热闹，真能捡便宜！这一辈子你就这么走过来的！

可是正在这时候，苏山、苏林，所有的人就冲上来了："给道爷报仇！别让他们跑了！"

程咬金这才清醒过来，一看，人家人太多呀！命令三百骑兵开弓放箭，边往上冲，边在这打着。程咬金带的三百骑兵，可不是一般的，那是十里抽一，都是精干的队伍，颇有战斗经验，所以这帮人以一顶十，拼了命在这打呀！再加上程咬金、齐国远、李如辉等人，都玩了命了，往前一冲，一条胡同；往后一退，一条胡同。正好这时候，程咬金跟苏山马打对头，苏山这小子长得酷似他爹，但是没有他爹那堆大，胯下马，掌中三亭大砍刀，抡刀便砍程咬金！嘴里还说呢："姓程的哪里跑？我要给军师报仇！着刀！"

"刷"，劈下来了。程咬金眼都花了，他也不管三七二十一，抡起大斧子奔着苏山的脑袋就劈："劈脑袋！"

这下把苏山可吓得不轻，心说：这都什么招这是？我一刀给他劈上了，他一斧子给我摺上了，噢，同归于尽！心说话：你是个老糟头子，我跟你一块死，值个儿吗？没有办法，赶紧把刀撤回来，横担铁门闩，往上招架："开！"

还没等碰上斧子，再看老程，搬斧头献斧攥，三棱一个尖，猛刺苏山的哽嗓："小鬼剔牙！"

程咬金使得真熟练，把苏山给吓得一扑棱脑袋，心说：我命休矣！

# 第二十八回

## 罗成马陷淤泥河
## 老程忠义哭兄弟

程咬金大战苏山，眼睛都杀红了，一见面就玩命，苏山拿刀砍他，老程就拿斧子砍苏山，苏山横着往上一架，程咬金一看，行了，把箱底的绝招拿出来了，第二招是小鬼剔牙，三棱一个尖的斧攥，"嗖"这一下，奔苏山的嗓子眼就扎来了！苏山一看不好，双脚踹镫，身子一躺，小鬼剔牙走空了。二马一错镫，程咬金反背一斧子："捎带脚!"

苏山躲闪不及，正砍到头盔上，"咔嚓"一声，头盔落地。苏山以为脑袋搬家了，吓得倒吸一口冷气，拨马就跑。主将一跑，军无战心，跟着"哗"就败下去了，跑出能有一里地。苏山摸了摸脑袋，噢！没掉下去，还在这长着呢。往上一摸，哟！头盔没了！要全没了还好点，盔没了，底下那圈还在脑袋上箍着呢！发髻也散了，肉皮打伤了，鲜血淋漓。苏山这心依然在咚咚直跳，与此同时，齐国远、李如辉等人杀退了苏林，大获全胜，这叫以少胜多呀！当然程咬金不敢恋战，老程的目的不是决战，是寻找罗成。一看把敌兵杀退了，跟齐国远、李如辉打招呼："继续深入找罗成!"

"哗!"

他们就进了山了。其实早就进山了，现在是接茬儿往里走，一边找一边喊："老兄弟！大将军！你在哪里?"

"你在哪里?"

结果音空信渺，没看着罗成。罗成怎么样了？怎么没信了？其实罗成啊，受老了罪了！他领着这点人，深入大小锅盔山。这个山也太大了！纵横数百里，一眼望不到头，进了山就别想出去，道路不熟啊！往哪走都是山，往哪走都是树木。可是再往前走着，这山变了样了，一棵草都不生，是穷山，都是石头砬子，罗成找苏定方决战，就没找着。把他气得，心说话：苏定方，你跟我要什么鬼八卦？你不说跟我决战吗？为什么我来到山里这么长的时间，连你个面都没见着？罗成心生疑惑呀，累得是人困马乏。罗成身边几员大将，盛延师、丁天庆、黄天虎、李成龙、党士仁、党士杰、王仁、王义，这都是偏副将，一个个累得是盔歪甲斜，看看这仗没法打，光翻山了！弟兄们也累坏了，就跟罗成商量：“大将军，人困马乏呀！一天都没吃东西了。是否传令，暂时休息，咱们找点水喝，吃口干粮，您看怎么样?”

“好吧!”

罗成抬头一看，这天哪，整个阴了，阴云四合．阵阵冷风，这天要下雨，罗成心说：这是什么倒霉的地方？说下雨就下雨。本来是响晴的天气，现在又阴上来了，也觉得口干舌燥。罗成传令：“就地休息，埋锅造饭!”

人们从马上把他搀扶下来，罗成活动活动筋骨，把搂海带子解开，喘口气，这阵儿军兵弟兄把柴火砍来，就地挖坑，然后架几块石头，把锅也架上了。吃什么呢？简单的饭菜吧，带的米，熬点粥，吃口干粮也就得了，米也下上了，火也点着了，有的军兵躺到地上，昏昏沉沉的，有的靠在树上就要睡着了，太乏累了！罗成就在这等着，饭好了吃点。心里头很矛盾，上哪儿找苏定方去？要实在找不着，我呀，打道回府！看来苏定方不敢和我决战。但他又一想：不敢决战，他想干什么？莫非就这么跟我兜圈子，把我拖个精疲力竭，然后围而歼之？备不住！看来不能放松警惕。吃完了饭还找苏定方，再找不着，我肯定回去!

罗成打定的主意，这时候这饭还没好，突然之间，这鼓和炮就响成了一片儿了!

“咚咚咚咚咚！咕噜咕噜咕噜!”

鼓声、炮声是惊天动地，罗成闪目往周围一看，可了不得！大小山头上都是苏定方的旗号，周围全都是苏定方手下的官兵，已经把他们团团围住。罗成现在手下还有好几千人马，这回饭也甭吃了，罗成吩咐一声：“上马！集合!”

困的也不困了，睡着了的也醒了，锅也翻了，人们各抄起刀枪，跟着罗成就跟苏定方的人马交了手了！步兵对步兵，骑兵对骑兵，喊杀如雷呀！罗成一马当先，率领偏副战将，真好像虎入羊群一般！打了能有一个来时辰，终于把苏定方的军兵给击退。罗成率兵就追，就发现苏定方的人马进了山环了，等他们赶到跟前再找，踪迹不见！这阵儿这天就黑下来，把罗成给气得，心说：这样也没见着苏定方，但总算见着他的军队了!

罗成就说：“原地休息，埋锅造饭!”

“回大将军，锅都丢了，刚才打仗的时候，来不及收拾了。”

“那就找点水喝吧。”

“回大将军，本地一没河，二没井，找不着水。”

“这样吧，再往前走一程，寻找水源，顺便找点吃的。”

“是!”

到了现在，罗成的人马真是人困马乏。罗成也是人，能不累吗？口干舌燥，连舌头都不能打卷了，饿得是前腔贴后腔，再看罗成骑这匹白龙马，也耷拉脑袋了，那欢腾劲儿没了。但是这匹马理解主人的心情，马心里头也有数：主人都饿着，何况是我呀？忍着吧！就这样，人马又往前走了一程，突然有个当兵的喊："报告大将军！找着水了！"

哎哟！现在这个水多宝贵呀！比饭都重要！人得喝，马得饮。罗成催马赶过来，看看谁喊他，报事的是个骑兵的棚头，用手一指："将军，您往前看，水在那儿呢！"

罗成到近前一看，感觉到有点失望，不长的小河沟，宽不到三米，长不到五十米，还很浅。尽管如此，这个水呀，也太诱人了！那马一看见水，打响鼻，"稀溜溜"，恨不能喝个饱。那当兵的都想躺到那水里头，连洗澡带喝，但知道罗成军令如山，没罗成的命令，谁敢呢？"唰"，众人回过头去，用乞求的眼光看着主将。罗成一看，多可怜！这么多人，每人喝两口，还差不多少。还有这么些战马呢！罗成心里盘算，谁先喝？这么多人，怎么分派？僧多粥少啊！后来罗成决定了，以自己为首，先不喝，让士兵们喝，大家太辛苦了！罗成想到这，下了命令："前军主将！"

"有！"党士仁过来了。

"士仁呢，你的部队先喝，每人只限一口，如果有富余，再赏给你们！"

"唉，大将军还是让其他弟兄喝吧，我们前军还忍得住！"

"不行，命令已出，喝吧！"

"是！"

还没等喝呢，四周又一片叫喊。

"冲啊！别让罗成跑了！"

"哗！"

敌军四面八方又围上来了。这还有工夫喝水吗？罗成赶紧提枪上马，直奔苏定方的军队扑过来，这回才看清楚，灯光照耀之下，有一人骑在马上，帅字金盔，九吞八扎金锁连环甲，外罩征袍，手中托着大砍刀，面似晚霞，花白须髯洒满前心。罗成一看，苏定方！嘿！终于叫我找着你了！仇人见面，分外眼红，此刻罗成也忘记饿，也忘记渴了，把掌中枪一颤，高声断喝："呔！老匹夫苏定方你上哪去？你跟我兜什么圈子？今天你我要决一死战！"

苏定方也破口大骂呀："罗成啊罗成！咱俩一天二地仇，三江四海恨，我儿死在你手，大仇不报，我苏某誓不为人！另外罗成我再告诉你，你现在身陷绝地了，你就是肋生双翅，也飞不出我的手心去了！拿命来！"

两匹马同时冲到一起，刀枪并举，就斗在一处。苏定方真玩命了！把大刀施展开，好像云片似的！刀刀挂风，舞动得跟刀山相仿！罗成掌中枪，跟雨打梨花相似，到了现在，不但没因为饿和渴降低自己的水平，罗成是越战越猛！苏定方心说话：这罗成真是钢打铁铸的，就这么他也没被拖垮！但不管怎么说，咱是仇敌啊！苏定方和罗成打斗了五十个回合，苏定方就不行了，老头子累得是呼呼直喘，赶紧把大刀一举："杀！冲！"

倚多为胜。苏定方的部队吃得饱饱的、喝得足足的，精神头倍儿足！罗成手下的人人困马乏，那怎么比？这一拉锯战，打完了再看，山沟里、山坡上，包括方才那水沟旁，全都是尸体，两方面都付出惨重的代价。打到什么时候？按现在钟表说，快到午夜十二点了，罗成就觉得身边的人少了，回头往左右一看，呀！包括罗成在内，连人带马不超过五十人，而且这些人跟血葫芦相似！再往周围看，党士仁、党士杰、王仁、王义等各位弟兄，全都牺牲在战场，有的被乱刃分尸，有的被箭射中了。罗成那心一下就缩紧了："啊！"

一种不祥的念头升腾在脑子里，罗成心说话：完了！哎呀！我带来这么多的弟兄，没想到两天的时间，就拖垮了。苏定方，我跟你解不开的仇疙瘩！我跟你完不了！他率领三十来人，还往外冲，苏定方还真就架不住！让罗成给撵得是上天无路，入地无门。又过了很长一段时间，罗成再回头观看，包括自己在内，还剩下九个人，这九个人当中有七个是伤员，头破血流，身上受伤了，但是还不致命。罗成转身向他们："你们还能坚持住吗？"

"回大将军，能！只要跟着大将军，我们万死不辞！"

一句话把罗成感动得掉了眼泪了："我谢谢弟兄们，我对不起你们哪！可事到现在，我追悔莫及，摆在我们眼前的，只有一条生路，赶紧撤出大小锅盔山。"

"大将军，我们听您的！"

"随我来！"

"唥唥唥！"这九匹马顺着山路往前走，没说吗？地理不熟，到这儿你辨不出东西南北，道路崎岖，这山也缺德，寸草不生，地上除了石头块就是沙子，想喝口水，找不着啊！就说饿了，吃点草行不？草都没有！他们翻过两座秃山，再往前走，两山夹一沟。这小道这缺德，人骑着马，将将能够通过，也不知道这通往哪。到了现在，罗成也蒙了，九个人九匹马钻进山沟，走了也就一里来地，突然山头顶上，前后一阵乱响。

"咕噜咕噜咕噜！"

"活捉罗成！罗成跑不了了！"

"进了瞎子沟了，这回他算完了！"

刹那之间，两个沟口箭如雨发！山头顶上扔下灰瓶炮子，滚木礌石。到了现在才叫绝路！罗成也豁出去了，用大枪拨打雕翎。怎么办？只能前进，不能后退了，到现在那白龙马都疯了一样，搂着往前跑，忘记饥饿了！罗成往前一冲，一条胡同，碰着枪的就死，挨着枪的都亡，甚至罗成那枪尖都磨秃了！得扎死多少人？可是罗成啊，他倒是脱险了，回头一看，那八名弟兄早都牺牲在山沟，尸首都找不着。罗成这心一拧劲儿，到了现在，剩下光棍老哥一个了，罗成一咬牙：不就剩我自己了，有什么了不起？我也不想活着了！我一定找着苏定方，跟他决一死战！

正在这时，就听里面高坡处有人冷笑："哈哈！罗成啊，你还活着呢！"

罗成一看，苏定方！催马就冲上来了。苏定方点了点头："罗成，真是好样的，我服你了！自古带兵的将领，你算拔尖盖了帽了！都死了，就剩下你一位，你还打什么劲？罗成啊，我真爱你是个英雄，爱你是条好汉，别看咱俩有血海的深仇，就因为这一点，我不能伤害你。如果你能下马受降，咱俩兵合一处，将打一家，能保住你这命。如果忠言逆耳，罗成，你真是活到尽头了！两条路你自己选择！"

罗成一听："呀呸！苏定方，拿命来！"

催马摇枪就追苏定方，苏定方晃动掌中大刀，接架相还，打了十几个照面，苏定方心说：算了吧，我别费这个劲了，干脆使用最后一招毒计！想到这儿，拨马便走。苏定方从高坡上下去，罗成跟着也下去了，追了不到五里地，眼前闪出一条河来。离老远就看着，那河水亮晶晶的，苏定方这匹马，"咵咵咵"，蹚着河过去了，眼看着苏定方到了对岸，罗成心里头一翻个儿，哟！水！我要好好喝一顿，就什么都不怕了！但是为了追苏定方，没那时间喝，他用亮银枪一打马的后胯，"啪！"，这匹马到了现在，是疼痛难忍，也蹿到河里去了。就是这样，白龙驹喝了几口，仰起头来打着响鼻，罗成怕耽搁，"啪啪"，又两枪杆，马龙驹摇头摆尾，蹚着水就追下去了。

罗成发现苏定方跑的时候，水不深，那个水刚刚到马的肚皮，也就三尺来深，他能过去，我过不去吗？他是这么想的，可是万没有想到，刚走到河中心上，白龙驹"扑通"陷下去了。这一下就到马脖子这儿，罗成的腰部以下全都在水里头，而且还继续下沉。罗成一看不好，单手背枪，抓住铁过梁，往上一提，他提，是叫马鼓劲往上蹿，白龙驹是越鼓劲游，越往下沉，后来马脖子直起多高来，总算这水没进嘴，罗成又陷到胳肢窝这地方。哎呀，罗成就知道完了，下边不是石地，下边是淤泥。这条河就叫淤泥河，又叫泥沙河，你看表面上清亮亮的，水下边都是淤泥，年积月累，多少年了，那人蹬上也得下去，何况是马呀？罗成不明地理，不了解地形。苏定方这些日子干什么来的，净研究这个，眼睛盯着地图，察看地形，事先早有计划，他测着水深，也知道这条淤泥河是什么情况了，他就想出这条毒计。他怎么下不去？当然他下不去，事先他让军兵在水里头铺上大木板，他走那条道，一点事儿都没有，这个马踩着木板过去的，自然沉不下去。罗成不知道，他这一追，好，马蹬到泥上了，一下陷到里头。到了现在，罗成就知道完了，与此同时，苏定方领着军队又掉回头，来到了淤泥河的边上，掌起灯球火把，照得如白昼一般。苏定方骑着马，托着刀，冷笑了几声："罗成啊，哈哈，你没想到吧？你中了我的烟炮鬼吹灯了！这条河是泥沙河，下边全是泥和沙子，你知道有多少猛兽命丧于此？有多少人葬身河底？没想到你这么精明的大将军，也走了这条路。此乃时也，运也，命也！罗成啊，我爱惜你是个人物，爱惜你是个英雄，爱惜你是条好汉哪！现在你身逢绝地，你还走得了吗？你就有天大的能耐，还能施展开吗？看样子是不会了。罗成啊，方才老夫说的是实话，我爱惜你是个人物，你现在投降还不晚，你我共同扶保后汉王刘黑闼，你还是了不起的人物，封妻荫子，你还是能受到重用。如果忠言逆耳，罗成啊，你的死期到了！快说！降还是不降？"

"呸！苏定方，闭上你的臭嘴！俺罗成乃是大唐朝的忠臣，忠臣有怕死的吗？忠臣有投降的吗？你拿我罗成跟你苏定方比吗？我罗成是金刚钻，你无非是一堆粪土！要杀要剐，你给我来个痛快！"

"好！我服了你了罗成，还有遗言没？需要我给转达的。"

"你闭上臭嘴！再要多说，我骂你的祖宗！"

苏定方一看，吩咐苏山、苏林，喝令弓箭手："开弓放箭！给我射！"

一声令下，箭如飞蝗，可叹罗成啊，轰轰烈烈一辈子，人在中年，只落得乱箭穿身，射得跟刺猬一样，命丧在泥沙河。射老半天了，苏山、苏林看看："爹，差不多了吧？"

"来呀！派精壮的士兵，连人带马都给我拖上来！"

"是！"

下去一百来人，七手八脚，互相拽着，腰里系着绳子，不然他们也陷到里边了，那是说着玩呢？总算把罗成的尸体、战马拖上来了，战马也射成刺猬了，连人带马一块死的，放到河的旁边。苏定方告诉手下："多掌灯笼火把，我仔细看看。"

这些人围着，苏定方看了看他，心里也不是滋味，用手指着尸体："罗成啊，谁让你给我为仇作对？你要不是把我逼急了，焉有今日？还是那句话，这就是你的命！来人哪！就在这河边深深地刨俩坑，把罗成、战马安葬了吧！上边钉好木桩，留下记号。"

苏山一听，有点犯急："爹，您怎么了？对待他还这样干什么？这个小子狠透了，我恨不能把他碎尸万段！"

说着从马上跳下来，拉出宝剑就要伸手，连那个苏林、刘天林都想伸手。苏定方一看："慢，算了，人死不结仇，一死都了啦！咱们何必鼠肚鸡肠呢？你就再把他砍成什么样，他也没知觉了。再者一说，为父喜爱他是个英雄，做武将的人，应当向人家学，罗成是咱的楷模呀！你们能比得了吗？你看见罗成没？铁骨铮铮，那是忠臣。咳！老夫不如也！”

有人按苏定方交代的，把罗成、战马掩埋了，上头搁两桩子，留个记号，苏定方打了胜仗了，预期的目的达到了，但是他也伤兵损将，就在这河边上开了个紧急会议。苏林说话了：“爹，到了现在，咱是人困马乏呀！别看把罗成以及他统领的人全都消灭了，咱的人也死伤大半，现在粮台也耗费得差不多了，这是一。另外，您想过没想过？罗成这一死，唐将把咱给恨死了！程咬金、尉迟恭、侯君集等，那都是罗成的把兄弟，听说罗成死到咱爷们手里头，跟咱岂能善罢甘休？大仗还在后头！爹，千万不要掉以轻心。您看咱这下一步，该怎么办呢？”

哎呀！苏定方也犯难了，儿子说得不是没道理，苏定方打一个冷战，感觉到罗成走的路，就是自己走的路，只是迟早的问题。怎么办呢？刘天林说话了：“大帅呀，事到现在，没有办法了，我们还得投靠后汉王啊！没有后盾，这仗还有法打吗？方才少帅说得一点不假，大仗还在后头呢！以李世民为首的君臣，跟咱能完得了吗？大帅呀，不如咱们撤到临夏。”

“这个……咳！我错走一步棋啊！我不应该为了老三，要投靠大唐，我做了一件错事！我想此事已经传到刘黑闼的耳朵里，刘黑闼得怎么看我？今后我们君臣还能相处吗？我们要回到临夏，无异于往老虎嘴里头送肉，此事还得容咱们商议再决定吧！不行啊！”

苏定方犯难了。再说程咬金，一夜晚景过去，次日平明，程咬金深入到大小锅盔山，心腹重地，干吗？找罗成啊！哎呀，一个个也是精疲力竭，嗓子都喊哑了，喊了一宿没有回音，老程往前走着呢，天也亮了，看得非常清楚。程咬金突然发现，遍地都是死尸，有的仰着，有的趴着，有的跪着，有的蹲着，什么模样的都有，看着军装号坎，有大唐的军兵，也有苏定方的军兵，怎么死这么多人？他们继续往前走，照样是战场，横躺竖卧全是尸体，后来发现一堆人，这些人都是大唐军装号坎。程咬金站住了：“吁！别走，来，检查检查，看看有认识的没有？”

这些骑兵们从马上跳下来，检查了再三，王仁、王义、党士仁、党士杰、黄天虎、李成龙、盛延师、丁天庆的尸体全找着了。

“老千岁，你看看。”

程咬金从马上跳下来一看：“哎呀！我的兄弟们啊！”

程咬金热心肠啊，抚尸大哭，在场的人也全哭了。齐国远、李如辉嗓门比谁都大，哭天哭地，哭了老半天，程咬金不哭了：“哎呀！这是我兄弟带的人，他们既然都死了，罗成还好得了吗？不好啊！快找！”

他们上了马，继续往前找。那位说尸体怎么不掩埋？埋得过来吗？太多了，没那个时间。他们急于找到罗成，刚翻过一座秃山坡，就听对面一声炮响，列开旗门。程咬金吓得不轻，抬头一看，正是花刀大将苏定方！左有苏山，右有苏林，背后是大将刘天林，往下有偏副将。刚才说了，他们在河坡那儿开会，商议怎么办，最后做出决定，还得投靠后汉王刘黑闼，不投靠他，要吃没吃，要喝没喝，跟孤魂怨鬼相似，奔哪里投奔？如果说原来还有一丝希望，投靠大唐，那么现在这条路已经被堵死了，干脆行不通了！苏定方分析判断，即使刘黑闼知道内情，知道我苏定方要投靠大唐，结果没成功，他呀，也得谅解我，他靠着我，我要摔耙子，他也没咒念！现在我们就是互相利用。小车不倒，只管往前推，到哪步说哪步。

大伙儿做出决定之后，抖擞精神，要跟唐军决战，正好在这遇上程咬金了。仇人见面，分外眼红啊！苏山一看："爹，这老匹夫才厉害呢！看他的能耐，只比罗成高，不比罗成低呀！这斧子简直要得太好了！"

"拉倒吧！休长他的威风，灭为父的锐气，待我过去跟他搭话！"

"吁！对面是程咬金吗？"

程咬金认识他："噢！我的儿，你不是苏定方吗？"

"姓程的，你胡说什么呢？累了吧，是不是找罗成来了？"

"然！哎，我说苏定方，你小子要是个人物，你跟我句实话，我老兄弟现在何处？你敢说吗？"

"哈哈，程咬金哪，你老兄弟罗成啊，早死多时了！他已命丧泥沙河，乱箭穿身！"

"你胡说八道！"

苏定方说："上有青天下有地，离地三尺有神仙，老夫年过半百的人，能糊弄你？罗成的确是死了，要想找罗成，到十八层地狱去找吧！"

就这样，程咬金还不相信。苏定方点了点头："好好，你怕不？你要不怕中埋伏，你敢随我去看看，我把详细经过跟你讲讲。"

程咬金要说胆大，那胆子掏出来，比老倭瓜都大三圈！到了现在，眼珠子都红了："怕他什么？我的儿，你头前带路！"

苏定方是拨马便走，老程指挥骑兵，翻过石砬子，到了河边了。苏定方用刀一指："看见没看见？对面的河滩有两鼓包，看见没？上头钉两桩子，里面是罗成，右面是他的白龙马。老夫对得起他，爱他是个英雄啊！不忍心叫他尸骨现天，所以把他掩埋了。还不信？我跟你说说。"苏定方把经过说了一遍。

程咬金这回可相信了，隔着河，扯开嗓子就哭开了："老兄弟！哎呀！老兄弟！"

他这一哭，军兵都哭了。苏定方在旁边看着，等程咬金哭罢多时，苏定方这才说话："我说老国公，我也爱惜你是个人物，这么大年纪了，不在家里头享福，还过这种戎马生涯，可见你是大唐的英雄。老国公，我之所以这么做，我也是迫不得已而为之，你谅解也好，不谅解也好，反正我是这么做了，我有一定的苦衷。不过程咬金，咱把话说清，你呀，是个好人，我对你印象非常好，老千岁，你肯投降吗？能不能助我一臂之力？你要能助我苏定方一臂之力，你就是我的恩人，咱兵合一处，将打一家，另立天下，凭你的智慧，凭你的威望，凭着我苏定方的能耐，肯定能打下一片江山社稷来。哎，老千岁，你以为如何呀？如果你不听，罗成的下场就是你的下场！你和你手下领的这些人，一个都活不了！你忍心看着他们死吗？你就爱死吗？你给我个明确的答复。"

程咬金一听，冷笑了一声："苏定方！嘿！你还想吓唬我呀？我程咬金这一辈子就没怕过死，我怕死就没有今天！你少跟我来这套，咱俩不定谁死谁活呢！你拿命来！"

程咬金就像疯了似的，催马抡斧子，大战苏定方。苏定方心说：这个老不知死的鬼，你这两下子，还敢跟我斗，嘿嘿！看来你是活腻味了！摆大刀接架相还，跟老程斗在一处。程咬金又是那几招，劈脑袋，小鬼剔牙，捎带脚。就这几招，连掏耳朵都上来了！您别说，把苏定方忙活得满身是汗，等翻回来，还是那几招。苏定方一看，老家伙，你就给我在这儿吧！

# 第二十九回

## 小罗焕天降锅盔山
## 李世民兵进临夏府

程咬金大战苏定方，老程就玩了命了！为什么？他要给老兄弟罗成报仇，把生死置之度外。但是他就会三斧子半，怎么能是苏定方的对手？那么一开始伸手的时候，能把对方唬住，时间长了，露馅了！再加上程咬金也年迈了，心有余力不足，把老程累得吁吁带喘，打着打着，他把大斧子一晃："别打了！"

"嗷"一嗓子，把苏定方吓得一愣："吁！程咬金，你这是干什么？"

"你等等，我老人家有几句话说，说完了，再打也不迟。"

"那你就说吧。"

"好嘞，摆在你苏定方面前的有两条路，一条是生，一条是死。"

"噢？此话怎么讲？"

"嘿！要想死，咱就接茬儿比。要想生，你就把我老人家给放了！"

苏定方一听，鼻子都气歪了："哈哈，我说程咬金哪，都说老小孩，小小孩，听你这话跟孩子一样！平白无故，我怎么能放走你呢？你不是想罗成吗，干脆让你们哥俩儿一块到阴曹地府见面去，不就得了？"

"苏定方，要这么说，你是非死不可了！跟你伸手，还用我吗？让天兵天将就可以了！"

苏定方一听，这老头儿胡说八道，不是装疯卖傻，就是瞪眼胡说，越说越走板。

"程咬金，天兵天将在何处？"

"当然有了，不信你回头看！"

苏定方还真就听了，扭回头一看，什么都没有。嘿！把苏定方给气得："程咬金，少在我面前装疯卖傻，你着刀！"

"刷刷刷"又是几刀，程咬金打不了了，只有招架之功，并无还手之力。老程把马一拨："等等，我说天兵天将，你不信是不是？"

“当然不信！”

“当然不信？你稍等片刻就来了，这天兵天将绝不能饶你！”

一句话还没说完呢，就听战鼓惊天动地，苏定方手下的军队叫苦不迭呀：“了不得了！来了敌军了！”

“唐兵来了！”

“哗！”

苏定方就听见东北方向发出这种声音，在马上回头一看，可了不得！风卷旗号，就见一支马队像下山的猛虎一样，已经冲入重围，自己的军队碰着的死，挨着的亡，是四散奔逃，让人打得落花流水。他仔细观看，冲到最前边的有匹白龙马，马鞍桥上坐着一员大将，银盔素甲，白袍白马，五钩神飞素白亮银枪，走兽壶悬天袋，弯弓插箭，往脸上一看，面似银盆，眉分八彩，目若朗星，准头端正，四字阔口。哎哟！怎么看怎么像罗成！苏定方一扑棱脑袋，心说话：我眼前活见鬼了？难道说罗成的阴魂不散？这，这怎么回事儿？

刹那之间，这员大将领兵冲到面前，仔细一看，并非是罗成，人哪有死后复生的？比罗成年轻不少，但是打冷眼看，像他。苏定方不知道这人是谁，不由得就愣住了。程咬金一看：“哎哟，孩儿！你来得正好！苏定方啊，这不是天兵天将是什么？我说错了吗？”

这是来的救兵。为首这白袍小将军，虽然不是罗成，跟老罗家是一家人，此人姓罗，叫罗焕。原来罗成他爹北平王罗艺有两房夫人，就是俩媳妇儿，原配的夫人姓姜，祖居河南姜家屯的人，这个姜氏夫人许配给罗艺了，后来罗艺参军了，战争年月，一家人失散了，罗艺以为夫人不在了，又娶个续弦，就是秦氏夫人。那么以后才知道，原配夫人并没死，姜氏夫人给他生个儿子，不姓罗，姓姜啊！叫姜松姜万年，秦氏夫人生的孩子姓罗，叫罗成。罗成跟姜松，实质上是同父异母的两兄弟。后来呢，一家人团聚了，罗成和姜松处得相当好，跟一母所生差不多少，后来呢，姜松有个儿子，就是罗焕。怎么又姓罗了？认祖归宗，所以姓罗。

后来苏定方夜袭北平府，用带钩的箭射伤了罗艺，攻占了北平府，罗艺身死，老罗家四分五裂，这两房夫人就分了家了。姜氏夫人带着自己这一支，回了河南，秦氏老太太带着罗成这一支，回了山东。这是为什么？多种原因，原来呀，这姐俩就不和，每人个性极强，北平王罗艺在世的时候，能压得住，就是有矛盾，有意见，不敢暴露。老头儿一死，完了！所以没法相处，各回了各的老家。后来姜氏夫人死了，姜松就把儿子培养成人了，把老姜家武艺传授给姜焕，就是这罗焕。你别看罗焕年纪不大，这个枪法出众，本领高强，就他现在的武艺，只在罗成之上，不在罗成之下，别看年纪不大，经验丰富，身经百战。后来他想念叔叔罗成，打算去看一看去，这一生之中，他最崇拜的就是他这叔叔。姜松说：“好吧！”

他起身了，到了京城长安。等到了越国公府了，扑空了，遇上了庄氏夫人，庄氏夫人一看孩子来了，这是大侄儿，盛情款待。罗焕就问："婶娘，我叔叔哪儿去了？"

"咳！别提了，带兵西征去了，跟突厥国和五国联军开仗，走了都十几个月了。"

罗焕爱打仗，心想：干脆我也别回家了，我到前敌两军阵前，助我叔叔一臂之力！另外跟我叔叔学点本事。就这样，他起了身，奔前敌。到了临潭了，见到了军师徐懋功。徐军师认识他呀，哎呀，一看，小罗焕长大成人了，堂堂仪表，英雄气概，身前背后，酷似他叔叔罗成，喜欢得不得了，就把情况向他介绍了一遍。说："你叔叔这人太拧了，不听忠告，孤军深入，赶奔大小锅盔山，找苏定方决一死战去了。我已经派程咬金领着军兵弟兄前去找他。你就在这个节骨眼来的。"

哟！罗焕这心就一翻个儿。他还不了解罗成吗？知道叔叔能耐高，本事大，但是有个致命的弱点，就是太狂。听军师那意思，十分放心不下，罗焕也就坐不住了，向军师请令，要到锅盔山去找叔叔。徐懋功一想：也好，这孩子有本事，他要去，我心里还有点底。

"罗焕，你一个人可不行，你来了，就属于唐营的将官。这样吧，我给你军兵五千，上将八名，你负责统率。攻打大小锅盔山，去找罗成去！你要助他一臂之力，兵合一处，将打一家，打败苏定方！"

罗焕非常高兴，当时点头称是，率领五千军兵，浩浩荡荡开进大小锅盔山，等到山里一看，到处是尸体，他就一皱眉！看来这场大仗够残酷的，随之而来的，他就更担心叔叔的安危，东一头西一头，寻找叔叔。无巧不成书，正找着，听见前面有喊杀之声，登高一望，一个老头子跟一个使大刀的正在交手。他了解了情况之后，挥师冲进重围，这才见着程咬金。老程一看是罗焕，哎哟！可乐坏了！他知道这孩子，虽然数年不见，当初小的时候就有两下子，曾经帮着瓦岗军大破一字长蛇阵，身经百战，本领高强。程咬金把大肚子一腆，顿时来了精神了："罗焕哪！"

"老人家，您还挺好？"

"我什么时候都不错。孩啊，看见使大刀这个没有？这小子姓苏，叫苏定方，是咱们的对头冤家，你狠狠地拿枪给我扎！绝不能留情！"

"是！老人家，我叔叔在哪儿呢？"

"孩啊！"

老程把大嘴一咧，哭开了。罗焕一看，情知不妙："老人家，究竟怎么回事儿？"

“别提了！你问苏定方，你问问这老小子你就清楚了。”

罗焕心如火烧，把军队一字排开，拍马直奔苏定方：“呔！老匹夫你可是苏定方？”

苏定方一看，嘿！真像罗成，就是年纪小一点，就不知道他的名，也知道是老罗家的人了。

“娃娃，你是哪位？”

“罗焕是也！”

“罗成是你什么人？”

“那是我亲叔叔。”

“怪不得，你想问罗成吗？”

“正是！”

“哈哈！实不相瞒哪，你叔叔已经作古了！懂得作古吗？就是死了，老夫将他乱箭穿身，连人带马埋到地下了！”

哎呀，罗焕身子一晃，好悬没从马上掉下去，痛断肝肠！到了现在，没有眼泪了，“嘎吱”，咬着自己的牙，眉眼就立起来：“老匹夫，闹了半天是这么回事儿，我要给我叔叔报仇雪恨，你着枪！”

话不投机，当场动手。苏定方呢，不是罗焕的对手，再加上连日作战，疲惫不堪，体力不支，十几个回合之后，一个没留神，“噗”一枪，正扎他肩头上。苏定方疼得身子一晃啊！

“哎哟！”拨马便跑。罗焕能叫他跑了吗？催马摇枪，紧追不舍。程咬金挥师，转败为胜，就追下来了。这一口气把苏定方追出去一百多里地，他手下的军队是四分五裂呀！仗着地形复杂，苏定方终于逃走了，他那俩儿子苏山、苏林也跑了，其他的大将，什么刘天林等，都死在乱军之中。要依着罗焕，还穷追猛打呢！程咬金头脑比较清醒：“算了，败军之将不可穷追，追来追去，必定吃亏。适可而止吧！”

这才鸣金收兵。罗焕急了：“老人家，怎么不追了？”

“你追谁去？哪儿找去？咱们是人生地不熟，这地形太复杂了！本来我们打了胜仗，一个不留神，再转胜为败怎么办？这责任谁负得起？行了孩子，这就可以了。”

因此大家又回来了，到了淤泥河附近，干吗呀？寻找罗成的尸体，验证一下是不是那么回事儿。这就到了第二天，一看，上头埋俩桩子，有俩沙堆，人们从马上跳下来，喝令军兵把沙堆刨开，往下一看，果真不假，先发现了罗成的尸体，惨不忍睹！叫箭射成筛子了。那匹马也如是。以程咬金为首，满营众将这路哭吧！能哭多长时间？足足能有一小时了，嗓子都哭哑了。特别是罗焕，抱着叔叔的尸体，哭得死去活来，甚至眼中带血。程咬金头一个止住悲声："咳！算了，人死不能复生了，咳，老疙瘩该死啊！我老替他提心吊胆，终于不免遭了横祸。焕儿，别哭了。"

"叔叔啊！"

"焕儿节哀吧，人死不能复生了。"

"叔叔啊！"

"算了，别哭了，大丈夫泪不轻弹，记住这个仇，迟早抓住苏定方给你叔叔报仇也就是了。"

"叔叔啊！"

怎么劝也劝不了，后来程咬金急了，"嗷"一嗓子："别哭了！"跟打个雷差不多少，罗焕吓得一激灵，把眼泪擦了擦："老人家，你怎么了？"

"我怎么了？我不让你哭，够瞧的，这何苦？跟老娘们似的，絮絮叨叨，方才我没说吗？人死不能复生，你能把你叔叔哭活吗？你难过，我们不难过吗？你现在是军人，你得想办法给你叔叔报仇。光哭算怎么回事儿？大伙儿都等着你！"

程咬金能讲，说得罗焕不哭了："老人家，您说怎么办？"

"班师收兵，这就够瞧得了，咱们也算打了个大胜仗。"

按照程咬金所说，准备车辆，把罗成的尸体、马匹架到车上去了，这匹马也不能舍弃，因为它也立下汗马的功劳。大伙儿怀着沉重的心情，开始往回走，那战场上全是尸体，程咬金传令："也别管咱们的人也好，是对方的兵也好，也不能叫他们尸骨现天，这是国仇，并无私恨，干脆就掩埋了吧！"

这大小锅盔山成了坟地，一眼望不到边，不管人还是战马，全都掩埋，然后列队回临潭。等到了临潭之后，见着军师徐懋功和满营众将，大老程啊，到这阵儿止不住眼泪了，把罗成之死前后经过讲述一遍，大伙儿都哭开了，设摆临时的灵堂，在这祭奠。祭奠之后，徐懋功跟程咬金商议下一步怎么办。

"我说三哥，在路上我就盘算了，这仗打到现在就为止吧！五国联军咱消灭了四国，还剩下后汉王刘黑闼和苏定方，我们有没有那个力量把临夏攻克？能不能抓住刘黑闼和苏定方？我看现在没这个能力呀！困难重重。地形咱不熟，现在元气大伤，粮台也不足了，兵无斗志，依我的意思，班师吧！将来恢复了元气，粮台准备充足了，招募一些新兵，经过训练之后，再征伐刘黑闼也不为迟。"

"四弟说得对，三哥我也是这么想的，就这样决定吧！"

他们请了旨意之后，马上按计划行事，把贾云福、柳卅臣八员大将放在临潭镇守，大家回到京城。罗成死的噩耗迅速传遍全国，一片悲哀，罗成是大大的忠臣，妇孺皆知，一听说这回打仗死了，谁不痛心？特别是京城，沉浸在悲哀之中，家家户户各个衙门全都挂孝，皇上含着眼泪做出几点决定：一、追封罗成为忠烈王，在故土原籍修坟立墓；二、在京城把越国公府变成忠烈王府，加封罗通为御儿干殿下，加封罗成的夫人庄氏为一品王妃夫人，各衙门放假三天举哀，轮流祭奠，超度七七四十九天。

总之皇上对老罗家那可以说极其重视。人死了，大伙儿除了哭之外，就是祭奠，忠烈王府一片悲哀，外边排着长队，上这祭奠来，老百姓也有，读书人也有，当官的也有，是络绎不绝呀！超度完了，入土为安，一切都恢复了正常，王妃夫人带着罗通，到八宝金殿见皇上谢恩。李世民一看，又哭开了，把罗通叫到面前，手扶着头顶："儿啊，你父死得太惨了，朕一定给他报仇雪恨！孩啊，你要好好地读书，好好地用功，将来继承先辈的遗志，要成为国家的栋梁。"

李世民由衷地说了这几句话，小罗通把脸仰起来了："爹！父皇！我有个要求。"

"说吧，孩子。"

"我爹的确死得太惨了，可我们家里没了我爹，这日子可怎么过呀？现在儿没有别的想法，就请皇上赐给我一旅军兵，我要到前敌找苏定方算账去！"

"咳！孩儿啊！我何尝不是这么想的？现在国库空虚，举步维艰！你得让我缓缓劲儿，一旦粮草备齐，兵招上来，我肯定给你爹报仇雪恨！"

"咳！人哪，死了死了，我爹没死那会儿，怎么说都行。现在人死了，怎么说都不行，没有一个自告奋勇给我爹报仇的！爹呀！"

庄氏王妃一听，脑袋"嗡嗡"直响，这孩子这叫发牢骚？这叫拐弯抹角顶撞皇上，这还了得？赶紧跪下了："吾皇万岁万万岁，罗通是个孩子，说话语无伦次，顶撞了陛下，还望陛下见谅。"

"唉！我怎么能怪他呢？这孩子人小心大，志气可嘉，我非常爱惜他。他说这几句话，也是心底的话呀！算了吧，不必担惊。罗通，你还是好好读书啊，君子报仇十年不晚，你放心，朕说话算数！"

"还不赶紧谢恩？"

罗通也知道说得过头了，趴到金殿上磕了头，娘俩儿个回府。李世民何等英明！能不想报仇吗？不光是给罗成报仇，刘黑闼没消灭，西突厥如此猖獗，迟早是心腹大患哪！所以李世民召开了几次御前会议，怎样招兵，怎样筹集粮草，想法怎么弄钱，都安排好了，一年两年三年，暑往寒来，就到贞观五年秋七月，差不多了，粮草基本备齐了，又招募了十万生力军，经过严格训练，可攻可守。这一天魏征、程咬金、尉迟恭等人上殿启奏，一说明这情况，李世民大喜："差不多了，必给我罗卿家报仇雪恨！时机成熟了。"

所以李世民当殿做出决定："立刻兴兵，朕要御驾亲征！"

皇上挂帅，要不怎么说李世民是英明的君主哪？在关键的时候，他要出面。

其实当皇上多享福啊，在深宫大内，吃一看二眼观三，娇妻、美妾，数不尽的嫔妃，后宫粉黛三千，想干什么干什么，谁愿意打仗？披挂整齐，到前敌两军阵前，一是危险，二是艰苦。但李世民那是马上皇帝，英明的君主，决定亲自挂帅，前部正印先行官就派了平西大将军尉迟恭，给他配备了十二名上将，总押粮官是新出任的官员是张士贵，总监军程咬金，军师徐懋功，让王君可留守京师，维护治安，保证安全，让太子李治监国，余下的全部出征。

消息传出，人心振奋，又要打仗了。单说出征这天，尉迟恭、徐懋功、程咬金等人早早地起来，披挂整齐，赶奔西校场。西校场军队早都站好了，整齐严肃，摆成了金木水火土，五座大方阵，每一座方阵是两万人，这五座方阵是十万人，人到一万，无边无沿，人到十万，彻地连天。别看十万人，相当紧凑，旗帜鲜明，盔明甲亮，刀枪似麦穗，剑戟如麻林，一个个佩剑悬刀，站得是笔管条直。带队的军官都在队伍的前头，骑兵是骑兵，步兵是步兵，火铳营是火铳营，徐懋功、程咬金、尉迟恭检阅了队伍。一切都准备好了，皇上来了，再看李世民，全身的戎装，头上戴二龙斗宝的凤翅金盔，体挂金锁连环甲，外罩杏黄缎的征袍，腰束金带，胯下骑逍遥马，金鞍玉辔，鸟翅环得胜钩挂着定唐刀，怀中抱着令旗令箭，四方大脸，面白如玉，还有两撇小黑胡往上翘翘着，嘿！这么一看，真帅气！李世民这一到，百官接驾，然后陪着皇上检阅三军。李世民跨骑逍遥马，不管走到哪个队伍的前面，军队扯着嗓子就喊：“旗开得胜！马到成功！”

李世民笑着点点头，不住地向官兵招手示意，徐懋功做了简短的讲话，这个讲话无非是动员令，核心就是要给罗成报仇雪恨。再看军兵，一个个气宇轩昂、咬牙切齿、紧攥拳头：“不打胜仗，绝不回来！”

这个仪式进行了一个时辰，然后李世民亲自杀牲口，祭了帅旗，一声令下：“出发！”

军兵浩浩荡荡开出东关，直奔正西。这一天先头部队进了临潭了，贾云福、柳卅臣知道皇上来了，列队迎接，准备了行宫和下榻之处。等李世民君臣到了之后，小小的临潭人满为患，大军扎在城外。

贾云福、柳卅臣见了圣驾之后，李世民了解情况：“突厥国有什么变化？刘黑闼他们现在情况怎样？”

“陛下，臣等业已探听得清清楚楚，现在刘黑闼、苏定方龟缩在临夏。听说突厥也在征兵，他们放出的口号是与我大唐决一死战。另外他们把别的地方的兵力全龟缩到临夏，要集中优势兵力跟我们争斗。”

李世民点点头：“好！朕求的就是这个，就想跟他决一雌雄！”

经过商量之后，徐懋功建议，怕这块人手不够，从贺兰关把侯君集抽调来了，让开唐四将马三宝、刘洪基、殷开山、段之贤四人守住贺兰，从那抽调大军两万，增强临潭的兵力。派徐懋功、程咬金、尉迟恭率领先头部队三万，直逼临夏府，要争取这一战成功，把老窝给他端了。李世民坐镇临潭，指挥全局。

这次唐军士气高涨，这个打仗凭的是士气，人人有必胜的信心，恐怕这个仗就有取胜的把握。单说徐懋功、尉迟恭和程咬金，率领几万大军先头部队，兼程前进，这一天就来到临夏。离城五里，安营结寨，挖好了壕沟，埋好了鹿角，做好了攻守的准备。尉迟恭一声令下，埋锅造饭。这个消息就传到临夏。临夏是一座山城，并不大，这是后汉王刘黑闼盘踞的地方，但是地势相当险要，易守而难攻，旁边一座大山，上头驻扎着突厥国的重兵，后面也是大山，好像屏壁似的。前面还有一条大河，好像人工开凿的护城河，把大门给守住了。现在后汉王刘黑闼实力雄厚，本来他跟苏定方之间矛盾极深，这回君臣闹半红脸，苏定方要投靠大唐的消息，刘黑闼全都掌握，开始那会儿，刘黑闼恨得牙根都痒痒："苏定方啊，咱是亲家，你想出卖我，写投降书，将来落到我手，我必杀之！"

可是后来呢，命运把他俩紧紧地连在一起，他还得靠着苏定方，如果真决裂了，恐怕他这王位也保不住了。就这样，哎，慢慢磨合来磨合去，又复旧如初，两个人又处好了。苏定方领着残兵败将，也回到临夏。苏定方就建议刘黑闼："您看见没？大唐绝完不了，用不了许久，还得卷土重来，大王应当做好临战准备。"

刘黑闼点点头："正是！"

所以他们请示了突厥，要求突厥给予增援。这突厥一琢磨，要不是刘黑闼在头前挡着，对他们也不利，还得利用这个人，行吧！送给他锣鼓、帐房、刀枪、器皿、军需用度，帮着他训练军队，拨下不少的银子来。有钱就好办事，刘黑闼就把他这个城墙增高增厚增宽，把外边这条大河挖得深深的，修了几座吊桥，每天操演人马。另外他还修了一座招贤馆，所谓的招贤纳士，不管和尚、老道、尼姑、道姑，三山五岳的英雄，水旱两路的豪杰，只要你来了，我就欢迎，待以上宾之礼。这招还真就行之有效，短短的几年，他收了不少英雄，做了充分的准备了。这天他跟苏定方两个人正在银安宝殿议事，参加的都是头面人物，其中也包括新招来的英雄好汉，报事的进来了："报！报大王千岁，报大帅，唐军离我城五里安营下寨，看这意思来势汹汹，要攻打临夏府，请大王和大帅早做准备！"

"再探！嘿嘿，各位，听说这回李世民御驾亲征，带了大军十万，要跟我决一雌雄，各位卿家以为如何呀？有什么好主意，可以把李世民干倒呢？大家各抒己见。"

苏定方冷笑一声："大王，我说得怎么样？我说他得卷土重来吧，真来了！别看李世民御驾亲征，鼓舞士气，那都没用！我掐手指头都给他算了，现在他老的老，小的小，外表强大，内瓤空虚，不堪一击。我军以逸待劳，臣绝对有取胜的把握。”

“好！说得太对了！那么火燎眉毛，先顾眼前，他们已经杀到咱家门口来了，哪位愿讨旨出征？咱可说清楚了啊，头仗胜，仗仗胜，头仗打败了，主军中不利，你们在座的，不管哪位，要把头一个胜仗打了，首战告捷者，我重重加封于他！我给重赏！哪位愿意领兵出战?”

言还未尽，旁边站起个和尚来，双手合十：“阿弥陀佛！大王，小僧不才，愿领兵出战，我打这头一仗！”

众人闪目观瞧，和尚这凶劲儿就甭提了！平顶身高能有九尺开外，长得是肚大腰憨，这脑袋跟坛子差不多少，新剃的脑瓜皮，锃光瓦亮，头顶心留着戒疤，身穿灰布僧衣，外罩棋子布毗卢挂，腰系大带，下边胖袜云鞋，背后还背着个兜子，这兜子里面鼓鼓囊囊的，不知装的什么东西。往脸上一看，满脸的横丝肉，挺宽的浓眉，蛤蟆眼往外鼓鼓着，大趴鼻子，鲇鱼嘴，里出外进的蒜瓣牙，一说话，声音洪亮，外带沙哑，二目凶光四射。后汉王刘黑闼一看，谁呀？正是护国大法师海青和尚，又叫海青长老，还有个绰号叫飞钵僧。这和尚哪来的？从西突厥来的，赤比宝康王派他来的。这和尚可有本事，他自己宣传，他会妖术邪法，什么吹口气冒黏虫，眨么眨么眼，撒豆成兵，真会假会，旁人都没看见过，总之他的武艺不错，胯下马掌中一对飞钵，能取上将首级，赤比宝康王拿他当宝贝，这次派他带着五百僧兵，来支援刘黑闼。刘黑闼一看，人家西突厥来的，敢小瞧吗？加封保国的禅师，也是护国的法师，比亲爹都尊重。这和尚可够狂的，平常没事就吹牛皮，那意思，我来晚了，我要早点来，什么徐懋功、程咬金，一个也走不了！事情耽误到你们身上了！

他这一说，苏定方不爱听了。苏山、苏林更不爱听，背后就跟苏定方说：“爹，这个秃驴他算什么东西？他跑到这来指桑骂槐，张嘴饭桶、闭嘴窝囊，言下之意，把咱们父子全给搀和到里头了！”

苏定方说：“算了，凡是这种吹牛皮的人，都没有真实的本事，不信你们往下看，迟早他要丢人现眼！”

# 第三十回

## 尉迟恭大战临夏城
## 飞钵僧逞威两军阵

唐兵来到，有人禀报后汉王刘黑闼，刘黑闼请飞钵僧出面。这和尚也搭着爱出风头，把胸脯子拍得“啪啪”直响：“阿弥陀佛！王驾千岁尽管放心，唐营的人有什么了不起呀？现在他们没辙了，李世民才御驾亲征，这就说明他们空虚得很呢！王驾千岁，你呀，就把功劳簿准备好，不用旁人，贫僧包打前敌，让他们有来无回！”

“太好了！大法师，你要能做到这一点，你就是我们顶梁柱，你是大大的忠臣！本王表奏赤比宝康王，重重加封于你！”

“多谢王驾，现在我们就出兵讨敌呀！来呀！随我来！”

带马抬兵器，他率领五千军队，五百僧兵，开出城，在城外河旁摆下了战场。这个家伙真挺得意，立马在帅旗之下，左右站着他四个徒弟，四大名僧，背后是僧兵僧将，两翼都是刘黑闼手下的战将，马步军兵，表面上倒也威武雄壮。鼓响三通，对面来的正是皂袍大将尉迟恭，尉迟恭前部正印先行官，那是平西大将军。再看尉迟元帅，跟一块乌云似的，镔铁盔，镔铁甲，皂罗袍，大黑马，掌中丈八蛇矛大铁枪，背后背着紫金鞭，弯弓插箭。往脸上一看，黑中透亮，亮中透明，两道刷子眉，大环眼，狮子鼻子厚嘴唇，连鬓络腮的胡子楂儿，真跟三国的猛张飞重新出世一样！唐兵唐将也队伍整齐，在尉迟元帅的身旁排列着八名上将，唐万仁、唐万义、毛公遂、吕公旦等人。

尉迟恭奉命打这头一阵，一看对面发来僧兵和刘黑闼的军队，为首的是个出家人，这尉迟恭从心里往外对出家人有反感，哼了一声，喝令三军稳住阵角，双脚点飞虎櫓，小肚子一碰铁过梁判官头，这匹马“稀溜溜”乱叫，“踏踏踏”来到两军阵前：“呀呔！对面那一僧人，报上名来！”

和尚看得清清的，心说：对面这个黑汉，倒有几分英雄气概，我问问他是谁。把马往前一提，双手托着飞钵，把两个钵往正中央一碰，“噔唧唧”！

“阿弥陀佛！要问贫僧，飞钵僧是也！自幼出家在昆仑山大佛寺，官拜镇国大法师之职。我说黑汉，如果我没猜错的话，你是不是叫尉迟恭啊？”

“不错，正是本帅！我说和尚，你也领兵带队，想要跟我交手吗？”

“然！”

“嘿嘿，出家人，我记不太清啊，好像有人跟我说过，你们出家人，叫什么扫地不伤蝼蚁命，爱惜飞蛾纱罩灯，又说什么慈悲为本，善念为怀，总之吧，我记不清楚，就是你们出家人都是佛心。我说我发现你这个和尚与众不同啊！你不好好在经房诵经，拿刀动枪，杀生害命，你像是佛门弟子吗？我告诉你，我战的是苏定方，我斗的是刘黑闼手下的军兵，跟你出家人毫无干系。我有好生之德，不愿意得罪出家人，你赶紧滚回去，让苏定方前来会我！我要给死去的英灵报仇雪恨！听明白没？”

“你大胆！你狂！尉迟恭啊，少在我面前卖狗皮膏药，要能胜得了我飞钵僧，要谁就有谁，你想怎么着就怎么着。赢不了我掌中的飞钵，我叫你有来无回！”

两个人越说越激烈，到了无话可说之时，各催战马，就要伸手。正在这么个时候，飞钵僧的大弟子，叫了空，不爱听了。了空是步下的战将，晃一条泥金大棍，撒脚如飞来到两军阵前：“阿弥陀佛！师父，杀鸡焉用宰牛刀？对付一个铁匠，还用您吗？您老在后边观敌瞭阵，把他交给我了！”

飞钵僧一想也好，这个尉迟恭啊，名望颇高，据说此人日抢三关，夜夺八寨，御果园单鞭夺槊，乃是大唐一员虎将。没交过手，你说我在后汉王面前夸下海口，一旦打败了，回去没法交代，让我徒弟试试深浅，也未尝不可。想到这儿，把他马一拨，告诉了空：“尉迟恭是有名的虎将，多加注意才是！”

“师父您放心吧，没什么了不起的！”

飞钵僧圈马回归本队，给徒弟观敌瞭阵。了空来到两军阵，手横泥金棍，用棍头一指：“黑鬼！认识贫僧吗？”

“又来个步下的，我说你是哪位？”

“方才跟你搭话的是我受业的老恩师，我乃他大弟子，了空禅师是也！”

“嘿！你们师徒无非是一对秃驴呀！”

“你敢骂我？着棍！”

抡棍便砸。尉迟恭横枪招架，两件兵刃碰在一处，放火花，把棍颠起来多高，尉迟恭震得是两臂发麻，这才知道，这师徒都是猛将，心说：我要多加注意呀！一个马上，一个步下，一条长枪，一条大棍，就搅在一起，战况空前激烈。再看这了空，仗着地下，他是步行，非常灵活，忽前就后，忽左就右，有时候在马肚子底下钻过去，大元帅呢，晃荡大枪，上护其身，下护其马，横冲四面，是力挡八方。三十几个回合过后，了空和尚一个没留神，让尉迟恭这一枪正扎屁股蛋子上，那枪头都一尺八长，那给扎上还受得了？把了空和尚疼得“嗷”一声，就趴倒在地，“喤啷啷”，大棍撒手了。他也顾不得疼痛了，打算使个就地十八滚，逃归本队，哪来得及呀？尉迟恭换了一枪，像串蛤蟆一样，奔他后心便刺！了空躲闪不及，“噗！”这一枪，扎了个透心凉。尉迟恭后把一压，前把一抬：“你给我起来吧！”

就把了空挑在空中，尉迟恭两臂一叫力，在空中画了个圆圈：“去你娘的！”

“啪！”甩出去三丈多远，脑袋正碰地上，地上正好有块石头，正好是硬碰硬，“咔嚓”一声，把脑壳给击碎。顿时是绝地身亡！唐兵一看，高高兴兴，擂鼓摇旗，擂鼓助威：“大元帅旗开得胜，马到成功啊！”

“咕噜咕噜！”

“扎得好！扎得好啊！”

“咕噜咕噜！”

哎哟！这飞钵僧看得清清楚楚：“我的徒弟！唉呀！快抢回尸体！”

活的抢不回来了，死尸还可以，跑上去一帮和尚，拽胳膊的拽胳膊，架腿的架腿，把了空的尸体和兵器捡回来。飞钵僧还掉了几点伤心的眼泪，告诉手下人：“把死尸抬回去，准备上好的棺木，然后运回昆仑。”

他交代完了，还没等亲自出马呢，二弟子了尘受不了了，这了尘和了空感情至厚，一看大师兄死得那么惨，眼珠子都红了！晃着手中的铁棍，撒脚如飞，来会尉迟恭。一见面，并不搭话，就是几棍！尉迟恭左躲右闪，最后把他的棍给架住了：“哎，我说你是谁？”

“我，了尘禅师是也！飞钵罗汉那是我的恩师，方才死的是我师兄！”

“噢，看你这个难过的劲儿，你跟你师兄感情不错呀，是不是你想找他去？”

“那是当然了……”

了尘一听，像话吗？我找他干什么？

“好丑鬼，你竟敢讥讽洒家，接棍！”

这个了尘也不是个省油的灯，往上一纵，一丈多高，往下一落，声息皆无，身子利便，这条棍“呜呜”挂着风。两个人打斗四十多个回合，也是了尘未加注意，让尉迟恭横着这一枪，正打后脑勺上。那枪是铁的，不光扎，顺着是枪，横者是棍，那大枪头后头有八棱大铁疙瘩，那要拍到后脑勺上，谁受得了？加上这和尚也没有盔，正好是光脑瓜蛋，一点遮拦都没有，这一下打了个万朵桃花开！把脑壳都给砸碎了，死在当场。哎呀！飞钵僧一看，这倒好，眨眼之间，俩徒弟交待了：“快收尸！”

又出来一帮小和尚，把了尘的尸体、大棍都抬回去。飞钵僧做了叮咛，告诉怎么掩埋。三徒弟、四徒弟刚要过去，飞钵僧心说：不行，得留俩，这四大名僧死了一对了，都死了，我回去脸上也无光。因此催开战马，晃动一对飞钵，来战尉迟恭！尉迟恭真有点累了，再说上了年纪，年老不讲筋骨为能，一点都不假，心里不服，它不好使唤。就这两阵，尉迟恭累得是吁吁带喘，鬓角流汗了。他擦汗这么个工夫，被后头的几员大将看见了，唐万仁、唐万义哥俩儿一商议，不能让老元帅一个人战，他够累得了！应当替换他下来，休息休息。

“鸣金！”

“噔唧唧！噔唧唧！”

尉迟恭一想：出什么事儿了？一圈战马，回归本队。

“我说怎么回事儿？谁叫鸣金？”

唐氏弟兄赶紧解释：“大帅，我们弟兄发现您太累了，您老先喘喘气，喝点水，由我们替代您去打上几阵。”

尉迟恭一开始不高兴，后来一听，人家出于好心，的确自己也累了，这才点了点头：“飞钵僧乃虎将也！师徒都不太好惹，你们千万谨慎！”

“大帅你放心！”

再看唐万仁，催马抡刀，直奔飞钵僧！飞钵僧这个气就不打一处来，他恨不能一飞钵把尉迟恭劈为两半，没想到，换了人了！

“阿弥陀佛！来将你是谁呀？”

“大唐名将，现任御总兵之职，唐万仁是也！”

“嘿嘿！无名鼠辈。好，让你就做尉迟恭的替死鬼！给我的徒儿报仇雪恨！你过来！”

那唐万仁也是贾柳楼结拜的把兄弟，征战多年，经验丰富，胯下马掌中刀，冲锋陷阵，那也有一号。但是也上年纪了，接近半百的人，心有余，力不足。一伸上手，唐万仁感觉到自己不行，这手怎么不听使唤，这刀怎么耍得这么笨，眼神也不跟劲儿了。

一着急，冒了汗了。他发现飞钵僧这家伙可厉害！跟下山的猛虎相似！这对兵刃也特殊，什么叫飞钵？就好像舞台上使那个大镲，铙钹，就那形式，往一块一碰，“刷刷刷”，就这东西，大小跟锅盖差不多少，转圈都是刃，而且用纯钢制造，在脐这捅了个眼，拴了两条链子，一手一个，链子长能有五尺左右，有鹿皮套，套到手腕子上。这兵刃太特殊了！哪有使这玩意的？而且招数极其奇特，你摸不着它的规律，要不怎么叫飞钵呢？这一对是上下翻飞，带转圈的，唐万仁眼花缭乱，一个没留神，这飞钵就到了，唐万仁再想躲，已然不及，飞钵转着圈就在这脖子上，“噗”，就这一下不要紧，唐万仁的脑袋甩出去两丈多远！身子还在马上骑着，顷刻之间，马往前走，尸身仰倒在地。“噔唧唧”，大刀撒手。尉迟恭看得真切：“兄弟呀！快快快！收尸！”

尉迟恭可没哭，两军阵前死人是司空见惯的，哪有对面死人，自己这儿一个人都不死的？而且每天都在打仗，每天都在死人，老哭啊？有多少眼泪？只是难过，在心里一咬牙。见唐兵把尸体抬回，自然了，买棺椁装殓，不必细说。唐万义一看哥哥死得凄惨，焉有不动肝火之理？催马摇枪，直奔飞钵僧！两个人互通姓名，斗在一处。说起来，唐万义这两下子赶不上他哥哥，那光难过，光生气，那不顶用！也就是二十回合左右，一个没留神，被飞钵正从脖子这儿转过去，"噗"，人头落地，死尸栽倒。

哎呀，尉迟元帅吓得倒吸了一口冷气："收尸！把尸体抬回！"

别的战将要过去，尉迟恭把脸往下一沉："慢！违令者杀！尔等替我压住阵脚，看我的！"

尉迟恭都红了眼了，催马晃铁枪，直刺飞钵僧！飞钵僧冷笑了一声："尉迟恭，你算个什么东西？贫僧我叫你在钵下做鬼！"

两个人打了势均力敌，难解难分。飞钵僧一边打着，暗挑大指：罢了！人的名，树的影，据说这尉迟恭是世之虎将，看来并不夸大其词，这尉迟恭就是上了年纪了，这要倒退个十年八年的，我还真不是他的对手！尽管上了年纪，马快枪急，招数出众，我呀，还得格外留神，不然也得栽跟头！尉迟恭呢，边打，心里也在想事，他也起急呀！一呢，悔恨自己上了岁数，其实这种悔恨没用，大自然的规律，谁能逃脱得了呢？上年纪就是上年纪了。另外，尉迟恭想起罗成来了，这罗成号称常胜将军，名副其实！罗成马快枪急，要跟飞钵僧伸手，早解决他了！现在换成我了，怎么这个黑的就赶不上白的呢？我这心里想的，怎么手就不给使唤呢？这尉迟恭性情暴烈，爱急躁，为了给唐氏弟兄报仇，老头子就玩了命了！这条大枪呼呼挂风，上崩下砸，里撩外划，划拿崩把压，窝挑盖打扎，顺着当枪，横着当棒，真是风雨不透！这一加劲儿，飞钵僧吃不消了，心说：哎哟！这黑脑袋越战越勇啊！这怎么办？看这意思，一半时我赢不了他了。这……哎，有了！心说话：我怎么犯傻呀？我这百宝囊中带着不少暗器，我何不用暗器赢他？我费这劲儿干吗？

想到这儿，眼睛一亮，虚晃一招，拨马便走，嘴里还说："呔！尉迟恭真了不起！贫僧不是你的对手，败阵走也！"

"哗！"奔东北方向便走。这尉迟恭头脑一热，就没想到人家是佯败，他贪功心切，报仇心急，催马摇枪，在后头紧追不舍。眼看追了个马头碰了马尾了，他双手捻枪，刚想要扎，没想到这飞钵僧冷不丁一圈这一匹马，"刺溜"，转了个大圈，尉迟恭这一枪就刺空了。与此同时，飞钵僧把双钵交到左手，探右手，在百宝囊之中拽出一种暗器。什么暗器？叫子母电光球！是子母，有个大的，有个小的，这电光球是纯钢制造的。大的有多大呀？就像咱一般吃的那个李子或者那杏那么大。小的有多大呢？有乒乓球大小，所以你显眼就能看出来，一大一小。他扔这种东西百发百中！飞钵僧没事就练，今天逼得没辙了，把压箱底的招拿出来了。再看他把子母电光球托在掌心，手腕子一拽：“着吧你！”

因为他这一圈马，正好脸对脸，尉迟恭一下扎空了，前面来个大开门，他就利用这个空隙，扔出暗器。子母球一前一后，大个的奔尉迟恭前心砸来了！那玩意砸着能怎么地？怎么地？一两掼一斤！和尚有功夫，甩出来多大的冲击力！但是母球啊，正好砸到尉迟恭护心镜上头，做大将的，前边有护心宝镜，后头有掩心宝镜。护心镜能护住心脏主要部位，那玩意也挺厚，所以这球正好打到上头，“噔啷啷！咣当！”

母球落地，尉迟恭没受到伤害。但是就一愣，激灵灵出了一身冷汗。与此同时，那子球起了作用了，正好打到尉迟恭脑袋上头！如果尉迟恭没戴着盔，就跟那和尚似的，秃脑瓜蛋，这下把天灵盖能砸塌！就能给打碎了！幸亏他戴着盔头。你看那武将，戴那盔分三六九等，里头有胄。胄是什么？就是帽垫，胄外头套着盔，有黄金抹额，搂海带，护住脑门和脑袋，这玩意在关键的时候，绝对起作用！不然脑袋上“扑扑棱棱”，顶那么沉的东西干什么？这小球正好砸到抹额上头，换句话说，就是那个盔圈。“乓”这一下，虽然说起了点作用，把尉迟元帅揍得可也不轻！就觉得脑袋“嗡”的一声，眼前金星乱闪，尉迟恭在马上一侧歪，觉得疼痛难忍，心说不好，是圈马便走！飞钵僧一看，行了！哎呀，美中不足的是，没把他当场击毙。他利用尉迟恭败的时候，哈腰捡起子母电光球，晃动飞钵，在后面就追！他手下的兵将一看，主将打了胜仗了，摇旗呐喊：“冲啊！”

“哗！”兜着唐军的屁股就杀上来。那么唐军跑得快点，保住性命，跑得慢的，做了刀下之鬼。尉迟恭率领残兵败将，回归营寨，辕门关闭，开弓放箭。那么容易攻进来？一是地形有利，二是外头层层鹿角，一层鹿角一层壕沟，壕沟里头趴的都是唐兵唐将，这飞钵僧一看，一半时攻不进去，干脆露一个全脸，收兵吧！他才胜利收兵，他回去了。尉迟恭一进辕门，就从马上摔下来。尉迟恭这一受伤，惊动了唐营，程咬金、徐懋功大伙儿都急坏了！七手八脚把他抬进宝帐，把医官找来验伤。医官一看，身上没什么伤，把盔头给去掉，嚯！一瞅这脑门子，这鼓起个大包来，这包没有鸭蛋大也差不多少，脑袋都肿起来了！那么大的年纪哪能受得了？就像那榔头在脑袋上敲了一下一样，是轻微的脑震荡。尉迟元帅痛苦难当，就觉得天旋地转，一阵阵的恶心，躺到那儿就起不来了。咱这么说，尉迟恭叫唤了一宿呀！到次日，伤势依然很严重，满营众将全都束手无策呀！军队士气低落。

就在这时候，那个飞钵僧邪乎得不得了！引得胜之兵，讨敌骂阵，骂得这个难听！唐营是高挂免战牌不战。对面不答应，把牌子给射掉了，开始攻击，唐军开始防御，就这么拉锯打了大半天，飞钵僧没办法，负气而走。到了第二天，又引军叫阵，唐营依然高挂免战牌不战。主将受伤，没法打呀！飞钵僧一看，没咒念，又退回去了。到了第三天头上，皇上李世民率援军赶到前敌，从哪儿来？从临潭来，李世民不放心，后来得着消息，听说大元帅负伤了，唐氏弟兄阵亡了，李世民掉了几点眼泪呀！故此带领亲兵卫队，率生力军一万，来到前敌。徐懋功、程咬金等人接驾，把皇上接进大帐之中，李世民连气都没喘，先要看望老元帅，一看尉迟恭，脑袋肿那么大个，眼睛都封了喉了！他详细了解受伤的情况，然后是一筹莫展，长吁短叹。李世民到前敌的第二天，飞钵僧又领兵讨敌骂阵，这回非常凶，把唐营的祖宗都骂出来了！如果再不开兵见仗，他要一鼓作气踏平唐营。李世民十分恼火："咳！如果是这样，朕会他一会！"

大伙儿一听，什么？皇上要亲自出马，可见皇上心里着急呀！满营众将你看看我，我看看你，能让皇上出去冒险吗？可是阻拦吧，自己本身又没那么大的能耐，这怎么办？军师徐懋功说话了："陛下，您何必这么大的肝火？要您出战，那不成了笑话？希望您先万安稍坐，不要着急。"

"爱卿你看，对方讨敌骂阵，你我不闻不问，这岂不被他人耻笑？要有我那罗爱卿活着，何至于如此啊！"

皇上说到这儿，挺伤心，想起罗成来，眼泪掉下来了，众将在两旁站着无不羞愧。真是这么个理儿，不说罗成，就罗焕在这儿也行！罗焕要给罗成守孝三年，留在京城没来。要看眼前这个形势，还真得把他调到前敌。可远水不解近渴，那么目前的事怎么办呢？还有一个指望——指望侯君集，但是侯君集接到旨意，还没到。徐懋功说："陛下您不必犯难，要解燃眉之急，为臣倒有一良策。"

"噢？军师有话请讲！"

"我们这块有个最有能耐的人，您怎么没想到？让这个人出阵，肯定能胜得了飞钵僧！"

"是吗？"

李世民惊呆半晌："哎呀，我脑筋坏了，我怎么就没想到？徐爱卿快说，他是何人？"

"嘿嘿，这个人远在天边，近在眼前，要想胜飞钵僧，非我四弟程咬金不可！"

老程就在旁边坐着呢，一听，一下蹦起多高来："哎！我说牛鼻子老道，我说咱俩这一辈子就不对眼，你怎么拿我开玩笑啊？我要有那两下子，我何至于闭门不出？皇上，别听他的，他是满嘴喷粪！"

皇上"扑哧"一声笑出来了，真是苦中作乐呀！心说话：怎么徐懋功还开玩笑？你这何苦来的？老君老臣不便翻脸，他就问："军师，您不是愁得发疯了吧？

开这种玩笑，有必要吗？”

“主公，我不是开玩笑，我说得是金玉良言哪！非四弟不可呀！”

“我说牛鼻子，你再说，我跟你玩命！我这条老命不要了！”

“咳！四弟你先坐下，你听我跟皇上说一说。陛下，您不要忽视了四弟，虽然他老了，尚有余力。说到想当初的事，走马取金堤，三斧子定瓦岗，探地穴拜大旗，做了混世魔王大德天子。他这一生的所有的事情，我全都掌握，他大仗小仗经历了三千四百七十一次，就是大仗，他参加过二百余次，这小仗多如牛毛，他打胜仗一共是二百九十一次，救驾九次。您忘了？在万马营中，旁人办不了的事，他办得了，旁人做不出的事情，他做得出，光救您救了几回？想当初斧劈老君堂，跟您为仇作对。后来建立了君臣的感情，他是舍死忘生救您。”

李世民点点头：“是！”

“远的不说，就说现在，程咬金足智多谋，不光说能耐大，鬼点子极多，那是够个帅才！小小的一个飞钵僧，怎么能跟我四弟比？现在他这个人老了，学得非常谦虚谨慎，跟当初不同了。实际上他要卖卖老，谁也不行！就是罗成活着，也比不了我四弟！”

徐懋功这一说不要紧，程咬金听完了，舒服！美！大肚子越腆越大，腰板越拔越直，听得还入了迷了！不住地点头：“那倒是！对，是有这么回事儿！那当然了！”

嘿！还美得出鼻涕泡了！徐懋功说完了，这才说：“四弟，我说得对不对？”

“一点不错，三哥，你脑筋真好，我露脸那些事你全记着呢！”

“当然得记着了！四弟，你说这秃驴算什么？无名少姓的一个飞钵僧，能把咱镇住吗？如果你愿意的话，领一支精兵，跟他比画比画，我包你准打胜仗！”

“是吗？三哥，我觉得也差不多少。皇上您别发愁了，那我就出去试试吧！也可能我三哥说得对，到那，我把他秃头给您拎回来！”

皇上点头：“好吧！老爱卿啊，老当益壮，我全仰仗着你了！”

徐懋功传令给程咬金，带精兵三千，上将四员，让老程出战。再看程咬金，美！晃着大草包肚子，在辕门外上马抄斧子，炮响三声，大开辕门，就杀出联营！你看贼精八怪的程咬金，上了军师的当了。等他走了，李世民这才问徐懋功：“军师，您说得是真的？”

“我说得是真的，程咬金能打胜仗啊！哈哈，主公啊，你就把这活交给他，我四弟就这么个人，哎，你没看刚才我紧捧他吗？你捧他，他来了精神头了。他这个人，鬼点子极多，他实在不行，他能冒坏水，怎么也能抵挡一阵。这叫缓兵之计，我们好等待援兵。不管谁来了，对我们都是最大的支持！”

“噢！原来如此。但我不放心哪！倘若程咬金要有个三长两短，朕不安心哪！”

“陛下只管放心，如果您觉得心里不摸底，我们可以给他鼓劲儿，我们可以亮队给他观敌啊！”

“这倒是上策。外边列队！”

皇上带着御林军、满营众将，亲自督战。干什么？给老程助威。且说程咬金，带着三千飞虎军，列开旗门，来会飞钵僧。飞钵僧讨敌骂阵，累得是口干舌燥啊！他就准备跟唐军决一死战。等着等着，一看，哎哟！真出来了！往正中一看，是挺大肚子一个老头儿，手中托着大斧子，莫非他就是程咬金？嘿！这个泄气劲儿就别提了！等马打对头，飞钵僧这才说话：“阿弥陀佛，对面的老者，你是程咬金吗？”

“嘿嘿，你还认出我老人家来了！在你面前的，正是你爷爷程咬金哪！”

“呸！少找我的便宜！程咬金哪，难道你还跟我比画比画吗？你没想到你配吗？”

“哎，我说飞钵僧，你这小子说话，真不怕风大闪了舌头！我不配？你问问你配不配？为什么我没伸手？因为你是个臭狗屎！我穿新鞋，不能踩狗屎，好汉不跟狗熊斗，所以我才没伸手。我一瞅你，太不像话了，你太猖狂了！今天出来，我教训教训你！你服不？我让你知道知道鲁国公程咬金有多么厉害！”

和尚气得鼻子都歪了：“好，程咬金，那我就成全你，生有处，死有地，活该你死在我的钵下呀！你伸手吧！”

“慢着！着什么急呀？打仗这东西，讲的是心平气和，你师父就这么告诉你的吧？咱把话都说清楚，飞钵僧，咱俩打得有个名堂。”

“你说吧，什么名堂？”

“输了怎么样，胜了怎么样，能瞎打一气吗？”

“那你说得怎么样？”

“飞钵僧，敢跟我打赌吗？你要把我老人家给赢了，别看我胡子都白了，我下马跪在你的马前，恭恭敬敬给你磕仨头，拜你为师！那你要不是我的对手，你怎么办？”

“阿弥陀佛！程咬金，我要不是你的对手，就拜你为师！”

# 第三十一回

## 程咬金弄巧反成拙
## 侯君集大战飞钵僧

程咬金在两军阵前战飞钵僧，程咬金呢，六个绑到一块，也不是飞钵僧的对手。怎么办呢？把他愁坏了，眼珠一转，坏水冒上来了，这就叫有力使力，无力使智，人得动脑子。程咬金跟飞钵僧打赌击掌，如果谁败了，就拜对方为师。你看这个飞钵僧，能耐挺大，但脑瓜远不如程咬金好使，这家伙瞪眼还就上了当了！两个人打赌一击掌，可把观战的徐懋功乐坏了，徐懋功心说：飞钵僧呀，你要倒霉！谁跟我们老四打赌，谁得倒霉。他扭回身压低了声音跟李世民说："陛下，听见没？飞钵僧要倒霉呀！他上了我四弟的当了！"

李世民也乐了："军师，但愿如此吧！"

可他们明白，难道说对方就不明白吗？哎，不，对方也有高人，那就是大帅苏定方。苏定方久跟程咬金打过交道，程咬金这套，他摸得是滚瓜烂熟，但苏定方恨飞钵僧，别看是同殿称臣，他看不惯飞钵僧那个专横跋扈的劲儿，心说：你眼里都没人，这回我也叫你撞撞南墙！撞你个头破血流，我才解恨呢！明知是个当，我也不给你提醒。您想想，这仗还能打胜吗？这叫各揣心腹事，尽在不言中。

程咬金和飞钵僧两个人话说一定，然后把战马催开。这飞钵僧心想：打仗先下手啊！有道是先下手为强，后下手遭殃，他抡开飞钵，对着程咬金这个脑袋，"刷"，就劈下来了。程咬金有个玩命的劲，一不躲二不闪，把大斧子抡开，对准飞钵僧那秃脑袋："劈你的脑袋！"

"刷"一斧子，下来了。把飞钵僧吓得脖梗子冒凉气，这和尚一看，这是什么招？我这一下给他劈上了，他也给我撂上了，我们俩同归于尽哪！我还没活够呢，我能那么干吗？没办法，撤回飞钵，十字插花，往上招架："开！"

一架程咬金的斧子，正好上了老程的当。程咬金一看，行了，赶紧搬斧头献斧纂，三棱一个尖，比枪尖还快！对着飞钵僧那个哽嗓，"刺溜"，就到了！

"小鬼剔牙！"

飞钵僧往上一架，架空了，正好来了个大敞门，武术管这叫漏招。飞钵僧一看，斧攥奔哽嗓来了，这要扎上，还好得了？吓得他魂不附体，双脚踹镫，身子往后一仰，使了一招，叫金刚铁板桥。这和尚真有两下子，这么大的年纪的，腰板像面条那么软和，程咬金这“小鬼剔牙”，“刺溜”，落空了。正好二马一错镫，再看程咬金把大斧子一翻个儿，使这招叫脑后摘瓜，“呜！”一下，这斧子冲后脑勺就来了！那飞钵僧能老躺着吗？刚坐起来，斧子就到了，再想躲，已然来不及了！飞钵僧一闭眼一咬牙，赶紧使了一招，叫缩梗藏头，这脖子立刻就缩短了。咳！躲得还真溜！程咬金这斧子慌乱之中，有点偏高，两头这一凑合，这和尚把脑袋保住了。别看把脑袋保住，这大斧子的斧刃在后脑勺给薄薄地片下一层去，这叫炒肉拉皮，“嚓！”这一下，再看飞钵僧，鲜血迸流，把和尚给疼得：“哎呀，阿弥陀佛！”

这阵儿，还没忘了念佛，后脖梗子全是血了。战马跑出一百多步，等圈回来，程咬金把大肚子一腆，大斧子一背：“哈哈！哎，飞钵僧你输了，认输不？说话算数不？”

“这……这……”

“这”了半天，“这”不出来了。飞钵僧不仅是吃亏上当了，而且脸红脖子粗，程咬金就说：“哎，飞钵僧，咱可打了赌了，大丈夫生在天地间，无信不立，我说你说话算数不？要算数，跪下拜我为师，快磕头吧你！”

飞钵僧心说：这可怎么办？有心不磕头，言而无信哪！男子汉大丈夫，说话不能不算数，真输给人家了。有心磕头，太窝火了！我们是两国的仇敌，我能拜他为师吗？到了现在，自己恨不能抽自己的嘴巴子，哎呀，话说得太绝了，没有退身的余地。也罢！我就给你磕头，就拜你为师！但是程咬金你不要高兴得太早了，我把你置于死地！

这和尚也不傻呀，打定主意之后，把飞钵带起来，甩镫从马上跳下来，把脖梗子上的血擦了一擦，掏出手帕，把伤口包上，咧着嘴，跟吃苦瓜差不多少，来到程咬金马前：“姓程的，行了，我说话算数。我不输了吗？我现在就拜你为师，请上受我一拜！”

真磕头！两旁观战的人一看，啼笑皆非，现在的程咬金，连北都找不着了：“磕吧我的儿！越多越好！哎，光磕头还不行，你得叫师父才行！”

“我……师父在上，受弟子一拜！”

“哎，好孩子，磕带响的啊！”

磕了俩，没到第三个，程咬金正美呢，他可真没想到，再看飞钵僧冷不丁一伸手，在百宝囊中拽出一对钢胆。什么叫钢胆？就是那铁球，这是一种特殊的暗器，叫子母鸳鸯球，那大的比那网球小不多少，那小的跟核桃大小差不多，一大一小，要不怎么叫子母球呢！飞钵僧打这玩意可有两下子，可以说白天打箭靶，夜晚打香头，是百发百中，弹无虚发呀！磕到第二个头的时候，老程眯缝着眼，腆着大肚子，正美呢！再看飞钵僧一扬手："着！"

"刷刷"两道寒光直奔老程！程咬金事先一点准备都没有，这叫出其不意，攻其不备，打他个迅雷不及掩耳，耳轮中就听见"啪啪"，全都击中。要按照飞钵僧那意思，这两球一个打老程的脑门子，用母球打脑门子，这一下把老程打个脑浆崩裂！脑门子削塌了！子球呢，打他的前心。他就下了狠手了！由于这里有个可能原因，飞钵僧在那跪着，程咬金在马上，这玩意一高一低，这个角度相差悬殊，这是头一条。二一条，飞钵僧连伤口疼再生气，身上直突突，羞臊难当，所以这个手一发颤，打得不那么准。因此这球虽然击中了，打得不是想象的那样，这子球，就是那小号的，正打到程咬金肚子上，那母球正打到程咬金战马的脖子上，让马头给荡了一下子，虽然有声音，不像预想的那样。那位说，这子球削到程咬金肚子上了，把老程疼得不蹦？就好像那铁棍子捅了一下似的，但是没关系，受了点伤，不成问题。程咬金身披重甲，做大将的，身上有甲胄护身，里边铁锁连环甲，外头大叶黄金甲，外头还有战袍，那玩意挺厚，打上去，没有大妨碍，再加上肚子本身弹性就大，程咬金那肚子，大得都出号！所以"嘣"，给弹恢复了。虽然疼了一下子，没受重伤。但是那个战马可受不了了，那母球正打到马脖子上头。程咬金这匹宝马良驹，卷毛兽大肚子蝈蝈红，疼痛难忍，那也就是马，换人，当时就趴下了！再看宝马良驹是"稀溜溜"暴叫。"稀溜溜！"蹦起来五六尺高，这战马就惊了，摇头摆尾，鬃尾乱奓，奔西北就跑下去了，"稀溜溜，咵咵咵"。

程咬金好悬没从马上摔下来，他一看不好，"吁吁"，越"吁"，马跑得越快。程咬金一看，没办法了，一抬腿，把大斧子挂上，挂到鸟翅环得胜钩上，然后用大手握住铁过梁，这两只手就入了死扣了！他怕摔下来，往马身上一趴，这马就跑下去了。

飞钵僧一看没击中程咬金，让他跑了："呀呀呀！"他这个后悔就甭提了！赶紧伸手把钢胆捡起来，揣进百宝囊，飞身上马，提飞钵在后头就追呀！心说：程咬金哪！你上天我赶到凌霄殿，你入地我赶到鬼门关，说什么我也得报受辱之仇！

他就这么一路追下去。程咬金这个马速度之快，难以形容！眨眼之间，远离战场，就钻进大山。这马惊了，就跟人疯了一样，失去了理智，不管眼前是什么，它一个劲儿往前冲，翻山越岭，过壕沟爬悬崖，程咬金一看，我的娘唉！我这老命算扔到这儿了！宝马呀宝马，你驮了我这大半辈子，最后要了我这条老命了！他怎么"吁"，这马也不听它的，只有豁出去了。老程也不知道跑出多远来，就觉得两耳生风，这马跑着跑着，正好绊到树根上，马失前蹄，"咔吧"一声，把树根踢折了，蝈蝈红也站不住，连人带马全都倒到地上。

“扑通！”把老程摔得“哽”了一声，顿时是人事不省。这马站起来接茬儿还往前跑，也没受伤，也不知过了多长时间，程咬金这才明白过来：“咳！呀呀呀！”心说：我是死了，我还是活着呢？是胳膊断了，是腿折了？闭着眼睛他瞎摸，活动活动，没事。虽然浑身疼，看这样，胳膊腿完好无损。老程把眼睛睁开了，打量四周，古木琳琅，在大山里边什么地方，不知道。他咬着牙坐起来了，腰疼了一下，但是晃了晃，又没事了。程咬金这才站起来，活动活动四肢，心里高兴：哎呀，谢天谢地，我老程积了阴德了，愣没摔死！我什么年岁了？就是年轻人摔这下，也得半身瘫痪，我这还没事。程咬金心里头高兴，在这地上转了那么几圈，往四外看了看，这是什么地儿？老程一盘算，远离战场，离着临夏府没有五十里也得有四十里，马也没了，兵器也没了，凭着我两条腿往回量，也得走一夜呀！不管怎么说，我得回去，我能在这待着吗？哎呀，不幸之中的万幸啊！我三哥徐懋功、皇上、大老黑，不定多惦记我呢。往回走吧！

说着，他往前走去，前头真有条山路，这山路通到哪儿，不清楚。老程一想：顺这条道往前走，要见着人，再打听打听。他正往前走着，没出来半里地，抬头一看，哟！可把他吓坏了！什么原因？飞钵僧追到了！您看，这飞钵僧跟程咬金保持着一定的距离，程咬金那马惊了，自然速度非常快，飞钵僧不行啊！进了大山，他得找程咬金，东一头西一头，找来找去找到这儿。哎，冤家路窄，又碰上了。飞钵僧抬头一看：“程咬金哪！尔往哪里走！阿弥陀佛！”

程咬金一看，我的娘！顿时是头重脚轻，好悬没趴下！到了现在，也顾及不了什么身份了，老程是扭头便跑，飞钵僧紧追不舍。老程一琢磨：别顺道跑，我这两条腿，累死也没有马快。我呀，钻树林子吧！到那，那马的能力就施展不开了。他钻进草棵，进了树林了。这飞钵僧一看，果然骑着马这玩意，还不如步行痛快，把他气得赶紧从马上跳下来，找棵树把马拴上，手提飞钵，也钻进树林，三步两步，就把程咬金给撵上了：“姓程的拿命来！”

“没那好事，我还想活两天！”

“哪里走！”

“我上哪去跟你没关系，我无可奉告！”

“好小子，你跟我顶嘴，你给我站住！”

“没听说过！腿在我身上长着，我就不站住！”

到了现在，程咬金这嘴还不带老实的，他跟飞钵僧就转开树了，这飞钵僧是左一钵右一钵，下了毒手，但是砍了半天也没砍着，把这飞钵僧也累得是两鬓汗流。毕竟程咬金上了年岁了，心有余，力不足，方才再摔一下，本来就没缓过劲儿来，再叫人这一追，脚底下不听使唤，三转两转，一个没留神，绊了个跟头，摔了个狗啃屎，飞钵僧往前一跟步，把脚丫子抬起来："别动！"正踩到老程脖子上，把程咬金踩得好悬没断了气！

"嘿嘿，程咬金，你还有何说？你跑啊！你不有能耐吗？你跑！"

"哎，我说和尚，你猖狂什么呢你？你就下手得了呗！哎，不解恨，你啃我两口，皱皱眉头不算英雄好汉！我这一堆，三百来斤，交给你了！"

"好小子，到了现在，我叫你嘴硬！拿命来！"

飞钵僧说到这儿，高高举起单钵，他那钵，跟车轱辘斧子差不多少，奔着老程那脑袋，"咔嚓"就这一下，程咬金一闭眼：完！这才算交待！哪知听"咔嚓"一下，没觉出疼来，心说：这是怎么茬儿这是？难道我麻木了，它怎么不疼呢？摸了摸脖子，也没出血。老程在那儿趴着，扭回身来看了一眼，闹了半天，飞钵僧太着急了，情急之下，忘了这是什么地儿，古木琳琅哪！那树高低错落的，他没注意，头顶上有个挺粗的大树枝子，飞钵举得太高了，"咔嚓"一下子，把树枝砍断了，没伤着程咬金。与此同时，那飞钵上有链子，"哗棱棱"，正好缠这树枝子上，你说把飞钵僧给气得！他就抖搂这条链子，就这样，给程咬金以喘息的机会。程咬金想跑是跑不了了，老程这脸皮真够厚的，双手按着地，晃着脑袋他就喊开了："救人哪！救命啊！程咬金要玩完了！救命啊！"

你看这老头儿这么大年纪了，声音洪亮，能传出五里地去！山谷都应回音呢！飞钵僧一看："好嘛，你还呼救哪！事到了现在，谁能救你？我叫你喊！"

他二次举起飞钵，这回飞钵真要落下来，程咬金想活也活不了。就在千钧一发的紧急关头，突然有人喊了一声："四哥休要担惊，小弟到了！"

怎么那么巧？早不来晚不来，这要掉脑袋没命了就来人了？这叫无巧不成书！来的人谁呀？正是小白猿侯君集！侯君集能耐太大了！他这从哪来？从贺兰关来。唐天子李世民发下诏旨，调集三路大军，攻打西突厥，给死去的罗成报仇，侯君集镇守着贺兰关，一开始啊，他来替换罗成，侯君集就琢磨着：我这人好动不好静，老兄弟走了，没人主持，让我临时代替，大概过不了个十天半月的，我三哥徐懋功就得把我调走。这玩意在关上一待，五脊六兽好难受！我哪是耍笔杆的人呢？哎呀，他真没想到，一待就是两年半，这两年半的时间，非常漫长，但是没有命令，没有圣旨，不敢挪窝。侯君集就硬着头皮在这撑着。后来他听说了，罗成死了，乱箭穿身，为这事小白猿侯君集哭了三天三夜，哭得是眼泪带血。他心说：老兄弟老兄弟，你死得太惨了！虽然我没在当场，但是我也听说了。怎么死的？你自己把你自己坑了！你太骄傲了，骄者必败！当然，什么人都有点骄傲，到时候也有点不服，但是没有你这么骄傲的！你眼空四海，目中无人，气死小辣椒，不让独头蒜，只知有己，不知有人，才得了这个结果。我的老兄弟呀！

他本想离开贺兰关，给罗成报仇。还是那句话，一无圣旨，二无军令，不敢挪窝。守着吧！等啊等啊，盼啊盼啊，哎，这天圣旨到，侯君集接旨之后，展开一看，让他率领贺兰关一万精兵，赶奔临夏府，要三路会师，攻打临夏，端刘黑闼的老窝。可把他乐坏了！接着圣旨之后，他睡不着觉了，马上召集满营众将，开了个碰头会。侯君集要走了，工作得做移交。交给谁呢？圣旨上没说，那就得是侯君集自己拿主意了，后来他就把这千斤重担，交给马三宝、刘洪基两位开唐的老将，做完移交之后，侯君集率领一万精兵，离开贺兰关，起身奔临夏。因为圣旨上说得很清，这件事是秘密行动，不能让对方知道，所以侯君集就耽误了时间了，不敢走大道，哪背往哪走，哪路不好走从哪走。翻山越岭，好不容易算到了清蛇镇。这清蛇镇离着临夏府还有六十里，周围环山，非常的僻静，侯君集就把大队人马扎在清蛇镇，偃旗息鼓，等待命令。等大军准备好了，侯君集一琢磨：什么时候打临夏府？现在跟总部失去了联系，我呀，我得去看看去，最好见着皇上，见着军师，问问他们，我下一步怎么办？什么时候开兵见仗？

他心这么想的，所以把军权交给副将，告诉副将："千万别动地，告诉三军弟兄，不准随便行动，偃旗息鼓，等候命令，违令者格杀勿论！"

交代完了，他起了身了。侯君集是步下的将官，从来不骑马，他觉得骑那玩意别扭，生就的一对飞毛腿，比马还快！那玩意还灵巧，没有累赘。穿了一身便装，背后背着三岔鬼头刀，斜挎百宝囊，起身奔前敌。因为这地他没来过，道路不熟，翻一山又一山，走一岭又一岭，侯君集边走边骂："什么鬼地方这是！哎呀，临夏府离着还多远，我听说皇上在临夏城外呢，我到那儿就能找着了啊！"

这天正往前走着，就听见马蹄子的声音。侯君集抬头一看，来了匹马，鞍颤交环完全齐备，就是没人骑着，看这意思这匹马受了惊了，怎么跑那么快？侯君集一琢磨：这马我得抓住它，我看看是谁的，这怎么茬儿？要看这意思，离着两军阵前可能不远了。侯君集想到这，飞身形，迎着这匹战马，他就过去了。他那身子够多快！让过马头一探手腕，把丝缰抓住，这匹马是摇头摆尾，一蹦多高！

尽管它左甩右甩，硬是没把侯君集甩掉，终于叫侯君集把它制服了。侯君集一骗腿，把马骑上了，攥起拳头，对着马的肩胛穴，"啪啪啪"三拳，您别看小拳头不大，打的是地方，正打到穴位上，这马"扑通"趴地上了，惊劲过去了。这马谁的马？程咬金的！侯君集把它制服了，后来他一看，哟！这不是卷毛兽大肚子蝈蝈红？这不是我四哥的战马吗？再一看鸟翅环得胜钩上挂着车轱辘大斧子，更可以断定，一定是我四哥的，我四哥哪儿去了？他一检查，马脖子受了伤，红肿高大一个疙瘩啊！甭问，肯定是我四哥也挂了彩了，马也受了伤，那么这么说，我四哥就在附近呢！怎么办呢？这么大的山，哪儿找去？就好像海底捞针相似。但侯君集有经验，给这马的伤处上了点药，然后摸索摸索马鬃，这匹马过了劲儿了，就像人似的，恢复正常了，这马抹回身来打起响鼻。

侯君集就说："我说马大哥，你主人在哪儿呢？能不能给我带个道？你在前边走，我在后边跟着你。走了！"

在马屁股上拍了一掌，这马就不会说话，真聪明！这就应了那句话，养马比君子，畜类也是人。这不是骂人，它也有灵性，懂！再看卷毛兽大肚子蝈蝈红，抹回身来，顺着原道走回来了，侯君集在后头跟着。老马识途啊，时间不大，就到了摔程咬金那地了，这马围着这打响鼻，"踏踏踏"转圈，侯君集手搭凉棚，四外观看，一看，不远的一棵树上也拴着一匹马，其实这马是飞钵僧的，他撵程咬金，把马拴到这，侯君集就知道离着更不远了。他把卷毛兽拴到一棵树上，然后一塌腰，钻进树林，挓挲臂膀，四外观瞧，寻找程咬金。正在这个当口，就听见对面有人喊："救人哪！救命啊！"

这是程咬金喊的，侯君集一听，哎呀！我四哥！大概够呛，不介他不能这么喊叫。侯君集顺着声音，赶到出事地点一看，正赶上飞钵僧要程咬金的命，故此他大喊一声，飞身形来到近前，随手拽出三岔鬼头刀。飞钵僧一看来人了，再想要程咬金的命，来不及了！我这飞钵也落下去了，那主那刀也给我撂上，还是保自己的命要紧哪！所以飞钵僧非常痛惜：嘿！程咬金啊程咬金，我又没达到目的，他又捡了条老命！这笔账以后再算！

想到这儿，上步闪身，"噌"一闪，跳出去两丈多远。侯君集赶紧到近前，把四哥扶起来："哥哥您怎么样？受伤没？"

"兄弟，你怎么来这么巧啊？哎呀，我一点伤都没受啊！快快快，帮着我出气，把这秃驴给我收拾了！"

"四哥你放心吧！"

程咬金一骨碌身站起来，活动活动腰腿，一点事儿都没有。这工夫也不能唠嗑了，哪有时候问侯君集从哪来呀？侯君集让程咬金在旁边观敌瞭阵，压刀跳到飞钵僧近前。一开始，飞钵僧吓了一跳，可仔细一打量侯君集，他乐了："哎呀！阿弥陀佛！"

心说：这是个人吗？长这个儿也太小了。瘦小枯干，猴什么样，他什么样，尖嘴猴腮，一对猴眼，狗油胡七根朝上，八根朝下，锥子把的脸，手里拎着口刀可够亮的！穿青挂皂，穿着大尾巴兜根撒鞋，打着半截鱼鳞裹腿。别看长得不怎么样，倍儿精神！两个眼珠放亮光。飞钵僧不认识侯君集，打量多时，高声断喝："呔！我说小矬子，你是什么人？"

"嘿嘿，不认识我呀？大师父，要问我是什么人，我呀，姓祖单字宗！"

"阿弥陀佛！闹了半天你是祖宗！哎，呸！"

飞钵僧这气就不打一处来，心说：今儿个我真要倒霉，怎么都遇上这主了？

张嘴就找便宜。

“丑鬼，你到底是什么人?”

“嘿嘿，跟你开个玩笑，这回你站好了啊！爷爷可要报名了！在没报名之前，我说大和尚，你那两只手别闲着，一只手捂住泥丸宫，一只手堵住你的肛门!”

“你为什么骂人?”

“我名太大呀！我怕报出名来，你一害怕，吓你两头冒了泡!”

飞钵僧一听，这都什么词?

“丑鬼，我不至于那么胆小，你到底是什么人!”

“这回说真的了啊！我祖居江西红桃山的人氏，江湖诨号小白猿，姓侯我叫侯君集!”

飞钵僧不听便罢，听了这三字之后，激灵灵打一冷战，啊！侯君集！哎哟，就是他？人的名，树的影。飞钵僧在突厥国牧羊城一带，早就听说大唐有个人，十分了不起，叫小白猿侯君集，说这个人足智多谋，功夫太高了！一般人不是他的对手！但没想到长得就这德行，没三块豆腐高。呀呀呀，看来传言不可信。因此一脸的看不起：“朋友，你真是侯君集?”

“放你娘的狗臭屁！大丈夫坐不更名，立不改姓，我还能冒名顶替吗？我就是侯君集!”

“噢，知道知道，听说有你这么一号。侯君集呀，你想救程咬金，想跟贫僧交手不成?”

“对了！你算说对了！今儿个要给我四哥出气，我要收拾收拾你!”

“你也配!”

“是吗？不服？好，不服咱这么办，这地方太狭窄，咱找个宽敞的地方，和尚，你随便施展，有多大能耐你使多大的能耐，你看看咱俩谁高谁低！请!”

“请!”

两个人离开了树林，找个宽敞的地方。程咬金也跟着出来了，老程背着手在这观战，在这还喊呢：“我说兄弟，这秃驴可厉害啊！你多加谨慎！你那招你别使，最好你使我教你那绝艺!”

侯君集心说：还绝艺呢，你好悬没把命搭上！还吹呢！但是到任何时候，得捧四哥的场。

“四哥你放心，我肯定使你教给我的绝艺!”

“哎，这就对了，好好给我收拾他!”

飞钵僧抢占了有利的地形，打仗先下手为强啊！晃动双钵，直取侯君集！侯君集晃动三岔鬼头刀，跟他斗在一处。一伸手就是急茬，金风响亮，“吱吱吱”，两个人闪展腾挪，一交手就三十个照面。程咬金在旁边看着，吓得脖梗子冒凉气，心说：我硬是没死到和尚手里头，我真捡了条命！这家伙能耐太高，能跟我兄弟打斗好几十回合，足见功底深厚。哎呀，心说：还是我兄弟侯君集，那也是年近半百的人，不是年轻人，威风不减当年，那腰腿那么利落，刀法还那么精奇，看这意思，比年轻的时候，有过之无不及。有这么个好兄弟，程咬金心里头高兴，但是也替侯君集担心。

飞钵僧打斗到三十多个回合，没占着便宜，一琢磨：这小矬把子真厉害！看来这回我服气了。哎呀，再这么打下去，我也沾不着光啊！怎么办？这这……哎，有了，我放着现成的暗器，怎么不使唤呢？我赢程咬金不就这么赢的吗？人慌失智，我还用子母电光球打他！飞钵僧想到这儿，打定主意，"啪啪啪"，加紧进招，一招快似一招，一招紧似一招，打着打着，冷不丁虚晃一招，跳出圈外，双钵交到左手，把右手腾出来，"噌"，拽出子母电光球，说时迟那时快，一扬手，两道寒光直奔小白猿！程咬金在旁边看得清楚，老程不看还则罢了，一看吓得一闭眼：哎呀！完了！心说：我倒霉倒这球上了，我怎么把这茬儿忘了？没动手之前，我应该给我兄弟提个醒啊！哎呀！完了！

侯君集打着打着一抬头，两道寒光奔自己来了，耳轮中就听见"梆"一声。

"哎哟！"再看小白猿是翻身栽倒，"嘡啷啷"，鬼头刀也撒了手了。和尚一拍脑袋：哟！击中了！哈哈，侯君集呀侯君集，没想到你败到我手上了！这我要回去见着后汉王刘黑闼，见着西突厥的赤比宝康王，侯君集败到我手下了，而且还死在我手中，真是人前显圣，鳌里夺尊啊！别等着了，要他的命！想到这儿，提飞钵他过来了。侯君集仰壳在那躺着呢，和尚用手点指："侯君集，你不厉害吗？你起来呀！你不有能耐吗？你还往哪儿走！"

你说你就下手得了，你琢磨这事儿干吗？等到了小白猿近前，他仔细一看，吓得倒吸一口冷气！什么原因？他一看，侯君集仰壳在那躺着，一对猴眼止不住动换，直眨么眼睛，而且脸上还带着笑容，您说有这样受伤的吗？不对劲儿啊！飞钵僧就一愣。刚一愣这工夫，就见小白猿侯君集使了个鲤鱼打挺，蹦起来了，晃着小脑袋喊了一声："和尚！原物奉还，并无损坏，你的球给你！"

一扬手，把电光球又给扔出来了。怎么回事儿？飞钵僧那两下子赶不上侯君集！甭打暗器，他眼珠一转悠，侯君集就看出来了，因此是转败为胜！

# 第三十二回

## 李世民恩释飞钵僧
## 侯君集夜探临夏府

飞钵僧能耐不小，但是分跟谁比，比程咬金可以，但是跟侯君集比，他差着一截啊！侯君集这个人不怎么认真，你看打斗的时候，也吊儿郎当，嬉皮笑脸，另外侯君集善打暗器，能上他的当吗？这飞钵僧打着打着那会儿，眼珠一转，心说：不行，我得使用暗器！用子母电光球。其实眼睛就说了话了，侯君集那眼多毒啊！一看这和尚眼神不对，噢，明白了，要打歪点子，是不是要使暗器？我得留神。

因此对方一使暗器，完全落到侯君集掌握之中，侯君集接这球，接的那利索劲儿就甭提了！把子母电光球接住了，飞钵僧硬是没看见，就跟打上差不多少！侯君集顺势往地上一躺，假装受伤了，把个飞钵僧骗得不亦乐乎，等到了近前才知道上当，但为时已晚，侯君集站起来，没用那子球，使这母球，那母球它个大，对准和尚那脑袋就一球！打得还真准，“吧”就给削上了。正揍脑门子上，要是一般的人，这下得把脑袋揍瘪了！脑门子得揍塌了！但是飞钵僧练的是金钟罩铁布衫，十三太保的横链，内练一口气，外练筋骨皮，这脑袋比铁的也差不多少。尽管如此，脑门子倒没塌，脑子受不了，“咣”这一下，再看飞钵僧，是仰面摔倒，人事不省，侯君集乐坏了：“嘿嘿！这回你往哪儿跑！”

拎刀过来了，程咬金也过来了：“兄弟，把他秃脑袋砍下来，给哥哥出气！”

“四哥，咱哥俩儿商量商量，暂时留他条活命，您看怎么样？”

“为什么？”

“留着比死了强，咱起码手里有个人质，万一有用呢！没用，随时再杀他，也不为迟晚。”

“有理，那听兄弟你的。”

“这么办，四哥，帮着我把他捆上。”

二位把飞钵僧捆起来了，然后把他的飞钵，装在他的身后皮囊里头，两人抬着。这飞钵僧还真够分量，累得两个人是吭哧瘪肚，从树林出来，拐弯抹角，来到拴马这地儿。飞钵僧他骑马来的，把他架到马上，用绳子拴好了，侯君集牵着这匹马，老程把蝈蝈红解下来，飞身上马："我说兄弟，那你就辛苦点，步行。"

"四哥，甭客气了，我溜达惯了，骑马还不得劲儿。"

"咱走啊！"

"走！"

有侯君集保驾护航，程咬金一万个放心。哥俩儿边走边谈，谈到罗成了，哎呀，说罗成怎么死的，程咬金详细介绍了经过，侯君集又哭了："老兄弟死得太惨了！"

"是啊，我早晚抓着苏定方，扒了他的皮，给咱老兄弟报仇！"

"是啊，我恨透他了！不过四哥，老兄弟脾气太骄傲，咳！人呢，江山易改，秉性难移啊！谁说也没用，这咱哥俩儿说话，他该死早就该死，人是骄傲者必败呀！"

"话虽如此，那是咱磕头的老兄弟，他还有好的一面。"

"是啊！"

程咬金也哭了，他们边走边谈，日头往西一侧歪，回到战场了。这战场甭提了，早就收兵撤队了，所以他们直接赶奔唐营。到了辕门外头，正赶上齐国远、李如辉，正来找程咬金来。一看老程回来了："哎哟，我的四哥！把大伙儿都急坏了！寻思你归位了呢，你活着回来了！"

"你废话！谁死我也不能死！你没听说吗？你四哥是福将，福大命大造化大！"

说话间，齐国远、李如辉一看，呀！那不是侯君集吗，我兄弟也来了！彼此见过，再一看，把飞钵僧驮回来了，一问经过，程咬金介绍了一遍，大伙儿一听，皆大欢喜，说："主公、军师、大帅都等候消息呢，派出不少人找你呢，快走吧！到里边说话。"

来到金顶黄罗帐，程咬金在前，侯君集在后，齐国远、李如辉众人陪着，皇上李世民一看，哎哟！可乐坏了："王兄，你回来了！把朕都急坏了！"

"哎，陛下您放心，我没事。方才我跟他们说了，我是福将啊！逢凶化吉，遇难成祥啊！另外，万岁爷，我给您报喜，不但我没事，我还打了个胜仗！我把那秃驴飞钵僧给逮住了！"

"啊！抓到活的了？"

"哎，对！"

"怎么抓住的？"

"陛下请想啊，我这么大的能耐，能抓不住他吗？你别看在两军阵前，我打了败仗，那是假的！后来呀我转败为胜，用智谋把他给逮住了！"

徐懋功一听："四哥，这是什么地方？金顶黄罗帐，国家议事的地方，别忘了，军中无戏言，如果假冒战功，可是掉脑袋的罪！你说实话，到底怎么逮住的？”

“我……我说三哥，动不动就拿军法吓唬人，我刚才不是开玩笑呢吗？我这人你还不知道吗？其实逮住他，不是我的功劳，是我兄弟侯君集的功劳。侯君集呀，过来见见！”

侯君集跪倒：“见过皇上和军师！”

李世民用双手相搀，然后大家坐下，李世民这才问：“怎么个经过？”

侯君集如实地把经过讲述一遍。

“人抓住了，等候主公发落，等候军师制裁！你们看，怎么办都可以。”

“好吧，别的事先别提，先得过一堂。”

徐军师一拍桌案：“来呀！把飞钵僧给我押进来！”

此刻的飞钵僧早清醒过来了，在马上驮着，一过风，一颠簸，明白过来了，但是为时已晚了，想跑，跑不了了。这会儿把腿上的绳子给他解开，刀斧手架着他，连推再搡：“走！进去！走！”

拳打脚踢，把他推进金顶黄罗帐。飞钵僧往上看了一眼，一瞅，正座坐着个人，面似冠玉，眉分八彩，目若朗星，三捋黑胡，束发金冠，身披黄袍，一看这个服装，就知道是李世民。他跟旁人不一样。上垂手坐着个老道，甭问了，这是军师徐懋功。再看，程咬金也坐下了，还有个大黑脑袋，甭问，尉迟恭。还有侯君集，抓我那个主。再往两旁看，战将如云，是盔明甲亮，一个个怒目而视。到了现在，飞钵僧心里清楚，是必死无疑了！他一闭眼睛，一句话也不说。徐军师一拍虎胆：“咄！飞钵僧，你可知罪！我要按军法从事，你还有什么话说吗？”

飞钵僧把脸仰起来：“我说徐懋功，干吗呀？拍什么桌子，吓唬谁呀？死就死呗！再过几十年，还是一条好汉！我告诉你，大丈夫受杀不受辱，你给贫僧来个痛快！随便吧！”

徐懋功这火就不打一处来：“凶僧，事到现在，你还发横呢你！来人！把他推出去，削首示众！”

“是！”

众人像拖死狗一样，把飞钵僧拖下去了。皇上没说话，李世民眼珠转悠转悠，一看把飞钵僧推出去了，这才喊了一声：“慢！推回来！”

皇上说话，当然好使，刀斧手把凶僧又推回来了。众人不解其意，也不敢问，再看李世民，站起身来，来到飞钵僧近前，上一眼下一眼，打量多时：“飞钵僧啊，咳！你是个出家人，佛门弟子。我呢，听说了，出家人跳出三界外，不在五伦中！禁忌杀、盗、淫、妄、酒，扫地不伤蝼蚁命，爱惜飞蛾纱罩灯，慈悲为本，善念为怀啊！晨昏三叩首，早晚一炷香，你应当救苦救难，普度众生。可你这个出家人，背道而驰，到两军阵前杀生害命。按你的所作所为，你呀，犯下不赦之罪！我们军师要杀你，那是轻的，论理应当把你乱刀分尸！但是朕念你是出家人，出家不易呀！你是佛门弟子，给你一个改过的机会，算了吧！”

李世民说到这儿，一伸手把绳给解开了。飞钵僧就愣了，心说：这是真的？李世民吩咐左右：“把他的东西还给他，逃命去吧！你回去好好想想。”

“哎，我说你就是大唐的天子？”

“在下李世民！”

“您真放我？”

“君无戏言！”

哎呀，飞钵僧是满面羞愧，趴到地上，“嘣嘣嘣”，给李世民磕了三响头：“阿弥陀佛！惭愧惭愧。贫僧不死，必报大恩！”

转身他走了，骑着马回归临夏府。可他这一走不要紧，程咬金不乐意：“我说陛下，您这干什么这是？咱好不容易把他逮住，你怎么把他放了？你的意思我明白，你想度化他，让他感恩戴德。但分什么人啊！您没瞅这和尚，满脸横丝肉，他是个畜生，冥顽不化！您把他放了，不但没好处，还得有坏处。这叫纵虎归山必要伤人，我说陛下，你怎么干这种糊涂的事？”

侯君集没言语，有很多人都有同感：“是啊！不应当放他！这……”

李世民一笑：“各位，也许朕做得不对，但是没什么了不得的。放他这一回，给他个改过的机会，如果下次他照旧如此，那是必死无疑呀！有我的侯王兄在这儿，咱怕什么？能抓他一回，就能抓他第二次。再者一说，两军阵前，他俩徒弟都死了，他也受了伤了，咱也算够本了！给他个机会也不算过分。”

大伙儿一听，咱这皇上心是真善！也就不说旁的了。那么设酒款待侯君集，在功劳簿上给他记下首功一件。转过身来，到了第二天，临夏府一点动静也没有，第三天、第四天、第五天，鸦雀无声，免战牌高悬。唐军几次讨敌骂阵，人家是无动于衷。就这样就过了半个月，大伙儿等不及了：“咱老这么等着也不是办法，咱几十万大军，一天光粮食得吃多少？不能再等了！陛下应当降旨，强攻临夏，干脆攻城就得了！”

李世民一皱眉：“王兄，我比你还着急。但你想过没有？临夏府城高水深，易守而难攻，我都考虑过多次，咱们强攻临夏，得死多少人！朕心不忍哪！”

“那你老这么等着也不行啊！这也不是个办法，我说刘黑闼他们在城里鼓捣什么玩意儿？”

“是啊！知己知彼百战不殆，现在咱不了解对方的情况。”

大伙儿七嘴八舌在这议论，后来侯君集说话了：“陛下，军师，我有个主意，这么办行不行？闲着也是闲着，待着也是待着，臣不才，今天晚上夜探临夏府，我进城去溜达溜达，探听探听，咱好做到心里头有数。”

李世民乐了：“王兄，我正有此意，只是风险太大，我抹不开说呀！如果王兄有此意，那就太好不过了！”

“陛下放心，我去了万无一失，这是我应尽之责！今儿晚上我就进城。”

这事就拍了板了。白天过去了，到了晚上，侯君集找个地儿打了个盹，养养精神，到了定更天，他起来了，饱餐战饭，周身上下收拾紧衬利落，背厚背刀，斜挎百宝囊，来到中军宝帐见皇上、大帅和军师。李世民就问：“王兄，都准备好了？”

“一切就绪！陛下，该睡睡你们的，该休息休息你们的，别拿我当回事儿，我进城，脚面水，平蹚！万无一失。告辞了！”

说着话，一转身他出来了，出辕门，就消失到夜幕之中。侯君集往下塌腰，磕膝盖撞前胸，脚后跟打屁股蛋，鹿伏鹤行，十三个字的跑字功，五里地架得住他一跑？“吱！吱！”跟小燕子一样，刹那之间，来到临夏府护城河边。这护城河二十丈宽，深了下有三丈，水势非常狂，过了护城河就是城墙，那城有四丈多高，城上头灰瓶炮子，滚木礌石，还有数门红衣大炮，强弓硬弩，在这守把着。这要强攻，得死多少人？侯君集离老远就看着，再看城上灯球火把，亮子油松，是照如白昼，防守甚严呢！当然他不敢从正面走，转到西北角，这城上也有人守把，但是人不是那么多，而且是犄角这个地方，容易上得去。今天在夜幕的掩护之下，侯君集赶紧把水势衣靠拿出来，水势衣靠，油绸子的，水浸不透，周身上下穿好了这套衣服，把东西打了个包裹，用油绸子包着，他下了水了。侯君集这水性还不错呢，三搂两搂到了对岸了，轻轻地爬上来，衣服换好了，水势衣靠包到包里，往腰里头一缠，就到了城角这。抬头往上看，头一拨巡逻的过去，二拨巡逻的还没到，正好是进城的好机会！再看侯君集，手心抹了点松香，脚底板抹了点松香，“吱吱吱吱”，比狸猫还快，三蹿两纵爬上城头。正好这没人，骗腿上了城，在地上一躺，使了个就地十八滚，“骨碌骨碌”，骨碌到马道那，轻飘飘，顺马道下了城，进了城了。那也就是他，换个旁人，连门儿都没有！

侯君集进城之后，凭着经验找王府，那个王府跟住家老百姓截然不同，那当然是好找。在定更天左右，找到后汉王刘黑闼的王宫。您要听这名，挺吓人的，王宫，一定是金碧辉煌，实则不然，规模没那么大，原来这是个财主，后来他们把财主给撵走了，改造的一座王宫，规模也不是怎么太大，分三层院子，头道院议事厅，是银安宝殿，二道院是侍卫住的地方，三道院是寝宫，刘黑闼的妃子住到三道院，周围驻扎着人马。规模再小，也有几十间房子，里边锃光瓦亮。侯君集呢，在东大墙外头，他跳进去了，说怎么进去的，咱不必细说，侯君集身法太快了！这能挡得住吗？城墙都挡不住，何况这墙？蹑影潜踪，找来找去，就找到银安宝殿，离老远就听见里边大呼大叫，正在议论什么事。离着远，听不见，侯君集飞身上房，就上了银安宝殿，扣住阴阳瓦，使了个珍珠倒卷帘，夜叉探海式，在这后坡这挂着，这身子就耷拉下去了，跟那蝙蝠差不多少，往屋里观看。

往正中央一看，摆着圆桌，转圈坐着那么几个主儿，正座上坐着个人，身高过丈，腰大十围，大黑脑袋，阔口咧腮，看上去六十岁左右，身子骨挺结实的。头上戴着三色王帽，身披黄袍，腰束金带，挎着宝剑，甭问，这就是后汉王刘黑闼！上垂手坐着正是飞钵僧，飞钵僧头上缠着药布，前些日子受伤了，现在伤还没完全痊愈。下垂手坐着个出家的老道，这老道没见过，看这样，站起来也有一丈挂零，不过这老道长得太难看了，皮包骨，跟一具骷髅似的，挺长一张大麻脸，脸上一点血色都没有，斗鸡眉，小圆眼睛，深眼窝子闪着蓝光，大鹰钩鼻子，菱角嘴，一绺花白胡须，周身上下穿着一身白，腰束丝绦。要这老道到街上，要半夜遇上，非吓得个跟头不可！就是个活鬼似的！别看长得难看，可有点派头，腰板倍儿直，说话声音洪亮。挨着老道，正是大帅苏定方，周围还坐着几个人，不认识。侯君集闭住呼吸，心里盘算：要知心腹事，单听背后言哪！听他们都说些什么。正好这阵儿，刘黑闼说话，跟那老道说："仙长，您这一来，我这心就放下了。仙长这一到，咱们指定转败为胜啊！哈哈，不知仙长有何高见可破唐兵？"

老道说话了："无量天尊！大王只管放心，别看前者受挫，没什么了不起的，胜败此乃兵家常事，这算不了什么。您说嘛，我一来您就放心了，肯定转败为胜，我不敢当，这牛我不敢吹。总而言之，言而总之吧，我能助大王一臂之力！"

"那就好，那就好，仙长您太客气了！"

老道接着说："大王，还有件事，我必须讲在前面。"

"噢！仙长有话请讲。"

"大王，现在咱们坐守孤城，没有援兵可不行，贫道临来之时，跟赤比宝康王请示了，经王驾点头，最近要派三万生力军，全是精锐的军兵。那时大军开到，我们还有什么可怕的？只要我们能把临夏府守住，那咱们就有取胜的把握。"

"那好，你放心吧！我现在城里头有五万精兵，外围有三万骑兵，再加上其他的人，超过十万，守临夏府，是万无一失！况且仙长您也看见了，临夏城高水深，它得用多少军队能破得了？我看李世民是舍不得呀！仙长你放心吧！"

他仙长长，仙长短，侯君集就猜测：噢，怪不这些日子没开兵见仗，高挂免战牌呢。闹了半天，就等这老道呢！听这意思，这老道是从西突厥的首都牧羊城来的，他提到赤比宝康王，那是西突厥的王。噢，这老道是谁呢？侯君集不知道，他就是飞钵僧的亲师兄，铁板道人。这个铁板老道在赤比宝康王驾前，官拜护国真军师之职，说一不二，因为刘黑闼感觉到自己空虚，三番五次搬请救兵，赤比宝康王没办法，心说：唇亡齿寒，刘黑闼真要完了蛋，对我是大大不利！支援刘黑闼就等于给自己办事。所以他一横心，把铁板老道给派来了。这是因为老道不仅足智多谋，而且功夫也高，比那飞钵僧还高着两等！他刚来，真叫侯君集猜着了！为什么高挂免战牌就等援兵？现在大军还没到，哎，铁板老道先来了，故此呢，他们开了个碰头会。苏定方是大元帅，一句话也不说，他来个徐庶进曹营，一语皆无。当然苏定方有苏定方的盘算。他们在这屋议论着，议论来议论去，铁板老道说话了："王爷，咱们就喝这个闷酒，我觉得没什么意思。"

"噢？仙长，你想取个乐子吗？嘿嘿，这也不难哪！别看兵临城下，咱这城中有的是美女！这样吧，我传旨下去，让她们歌舞一回，以助酒兴，如何呀？"

铁板老道一笑："多谢王爷，我看不必了，这歌舞我看得都不爱看。我呢，带来一件礼物，可以助酒兴，王爷有兴趣吗？"

"噢？仙长您带来了礼物？"

"带来了，不过没在身边，您稍候片刻，容我去取。"

连飞钵僧也不知道这师兄带来的是什么礼物，等着吧！再看铁板老道站起身来，迈着方步，离开银安殿奔后走。有人提着红灯给引路，转到银安殿的后边，有一溜房间，他开开门进了屋了。他的身边跟着四名半大老道，都是他带来帮忙的，也是他的四个弟子，修明、修月、修善、修德，这四个徒弟跟着进了屋了。他们也纳闷，心说：临行之时，老师没带什么礼物，怎么在王爷面前这么说？莫非师父带来礼物，我们没注意？等进屋，刚想问，铁板老道压低了声音："房上有人！"

"您怎么知道的？"

"嘿嘿，他还瞒得了我吗？有人在房坡上偷听，我要当场把他拿获！你们懂得什么呢？休要高声喧哗，准备绳子！"

"明白！"

四个徒弟一听，都紧张开了。铁板老道轻轻地开开门出来了，把外边长大的衣服宽掉，斜挎百宝囊，摸了摸暗器，应有尽有。他手提着宝剑来到房下这，仰面往左右看看，一点动静没有，双脚点地，"噌！"飞身而起。真轻！堪称身轻似燕。蹬上了房坡，往后房坡一看，嘿！侯君集在这挂着呢！那小脚抠住阴阳瓦。铁板老道心说：好小子！你是谁呀？真是胆大包天，跑这儿偷听来了！你活腻味了你！圣人门前你卖字画，这回你还跑得了吗？

老道一琢磨：离着还挺远，我要近前去抓他，肯定得有声音。来的这个主儿也非等闲之辈，那要把他惊走了，怎么办呢？不行，够不着啊！哎，有主意了！

不如我来个狸猫扑鼠，凭我的功夫，也摔不着。再看铁板老道，舌尖一顶上牙膛，把宝剑背好了，探出双手，这叫狸猫扑鼠，就像那猫抓耗子差不多少！把自己这个身子平着就射出去了，“吱！”抓侯君集的脚脖子。“刷！”这一下，衣襟带风！

侯君集在这挂着听他们谈话。一开始，他真没注意，真就上了铁板老道的当了！他心里还琢磨着：这老道变的啥戏法？他取什么礼物去？我也开开眼。他还不知道老道发现了他，当铁板老道飞身形扑他这时候，由于动作太快，衣襟带着风，“呜！”就这么个声，让侯君集听见了。做大将的，眼观六路，耳听八面风。侯君集就知道不好了，怎么办？脚指头一松劲，从这后房檐就出溜下来了，“刷！”头朝下，脚朝上。要换个一般的人，把脑袋戳腔子里！侯君集有功夫，脑袋眼看要着地了，使个云里翻，金刚铁板桥，“啪！”一个跟头，双脚落地，没摔着。可是他没摔着，铁板老道也没摔着，他本想抓脚脖子，一下抓空了，他这个身子也射下来了，“吱！”也是头朝下，脚朝天，老道一看，不好，腰眼使劲儿，一换气，“啪”一个跟头，也没摔着，两人是当场见面。

这一折腾，屋里能听不见吗？巡逻的、放哨的，能发觉不了吗？

“哎呀！这有贼！有人夜探王宫！”

“喤啷啷！”

锣声也响，呼哨也响。这巡逻的，掌起灯球火把，亮子油松，从东西南北四面八方来到出事地点，“哗！”就把侯君集给包围了。凭侯君集的能耐，能跑得了吗？差不多少。但侯君集没这么做，这就叫艺高人胆大呀！有能耐！侯君集一琢磨：我进趟城不容易，什么也没探听出来，我出去了见皇上，我怎么说？见大伙儿我怎么说？不能就这么走了。所以他没走，四面八方把他围困住了。侯君集毫不介意，抱着肩膀，丁字步往那一站，小脑瓜一晃，“嘿嘿”冷笑：“我说众位呀，大家都挺好吧？这么晚了，还没睡呢？”

大伙儿一听，废话！两国是仇敌，你演什么戏呀？你说这有什么用？铁板老道看了看他：“无量天尊，你是谁？”

“我呀，哎，多少有点小名吧，江湖人称小白猿侯君集呀！”

“谁？”

“侯君集！”

“啊！无量佛！”

铁板老道知道有这么个主儿，耳朵磨出老茧来！噢，眼前这小个儿，就是赫赫有名的小白猿呢！嗬！这人胆子真大！我说嘛，一般的人不敢夜探临夏府。这时候，飞钵僧众人都到了，飞钵僧挤进人群，探身往里一看：“阿弥陀佛！”

他是真怵头啊！一看是侯君集，自己这脸就红了。是人家的手下败将，叫人家抓过俘虏。二话没说，他告诉铁板道人："师兄，这小矬子可厉害！您休要小看了他，千万多加谨慎！"

"贤弟，不是哥哥说你，你是一朝被蛇咬，十年怕井绳，你叫他吓破胆了！你瞅他这德行，他是浑身是铁，能捻几颗钉啊？兄弟，闪退一旁，你瞧好吧！"

说话之间，晃宝剑直奔侯君集。侯君集一想：人家人这么多，利在速战，我先把实话套出来，然后再说。

"慢！等等！我说道爷，我报了名了，您还没说说您的身份呢！动手着什么急呢？离天亮早着呢！您是哪位？"

"铁板道人是也！赤比宝康王驾前称臣，官拜护国真军师是也！"

"噢！铁板道人！这军师里头还有真有假，那么您是真的，那假的是谁？"

"废话少说，拿命来！"

"刷"就一宝剑。小白猿不敢怠慢，晃动三岔鬼头刀，跟铁板道人斗到一块。他这一伸手，他一看，哎呀！比飞钵僧高着一大截！今天我遇上对手了，千万得多加谨慎！

两个人一伸手，就是急茬儿的，刀剑并举，"吱吱吱"，一伸手就四十个回合。铁板老道打着打着，偷眼观瞧，呀！名不虚传，这小矬子真有两下子！好厉害的一口刀！也就是我，换成旁人，早就交待了！哎呀，今儿想把他抓住，还真不太容易。怎么办呢？他打主意。侯君集一琢磨：这老道这么邪乎，想胜人家也不那么容易。算了！目的达到了，我现在知道老道的身份是怎么回事儿，回去！三十六计，走为上策，好汉不吃眼前亏！

侯君集打定主意，打着打着，"嗖"，飞身上房，比那燕子还快！他要真就走了就没事了，侯君集艺高人胆大呀，上了银安殿的房顶上，还说了那么几句："老道，恕不奉陪，咱改日见！各位呀，天不早，都歇着吧！我可走了！"

转身要走。铁板老道一看不好，赶紧一伸手，在百宝囊之中取出一种特殊的暗器。什么玩意？铁板！要不怎么叫铁板道人？就是打这种暗器出的名。长方形那铁板，这一块，上秤称一称，没有三斤也差不多，他一共有十二块，都在这百宝囊之中别着。他一伸手，拽出一块来，把手一仰，对准小白猿侯君集："休走！着！"

侯君集不知道他扔的什么玩意，刚一转身，铁板正好拍到后背上，"啪！"，别看三斤，扔出去，一两掼一斤，那多大的分量！再说这侯君集，在房上站着，他这玩意，他脚底下不吃劲儿，"啪"这一削他，他一着急，脚下一下踩空，掉下来了！还没等他起来，有人高喊一声："绑啊！别让他跑了！"

"呜"，上来好几十号，七手八脚，抹肩头拢二臂，把小白猿给捆上了。呀呀呀！侯君集臊了个大红脸，哎呀！简直这个后悔劲就甭提了！心说：我可自找的，我埋怨我老兄弟骄傲，我呀，也犯这病了！早走了就没事了。这……

叫人家逮住了，后悔没用了。再看众人，回到前厅，老道把铁板带好了，高高兴兴来到刘黑闼近前："王爷，刚才我说了，我呀，献上一种玩意，以助酒兴，这玩意真取来了！您看看，就是他！"

刘黑闼一看："啊！这是侯君集！"

"对呀！王爷，方才咱们谈话之时，这小子趴到后坡偷听，他觉得他有两下子，早被我发现。王爷，是死是活您老决定！"

# 第三十三回

## 侯君集痛斥刘黑闼
## 苏定方夜反临夏城

小白猿侯君集夜探临夏王宫，没想到让人家生擒活拿，这叫人有失手，马有失蹄，说起来并不奇怪，哪有不打败仗的将军？抓了俘虏了，怎么办吧？杀剐存留，任凭人家自便了。刘黑闼高兴！铁板老道高兴！老道怎么想的：我刚来立下首功一件，是人前显圣，鳌里夺尊，能不美吗？刘黑闼吩咐一声："来呀！酒席撤下！咱先审问审问。"

公案准备好了，刘黑闼居中而坐，把桌子一拍："来呀！把侯君集给我推上来！"

人们是推推搡搡，拳打脚踢："走啊！"

把侯君集揍得还真不轻。小白猿不在乎，来到桌案前头，胸脯一拔，丁字步往这一站，脖子一梗，毫不畏惧。刘黑闼看了看他："你是侯君集吗？"

"废话！知道你还问。正是侯爷！"

"侯君集呀，是不是李世民派你来的？你来干什么？实话实说。说了实话能减轻你的罪名，牙蹦半个不字，不说实话，嘿嘿，侯君集呀，你看看这个架势你还走得了吗？"

"放你妈的狗臭屁！刘黑闼，你装什么大瓣蒜？你要问我，你就直接问吧，我是有问必答！"

"我问你，李世民手下有多少军队？说！"

"有……好，那我就实话实说，哎，唐天子手下掌握着三千六百多万人马！"

"你胡说！有多少战将？"

"能征惯战者一万六七千，像我这样的，不到十万也差不多。"

铁板老道一听："无量佛！王爷，这小子要泥腿，这叫戏耍咱们君臣，他不说人话！"

刘黑闼"啪"把桌子一拍："侯君集，你是找死！你这么戏耍本王，你可自找倒霉呀！我先摘了你牙！我割了你的舌头！你信不信？"

"是吗？呀，这滋味大概是挺好受，想干什么你干什么，别的我无可奉告！"

"好小子！我看你是活腻味了！来呀！把，把他给我乱刃分尸！"

铁板老道说话了："慢！王爷，方才我说了，咱们今天呢，酒席宴前无以为乐，收拾收拾他，以助酒兴。您老不必生气，受罪的是他，不是咱，今儿让您开开眼，您知道这个剥皮是什么滋味？怎么剥您知道吗？"

"不清楚。"

"不清楚，今儿您就看看！咱们剥了他的皮，先摘他的锁子骨，后摘他烧饼骨，再抠下他的肋条，一点一点地折磨他！最后把他破肚开膛，他叫唤一声，咱喝一杯酒。我说各位呀，大家以为如何？"

"赞成！"

"同意！"

刘黑闼就问："仙长，那这活谁干？"

"咳，我大徒弟足可以！我说修德呀！"

修德过来了，这小子长得五大三粗的，身穿道装："无量天尊！老师！"

"修德，你该露露手段了啊！看你的了！"

"是，你放心得了，这活儿交给弟子了！"

说话之间，他吩咐手下人，取来个十字架，这十字架放到地上，把小白猿侯君集扒了个走油蜡，大光杆，身上一丝不挂，呈个大字形，牢牢地捆到这十字架上。这修德又吩咐一声，手下人给端来两盆凉水，都是那大木盆，修德进屋去了一趟，取出来个皮兜子，把这皮兜子往地上一放，"啪"一打开，再看寒光闪烁，这里边小刀子、小剪子、小钩子、小挠子、小耙子应有尽有，都是收拾人的。再看他一伸手，"噌"，拽出一把两面的匕首，这匕首不长，吹毛利刃，那个快劲儿就甭提了！在皮囊上他还磅了两下，"噌噌噌"，拿这刀子他过来了，先在小白猿侯君集这脑门上敲了那么两下："嘿嘿，侯君集呀，你不嘴硬吗？看谁难受！今儿使刀的就是贫道，我这绝活跟我老师学的，今天把你肢解了，看看你还猖狂不猖狂！我先说明白，第一项嘛，先摘你的锁子骨，看看这滋味怎么样！你闭眼吧你就！"

侯君集把眼一瞪："什么闭眼？用不着啊！我瞪眼看着你怎么下刀！哼一哼就不算英雄好汉！"

"嘿！真有你的，看看我的刀硬是你嘴硬！着！"

他往侯君集这锁子骨上倒了点凉水，刚要下刀，就听旁边有人说："慢！不得下手！"

侯君集呀，就知道完了，这心里还在想呢：哎呀，我哪辈子做了损了？得了这么个结果。别看嘴硬，死得太惨点了！活活让人家肢解了！能说一点都不难过吗？你别看嘴硬，说得挺横，心里不是滋味。一看周围这些人，都是仇人，那是准死无疑了！做梦不会想到有人给拦住了，这是谁？他睁眼一看，正是大帅苏定方，真没想到苏定方能说出这话。不但侯君集愣住，在场的人全愣住了，这修德也不敢下刀了，扭回头看看老师，瞅瞅王爷，心说：这我听谁的？刘黑闼“呱嗒”，那脸就沉下来了：“大帅，你这是什么意思？难道你还给敌人求情吗？”

苏定方站起来，躬身施礼：“王爷息怒，臣有下情回禀。”

“说吧！怎么个意思？”

“王爷，我说侯君集杀不得！”

“噢？那是为什么？”

“王爷请想啊，那么您还记得，前些时飞钵僧叫人家抓了俘虏了，对不对？结果怎么样啊？人家一点没为难他，把飞钵僧给放了。这说明什么呢？说明李世民会笼络人心，这叫买人心，这给大伙儿看的，谁不得挑大指称赞李世民是贤德的君主？那么相比之下，咱把侯君集给逮着了，就把人家肢解了，这玩意显着咱们心胸太狭窄了。是不是？这是一，另外，侯君集是举足轻重的大人物，很了不起呀！把他杀了，不如留着，留着，我们手里有人质，将来不管遇上什么事情了，办事活泛，给咱们留个退身步。您说把他杀了，也就是眼前出出气，大伙儿快乐快乐，岂不是因小失大呀！王爷，您听听我说得有没有道理？我的意思，把他留下，看看时局的变化，觉得没用，再杀他也不晚呢！何必着急于一时呢？王爷，您认为我说得有没有道理？”

“这个……”

转回身他问飞钵僧：“大师，你以为如何呢？”

“哎！阿弥陀佛，我说这个，王爷，我以为有道理，还是不杀为妙。”

李世民要不是此前把他饶了，他绝不能说出这种话。两个人这么一说，后汉王刘黑闼也动摇了：“好吧，是有点道理，我说仙长，您说呢？”

铁板道人不愿意，他把眼睛一立：“王爷，我认为不妥！留着他干什么？这是个祸害，不如把他给杀了。那么一旦要出了意外怎么办？换句话说，他跑了怎么办？”

苏定方乐了：“仙长，这是什么地儿？这是临夏府，城高水深，十万铁甲军在这防护着，他怎么能跑得了？莫非他侯君集是神？”

“仙长放心，我既然出这主意，我就打包票。如果侯君集跑了，有了什么意外，我以人头担保！把他押到我那去，我严加看管，怎么样？”

“我……”

话说到这份上，没法再往下说了。刘黑闼一听：“大帅，这可是你说的，军中无戏言哪！我把他交给你了。要真跑了，大帅，休怪本王翻脸无情！”

“臣明白！”

“那好了，把他放了！”

小白猿死中得活呀！侯君集这汗才淌下来，心说：好险！但他不明白苏定方说的是真是假，无意之中，把自己给救了，起码来说，没受罪。衣服给他穿上，依然是捆着。苏定方吩咐一声，带着俩儿子苏山、苏林，自己的亲兵卫队，把侯君集带走了。

“王爷，各位，我先行一步，回去安顿安顿，咱们明天见！”

别人谁也没言语，苏定方把侯君集带回帅府，这个帅府离这二里地，时间不大，进了帅府，大门二门全都上闩落锁，亲兵卫队跟着，把侯君集锁到空房，有人严加看管。这个苏定方呢，回到书房，往那一坐，是一语皆无。俩儿子，苏山、苏林跟进来，这哥俩儿这嘴噘多高，看看身边没人，这才说话：“爹，不是当儿的说您，您这何苦来的呢这是？您管人这事干吗？那侯君集早就该死，就叫他们下手收拾呗！您这可好，揽了个债。而且您还打了包票。真要有点闪失，刘黑闼可不是饶人的！到时候找您算账怎么办？您真把这脑袋给他吗？”

这话是苏山说的，苏林也说：“爹，我哥说得对，您怎么了？您也没喝酒啊！您揽这差事干什么？这……咳呀，当时我想拦您，我不敢，看您态度挺坚决，您这究竟是为点什么呢？”

“咳！孩子，你爹有难言之隐哪！你们先出去看看有人没有，房上房下四面八方，仔细给我看看，以防隔墙有耳！”

“哎！”

哥俩儿出去，上房的上房，上墙的上墙，四外巡视一圈，没事，派心腹人站岗放哨，不准其他人靠近，哥俩儿回来了。把房门紧闭，来到他爹近前：“爹，您说吧，没事。”

“儿啊，咱爷们的处境，你俩清楚不清楚？现在咱们非常孤立呀！后汉王刘黑闼跟爹，跟你们，都有敌意。我现在叫什么元帅？有名而无实。兵权没了，现在飞钵僧、铁板道人取代了爹，我现在是不是名存实亡啊？你们看得清清楚楚，我在刘黑闼面前说话，顶个屁用！这刘黑闼心目之中，早把咱爷们给忘了，就等着抓咱一着之错，置咱父子于死地！最使人不能容忍的，他派下人来跟踪盯梢，监视咱们爷们的一举一动，难道你们不知道吗？”

“有这样的事？爹，我们真不知道，他，他真不是人呢！他怎么这么干？”

“是啊！爹寒心。儿啊，人无远虑，必有近忧，爹睡不着觉，再三盘算，没有主意，我想走另外一条路。”

“爹，您想走什么路？”

“投唐!”

“爹，使不得！呀，您怎么还没死这心？如果说当年您要提出来投降大唐，还有可能，现在连门都没了！罗成死在咱父子手里头了。罗成死了，大唐朝的人，上至皇上，下至士兵，还有老百姓，把您都恨透透的！您怎么可能投唐呢？无异于飞蛾奔火，自个儿找死！爹，不行！使不得!”

这哥俩儿听到这，都哭了，苏定方摇摇脑袋：“唉，你们看到哪去了？你们真是鼠目寸光。是，罗成死到我手，那是各为其主，打仗有不死人的吗？他们说不出旁的来。李世民是什么人，你们清楚吗？德配天地，英明之主，李世民可不是一般的人。而且他西征，正在用人之际。用什么人？就得用咱们父子这样的人。爹不是自吹自擂，凭我的才干，漫说在西突厥，就在大唐朝，刨除罗成之外，我谁都不在话下！我是难得的人才！李世民真格的，为一个罗成，就拒贤人于门外吗？我看不能。他要真把咱杀了，落下绝贤之名，往后他寸步难行啊！孩儿啊，我认为着万无一失!”

“这……”

“真的！你们放心吧，即便有个闪失，我宁愿死在李世民的刀下，也不死在刘黑闼的刀下！给好汉子拉马坠镫，不给赖汉子当祖宗，你们还不明白这个事吗?”

“反正这玩意儿悬，那么爹，您打算什么时候行动?”

“现在就行动!”

“今天晚上?”

“对！利在速战，迟则生变。为什么我给侯君集求情？用意在于此，我想请侯君集给搭搭桥。不管怎么说，我把侯君集给救了，我是将功补过，立功赎罪，李世民就更不能杀咱们了。”

“噢，是这么回事儿。那爹您，您看着办吧！我们随着！好了呢，咱都好，倒霉呢，我们也讲说不起了。爹，您决定吧!”

“此事不必再议了！就这么拍板了！去，把侯君集给我请来。”

时间不大，把小白猿找来了。侯君集不知道怎么回事儿，立而不跪，横眉立目。苏定方亲自离坐，把绳给解开了，而后一躬扫地：“侯将军，您受惊了!”

“哎，我说苏定方，你演的什么戏呀？你想干什么？噢，想动软招子，想从我嘴里套什么，没门啊！你收起你这套来，我经得多，见得广，绝不吃亏上当!”

“侯将军，您错疑了，我可以对天发誓，我把你放了，我是出于真心，如果口不对心，天地诛灭呀!”

侯君集一看，苏定方都要哭了，一派至诚，心说：这备不住是真的。

“我说苏大帅，你说得是实话？你想干什么?”

“我想投唐，我弃暗投明，要倒反临夏府，活捉刘黑闼。我存此心不是一天两天了，侯将军，今天机会终于来了，侯将军希望你给我搭搭桥，助我一臂之力！”

侯君集呀，这才把心放下：“我说苏大帅，我相信你说得是真的。好，我代表唐天子，代表大帅、军师和满营众将欢迎你。”

苏定方感动得是热泪直流啊，带着俩儿子苏山、苏林跪下，给侯君集磕头，侯君集赶紧用手相搀：“大帅，使不得！”

等站起来之后，这苏山说话了：“我说侯爷，我有件不放心的事，我爹抹不开说，我得说。我们唯一的顾虑是什么呢？这一投降之后，我们恐怕这个后果，这个……啊，这……”

侯君集就明白了：“你放心，什么也不要顾虑，你们这是弃暗投明，将功折过。换句话说，叫立功赎罪了，你们担心什么呢？”

“别的我都不担心，它是这么回事儿，我爹不是用乱箭射死了罗成吗？这个唐天子都把我们恨透了！说什么要把我爹，抓住剥我爹的皮，抽我爹的筋，因此我们害怕，一旦投降之后，倘若真这么回事儿，我们是自找倒霉吗？故此我们这有点不放心。”

“哈哈，少帅，你把心放下，我们唐天子，那是有德的君子，英明之主啊！那个人是高瞻远瞩，看得最远不过，而且有爱贤之癖。你们父子要投降了，他高兴还顾不过来呢！还能因为那件事处置你们吗？再者一说，过去是过去，现在是现在，过去那叫各为其主，两军阵前能不死人吗？谁把谁杀了也无所谓，这是有国仇，没有私恨。我担保，保你们父子平安无事，怎么样？”

侯君集说话有分量。他这一担保，爷仨儿把心放下来了，真是千恩万谢。侯君集就问：“苏大帅，你准备什么时候采取行动？”

“就在今晚。”

“今儿晚上就行动？”

“对！侯爷，别忘了，夜长梦多，迟则生变，一耽误，后果不堪设想！刘黑闼、飞钵僧、铁板道人对我怀有疑心，他瞅着我们爷们别扭，随时随地都可能有人告发，因此利在速战！”

“也好，但是咱得想法跟唐营通个气，外面攻城，里边开花，这叫里应外合。不然，光咱这几个人，恐怕不好办。”

“哈哈，侯爷你放心，别看我的兵权被剥夺了，我手下还有亲兵卫队五千余人，我这府里还好几百人，完全可以够用了！咱们干脆不用等外援，就采取行动，把城门开放，到了那会儿，唐军还能不进城吗？”

“也有道理。现在什么时候？”

“三更天都过了。”

“现在就得行动，不然天亮了就不好办事!”

“好嘞，那就听您的！您现在依然是大帅，我是您手下的战将，您就分派吧!”

“哎呀！侯爷，您怎么这么客气?”

苏定方说到这儿，一转身，把儿子苏山叫过来了：“儿啊，你马上到教军场，把咱的亲兵全都集合起来，当众说明，马上咱就反对刘黑闼，就归唐了!”

“明白!”

“儿啊，多加谨慎!”

“明白了，我懂!”

苏山全身披挂，带了四名亲兵，他走了。那苏定方也没闲着，让二儿子赶紧把帅府里的亲兵卫队集合起来，咱没说吗？也有好几百号呢，这一集合，前院子黑压压的，站得满满登登。人们都不知道发生什么事儿了，半夜集合，为了什么？再一看，大帅苏定方站到台阶上，旁边还站着个小矬子，哟！这不侯君集吗？让我们抓了俘虏了。看这意思不像啊！人们心里都在揣测，苏定方一看人都来齐了，到现在，没什么可顾虑了：“众位弟兄们，我向大家宣布一件事，从现在开始，我不保刘黑闼了，我要投靠大唐朝，辅保真主李世民!”

人们一听，“哗!”交头接耳：“这是个大事，哥哥、兄弟，去不?”

“静一静！你们先都别说啊！听我说！我为什么背叛刘黑闼？因为他是个势利的小人，嫉贤妒能，不纳忠言，我们两个人和不到一块，因此我要弃暗投明。我跟大家说清楚，愿意捧我这个场的，跟着我走的，我双手欢迎！不愿意跟着我走，我也不勉强，我帅府里还有不少金银财宝，大家分分吧，各奔前程去吧！众位呀，你们看怎么样？走哪条路?”

一开始没人言语，大伙儿心都想着自己的心事，后来有个当差的喊了一声：“大帅，您上哪儿，我们跟着上哪儿！我们跟着您鞍前马后多少年了，大帅对我不薄啊！我说弟兄们，大家说是不是?”

“我愿意跟着大帅走!”

“我愿意!”

苏定方点了点头：“既然大家异口同声，我先谢谢了，现在就收拾东西，然后到院中集合，马上出发!”

苏林还说呢：“时间宝贵，不能耽搁，速去速回！快!”

大伙儿动作快了，谁没点东西？规整规整，各拿刀枪棍棒，然后到院中集合。苏定方就爷仨儿，没有家眷，所以人走家搬，干净利落。他跟侯君集两个来到帅府大门，这吩咐一声：“开门落锁!”

“吱扭扭！咣当当!”

门开开，刚想出去，坏了！就见府门外，灯球火把，亮子油松，照如白昼，一队人马把府门给堵上了！再往两旁看，全是刘黑闼的亲兵。借着灯光一瞅，领队的正是那个妖道铁板老道，后边是他几个徒弟。苏定方倒吸了一口冷气，心说：坏了，这个消息怎么走漏得这么快？这刚行动，那人就到了！

其实啊，这老道也不会掐，也不会算。他怎么来的呢？原来呀，他对苏定方起了疑心了，就因为苏定方给侯君集保本求情，老道心里不痛快，心说：苏定方是哪头的？这把侯君集给宰了有多省事儿！他为什么非保他不可？表面上说得似乎有理，又极其无理。但自己刚来，对内幕的事情不太了解，也不便多说，他等着苏定方把侯君集带走了，他这才问刘黑闼："王爷，我怎么搞不明白，我看这苏定方似乎有点什么毛病。"

这一句话，碰到刘黑闼心里头，刘黑闼最近一个时期，跟苏定方面和心不和："仙长，那你看呢？"

"我觉得这里边有文章，王爷，大敌当前，人心叵测呀！画龙画虎难画骨，知人知面不知心，王爷，要多加谨慎哪！"

这两个人不必把话说透，这么一说，彼此心照不宣。老道怎么想怎么不放心，所以带着几个弟子，领着伙人，来到苏定方府门外，把这给包围了。他想看一看，究竟是怎么回事儿。其实说来也巧，刚到，这府门开了，两头这才照了面。老道这么一看就明白了，还用说话吗？一看侯君集没事了，跟苏定方肩并肩一块往外走，一瞅这架势，就知道要发生什么事了。铁板老道冷笑了一声："大帅，这怎么解释？这怎么回事儿？"

一开始，苏定方迟愣了，有点害怕。可到了现在，也豁出去了，大丈夫悔了不做，做了不悔，已经到这个垦阶了，怕也无益啊！苏定方也冷笑了一声："道爷，这你还用问吗？要想叫我说说清楚，我弃暗投明，我归了大唐朝了！"

"哎呀！"

铁板老道大吃了一惊，他知道苏定方有钩钩心，但不知道他动作这么快，更没想到他能叛国投敌，因此才吃了一惊："苏定方啊苏定方，后汉王对你不薄啊！你怎么能干出这种事情来？我说苏定方，现在你幡然悔悟，还来得及。如果再走下去，后果可不堪设想！你别忘了，这是在临夏城里，你插翅也难飞！"

"哈哈！多谢道爷的盛情啊，我心领了。不过你说晚了，这个事我是非干不可！"

"好啊！无量天尊，你找死！"

铁板道人摆宝剑直奔苏定方。侯君集在旁边一看，能等着吗？赶紧一晃三岔鬼头刀，"嘣"，就蹦过来了："妖道，来来来，我陪你走几趟！"

"侯君集，你乃我手下的败将！来吧！今儿我抓你第二回，不过这回把你逮住，你可活不了了！”

两个人话不投机，就当场动手，就斗在一处了！苏定方一看，事到了现在，得争取时间，单对单，个对个，我们显然要吃亏。他回头吩咐一声：“弟兄们！别等着了！冲啊！”

“冲啊！”

五百多人往前一冲，把老道给包围了。老道还有徒弟呢，还带来不少军队呢，往上一冲，展开白刃格斗。是一场惨烈的战斗！

你死我活，就打作一团。他这打着还不说，那苏山也遇上麻烦了！苏山奉他爹之命，上教军场调兵去了。到那挺顺利，把手下五千多人集合起来，也没多说，告诉他们：“有特殊任务，马上跟我走！”

这些人都跟了苏定方多年了，少帅来了，得听少帅的。出了教军场，刚走到十字街，正面正好遇上飞钵僧。飞钵僧干吗呀？奉了刘黑闼之命，今天晚上巡城，领着那么千八百人，结果两军相遇了。飞钵僧就觉得不对劲儿，一看是苏山，他就问：“少帅，你，你这干吗？你集合人马要想干什么？”

苏山也是个急性子，让人这一问，张口结舌，干脆说实话：“我说你问我，你是糊涂了！今天把事挑明白了，我们归唐了！我们父子造反了！”

“哎哟！阿弥陀佛！好啊好啊，既然如此，我看你们哪里走！”

飞钵僧拽出兵器，跟苏山斗到一块。苏山也是这么想的，论能耐，几个也干不过这和尚，干脆倚多取胜吧！他把宝剑一挥：“弟兄们！冲！”

“哗！”

往上一冲，两军混战，就在这胡同街口打起来，这个热闹劲儿就甭提了！有人撒脚如飞，到王宫给刘黑闼报信：“王爷！可了不得！今天城里要出乱子，苏家父子反了！现在正打着呢！”

刘黑闼一听：“什么？好啊！苏定方啊苏定方，你吃我喝我，还反着我，这还了得？紧闭城门，调动军队，一个不剩，给我斩尽杀绝！”

他马上要采取行动。时间要长了，侯君集也好，苏定方也好，都没有好果子吃！为什么？人太少了！在人家的一亩三分地，周围都是人家的人，那么这五六千人，越打人越少，人家是越打人越多呀！正在千钧一发的紧急关头，不知道谁把城门给开开了，唐军就像疯了一样，吹着牛角号：“冲啊！”

“哗！”

也不知有多少，是铺天盖地，跟决了堤的洪水相似，就涌进临夏府！此刻天已经蒙蒙亮，城里的守军看得非常真切，一瞅是大唐朝的旗号，再往城头上一看，也是唐朝的旗号，兵无斗志，没心打了：“哥哥、兄弟，可了不得了！唐军进城了！”

“临夏府守不住了！快跑吧！”

“快跑吧！”

“哗！”

真好像是秋风扫败叶！唐军怎么来得这么快呢，有原因。小白猿侯君集奉旨夜探临夏府，临走跟皇上和军师说得清楚：“你们放心，我呢，摸摸底，知己知彼，百战不殆，然后我就回来。”

结果侯君集这一走，没回来，皇上和军师、大帅一直眼巴巴守到四更天，还没有任何消息。李世民就坐不住了，李世民心说：坏了，我侯王兄肯定出事了！这哪能再等呢？他把这个想法跟军师、大帅一说，两个人都有同感。尉迟恭就说：“那么，以陛下的主意呢？”

“为救我的侯王兄，不能再等了，调动人马攻城！”

就这样，采取行动。这李世民真是个马上的皇帝，当机立断，调动五万生力军，包打前敌的尉迟恭、程咬金、满营众将。皇上在后头督战，一鼓作气，冲过护城河，就占领了东关和北关。这是城里头出事了，自顾不暇，城里要是平安无事，唐军想进城，也是势比登天哪！因为刘黑闼家里这一出事，顾及不过来了，所以唐军钻了个空子。先进城的，把城门开放，绞起千斤闸板，放下吊桥，故此唐军顺利地进城。

程咬金一马当先，老头子腆着大肚子，抡着大斧子，刚走到十字街，一看这正打着呢，他人高马大，一看正好看见飞钵僧跟一个年轻的在这玩命。程咬金就喊了一声：“哎，我说那和尚，我瞅你眼熟啊！你不是飞钵僧吗？”

飞钵僧一看，完了完了，程咬金进了城了，看来临夏难保了！到了现在他把脸往下一沉，也顾及不了许多了：“程咬金！不才正是贫僧！”

“哎，我说飞钵僧，你这脸皮有多厚啊！我们皇上有好生之德，把你给放了。你曾经许诺了，你要改恶向善哪！这一看，不是那么回事儿！你这和尚一贯是说瞎话，你还在这为非作歹，呸！这脸皮有多厚！”

飞钵僧也豁出去了：“对，我这脸皮多厚，跟你没关系，咱是两国的仇敌，你拿命来！”

说着，他跟程咬金交了手了。哎呀，苏山这才喘了一口长气：“老千岁，我们苏家父子投降了！咱们可是一家人，我手下有五六千人归您指挥！”

噢！程咬金这才知道怎么回事儿，噢，苏定方父子投降了，一点都不知道啊！到了现在，也没工夫再询问了，先打吧！等打完了再说！因此跟飞钵僧才决一死战！

# 第三十四回

## 刘黑闼命丧临夏城
## 尉迟恭兵发白狼关

程咬金第二次遇上飞钵僧，两个人话不投机，当场动手，程咬金也就仗着人多，要人少，真就麻烦了！这飞钵僧一看这个意思，够呛啊！临夏府保不住了，怎么办呢？三十六计，走为上策。到了现在，我也顾不了许多了！

您说这和尚够多狡猾呀？见势不妙，是撒腿便跑，杀出一条血路，他是溜之乎也，跑了。他这一走，群龙无首了，刘黑闼的人，兵无斗志，一看走投无路，干脆投降吧！放下刀枪，举手投降。程咬金命人把俘虏押送出城，然后继续向纵深扩展，这时尉迟恭带着所有的大将已经杀进城中。铁板老道也没想到，形势是急转直下呀！他一看这个意思，完了！回身再看看，几个徒弟全都死在乱军之中。这老道也不傻，杀了条血路，赶紧闯回王宫。刘黑闼知道出事了，还不知道详情，正在屋里头来回直转。这会儿老道回来了："王爷，大事不好！临夏府保不住了！快收拾东西，逃命走吧！"

刘黑闼一听，真好像冷水泼头相似，呆坐到那就起不来了："仙长，这是真的？"

"千真万确！您听听，街上打乱套了！您再要不走，可走不了了！快点走！"

哎呀，刘黑闼舍不得，摸摸这，看看那，惨淡经营了几十年，一朝破灭。不有那么句话，善财难舍，离开这，上哪儿去？要饭得有个戳棍的地方，真没想到事情变化得这么快。他就恨透了苏定方了，心说：老匹夫，我倒霉倒你身上！

"王爷，你还考虑什么？快走！"

刘黑闼万般无奈，站起身来奔内宫，告诉嫔妃们："赶紧集合，赶紧套车，能拿走的东西就拿走，不能拿走的一概不要了！保命要紧！"

他有好几十个嫔妃，一听这个事，哭爹叫娘，乱作一团，赶紧收拾包的，打点行囊的，跟头骨碌地从后门出来。刘黑闼一看，有十来辆车，装得满满的，能上车的人都带着，上不了车的，干脆就不要了，他在后门外飞身上马，手提长矛，周围还剩下三百多人，保着赶奔南门。你得出城啊！这一路之上一看，都打乱套了！大部分都是唐兵，因此边走边战。铁板老道在头前给开着路，要没这老道，他真就玩完了！

程咬金和尉迟恭在混战当中发现了侯君集和苏定方：“我说兄弟，哥哥在这儿呢！”

侯君集单手提刀，三蹿两纵来到近前：“哎呀！四哥，没想到咱还能见着！”

“我说兄弟，究竟发生什么事儿了？”

“哎呀，话说起来长了，有工夫再唠吧！现在先接管临夏府吧！总而言之，人家苏定方立了功了，人家倒戈投降了，没他，我也活不了！你们也进不了城！”

“是吗？哎呀，这事可麻烦！”

“什么麻烦？”

“苏定方是咱的仇人，老兄弟罗成死到他手了，他即使投降，这玩意也是个麻烦事。”

“我说四哥，别想这个，一切交给皇上，由皇上裁决，咱管这干吗？”

“说得也对。冲！杀！”

打来打去打到南门，一瞅，南门这还打着呢，老程抬头一看，刘黑闼、铁板老道都在这儿呢。老程眼睛一亮：“我说兄弟，你还得卖卖力气，不能把刘黑闼给放走！”

“行！你交给我吧！”

侯君集头一个就冲过来了：“众位闪一闪，把道路闪开，我来了！”

唐兵唐将往左右一分，侯君集在前，程咬金、尉迟恭在后，就杀进人群。苏定方这阵儿也找着俩儿子了，苏山、苏林三路人马合为一处，在后边也跟上来了。程咬金等进了人群了，把大斧子平端着：“哎，别乱，大家静一静！大家静一静！我说刘黑闼，认得我吗？”

刘黑闼杀得眼珠子都红了，一看是程咬金，仇人见面，是分外眼红啊！

“姓程的，扒了你的皮，我认得你的骨头！”

“那就好，刘黑闼呀，睁开你的狗眼你看看，你的老巢保不住了，已经被我军给占领，你还想垂死挣扎不成吗？刘黑闼，不有那么句话，识时务者为俊杰呀！好汉不吃眼前亏。你看你后边还带着那些妇女，如果你把兵器扔了，下马磕头，我有好生之德，也许就把你给饶了。如果垂死挣扎，是死路一条！”

“呀呸！姓程的，我宁愿做刀下之鬼，也不当众受辱！拿命来！”

晃动蛇矛枪，来斗程咬金。程咬金哪是他的对手？正在这时，苏定方领俩儿子赶到了：“程老千岁您闪闪，把他交给我们了！”

程咬金一看，正好，把马往旁边一拨，苏定方催马抡大刀挡住刘黑闼。这过去是君臣，现在反目成仇了，真是仇人见面，分外眼红！刘黑闼二话不说，举枪便刺，苏定方用刀把他枪给压住："慢！刘黑闼，你先别着急，有几句咱得说清楚。你是不是恨我？"

"对！我恨死你了！"

"刘黑闼，咱这么说，想当初，你对我苏定方不错，到今天我也忘不了。不过从以后的发展，我发现你不够个人，当初我保你我错了，你是个势利的小人！贪欲无厌，叛国投敌，原来你自立后汉王，自成体系，自成一家。后来你背叛了国家，投靠了突厥，引狼入室，我一百个不赞成！为这件事情，咱俩发生了分歧，你处处找我的碴儿，处处找我的毛病，欲置我于死地而后快！你拍良心想想，我姓苏的对得起你！我为你鞍前马后，出生入死，征杀了十几年，我换来的是什么？换来的被你剥夺了军权！换来的还有什么？你处处监视我，我差一点做你的阶下囚啊！你把我软禁起来。刘黑闼，你有没有人心呢？因为这个，我不能保你，我归唐了！你恨我也活该！"

"苏定方啊，我跟你解不开的仇疙瘩！拿命来！"

他这两下子怎么是苏定方的对手？再加上苏山、苏林，苏氏父子仨战刘黑闼，刘黑闼一看，完了！再想走，势比登天！这家伙脾气也暴，不愿做俘虏，一看，走投无路，把宝剑拽出来了："天哪！天绝我刘黑闼！我倒霉倒到苏定方手中了，变成厉鬼我也得报仇！"

"噗！"他抹脖子了，"扑通"，死尸栽倒。他这一死，铁板老道一看，我呀，也走吧！要不然，等着挨雷呀！就这样，铁板道人也逃之夭夭。

当头的全完了，当兵的一看，投降吧！全都投降了。刘黑闼的家眷一个也没逃走，也乖乖地做了俘虏。八点钟不到的时候，结束战斗，城上都是大唐朝的旗号，元帅尉迟恭出榜安民，维持社会治安，以免歹徒趁机作乱。哎呀！这城里可开了锅了！俘虏一群一队的，得的战利品堆积如山，胆大的老百姓上街看热闹，胆小的躲在家里，把门窗关得严严的。就这样，唐兵五万，占领临夏府。正当午时，把皇上、军师接进城中，原来刘黑闼的王宫，经过收拾之后，打扫得干干净净，李世民在这驻扎。等李世民进了王宫之后，各路大将纷纷前来报功，李世民是真高兴："好，谢谢各位了！大家辛苦了！"

最后侯君集来了，见着皇上和军师，把所有的经过讲述一遍，怎么被抓的，怎么被救了，苏定方跟自己怎么谈的，人家是什么什么表现，等等，一字不漏全说了。李世民点了点头："噢，很好，苏家父子现在何处啊？"

"哎，在外边，没您的旨意不敢见面。"

"叫他们进来！"

"苏定方、苏山、苏林奉旨进殿呢！"

现在这爷仨儿，心都提到嗓子眼，这是关键的一刻呀！恐怕人家翻脸不认人。老头苏定方在头前，俩儿子在后头跟着，把衣服规整规整，低着头走进王宫。一进门槛就跪下了，往前跪爬了几步，往上叩头：“陛下万岁万万岁，罪臣苏定方、苏山、苏林，叩见陛下万岁万万岁！”

李世民往下看了看，半天没言语，王宫里头静悄悄的，声息皆无。越是这样，越叫人害怕，苏定方有点冒了汗了，低着头不敢仰视。好半天李世民才说话：“苏定方，你可知罪？”

完了！苏定方心头一沉，心说：听这句话，我命保不住了！看来儿子说得对，李世民归根到底还不能放过我呀！可事到现在，后悔也没用了：“陛下，罪臣罪该万死！”

“那你说道说道，你有什么罪呀？”

“陛下容禀，我苏定方跟随刘黑闼，卖国求荣，烧杀抢掠，作恶多端，犯下不赦之罪。不仅诛杀了唐朝很多著名的大将，尤其不可饶恕的，在周西关乱箭射死罗成越国公，其罪大矣！到现在我追悔莫及，根据我所作所为，我是死有余辜！今天在陛下面前特来请罪，陛下您随便处置吧，我心服口服！”

“军师，你看怎么办呢？”

李世民回头问徐懋功，徐懋功“啪”把桌子一拍：“咄！苏定方，你真明白！你说得怎么那么对！你真是死有余辜！尤其不可饶恕的是，你看着兵临城下，将至壕边，你这心就动了，你卖主求荣啊！你把刘黑闼给出卖了，你见风转舵，为了求条生路，把你的主子给出卖了，你还有人性吗？像你这种人，我们大唐朝能收留吗？你就立下再大的功劳，我们也不用啊！来呀！把他们爷仨推出去，乱刃分尸！把脑袋砍下来，挂在城楼示众！”

“是！”

刀斧手往上一闯，抹肩头拢二臂，把爷仨儿推出去了。侯君集在旁边站着呢，他原来给打了包票了，没想到皇上和军师是这个态度！他也冒了汗：“呀呀！”

着急呀！想要求情，还有点不敢。你不说话，对不起苏定方啊！这……

正在这么个时候，李世民终于说话了：“来呀！把苏氏父子推回来！”

皇上说话谁敢不听？就这么地，把这爷仨儿又推回来了。李世民站起身来，来到苏定方父子近前，二话没说，把绑绳给解开了，一招手，有人把椅子搬过来，他用手拉着苏定方的手：“王兄你受惊了，朕赦你无罪！”

“啊？这，陛下这是真的？”

“哈哈！君无戏言，我还能跟你开玩笑吗？这是真的！”

“多谢陛下！”

这苏定方老泪纵横，跪到地上磕响头。苏山、苏林咧着大嘴也哭开了："谢陛下！"

"谢陛下！"

"起来起来，赶紧请坐。苏王兄，方才我说话有些过分，请你原谅，因为咱们是两国的仇敌，多年积怨甚深，难免说话有些激烈。但是根据你所作所为，过去的事，是过去的事，你不必介意。过去嘛！各为其主，你保的是刘黑闼保的是赤比宝康王，当然你得给人家尽力了，现在你能弃暗投明，能倒反临夏府，诛杀刘黑闼，就立下大功一件。听朕加封！"

还要封官！爷仨儿又跪下了。

"朕加封苏定方为平西大将军，忠烈侯之职！"

苏定方不敢相信自己的耳朵，忠烈侯啊！侯爵！那还了得吗？又是平西大将军，感觉到十分惭愧，我早要降唐有多好！就因为这关系错综复杂，未能如愿，看来也不晚呢！我走这步棋算走对了。跪下磕头谢恩，李世民也加封苏山、苏林中军宣抚使之职，二品官，两人也跪倒谢恩，谢恩之后更换衣服，李世民传旨："来呀！全城祝贺！"

哎呀，军兵打了大胜仗了，可高兴了！每个营中，每个士兵都放下瓶酒方肉，另外每人都得了赏钱，兴高采烈，猜拳行令，军民同乐。李世民在刘黑闼原来这个王宫里边，盛排酒宴，将军以上的全都入席，大家高谈虚论，苏家父子也列为上宾。程咬金挨着他坐着，用手拍了拍苏定方的肩头："我说老伙计，没想到我们皇上这么大度吧？"

"我想到了，我要没想到，我就不敢投降！"

"你真行！我服了你了！不过咱把丑话说前头，过去是过去，现在是现在，咱们同殿称臣了，劲往一块使，心往一处想，可不能心怀二志，这你明白？"

"老千岁，你放心，我苏定方是男子汉，我是血性的人，我岂能出尔反尔？从今以后，我一心一意给大唐朝的江山效力。如果心怀二志，不得善终！"

"好！好啊！但愿你口心如一。就冲你这句，来！干！干杯！大家干杯！"

酒过三巡，菜过五味，李世民问苏定方："苏老将军！"

"在！"

"你看朕下一步应该怎样行动呢？"

哎呀，苏定方一听，真是受宠若惊！人家这么多高人不问，问我，这是往我脸上贴金！

"陛下，我乃降将，不敢妄议国事。您是圣主，一切听凭您安排！"

"哎！知无不言，言无不尽，有话咱们最后都说出来。老将军，我要听听你的高见！"

程咬金捅了他一下："说嘛!"

"陛下，依臣之言，兵贵神速，大军在临夏休整一段时间，马上进兵，不能给突厥以喘息的机会，这是一。另外，在进军路线上，陛下不要太乐观了，这些年来，突厥雄心勃勃，修下了五座关城，这五座关城，一座比一座难打，而且突厥国设有重兵能人守把，希望陛下做到心里头有数。"

"好！说得好！爱卿往下讲!"

"是！陛下，离开临夏府，往前走一百八十里，头一座关城叫白狼关。这白狼关建筑在山的半山腰，易守而难攻，白狼关全用巨石砌成，两旁是万丈沟堑，真是一夫当关，万夫莫开。白狼关设有精兵三万，带兵的总兵官姓刘，叫刘国祯，他也是汉人，但这刘国祯，人送绰号紫面天王，两臂一晃，有千斤之力，胯下马，掌中蛇矛枪，乃万人敌。这刘国祯因为作战勇猛，赤比宝康王加封他，特赐'巴图鲁'之职，这巴图鲁，按咱的意思说，就是英雄好汉，勇猛无敌。另外这刘国祯还有个儿子，叫刘宝林，这刘宝林的能耐，只在他爹之上，不在他爹之下，有道是英雄出少年，甚是厉害！还听说自幼在昆仑山学艺，受什么高人的传授，名人的指教，还会扔什么零碎，等等。因为我们没会过，我光是听说，总之刘家父子是两只虎，关城又难攻，这是头一大障碍。那么过了白狼关之后，第二道关城叫金锁关，依臣看，这座关更难打了！金锁关有两员主将，是亲哥俩儿，一个叫武国龙，一个叫武国虎，突厥人都管他们叫龙虎二将，这两人的确有降龙伏虎之力，金锁关金锁关，就好像一把金锁，牢牢地把关城给锁住，要想攻破，着实不易。过了金锁关，第三道关城叫金牛关，这主将姓王，叫王天寿，胯下压骑独角黄牛，手中使一对短把牛头镗，也有万夫不当之勇……"

刚说到这，程咬金不爱听了："哎，我说苏定方，我听你说话怎么这么别扭？你岂不是长人家的威风，灭咱自己的锐气？这么难那么难，要照你这一说，咱不能西征了!"

一句话吓得苏定方不敢往下说了，弄了个脸红脖子粗。李世民一看，为了缓解气氛，他乐了："来！干杯!"

皇上举杯劝酒，这气氛刹那间缓和下来。李世民说："程王兄，应该让苏王兄说，你别忘了，知己知彼，百战不殆呀！越难，咱越谨慎，这有什么不好呢？这称不上长人家的威风，灭自己的锐气，你说是吗?"

"哎，对，也是这么个理儿。我说老苏，你接茬儿说啊！我是直性子，说得对不对，你原谅。愿意听你就听，不愿意听，你就当我放屁了!"

程咬金是大老粗，他这一说粗话，在场的人"哇"全乐了，这一乐，气氛就更和谐了。苏定方这才接茬往下说："是，陛下，那我就有什么说什么。"

"王兄请讲。"

“是这么回事儿，那么还有一座关城，叫野马川，这座关城也建筑在半山腰，易守难攻啊！总之吧，每前进一步，都得付出巨大的代价，陛下呀，到了时候您就知道了，我想的我全都说了。”

当然，苏定方又介绍了不少情况，听完了，李世民半天没说话，尉迟恭不耐烦了：“陛下，我看没什么了不起的，打仗能不死人啊？老程说得对，既然西征，咱就得战到底！不打下牧羊城来，不活捉赤比宝康王，咱绝不收兵！”

“对！就这么办！”

“就这么办！”

正这么个时候，报事的进来了，呈上一份紧急公文，交给军师徐懋功，徐懋功接过来展开一看，这脸就有点变色，转呈给李世民。李世民看完了，低头不语，大厅里的气氛“刷”又紧张上了。程咬金憋不住话：“我说怎么回事儿？三哥、皇上，你们心里头有数，咱糊涂啊！出什么事儿了？你说说，叫我们也明白明白。”

徐懋功这才说：“四弟，甭着急，你不问我也得说呀！这份折报是贺兰关发来的，据称，现在突厥国派下十万军兵攻打贺兰关，十分紧急，马三宝等人请求援兵。所以皇上心里才不痛快。”

“噢，那么回事儿，那就派兵呗！”

李世民说：“现在咱们刚安定下来，究竟抽调谁去支援，我拿不了主意。贺兰关好像咱唐朝的北大门，如果此关一失，对咱们是大大不利！”

李世民言下之意，无人可派，派谁？还想西征呢，这怎么办呢？正在这时候，苏定方站起来了：“陛下，臣不才，愿引本部人马支援贺兰关，不知陛下、军师以为如何呀？”

苏定方自告奋勇，苏山、苏林也站起来：“陛下放心，我们爷仨儿去，万无一失！”

李世民点头：“好！王兄啊，我心里正想到这一点。既然如此，马上率你们本部人马，我再给你精兵五万，明天出发，就赶奔贺兰关！切记，此关一定要确保，而不能丢失。一旦丢失，按军法从事！”

“遵旨！”

说完了，李世民一转身：“侯王兄！”

侯君集站起来了：“有！陛下有什么吩咐？”

“侯王兄，你太辛苦了，我要派你干点什么，于心不忍。”

“陛下怎么这么说？我是应该的！您说吧，叫我干什么？”

“侯王兄，我打算叫你跟苏大帅一同起身，他为主将，你为总监军，一同赶奔贺兰关，有什么事情，你们两个人相互参考，互相切磋，你看怎样？”

"遵旨！这回我跟苏老将军又合到一块了！"

第二天苏定方起身的时候，李世民偷着把侯君集找到面前，告诉侯君集："我派你去，你知是什么意思吗？"

"明白，陛下是以为苏定方刚刚投降，对他有点不放心，派我跟着他，以示监视之意。"

"对！正是如此！但是用人不疑，疑人不用，为防患于未然，必须得这么办。王兄，这事我就交给你了！"

"陛下放心，万无一失！我敢担保苏家父子肯定是一颗忠心，没有二意。一旦有二意，还有我呢！您放心吧！"

"这我就放心了。"

就这样，侯君集、苏定方、苏山、苏林率领精兵，第二天起身支援贺兰关。这路人马派走了，李世民的心放下了，看来还得有人，你没人派谁？接下来就准备着西征，不能在临夏久待，一切全"啪啪啪"安排好了，要起兵的当口，没想到李世民突然病倒了。人吃五谷杂粮，哪有不闹病的？而且这病来得非常快，头一天还挺好呢，第二天卧床不起，你再看，跟变了两人差不多少！面似黄钱纸，唇似靛叶青，哼咳不止，众人可慌了，把有名的郎中请来十几个，轮流着会诊。后来大夫们说了："皇上就是龙体欠安，操劳过度，晚上睡眠不足。其实龙体没事，得好好休息休息。"

就这么开得药方子，经过军师过目，万无一失了，抓来草药。李世民着急呀，躺到床上翻来覆去，唉声叹气，众人全都来问候。李世民还说："早不病晚不病，单赶这个节骨眼病了，这不耽误大事吗？急死朕也！"

尉迟恭一看："我说陛下，您呢，安心养病，郎中说了，您操劳过度，照这样下去，对身体可没有好处。现在我们打了胜仗了，您还着急什么？依臣之见，您就安心在这养病，臣不才，率领一支人马继续西征！我们边走着边等您，您什么时候身体好了，在后头追我们。这叫一举两得，您看怎么样？"

程咬金一听："哎，大老黑这主意不错，两不耽误。我看也是这样，我说陛下，你病得可不轻啊！你瞅瞅你，都脱了相了！好好吃药，好好将养，我三哥留下陪伴你，我陪着大老黑，这您还有不放心的事吗？大老黑能征惯战，我足智多谋，西征一点问题都没有！您看怎么样？"

经过商议，李世民只好点头，任命尉迟恭为前部正印先行官，提十万大军，继续西征，程咬金身为总监军，两个人共掌兵权。皇上和军师留在临夏，在这养病，李世民在病榻上不放心，拉着尉迟恭和程咬金的手："二位王兄，苏定方说得清楚，往前走不远就是白狼关，白狼关易守而难攻，你们要善待弟兄，千千万万留神！能战则战，不能战则退，好吗？"

“陛下放心，臣遵旨照办！”

李世民、徐懋功留下，尉迟恭和程咬金提十万精兵，浩浩荡荡炮响三声，离开临夏府，赶奔白狼关。这一路走着，程咬金和尉迟恭是并辔而行。能闲着吗？边走边唠。

“我说大老黑呀！”

“什么事？”

“你说咱们此番出征，是顺利呢？还是麻烦？”

“我看没什么麻烦的，怎么了？离开拐棍咱活不了？你我都不是吃素的，过去我尉迟恭日抢三关，夜夺八寨，勇猛无敌，没打过败仗！现在是老了，可老了我也不服劲！何况还有你给我做帮手。”

程咬金点点头：“是啊！你说得一点不假，那么说起当年的事来，你露脸，我程咬金就更露脸了！我在瓦岗山做过三年混世魔王大德天子，手下统领百万人马，这你还不知道吗？我程咬金从来没丢过人呢！现在也许是真老了，我跟你一样，我也不服劲。我的意思是说，皇上身体欠安，现在正在养病，我们呢，应当打个漂亮的大胜仗，皇上一高兴，病就好了，你说是这么回事儿不？”

“对！咱应当加把劲儿！”

他两人边走边谈。一百几十里，三天的时间，到了。到了白狼关山下头，没安营之前，两个人并马观看地势，手打凉棚，往对面山上一看，哎哟！苏定方说得是一点都不假，白狼关建在半山腰，这架大山只有一条路可以翻越，这关就在那堵着，真是易守难攻。再往城头上观看，遍插旌旗，隐隐约约还看见有火炮，人家就是闭上城门不打，你瞪眼没咒念！强攻得死多少人！两边万丈深渊，这十万人马不够垫马蹄子的！再说皇上交代了，能智取不要强攻，要爱惜士兵的生命，蛮干不是办法。所以两个人观看了半天地势，这才吩咐一声：“安营扎寨！”

离着白狼关五里，就在这山脚下安营扎寨。大寨扎好了，挖好了壕沟，布置好鹿角，立上辕门，设好中军宝帐，他们头天就这么住下。第二天粮草也到齐了，尉迟恭这在点鼓聚将，刹那间，人马到齐，一个个盔明甲亮，分立两旁。尉迟恭居中而坐，程咬金旁边相陪，这尉迟恭还得训训话：“弟兄们，大家辛苦了！连着咱们走了几天，人困马乏。按理说呢，我应当传令，让大家休息休息。但是不要忘了，兵贵神速，时间紧迫，来不及了！因此呢，众位都辛苦点，今天开兵见仗，人人奋勇，个个争先，都得立功！勇猛冲锋者有功，畏缩不前者重罚！各位听明白了吗？”

“听明白了！”

“好！既然如此，外面列队！”

尉迟恭一声令下，点一万精兵在关下列队，程咬金骑着卷毛兽大肚子蝈蝈红，手里托着大斧子，在旁边给观战。再说叫阵官，都是身强力壮的棒汉子，好几个来到阵前，双手拢着嘴，高声喊叫：“呔！白狼关的人听着！大唐朝发来兵马呀，要攻打你们白狼关！有种的快到两军阵前受死了！要不敢出来，骂你们的祖宗！”

反反复复地讨敌骂阵。刚喊的时间不大，就听见白狼关炮号连天，随着炮声，关门开放，人马出现，跟潮水相似，就来到两军阵前。尉迟恭、程咬金做好了防范，瞪着眼睛看着，大概也有一万来人，一字排开，宝纛旗下是一马趟翻，一员大将冲到近前，再看这员大将，跳下马来，摘盔卸甲，身高过丈，宽宽的肩膀，细细的腰身，往脸上看，是紫微微一张脸膛，燕尾胡须，稍往上翘翘着，看这个年纪，五十啷当岁。铜盔铜甲，外罩绿罗袍，胯下赤炭火龙驹，手里端着丈八蛇矛枪，人赛猛虎，马赛欢龙，一马趟翻，来到两军阵。程咬金吓得一缩脖子：“大老黑，这位大概就是刘国祯，紫面天王，留神哪！是你过去是我过去？”

“用不着你。你在旁边给我观敌助威，瞧我的！嘚！”

“踏踏踏。”

尉迟恭一马当头，来到两军阵，这两大个跟一对天王相似！你盯着我，我盯着你。尉迟恭用长矛一指：“我说你是哪位呀？”

“在下刘国祯是也！”

“噢！我找的就是你，拿的也是你，你拿命来！”

# 第三十五回

## 矛对矛刘国祯败阵 鞭碰鞭尉迟恭吃亏

这刘国祯这个嘴可够损的，打量打量尉迟恭："你是谁呀？"

"尉迟恭尉迟敬德！"

"噢，听说过，听说过，铁匠，我听说你是山西省麻义县的人，打铁的出身，大字不识啊！真走贼运，就凭你这德行的，居然做了唐朝的大将，什么又是元帅，真叫人不可相信！好了，今天咱俩见着面，这也是缘分。来吧！不是要西征，要夺白狼关吗？白狼关就在我身后，就看你有这本事没有了！来吧！把我赢了，怎么地都行。赢不了我，你是寸步难行！"

这话说到这儿，没法再说了，二马趟翻，双矛并举，就斗在一处。五十回合未分胜负，尉迟恭也冒了汗了，心说：这刘国祯有把子气力，另外武艺也不同寻常，看来苏定方没说过头的话，我真还得留点神。真要败在他手，我那决心白下了！这后半辈我也得不了好了！想到这儿，攒足了精神，力战顽敌。再说这刘国祯，打着打着，也是倒吸了一口冷气，心说：这尉迟恭大老黑，是真有两下子！力猛矛沉，这就是我，要换个没经验的，早都归位了！我也得留点神。他也攒足了劲儿了。在旁边观战的程咬金，那心都提到嗓子眼，你别看程咬金没伸手，他费的这劲一点不次于尉迟恭："呀！哎呀！"

他替尉迟恭着急啊！有时候就喊两嗓子："大老黑注意！留神！千万小心！"

这就叫事不关心，关心则乱，亲戚有远近，朋友有厚薄，这话是一点都不假。这会儿六十回合过去了，再看尉迟恭，通身是汗，那刘国祯也汗珠子滴滴答答往下直淌，战袍都要湿透了，还没分出输赢。尉迟恭一琢磨：照这样打下去，够呛啊！一会儿没劲儿了。哎，我放着十八节紫金鞭，我怎么不使唤？我留着干什么呢？想到这儿，虚晃一矛，拨马便走。刘国祯没想到，呀！他正怵头呢，一看尉迟恭败下去，不由得心花怒放，哈哈！心说：大老黑呀！顶不住劲儿了！我能放你走吗？连肉皮都没伤着，我也不算打胜仗啊！不能放他走！这刘国祯哪，求胜心切，催马摇矛，在后头紧追不舍："拿命来！"

尉迟恭心里高兴，心说：小子，你追吧！你要不追是便宜，追，你要倒霉！

你别看他人往前头败，耳朵往后听，听这马蹄声，就判断对方离着远近。说时迟那时快，眨眼之间，刘国祯的马头碰到尉迟恭的马尾，再看刘国祯双手一捻丈八蛇矛，咬牙关，恶狠狠骂了一声："尉迟恭你在这儿吧！"

"刷！"

一矛猛刺尉迟恭的后心。这尉迟恭早了还不能躲，早了一躲，怕人家把招变了，要躲晚了，"噗"，给捅上了，这火候得掌握好了。这凭着武艺和经验，眼看那矛尖似挨上似挨不上这么个当口，再看皂袍大将左脚一踹镫，右磕膝盖一碰马的前胛膀，这匹乌骓宝马"滴溜"一转个儿，比人转得还快，所以刘国祯这一矛就刺空了。由于他用力过猛，身子往前一倾，再想撤招就迟慢了，尉迟恭这马一转个儿，正好落到他旁边，这会儿左手提矛，右手拽出十八节打将紫金鞭，把鞭就抡开了，对着刘国祯的后脑，"嗡"这一鞭就拍下来了！那鞭是钢的，上面走的金水，削到后脑上能好得了？而且尉迟恭那个劲够大的！

"呜！"

单说刘国祯，一下刺空，心里暗道不好，说时迟那时快，鞭就到了！那刘国祯也不愧是一员上将，躲是躲不开了，但是把紧要的部位得闪开，但能打轻点，那是最好了。他赶紧使了个空背弓身，缩脑藏头式，把这脑袋瓜得藏起来，后背交给尉迟恭，因为脑袋至关重要。所以他往下一哈腰，肩膀往上一弓，脑袋真躲开了，后背没躲开，着着实实叫这一鞭给打上！耳轮中就听见："啪！"

您说一鞭打得有多重吧！做大将的，顶盔挂甲，后背还有护背旗，护背旗有四杆，有八杆的，那玩意不仅是装饰品，干吗用的？护后背、后脑的，那旗杆都是铁的，后背背着旗囊，你这一般碰一下，砍一下，没事。但是尉迟恭这劲太大了！就这一鞭砸的，把护背旗的旗囊给砸碎了，把护背旗给砸飞了！把刘国祯身上披的重甲打碎了！刘国祯"哎哟"了一声，身子一侧歪，就觉得眼前发黑，心口发热，嗓子眼里头发点甜，"哇！"一口鲜血喷在腔外。那还得说刘国祯，换旁人，"扑通"，就摔下来了。刘国祯没有，咬牙关，提战马，败归本队。尉迟恭认为这一鞭肯定把他砸死，结果没死，嘿！他还有点后悔！

刘国祯败归本队，坐不住了，从马脖子上出溜下去，摔到地上，偏副战将过来进行抢救，有人高声喊喝："收兵！"大败而回。退到白狼关，紧闭城门，高挑吊桥。

尉迟恭也没追，见好就收吧！跟程咬金会合，敲着得胜鼓，唱着得胜歌，凯旋回营。马上叫军政司拟文，报到临夏府，向皇上报捷，首开旗门，打了胜仗了！当然，尉迟恭是高兴了，你不管怎么说，这脸露得不小，也算了了自己的心愿，看来自己还不是饭桶，还没老。程咬金猜出他的心意，回营之后，吩咐一声："杀牛宰羊，犒赏三军！给大老黑祝贺！"

刘国祯人事不省，进了关之后，赶紧把郎中给找来，郎中给他灌下止血的丹药，衣甲卸掉一看，这后背一条大紫檩子！多悬！赶紧上了止疼药给包扎，刘国祯卧床不起，直到掌灯时分，他才清醒过来，又吐了两口血："哎呀！打死我了！痛杀人也！我是必报此仇！"

到了第二天，尉迟恭讨敌骂阵，刘国祯不敢应战，命人高挂免战牌。第三天、第四天、第五天，都高挂免战牌。到了第五天头上，刘国祯勉强哈着腰能下地了，拄着拐棍，扶着桌子，能直直腰板。但是一动弹，疼得就是一脑门子汗："哎呀！疼死了！"

第五天晚上，外头响起脚步的声音，门一开，他儿子刘宝林从外头进来："爹，听说您受伤了！"

"儿啊，你怎么才来？"

"爹，我在后山练武啊！我不知道前敌发生的事情。后来有人告诉我，我急急忙忙这才赶来的。爹，伤怎么样？"

"哎呀！够重的！经过紧急抢救，好多了。差一差，咱爷俩儿没见着啊！"

"爹，我看看伤。"

刘宝林验伤之后，紧锁双眉："爹，谁把你打成这样？"

"一个姓尉迟，叫尉迟恭啊！又叫尉迟敬德，让他把我揍的。他使的矛里头加鞭的招数。"

"噢！爹，您安心静养，明天我就出战，我会一会这尉迟恭！我要把他生擒活拿，交给爹，您杀剐存留。不管怎么地，也得给您报这一鞭之仇！"

"不行不行，儿啊，你还年轻，经验阅历都不足啊！那尉迟恭身经百战，从年轻那会儿就有名啊！你哪是他的对手？"

"我说爹，您忘了？我这两下子，只在您之上，不在您之下，我怎么能不行呢？您好好想想。"

"哎，是啊！"

刘宝林这一说，刘国祯想起来了。两年前，他儿子刘宝林上昆仑山学艺去，学完艺，回到白狼关，一家人见面，非常高兴。在酒席宴前，刘国祯就问："儿啊，学艺数载，学了什么能耐？"

刘宝林就说："爹，我跟我老师学的马上步下，长拳短打，十八般兵器，样样精通！"

"是吗？一会儿吃完饭，咱爷俩儿比画比画，我看你这能耐究竟有多高？"

一开始，刘宝林不敢比，后来刘国祯说他："身为武将的，你怕什么？咱俩要伸了手，你别拿我当你爹，拿我当敌人，该下手你就得下手，心慈面软不行，这样才能显出你的真本事！"

“好吧！”

刘宝林叫他爹这一说，真下了真家伙，结果马上步下，三战三胜，刘国祯真不是他儿子的对手。后来刘国祯乐了：“将门出虎子，长江后浪推前浪，我刘氏门中后继有人呢！好孩子！”非常高兴。

今儿刘宝林提的就这事，这一问，刘国祯没词了：“唉，可不是吗？儿啊，虽然你比我本事高，但你没有经验，因此为父不放心，爹迟早有一天……”

“我得领兵带队，您老不放心，不麻烦了？您就放心，您看您儿子怎么样？”

“好吧！儿啊，多加谨慎，别忘了，骄者必败，可不能骄傲。我再提醒你一句，这大老黑绝非等闲之辈！”

“明白！爹，您安心静养，您就听喜信儿吧！”

到了第二天，刘宝林点精兵五千，摘下免战牌，到两军阵讨敌骂阵，口口声声要见尉迟恭。尉迟恭听报之后，笑了：“我说谁领兵带队？”

“刘宝林。”

“刘宝林是谁？”

“刘国祯的儿子。”

“多大岁数？”

“二十啷当岁。”

“小毛孩子！哈哈，我说老程，听见没？把孩子都打发出来了。这样吧，待着也是待着，闲着也是闲着，到两军阵前开开心怎样？”

“好啊！”

他跟程咬金就在外边，列了队了。两军对垒，他和程咬金往对面一看，呀！这小伙子长得可真棒！细条条的身材，宽宽的膀扇，头戴金盔，体挂金锁连环甲，外罩猩猩红战袍，胯下大黑马，掌中蛇矛枪，背后也背着一把紫金鞭。往脸上一看，小黑脸蛋，利剑眉，大豹子眼，通关鼻梁，方海口，光嘴巴没胡，英雄出少年，人欢马奓，不同寻常。尉迟恭、程咬金暗挑大拇指，罢了！原来没见面，以为是小毛孩子，这一看，这是一员大将！没想到刘国祯还有这么个好儿子啊！

这个程咬金哪，左看右看：“我说大老黑，你看见没？”

“你才没看见！我眼睛管什么？我看得清清的！”

“我说大老黑，你注意没？我怎么瞅这小孩，这个鼻子这个脸，这个眉毛这个眼，怎么像你呀！你瞅你这黑劲儿，你瞅那颜色，好像从你脸上扒下来的相似！我说是不是你儿子？”

“你放屁！有这么闹着玩的？脸像的人有的是，我跟他能沾着边吗？”

“哎，我是这么说。哎，我说咱这么办行不？您呀，先在这消消气，小毛孩子，我去逗弄逗弄他，逗弄完了你再伸手。”

“好吧，那你过去！”

程咬金一催卷毛兽大肚子蝈蝈红，“嘚”！

“踏踏踏。”

到两军阵前，“吁”，带住坐骑，手捻银髯，打量刘宝林。刘宝林一看，尉迟恭没过来。他认得尉迟恭吗？他听别人介绍了，那黑脸的是尉迟恭。过来个蓝脸的，一瞅这老头儿这肚子都出号了！胡须刷白刷白的，别看年纪那么大了，红光满脸，精神头倍儿足！看罢多时，刘宝林就问：“老将军，你是谁呀？”

“哈哈！孩哎！连老爷爷你都不认识了？我姓程，我叫程咬金哪！”

“噢！听说过，你就是鲁国公？”

“哎！对了！娃娃，你听说过？”

“哎，程咬金哪，不仅我听说过，不知您的人太少了！”

程咬金一听，美！可见自己名扬四海！

“孩啊，既然是这样，还有什么可说得吗？”

“说得，有啊！我说程咬金呢，我听说你住在山东兖州府东阿县，斑鸠镇小耙子村，对不？”

“对！娃子，你记得还真准！”

“那是！我听说您自幼号称净街王，没干过好事，是不是您呢？听说您背了死倒，卖私盐，什么砸保局，欺负老实人，后来伤了人命，被定成死罪，眼看要掉脑袋了，听说隋文帝杨坚死了，杨广继位，大赦天下，把您老给放出来了，您依然还不学好，又跟什么徐懋功、侯君集、王伯当、谢映登、秦琼、单雄信勾篡到一块了，来了个大闹贾柳楼，筷子令反山东。听说后来这个，这个，还走马取金堤，三斧子定瓦岗。怎么的，你还做了三年混世魔王、大德天子，有这事吗？”

程咬金一听，乐了，嘿嘿！没想到这次西征，遇上知音了！这小孩年岁不大，他怎么知道我知道得这么详细啊？可见我程咬金的名望是家喻户晓啊。老程高兴：“有！好！说得好，往下说，我爱听！”

小孩乐乐呵呵，还接着说：“老人家，您这些光荣的历史，妇孺皆知啊！因此大伙儿给您送了个绰号。”

“噢！还有绰号！什么绰号？”

“您是天下第一的脸皮厚大饭桶！”

“呀呸！”

程咬金一听，这个泄气！这孩子可够损的！最后，给我来个雷子。老程把脸“呱嗒”往下一沉：“我说刘宝林，少耍嘴皮子！我就问你一句话，刘国祯怎么没出来？”

“他老人家受伤了，伤没好，自然没出来了，由我来替代他。”

“你替代？你有什么能耐？”

“哎呀，老千岁，我这能耐大极了！反正赢别人赢不了，要赢饭桶还不那么费劲儿！”

“哎哟！休走！着斧子！”

程咬金一着急，把那绝招三斧子半使出来了，他也忘了，这么一伸手，他哪是人家的敌手？那小孩就谈笑之间，上崩下砸，里撩外划，“啪啪啪”几招，程咬金就冒了汗了，老程心说：真糟糕！我败到一个娃子的手里头！这尉迟恭也缺德，你在后头给我观战，你怎么不过来？成心看我的笑话是怎么的？因此他就喊上了：“哎！大老黑快过来！再不过来，我骂你的祖宗！”

尉迟恭心说：老小孩，小小孩，这老程这人，怪不他身体那么健壮，没心没肺！你说你跟他嘚咕什么？说了半天，不都废话吗？他夸你又能怎样？他骂你又能如何呀？所以他们伸手，尉迟恭没过来。后来一看，程咬金真急了，没有办法了，双脚一点镫，乌骓马往前一提，“踏踏踏”，来到两军阵：“老程不必着急，我来了！”

“你早就应该过来！”

程咬金虚晃一招，拨马跳出圈外，尉迟恭过来把刘宝林给拦住了。刘宝林，你别看跟程咬金嬉皮笑脸，一看尉迟恭过来，这小孩就紧锁双眉：“你就是尉迟恭？”

“然！”

“好啊！你够歹毒的！把我爹打得口吐鲜血，一病不起，咱是前世的冤家，今生的对头！拿命来！”

说着话，抖矛便刺。其实这矛，也是枪，它不过是枪的一种形状而已，一老一少，就斗在一处，二马盘桓，双矛并举，再看两旁催阵鼓，响如爆豆一般！

“咕噜咕噜咕噜！”

催命的鼓，救命的锣啊！鼓敲得越急越响，战斗是越激烈。就这么的一老一少打了几十回合，没分出胜负来。刘宝林有点着急了，心说：这怎么办呢？怪不得我爹败在他手下，这大老黑果然有两下子！哼！有了！我爹不是挨鞭揍了吗？我也有鞭，这回以牙还牙，我也揍你一鞭！

他打定了主意，这事巧了！尉迟恭也这么想的。他一看，这小孩太厉害，干脆还使老招吧！矛里加鞭，我把他给赢了。两个人想到一块去了，二马一错镫，不约而同，都把鞭拽出来了，他也回身，他也回身：“着啊！”

“着啊！”

“嘡啷啷！”

两柄金鞭碰在一处，火星四冒！震得尉迟恭膀臂发麻，震得刘宝林身子一侧歪，好悬没摔下去！哎哟，两个人俱是一愣。就在这刹那之间，你看我，我看你，你瞅我的鞭，我看你的鞭，全愣住了。为什么？尉迟恭一瞅，呀！这孩子使这条鞭，咱那么眼熟啊？好像我那把鞭。刘宝林心说：这大老黑使这鞭怎么跟我这个鞭极其相似？哎呀！这玩意怪！就这么眨眼之间，两个人各想心事，还得接茬打，因此各收宝鞭，然后又斗在一处。

时间长了，尉迟恭真不是刘宝林的对手，最后终于被刘宝林矛里加鞭，抽了尉迟恭肩膀子一下子。做大将的，前边有护心镜，后有掩心镜，两肩头有吞肩兽，就像那狮子脑袋似的，护肩头的。要没这玩意，把尉迟恭就给揍毁了！虽然有吞肩兽，这一鞭拍上，也不轻！尉迟恭“哎哟”了一声，是拨马便走。程咬金赶紧过来抢救：“敲锣收兵！”

“嘡啷啷！”

尉迟恭、程咬金大败而回，紧闭辕门，用弓箭把对方给射退。刘宝林大获全胜，但是觉得不过瘾，这鞭砸得有点歪了，这要往里头挪几寸，就砸他脑袋上！行啊，放着你的，搁着我的，下回再见！引得胜之兵回到白狼关，在帅厅外，甩镫离鞍，跳下坐骑，马童把战马牵走，再看刘宝林，摘盔卸甲，换了身软稍的衣服，要不打仗，谁穿那玩意？有多沉多笨呢！刘宝林奔后院来了。后院什么地儿？他爹住的地方，他娘可不在这儿住。推门进了屋，刘国祯在这坐着呢，刚喝完药，满脸都是笑容，因为他刚得着报告，说他儿子打了胜仗了。一看儿子进来，刘国祯扶着桌子站起来了：“儿啊，甭说了，为父都知道了！好儿子！给爹长了脸了，给爹出了气了，爹得谢谢你！”

“爹，您怎么这么说话？我是当儿子的，孝顺爹爹，是天经地义的事，给您报仇出气，理所应该的，您怎么这么客气？”

“儿啊，坐下坐下，跟爹爹讲讲，怎么打的？”

“行！哎，一开始的时候，那个尉迟恭没过来，有个蓝大脑袋的老头，叫程咬金。我呀，拿他开心，把他那简历都说了，最后我说他是天下第一的饭桶，把老家伙气坏了，想跟我玩命。结果他那两下子哪行？眼看不行的时候，尉迟恭才过来。我一见尉迟恭，我火往上撞，想起爹您受伤的经过来了，就这么的，我们两个人伸了手了。爹呀，您还真别说！这尉迟恭还真厉害！别看那么大的年纪了，两臂一晃，千斤之力！儿我也费了不少的劲儿。后来他想伤我，我想伤他，金鞭对金鞭，谁也没伤着谁。接茬儿我们又打，终于儿忙里抽闲，又打他一鞭，差一点没揍他脑袋上！正好揍他肩膀上。虽然没要他的命，可也不轻，就这样，把他打跑了，这就是以往的经过。”

“好孩子！有出息！哈哈，孩啊，打了胜仗就得了，咱见好就收。爹心情这一高兴，伤也轻多了，用不了三五日，我就可以到两军阵前了，用不着你了！儿啊，下面休息去吧！好好歇歇！”

“哎！”

刘宝林高高兴兴的，穿这身软稍的衣服，在院里头转了几圈，突然想起来：我得看看我娘去，也让我娘高高兴！就这样，骑着马，带了四名骑兵，赶奔白狼关的后关，离这关上三里多地，到了他娘住的地方了。那位说那怎么回事儿？怎么他爹住城里，他娘住城外，离着那么远干什么？其实白狼关的人都清楚，刘国祯从外表上看，挺幸福啊！又有兵权，有权有势。实质上并不幸福，他跟他老伴之间不和，两口子除非别见面，见面讥嘲恶斗，最后分居了，他媳妇儿远离白狼关，另找的房子住，这两口子能有半年没见面了。就为这件事情，刘宝林感觉到非常痛苦，谁不希望父母和和美美的？当儿女的瞅着也高兴。这爹跟娘老吵架，当儿女的怎么受啊？但劝又劝不了。就这样，刘宝林来到娘住的地方，下了马，洗把脸，迈步往里走，边走边说：“娘啊！儿我来了！娘啊，您在哪屋呢？”

上房屋出来个丫鬟：“少爷来了，夫人在上房等你呢！”

“哎，来了！”

挑帘拢进了屋了，他的母亲姓梅，梅氏夫人居中而坐，有几名丫鬟、婆子，环立在左右，一看少帅来了，赶紧过来见礼。刘宝林一摆手：“你们躲开，走，我跟我娘亲热亲热。”

别人都退出去了，你看刘宝林这么老大了，在娘的面前还撒娇呢，单腿往地上一跪，搂着他娘的腰：“娘啊，您挺好啊？您想不想我？”

“哎呀，宝林哪，你多大了？怎么还跟个孩子似的？快起来！叫人家看着多笑话！”

“娘啊，我瞅您又瘦了，娘怎么地？您身体不舒服？”

“哎呀，我常年是这样，坐下讲话吧！”

“哎！”

说着话，挨着他娘坐下，梅氏夫人就问：“你干什么呢？”

“我呀，娘，您不知道，我替代我爹到两军阵前开兵见仗去了！我去玩命去了！”

“啊？有这等事？你，你能领兵带队，前去玩命？”

“怎么不能？娘啊，我在您跟前是孩子，到了外边，我是成年人了！您听我跟您说说详细的经过，您这远离关城，前面的情况大概您不熟，因为您也不关心这些事。现在大唐发来无数的人马，要西征，要打突厥国，那咱能干吗？因此做好了准备了，现在唐兵数万，来到白狼关，因此我爹呢，跟他们开兵见仗，这一伸手，吃了亏了，让一个叫尉迟恭的，揍得是口吐鲜血，好悬没打死！儿我急了，就这么请令出战。我爹不放心，拦着我，后来我把我爹说服了，我爹才同意了。娘啊，这打仗可有意思了！我遇上个程咬金，您听说过没？这老头怪有意思的，我戏耍他半天。后来那个叫尉迟恭的过来了，这家伙长得人高马大，真有两下子！我们俩一交手，没分胜负，儿我急了，我打算用败中取胜的招数，我拽出十八节紫金鞭，啊啪！"

要不怎么叫孩子？他跟他娘介绍经过的时候，连比画带说，比说书的讲得都热闹！他一看他娘瞪着眼睛，仔细听着，他就更来劲儿了！当说到"啪"这一声的工夫，就见他娘身子往后一挺。

"娘啊，您怎么了？我把您吓着了？"

"孩啊，你往下说，'啪'一下怎么样了？"

"哎哟！把我吓一跳。我'啪'这一下，您猜揍到哪了？揍到他鞭上了！闹了半天他也没安好心，我们俩金鞭对金鞭，谁也没伤着谁。"

梅氏夫人听到这，长出了一口："啊！阿弥陀佛！那么后来呢？"

"啊，后来呀，他不是我的对手啊！到底我揍了他一鞭，这鞭揍他肩膀上了，我就听见他'吭'了一声，好悬没从马上摔下去！这么说吧，揍得可也不轻。"

"噢，原来如此，不要再说了，下面休息去吧！"

"哎！"

刘宝林心说：这是怎么回事儿？我娘怎么不高兴啊？按正常情况说，他儿子露了脸，立了功了，当娘的欣喜若狂啊！可我娘不但不高兴，长吁短叹，满脸的愁容，好像我介绍这个经过，给她添堵似的，这是怎么个茬儿？他这个心也堵了个疙瘩，又不敢多问。垂头丧气到了前厅，他有时候也回家来住，前面有两间房，专门给他准备的。回去他往那一坐，生闷气，就百思不得其解。到了掌灯时分，他就问："我娘干什么呢？"

"少帅呀，夫人这两天心情不太好，尤其是下晌，听你说完之后，夫人就躺下了，脸朝着里，一句话都不说，我们好像发现夫人正哭呢！"

"啊？哭呢？这……这是为啥？"

刘宝林更堵心了，他寻思了半天，站起身来，迈步二次来到母亲房间，蹑影潜踪，怕把他娘给吓着。

"娘啊，您睡了吧？娘啊。"

夫人脸朝着里，没搭理他，刘宝林慢慢地来到床前，坐到床边上："娘，您怎么哭了？"

一看，枕头上眼泪那么一大片，眼睛都哭肿了。

"娘，您怎么了？是孩儿哪句话说得不对，把您气着了？要真这样，儿向您赔礼来了！娘啊，您千万可别生气啊！"

他无论怎么说，梅氏夫人就是不说话。最后把刘宝林实在逼得没辙了，“扑通”就跪下：“娘啊，您要是不原谅儿子，我宁愿跪死在床前！”

咧着大嘴，他哭开了。这说明一个什么问题？刘宝林，好孩子！大孝子！要换成那个浑小子，管你哭不哭呢啊？有我什么？还在这跪着哄他娘，这样的孩子不多呀！要不说怎么叫慈母心？夫人哭得更厉害了，一开始是泣，泣没声，后来转化为哭，出了声了。刘宝林越说，夫人哭得越欢，这刘宝林就不知道怎么回事了：“娘啊，您究竟怎么回事儿？把儿都憋闷死了！”

最后夫人坐起来了：“咳！行了，娘不哭了。”

“娘，您到底为什么呢？”

“你不必问我，你去看看，房前房后，门前窗下，有没有别人？要有，让他们休息去吧！”

“哎！”

刘宝林知道了，娘有悄悄话跟自己说，不愿意被旁人听见。因此他一转身，来到院里头，一查看，没人，家规甚严，谁敢偷听？因此转身回来，把房门关好，又来到娘身边：“娘啊，都睡了，没人，您就放心大胆地说吧！”

“儿啊，娘再问你一句，你爹叫谁给打伤的？”

“尉迟恭啊！您看，您怎么没注意？尉迟敬德。”

“他是哪的人，你清楚不？”

“我知道，他是山西朔州，麻义县的。”

“他是什么出身你知道吗？”

“知道啊！听说了，是铁匠出身。”

“噢！你看年纪他多大？”

“年纪看不出来，五十多岁，我说不准，反正身子非常健壮。”

夫人听到这儿，又哭开了。刘宝林多聪明，就知道这里有文章：“娘啊，您为什么对尉迟恭如此关心？您要再不说，我就死在您的面前！”

# 第三十六回

## 听往事对鞭认父
## 定巧计献关投诚

他母亲打了个咳声，止住眼泪，而后才跟他说：“孩子，刘国祯不是你爹呀！”

“啊？”

这是闹着玩的？刘宝林从来没听说这样的话，脑袋“嗡”了一声，睁大了眼睛：“娘，您说些什么呢？那他不是我爹，谁是我爹？”

“孩子，唐营大将尉迟恭，就是被你打的那个人，才是你的亲爹！”

“哎哟！”

刘宝林不听则可，闻听此言，真好像万丈高楼一脚蹬空，扬子江心翻了船。他心里一翻个儿，眼前发黑，好悬没趴下，心说：我娘疯了，这说得是什么话呀？但看娘的意思，非常严肃，头脑清醒，并非疯话。

“娘，这，这究竟是怎么回事儿？您快告诉我。”

梅氏夫人眼含痛泪，把经过就讲述了一遍。数年前，这尉迟恭就是光棍一个，自幼没有父母，也没有亲戚，浪迹天涯，到处流浪。但是他这个人心肠很热，后来到了梅家庄，梅家庄这地方都开铁匠炉，其中有一家老梅家，生意不错，尉迟恭给人家打短工，后来老梅头看他人品不错，就把女儿梅桂枝许配给尉迟恭，老头死了，这产业就交给他们夫妻，这夫妻非常恩爱，夫唱妇随，感情和睦。那么结婚两三年了，好容易盼着夫人怀了孩子了，肚腹成形，尉迟恭非常高兴。

在那个年月，都是重男轻女，尉迟恭就说：“但盼着生个男孩子，能够传宗接代。”

为了纪念这个事，尉迟恭现手头打了一对宝鞭，这对宝鞭千锤百炼，打完了之后，这个外形是一模一样，就是这鞭把上有点区别，他找念书的人提的字，一把鞭上提的是“尉迟”，就他这个姓氏，尉迟是复姓。另一把鞭提的是“宝林”

二字，完事之后，他拿给夫人看，夫人看完就乐了，说："宝林是什么意思？"

尉迟恭也乐了："夫人，倘若生下男孩，这把鞭就给他！另外这把鞭给我，我们爷俩儿一人一把。如果生女孩子，那是外姓人，那就算了。"

没隔了两天，打起大仗来了。那个年月，刀兵四起，狼烟滚滚，天下大乱，连土匪带军兵，兵匪一家，也分不出个数来，这个日子没法过了！铁匠炉也关了张了，尉迟恭是决意投军，在临走的时候跟夫人说："没等你生下孩子，我就要走了。夫人，我带一条鞭走，给你留下一条鞭，就是带宝林的这个字样，将来生下女孩不管，剩下男孩，你把他抚养成人，拿着这条鞭好去找我。因为战争年月，天南海北，各自一方，怕找不着啊！隔得年月久远了，怎么办呢？以鞭认人，拿鞭去了，那就是我儿子。"

千叮咛万嘱咐，夫妻二人洒泪分别。后来尉迟恭，投了军了，先投靠的是建成、元吉，被这两小子给打出来了，后来又投靠了鸡冠子王刘武州，做上了大将。那么做大将之后呢，尉迟恭还惦记夫人，就派军兵回梅家庄接夫人去，结果接人的人回来哭着说："夫人没影了，那庄子被军兵夷为平地，据说那的老百姓全都死了。"

为此事，尉迟恭是放声大哭，认为梅氏夫人死在乱军之中，那孩子也没见着。他难过了三天三夜，随着日月的消磨，尉迟恭不能不成家立业，后来才娶了黑白二氏夫人。其实呢，梅氏夫人没死，因为呀，来了伙土匪把她给劫持了，这土匪一看，梅氏夫人还年轻，有几分姿色，就献给头领。这头领就是白狼关的总兵刘国祯，那阵儿他是个贼匪的头子，还没做总兵官，他一看，非常高兴，把梅氏给收留了，要强迫成亲，可梅氏夫人誓死不从，手里拿着把剪刀对着哽嗓咽喉，说："你要逼迫我，我就自杀！要叫我嫁给你，可以，有条件，我肚子里的孩子是我的骨血，我必须生下来。你要爱惜这孩子，我才能嫁给你，不然，我死路一条！"

刘国祯还是真情实意，后来慨然应允，这孩子就生下来了。这就是尉迟恭之子，尉迟宝林。那么当时刘国祯，那是他娘的丈夫，所以就姓人家的姓，叫刘宝林，这名都是梅氏夫人给起的，还叫这名字，那就是纪念自己的丈夫。这刘国祯对宝林还真疼爱，他也没有三妻四妾，跟梅氏夫人一心一意，那么这个孩子跟自己的差不多少，非常疼爱。梅氏夫人，也不说这孩子是谁的，刘国祯问了几次夫人，只是说："哎呀，他亲爹是个铁匠。"

姓字名谁，一字没讲，刘国祯也没深问。光阴似箭，日月如梭，一转眼十九年，现在宝林虚岁就是二十岁，现在是大小伙子了，可是夫人从来没跟他说过。如果就这么下去，这件事就埋藏心底，带进棺材，没想到世界的事变化万千，怎么能想到丈夫尉迟恭在唐朝做了大将？这次领兵带队攻打白狼关，在这么个节骨眼，夫妻要见面。那么夫人就不能不说了，为什么她问宝林问得那么仔细，说尉迟恭多大年纪？长得什么样？说话什么口音？哪儿的人？干什么的出身？她是有用意的，宝林不知道。现在看来，错不了了，夫人哭着把以往的经过讲述一遍，宝林在旁边一听，如醉如痴，木雕泥塑一般，好半天才喘过这口气来："娘啊，这是真的？"

"儿啊，千真万确，娘能骗你？"

"这么说，尉迟恭是我亲爹，刘国祯是个土匪，霸占了娘？"

"正是如此！"

"好小子，我岂能与你善罢甘休！"

说着话，往外就走。夫人吓得一把把他拽住："儿啊，慢！你要上哪儿去？"

"我找这贼刘国祯，我报仇去！"

"慢着，孩子，不能胡来呀！你要这么干，就引来杀身大祸，连娘带你，都活不了！"

"那你说咱就这么忍气吞声不成？"

"非也！你要冷静冷静，听娘跟你讲。"

"娘，您说吧！"

"娘替你谋划好了，现在呢，最后再验证一下，因为世界上的事变化万千，万一错了怎么呢？明天你假装没发生任何事，你见着刘国祯，你还请令出战，再见见尉迟恭，然后你拿着这把鞭，找个没人的地方，你们对对鞭，你看看娘说得是真是假？你再仔细询问询问。如果尉迟恭一点错也没有，果然就是你爹，那你就得献关投降，借助唐兵唐将的力量，才能给咱家报仇。我不管你用什么办法，你把唐兵引进白狼关，然后再杀刘国祯，再给娘、给你报仇，这才行啊！儿啊，你看怎么样？"

"哎呀，还得是我娘深谋远虑。娘，就听您的！我就这么干！"

"儿啊，事关重大，千万不要掉以轻心，娘不放心的是你太年轻了，火性太壮，千万要冷静，不要露出任何声色。"

"娘，您放心，我不是孩子，不是演戏吗？我会！"

娘俩共同吃完了晚饭，宝林这才回到白狼关。这一晚上，翻来覆去睡不着，心说：闹了半天，尉迟恭是我亲爹，我认贼作父，这些年叫爹叫得这么甜，管贼叫爹了！刘国祯哪刘国祯，我不杀你，誓不为人！

宝林昏昏沉沉睡着了，这一晚上，说胡话，做噩梦，打梦拳，睡得可太不好了，第二天形容憔悴，勉勉强强支撑着，顶盔贯甲、罩袍束带、系甲搅裙，周身上下收拾好了，挎着宝剑，背着鞭，来到帅厅。等进来一看，刘国祯这身体恢复得好多了，坐那块正品茶呢，师爷、偏副将陪着谈心。一看宝林进来，刘国祯是满面赔笑："哈哈，儿啊，怎么不多睡一会儿？"

"爹，我心里有事，我睡不着。"

"过来，我看看我看看！哎呀，气色不太好，眼珠子通红啊！没睡好觉还是不舒服？"

"爹，我没睡好觉。"

"为什么？"

"因为我打了胜仗了，有点兴奋。我就想这阵前立功，如何大败唐军，这么想，那么想，我就没睡好。"

"哈哈！好孩子，跟爹年轻那时候一样，我也是禁不得好，禁不得坏，有点好事也睡不着，有点坏事也睡不着。这路是我走过来的，孩子，下边休息去吧！"

"爹，大敌当前，怎么能休息？兵法云，兵贵乎神速，现在卧榻之旁，岂容猛虎酣睡呀？现在兵临城下，咱能这么安闲？"

"那你说怎么办？"

"爹，我打算讨支令箭，出关去战黑贼尉迟恭，击退唐兵，以解白狼关的围，不知爹爹愿意不愿意？"

"好孩子！有志气！这才像我儿子呢。儿啊，哎，我看算了吧，白狼关易守而难攻，他就几万人，我就叫他随便打，他也打不进来。等粮饷耗尽，自然就退兵了，何苦冒这风险？"

"爹，这就不对了，咱应该采取主动啊！哪能叫他这么逼着？爹，我想出战！"

"好吧！既然你愿意，为父自然是高兴，我在关上给你观敌瞭阵。宝林，给你五千军兵，出城去吧！"

"多谢爹爹！"

"注意啊！千万多加小心。"

"我明白！"

刘宝林认镫搬鞍，飞身上马，带着五千军兵，三声炮响，关门大开，就杀出白狼关，在两军阵前讨敌骂阵，口口声声要见尉迟恭。尉迟恭打了败仗，肩头受伤了，回到军营紧皱眉头，也是唉声叹气。尉迟恭觉得憋气，败到一个小毛孩子手里？可郎中一给他验伤，伤不那么重，皮里肉外，筋骨未动，过那么十天半月，也就能康复了。就这阵儿，活动活动也不碍事。也搭着尉迟恭皮糙肉厚，上了点止疼的药，包扎完了，一切如故。程咬金就乐："我说大老黑，我发现你最近这两年不干别的，总是唉声叹气的，这算得了什么呢？胜败兵家之常，你干吗这样？"

"我说老伙计，我他妈败到一个毛孩子手里，我觉得窝囊！"

“那你窝囊什么？英雄出少年，人都有老的时候，年老不讲筋骨为能。你还觉得你年轻那会儿，什么日抢三关，夜夺八寨，打三鞭换二锏，那什么时候？现在什么时候？算了，别较劲儿，不服老不行。我说大老黑，我看这么办得了，咱马上向皇上说明实情，请皇上增派援兵，你看如何？”

“哎，别，你这是馊主意，刚受挫就请援兵，那何苦来的？显见你我太没能耐了！你讲话了，胜败乃兵家常事，等我伤养好了，我还要在关前决一死战！不拿下白狼关，我誓不为人！”

“呵呵，行，真有点志气。那但愿如此，行，我陪着你。”

正说着，报事的进来，说：“昨天那小孩儿，叫刘宝林的，讨敌骂阵，口口声声指名点姓，叫尉迟将军出战。”

尉迟恭一听：“什么？小兔崽子，他还得寸进尺！我叫他知道知道我的厉害！带马抬矛！”

程咬金不放心，跟着观战，点兵三千，在营门外列队。尉迟恭立马横矛一看，正是那个刘宝林，仇人见面，是分外眼红：“小兔崽子，你吃惯了甜头了！爷爷今天要报仇雪恨！拿命来！嘚！”

“踏踏踏！”马往前催，挺矛便刺，宝林就跟他斗到一处了。您说邪门不？什么是血缘的关系？今天跟昨天截然不同，昨天动手，横眉立目，宝林一心眼地想立功，要把对方置于死地。今儿个知道，面前的是爹，而且是亲爹，他心里的想法就截然不同了，别看打着仗呢，眼含痛泪，心说：爹呀，跟你动手的是你的骨血，是你儿子！现在你还蒙在鼓里不知道。哎呀，我这一肚子话，得找个地方跟我爹说一说呀！我娘为了谨慎起见，还得再核对一下，以防万一。

打斗到三十多回合，宝林一看，这说话不行，偷眼观瞧，刘国祯率领偏副众将，都在城楼上站着呢。他不放心，给宝林观敌瞭阵。哎，他一看，北面有片树林，上那儿说去吧！想到这儿，虚晃一枪，是拨马便走，奔树林就下去了。尉迟恭一看，怎么打着打着，败了？小娃娃，你体力不支了，你往哪走？我非报仇不可！

“小兔崽子休走！拿命来！”

他是催马便追。一前一后进了树林，宝林一看，这个地方保险了，既看不见，也听不见，他赶紧把战马带住，一抬腿把大枪挂上，把鞭拽出来，在这等着。时间不大，尉迟恭进来了，尉迟恭一看，你把我引到这来干什么？莫非四外有埋伏？但凭经验判断，不像有埋伏。

“娃娃！拿命来！着枪！”

“噌噌噌”，就是几枪，宝林是左躲右闪，最后一伸手，把尉迟恭的枪杆给抓住了：“慢！尉迟将军先别打，我有话说。”

“两国仇敌，有何话讲?”

“尉迟将军，你别着急，有仗不怕打，我把几句话说完了，再打也不晚。”

“那你说吧，什么事?”

“请问将军，您究竟是哪儿的人?”

尉迟恭本来不想说，两国的仇敌，你问这有什么用？后来发现这个孩子眼里含泪，要哭那个样，而且处于至诚，尉迟恭觉得这里头有文章，说吧！

“我呀，祖籍山西朔州麻义县的。”

“噢，您过去的职业是什么?”

“打铁的，我是铁匠出身。”

“那您这手艺跟谁学的?”

“梅家庄有个老梅头，手艺不错，我跟他学的。”

“那么后来怎么样了呢?”

“你问这干什么?”

“将军，你能不能告诉我？我有事，请您耐心地回答我。”

“啊，是这么回事儿，老梅头有个女儿，后来看我不错，把他女儿许给我了，我们结为夫妻。老梅头死了之后，铁匠炉就归了我们夫妻了。”

“那么我再问问您，你们后来怎么分的手?”

“哎呀，兵荒马乱，战争年月，铁匠炉干不下去，生活也难以维持，我就投军了。”

“您的夫人呢？那梅氏哪儿去了?”

“哎呀，这话说起来话长了，当然她怀揣六甲，肚腹成形啊！怀了孩子了。本来我不忍离去，但是环境逼迫，没有办法，我们分开了。以后听说她死在乱军之中，再也没见着面。”

“噢，您给留下什么标记没有?”

“哎，有！我打造了一对铁鞭，镀了金水，一把鞭给了我夫人，一把鞭我带着。”

“那鞭上可有记号?”

“有啊！我这把鞭有‘尉迟’二字，另一把鞭有‘宝林’二字。”

“将军，你看看，我这个鞭是不是你的?”

宝林说到这，把金鞭往前一递。尉迟恭感觉着纳闷，接过来跟自己这条鞭一对，呀！这不当年我打造的吗？上头有“宝林”的字样。

“我，我说这怎么回事儿?”

“老人家呀，现在您还不明白吗？您的夫人没死，梅氏夫人不但没死，活得还不错，她肚腹里的孩子已经降生了，就是我呀！我为什么叫宝林呢？这是我娘给我起的名。我娘没死的原因，是被刘国祯给霸占了。我娘并非贪生怕死，水性杨花，为了保护我的安全，迫不得已，这给老尉迟家留个后代，所以才活到今日，我们娘俩都在白狼关呢！刘国祯就是我的养父，这就是以往的经过。爹呀！您是我亲爹！我是您儿子！"

到了这个时候，英雄气短，儿女情长，尉迟恭如梦方醒，从马上就摔下来了："我的儿！"

对鞭认父，爷俩儿抱头痛哭，一边哭着一边诉说往事。尉迟恭顿足捶胸："哎呀！我认为你娘早不在人世了，没想到她还活着！儿啊，苍天有眼，该着咱们一家人团聚！你娘可好？"

"我娘还行吧，不过身体多多少少有点弱，经常发病。"

"是吗？我恨不能肋生双翅，见着你娘！我的儿啊！刘国祯对你们怎么样？"

"爹呀，您别生气啊，刘国祯不管怎样，把儿养成人，对我十分钟爱，对我娘也不错。不过他们感情不和，经常分居，现在我才找出毛病来，闹了半天，我娘心里就怀揣的是您！根本没有这个刘国祯！难怪他们分居。"

"行，我都清楚了。"

爷俩儿正这在叨咕的时候，就听树林外头有人喊了一声："哎！你们说的话我全听见了！闹了半天你们是父子，我要去告发！"

这一句话，把这爷俩儿可吓得不轻，赶紧甩脸握兵刃观瞧，一瞅，来者非别，正是程咬金！程咬金给尉迟恭观敌瞭阵，后来发现这一老一少，一前一后进了树林了。程咬金不知道怎么回事儿，他怕尉迟恭吃亏，在后头就追下来了，侧耳朵一听，听明白怎么回事儿了，故意喊了一声，开个玩笑，把这爷俩儿吓得可不轻啊！等程咬金进了树林了，用手一拍尉迟恭："我说大老黑，你服高人不？你还记得不？昨天的时候我都说了，我说这孩子长得怎么那么像你，备不住是你儿子吧？你看这模样，好像从你脸上扒下来的相似！让我一语道中了吧？"

尉迟恭也乐了："宝林，还不过去见过程老伯？这是我过命的老朋友！"

尉迟宝林跪倒施礼，参见了程咬金，老程是非常高兴："孩子，起来起来，有其父必有其子，老天爷睁了眼！哈哈，我太高兴了！好孩子！不过孩子，咱们在树林里，多加谨慎，以防刘国祯派来细作，探听虚实。咱长话短说，就此结束。"

"对！"

"这么办，宝林，你有计划没？既是咱一家人了，你不能认贼作父了，怎么献出白狼关，怎么把唐军引进城去，你说说！"

"这样吧，今天我先回去，我做个准备。咱们定好了，二更天左右，我爹和您率兵攻打白狼关，火力要猛，要真打，这一打起来，刘国祯肯定率部守城，趁着混乱之际，我请令出战，刘国祯肯定听我的话，我把城门打开，假装出来厮杀，结果我这是假的，然后把你们引进城中，你们不就进了城了吗?”

“哎！这主意不错呀！行，孩子，二更天咱不见不散。”

“您放心吧，肯定我得有动作!”

哎呀，尉迟恭拉着儿子的手：“宝林呢，你一个人，人单势孤，多加谨慎，爹不放心。”

“爹您放心，万无一失，这事就交给我吧!”

就这样，他们拍了板了。程咬金就说：“咱这么走，也得引起刘国祯的疑心来，这么办，宝林，你在头前跑，我们在后头追，假戏真唱。如果刘国祯问起来，你就说，你把尉迟恭引进松林，打算把他生擒活拿，没想这个计划让程咬金给破坏了，现在他们两个人打我一个，我不是对手，故此败下来了。你听这么说怎么样?”

“行，就听伯父您的!”

三个人都上了马，宝林在前，尉迟恭、程咬金在后，这一出了树林，奔战场，这戏就开始了，程咬金比谁吵吵得都欢：“小兔崽子拿命来！我看你哪儿跑!”

尉迟恭也喊：“小娃娃，你想动用诡计，你休想！我这么大的年岁，能上你的当吗？留下命来!”

“咵咵咵!”到了白狼关下。

紫面天王刘国祯一直率人观敌瞭阵，一开始他还挺高兴，后来发现宝林奔树林跑下去了，尉迟恭紧追不舍，他这心一下提到嗓子眼，心说：这孩子怎么了？看那样，招数也没散乱，也不至于打败仗啊！他怎么跑了？噢，备不住有他自己的打算，使用什么办法，活捉尉迟恭。备不住啊！左等不回来，右等不回来，他就更不放心了。论理，应当开城门去看一看，给儿子打个接手，但又一想：哎呀，不能去呀！关门一开放，倘若唐兵乘虚而入，岂不因小失大呀？因此他是左右为难。后来一看，还没回来，他一想：爱怎么着怎么着，我得看看去。刚吩咐人带马这么个工夫，有个副将用手一指：“大帅您看！回来了！少帅回来了!”

刘国祯探身往外一看，可不是吗，就见宝林在前，离着一箭之地，是尉迟恭和程咬金，两个人是双双追来呀。宝林一边跑还一边喊：“爹爹开城啊！爹，快开城!”

刘国祯一声令下：“快，放吊桥开城，放我儿进来!”

就这样，城门开放，放下吊桥，尉迟宝林进了白狼关，然后吊桥高挑，关闭了城门。刘国祯吩咐人等，开弓放箭。尉迟恭和程咬金一看，这戏演得成功了，就这样，收兵撤队。单等二更天，攻打白狼关。尉迟宝林进城之后，在帅府下马，这阵儿刘国祯率着偏副将，也回到帅府了。这刘国祯真疼这尉迟宝林，拉着宝林的手："孩啊，受伤没？"

"没有。"

"哎呀，把我都吓死了！怎么回事儿？你进树林干什么？"

"咳！别提了，我一看这尉迟恭不好对付，我打算把他骗进树林，把他生擒活拿。我计划得挺好，可正这么节骨眼上，程咬金来了，整个计划叫他破坏了！他们俩打我一个，我双拳难敌四手，就这么，计划没成功。"

"行，孩子，你能完整地回来，一点没受伤，这就老天爷睁了眼了。孩子，你越来越成熟了，越来越讨人喜欢了，下面休息去吧！"

"谢爹爹！"

宝林咬着牙退出来，然后上马到后关去见他娘，梅氏夫人翘首以待呀！那心就乱成了一锅粥了，等啊等啊，一看儿子平安回来了，夫人这才放心："儿啊，两军阵前战势如何？见着尉迟将军了？"

"娘啊，我就想告诉您，是这么回事儿。"

宝林极其兴奋，把经过讲述一遍："的确，他是我爹，一点差也没有，我们爷俩儿对鞭认父，骨肉团聚。当提到您的时候，我爹哭得才惨呢！娘啊，我爹可没忘您，一点都没忘啊！可见你们夫妻的感情十分深厚。我爹说了，恨不能肋生双翅，飞到您面前，咱一家团聚。娘啊，好事就在眼前，咱们眼看就要团圆了！"

夫人点了点头，眼泪淌下来："谢天谢地呀！儿啊，那么怎样才能骨肉团聚呢？"

"娘，我们都商议好了，今天晚上二更天，唐兵攻打白狼关，我呢，请令出战，这也是假的。我出去干吗呀？我不是打仗，我把我爹还有我程老伯接进白狼关，到那会儿，咱大仇不就报了吗？等我爹进了关城，还有刘国祯的好吗？"

"噢，儿啊，越是在这个节骨眼，越要谨慎哪！娘都吓死了！"

"哎，娘您放心，万无一失！你儿成熟了，我是成年人了，肯定不能出乱子。"

娘俩分开，哎，宝林刚要走，夫人又把他叫住了："你等等，娘的话还没说完呢。"

"娘您说吧！"

"儿啊，你爹进关之后，你要服侍你爹，孝顺你爹。你明白吗？"

"瞧娘您说得，那是爹，我能不孝顺？孝顺父母，天经地义的事，还用您嘱咐？"

"要在你爹左右，不要惹你爹生气，你懂吗？"

"懂！"

“你爹是个粗人，他的心很粗，有想不到的事情，你要替他想着。”

唉？宝林一听，怎么回事儿：“娘啊，有您在身边照顾呢，这事您交给我干吗？娘这话什么意思？”

“啊，当然我也惦记着，你也得想着，你讲话了，你是成年人，应当替父母分忧。”

“哎，我知道我知道。娘啊，还有事没？没事我走了，我得做准备去！”

“儿啊，去吧！”

说着话，宝林刚走两步，梅氏夫人又撵上来了：“等一等！”

“娘，还有事？”

“没了，走吧！”

宝林心说：我娘是有病啊？备不住激动的。他也没细心去想，上马回到白狼关。宝林等啊等啊，盼啊盼啊，好不容易盼着黑了天了，后来掌了灯了，他是饱餐战饭，在自己的房间里周身上下收拾个紧衬利落，什么佩剑、宝鞭、匕首、弓箭，都准备好了，等啊等啊等，一直等到二更天，心说：怎么还没动静？时间到了，莫非我爹和程老伯改变主意了？正在这么个节骨眼上，就听见山崩地裂一样，“咚！嗵！”

“嗵嗵嗵嗵！”

哟！炮声！他到院里，侧耳一听，可了不得！就外头，喊杀之声是惊天动地！

“冲啊！”

打起来了，看来我爹和老伯按计划行事了，我得去看看。他飞身上马，赶奔帅府，等来到帅府一看，刘国祯披挂整齐，正召集紧急会议，有个传令兵往外走，宝林往里走，撞了个满怀。传令兵一看，赶紧跪下：“少帅，对不起，我奉大帅之命，去请您去，没想到您来了！”

“滚！”

宝林把传令兵打发了，迈大步赶奔帅厅：“爹，我来了！”

“儿啊，来得正好，你听听，唐军攻城十分猛烈，出乎我的意料！我正开会研究对策呢，儿啊，你看看应该怎么办？”

“那您开会是怎么商议的？”

“大伙儿的意见，死守白狼关，不要出战，白狼关易守难攻，我们只要把城池守住，我想他进不了城。大家的意见都趋于一致，你看呢？”

“爹，我看不然，咱应该采取主动，就等着挨打，什么能耐？我打算请令出战，杀退敌兵！”

“哎呀！儿啊，那可太危险了！黑天交手，眼目不便呢！我看算了。”

“爹，您说错了，咱们眼目不便，他也一样，咱看不清，他也看不清，这样被动挨打，不是长策，反而助长了他们的威风，灭了咱自家的锐气。儿不才，一鼓作气，杀退敌兵。如不能达到目的，甘当军令！爹，让我出城！”

“这……好吧！孩子，爹相信你！不过还是那句话，黑天打仗，诸多不便，你要多加谨慎！”

“儿明白！带马抬枪！”

马匹带过，大枪抬过，尉迟宝林飞身上马，率兵三千，开城门放吊桥，杀出白狼关。刚一过吊桥，正遇上尉迟恭，一开始，假打假战，宝林偷眼一看，没人跟踪，这才把声音降低：“爹，万事俱备，只欠东风，跟我进城吧！”

“儿啊，都准备好了？”

“都准备好了，我娘就等着您呢！我在前头败，您在后边跟着，咱进城！”

说着话，一拨马，率领军兵往城里就跑，他故意把这速度放慢点，等着后边的追兵。守城的军兵一看，这这……抓瞎了，眼前是自己的人，又不敢开弓放箭，又不敢扔滚木礌石，怕自己的人受伤。等后边追上来，怎么办？这么一耽误啊，宝林上了吊桥，进了城了，尉迟恭一马当先，上吊桥，也进了城了，紧后边唐兵唐将摇旗呐喊：“杀啊！冲！”

“哗！”

如同潮水一般，就占领了白狼关！

# 第三十七回

## 白狼关父子相聚
## 铁佛寺敌将布网

尉迟宝林倒反白狼关，按计划行事，假打假战，把尉迟恭、程咬金、唐兵唐将放进城来。这下城里可乱了套了！白狼关能有多大个地儿？上万的人马这一冲杀进来，就展开激烈的巷战！到了现在，宝林没什么隐瞒的了，把大枪一举，高声喊喝："呔！白狼关的弟兄们听真！刘国祯不是我爹，我爹是尉迟恭，现在我已经投唐了！现在唐兵唐将已经杀进城来，各位，不要再给突厥人卖命了！放下刀枪投降，我们优待俘虏！弟兄们不要打了！"

这时天已经放亮了，城头上遍插大唐朝的旗号。这些人一看，去他娘的吧！当兵为什么？就是为了填饱肚皮，谁这命都是咸盐换来的，不是大风刮来的。

"投降！投降！"

绝大部分人放下刀枪，投降了。当然，人他不一样，也有少数人负隅顽抗，那下场可想而知！单说这阵儿，大家攻到帅府近前，有人撒脚如飞，给刘国祯送了信了。当刘国祯听说唐兵进城了，吓得魂不附体！

"呀！怎么可能？"

"大帅，您可别生气呀，怪只怪少帅把您给出卖了。"

"放屁！我儿子能出卖老子吗？"

"他说他不是您儿子，是尉迟恭的儿子！"

"哎哟！"

尽管刘国祯还不知道怎么回事儿，但他预感到情况不妙，吩咐手下人："赶紧抬枪备马！"

本来他这伤还没好，带着亲兵卫队，上马之后，赶奔城门。刚到钟楼大街，迎面正好碰上尉迟宝林和尉迟恭，他一看是尉迟宝林，不知道说什么好了："儿啊。"有点没底气了。

宝林一看是他，这火就压不住："刘国祯！好贼子，我是你儿吗？我是你祖宗！我娘被你霸占了，忍辱负重二十年，我认贼作父，今天终于认祖归宗，我们一家人团聚了！小子，这就叫该报没报，时刻没到；时刻一到，一切全报！拿命来！”

催马挺矛，直奔刘国祯。到了现在，这刘国祯手脚冰凉，又羞又恼，又怕又恨：“你，哎呀！”

“突突突突！”身上跟触电了一样，您说这仗还打得了吗？何况他还受了伤了，十几个照面，叫尉迟宝林这一矛，正扎他嗓子眼上，“噗”，就这一下，他惨叫一声，栽于马下，手刨脚蹬，临死之前还说那么两句话：“咳！千不该万不该呀！没活够啊！”

刘国祯最后一蹬腿，咽了气了。尉迟恭还不解恨，照他这身上，“噗噗噗”，又扎了那么几下，一看他死透了，这才纵马往前走。没到中午，唐军就接管了白狼关，死了一部分人之外，大部分全都投降了。程咬金赶紧命人出榜安民，维持社会治安，不要惊扰了老百姓，该干什么你们还干什么，我们是爱护老百姓的。老百姓是皆大欢喜，奔走相告。宝林拉着尉迟恭：“爹，您放下手边的事，跟我走去见我娘去！”

“你娘现在何处？”

“在家呢！”

“离这多远？”

“出白狼关，在后关呢，离这三里地，催马就到。”

“哎呀，我这手边这些事，俘虏、东西……”

程咬金一听：“拉倒吧你！你装什么假正经？这些事都交给我了！快去吧！啊！我那弟妹等你呢！”

尉迟恭点了点头：“那老程，就拜托你了，我可走了！”

带了八名亲兵，爷俩十个人，出白狼关，赶奔后关。到宅院前赶紧下马，宝林在头前走，尉迟恭在后头跟着，这阵儿心紧张成一个儿了，尉迟恭还想呢：跟夫人分手二十年了，她现在什么样了？还认得我吗？如果没人介绍，能想起我是谁来？想起过去夫妻的恩爱，真是柔肠百转哪！说时迟那时快，到了内宅了，宝林一看，门关着呢：“娘，我爹来了！”

结果用手一推这门，门关着呢，推两下，没推开，尉迟恭到近前：“你娘就住在这儿？”

“啊！她，她怎么把门关上了？备不住寻思爹您来了，她换换衣服，化化妆。”

尉迟恭也敲了几下门，毫无反应，他感觉到这里边有事，用肩膀子一扛，“咔吧”一声，门开了，进屋一看，爷俩儿全傻了，闹了半天，梅氏夫人穿的是干干净净，头梳得溜光水滑，业已悬梁自尽。上吊了！哎呀，把这爷俩儿可吓坏了，赶紧抢救啊！为时已晚，手脚都凉了，身体都僵硬了，看来已经时间不短了。就这样，宝林哭了个死去活来，尉迟恭以头杵地，觉得对不起夫人，这么大的英雄，咧着大嘴也哭开了，亲兵也掉眼泪。那位说这夫人真想不开，上哪儿门子吊啊？一千三百多年以前，封建社会，当女人的讲的是三从四德呀！受那种封建礼教的约束，她觉得失身于贼，我失身了，跟贼过了二十年，对不起丈夫，那么当初有借口，为了孩子，现在丈夫回来了，骨肉团聚了，我哪有资格再见我的丈夫？对不起！我就以身殉节。这些话咱不必细说了，哭了多时，止住悲声，尉迟恭吩咐一声："买棺椁，把夫人装殓起来！"

往哪埋呀？又不是祖坟，找块地方先埋了吧。将来仗不打了，然后起棺椁送回原籍，好入祖坟。当程咬金得知这个信，老程也哭了："呀！怎么这样？看来梅氏好人哪！"

全军举哀，战争年月，一切从简，还打着仗呢，一切都完事了，入土为安。没三天，皇上、军师来到白狼关，程咬金、尉迟恭、宝林赶紧接驾，这个帅府变成临时的王宫，李世民在众人陪伴下，升坐宝殿。那位说这就是宝殿？啊，皇上在那待着，那就是宝殿，哪怕是土坯楼的房子，那也就叫宝殿，分谁住。众人参拜已毕，尉迟恭、程咬金双双报捷，把这个经过一五一十讲述一遍，当提到对鞭认父这件事情，唐王李世民深受感动，也掉了泪了，咳！人这一生，悲欢离合啊，看来真叫人伤感。安慰尉迟恭，安慰宝林，最后他拉着宝林的手，端详了半天："孩子，你娘虽然死了，你爹还在，不要太伤感。"

"陛下，您放心吧！难过是自然的，但是我是男人，我能挺得住。"

"好孩子，有出息！今后跟着你爹，在两军阵前建功立业，朕绝不辜负于你！特加封你扬威将军之职！"

皇上说话了，一句话加封了，扬威将军。宝林赶紧跪倒谢恩，军师吩咐一声，全军祝贺，放假三天，利用这个机会，李世民带着满营众将，到梅氏夫人坟前去祭拜。尉迟父子深受感动，说李世民是明主。

一切的事情全过去了，还走入正辙，仗还得打，白狼关拿下，下一步怎么办？得赶奔金锁关，一共是五关，这五关拿不下来，到不了突厥的京都，所以硬仗还在后头。李世民主持军事会议，大将全都参加了，究竟谁去打金锁关，苏定方说得挺清，金锁关的两个主将，大帅叫武国龙，副将武国虎，亲弟兄，这哥俩儿号称龙虎二将军，有举鼎拔山之力，三万军兵在金锁关镇守，也是一场硬仗啊！那么派谁去合适呢？尉迟宝林站起来了："陛下！军师！小将不才，愿请令出战，攻打金锁关！"

年轻人，这种事就得往前抢。李世民高兴得点点头："孩啊！非你莫属啊！宝林，我给你大军一万，派副将八名，陪着你赶奔金锁关。但是考虑到你还年轻啊，我派个人给你参赞军机，各位，谁陪着宝林去？”

言还未落，程咬金站起来了：“哎，陛下，我看我最合适，一老一少啊！我陪着宝林打这场硬仗。”

唐王点了点头：“王兄，非你不可呀！咱们君臣想到一块了！就这样决定了，你们明日就可以起身，朕在后面筹措粮草。”

这事定了，当天晚上尉迟恭找儿子谈话：“儿啊，你初出茅庐啊！现在是独当一面，千万留神注意，别给咱们爷们脸上抹黑。既然你自己请令出战，无论如何要打个漂亮的胜仗，听没听见？”

“爹您放心，没三把神砂，不敢倒反西岐，原来我跟刘国祯镇守白狼关，我认识武国龙、武国虎，这两小子好对付，我心里有数。”

“那就行，多加谨慎！有事多多请示你程伯父，他是老成练达、经验丰富。”

“我知道，有他老人家跟着我，一百个放心吧！”

当天晚上无话，到了第二天，一万大军祭旗出发，浩浩荡荡赶奔金锁关。宝林和程咬金，爷俩儿是并辔而行，一边走一边唠扯，宝林刚过来，很多情况都不熟悉，程咬金打开话匣子了，把所知道的，以及自己露脸的那些事，一扑一解，讲得详详细细，把宝林听得乐得肚子疼。

说话之间到了金锁关外，炮响三声，安营扎寨，立辕门、挑壕沟、布鹿角、插大旗，一切全安排好了。这个消息就传到关里，就传到关里武氏弟兄耳朵里。武国龙、武国虎一听，兵临城下了，急忙召集紧急军事会议，军师刘同，大将赵哲、黄守义、高起夺、李仪，都参加了。武国龙当众宣布：“各位呀，敌军来者不善，善者不来，白狼关新破，他们斗志旺盛，奈何呀奈何？争求大伙儿的意见，怎么能守住金锁关？”

大伙儿七嘴八舌的，说什么的都有，军师刘同始终没表态，武国龙有点着急：“军师，你怎么不言语？”

“哈哈，大帅、副帅，各位将军，少安毋躁，咱们惊慌什么呢？不必紧张，金锁关好像一把金锁，有你们龙虎二将就在这锁着，此关易守难攻。你别看尉迟恭他们张牙舞爪，李世民不依不饶，就叫他打半个月、一个月，他也拿不下这关城。我的意思，一方面赶紧修本告急，请宝康王派援兵；另一方面紧守关隘，咱们有的是粮食，城门关上，把城守把好了，万无一失。”

武国龙就说：“先生，这样坐以待毙，不是长策吧？您还有没有好主意？”

“有好主意，我说出来，怕大帅不采纳。”

“怎么能呢？你要是好主意，我焉有不听的理？说！”

武国虎是急脾气，把眼珠子一瞪：“有话你就说，有屁你就放！你兜什么圈子？你点子好，谁能不听？”

“好，副帅，行，我想这么办，有力使力，无力使智，看来咱们动武，不是人家的对手，咱们得动脑筋哪！离咱们金锁关不远，西山有一座铁佛寺，大伙儿知道吗？那是晋朝留下的古迹啊！咱们到铁佛寺设下伏兵，在西山周围设下埋伏，然后咱要求跟唐将谈判，咱们到西山铁佛寺去谈判去，他肯定去。他一去，哎，瓮中捉鳖，杀他个一个不剩！你看这主意多好？比死守关城还高着一筹啊！不知道元帅以为如何？”

没等武国龙表态呢，武国虎不爱听了：“我说你怎么净出馊主意？你要求谈判，人家就听你的？人家不跟你谈呢！人家不去呢，咱不白费劲儿了？”

武国龙一听，兄弟说得也对：“是啊，军师，人家要不去，咱不白折腾了吗？”

“哈哈，大帅别忘了，事在人为，事是死的，人是活的，某不才，我赶奔唐营，凭着两行伶俐齿，三寸不烂舌，说他就范，他就得去谈。为什么叫他去谈呢？大帅，咱得演出戏，就说你们哥俩儿经过研究，打算要归唐，您要投降，献关归唐，他能不高兴吗？这就是钓鱼食。那么归唐，三句话两句话，能那么简单吗？需要谈判。谈判地点就选到庙上，他能不去吗？这事您交给我，如果他不去，您要我的脑袋！我也立立功冒冒险。”

在场的众人一听，无不动容啊！一看军师来了劲儿了，武国龙点头：“军师，你要亲自去一趟，此事成矣！”

“行啊！那咱们什么时候准备？”

“大帅，现在就着手准备，我敢保万无一失！您知道来的是谁吗？来的是一老一少，那毛孩子是尉迟宝林，那小娃娃懂得什么？胎毛未褪，乳臭未干，经验缺少。程咬金老迈昏庸了，咱挖坑他就得跳，拴个套他就得钻，肯定此计万无一失！大帅，到时候我们大家要热烈庆贺！”

一切就绪，第二天他带了四名亲兵，开开金锁关的城门，赶奔唐营，三里地眨眼就到了，到了唐营辕门外头，被巡逻的哨兵发现了，张弓搭箭：“别动！站住！干什么的？”

“嗷”这一嗓子，刘同赶紧站住了，把双手高高举起，四名亲兵也把手举过头顶，刘同就说：“弟兄们，别误会啊！我们是金锁关来的信使，我们送信来的，没有敌意！”

两国相争不斩来使，这有规定。当头的先过去了，搜查搜查，有带尖的、带刃的、麻花的、拧劲的，凡是属于武器一类，全没收了。搜了搜，没旁的：“跟着往里走，走！老实点啊！”

“是，我一定按规矩办事。”

五个人鱼贯而行，进了唐营，站着等着，他们靠边站着，有人监视着，当头的到中军宝帐去送信。宝林和程咬金还没开兵见仗，爷俩儿正商议呢，这金锁关怎么个打法？动用多少兵力？是强攻还是有其他的战略战术？正这时候，报事的进来这么一说，宝林一愣啊，信使给我送信来的？一点往来都没有，送哪门子信？他想干什么？问程咬金："老伯，您看他来是什么意思？"

"哎，说不清楚，叫进来问问再说。"

"好吧！带进来！"

两旁边密排刀斧手，把刘同几个人带进来了，刘同挺从容的，脸上挺自然，带着笑容，来到公案前头，躬身施礼："各位将军在上，外官有礼了！"

宝林看了看他，没见过："你是谁呀？"

"我乃是金锁关参赞，姓刘，叫刘同，我们大帅就是武国龙、武国虎。"

"两国相争，你来干什么？"

"送信来的。"

"信在何处？"

"在这儿，您等等。"

在怀里取出武国龙那封信，双手往上一递，中军官拿过来，转呈给尉迟宝林，宝林把信展开一看，字不多，大致的意思是说：

金锁关总兵武国龙、武国虎拜在宝林将军麾下，说战争连年，百姓涂炭，实不堪目睹此惨状，但是我弟兄二人又没有扭转乾坤之力，只好俯首听命。扪心自问，我们也是炎黄子孙，总想认祖归宗，归降大唐，但机会难得啊！如今机会来了，我们哥俩儿商量好了，愿意倒戈降唐，献关投降。此乃真情实意，望将军不要怀疑。那么虽然是降唐，因为关上人马众多，不是三句话两句话能解决问题的，我们有意找西山铁佛寺，作为谈判地点，希望明日正当午时，将军大驾光临！你我如果能达成协议，我们肯定献关投诚。

上缀着千，下写着万。哎哟，这倒没想到啊！宝林把这封信看了三遍，眼珠转悠着："哎，我说刘同啊，既然你家主将想要投降，还兜这大圈子干吗？那把城门开开，把我们放进去，不就结了吗？还谈判什么？"

"哈哈，将军言此差矣，您想金锁关除了我们两个头之外，偏副战将多达百员，众口难调，说什么的都有，谁不顾及身家性命？谁不顾及自己的前程？那哪是三句话两句话就能拍板的？再者一说，城里尚有几万官兵，不是个小事情，所以必须认真地坐下来谈一谈。我方也有几个条件，如果将军能够答应，这事就好办了，献关投降也不为迟晚呢。将军哪，不要怀疑，这是千真万确的，省得翻了脸，彼此动武，杀生害命，得死多少人！将军请想一想。"

"好吧！容我三思！来人，把刘先生先请下去，好生款待，让他听信！"

有人把他带下去了，然后他转身问程咬金："老伯，你看这个事得怎么办？"

“我看什么？我还不知道怎么回事儿呢，说得糊里巴涂的！”

“对，您看看这封信。”

程咬金气得一拍桌子：“你知道我认字？它认识我，我不认识它，你叫我看什么？”

宝林也乐了：“我忘了，那我给你读一读，您听听。”

“这还差不多，读吧！”

宝林把这封信读了三遍，程咬金眯着眼睛，捋着胡须听着：“明白了！行了。”

“您都明白了？”

“明白了！”

“您看怎么办？”

“我看这事也许是真的，也许是假的，办也行，不办也可以。”

宝林一听，废话！跟没说一样！

“老伯，您说个肯定的话，我们是答应谈判，还是不答应？您怎么说模棱两可的话？”

“孩儿啊，我看这么办，咱就答应，就看西山谈判什么样它就是假的，咱还怕它？咱也不怕，就搅它个地覆天翻！它万一是真的，不就更好吗？”

“那我就听您的了，我答应去谈判，明天正当午时，赶奔铁佛寺。”

“对！答应，没错！”

“来人！请刘先生！”

刘同二次走进中军宝帐，宝林欠身离座：“刘先生，对不起，因为两国是仇敌，我不得不戒备，方才招待不周，说话有点生硬，还望刘先生担待。”

“没说得！这此事并不奇怪，那么尉迟将军，您看这？”

“我们商量过了，欢迎武氏弟兄降唐，太欢迎了！你现在就回去，你转达我和程老千岁向二位元帅的问候，你告诉他们，明日正当午时，我们必到铁佛寺，咱们不见不散！你们是真心，我们也是实意，你看怎么样？”

哟！刘同一听，心花怒放啊！心说：到底是年轻的娃娃呀，你去你还好得了吗？真是求之不得！

“多谢将军！那我就告辞了。”

“在这吃完饭再走。”

“不，以后献关投降，咱是一家人了，再摆酒庆贺也不迟。老千岁，各位，再见！明儿见！”

领着四名亲兵，他走了。等回去见着武国龙、武国虎，把这事一说，武国龙乐坏了：“哎哟！先生，你算立了大功了！那么就是一天的工夫，咱得着手准备。”

“那是啊！来了咱们措手不及，可麻烦了。请问大帅，您想怎么办？”

“你来看！”

武国龙把地图往桌上一放，偏副将官全都围拢上来了。

“大家看，这地方就是金锁关，离着城关不远，这就是西山铁佛寺，看见没？这西山有南北两座山口对不对？别的地方出入不得，我现在布下重兵，每个山口，派兵一千守把，程咬金、尉迟宝林进了山，别管他，只要他进去之后，把两山口堵死，他们是插翅难飞！咱们就来个瓮中捉鳖！”

众人点点头。

“另外看铁佛寺，这是铁佛寺，这里头还有二百多和尚，让和尚靠边站，先借用他的宝刹使使，大殿就是谈判的场所，谈判是假，把他们斩尽诛绝是真！我一共想了这么几大主意，第一，摆酒庆贺，见面，不得喝点酒，吃点东西吗？酒中有毒，菜中有药，他们不吃便罢，吃了当时七窍流血，准死无疑！程咬金、尉迟宝林，当大将的死了，群龙无首，剩下了咱怎么收拾怎么得劲儿。比方说酒他们不喝，菜也不吃，那好办。第二条，咱们交兵权，兵权是什么？大印，我把大印交给他们，大印外边有印盒，这第二条计策在印盒里头，这盒里头准备了三支毒箭，不管他们是谁，一开这印盒，‘啪啪啪’，三支弩箭射他个透心凉！全用毒药喂的，破了一点，毒贯全身，是准死无疑呀！咱们比方说，第二条也没好使，没打着怎么办？还有第三条，我还准备了精明的刺客，这两个刺客马上杀出去，杀他个措手不及！”

“好！想得周到！大帅，刺客您派谁？”

“当然有能耐的。来呀！把图氏弟兄给我叫来！”

一会儿，从外头进来两人，一个个儿高，一个个儿矬，你别看个头不一样，亲哥俩儿。这个高的叫图占魁，个小的图占元，两人长得都是满脸横肉，眼中贼光四射，一看就不是好东西。原来是干吗的？贼！江洋大盗，海洋飞贼，杀人不眨眼的魔王，后来被武氏弟兄把他们收留了，现在就作为贴身保镖。这两人可不白结，有能耐，杀人不眨眼，那得有本事！高来高去，陆地飞腾，走高楼越大厦，如履平地，横跳江河，竖跳海，万丈高楼脚下踩，这两小子的确有本事。这回用上他们了，让他俩当刺客，这叫三环套月的埋伏。如果毒箭也没好使，酒菜人家也不吃，闹翻了，把他俩放出去，一个杀程咬金，一个杀尉迟宝林。这俩人也打了包票了：“大帅你放心，这事交给我们！干别的我们干不来，杀人如同探囊取物！”

大伙儿一看，行啊！武国龙计划得真周密，让他们图氏弟兄站到旁边，武国龙接着说：“这是庙里的事，庙里头打翻了，他们得往外闯。山口出不去，另外我在铁佛寺周围，再布下精兵两千，叫他们插翅也难飞。这两千人每人发下油瓶一只，硫黄烟硝一袋，干柴一束，到时候往跟前一堆，火烧铁佛寺！水火无情，他们还往哪跑？保险之上再加保险。军师，你看本帅安排得怎样？”

“高！太高了！大帅呀，您想得比我周到多了！”

“那不要改动了，咱就这么办，明天正当午时，人家可就来了！”

“哎，是否利用这个机会，咱赶奔西山去一趟，检查检查？”

“军师说得有理，做到万无一失。兄弟，你镇守关城，我跟军师两个人去巡视巡视。”

“大哥你去吧，把金锁关交给我了！”

程咬金、尉迟宝林把刘同放走之后，宝林没经验，问程咬金：“老千岁，咱光去谈判去了，您考虑没考虑？这里头有鬼八卦。”

“嗯，咱做两手准备，一呢，但愿他真心，他如果是真心的，就不能暗算咱们，是不是？他们要投降谁，还想收拾人家，不可能。但是不能掉以轻心，人心叵测呀！咱们重点要加强防范，以防万一。明天谈判去，这么办，营盘交给可靠的人守把，咱不能棋胜不顾家。”

李学义、马忠两员大将过来了。

“学义、马忠，明天我跟宝林去谈判，这个大营的事情交给你们二位了，千万加强戒备，做到万无一失，以防棋胜不顾家，遭了突袭，明白吗？”

“明白！”

“这是一，另外咱爷俩儿身边人带多了，还不合适，谈判带那么多人，叫人家看怎么回事儿？咱们带三千人。这三千人，矬子里拔大个，带精锐部队，每人都身披细甲，暗藏利刃，得以一顶十的主，保护你我的安全。我觉得这三千人，能顶一万人使用。另外，咱身边离开人也不行，咱爷俩儿身边，最好准备三百人，清一色都是骑兵，以防万一。另外，孩子，谈判的时候，你少说话听我的，听到没有？”

“是，老伯，我嘴也笨，不会说什么，主要听您的，这出戏您唱主角。”

“哎，这就对了，还是那句话，如果他对方没安好心，咱怕他什么？搅他个地覆天翻！就凭咱爷俩儿的能耐，怕过什么？”

“是，您说得太对了。”

他们也加强了戒备。翻回头再说武国龙和刘同，到了西山铁佛寺一看，一切就绪，两人心里高兴，然后下马进了庙了。把这铁佛寺的老方丈了尘给找来了，这了尘八十多岁了，一看当兵的来了，不敢得罪：“阿弥陀佛！参见施主！”

武国龙看了看他：“你就是了尘长老吗？”

“不敢当，正是老衲。”

“我说长老，跟你商量点事啊，我们打算借你地儿使用使用，我们要跟唐营的大官在这进行一次谈判。你放心，不白使用，每天给你一百两银子。”

“多谢大帅！不过老纳还有个要求。”

“说吧！什么事儿?”

“此乃佛门净地，坚决不许杀生害命啊！大帅，可千万别在这伤人哪！要伤人流血，我没法向佛祖交代。”

“哈哈，老方丈的说得哪里话来？方才本帅说得清楚，这是谈判，这不是打仗，干什么伤人流血？不过话别说太绝了，一旦发生了冲突，在所难免。我想我佛慈悲，也能担待一二。不过老方丈的，你手下一共两百多人吧?”

“两百四十七人。”

“对，好，你告诉你手下的人，从现在开始搬到最后那层院去，派人把门守住了，一不准到前边来；二不准跟任何人接触；三前面不管发生什么事，你们也不要惊慌，听没听见？如果做不到这几点，有不听话的，出了事，唯你是问！休怪本帅翻脸无情!”

“是，谨遵大帅的吩咐。”

“你下去吧!”

老方丈没办法，奔后院去了。告诉大家：“来来，集合，都到最后一道院。”

最后的院是藏经楼，就这么个地儿，和尚们都到那了，老和尚集合起来之后，当众训话，哪知惊动了一位惊天动地的高人!

# 第三十八回

## 凭经验老程破埋伏
## 没能耐咬金遇凶险

了尘长老，心里不乐意，惹不起人家，把大小和尚二百多人凑到一块，当众宣布：“你们听话，这两天就在这院待着，在这吃，在这拉，前院可别去，谁不听话，把命搭上，我可概不负责啊！”

说完了之后，大家散了。和尚也是人呢，大伙儿听着，心里特别扭，这么大的地方你不选，怎么选我们这古刹啊？跑这会谈什么呀？哎呀，胳膊拧不过大腿啊！这和尚免不了交头接耳，议论纷纷，三个一群，五个一伙，就议论这个事。其中有个和尚叫修本，这个和尚热心肠，突然想起一件事来，他们这个庙上来了个挂单的和尚，这个和尚来了大概没二十天也差不多，是个穷和尚，还双目失明，怪可怜的，老方丈的一问他，说：“你叫什么名？”

他叫了凡，跟这老方丈的要论起来，还是师兄弟。老方丈的问他是哪儿的和尚？他说：“五台山文殊院的。”

“那你上这干吗？”

他说：“我师父死了，圆寂了，我在佛前许下誓，愿给我师父修一座石塔，没钱，就这样募化四方。现在别的地都走了，西北这面还没来过，就为此目的，在这先挂单，在这四外募化募化，筹措点钱。”

所以长老就答应了，这了凡就住到这儿了。可他双目失明，这人还有个毛病，自从住到庙上之后，大小和尚都烦他，他白天一不烧香，二不拜佛，白天你什么时候看他，什么时候他睡觉，哪那么多的觉？等到晚上人家睡觉了，他起来了，他是好动而不好静，很少在家里过夜，也不知道晚上他上哪儿去。就为了这件事，老方丈找他谈过话，就问他，说：“你晚上夜不归宿，你净上哪儿去？”

那了凡还说：“长老，我不跟您说了吗？我许下心愿了，给我原来那师父修一座石塔，那不得需要银子吗？这次我到你们西北来，认识三位财主，我答应了给三位财主家做善事，每天晚上给他家祖坟颂经。另外呢，我还懂得扎针，还有几个病人，天天晚上我去护理，所以说我才夜不归宿。”

了尘半信半疑，有心追根寻源，又一想：犯不上。因为这个了凡是五台山文殊院的，不是我们铁佛寺的人，我管得着吗？再者一说，他住不了三日两早上就走了，我惹这事儿干吗？算了，就不问了。尽管他不问，议论是依然存在的，所以大和尚小和尚背后戳他脊梁骨，就认为他不是正经人，肯定干了一些见不得人的事。小和尚修本心地良善，他觉得了凡这个人不错，双目失明，可怜不带劲的，所以想给他通知一声，这个瞎摸和眼的，再出去叫官兵把他杀了，怎么办呢？就这样，他到了屋了。一看，真猜对了，这了凡头朝里，脚朝着外，呼呼地正睡呢，小和尚摇摇头，心说：真是没心没肺！到近前，把他叫起来了：“哎！醒醒！”

这了凡被推醒来：“哎，阿弥陀佛，谁呀？”

“我！我说大师父，你睡得怎么样？”

“好香！正做梦呢！”

“正因为你睡觉，你耽误事了！方才正开会。”

“开会？什么事儿？”

“你住到我们庙上了，你得知道这个事儿，是这么回事儿……”

“这么一说，谁也不准行动？”

“对呀！你这两天最好别出门，听说山里山外都是军队，你眼目不得劲儿，再倒霉，让人家给你杀了可怎么办？你呀，就在庙上先眯个三天两日的，等事过去了，你该干什么干什么。”

“那好吧！我谢谢你，小师父啊，多谢你的关照！”

这篇就揭过去了。这有什么用？这个了凡的和尚是个了不起的高人，他说那话都是瞎话，他这失明也是假的，故弄玄虚，掩人耳目。

武国龙一切安排就绪，派人到关上，把他兄弟也接了来，武国虎带着偏副将也到了，把南北两山口检查检查，一看都准备好了，弓上弦，刀出鞘，密摆刀枪，灰瓶炮子滚木礌石，应用之物，应有尽有。心说：这回万无一失，程咬金、尉迟宝林不来是便宜，来，必死无疑！转眼之间到了第二天，又安排了一会儿，到了正午了。正当午时啊，他们哥俩儿还琢磨呢：能不能有变化？程咬金跟尉迟宝林要变卦，不来怎么办？那不就前功尽弃了吗？正这时候，有人跑来送信：“报军师！报二位元帅！程咬金、尉迟宝林来了！”

“啊！来了！现在在哪儿？”

“快到了北山口了。”

“带着多少人？”

“也不少，大概看那意思有个两三千号。”

“哼！看来他们也有准备了。不怕！再多点咱也收拾得了！哥哥、兄弟准备迎接啊！众位注意啊，好戏要开场了！假戏真唱，要逼真点，听见没？”

“听见了！”

又待了一会儿：“报！报二位元帅，程咬金、尉迟宝林快到了，离这不到半里地差不多少。”

武国龙一看：“咱这么办，出去接一接，表面上咱是降将，咱别端架子。军师，上马，走，接接去！”

武国龙、武国虎，带着刘同、几个偏副将，在庙外上马，前来迎接，跟两头往一块凑合，那还不快吗？不远，遇上了。武国龙、武国虎往对面一看，前面一匹大红马，就是卷毛兽大肚子蝈蝈红，金鞍玉辔，往马上一看，坐着个白胡子老头，这老头儿这坨，上秤称一称，能有三百多斤，这肚子大得都出号了！人没到，肚子先到了。头上戴着三扇王帽，身穿大红袍，腰束金带，内衬甲胄，靛脸朱眉，相貌凶恶，别看这么大的年岁了，脑门鼻子头锃光瓦亮，气色是相当好啊！鸟翅环得胜钩挂着车轱辘大斧子，挎着防身宝剑。甭问，肯定是程咬金！那程咬金隔着窗户吹喇叭，名声在外，提起他来，东南西北，四面八方，无人不知，无人不晓，武氏弟兄耳朵都磨出茧子来！心说：这是想当年瓦岗山的混世魔王啊！这老家伙真能活！

往后边一看，一个小伙，大个儿，二十左右岁，黑脸膛，正是尉迟宝林。过去见过，一头的，能见不着吗？只是没什么交往。一看那尉迟宝林，头顶凤翅盔，体挂金锁连环甲，外罩皂罗袍，背后背鞭，肋下配宝剑，鸟翅环得胜钩挂着丈八蛇矛。再往后看，除了偏副将，就是唐兵唐将，瘦小的精神，胖大的威风，一个个精神头十足啊！看罢多时，军师刘同催马先过来。

“吁！老千岁，哎，尉迟将军，欢迎欢迎啊！你们来得真准时啊！来，我给介绍介绍。”

武国龙、武国虎把马往前一带，刘同闪到旁边给介绍：“老千岁、尉迟将军，这就是我们的正元帅、副元帅，我先恕过罪，武国龙、武国虎，龙虎二将，都是金锁关的主将，我就在他们手下任职。我说二位大帅，这年纪大的就是鲁国公程老千岁，那个年轻的就是尉迟将军，名字叫宝林。”

大家彼此见过，这假戏得真唱，武国龙把马往前一带，赶紧躬身施礼：“哎呀呀！欢迎欢迎啊！老千岁呀，尉迟将军，有盔甲在身，不便下马施以全礼，马上一躬，二位原谅！此地并非讲话之所，咱们到庙里说话吧！里边请！”

都是武国龙说话，武国虎不言语，这小子脸沉着，后槽牙咬着，一瞅着是七个不服十个不忿，谁也没理他。就这么着，并马往回走，程咬金大肚子一腆，边走边谈，这马能快得了吗？懒翻蹄，“踏踏踏”，老程就打开话匣子了：“二位呀，看来咱有缘啊！一回生两回熟啊！那么不久的将来，咱们同殿称臣，一个锅里搅马勺，对不对？”

“是，老千岁说得对。真要有那一天，还望老千岁多加关照！”

“没说得！我你们认识？”

“哎！太认识了！虽然没见过面，您的大名我们早就知道。”

“那好，这玩意我跟你们哥俩儿说起来了，老百姓有那么句话，人老了奸马老了滑啊！你们承认不？”

“是，人上了年纪，是经验丰富。”

“对了，说得奸就奸到这，人生百态，酸咸苦辣都经历过来了，所以就说经验丰富，我可不是当着你们哥俩儿吹，我程咬金眼睫毛都是空的，随便拽下一根来，能当哨吹，你们信不？”

“那当然是。”

“想蒙我，想骗我，没门！咱们水贼过河，甭使狗刨，你一撅屁股，我就知道你拉什么屎！你眼睛一眨么，我就知道你想什么。咱举个例子说，想当年我还年轻呢，在瓦岗山做混世魔王大德天子，有个靠山王杨林，你们听说过吗？”

“听说过，那是十三杰之一，杨广的叔叔，杨坚的兄弟。”

“对了，就是他！杨林厉害不厉害？就在瓦岗山下摆了一座一字长蛇阵，说什么要把瓦岗军一网打尽，我就骑马围着那阵转了一圈，马上就知道这阵怎么回事了，回来‘啪啪啪’分兵派将，结果怎么样？大破一字长蛇阵！后来这个杨林不服劲儿，又摆下铜旗大阵，我又骑马转了一圈，明白了，所以说八锤两锏倒铜旗，又破了铜旗阵。再举个例子，扬州索玉玺的事你们听说过没？”

“听说过！”

“那就更精彩了，杨广听了宇文化及的话，怎么摆下了一座十条绝户计，十条绝户计，想把十八路反王一举全歼，够歹毒的！别的王子都相信了，唯独我没信，还是那句话，骑马转了一圈，明白了，看出是十条绝户计。我马上‘啪啪啪’分兵派将，派了十条绝户计，结果杨广死了，宇文化及死了，宇文成都死了，老杨林也归了位了。不但没害了旁人，相反把他们自己都害了。惨痛的教训！你们哥俩儿记住，千万办事不要算计人，算计人的人，迟早算计自己！这叫搬砖砸脚面，反巧弄个拙！你们懂吗？”

“哎呀，懂！”

武国龙心说话：这老家伙什么意思？好像是暗示，千万别干什么蠢事。莫非我这毒计他也看出来了？“噔噔噔”，这心就跳成一个儿了。要不怎么说贼人胆虚？他猜不透程咬金是有意的，还是无意的。说话间，到了山门，甩镫离鞍，跳下坐骑。都有亲兵，那马是大将的双腿，都得交给自己人看管。自己人过去，马匹牵走，老程带着宝林，身边带着四十名贴身保镖，其他的人都扎在庙外，宝林吩咐一声：“你们原地休息！”

“得令！”

什么叫原地休息？“啪啪啪”，金木水火土，摆了五行大阵，坐地上了。武国龙、武国虎一看，大吃一惊，心说：这事先是有所准备，军兵多而不乱，临来的时候，把阵都学会了。这五行大阵，进可以攻，退可以守，今儿这事还悬乎！心里就有点没底，但木已成舟，事到现在，只能往前进，不能往后退了。尽管这个脸上有点不自然，依然是谈笑风生：“老千岁！尉迟将军！里边请！”

说话之间，进了大殿，这大殿有一座铁铸的铁佛。要不怎么叫铁佛寺？有两三丈高，前边是神案，神案的前头摆的拜垫，现在都撤掉了，摆了两溜长桌，桌上铺的白台布，桌上两溜椅子，猩猩红的垫子，谈判嘛！就这样，尉迟宝林、程咬金、偏副大将坐了上垂手，武氏弟兄、刘同等人坐在下垂手，仆人献茶，自己的亲兵都站在背后，一个个佩剑悬刀，怒目而视，这屋里这空气就是越来越紧张。武国龙坐定之后，嬉皮笑脸喝了两口茶：“老千岁、尉迟将军，路不算远吧？您看，选择这地方谈判，还不错吧？这地方风景如画，而且十分的幽静，嘿嘿！”

程咬金是干什么的？那眼里不揉沙子，一瞅心头就一颤，哎呀！这看出来了，这小子肯定没有心投降，其中定有诡计，我要多加留神！眼睛是人心灵上的窗子，你心里怎么想，眼睛首先暴露，当官的审问犯人，先看眼睛，你眼睛对着我，你瞅着，从眼睛里能找出许多破绽。程咬金经验丰富，所以凭着直觉，就感觉到形势不太妙，就提高了警惕了。

武国龙说道：“老千岁、尉迟将军，欢迎光临，这个这么办吧，谈判嘛，咱有啥咱就说啥，弯弓射箭照直绷，有什么咱就捞干的。”

“那就说吧，你们想归唐有哪些条件？有什么顾虑？尽管直说！”

“老千岁快人快语，痛快！痛快！它是那个，讨论嘛，它这个啊，这个……”

他支支吾吾，吞吞吐吐，有些话抹不开说。他兄弟则不然，武国虎是急性子，一晃脑袋站起来了：“程老千岁，条件是有的，我先说！”

老程一看，这小子满脸横丝肉，双目凶光四射，点了点头：“请！说吧！”

“我们要降唐，起码唐天子得加封我们哥俩儿为王，不是王爷，我们不能干！头一个条件。第二个条件，王得有领地，中原大地，哪儿地好，我们就挑哪个地，不知你们意下如何？”

程咬金一听，什么？你小子是疯了，这满嘴胡说八道！因此老程把桌子一拍，眼睛就瞪圆了：“我说武国虎，你小子是说话呢？还是放屁呢？”

武国虎一听，眼睛也瞪圆了：“程咬金，你敢骂人！”

“骂你怎么样？你说当头的这么说话，这还好得了？”

各自的卫队闻听此言，“刷刷”把刀剑全拽出来了。刹那之间，大殿是气氛紧张，杀气腾腾，眼看就要开火。武国龙一看，心说：不妙，现在我定的三环套月的埋伏，还没得施展呢，哪能现在就伸手啊？因此他赶紧站起来打圆场：“别别，老千岁息怒，老千岁息怒，我说兄弟，少说两句行不？压压火行不？坐！快，大家坐！退下！”

他挥手，冲着自己的卫队一摆手，把眼珠子一瞪：“滚！都退下！”

手下人一看元帅发话，哪敢不听？往后倒退几步，收起刀剑。老程一看见缓和，回过头去冲着自己的卫队也摆手，手下人明白，各收刀剑，这气氛“刷”又缓解下来了。武国虎气得直缩脑袋，不说话了。武国龙嬉皮笑脸：“老千岁，我这兄弟从小就有病，他性情急躁，有时候他心挺好，一说出这话来，就不中听，方才言语冒犯，望老千岁、尉迟将军多加担待，总而言之，我们归唐是真心实意的，不然你说咱这干什么？兜这么大的圈子，费这么大的事儿，这是何苦来的呢？老千岁，您千万可别生气啊！”

程咬金心说：他妈这小子更难缠了！他还不像这武国虎，我要多加谨慎才是。想到这儿，程咬金也演戏：“嘿嘿，算了，谈判嘛，各自提自己的条件，能接受就接受，不能接受拉倒，这玩意也不能勉强。我倒挺欣赏副元帅直出直入，有什么说什么，算了，这篇就揭过去。”

宝林什么也没说，因为他一切都听程咬金的，他怕一句话说砸锅了，再惹出麻烦来。气氛缓和了，武国龙心里说：慢慢来，三环套月的埋伏，你躲开头一条，躲不开第二条，躲开第二条，躲不开第三条，总而言之，你们是好不了！想到这儿，又说几句闲杂，武国龙这才说：“老千岁咱这么办，咱们边吃边谈，我这没什么好吃的，也没什么好喝的，略表寸心，对你们几位是一片诚心实意。来呀！摆酒！”

时间不大，罗列杯盘，煎炒烹炸，熬炒咕嘟炖，丝片疙瘩块，美酒好吃的摆得满满登登几桌子，这好酒都用坛装着，每桌上一坛，酒杯酒盏全摆好了。

“老千岁、尉迟将军，方才我说了，咱这没什么好酒好菜，哎，咱边吃边谈，来！满酒！”

把酒给倒上了，老程提鼻子一闻，这酒气还真香，还打鼻。等酒倒完了，手下人退出，武国龙接着说：“老千岁，咱这是缘分，千里有缘来相会，无缘对面不相逢，是不是呢？别的咱先不说，先满饮此杯，怎么样？表示咱们双方的挚诚，我先敬老千岁、尉迟将军一杯，来！干！”

说着话，他举杯在手，老程把酒杯也端起来了：“好，那我谢谢了啊！我代表唐营众将，谢谢几位的盛情！干！来！”

说话间，把这个酒杯就搁到嘴唇边上。老程利用这个机会，用眼睛这么一看，他发现有点反常，武国龙、武国虎，连那军师刘同，偏副大将，都直着脖子、瞪着眼睛，盯着他这杯酒，不仅如此，每人的眼中流露出那么一种神情来，那种神情之中，包括了贪欲、恐怖，还有杀气。为什么？这杯酒是至关重要，三环套月的埋伏，这头一条就是毒酒毒菜，这酒和菜里头全有烈性的毒药，除非你别喝，你只要喝上一小口，刹那之间，七窍流血，顿时毙命！他们盼着程咬金、尉迟宝林快点喝，这种心情难以控制，所以从眼神之中就流露出来了。程咬金经验太丰富了，一生大江大浪经过了多少，什么场合没参与过？什么人没打过交道？像这种情况，也没少遇上过。老程凭着直觉和经验判断，酒无好酒，菜无好菜，莫非酒中有毒？所以他没喝，端到嘴唇边上，把酒杯他又放下："各位别急，先别急，我这人还有个毛病。啥毛病？不喝旁人的酒！自从到了京城之后呢，哎，我就喝一种酒，叫状元红，这玩意喝得入了味了，一喝旁的酒我翻心！因此今儿个来，我们自己带着酒呢！宝林，你说是吗？"

"啊！是！"

程咬金不喝，宝林也不喝，自然旁的人更不敢喝，老程一招手，让亲兵卫队把带来的酒拿上来了，也不吃他们的菜，也不喝他们的酒，自己的亲兵把酒满上了，老程一仰脖，"咕咚"，喝了一大口："对不起！哈哈！"

武国龙、武国虎和刘同一看，白玩了！哎呀！期盼着成功，它怎么这么难呢？心说：程咬金哪程咬金，真是一只老狐狸！也罢，这头一条没实现了，还有第二条，咱们慢慢来！老程，不怕你狡猾，总之你是跑不了！

武国龙一看，也满面赔笑："好，既然您不肯赏脸，那我们也就不喝了。来呀！酒宴撤下！"

撤下去了，重新泡茶，谈来谈去，话锋一转，谈入正题。程咬金就问："我说二位，既然你们诚心归唐，方才提的条件似乎不妥。漫说我们皇上不能答应，就是我也不能答应！那封王怎么能行？王是好封的？就拿我程咬金来说，开唐的大将，立下血汗战功，跌爬滚打这么多年，也无非是个鲁国公而已。你张嘴要封王，这不开玩笑吗？哪来的领地呀？如果要照这样说，咱没法再往下谈了。"

武国龙赶紧说："老千岁您别介意，方才我没解释，我兄弟他有病，所以说这话有点离题，你直当开玩笑了。其实我们哥俩儿都商量好了，我们想归唐，我们还提什么条件呢？就是做一个普普通通的老百姓足矣，而且我们归唐之心久矣，老千岁，我们没有条件，没有啊！您看着怎么办都行，唐天子怎么加封都可以，给大官自然我们习惯，官小点我们也不嫌弃。你看怎么样？我们无条件归唐！"

程咬金心说：他妈这小子真够滑！属泥鳅的，一抓一刺溜，什么条件都没了，这就看得出来，这其中必有毒计！

"行行行，既然大帅这么说，我就觉得过意不去了。你放心，归唐之后，论功行赏，我们皇上是有道明君，绝不会亏待各位。我说武大帅，咱光这么说没用，这个兵权你什么时候交出来？光打哈哈逗咳嗽不行。"

"老千岁，您算说对了，我得有实际行动。不就是兵权嘛？那就是大印，现在我把兵符、令箭、大印全都做移交，您看这怎么样？表示我一片挚诚之心。来呀！把印盒拿过来！"

私凭文书官凭印，这印一交，这就彻底算结束了，这就象征着权力。手下人早就准备好了，赶紧把印盒双手捧过来，递给武国龙，武国龙接过来，站起身来到老程近前，往他桌上一放："老千岁，这就是印盒，金锁关的兵权都在这里边，这颗铜印从现在开始，就属于大唐朝了，请老人家过目。"

"啪"往这一放，然后转身回归本座。程咬金和宝林一看，这印盒玲珑剔透，这角上用白铜包着，小锁锁着，旁边挂着钥匙，这玩意没什么特殊，大唐朝当官也是如此。老程一看，打开吧！拿过钥匙，把小锁打开，宝林也凑过来了，看看这是真的还是假的。爷俩儿俩脑袋凑到一块，就要翻开这个印盒。如果这盖一开，销器就动了，销器一动，从印盒里头"啪啪啪"射出三支弩箭，这弩箭的尖都用毒药给喂的，漫说打到致命的地方，就是擦破肉皮，人也活不了！这便是第二条毒计。老程和宝林想要看个真伪，因此就要翻这个盒盖，哎哟！武国龙、武国虎、刘同等人心花怒放啊！嘿嘿！姓程的，你再狡猾，这回你也跑不了！眨眼之间你就得毙命！他们坐那没动，急切的心情，用眼睛盯着，这回老程还真就没猜出来，这就叫人有失手，马有漏蹄，老虎也有打盹的时候，哪有算计那么周全的？他双手掐着这印盒，还没等翻这盖这么个工夫，窗户外头突然飞进一块瓦来，瓦就是佛庙大殿上那瓦，古人那瓦它都沉，别看那瓦不大，也有两三斤的分量，而且这块瓦力量十足！

"咔！"打得这个准劲就甭提了！正打到印盒上头。由于用力过猛，这印盒"啪"一声打到地上去了，瓦也碎了，印盒的盖也摔开了，与此同时里边的三支毒弩，"啪啪啪"，全打出来了，但三支毒弩偏离方向了，全钉墙上了，有一颗钉到桌子腿上了，没伤着人。就这一下不要紧，屋里可就开了锅了！

"哗！"

"怎么回事儿？"

"呛啷啷！呛啷啷！"各拽刀剑。宝林不能不说话，拽出紫金鞭，拉着程咬金："老人家看见没？这印盒里头有毒弩，对方没有好心，打了吧！"

"打了吧！"

"打呀！杀呀！"

这戏法变到现在，不灵了，遮羞布撕下去，彻底闹翻了。武国龙一看，事到了现在，只好翻脸动手。心说：这谁扔这瓦？谁这么缺德？你这不是从中破坏吗？不然，尉迟宝林、程咬金，肯定得死一个！前功尽弃！简直恨得他牙根都痒痒！到了现在，没工夫想旁的了，拔出宝剑大吼一声："程咬金！尉迟宝林！你们来了还想走吗？早都给你们准备好了！这是你们自己找倒霉呀！天堂有路你不走，地狱无门自来投！现在周围全是我们的人马了，该着你们俩小子倒霉！弟兄们！冲！"

往上一拥，就展开了白刃格斗，"叮当叮当叮当"，军师一看，赶紧过来："大帅，不能这么打呀！咱那计策还有呢，快点请来杀手啊！"

"哎呀！对！我怎么忘了？快传图氏弟兄！"

图氏弟兄，图占魁、图占元，一个大个，一个小个，是江洋大盗，海洋飞贼，杀人不眨眼的魔王，要干这种事情，手到擒来！早都在外边伺候着。武国龙一声令下，这两小子赶紧挤进人群："大帅！用不着大伙儿！这乱套了，没法下手，交给我们哥俩儿了！"

"你们可千万留神哪，我把希望都寄托到你们哥俩儿身上了！"

"大帅你放心，万无一失！"

武国龙把袖子一甩，其他的亲兵卫队撤在两旁，就露出图氏弟兄。图占魁手提鬼头刀，是直奔程咬金，图占元直奔尉迟宝林。这两小子比那老鼠还快，眼中贼光四射，"噌噌"，就跳到近前。程咬金、宝林不知道怎么回事儿，一看，打着打着人撤了，眨眼之间，蹦出俩小子，一个儿个大，一个个儿小，这个大的奔程咬金来了。你看老程，打仗他不行，要在马上还能唬人，尤其在这平常步下，是个废物，年岁大了，身体也胖大，动作缓慢，这交手不白给？图占魁身高体壮，拎着鬼头刀，那得多凶！到了老程近前，双手捧刀，是分心便刺："拿命来！"

把老程吓得"妈呀"一声，甩肚子转身，这头一刀躲开了。宝林一看不好，赶紧过来救老程，哪知道图占元上来了，死死地把宝林给缠住，宝林自顾不暇，也就管不了老程。老程一看，完了，人家第二刀到了！老程刚躲开，让图占魁飞起来一脚，正蹬老程大肚子上头。这程咬金"妈呀"一声，仰面摔倒，图占魁双手捧刀搂头便剁！

# 第三十九回

## 遇救星程咬金脱险
## 战凶神东方杰出世

刺客图占魁一脚把程咬金蹬了个仰面朝天，紧跟着，双手捧刀奔肚子上便扎。真给扎上，程咬金就交待了！尉迟宝林偷眼一看，哎哟！程伯父完了！有心过去救，不可能，因为他面对强敌。那个刺客图占元也不是等闲之辈，你看个儿不高，“奔儿奔儿”直蹦，血气方刚，身手不凡，跟宝林打了个势均力敌，根本就没时间去救旁人。宝林心头一颤，完了！

就在这刹那之间，从庙的大殿外头来个飞人，说飞人，可没翅膀，就是身子太快了，“吱”射进来的，说时迟，那时快，这个主飞身形跳到图占魁身后，飞起一脚，正蹬这腰上，“啪”，这一脚太重了，把刺客蹬得都飞起来了，离地三尺多，飞出一丈多远，摔在墙角。那图占魁还真结实，换旁人摔散架子了。就这也不轻，这小子“妈呀”一声，是龇牙咧嘴，刀也撒手了。

程咬金认为完了，把眼一闭，在这等死呢，等听这声，不对劲儿，睁眼一看，面前站着个陌生人，就是救他这主儿。闹了半天，这个人是个出家的和尚，那脑瓜剃得溜光锃亮，看那年纪，能有三十多岁，因为他那脸油渍麻活的，看不清楚，穿着破旧的僧衣，半截儿白布高装袜子，开口僧鞋，那鞋、袜子都破了。这个人十分的狼狈，看这意思，寒酸得不得了，还斜背着个黄口袋，补丁摞着补丁，往手中观看，提着一条方便连环铲，最特殊的，最显眼的是，这个出家人是个盲人，一对大白眼珠，没有黑眼仁，一看就看出来，是个失目人。你别看是个失目人，比有眼睛的看得还准！不然怎么把刺客给蹬出来？老程就知道，这是贵人，程咬金高喊：“恩公！多谢你了！恩公，快点把我拉起来！”

多好！给人黏上了。这个盲和尚赶紧一下腰，把他给拽起来。这时候对方又有几个敌兵冲上来，这和尚没费吹灰之力，用方便连环铲一划拉，倒下一片，如入无人之境！有道是行家伸伸手，便知有没有，就这么一看，就知道这和尚并非等闲之辈。那么他是谁呢？这和尚是了不起的世外高人，别看年纪不太大，功夫却十分了得！这人他姓王，名字叫王杰，又叫东方杰，人送绰号多臂昆仑。王杰谁呀？怎么没听说过？怎么还叫东方杰？这里头有原因。

有一个了不起的世外高人，叫王伯当，那是贾柳楼磕头的老七，王七爷，跟程咬金交情莫逆。王伯当这一生，交了两个最好最好的朋友，一个是单雄信，另一个就是西魏王李密，虽然朋友多，过从最近的就这俩人。在扬州索玉玺的时候，十八国盟军去诛杀杨广，结果中了十条绝户计。后来扬州索玉玺结束了，程咬金不愿意做这个混世魔王大德天子，觉得做那玩意没意思，他这人不爱动脑筋，闲散惯了，就脱袍让位让给魏国公李密，打那之后，李密就做了瓦岗山之主。

一开始的时候，瓦岗英雄也捧他，拿他当个正人君子，拿他当开国的君主。哪知道李密这个人，外忠厚，内奸诈，是个酒色之徒。瓦岗军舍死忘生换来的玉玺，他不珍惜，相反，拿玉玺换肖妃，换了个漂亮的美人。这就是不要江山要美人，为此冷了瓦岗军的心，人们一怒，原来抱着团，现在稀里哗啦全散了。就一个人没走，就这王伯当，王伯当跟李密有交情啊！向李密保证，说：“别人爱上哪儿上哪儿，我跟你一心一意！”

李密也深受感动，加封王伯当兵马大元帅，取代秦琼那个角色。没有多久，发生事了，秦王李世民带着二十万大军攻打瓦岗山，为首的主将就是西府赵王李元霸。那李元霸多大的能耐！一下把瓦岗山给占领了，王伯当舍死忘生，保着李密逃走，钻到深山山沟里头去了。结果被唐军给堵到里头，乱箭发射，王伯当为了保护李密，趴到李密身上，那也没保住李密。就这样，乱箭穿身，死在断密涧。那么王伯当没死之前，就知道瓦岗山保不住了，当天晚上他跟夫人东方玉梅商量事儿，这夫妻是十分恩爱啊！他告诉东方玉梅：“多带金银细软，离开这是非之地，把孩子给我带走。”

孩子是谁？就是王杰。王伯当让她把小王杰也带着走，回归原籍故土，如果战事结束了，我还活着，我把你们接过来。如果我有个三长两短，你们母子就独立生活。战争年月谁也保不住自己。就这样，夫妻洒泪分别，东方夫人带着儿子王杰回到南阳府，找个地方她住下。

后来战争结束了，李密死了，王伯当也死了，瓦岗山整个被西府赵王李元霸占领。夫人得知这消息，痛断肝肠。怎么办呢？她不敢叫儿子姓王了，怕官府追究，改姓，姓自己这个姓，所以王杰又叫东方杰。那阵儿还挺好呢，夫人苦心把孩子将养成人，教他读书，教他写字。但是这个王杰从小就酷爱武术，不爱念书，没事就噘嘴，为这事夫人还哭了好几场，心说：他爱学，那就教给他吧！请了不少的教师，教孩子练武，别看年纪不大，长拳短打，马上步下，还真有两下子！但是夫人侧重于文学，还是叫他学文，她特别痛感丈夫这一生的经历。练武有什么好处？迟早得不了好结果，不如读书啊！这是夫人的想法。后来孩子十来岁了，王伯当死了整十年了，夫人一看，基本也太平了，打算赶奔瓦岗山去凭吊，找找丈夫的尸骨，就没有的话，也到那块烧烧香、烧烧纸，以了心愿，所以套了几辆车，带着东方杰，一家人起身了。

到了瓦岗山一看，变样了，原来是战场金庸城，何等壮观！瓦岗军何等威武！到了现在，是荡然无存了。原来瓦岗军的大本营金庸城，现在变成了金庸县，成了县衙门了，看不出战争的痕迹来了。这夫人找来找去，找去找来，找到断密涧，跟本地人打听，本地人也说不太清："当初这山沟有一场激战，死老了人！也分不出个数。"

夫人一看，就在这烧烧纸吧！让车辆停住，仆人、丫鬟、家人都下了车，把这地打扫干净，铺了条毯子，准备的桌子、五供、香案，夫人往这一跪，是放声大哭，心里头默默说：丈夫，我回来了，咱夫妻十年没见面，我这一直惦记着你。今天我回来给你烧香，给你烧纸，希望你在天之灵安安稳稳的，孩子我给你培养成人了，咱家都挺好，你就放心吧！越想越难过，她就在这哭着，东方杰陪他娘也在这哭，丫鬟婆子都掉眼泪。

正这么个时候，出事了！真没想到，从西山坡上来了一伙强人，看那样子能有七八十号，为首的两大个儿，每人掌中一把鬼头刀，各个都是黑灰子抹脸，绢帕罩头，像一窝蜂一样，"呜"，到这把东方夫人母子这伙人给圈住了。家人可吓坏了："哎呀！"

没想到的事！东方夫人赶紧站起来了，把孩子护在身后，把防身的宝剑拽出来。因为东方玉梅当年是虹霓关总兵辛文礼的夫人，后许配给王伯当，因此马上步下，长拳短打，都有两下子。东方夫人扯剑在手，一看，她认识，为首这两大个，正是小叔子辛大鹏、辛大刚，八马将军辛文礼的俩兄弟。事隔多年，在这见面了。玉梅一看就问："兄弟，你，你们要干什么？"

"呸！贱货！谁是你兄弟？我是你祖宗！东方玉梅呀，你个水性杨花之辈！既然你嫁给我哥哥了，你就是老辛家的人。后来你爱上小白脸子，为了一个王伯当，把我哥哥置于死地，你献关投降，背主求荣，你是猪狗不如啊！我们哥俩儿早想给我哥报仇，怎奈没有机会。你领着个小崽子，你藏到哪儿去了你？今天终于浮出水面，该着给我哥哥报仇的机会来了！拿命来你个贱人！"

说着，两个人双双往上冲，抡刀便砍。东方玉梅一听，心就跳成了一个儿了："慢！容我解释。"

"你还有什么可解释的？"

玉梅眼泪掉下来了，跟他们哥俩儿说："二位贤弟，咱们人都有良心，说话也得讲良心。我东方玉梅跟你哥结婚不假，是被强迫捏合在一起的，你哥哥也看不上我，我也瞧不起他，我们俩这叫孽缘。父母之命，媒妁之言，迫不得已，我们结合在一起，我也是实心实意跟他过日子。旁人你们不了解，你哥的脾气你们还不了解吗？你哥他不是人，特别是喝上酒，酒喝完之后，他乱性，他马上就失态，杀人、打人、骂人，那是随便平常的事！打了我多少回，打得我是死去活来。有一次把我打得两个多月没下了地，这你们都知道的。我跟这样的人，怎么能过在一起？但是听天由命，一日夫妻百日恩，你们讲话了，我既然许配你哥了，我就是他家的人，我挨打受气，怨我命苦，我也认了。可你哥一直是恶习不改呀！后来瓦岗军攻打虹霓关，你哥大战王伯当，结果死在两军阵前，这事跟我有什么关系？打仗能不死人吗？在此之后，瓦岗军占领了虹霓关，由军师徐懋功、程咬金从中为媒，把我许配给王伯当，我们是这样结合在一起的。王伯当王将军跟我十分恩爱，我们有三媒六证，我们是正大光明地结合，无可非议。那么换句话说，你哥死，该死！像他那号，早就该死，活着他也是个祸害！你们方才张口给你哥报仇，闭口说我是贱人，我是万难接受！二位，事情早已过去，往事化作了云烟，你们何必再提起呢？因为过去跟你哥跟我过过些日子，我们还是知己的亲戚，我希望互相帮助，千万不要反目成仇，二位兄弟，你们说好吗？"

"贱人！强词夺理！我告诉你，自从我哥死那天，我们就恨上你了！特别是你许配给仇人王伯当，你不是贱人你是什么？天底下哪有这种事？哪有跟仇人结合的？因为王伯当长得漂亮，你爱上小白脸子了，你这个贱人！后来我们就想找你报仇。看着没？这些都是杀手，我们花钱雇来的，但是始终没有机会。我们就等啊等，终于等来了今天，告诉你，你一离开南阳府，往这一走，就有人跟踪盯梢，你到这一烧香，就被我们发现了。再换句话说，我们等了不是一年两年了，十几年了！贱人，你就是长出几张嘴，说得天花乱坠，今天你也活不了！哥哥、兄弟，别跟她废话，上！"

左一刀，右一刀，下了绝情。东方夫人一看不行了，只好举宝剑，接架相还，跟他们斗在一处。玉梅是有两下子，但是老了，上了年岁了，体力不支，另外在步下，没有长家伙，面对强敌，只能招架，不能取胜，直累得鼻洼鬓角热汗直淌。那东方杰在娘后边，小眼睛就瞪圆了，还得说男孩子有几分龙性，一瞅他娘要吃亏，他眼珠子都红了，一伸手，抄起一条棒子来，高声喊喝："娘啊！不必担惊，儿助你一臂之力！王八羔子，你着棒子！"

"梆！"就是一棒子，正好打到辛大鹏后脑勺上，把辛大鹏疼得"嗡"一声，好悬没趴下。一回头："哟！小兔崽子，你是孽种，我先宰了你！"

他像虎一样就扑过来，那小孩怎么是他的对手？三下五除二，他飞起来一脚，正踢到东方杰心口上，"啪"，把孩子都踢飞了！东方杰"嗽"了一声，仰面摔倒，顿时就没气了。东方夫人在这打着，偷眼一看：唉哟我的儿！她这么一失神这么个工夫，坏了！让辛大刚这一刀正扎到软肋上，“噗！”夫人身子一晃，是仰面栽倒，那血“噗噗噗”流出来。辛大刚把刀撤下来，还不解恨，举刀二次要下手，正这时候，山坡上来个和尚，行走如飞，来到出事地点，老和尚高喊一声：“阿弥陀佛！住手！”

有道是贼人胆虚，辛大刚、辛大鹏吓得倒吸了口冷气，后来一看，是个老和尚，个不高，长得粗胖粗胖的，但是看那意思，没七十也差不多少。于是把心放下，辛大刚冷笑了一声：“老家伙，关你个屁事？滚！你少管闲事！”

老和尚看了看：“善哉善哉，造孽造孽，光天化日，乾坤朗朗，尔等竟敢持刀行凶，难道就不怕王法不成吗？”

“什么王法？王法卖多少钱一斤？少跟我扯淡！老家伙快走，不然连你也给捎上！”

“孽障，我看你们是活腻味了！”

老和尚说到这儿，转身面向西边打稽首，口中是念念有词：“佛祖慈悲，贫僧开杀戒了！”

老和尚说完了，把掌中大铲一晃，跟辛大刚、辛大鹏就战在一处。这两人原以为这和尚这么大岁数了，个又不高，也就是唬人呗！等交上手一看，想错了。别看这和尚年纪不小，动作利便，掌中大铲如飞，光华闪烁，呼呼挂风。后来两个人一看，顶不住劲儿，喝令手下，这些打手全冲上来，七八十号把老和尚围住。论常理，双拳难敌四手，好汉架不住人多，但是这和尚真厉害！如入无人之境！这条大铲是泼风八打，劈撩散打挂，眨眼的工夫就劈倒了十几个！辛大刚、辛大鹏一看，这老家伙够凶的！看来今天不玩命是不行了，喝令手下：“冲！上！”

“饭桶！把他剁了！”

正在紧关节要的时候，官兵来了，那大白天，有砖有瓦有王法的地方，上这烧纸的不只是东方夫人，还有老百姓。开始老百姓不知道怎么回事儿，后来弄清了，有的人爱管闲事，撒脚跑了金庸县报了案了，金庸县马上提调守备，带着几百官兵赶到出事地点。辛大刚、辛大鹏一看，官人来了，后头还跟着不少老百姓，有点害怕：“哥哥、兄弟，风紧扯呼！”

这是黑话，风紧，对咱形势不利，扯呼是跑。就这么的，他们就跑了。那么大和尚一看官兵来了，自己也没必要去追去了，赶紧把铲放下，转身看了看东方夫人，再看东方夫人，流血过多，一命呜呼，早死多时。和尚把眼闭上：“阿弥陀佛，造孽造孽。”

再看孩子，东方杰手脚都凉了，心口窝多少还有点热乎气，看来这孩子还有救。大和尚运用气功，然后又给这孩子吃了粒再造丸，时间不大，东方杰就缓过来了："哎呀！"

等到睁眼一看，发傻了。家人们过来了："少爷！"

"少爷您醒了！"

"我娘呢？"

"你快去看看吧！夫人她，她……"

东方杰就知道不好，等来到娘近前一看，伤口翻翻着，血流满地，面色苍白，早已死掉多时了。他扑到娘怀里这痛哭，哭得是死去活来。这时候官人到了，维护现场，人命关天，究竟怎么回事儿？得调查清楚。等到这儿一看，这有尸体，了解情况，跟本地的乡民了解完了，记录在案，又跟东方夫人手下的人了解情况，一五一十报了案。尽管报案了，当事人脱不了干系，抓差办案的头就说："我说老和尚，对不起，我们也知道你是好人，你是拔刀相助，但是人命关天，跟我们到官府走一趟，得跟你核实核实。另外这小少爷也得跟着，众位当事人都得跟着，麻烦大家了。"

就这么样，都带到金庸县。金庸县一听，这么大个事儿，我小小的七品芝麻官也难以解决，又上报到南阳府。南阳府的知府翟九公并非旁人，他本家的亲戚，原来就是瓦岗之主，金钱豹翟让，对瓦岗的人他非常偏爱。别看事过了多年了，升堂这一问，才了解清楚，死者东方夫人，是王伯当的夫人，这小孩是王伯当的儿子，姓他娘的姓。一问到老和尚，老和尚说："没我的事，我是路过此地，正好遇上，故此拔刀相助。"

"啪啪啪"，审清问明，赶紧撒下飞签火票，捉拿凶手，捉拿辛大刚、辛大鹏，撒下海捕公文去了，一面开始收尸。翟九公拨下钱来，给东方夫人装椁起来，然后就埋在山沟，堆了坟头，东方杰哭着处理后事。但是这孩子哭得太过分了，小小的心灵受了强大的刺激，故此两眼睛留下病了。哭着哭着，眼睛一翻个儿，光剩白眼珠了，没有黑眼仁。这知府翟九公一看，小小年纪，成了盲人，这太可惜了！就求这老和尚："我说大师父，看您这意思，您是有道行的人，您说怎么办？现在这个孩子太苦了，没爹没娘，干脆本府做主，这孩子就拜您为师，您大发慈悲，把这孩子带走。需要多少钱由我这出，您看怎么样？"

大和尚一听，得，本来闲着没事，上这来访古探幽，到这来溜达来了，没想遇上这个事了。

"哎呀！好吧！"

就这样，点头答应了。翟九公给拿的钱，一切后事处理完了，老和尚领着东方杰先回到他们家。你说有娘在，这是一家人，娘也不在了，这么个小孩，要房产地业怎么办呢？开始变卖，房子也卖了，地也卖了，然后把佣人遣散，带着所有的积蓄，跟着老和尚回了香山大白云寺。这和尚出家在大白云寺，直接把东方杰领回去了。到这儿，大和尚一琢磨：得给孩子治眼睛。请了不少的名医，看了不少的医书，根据自己的本事，三路夹攻，终于给孩子眼睛治好了。但是还没有彻底地好，有时候一着急，一难过，一上火，眼睛一转，变成白眼珠，什么也看不见。可有时候，“吧嗒”，又跟正常人眼睛一样了。那么时间长了，东方杰就能控制自己的眼睛，叫它看不见就看不见，叫它看得见就看得见，一瞪眼变成白眼珠，一瞪眼又变成正常的眼睛。唉，老和尚一看，这也行，这孩子真是个怪人哪！干脆给你送个绰号，叫瞽目怪人吧！

东方杰在大白云寺一住，就是十几年的光景。这十几年，跟着老师在一起切磋技艺，大和尚把本身的能耐全都传授给他，这么一摽膀子学，他这个功夫突飞猛进，高来高去，陆地飞腾，走高楼越大厦，如履平地，马上步下，无一不能，也读了不少的兵书，师徒二人相依为命。后来过了三十岁，这天爷俩儿谈心，老和尚就说：“徒儿，我看见了，你呀，不适合出家，你年纪还轻，应当为国家出力报效，你要出了家就废了。另外，孩子你还没看见？出家人最清苦不过，难熬啊！说一般的人，受了点刺激，受了点打击，万念俱灰，我出家吧！那是一时一刻。等长了，谁也受不了！孩子，你志在四方，名门之后，将门虎子，你要在这，就把你给坑了！以为师的意思，你下山去吧！为国家出力报效。”

哪知道东方杰跪下了，放声痛哭：“师父，我已经万念俱灰，我父母都不在了，而且都死得那么惨，我从小就饱尝到人生的酸咸苦辣。争名夺利有什么意思？我爹何等叱嗟风云！到头来，死在乱箭之下。我娘如何？惨死在刀下。人生太没有意思，我愿意终身出家，服侍老师。师父，您别劝了，我决心出家！”

老和尚怎么劝，东方杰也不听。

“好吧，既是这样，这也是缘分，说明你跟佛门有缘。既然决心皈依佛门，挑良辰择吉日，为师就给你剃度吧！”

剃度，把头发全剃了，还得受戒，那不是说着玩的，得有一颗真心。后来东方杰按师父所说，剃度受了戒，正式成为僧人。那么僧人跳出三界外，不在五伦中，每天早晚三朝拜，佛前一炷香。本来东方杰就想跟师父在大白云寺一待，这一辈子哪儿也不去了。哪知道出了岔子，师父年纪太大，因为有点病，圆寂了。师父一死，全寺举哀，这还不说，又调来一个新当家的。这个新当家的，别看是出家人，挺不是东西，挑三拣四，原来这帮人，他谁也看着不顺眼，尤其知道东方杰是原来老方丈的爱徒，更看着不顺眼，打过来骂过去，怎么样也和不到一块。东方杰一看，算了，那我就不在这儿了，哪我不能去呀？就离开大白云寺，云游四方，就成了个行脚的僧人，带着衣钵戒牒，扛着方便连环铲，走哪吃哪，见庙就拜庙，走到哪就挂单。

但是他还有个心愿未了，别看出了家了，他想着那杀人的凶手，辛大刚、辛大鹏，始终没听着下落，很可能官府没把他们逮着，不把杀人的凶手逮住，不把他们宰了，我这口气我出不来！我怎么也得给我娘报仇啊！他藏到心里的秘密，跟谁也没讲，这次借着游方为名，便走黄河两岸，寻找凶手，无奈音空信渺，怎么也就没找着。这次来到西山铁佛寺，挂了单了，他白天睡觉是什么意思？养精神。晚上出去溜达，干吗？寻找凶手。他这话能跟旁人说吗？所以旁人就看着他不顺眼。心说：你是什么出家人？一不烧香拜佛，二不诵经，你天天睡懒觉，晚上还夜不归宿。他们哪知道这些秘密？再说了，白天他听和尚们跟他讲，说："这两天咱这庙里要出事，你哪都别去，你就老实在屋睡觉，最好睡上个三天两日的。你要探头，非出事不可！"

那小和尚就向他泄密了，他问什么事儿？小和尚说："这块是谈判的地方，唐营来了许多大官，跟这个金锁关的大官，双方会谈。我们看这意思，会谈是假的，恐怕厮杀是真的，谁黏上就掉一溜皮！反正我也不敢多说，因为咱不了解内情。"

东方杰一听，什么？唐朝来了大官，带队的是鲁国公程咬金和尉迟宝林。这尉迟宝林我不认得，程咬金我可听说，那是我爹王伯当过命的好朋友，贾柳楼磕头的把兄弟，他是老四，我爹是老七，我早就听我娘说过。哎呀，闹了半天，我程老伯来了，我焉有袖手不管之理？尽管自己的事还没办完，但是关系不同一般，所以得管这档闲事儿。

且说东方杰救下程咬金，直奔杀人凶手图占魁。图占魁不了解东方杰什么人物，晃晃悠悠把刀捡起来，刚想伸手，哪知道寒光一闪，大铲就落下来了，"噗"，把他的狗头砍落！图占魁一死，图占元有点发傻："哥！"

拎刀转身刚要走，被尉迟宝林这一宝剑在后心给扎上了，"咔嚓"，图占元惨叫一声，死于非命。武国龙、武国虎一看，呀！三条计策全都落空，那么剩下来的就是外头的军队。

"哥哥、兄弟，屋里狭窄，施展不开，到院里头！"

领着亲兵卫队退到院去了。那么大殿里头就是程咬金自己的人了，脚下全是尸体，老程忙里抽闲，拉住东方杰的手："哎哟！师父，多谢你救命之恩！多谢你拔刀相助！没您，我早死多时了！"

"阿弥陀佛，老人家不必客气。您是不认识我呀，提起我爹娘，您都认得！"

"噢？那你爹娘是谁？"

"我父亲就是勇三郎王伯当，我娘是东方玉梅。"

"什么？你再说一遍？"

"还怎么说？我爹是瓦岗山的五虎上将之一，勇三郎王伯当，我娘是东方玉梅，我是他儿，我叫东方杰。本来应当叫王杰，因为很多的事情，我随了我娘的姓。”

“哎哟我的儿唉!”

程咬金热心肠，搂住东方杰，放声痛哭：“我的儿唉！见着你，我就想起你爹娘来了。孩子，你怎么出家了?”

“咳！老人家，要提起这话就长了，现在不是讲这些往事的时候，还是逃出虎口为主!”

“对，你算说着了。要那么地，宝林，往外闯!”

东方杰说：“您放心，我在前面开路，老人家在后边，咱指定能逃出西山!”

就这么领着人冲出大殿，在院里展开了肉搏，在院里又打到街上，又打到山沟，两军混战。那毕竟人家金锁关的人占着优势，程咬金和宝林只带来三千人，虽然说能征惯战，但是被人家堵到山沟里，有能耐施展不出来。东方杰有本事，宝林也不是吃素的，但是分怎么打，人家倚多取胜，你杀十个，上来一百，杀一百，上来一千，你人毕竟是精力有限。老程一看，形势对自己是越来越不利了，完了完了！方出龙潭，又入虎穴，看来倒霉倒我身上！我主张谈判，我要不来有多好？我对不起皇上，对不起各位英雄，这，这怎么办呢?

正在这时，就听见炮响三声，援兵来到!

# 第四十回

## 苏定方智破火牛阵
## 突厥兵撤守两雄关

程咬金、东方杰、尉迟宝林以及唐兵唐将，处境非常危险，尽管他们舍死忘生地往外冲，依然冲不出去。正在这千钧一发的紧急关头，就听见炮号连天，“咚咚！噔噔！”

“冲啊！杀呀！”

就见武国龙、武国虎率领的军兵后队就开了锅了！南北两座山口大旗飘摆，唐朝的军马杀进深谷。程咬金看得清楚，眼睛就一亮：“哎哟！救兵来了！弟兄们加把劲儿！救兵到了！”

这些人本来疲惫不堪，看着旗号，亲人来了，精神一振，是倍加勇敢，外头往里打，中间再一开花，两路夹击，武氏弟兄招架不住，是望风而逃啊！山沟里、山坡上到处都是尸体。

原来宝林和程咬金参加这个会之前，爷俩儿商量好了，这个事无论如何，得让皇上知道，得让军师知道，这是个大事。所以他们就派人送去一封书信，然后他们就赴会去了。这封信到了徐懋功手里，徐懋功打开一看，大吃一惊：“荒唐！”

心说：四弟四弟，你怎么能干这种事儿？即使你要去，也得事先商量好了你再去，你这不等于先斩后奏吗？他知道，再拦为时已晚，他把这个事跟皇上说了。李世民也吃惊非小，那么怎么能挽救呢？他跟军师商量，再加上皂袍大将尉迟恭在此，君臣三个人商量来商量去，定了个两路分兵的办法。派精兵一万，让毛公遂、吕公旦两名大将率领，赶奔西山，给程咬金打接应。没事当然更好，有事让他们帮忙。另外叫尉迟恭攻取金锁关。皂袍大将领命去执行任务，皇上和军师就在这听着信。没徐军师分兵派将，程咬金还真就够呛！

这样，援兵一到，里应外合，打了个漂亮大胜仗，武国虎死在乱军之中，就剩下武国龙带着那位狗头军师刘同，杀了一条血路，帽子也掉了，靴子也没了，满脸是伤，日头往西转的时候，这才回到金锁关。

“哎呀！不幸之中的万幸！开城开城！”

城门开放，他领着残兵败将进了城，赶奔帅府。武国龙还想呢：这真叫害人害己，没事出这馊主意干什么？全怪这狗头军师，完了再找他算账！不管怎么说吧，死中得活，这也不错了。想到这，甩镫下马。他刚从马上跳下来，“呼啦”被军兵给包围了，这军兵也不容分说，过来“乒乓”两嘴巴子，底下两脚，把他踹得就跪那了，拿绳子把他给捆上了，把那狗头军师也给勒上了。武国龙也急了：“你们捆谁？我是武国龙！你们疯了？怎么捆自己的人？”

当兵的乐了：“谁是自己的人？睁你那狗眼看看，我们是谁！”

他一看，穿的军装号坎是自己人，怎么回事儿？当兵的告诉他：“我们这叫化装改扮，我们都是大唐朝的兵马，金锁关早被我们占领了！”

言还未落，皂袍大将尉迟恭从帅府里出来：“嘿嘿！孙子，你还蒙在鼓里，你上西山谈什么判去了，本将军业已奇袭，金锁关归属大唐了！”

到现在，武国龙是追悔莫及，做了阶下囚了。尉迟恭奉军师之命，带着人马，都穿上突厥国的军装号坎，打着突厥的旗号，到这一叫城，守城的也有点麻木。这官姓孙叫孙仁，是个副将，表面上挺武国龙、武国虎，心里头不忿，心说：没你们俩，我是这关的主将。就因为你们俩，把我压得现在成了二等将军。现在他就不服，他呢，在城里还有个相好的，是尼姑庵的一个小尼姑，由于军令甚严，他不敢去溜达。这回得劲儿了！武国龙、武国虎都走了，家里他说了算了，所以武氏兄弟前脚刚一走，他就溜进尼姑庵，告诉手下的亲兵：“没事别找我，你们看着办！”所以才耽误了大事。

等尉迟恭杀进城里，孙仁领帮人想跑，为时已晚，结果也死在乱军之中，不过这也好，宁在花下死，做鬼也风流了！就这样，尉迟恭接管了金锁关。他们刚收拾好了，武国龙跑回来了，这是个倒霉蛋，杀得都花了眼了，你倒仔细看看谁的人，结果到这叫人逮住。尉迟恭打了个漂亮的大胜仗，把城门开放，然后出榜安民。时间不大程咬金、宝林、东方杰率领得胜之兵，押着上万名俘虏，浩浩荡荡开进金锁关。彼此见过，皆大欢喜，转过天来，军师保着皇上，也来到金锁关，是几路人马胜利会师。就是个乐！还有什么可说得？原来的帅府也变成临时的王宫，李世民满脸全是笑容啊！坐下之后，程咬金过来请罪：“陛下怪我，三哥，你处分我吧！我一时心胜，中了人家烟炮鬼吹灯，差一差把几千弟兄送进阴曹地府，其罪大矣！”

李世民乐了：“王兄，胜败兵家常事，老虎还有打盹的时候，何况人乎？朕不但不怪你，还要给你加官晋爵，你总算打了胜仗了！”

“谢皇上！谢三哥！”

徐军师一看皇上这么说，也就没说别的。程咬金也不隐瞒，点手把东方杰叫过来了："陛下，来，我给介绍一个新人，我刚才这话说半截，没人家接应，我也早死多时了！也备不住你们还打不了漂亮的胜仗。他呀，出的力是最大，立的功也是最大！孩子，过来，这就是当今天子，那是我三哥徐懋功。"

"阿弥陀佛！贫僧了凡叩拜圣驾，吾皇万岁万万岁！"

说罢倒身便拜。李世民最尊重出家人，尤其是和尚，他特崇敬，赶紧欠身离座："高僧请起！王兄，他是谁呀？怎么帮咱的忙？"

"咳！您跟他别客气，说破了咱是一家人！他爹你知道是谁？就是我的好朋友勇三郎王伯当，他娘就是东方夫人，叫东方玉梅。当年他爹跟他娘结婚的时候，我是媒人，这是他们的后代！"

哎呀，李世民一听，心里热乎乎的，拉住了凡和尚的手，亲热得不得了。徐懋功也深为感动，就问："孩子，你怎么出家了？"

东方杰一听，触动肝肠，眼泪流下来，来来回回把经历说了一遍。

在座的人无不动容，全都掉了眼泪了。李世民长叹了一声："咳！人这一生，酸咸苦辣，悲欢离合，难猜难解呀！不过东方杰，你出家是不是有点可惜了？当然，我崇敬佛门弟子，但是不能都出家，也得分情况。你是将门虎子，名门之后，要出家，有点可惜，能否还俗，随朕赶奔突厥国，前去西征，你可愿意？"

"陛下，恐怕不妥，我已在我师父面前发下誓愿，终身侍佛，恐怕很难改变了。"

程咬金一听，一扑棱脑袋："算了算了，我说孩子，什么叫恐难改变？不是事在人为吗？你说还俗就还俗，你说不还俗就不还俗。现在皇上都说话了，皇上说话最好使，干脆把头发留起来，出什么家？天天吃素，敲那木头鱼子有什么意思？跟我们在一起有多好！陛下，别听他的，还俗了！"

"这……"

李世民降旨，东方杰还俗。圣旨下来，不敢不听，后来东方杰一想：可也是这么个理，要不随驾西征，等将来给我娘报了仇了，我把凡世间的事情办完，再出家也不迟。因此点头答应了。这一答应，麻烦了，在佛前还得表明心机：我不是背叛佛门，我是出于特殊的原因，佛祖千万要原谅！又叨念叨念："师父，您别说徒儿现在变了心，不是那么回事儿。"

说完了，烧完了纸，沐浴更衣，换上俗家人的衣服，这就算还了俗了。那头发它得慢慢长，为了遮盖怎么办？戴上帽子。这一还俗，李世民马上降旨，加封他将军之职，最小是将军。东方杰谢恩，另外还抓住多少俘虏，全放了，无罪开释。唯独武国龙、狗头军师刘同不能留着，推在外边，狗头砍下，把人脑袋挂在敌楼示众，然后降旨庆贺，这胜仗是一个挨着一个，喜报是一份接着一份，李世民能不高兴吗？

正在庆贺的第二天，喜讯传来，平西大将军苏定方、鼎天侯小白猿侯君集，率领得胜之兵赶到金锁关。李世民大喜，派军师徐懋功、程咬金前去迎接，这哥俩儿上了马，带着亲兵卫队，来到十里长亭。等了不到一个时辰，就见旌旗飘摆，尘土飞扬，苏定方、侯君集领人到了，两方会师万般高兴，自不必说，苏定方颇受感动，他知道，徐军师是什么人？那是朝廷的重臣，在皇上面前说一不二，一人之下，众人之上，能接自己来，这不是往自己脸上贴金吗？还有什么可说得？拜见了军师和大老程之后，并马进金锁关。

大军扎在教军场，然后他们拜见皇上，二将跪拜在地，李世民站起身来，用手相搀："二卿平身！坐！你们辛苦了！"

两个人归座之后，脸上都是笑。皇上这才问："贺兰关的战势如何呀？"

苏定方先回话："陛下，臣奉旨率兵赶奔贺兰关，结果贺兰关战势正在紧关节要的时候，为臣赶到得非常及时。当时没有进关就投入战斗，这一场大战下来，杀退突厥兵，斩将夺旗无数，把他们杀退七十里，当晚我们进了关了。第二天我们跟马三宝、段之贤几位老将军商议之后，继续进兵，臣包打前敌，结果连获大胜，斩将夺旗无数，所以贺兰关之危已解，陛下放心！"

"好！太好了！哈哈，可见卿立下了大功！"

侯君集说话了："陛下，我再补充几句。哎呀，苏老将军着实不易，不光是他，苏山、苏林两位少帅也立下不世之功！现在贺兰关稳如磐石，我方有五万精兵在那驻守，万无一失！我想在三五年内，突厥国不敢正眼看贺兰关，咱这北大门是没事了！我跟苏将军一商议，知道现在陛下西征，正在用人之际，因此带人赶奔金锁关，听候军师、大帅差派。"

"好！"

李世民降旨，给他们每人记功，苏定方记大功，侯君集记大功，苏山、苏林记二等功。另外西山这块也打了胜仗，唯独到程咬金这儿，皇上琢磨琢磨："给程咬金记……"

没有程咬金脸皮这么厚的："陛下，我也是一等功吧！这么大年纪了，没功劳有苦劳，对不对？"

皇上也乐了："好！程咬金、宝林、苏定方全立下一等功！"

"啪啪啪"，全给写上了。这可不是信口雌黄，加官晋爵，报上这一等功去，起码说，每个月每人多开两千两白银！

李世民高兴，跟大家商议："下一步怎么办？"

大家异口同声："往西干呢！现在白狼关、金锁关都被咱们占领了，下一步是金牛关！金牛关的总兵叫王天寿，这小子体壮如牛，率领三万精兵在金牛关镇守，另外他还有个特殊的能耐，练得是火牛阵，这火牛阵十分了得！要不了解内情，非受害不可呀！怎么能拿下金牛关呢？”

大家正在商议的时候，苏定方站起来：“陛下，老臣不才，愿效犬马之劳！”

“好！老将军，我是说你太辛苦了，应当休息几日。”

“不，陛下，兵贵乎神速，等将来打了胜仗一块歇着也不晚。我为什么讨旨呢？因为金牛关的王天寿，跟我是磕头的把兄弟，我愿凭两行伶俐齿，三寸不烂舌，说他来降。其实王天寿这个人不失为正人君子，现在叫各保其主，将来归唐，也能为咱们所用。陛下您看如何？”

“好，是人才我就欢迎！但愿老将军能办到此事。那这样吧，明日你就提重兵赶奔金牛关，侯君集，依然你做总监军，陪伴老将军同行！”

“遵旨！”

“遵旨！”

其他人住在金锁关休整。第二天苏定方、侯君集提重兵赶奔金牛关。长话短说，安营扎寨之后，次日平明，吃罢了早饭，在关前列队。金牛关的总兵王天寿得知消息之后，怒冲冲提重兵一万，也在关前列队。两军对垒，是彼此见面，苏定方一看，王天寿金盔金甲大红袍，青鬃马大砍刀，威风得不得了！他对身旁的侯君集介绍：“侯将军，看见没？这就是王天寿，我们俩是磕头的把兄弟，我是盟兄，他是我老弟。您先别着急，容我过去搭话。嘚！”

“踏踏踏！”苏定方马往前提，离着王天寿不远了，把大刀挂上，满面赔笑：“兄弟一向可好吗？愚兄有礼了！”

王天寿怪眼圆睁看了看，是苏定方！那火“腾”就撞到脑门子上：“好啊！你不是苏定方吗？背主求荣之徒，叛国投敌之货！你有什么资格在我面前称兄论弟？苏定方，我找你不着，拿你不见，今日我剥你的皮，抽你的筋！拿命来！”

抡刀便砍，苏定方一躲把刀闪开：“兄弟，听哥说几句行吗？你骂我祖宗，我也不翻脸，你得容我说话。”

“呀！讲！”

“兄弟，方才你说什么背主求荣，叛国投敌，有这话吗？”

“有啊！是我说得！”

“你错了，用词不当！我的身世，兄弟你最清楚，我生在中原，长在神州，唐朝是我家呀！我回到母亲的怀抱，怎么算叛国投敌呢？另外背主求荣，我背谁了？我贪图什么荣华富贵了？兄弟，你这话太伤人的心！那个突厥国，那是我的国家吗？它算谁的主人？想当年，我苏定方被逼无奈，寄人篱下，我是迫不得已而为之，我保了它了。如果它对我好，我还勉强凑合。后来我发现赤比宝康王野心勃勃呀！无端派兵进犯大唐，杀人越货，无恶不作，无所不为！我屡次上本进旨，结果遭到人家的申斥，拿我话当耳边风，而且百般排斥我。我没办法，我只好回到中原弃暗投明。兄弟，我想我这么做，没有什么错。那么你再看看，唐朝的皇帝李世民，那是万代英主！你看看人家的所作所为，光明磊落。咱举一个例子说，对待降将，我是降将，还有张三、李四等，向来不亏待，加封显官，给予重用，也不排斥，也不小瞧。像这样的明主，谁不想保他呀？你再看看，他所占的关城，对老百姓一视同仁，家家户户皆大欢喜。这样的皇上，我想是绝无仅有的。兄弟，临来的时候，我在唐天子面前提到了你，天子非常高兴，如果兄弟你能率部来归，跟哥哥同保明主，不失封侯之位！你别忘了，大将保明主，俊鸟登高枝，人往高处走，水往低处流啊！贤臣择主而侍，良禽择木而栖，这个道理你比我懂。贤弟，能不能听哥哥的话？放下刀枪，你就过来吧！我的贤弟！"

"放屁！苏定方啊，强词夺理！不要往下再说了，你再怎么说，你也不是人！你说李世民好，我说赤比宝康王好，咱俩是水火不同炉！过去的事情一刀两断，休要再提，现在咱是对头冤家，拿命来！"

"刷刷刷！"一连就十几刀，苏定方怎么劝，王天寿也不听，只好翻脸动手。那苏定方这口大刀不吃素啊！抡开锯齿飞镰大砍刀，两个人在疆场决战。但是王天寿深知自己这两下子绝非苏定方的对手，勉强对付到三十回合，累得是盔歪甲斜，带浪袍松，盯不住劲儿了。心说：我呀，别费这个瞎力气了，何不用巧招赢他？

什么巧招？火牛阵。苏定方全知道，王天寿打着打着，虚晃一招，拨马便走，败归本队，然后把大刀往空中一举，代替军令，"刷"，门旗往左右一分，再看队伍的里边有五百只牛，这牛啊，也是顶盔挂甲，脑袋上头有铁盔，蒙面具，身上有铁甲，而且身上都带钩的，头上带刀子，这还不说，牛尾巴上拴着个盒子，盒子里头装着硫黄烟硝，引火之物，他往外一放这牛的时候，五百名旗手就把这火给点着了。怎么叫火牛阵？这牛受了惊了，嗷嗷直叫，直奔前边就冲下来了！

"哗！"

这牛要毛了，不次于猛虎，一冲就一大片！什么人能挡得住？但是苏定方了解情况，没开兵见仗之前，跟俩儿子做好交代，让苏山、苏林，还有侯君集，准备了一千名弓箭手，埋伏到门旗的后头，单腿往那一跪，抱着弓弩盒子，两旁准备了五百弓箭手，一色都是狼牙箭，告诉他们："你们甭动，火牛要不出现，没你们的事。要出现就给我射！"

这事先有防范了，所以苏定方并不惊慌，一看火牛冲出来了，苏定方是拨马便走，眨眼就回到本队，把大刀一举，代替军令，再看门旗"刷"往左右一分，苏山、苏林、侯君集指挥弓箭手和弓弩手开弓放箭，刹那之间，如同狂风暴雨似的！

"啪啪啪！吱吱吱！"

古代没有枪支，这弓箭和弩箭就代替枪支，速度也快，劲儿也大，射程也远，就跟现在那机关枪差不多少！火牛再厉害，架不住弓箭射啊！它打个冷不防还行，对于事先有准备的来说，不好使了。前排的牛躺下了，后排牛就绊倒，一倒一大片，一倒一大片，这五百只牛还架得住射？眨眼之间全变成刺猬了。这还不说，它身上都有火，火借火势，火借风威，眨眼之间，五百头牛全都烧成飞灰啊！烟雾弥漫，臭味难闻。苏定方大喜，喝令一声："冲！"

再看唐朝的军兵，马队在前，步兵在后，一个冲锋，卷地而来！苏定方是一马当先，做大将的到了这个节骨眼上，豁出死去！王天寿一看，哎哟！绝招失败了，他就知道瞒不了苏定方，这会儿是六神无主，拨马便走。它的马眼看上了吊桥了，苏定方追上来，因为苏定方骑的是宝马良驹，速度甚快，马这一追上不要紧，苏定方把大刀交到单手，轻舒猿臂，探手腕子抓住王天寿的袢甲丝绦，"兄弟别走，你过来！"走马活擒王天寿。

苏山、苏林、侯君集一个冲锋杀进金牛关，哎哟！突厥兵可惨了！哭爹叫娘乱作一团，腿快的跑了，腿慢的把命搭上。为了避免伤人太多，侯君集高声喊喝："各位听着！降者免死！放下刀枪，优待俘虏！"

这些当兵的，百分之九十五都是汉人，大伙儿一看，投降吧！

"哗！"放下刀枪。就这样，毫无阻力，没用一个时辰占领了全城，城头上飘扬着大唐朝的旗号。苏定方引得胜之兵占领了金牛关，开进帅府。王天寿被抓了，其他当官的也抓了二十多个，把他们暂时押在空房，然后派人红旗报捷。两天之后，李世民、徐懋功、尉迟恭、程咬金等人，全都来到金牛关。李世民高兴，掩饰不住，脸上都是笑容。苏定方、苏山、苏林、侯君集接驾，李世民用手相搀："辛苦辛苦，各位爱卿辛苦了！哈哈，大家到里边吧！"

盛排筵宴款待，苏定方把战斗的经过一五一十一说了一遍，李世民点点头："把俘虏都带上来！"

二十多个俘虏全上来了，绝大多数低着脑袋听候发落，唯独这王天寿，到了现在还是不服不忿，横眉立目往那一站，刀斧手就喊："跪下！"

连踢了他几脚，没踢动，两条腿跟铁桩子差不多少！踢得他"奔儿奔儿"直蹦，就是不跪！徐懋功看了看："好小子！到了现在你还拔横？把他拉出去砍了！"

刚想要砍，李世民说话了："别，等等，哈哈！"

李世民笑呵呵过去，要给他解绑绳。王天寿一看，一扑棱脑袋："慢！你是李世民不？"

"正是朕！"

“李世民哪，少要邀买人心！想收买我，笑脸哈人，打一巴掌给个甜枣吃，没门！我王天寿不是苏定方！我告诉你，我早就想好了，赤比宝康王对我不错，我保他保到底，今天被擒这是天意，要杀开刀，吃肉你就张嘴！皱眉头不算英雄好汉！身为忠臣，绝不保二主，你明白这话吗？你来吧，少来这套！”

苏定方过来：“贤弟，识时务者为俊杰呀！皇上如此恩待你，可不要太固执了，这没有好果子吃。”

“你放屁！随便吧你！”

这王天寿跟疯了一样，又蹦又跳，声嘶力竭，李世民也搭着高兴，是毫没动怒，笑呵呵瞅着。这时李世民冲外头点了点头，事先早有安排。时间不大，女眷上来了，能有二三十号，还有老太太，还有孩子。谁呀？王天寿的家眷，他的夫人，他的妾，他的孩子，他的老娘，都来了。哎哟！“呼啦”，过来把王天寿给包围了，他娘拄着拐杖就说：“儿啊，别固执了，唐天子是有道的明君，唐兵进城之后，恐怕咱家出了意外，派兵五百前去保护。对咱家秋毫无犯，什么都没损失。你看看，你的孩子、老婆，你老妈，如此安全。儿啊，你就投降了吧！这样的皇上哪儿找去？”

妻子也说：“老爷，不要固执了，娘说得一点都不假，唐兵果然是仁义之师！保护咱家完好无损，将军，你就投降了吧！”

“爹！投降得了！我们全家全愿意！”

这招可厉害！要不怎么说，英雄气短，儿女情长呢？有一些硬汉子宁死不屈，但怕这手，这是软招，这一哭这一闹，王天寿顿时这心就软下来了。李世民赶紧过来，把他的绑绳解开：“王将军不要勉强，你不投降，我绝不勉强，你带着你家眷逃命去吧！你府里的东西，我一点不要，是你的财产，你全拉着走，你看好吗？来呀！套车送王将军！”

王天寿一看，真要走，连人味儿都没有了！也罢，拿人心比自心，王天寿“扑通”就跪下了，以头杵地，“嘣嘣”带响：“陛下，天寿罪该万死，一时固执，说了许多不中听的话，望陛下开恩！我愿投降！”

“哈哈！请起！”

李世民把王天寿拉起来，越是这样的人，越受人尊重，还没怎么的就举手投降了，就跟人家在一起，人家也拿你不当人，也拿你当只狗，你是个软骨头！跟王天寿截然不同。苏定方大喜：“贤弟呀，这回我这么称呼你，你骂我吗？”

“老哥哥我错了，您还不了解我吗？我这人非常固执，一条道跑到黑，哥哥你可别怪我。”

“哎，兄弟，你我今后又在一起了，我怎么能怪你呢？我高兴还高兴不过来呢！”

李世民马上加封王天寿平胡侯，侯爵，比原来那高得多！王天寿是痛哭流涕，感觉到自己对不住唐天子，是实心实意地投靠大唐，更换了侯爵的衣服，李世民降旨，马上庆贺。现在的李世民，这心情可太舒畅了！甭提多高兴了！人逢喜事精神爽，李世民是擎杯在手，看看东面，瞅瞅西面："军师，各位，这五关我们已经得过三关，往下还有两座关城，一座关叫野马川，一座关叫黄龙关。只要大家同心齐力，我想两座关城也不费吹灰之力！各位，再加一把劲儿！干杯！"

"干！"

在这休整了三天，起队赶奔野马川，军师陪着皇上，并马而行，边走边谈。李世民还说呢："军师，到年底，这战事我看就结束了。"

徐懋功一笑："但愿如此。不过主公，不要高兴得太早了，西突厥可不是省油的灯，未必就能这么样一帆风顺。咱们应当胜而不骄，败而不馁。"

"哈哈，军师，你的言下之意，说朕有点骄傲吗？"

"不敢。但是呢，我们还是应该谨慎为妙。"

"说得对！别看朕这么说，谨慎还是需要的。"

"报！"

报事的蓝旗来了："报主公、军师，有一件怪事！"

"吁！什么怪事？"

"回陛下，前方五里就是野马川，野马川的关城大开，空无一人。这还不说，我们又往前探，二十里以外是黄龙府，也就是黄龙关，依然照旧，没有一兵一卒，连老百姓都没有，是两座空城，请陛下定夺！"

"噢？"李世民就一愣，"怎么都跑光了？两座空城，怎么可能呢？再探再报！"

"是！"

这人马就在原地驻扎，听候消息。派出去流星探马都是最可靠、最有经验的，探了两天，都回来了："野马川、黄龙关都是空城，没人！"

李世民一声令下，顺利地占领两座关城。这多省事！一刀一兵都没费。可大伙儿都猜测，军师面沉似水，觉得这里头有文章："陛下，不要高兴得太早，我觉得这里头肯定有文章。西突厥绝不可能拱手把两座关城让给我们，其中必然有诈！"

李世民点了点头："有这种可能。"

程咬金不爱听了："我说三哥，我说你这人有病，你的确有病！你谨慎得过分！有什么诈啊？噢，非得千兵万马，死多少人，夺过来，这才没病。人家让出来，这就有病？什么毛病！你想想，主公御驾亲征，上将千员，大军三十万，这个声势有多大！早把他们吓得屁滚尿流，望风而逃了！打，他也白给！这样又不伤兵损将，所以跑了。这有什么值得怀疑的？”

尉迟恭也说：“老程说这话也有一定的道理，咱们不要把对方估计得太高了，我想他们没什么了不起，肯定是望风而逃！”

李世民一听这话，也高了兴了：“但愿如此！那么突厥国的国都还有多远？”

“二十里！”

“来呀！大军直指牧羊城！”

# 第四十一回

## 突厥兵智设空城计
## 唐天子兵困牧羊城

李世民、徐懋功深感疑惑，疑惑什么呢？他们没想到西突厥不战而退，把野马关、黄龙关都给倒出来了，天底下哪有这种便宜的事儿？所以他们心中忐忑不安。后来一咬牙，把两座关城接手了。李世民一想：爱怎样怎样，我现在兵强马壮，锐气正盛，怕什么？命探马蓝旗探听，西突厥的国都牧羊城就在前面，二十里，催马就到了，如果把牧羊城再端下来，也就是说胜利在望，西征就可以结束了。谁不愿意回家？谁愿意打仗？抛家舍业。所以李世民心里头是非常高兴，命探马蓝骑打听消息，结果这个消息令人吃惊，探马蓝骑回报："牧羊城也是空城，连王宫里都没人！赤比宝康王跑了，城就是一座空城，连老百姓都没有。"

呀！不但李世民吃惊，没有不吃惊的，大伙儿是议论纷纷哪！尉迟恭就说："陛下，这玩意可怪了。你说他放弃别的地方，胆小害怕，有情可原。那国都能放弃吗？这事就奇怪了。明显的这是空城计，咱们君臣可不能上当！"

李世民点了点头，命人再探再报，详细摸摸情况。连摸了五六次，都是一样的，的确是一座空城。往周围这一踅摸，周围一兵一卒都没有，撤到哪儿去了？不知道！所以李世民第二天提重兵来到牧羊城下，登高遥望一看，所有的城门四敞大开，在高处往里看得清楚，往街上一看，冷冷清清，声息皆无啊！

"军师，你看这是怎么回事儿？"

徐懋功半天没说话："陛下，肯定其中有诈，您老说对了，这叫空城计，麻痹我们。一旦我们进了城，哎，突然他发兵一包围，把咱们君臣困在城中！这个当咱不能上！"

"我也这么想的。传我的旨意，没我的旨意，任何人不准进城！"

大伙儿提心吊胆，议论纷纷。当天晚上就宿在东关外，没敢进城，离着牧羊城能有五六里地，扎下金顶黄罗帐。吃饭的时候，大家议论，程咬金就说："我说陛下，我是这么看，咱别疑神疑鬼的。赤比宝康王算他妈什么东西？无非是个贼头，自立为王了，手下那些人都是乌合之众，一开始那会儿，他觉得他了不起，手下有五王，有刘黑闼等，他觉得了不起。可后来一看，纷纷被咱击败了，都给他们弄死了，他心里没底，所以望风而逃。陛下，我想什么事都不会发生。”

“但愿如此吧！明天再派人远处侦察，看他们到底跑到哪儿去了？”

侯君集就说：“哎呀，陛下，突厥虽败，元气未伤，它元气没有受到伤损，所以实力依然很强大。它怎么能轻易地就逃走了呢？这事不可思议。咱们应该多加谨慎。”

苏定方也说：“对，我也是这么看，加强防范，这没亏吃！”

就在当天晚上，大家觉得没什么事了，好好休息休息吧！明天再仔细侦察。李世民回到寝帐，迷迷糊糊睡着了。他刚刚入睡，这个时间还没到三更天，可了不得！地动山摇！

“咚！噔！”

连珠炮就响成一个儿了！唐天子在梦中惊醒，赶紧坐起来：“啊！哎呀，这是做梦还是真的？”

侧耳一听，外头炮号连天，喊杀如雷：“杀呀！冲啊！”乱成一锅粥。

“来人哪！快来人！”

正在这时候，贾云福、柳卅臣两位督粮官进来了：“陛下！”

“外头怎么回事儿？”

“报陛下，大事不好了！突厥兵突然而来呀！四面八方全是人家的军队，无边无沿，也不知有多少，把咱们给包围了！他们现在用带火的武器往里进攻，我军伤亡惨重，正在拼命地搏击。陛下，快点穿衣服，跟随我们逃走吧！”

“啊？”

李世民一听，吓得好悬没趴下！赶紧顶盔贯甲，罩袍束带，系甲揽裙，周身上下收拾好了，贾云福、柳卅臣陪着，刚到黄罗帐门前，程咬金来了。程咬金气喘吁吁，大肚子直颤：“哎呀！陛下呀，咱们吃亏上当了！这突厥兵不知道从哪儿来的，把咱给包围了，我军拼死抵抗，现在杀得个难解难分！陛下，快随着微臣逃走吧！是非之地，不能久待！”

李世民考虑了考虑：“好吧！带马抬刀！”

李世民，马上皇帝，想当年拼杀在两军阵，那也是一员虎将！别看上年纪了，也不含糊！提刀上马，亲兵卫队五六百人，再加上程咬金、贾云福、柳卅臣往外拼杀。等离大帐不远，抬头一看，四外全是火光，也分不清个个数，也不知道是自已的人，还是突厥兵。

程咬金就说：“陛下，往北走！快点往北走！”

“咵咵咵！”正走着，正遇上小白猿侯君集和东方杰。他俩来得正是时候，手下带着一千多人，李世民这才放心："二位爱卿，战况如何？"

侯君集一扑棱脑袋："陛下，形势对咱极其不利！突厥兵全仗着马快兵刃急，把咱分割成多少块，我军都散了花了，难以集中。陛下，快点走！"

往哪儿走？李世民不知道，侯君集也不知道，哪儿远离战场就上哪儿去。东一头、西一头，突厥兵铺天盖地，有几十万之多！咱就这么说，一边往前杀着，一边死人，身边的人不断倒下去，而且突厥兵使用的全是弓箭和弩箭，不管什么箭，头前都用硫黄盐硝喂好了，射出来就着！全是火箭！

"啪啪啪！吱吱吱！"

一溜闪光，一溜闪光，射到哪儿，哪儿着火。有的被射死，有的被活活地烧死，天地都映红了！李世民有点冒了汗了，心里的懊恼别提了：嘿！高兴高兴，来了个大倒霉呀！真想起那句话来，物极必反，乐极生悲，高兴得太过分了，莫非这是报应不成吗？他们正往前跑着呢，突然对面三声炮响。

"吱吱！咚咚！"

再看突厥兵往左右一分，火光中出现两员大将，把去路给卡死了。程咬金把大斧子一晃："慢！主公，先站住，各位站住！停止前进！"

"哗！"静下来了。李世民和众人往对面观瞧，上垂手一个人，这家伙太吓人了！跳下马，摘盔卸甲，平顶身高能有一丈二尺八！这大个子，上拄天，下拄地，头似麦斗，眼似钢铃，四方大脸，下巴往前翘翘着。往脸上一看，那眼眉打着卷，飞插两鬓，两个眼睛跟铜铃似的，往外鼓鼓着，大趴鼻子，翻鼻子头，那嘴唇没有一寸厚也差不多，是阔口咧腮，满嘴的黄板牙，耳戴金环，梳着二十多根虾米须的辫子，身上穿着牛皮甲，赤着一条膀臂，掌中擎独角铜人槊，下边是牛皮的战裙，牛皮的护膝，牛皮的靴子，骑着一匹大黑马，一看就是野人！这是哪儿冒出来的原始人？跟那妖怪差不多！

下垂手一匹大红马，鞍韂嚼环鲜明锃亮，马鞍桥端坐一人，这个头没那个大也差不多，也得一丈挂零，头上梳着几十条虾米须的辫子，还插着几朵花，往身上看，穿着豹皮裙子，豹皮坎肩，豹皮护膝，豹皮的靴子，手中擎着一对鬼头钢刀。往脸上一看，大脸盘子，也是阔口咧腮，但仔细一看，乳房高起，女的！要不是看这个，比那男的还难看！哎哟！还有这样的女人哪？活妖怪！再看他们两个人拦住去路，哇哇直叫。

侯君集一瞅："主公，各位，别担心，我过去招呼招呼。"

还得说侯君集，他是步下的将官，手握三岔鬼头刀，"噔噔"来到近前："呔！我说对面的二位，贵姓高名啊？我说话你们听得懂听不懂啊？报名再战！"

那个男的，使独角娃娃槊的，似乎听懂了："哈哈，小个子，你问我叫什么名字？"

"对呀!"

"你真听懂了,要问我,我乃是赤比宝康王驾前之臣,又是他的二驸马,我叫海东珠。旁边这是我的夫人,我的夫人名叫阿塔公主。"

侯君集一咧嘴,娘啊!还有这样的公主,吓死个人!

"噢!哎呀,我说海东珠,行,有两下子,今天晚上出奇兵,把我们君臣包围了。不过你不要做好梦,想把我们一举全歼,门儿都没有呀!听我良言相劝,道路闪开,咱们另定日期,决一死战。不听,我告诉你,我叫你在刀下做鬼!"

"小矬子,你是谁?"

"我呀!小白猿侯君集。"

"侯君集?啊!嘿嘿,你就是侯君集!听说过,久闻大名啊!不过侯君集呀,今天你们已经中了计了,你看一看,正东正西,正南正北,东南东北,西南西北,四面八方全都是我们的人!还想走吗?你不应该说这话,应该我说。你背后是李世民吗?李世民,要明白事,赶紧下马投降,嗑破中指,写下血书,能保你们君臣活命。如若不然,今天一个也跑不了!"

"是吗?那咱就比画比画!"

说到这儿,没法再说了,侯君集往前一纵,大战海东珠。海东珠使的是娃娃槊,这条大槊一百多斤,侯君集不敢拿刀碰,一碰,刀就飞了!人家人高马大,侯君集个儿还小,又在步下,打起仗来十分吃力。东方杰在后头一看,打吧!到了现在,还讲什么客气?

"冲啊!"

众将齐撒战马,乱抖嚼环,都冲上来了,双方展开一场混战!后边就剩下李世民和程咬金。老程这么一看,形势依然严峻,因为人家人太多了,双拳难敌四手,好汉架不住人多。程咬金跟李世民商量:"陛下,我看够呛啊!快保着微臣逃命要紧!"

李世民一听这话,怎么这么别扭?咱俩谁保谁?合着我得保着你?哎呀,这么大年纪,是颠三倒四。

"老王兄,你我往哪里去?"

"看见没?这可能是东边,东边兵少,我保着你,奔东边跑吧!"

手下现在剩下不到五百人,"呜",奔东边下去了。他们君臣奔正东,没跑出二里地去,"吱!咚!嘡!"炮声一响,老程吓得好悬没从马上摔下去!

"啊!又有伏兵!"

到了现在,也豁出去了!抬头一看,借着火把灯光,看得十分真切,面前闪出一员女将,也是女的,桃红马,掌中使金背七星刀,再一看,周身上下顶盔贯甲,全身装束,外罩百花袍,肩头横担花狐尾,脑后斜插雉鸡翎,走兽壶悬天袋是弯弓插箭。往脸上一看，哎哟！您还真别说，这突厥国还真有美人！一看这员女将，长得跟天仙相似！不仅肉皮细腻，五官清秀，而且年纪还不大。尽管如此，眼角眉梢带着千层杀气，鞍前马后是百步的威风。在这女将的身后有一百名女兵，其他的都是突厥兵。老程心说：别看这女人长得这么美，她也是杀人的祖宗，也是我们的仇敌！

“陛下，您在这儿等着，老程我过去看看！”

他不过去，没旁人了！李世民点了点头：“老王兄多加谨慎！”

“没说得！我还有个老人缘。嘚！”

程咬金遇事不慌。他心里头尽管怎么着急，遇上这种事了，表面挺沉静，四平八稳在马上一坐，大斧子平端：“丫头，你是哪位呀？”

单说对面这员女将，一看前头来了一哨人马，看样子也就几百人，为首的两人，一个长得挺带劲，面似冠玉，三捋黑胡，眉分八彩，目若朗星。一看头上戴的，身上穿的，就看出来是皇上。皇上的衣着，跟一般人绝对不一样，金鞍玉辔。哟！这女子心就一动：莫非他就是唐天子李世民？哎哟！叫我遇上！我要能把李世民生擒活拿，那没有再好的事！这功劳大得没边了！能这么巧吗？再一看，旁边有个胖老头，肚子都出了号了！端着大斧子，时间不大，到了近前，跟自己说话。这女孩儿真聪明，从衣着、马和兵器上判断，很可能是程咬金，程咬金是大唐朝举足轻重的人物，也漫说抓李世民，把程咬金抓住，那也立下特大的功劳一件！想到这，这个女人心花怒放，她一不慌二不忙，稳操胜券，周围都是自己的人，埋伏出去十几里地，你能跑得了吗？漫说你是人，你就是鸟，你也飞不出去！

“我说老头儿，你问我是谁吗？”

“对呀！丫头，你是谁呀？”

“嘿嘿，我非是旁人，赤比宝康王是我干爹，我是他的干女儿，托罗公主！”

“噢！公主！托罗公主，这一方是你镇守了？”

“然也！我说老头儿，你先别问我，我问问你，你是不是程咬金？”

程咬金一听，坏了，让人认出来了！要认出来就跑不了！可到了现在，不能说瞎话了，把大肚子一腆：“不才，正是我老人家！”

“那后边穿黄袍那个是李世民了？”

程咬金一看，说瞎话也不好使，李世民穿着打扮与众不同，索性说实话：“嘿嘿，算你走运，那真是我们皇上李世民。”

“噢！太好了！我说程咬金哪，我奉劝你一句话，别费劲儿了，你们走不了了！中了我们的空城计，尽管你没进城，哪都是一样的，粮台给养全被我们夺了，你们人就得活活饿死！马也得饿死！兵无斗志，还不如及早下马投降！”

程咬金一看，没法往下说了，干脆来吧！硬冲！可三斧子半没管用，反而让托罗公主一顿大刀，好悬没要了程咬金的命！这程咬金就喊上了：“陛下快保驾呀！快来救我！”

李世民一听，得，咱俩谁保谁呀？催马摇刀来救程咬金，情况是十分危急。就在这紧关节要的时候，侯君集、苏定方、东方杰、贾云福、柳卅臣率兵赶到，经过一场混战，总算把李世民、程咬金给救出来了，把托罗公主给摆脱了。但是这是局部的，想出这个大包围圈，是势比登天！唐王李世民也带了轻伤了，这怎么办呢？处处挨打，十分的被动。后来程咬金出个主意：“陛下呀，不行啊！你看看，连点遮拦都没有，咱地理也不熟。依臣的主意，咱们赶紧进牧羊城，牧羊城是空城，不管怎么说，咱有个安身之地。这旷野荒郊，连容身之地都没有怎么能行？”

李世民摇摇头，说：“牧羊城乃是一座空城，明明人家摆的是空城计，我们怎好上当？”

“哎呀！陛下，明知是当，咱也得上啊！不然怎么办？”

李世民也没有办法了，事到现在，只有进城了，这个地方暂时还能平安保险。因此做出决定，率领残兵败将，就败进牧羊城。搜集残兵，三三五五，左一帮右一伙，大家都进了城了。到城里之后，赶紧把城门关闭，吊桥高挑，李世民登上城楼往外头一看，那还打呢，也分不出个数。程咬金就骂：“他娘的！平时关饷的时候，一个都不少。到了现在，人都死到哪去了？”

苏定方说：“老千岁，您错怪他们了！要没有这些将士舍死忘生保驾，咱们早完了！你没看吗？都在玩命！”

李世民一看，眼泪掉下来：“咳！不怪天，不怪地，全怪朕一个人！就因为我利令智昏，好大喜功，这才误中了奸计呀！现在是追悔莫及！”

众人苦劝，让李世民下了城，进王宫休息。有人问，有王宫吗？怎么没有啊？就是赤比宝康王留下的王宫，一应俱全。众人进了王宫，安顿皇上先喘喘气，余者包扎伤口，处理后事。到了第二天的时候，残兵败将陆续进城，查点查点，大军不到十万，三十万人马损失了三分之二。这个仗损失可太大了！说这事，还都是小事，转过天来，总督粮官贾云福、柳卅臣来见皇上和军师，贾云福咧着嘴：“陛下，臣前来领罪！”

“噢？卿家何罪之有？”

“我掌管粮台，因为我们误中奸计，被人家把粮道掐断了，这粮台全都丢失了。城中无粮啊！”

“噢？”

这下李世民傻了，人是铁，饭是钢，一顿不吃饿得慌。没粮食怎么能行？徐懋功也傻了："云福啊，那么现在的粮食，能支应几日啊？"

"三哥，我们算计了算计，现在总的粮草，也就是一千车，外加四万多斤。十几万人，这这这，不够两天的支应！"

在场的人一听，全傻了。可这会儿再登上城楼，往外头一看，到处都是突厥兵，左三层，右五层，把牧羊城围了个风雨不透！漫说是人，鸟都飞不出去！到了现在，大家明白了，空城计！人家使用的也是绝粮计！功高不如救驾，计狠莫过绝粮。断了你的吃喝，多大的英雄也得玩完！为此，李世民召开紧急会议："怎么办？"

有人提议："闯重围，再杀出去！"

李世民摇了摇头："不可能啊！你看一看，我们现在是残兵败将，兵无斗志，还能冲得出去吗？那无异于送死。"

看来赤比宝康王可够毒辣的。那么为今之计，说这喝还行，眼下还有不少的井，打点水，人们解渴，还行。可饭是大事！有人提议："只有杀战马。"

把马都杀了，怎么打仗啊？哎呀！人们愁得是唉声叹气。转过天来，大家还是没咒念。徐懋功说："这样吧！陛下，臣昨夜晚间考虑好了，看来现在大军突围已不可能，必须派一能干之人，闯重围，回京去搬兵。没有援兵，咱们谁也活不了！"

李世民点点头："也只好如此。卿家，谁能搬兵？谁能闯得出去？大军都难以突围，何况是一个人两个人呢？恐怕此事会很难啊！"

"陛下，事情到了现在，难也得办了，不然，就是死路一条！我营之中能征惯战者，不乏其人，我看搬兵求救的人还是有的。"

"噢？卿家，你说谁去合适？"

"这……"

徐懋功说到这儿，用眼睛往下溜了一下。旁人不说，单说程咬金，老程一听，脑袋"嗡嗡"直响，一看徐懋功那眼睛盯了他一眼，程咬金魂都飞了！心说：瞧着没？这牛鼻子又要冒坏水！反正谁去我也不去！别抓倒霉的！这牛鼻子专找我的毛病。程咬金心里正在打鼓呢，徐懋功说话了："陛下，我看搬兵求助者，非我四弟程咬金不可！"

程咬金一听，好悬没趴那儿！没等皇上说话，老程就跳出来："陛下，别听他放屁！他胡说八道！这纯粹是假公济私，公报私仇！满营众将，年轻的有的是！能征惯战者有的是！为什么非派到我的头上？臣老矣，陛下别听他的！"

满营众将也不敢乐，心说话：军师的决定似乎也有点荒唐，怎么能让他去呢？那么大年纪。大家谁也没说话，徐懋功乐了："四弟，你看看，我话没说完呢，你就翻脸了。你别忘了，要讲究经验丰富者，非你莫属！要讲究勇劲，非你莫属！满营众将虽多，跟你没法比。兄弟，在紧关节要的时候，你不出头谁出头？这么办吧，你就辛苦辛苦，带着搬兵求救的折报，回京城去一趟！你真不愿意吗？”

“不愿意！就是不愿意！我说徐懋功，叫我干什么都行，这么干我不干，你另选旁人！”

最后徐懋功闻听把桌子一拍，“啪！”

“程咬金，这是什么地方？这是议事的大厅，方才我说得话就是军令！抗令不遵者，杀！你懂吗？好言好语跟你商议，你就是不听，莫非你让我翻脸不成？”

“哎，我说徐懋功，你翻脸就翻脸！我也看出来了，大不了是个死，我在你手底下没个好！你杀呀！你杀我也不去！”

“好，这可是你逼的！刀斧手！”

“在！”

“把程咬金拉出去砍了！”

刀斧手往上一闯，把老程抹肩头拢二臂，推出去了。这程咬金还不服不忿，一边往外走，一边还吵吵呢：“徐懋功！我跟你完不了！我变成厉鬼，我也得先掐死你！不去！我就是不去！宁愿掉脑袋！”

声音越来越小了，把他推出去了。李世民一看，于心不忍，转回身来问徐懋功：“军师，这这，似乎有点过分吧？我那程王兄屡立战功，偌大年纪，就为这件事，就把他杀了吗？”

“哈哈，陛下，我这是吓唬吓唬他。我四弟这个人，您还不了解吗？牵着不走，打着倒退。你越跟他说好的，他越来劲儿！就得刚柔并用。陛下，我刚才说得不是开玩笑，要想搬兵求救，非他不可！谁也出不去！侯君集有能耐，闯联营出得去吗？出不去！苏定方有能耐，到外头就得死！非得他！为什么呢？因为他脸皮厚，足智多谋，见什么人说什么话，软的也行，硬的也行，能折能弯，非得这样的人能办大事。陛下，这样，臣我动那武的，您动那文的，您到外头再劝说劝说，刚柔并用，他就听话了。”

李世民一听，这老道是够损的！合着我们君臣还得演一出戏。

“好吧！”

李世民欠身离坐，带了几个人来到外边。一看，法场立好了，刽子手怀抱鬼头刀，等候行刑令。老程在那捆着，李世民过来，亲自把绑绳给解开了。程咬金一看是皇上，委屈：“陛下！给臣做主啊！这牛鼻子太欺负人了！”

“王兄啊！咳！怎么说呢？军师也是没办法呀！方才军师跟我讲了，这个差事非你不可呀！王兄啊，并非是公报私仇，因为你有勇有谋，经验丰富，见什么人说什么话。这么重要的事情，能派旁人吗？派旁人朕也放心不下呀！回顾往事，王兄，你少干这事了吗？每逢紧关节要的时候，都是你挑起千斤重担，完满地完成。你想想，哪回你失败过？再说，我也听人讲了，你是一员福将，福大命大造化大，就是能逢凶化吉，遇难成祥。王兄，为了朕，为了十几万弟兄的性命，为了朕的江山社稷，为了大唐朝的百姓，王兄你就答应了吧！朕这厢有礼了！”

李世民这可不是演戏，说到动情之处，珠泪滚滚。程咬金一看，受不了了：“哎，陛下，别说了。就冲陛下这几句话，臣赴汤蹈火，万死不辞！我答应就是了。”

“多谢王兄，随我来！”

拉着他的手，回到屋里了。徐懋功一看，也乐了，就知道他答应了。

“四弟呀，你答应了？”

“啊！我跟你说，这是冲着皇上。冲你，门儿都没有！我也不是小孩了，打一巴掌给个甜枣吃。算了，咱俩别斗口了，快写搬兵求救的文书，我现在就启程！”

大家一听都乐了，皇上亲自提笔，写了一封信，这封信是给太子李治的。因为皇上御驾亲征，京里不留人行吗？太子李治监国，掌握大权。因此给儿子写了封信，让儿子见字之后，速发救兵，写的是十万火急，然后用了印。看了几遍，没有讹误，这才交给程咬金。程咬金一想：这是至关重要的，这可不能丢了！怎么办呢？为了稳妥起见，让人把这诏旨缝到战袍的里边。你不仔细看，你不把袍子拆了，根本发现不了。一切就绪之后，徐懋功才说：“四弟，你出门之后，千万谨慎。不必我教你了，你比我经验丰富得多，但此事一定要成，不能失败，成了咱们还有活的希望，要败了，那可就彻底玩完了！”

“哎，我说三哥，我问你点事儿。我听说城中无粮了，就够支应一两天的，那么此次搬兵，即使成功了，往返也得两月。那这两月你们喝西北风啊？你们怎么活呀？比方说，我把救兵搬来，你们都早死了！我不白折腾了？”

“咳！四弟，事到现在，我也没法回答你的问题。事在人为，我们慢慢想办法吧！”

刚说到这儿，贾云福、柳卅臣兴冲冲进来了：“陛下、军师！各位，给你们道喜了！”

大伙儿在这个情况下，一听这句话，眼睛为之一亮！李世民就问：“何喜之有？”

“陛下，这不是粮食没有了吗？臣等就想办法。后来呢，发现了几个鼠洞，把鼠洞挖开一看，里头有不少的粮食！弟兄们来了精神了，开始找鼠洞，这牧羊城里这鼠洞有太多太多，不知有多少老鼠！结果怎么样？在鼠洞里头挖出来几万斤粮食，现在还正在继续挖。要照这样，还能支应几天！”

大伙儿一听，高兴了。你看这个老鼠啊，都有家底，把鼠洞挖开，里头有存粮。尽管如此，大伙儿一听，多惨呢！管老鼠要粮食，都到这个困难的地步了！虽然说是个喜事，能多支应几天，根本的问题还是解决不了啊！徐懋功点了点头："这也是个好主意，命令三军挖鼠洞，尽量多找粮食！"

程咬金要闯联营，那闯联营得饱餐战饭，尽管粮食那么金贵，也得叫他吃饱了。程咬金饱餐战饭，吃了个沟满壕平："行，陛下、三哥，各位，大伙儿听我的喜讯啊！我此番回京，一定让你们满足也就是了。"

说话间，给老程准备战马，战马也饮好了，也喂好了，鞍韂嚼环锃光瓦亮，程咬金手提大斧子，离开牧羊城。皇上送到王宫外，众大臣送他出了城门。等程咬金过了吊桥，就听身后，"咣当!"，回头一看，城门关闭，是吊桥高挑啊！再看看自己，孤单单冷清清，就是一个人。脖子有点冒凉气啊！哎呀！刚才那股高兴的劲儿一扫而光，心说话：徐懋功啊，怎么说你也不是好东西！你把我推向了死路！我这么大的年纪了，我能闯得出去吗？我怎么个闯法？愁煞人也，愁煞人也！可事到现在，话都说绝了，还能说我不去了？开开城我回去，能吗？不可能了。因此程咬金把牙关一咬，心一横：唉！豁出破头我就碰碰金钟！

# 第四十二回

## 老程瞎话骗敌将
## 咬金巧语蒙贼酋

程咬金奉旨搬兵，一个人离开牧羊城。来到城外，程咬金这心情酸咸苦辣，什么滋味都有，更多的是害怕。能出得去吗？往眼前一看，全是西突厥的军营，马号挨着马号，帐篷挨着帐篷，这联营一眼都望不到边。漫说是大活人，就是鸟也飞不出去！程咬金心说：我死不死是小事，能不能回到京里把救兵搬来，这才是大事！皇上说得对，事关大唐的江山社稷，事关多少万人的生命，无论如何我也得把这个事办成！可往回悬悬乎乎地都办成了，这回能吗？那好事都摊到我身上了？我真是福将，能够逢凶化吉遇难成祥吗？心里一点底都没有，就得硬着头皮往前走。

程咬金出的是东门，所以他就往前边走，一直奔正东，走着走着离着番营就不远了。他一看，那是辕门，两旁边壕沟和鹿角，无路可通，哎，把心一横，腰板一拔，自己给自己打气：别怕，啊，稳住劲儿，我得怎么说呢？他把词编好了，要不说经验丰富吧。

"踏踏踏！"说话之间，离着营门还有一箭之地，被人家巡逻兵发现，蹦出来一百多号，各拿梭镖跟盾牌，跟虎一样，过来把程咬金给包围了。

"站住别动！"

有的说汉语，有的说突厥话，反正不管说什么，那意思程咬金都懂。老程先是一惊，而后镇定下来了，把大肚子一腆："各位辛苦，我不是来打仗的，我是大唐朝的特使，要求见你们大元帅左车仑。我来见你们元帅，有重要的事情跟他谈。"

"见我们元帅？"

那个当头的翻愣着眼睛，看了看程咬金："我们元帅不能见你，有话跟我说吧！"

"什么跟你说？你算个儿？你能当得了家，做得了主吗？我可告诉你，愿意通报你就通报，不愿意通报，我走了！耽误了大事，你负全部的责任！”

说着话，拨马要走。真把这当头的给唬住了：“等等，你是谁呀？”

“谁？提起我来，大大有名，在大唐朝居官，鲁国公程咬金！”

“噢，你就是程咬金？”

“对！”

“那好吧，请你稍候片刻。弟兄们，看着他！”

一百来号把他包围了。老程一看，得，想跑也是跑不了了，干脆就豁出去了。报事的转身，进了三道营门，一直来到金顶黄罗牛皮大帐。此刻赤比宝康王率领文武，都在大帐里庆贺，这牛皮大帐可够宽敞的！里边装着二三百号人，地上都铺着毯子，他们是席地而坐。这桌案是一溜挨着一溜，里边又吃又喝，歌舞升平，正座上坐的是赤比宝康王，在座的有护国军师金刚佛，还有逃跑的飞钵僧、铁板老道，大帅左车仑，大驸马、二驸马，各路亲王，各路王主全都在座，干什么？人家高兴！大家正在庆贺。眼看着要打胜仗了，赤比宝康王擎杯在手，满面春风正在夸赞大帅左车仑：“各位呀，大帅出这主意太棒了！这叫空城计，现在把唐王以及手下的残兵败将都困在牧羊城。听说他们没有粮食，那粮道被咱给断了，饿也把他们给饿死！这主意简直太妙了！胜利就在眼前，众卿，为咱的胜利干杯！”

“干！干！”

正在这么个时候，报事的进来了：“报王爷，报大帅，辕门外来了个人！”

“刷！”

牛皮帐里马上静下来，人们注意地听着。赤比宝康王就问：“来了个什么人呢？”

“他自称是大唐的特使，说有重要的事情，要求见大帅左车仑。我们一盘问他，他还挺不耐烦，转身要走，说什么要耽误了大事，让我们负责，不知所为何故，请大王定夺！”

“来多少人？”

“就一个人，一个老头。”

“没问他是谁吗？”

“问了，他自称是鲁国公程咬金。”

“哗！”

大家是议论纷纷！那铁板老道站起来了：“无量天尊！大王，程咬金这个人您了解吗？他是个无赖！软磨硬泡，诡计多端。不用问！现在他们被困在城中，粮草尽绝，大概出了歪点子了，让这程咬金很可能是回京搬兵，他不搬兵没有出路。这程咬金考虑到出不去了，又跑这白话来了。大王切莫上当啊！各位，千万要提高警惕。依我的意思，把程咬金拽进来，不容分说，乱刀分尸，永绝后患!”

宝康王犹豫了一下，飞钵僧说话了：“阿弥陀佛！王爷，我看不管他什么目的，就一个老糟头子，把他叫进来问问，也未尝不可。如果真像道爷说得那样，杀他不现成的吗？是不是?”

“对！有理！总之此中必有文章。大帅呀!”

“在!”

“人家既然要见你，你就出去安排吧，这个权力就交给你了!”

“遵旨!”

大元帅左车仑站起来了，心里琢磨着：这么多人他都不见，非要见我。程咬金哪，我从来没跟你打过交道，想干什么？你岂能骗得了本帅?

左车仑想着，就来到牛皮大帐外头，上马出营门。走到营门外头一看，可不是吗？手下的军兵围着个胖老头，这老头儿满面红光，倍儿精神！甭问，大概就是程咬金。大帅一来，军兵往左右一分：“参见大帅!”退在两旁。

左车仑沉着脸，瞪着眼睛，上下打量程咬金：“我说老头，你想见本帅吗?”

程咬金定睛观瞧，不看则可，一看倒吸了一口冷气！心说：我的娘！长得真凶啊！再看这左车仑，跳下马来，平顶身高一丈一尺开外，宽宽的肩膀，厚厚的腰梁。这张脸长得太难看了！满脸都是金钱癣。九转狮子朱砂眉，大趴鼻子，鲇鱼嘴，连鬓络腮的胡子楂儿，一对大眼珠子，叽里咕噜直转，白眼珠大，黑眼仁小，就跟庙里那泥胎相似。头顶帅盔，体挂牛皮甲，悬着宝剑，说话是瓮声瓮气，满脸是横丝肉，耳戴着金环，他说话，舌头根多少有点发硬，尽管如此，汉语说得还可以。程咬金一听他自称叫本帅，不用问了，这肯定是左车仑了！到了现在，老程也豁出去了：“哎哈哈！孩啊，你就是车仑？哎呀，数载未见，你都长大成人了！真是后生可畏呀！哈哈!”

左车仑一听，纳闷，听他这个口风，我小时候他见过我？要不怎么这么说呢？想到这儿，他就问：“程咬金，你我见过吗？初次相逢，你这话是什么意思?”

“哎！小子，我说你越大越没规矩了！快点下马，跪在我的面前叫老伯，我是你的长辈，你知道吗?”

“程咬金你住口！不亲假亲，不近假近，我跟你根本就不认识！这辈分从哪论的？你说清楚!”

“我说车仑，你这孩子忘性可不小。我且问你，你有师父没?”

“当然有!”

“你师父是谁?”

“灵光大法师!”

“是啊！那我就说对了。我跟你老师，我们是磕头的把兄弟，我是哥哥，他是兄弟，从你老师那论，你不是我侄儿吗？你不得管我叫老伯吗？”

“是吗？”

左车仑一琢磨：没听老师说过，从来就没跟我讲过，莫非程咬金在这儿蒙事？但一看那个意思，出语诚恳，不像说瞎话。这程咬金瞪眼说瞎话，说得比真的还真！看来这左车仑还真要上当。左车仑就问：“程咬金，既然你跟我老师认得，你说说经过，你们怎么认识的？”

“哎，小孩没娘，说起来话长啊！孩子，说起来嘛，我算算啊，二十多年前了，没三十年也差不多了。那会儿我占据瓦岗山，我正是混世魔王大德天子，咱也做过皇上，这你听说过吗？”

“听说过。”

“是啊，就在第二年的时候，你老师灵光大法师到了瓦岗山了，非哀求我收留他不可。那阵儿啊，我修了招贤馆，招贤纳士。我对出家人最尊重不过，一看你老师来了，出于一片的挚诚，我们俩谈了谈话，觉得还挺有缘分。就这么的，我降旨就把他收留了，我们两个人谈了三天三夜。谈论的是什么呢？都是兵书战法，我这一考，你老师真有学问！不仅能耐大，善懂兵书，我一高兴，加封他军师之职，在瓦岗山给我当过军师。人是一回生两回熟啊！处长了，耳鬓厮磨，感情越来越深。后来是你师父主动提出来的，说：‘魔王，我看你这人太好了，原来我以为您这个人不定多骄傲，现在我发现您这个人平易近人。我打算跟您冲北磕头，八拜结交，咱们亲近一步。’我这人好交，一听，好吧，我就答应了，就这样，我们俩结拜了。一诉说这个年纪，我们俩同岁，我生日比他大，所以我是哥哥，他是弟弟。这么说吧，他在瓦岗山待了能有三年，后来呢，他有事要走，难舍难离呀！临走的时候，我把他送下瓦岗山，我问他上哪儿去，他说上昆仑山，我说关山万里，何日才能相见呢？你师父掉着眼泪，他说：‘这么办，将来我有了落脚地，我肯定给您来信，日后还有见面的机会。’哪知那次一别，再没有见面，别看没见面，书信经常往还，他把他的情况随时随地都告诉我，我这才知道他到了昆仑山大昆仑寺落了脚，后来还当了方丈。也不知后来，又挪到哪去了，我记不清了，他告诉我，他收了徒弟叫左车仑，提的孩子就是你呀！我说好吧，那你就好好教你的徒弟吧，你本事那么大，把你的能耐都传授给他，不就这么个经过吗？要不我怎么知道你是他徒弟呢？哎，我知道你是我的晚辈呢！不就这么回事？”

左车仑一听，有的地方还真对。不了解情况，怎么能说得这么对呢？程咬金说瞎话有套逻辑，他一边说着，一边察言观色，能从这个左车仑的表情上看出来，他信还是不信。他一看，有门，就顺着这往下编，编得是活灵活现，真就把这个左车仑给蒙住了！但是左车仑也不傻呀，接茬问："噢！那么后来呢？"

"后来消息隔绝呀！岗山散将，我们不干了，后来我们投了唐了。哎呀，兵祸滚滚，狼烟四起，打得乌烟瘴气呀！我跟你老师我们就不通信了，后来是谁给我捎来个信，说你老师好像不在了，也许这个消息不确实，也许你老师还健在。我问问你，你师父现在怎么样？"

"我师父几年前就不在了。"

"你看，是不是？看来捎这个信还一点假的都没有。哎，我说兄弟真不错，到现在，想起往事，我心如刀绞啊！"

程咬金说着说着，还哭了。左车仑一看，信以为实了："前辈，不必难过了，人活百岁，总是有个死啊！老千岁，放下远的，咱说近的吧。您见我有什么事？"

"孩子，要说咱是两国的仇敌，是不？没什么可说的。那除了打仗，还有什么说的？但是咱关系非同一般，是不是呢？正像我刚才说那样，咱爷俩儿近亲着一步，所以别人我不找，我先见见你。孩子，你知道我为什么要见你吗？"

"不知道。"

程咬金还往四外看看："我说，这说话保险吗？"

"您说吧，都是我的人，万无一失！"

"孩啊，我想投降啊！"

"啊？投降我们突厥国？"

"对呀！就是这么回事儿！孩子，我实话跟你说吧！大唐朝完了！皇上都困到这了，里无粮台，外无救兵，饿也得把他们饿死！我陪他们哪？我怎么了我？大将保明主，俊鸟登高枝，我深知赤比宝康王，那也是一代的豪杰，我打算叫你给搭搭桥，要不嫌我老，就把我收留，给我找条生路。孩啊，你愿意吗？"

"哈哈，欢迎欢迎！老伯，你这么做就对了。现在唐朝的确完了，李世民一死，还有什么可说？他不死，唯一的办法就是出城纳降，写降书交顺表，还有一条生路。不然，必死无疑了！您老人家陪着他们干什么？您这么做就对了！不过我有点不太相信，依您的身份，您能投降？这事我有点怀疑。"

"你放屁！小兔崽子，你怀疑什么？你想一想，人是铁饭是钢，一顿不吃饿得慌，官再大，不得吃饭吗？方才我没说吗，找一条生路，填饱肚皮，这是紧关节要的。不然，我当那鲁国公，我饿死啊！"

"可也是，可也是啊！那好吧，既然您愿意叫我搭个桥，我义不容辞。那您往里请，见见我们王爷！现在说话算的人都在，我给您介绍介绍，您有什么话，跟我们王爷去说去！"

"哎！车仑，我话还没说完呢。现在我们被困牧羊城，里无粮台，外无救兵，现在李世民都疯了！特别是那牛鼻子老道徐懋功，更疯了！这帮人要听我的，不会吃亏上当。他们贪功心切，现在没粮了，怎么办呢？逼着我出来搬兵。孩啊，这不往死路上逼我吗？你们这么多军队在外头围着，我能出得去吗？明明是叫我死啊！我心里寒透了心了！因此我才想出这主意来。方才你说了，让我去见赤比宝康王，我真想见他老人家，但是呢，我还有点难言之隐。”

“老伯，您跟我说吧！什么难言之隐？”

“孩子你想想，要就是我一个人，怎么都好办。灶王爷贴腿肚子上，人走家搬。可你别忘了，我还有三亲六故，我还有众多的家眷，都在京城呢！我有老伴，有儿子，哎哟！一大帮啊！我真是在这阵儿，我投诚了，倘若消息走漏了，这一家子人谁都活不了！你哥他们都得完！你不心疼吗？所以我的意思，你先跟王爷打个招呼，给我挂上号，我先走。我把家眷都接来，没有后顾之忧，就踏踏实实给狼主办事，车仑哪，你看好吗？”

左车仑也不傻，闻听此言，眼珠转悠转悠，明白了：“哈哈，我说程咬金哪，说了半天，闹了半天你用意在此。我全懂了！说别的没用，一句话你想骗我，想混出联营，去搬兵求助。你怕走不了，故弄玄虚，编了一大套瞎话，是这么回事儿不？我告诉你程咬金，水贼过河，甭使狗刨！我左车仑眼睫毛可是空的，你别跟我耍心眼！是不是想骗我，想混出营盘对不对？”

老程一听，心里一翻个儿，脑瓜子“嗡嗡”直响，心说：这猴崽子真够奸的！我说了半天，也没骗了他。怎么办呢？厚着脸皮还得往下说，还劝自己：别慌，别害怕，稳住架！戏法一变漏了，全完！程咬金想到这，把脸往下一沉：“我说车仑，你这孩子怎么学成这样了？我肺腑之言，你当了耳边风了！我这么大的年纪，我跟你演得着戏吗？掏心窝子跟你说了几句话，你还对我怀疑上了！是那么回事儿吗？噢，见你们狼主，见就见呗！赤比宝康王还吃人呢？那好，你头前带路，我见见他。”

左车仑一看，莫非自己冤枉他了？

“好吧，老伯，不是我多心，因为人心叵测，中原人讲话，画龙画虎难画骨，知人知面不知心，咱爷俩儿没共过事，难免我要产生怀疑，是不是？见见我们大王，你把这番话也说说，由他做决定，我没得可说。”

“行，那就见一见！”

程咬金一看，头一招不好使，不想见也得见。老程心说：一见我就要玩完！他们七嘴八舌头地一问，我就没词了。咳！事到了现在，实在没有法，豁出去了！左车仑在头前引路，程咬金在后头跟着，两个人都上了马。因为还有一段路程，程咬金一边走着，一边偷眼观看。一看，一道战壕挨着一道战壕，战壕里全是突厥国的军队，盾牌、长矛、梭镖、强弓、硬弩，密密麻麻呀！看来突围毫无希望了。说话间，左车仑领着他过了三道辕门，就来到金顶牛皮大帐，扭回头对程咬金说："老伯，下马吧！到地方了。"

"好了！"

老程硬着头皮，从马上跳下来了。左车仑先到里边送信，让老程在外头听信。等他来到里边，赤比宝康王就问："大帅，怎么这么长时间？怎么说了这么半天话？"

"啊，王爷，有一些话说得是多了一些，我得盘问盘问。"

"问出什么没有？他究竟想干什么？"

"王爷，程咬金打算投降。"

"什么？他要保我？"

"对，就为这事，我问了半天。"

"哈哈！难道这是真的？程咬金那是举足轻重的人物，他真保了我，这是个好事！真是没想到。"

话音刚落，铁板老道说话了："无量天尊！王爷切莫上当。这程咬金绝对不会投降的，谁投降，他也不能投降。方才贫道说了，这个家伙生性奸狡，瞪眼说瞎话，贫道跟他打过交道，对他太了解了！您想想，大唐朝封他重官，他受的待遇超过所有的人，他跟随唐王多少年了，那是铁杆的！他怎么会投降呢？此中有诈，分明是一计呀！您千万别上当。"

"是吗？他敢！"

"他什么不敢呢？逼到这份了，不敢他也得敢。"

"那你们看呢？"

飞钵僧说话："阿弥陀佛！王爷，方才道爷所说，也不是没有道理。总之吧，咱们应当审慎对待，不可听信他的话。"

"行，叫他进来我问问！如果有一着之错，我能饶得了他吗？做好准备！"

做什么准备？密排刀斧手，把残席撤下，文武列立两旁，牛皮大帐里杀气腾腾。赤比宝康王把桌子一拍："带程咬金！"

左车仑喊了一声："带程咬金进来！"

老程在外头就听见了，吓得一缩脖子，行了！哎呀，到时候了！再看程咬金，又上来天不怕地不怕那个劲儿了，腆着大肚子，迈着方步，脖子梗梗着，脸仰着，毫不在乎。这就叫经验，遇事不慌，稳稳当当走进牛皮大帐。他一看，嚄！怎么这么多人？男的、女的、老的、少的，有两三百号，一个个二目圆睁，盯到自己身上。要胆小的，一看都看化了！那就是程咬金，老程往正座上一看，坐着个大胖子，这个人肩头横担花狸尾，脑后斜插雉鸡翎，戴着王冠，穿着黄袍，下边牛皮的靴子，挎的玉石把镶宝石的弯刀。甭问，这就是赤比宝康王，岁数不大，四十岁挂零。再看程咬金，稳稳当当到了御案前，躬身施礼："外臣程咬金参见大王千千岁!”

铁板老道一拍桌子:“咄!程咬金,见着我家汗王,因何不跪?”

“跪下!”

呜嚎直叫。程咬金没跪,腰板倍儿直,等大伙儿吆喝完,他说:“我说各位,这何苦?王爷都没发话,你们咋呼什么?我不跪,是有原因的。我在大唐朝受过皇封,上殿不见君,下殿不辞君,我给谁都没跪过。那么到了贵国了,也应当优厚啊!非跪干什么?”

赤比宝康王闻听,把桌子“啪”一拍:“胡说!程咬金,大唐是大唐,突厥是突厥,见着本王你就是跪!李世民封了你,我没封你!”

“王爷,您说您计较什么?就这点小事,您都斤斤计较,显得心胸太狭窄了。我跪您又能怎么样?我不跪您又能怎么样?我八十来岁的人了,您还求全责备吗?显着您这肚量太小点。”

“我……好吧,不跪就不跪。程咬金,你究竟想干什么?”

“王爷,大元帅左车仑没跟你介绍吗?”

“我问你呢!你正面回答!”

“哎,我呀,表面上回京城搬兵求救。我搬兵去,实质上我借这个因由,我打算投降,扶保你赤比宝康王。说得清清楚楚吧,这你明白吧?”

“哼!我看你搬兵是真,投降是假!”

“王爷,你根据是什么?”

“根据……凭我的经验,凭我判断的,不会有错!程咬金,我说你听听,是不是城中绝粮了?你们走投无路,李世民、徐懋功想出招来,叫你回京搬兵。你知道你走不了啊!你飞也飞不出去,编了一套瞎话,你想骗取本王的信任,钻空子逃走,是也不是?”

“说!是不是?”

老程一听,说得怎么那么对!但不能承认。程咬金心里头慌乱,表面镇定:“好,王爷,也有你这么一说。人心隔肚皮,做事两不知,人心叵测,是不是?画龙画虎难画骨,知人知面不知心,您怀疑我,绝对是对的。但是您冤枉我,不是那么回事儿!我是真心实意地打算保您。咱就这么说,如果李世民、徐懋功听我的话,他们不能吃亏上当。那阵儿我就劝他们,别进牧羊城。他们贪功心切,不纳忠言,一意孤行,才有今日之错。我伤心呢!这个昏君,我保他做什么?我这么大的年纪了,我跟他们一块饿死在城里,我犯不上!所以我给我自己找条出路。大将保明主,俊鸟登高枝,这是我掏心窝子说的良心话。信不信由你了!”

说完了,程咬金把眼一闭。宝康王心里头一翻个儿,察言观色,没看出毛病来。程咬金态度从容,神情很恳切,备不住是真的。他就有点相信了。不有那么句话吗？不怕没好事，就怕没好人！这铁板老道恨透了程咬金了，听完之后，他站起来了："无量佛！王爷，别上当受骗哪！程咬金说的都是瞎话，我一句都不信！他绝不可能降咱们，肯定他另有打算！王爷，像这种货，把他杀了就得了！别听他白话！他投降能怎么地？咱要他有什么用？一个老糟头子。王爷，要他的命！"

"对！要他的命！"

"要他的命！"

宝康王点了点头："程咬金哪！你真能编呐，真是瞪眼说瞎话！你认为本王是好骗的吗？你拿我当三岁的小孩了！左右，把他拉出去，五马分尸！"

"是！"

过来一伙人，把老程给拖出去了。程咬金一看，完！这算玩完哪！哎呀，看来生有处，死有地，今天无论如何是活不了了！尽管如此，程咬金这心依然是没变，如果有一线生机，这瞎话还得接茬儿往下说。宝康王率领着文武重臣，到牛皮大帐外头，也看热闹。再看，五匹战马准备好了，这战马都是膘肥体壮，脖项下头威武铃，头顶上红绿绸子条，鞍韂嚼环都齐备。五名骑士都是身强力壮的棒小伙子，牛皮坎肩，牛皮裙子，手里拎着马鞭子，一个个飞身上马，这五匹马朝着五个方向，把老程就按到那儿。拿过五条大绳子来，脖子上勒一条，两只手各一条，两条腿各一条，那一头拴到马鞍子上，拴了个结结实实。现在程咬金整个变成了个大字形，五名骑士扬鞭在手，就等着号令。那头要说"施刑"，这战马这一跑，把人就抻散架子了！这是古代一种酷刑，惨绝人寰！宝康王看了看，一切就绪了，问程咬金："姓程的，说说看，你到底想干什么？说了实话，我还许饶了你。要继续说瞎话，我把你五马分尸！说不说！"

程咬金心里跟明镜一样！一说实话，那是指定得死！不说实话，还有一线的生机。到了现在，豁出去了："王爷，我说得字字是实，没有假话，信不信由你！"

"好小子！叫你嘴硬！现在我数三数，到了三字，你还不说实话，我可就要施刑了！一！"

众人静静地听着，有背着手的，有叉着腰的，目光"刷"都盯到程咬金身上了。老程不言语。

"二！"

还没反应。这阵儿骑士把鞭子全都举起来，如果说"三"，那程咬金就算完了！那知宝康王没说三，到这变了："一！二！把他放了。"

给放了，哎哟！等把绳去掉了，老程躺那，都动不了地方！浑身上下抖作一团，后背全是汗。宝康王转身回了牛皮大帐，吩咐一声："把程咬金带进来！"

“带进来！”

老程都不知道怎么进的大帐，迷迷糊糊。但程咬金心里头清楚，看来死不了了！这一关算过了。哎呀，还得咬着牙说瞎话。老程来到里边，往那一站，立而不跪，态度依然很从容。宝康王看了看：“程咬金，你说的都是真的?”

“我说王爷，你也不是老娘们，你怎么这么絮叨？我说了几遍，是真的！”

“你真想保我?”

“真的?”

“好！既然如此，本王就信你一次。程咬金，我代表西突厥欢迎你来呀！加封你郡王之职。”

“哗！”

两三百人就开了锅了！一听，这王爷真舍得！一张嘴就给了个郡王。除了亲王，下边就是郡王，那是二等王，享受最高的待遇。程咬金赶紧躬身施礼：“多谢大王千千岁！大王万寿无疆！”

“哈哈，赐宴！”

排摆酒筵，给老程接风。方才是阶下囚，下来是座上客啊！程咬金等坐下之后，心里这高兴劲儿就甭提了！一看，肉山酒海，城中没吃的，人家这有的是！老程一琢磨：临死也做个饱死鬼。甩开腮帮子，颠起大槽牙，他这顿吃！心里琢磨：下一步该当如何?

# 第四十三回

## 程咬金玩赖耍老道
## 谢映登奋勇救老友

程咬金骗过赤比宝康王，人家还加封他郡王之职。那么程咬金相信吗？他也不相信，他心琢磨着：这个宝康王啊，也备不住是测试测试我，千万不要掉以轻心！一句话说漏了，一切全完！所以在这吃着喝着，他想着自己的心事。这宝康王的确如此，现在对程咬金是半信半疑呀！宝康王也打主意：这程咬金怎么办呢？把他放到什么位置上呢？放手吧，怕他跑了。看管起来吧，又没理由。两个人谁也没言语，那么程咬金提出要求来："王爷，我这个人是直肠子，咱们处长了你就知道，我有啥我说啥。我还有个要求。"

"讲，什么要求？"

"王爷，两军阵前正在开兵见仗。我是行伍出身，我这玩意待不住。你别看上年纪了，我好动不好静。你要就叫我在屋里待着，天天这么吃喝，我就废了。我跟你讨个差事，您是不是让我开兵见仗，包打前敌？我不怕苦，我也不怕死。"

"哈哈，郡王，你那么大的年纪了，开兵见仗还用得着你？你就享福吧！给我做个智囊，有什么事情咱们也好商议。"

"王爷，不行，我不是那块料。动武动力气行，你叫我出主意，我没那么些点子。哎，王爷，咱这么办行不行？你既然不忍叫我开兵见仗，还得叫我活动活动。我帮着你巡营怎么样？巡营瞭哨不也得有人吗？这样我每天还可以外出活动，我也不闷得慌，也省得待废了。王爷，怎么样？"

"这……"

宝康王一听，这怎么办？答应，怕他跑了。不答应，没有理由拒绝。正这时候铁板老道说话了："无量天尊！王爷，我看这样吧，程咬金提出来了，要巡逻放哨，这个差事还挺好。我怕他人生地不熟啊，蒙灯转向。如果王爷愿意的话，贫道不才，我陪着程老千岁。我们俩一起巡风放哨，吃在一起，住在一起，不知王爷以为如何呢？"

老程一听，心说话：呸！这个牛鼻子，你可把我气死了！这成心找我的毛病！哪是帮着我？分明是看着我监视我！咱俩真是前世的冤家，今世的对头！宝康王一听就明白了："好！好主意！道爷，要那么说，你就辛苦了。从今天开始，你们二人就住在一起，吃在一起，一同巡逻，本王就放了心了。下去准备。"

程咬金再说不干，没理由了。单说左车仑，拉着程咬金的手："老伯，安心住下吧！哪都甭去了，咱们在一起还可以参考事情。早晚打胜了，一块享福！您有哪些要求，尽管跟我说。"

"孩儿，没说得了，我这就心满意足了。"

头一天，他跟铁板老道住到一块，也是牛皮大帐，两张床，一边一个。程咬金越想这心里越别扭，心想：这牛鼻子比奸的还奸，比滑的还滑，我干点什么事，逃脱不了他的眼睛，更谈不到逃走了。这可怎么办？度日如年哪！离开牧羊城的时候，城中的粮食已经断绝了，幸亏挖鼠洞挖出几万斤粮来了。那么多人能吃几天哪？恐怕现在都要断顿了。我再不搬兵，再耽搁时间，他们君臣就得饿死！这怎么办？怎么能有脱身之计呢？哎呀呀呀，愁死我了！

老程躺下一看，铁板老道用眼睛盯着他。这铁板老道跟他也不说话，就在瞪着眼盯着他，一举一动他都看在眼里。老程一想：睡觉骗骗他！躺下了。这程咬金假装睡着了，假装打呼噜，这滋味真难熬！后来，他发现铁板老道老盯着他，索性就真睡得了！也真累了，程咬金真睡了，呼声如雷。那铁板老道倍儿精神！你睡我不睡。他怕老程跑了。头一天晚上就这样过去了，第二天巡逻，两个人两匹马，东西南北四外逛荡，巡查有什么事。看看哪块的哨卡有没有问题，哪块的战具缺什么少什么，嘱咐嘱咐，也就干这点事。但程咬金留个心眼，看看哪条路可以逃走？走哪条路是捷径？后来他发现，还得出东辕门，东辕门出去，直奔长安，省得拐弯，这样能近着几十里。对！我要能跑，就从东辕门跑。

第二天晚上，老程倒头便睡，反正也走不了了，费那脑筋干吗？这铁板老道又没睡，一直盯着他。这程咬金这病多了！年轻那会儿他就这样。什么病？就是睡觉这毛病太多，咬牙、放屁、吧嗒嘴，说胡话、打梦拳，站起来，翻身，没有一点老实劲儿。把这铁板老道给气得鼻子都歪了！心说话：这家伙怎么这么些毛病？瞪眼看着。到了第三天，老程照样睡，铁板老道可受不了了！像熬鹰一样，把他熬得头昏脑涨，迷迷糊糊，饭也吃不下去了。要不说，睡觉这是个大问题，人要不睡觉五天五夜，就得困死！比那不吃不喝也差不多少。熬了三天，铁板老道受不了了，到了第四天，程咬金一看，差不多了，我这三天，这觉睡得可不错，就再熬两夜，没问题，我该走了。老程一想：今儿晚上我就走，白天再熬熬他。他抓紧时间，白天又睡了两个时辰，睡得倍儿足，等到了晚上的时候，铁板老道实在受不了了，心里还说呢：别睡啊，精神点！别睡！程咬金可别跑了啊！

别睡！别……哼哼哼哼。

睡了，身不由己。他这一睡不要紧，老程把眼睁开了，一开始没敢动，待了那么一会儿一看，铁板老道口水都流出来了，是真睡着了。程咬金一看，机不可失，时不再来，一骨碌身，他起来了。把应用之物全都带好了，还过来打打招呼："巡逻了！你不去，我可去了！好嘞！我走了！"

老程一伸手，在茶几上把大令拿起来了。巡逻没有令，哪能行？兵随将令草随风，这是通行证。他把大令往腰里头一别，大摇大摆走出牛皮帐，告诉亲兵："备马！"

大肚子蝈蝈红给他牵过来，鞍韂嚼环全都齐备。老程还问："我这马饮了没有？"

"饮过了。"

"喂过了吗？"

"饱草饱料，吃得饱饱的！"

"行了！"

韧镫搬鞍，他上了马了，一拐弯奔东辕门，"踏踏踏"，走了一程，回头一看，没人跟踪，这心多少放松了一点。他就怕这铁板老道，心说：等你一觉醒来，我早他娘走了！这阵儿心急嫌马慢，但又不敢跑快了，怕引起别人的怀疑来。这时候到辕门了，刚想要出辕门，被一个值日给拦住了，这值日是个副将："慢！站住！干什么的？"

"咋呼什么？"

"啊！郡王千岁！"

"啊！今天晚上我要查营啊。怎么样？你们这有什么困难吗？"

"回郡王，没有任何困难，一切齐毕。"

"如果说唐军突围，能跑得了吗？"

"跑不了，您看看，强弓硬弩，拌马锁，拌马蒺藜，应有尽有。远了用炮轰，近了用箭射，万无一失！您就放心吧！"

"那我就放心了。哎，把辕门打开，我到外头看看。"

"郡王原谅，它这个辕门不能随便开，您在里边溜达行，外边不能去。"

"放你妈的屁！我是郡王，我奉旨巡营，怎么着？外边就不能去呢？里边没问题，外边出了事怎么办？"

"郡王您原谅，虽然说您有大令，您看看您那令，那令只限于在里边溜达，不是开辕门放出去的令，所以小人没办法。要把您放出去，我担待不起！"

哟！还有这讲究？老程一想：怪我粗心。呀呀，辕门出不去，走不了啊！有心回去，铁板老道可能这一觉就睡醒了，我坐失良机啊！这个机会又得等几天才能有。不行，非走不可！正在这时，就听身后马挂銮铃的声音。

程咬金一听，脑袋“嗡”了一声，铁板老道来了，还得快点走！情急之下，老程把眼珠子一瞪，大斧子摘下来，就跟这值日的军官说：“你开不开营门？”

“我不能开，这，没有令箭，打死小人也不敢。”

“好小子，我叫你不敢！”

“咔嚓”一斧子，脑袋给砍下来了。旁边还那么多军兵呢：“啊！王爷你？怎么回事儿？”

“开营门！他以小犯上，不听郡王的话，我就把他杀了。哪个不听，以他为例！”

全傻眼了，一瞅，这位不信邪呀！真杀死了，没地方诉冤去！

“您别着急。快开营门！”

三道营门开放。老程是心花怒放，双脚一点镫，小肚子提气，碰马的铁过梁判官头：“嘚！”

“踏踏踏！”打马如飞，冲出东辕门。这时候铁板老道就追到了：“拦住！别放他出去！截着！”

截什么人？程咬金已经消失在夜幕之中。铁板老道怎么来的？睡着了不假，尽管他困乏了，但他心里有事。人就是这样，心里惦记事，睡不踏实。你别看也打呼噜，也流口水，毕竟他心里头有个疙瘩，睡着睡着，冷不丁他睁开眼了。往对面一看，空床！再看，程咬金没了，他本能地就提高了警惕。来到外边一问，马也没了，问这些人，这些人说了：“王爷自己去巡营放哨去了。”

哎哟！不好！铁板老道一琢磨：真要跑了程咬金，我没法交代！赶紧背好了宝剑，提着军刃，飞身上马，在后头就追。他不知道程咬金奔哪个方向，左打听右打听，有人指点，说：“奔东边去了。”

他才赶奔东辕门，结果迟到了一步，程咬金闯出去了。铁板老道叫苦不迭，一面派人飞报赤比宝康王和大帅左车仑，另外他一个人顾不了一切，他追下来了，管他黑天白天，非把程咬金追上不可！单说老程，这一出了营门，心花怒放，打破玉笼飞彩凤，顿开金锁走蛟龙！程咬金还赞成自己呢：我程咬金这点子怎么这么多？如此看来，我真是个福将。真应了那句话，福大命大造化大，我怎么出来的，连自己都不敢相信！他怕后边有追兵，打马如飞，拍着大肚子蝈蝈红脑门子：“老伙计，我老了，你也不年轻了，卖卖老吧！加把劲儿。不然，咱们全好不了！使点劲儿！”

“哼哼哼！”那真是两耳生风。不是有那么句话，欲速则不达，忙中有错，这话一点都不假。程咬金以为着，我就奔东跑那没错，越走越太平。结果想错了，他道路不熟啊！转了老半天圈子，离着东辕门也不远，他净走瞎道。老程一看，这是什么地方？除了山就是岭，好像刚才在这过了，怎么又转回来？呀呀，坏了坏了，地理不熟，走了瞎道了！他正转悠的工夫，就听后面有人高声喊喝：“呀呔！程咬金你站住！”

程咬金回头一看，我娘啊！怕什么来什么，铁板老道追下来了！而且离着很近。程咬金一看不好，跑吧！催马往前头就跑。还是那句话，天黑，道路不熟，所以跑了那么一段路程，让人家撵上了。铁板老道飞马越到前面，把道路挡住：“站住！”

“哎，站住就站住，怎么着吧？”

“程咬金你想干什么？”

“干什么？巡逻啊！奉旨巡逻啊！你这明知故问。”

“嘿嘿！事到现在，你还编瞎话，有上这巡逻的吗？一兵一卒都没有，你巡什么逻？”

“那要不巡逻，我闷得慌，我溜达溜达。”

“半夜三更你溜达什么？”

“我有这毛病，你管不着！”

“哎呀！程咬金哪！算了，我不跟你斗嘴。你跟我回去，一笔勾销没有话说。不回去，程咬金，你还走得了？”

老程一看，到现在，我就不接着往下编也没事，回去，连门都没有！

“哎，老道，说实话，我老程的确演了一场戏，把那些王八蛋都给骗了，唯独你这个王八蛋，我没骗了。咱俩是前世的冤家，今世的对头。实不相瞒，我奉旨回朝搬兵，老爷子不伺候你了！我回长安了！等把军队搬回来，再找你算账！”

“怎么样？我就知道你安的是这个心！程咬金，难得你真说出实话来了。你想得倒美，你走得了吗？”

“我想走就走得了，你还真就拦不住！”

“拿命来！”

两个人动了手了。程咬金哪是人家的对手？老程一看，拨马就走，他跑铁板老道就追，又打一阵，又跑又追。三磨两磨，天就快亮了，所幸，除了铁板老道，没有旁人。要再有旁人，程咬金就坏了！想走也走不了了！老程光顾着急了，马也是老了，大肚子蝈蝈红跟他多少年了，马也心有余力不足。让一块石头一绊不要紧，马失前蹄，“嘚！啪”，把老程从马上甩下来了，摔得实实灰灰的，大斧子也撒了手了。还没等程咬金站起来，老道一骗腿，“噌！”蹿到近前，用宝剑一指他咽喉：“别动！”

“没动！没动啊！”

“程咬金哪，还想走吗？”

“不想走了。”

“嘿嘿，我且问你，你搬兵求救，凭的是什么？有诏书还是有金牌？你藏到哪了？交出来！”

“就在我身上，不过我就不给！”

“我叫你嘴硬！拿命来吧你！”

程咬金一闭眼，你别看五马分尸没死了，但我逃不了这恶道的手！他比什么都狠。干脆死了算了！还是那句话，生有处，死有地，营盘我没死，死到山里头。

老道恶狠狠刚要下手，山坡上又来个出家的老道，就见这老道高声喊喝："慢！休得行凶，莫要撒野，四哥不必担心，小弟到了！"

这老道喊了一声，其快如飞，就来到出事地点，手中也提着明晃晃的宝剑，名字叫紫电剑。这宝剑这个亮！可铁板老道呢，不敢下手，他准知道一宝剑给程咬金捅上了，那个人那一宝剑也给他放上了。还是保命要紧，打垫步往前一纵，他跑了，把程咬金给饶了。老程一骨碌身站起来，眼睛都花了，心说：我又活了一回！哎哟！真不该死！谁呀这是？怎么管我叫四哥呢？听声音很熟，揉揉眼睛一看："哎哟我的兄弟哎！莫非在梦中相见不成？"

来的这个道人单手背剑，拉住程咬金的手："四哥一向可好吗？你可想煞了小弟！"眼泪"吧嗒吧嗒"掉下来了。

来的谁呀？正是贾柳楼磕头的把兄弟，排行在八呀，神射手谢克谢映登，谢八爷。贾柳楼四十六友大结拜，老大是魏征，老二是秦琼，老三是徐懋功，老四是程咬金，老五是尤俊达，老六是王君可，老七是王伯当，老八是谢映登。就这谢八爷，跟程咬金那交情太铁了！一晃分别这么多的年，冷不丁在这见着。要不仔细看看，要不是老熟人，几乎不认得了！几十年了，分手那会儿，谢八爷，漂亮小伙儿，风华正茂。现在再看，两鬓如霜，已成老朽了。老程一看，心肠这一热，一翻个儿，眼泪"吧嗒吧嗒"也掉下来，半天没说出话来。后来口打咳声："八弟，你莫非从天上掉下来的不成？怎么穿上这套衣裳了？你也出家了？"

"咳！一言难尽哪！"

谢八爷这是从哪来呢？他怎么知道程咬金在这有难呢？其实他不知道，这是寸劲儿。自从瓦岗山散将之后，谢八爷心灰意冷，找个没人的地方，他这一琢磨：争名夺利太没有意思了，你看我抛家舍业，投奔瓦岗山，实指望我们弟兄闯一番事业。没想到四哥程咬金脱袍让位了，让给李密，李密是个酒色之徒，重美人不重江山，玉玺换肖妃，可杀不可留！直惹得瓦岗山散将，离心离德。所以这心里特别难过，后来八爷就回到自己的家乡了，到了谢家庄之后，他就有个老娘，侍奉母亲。没几年，老太太死了，谢映登从来就是整身的童男，没结过婚，原来呀，他就想出家，这会儿正趁心愿，母亲死了，一心无牵挂。后来他就到了五台山，叫三阳观，出了家了。三阳观的观主还劝他呢：“八爷，出家可清苦啊！你真心想出家？”

“是！老师父，您不必再问了。我不是孩子，我要没有这颗诚心，我绝对不来，来了就是决心已定。”

就这样，把他给收下了。打那之后谢八爷就入了玄门，当了老道，甘心做三清弟子，青灯古佛，不问世事。光阴如箭，日月如梭，一眨眼这么多年，修行得道，说着容易做着难呢！人有七情六欲，要说把过去的事全忘光了，也很难！谢映登每逢想起往事他闹心，就在嘴里一个劲儿地念佛，一个劲儿敲木鱼，这还能好点。现在师父也不在了，师父死了，那么剩下他了，云游天下，四海为家，他心动了几次，想到长安看看磕头的把兄弟，还有谁？见着面，唠一唠，心里头有多痛快！

后来打定主意了，决心赶奔长安，在临行之时，又走了瓦岗山。原来在这举义，何等的欢乐！现在一看，面目已非，今非昔比了，瓦岗山还在，过去的一切一切不复存在了，过去的战场变了庄稼地，过去的熟人一个都没了，心里很不是滋味。因为谢八爷无拘无束，后来他就打听，才知道现在又开仗了，大唐帝国跟突厥开兵见仗，现在天子御驾亲征，原来的老少将军全随驾西征了，大军好几十万，打得正激烈之时。八爷一琢磨：我怎么办？来得不是机会，回山吧，等以后再说。但是又一想：好不容易下了山，怎么能回去？要不我也到前敌去看看，到那跟朋友见见面，也未尝不可呀！对，走一趟。他是安着这个心，所以才来到前敌。天也亮了，刚走到山沟这儿，正遇上程咬金。一声吆喝，把老程给救了。哥俩儿这一见面，难过掉眼泪，但是要诉说往事，几天几夜也说不完，没那个机会。旁边还站着个敌人哪！八爷这才说：“四哥，您这是怎么回事儿？”

“长话短说，现在唐王被困牧羊城，直困得里无粮台，外无救兵。我奉旨回京搬兵去，让这个杂毛把我给追上了，非要把我置于死地。老八，把他收拾了！收拾完了，咱哥俩儿慢慢唠！”

“好吧！四哥休要担惊，退在一旁。”

谢八爷手提紫电宝剑，直奔铁板老道。铁板老道不认识他是谁，一看，是同行，都是出家人，他用宝剑一指：“你是什么人呢？”

“哈哈，出家之人，无名少姓，你不必多问了。我听我四哥说，你就是铁板老道？”

“然！是又怎么样？不是又怎么样？你救了程咬金，看来你们是一头的了！”

“说对了，我们的确是一头。我没出家之时，我们是磕头的把兄弟，他是我四哥，我是老八。”

“噢，怪不得你把他救了。你想干什么?”

“我想干什么，你清楚。念在你我都是出家人的分上，算了吧！谁让我赶上了？你赏我个脸，从哪来的，你还回到哪去，抬抬手，把程咬金放了，咱们这笔账就算了结了，你看怎样?”

“说得轻巧！连你也走不了!”

“是吗？要这么说，看来非得动手不成了!”

“那是自然！你拿命来!”

这老道真不是东西，晃宝剑是猛击谢八爷！八爷没有办法了，接架相还，跟他斗在一处。这会儿程咬金也缓过劲儿来了，把马也都收拾好了，老程在后头还喊呢：“老八！把我教你那绝招拿出来啊！把他给我收拾了!”

谢八爷也不敢乐，心说：山河易改，秉性难移呀！你看都这么多年了，我四哥还是那毛病，就是爱吹。不管什么情况下，不说大话不行！但是八爷又一看，这铁板老道不吃素，掌中这把剑挂风，并非等闲之辈。天已经很亮了，他怕后边追兵再上来，如果再上来帮手就麻烦了！所以八爷就喊：“四哥！有我在这抵挡一阵，没您的事儿了！赶紧快走！你先走，一会儿我再找你去!”

“老八，把你扔下，我放心不下呀!”

“四哥，何必卖一个搭一个？快走！别让我着急!”

程咬金一琢磨：可也是这么个理儿。

“好吧，老八，我先走了啊！咱们不见不散，我有一肚子话想跟你说!”

老程飞身上马，照马的后胯打了一巴掌，这匹马鬃尾乱奓，“稀溜溜!”“踏踏踏!”跑下去了。哟！把铁板老道可急坏了！眼睁睁瞅着老程溜了，追，又没法追，他着急！他这一着急，坏了，一个没留神，让谢八爷的宝剑正撩到他耳朵上头，把耳朵给削下一块去。这老道长得扇风耳，比别人能大着一号！耳朵小点还没事，这一扫，下去一块去！铁板老道受不了了，鲜血迸流：“哎呀！无量那个佛!”

还没忘了念佛哪！八爷宝剑一晃，又在他腿肚子上头来了一下，拿那宝剑尖点了一下，一个三角口，把他疼得“嗷”了一声，转身就跑！谢八爷没追他，为什么？八爷真正是出家人，慈悲的心肠：“逃命去吧!”

铁板老道一瘸一点，钻进树林。八爷一看他走了，放了心，转回身一看，这有匹马，这匹马就是铁板老道的。他跑了，马扔这儿了。八爷一看，正好我骑。把马拉过来，飞身上马，策马扬鞭，紧追老程！谢八爷一口气撵上程咬金，这阵儿远离营盘，到了平安之地了。看看前边有个小村镇，哥俩儿并马进了村镇，这做买做卖的都有，抬头一瞅，有一座小饭馆，二人到了饭馆前头，甩镫下马，把马匹拴好，往里就走。伙计一看，盛情款待，擦抹桌案，让坐。哥俩儿对面坐下，再让伙计把净面水打上来，老程还真就洗脸，把脸洗了一洗，觉得非常痛快，精神为之一振。八爷也净了净面，哥俩儿坐下，伙计先泡了一壶浓茶，哥俩儿是边喝边谈。老程点了几个菜，一半是素的，一半是荤的，荤的自己吃，素的给老八，这哥俩儿打开话匣子了。谢映登就把分别的情况讲述了一遍，他不放心，问程咬金："近况如何？"

"咳！别提了！老八呀，你倒清闲自在。你四哥命苦啊！没享过福。咱这么说吧，分别多少年，我打了多少年仗，始终就没离开战马，始终就没离开家把式。你讲话，争名夺利，疲于奔命。老了，现在有时候我也心灰意冷，但有些事逼得不这么办不行啊！就拿这次的事来说，我们误中奸计，被困牧羊城，里无粮台，外无救兵，三哥跟皇上派我回京搬兵去。我告诉你，我演了出戏，悬透了！是这么这么这么回事儿，这才碰上你。"

谢八爷一听，又惊又喜，有时候还乐，乐的时候，肚子都疼！心说：我四哥真行！就他这套能耐，咱学不来。后来就问："四哥，这么说，你是回京城？"

"回京城！事情紧急呀！我这么盘算着，现在城中肯定都断粮了，今儿他吃什么都不知道。实在没办法，就逼得杀战马，你想，马要杀光了，怎么打仗？我最快，来回也得两月。这两月他们怎么熬啊？能不能见着面，还在两说着。"

老程动了感情，掉了眼泪了。八爷也掉了眼泪："四哥，往宽处想，吉人天相。我想唐王是有道的明君，很可能遇难成祥，三哥有主意，侯君集有点子，不至于困守孤城，活活地饿死。四哥你就安心去搬兵去！"

"唉，老八，我有个要求。"

"您说。"

"我说你陪我一块回京得了！你讲话，你不是没事吗？我一个人走，太孤单了，万一遇上什么麻烦，可怎么办呢？老八你呢，陪着哥哥回京，我看你别念这玩意了，什么无量佛、弥陀佛，有什么意思？你还俗得了！没地方住，住到哥哥我的府里头，哥俩儿早晚盘桓，那多有意思！放肉不吃太可惜了！"

"哈哈，多谢四哥的盛情，我心意已绝，不能更改了。你认为出家不好，我觉得出家不错呀！还俗的事情，下辈子吧！这辈子不可能了。至于四哥您说了，路上没伴，您觉得危险，这个小弟可以陪伴。"

"那行，我先谢谢兄弟了！咱吃完就走。"

他们吃完之后，程咬金会了账，哥俩儿上马赶奔长安。路上是边说边走，当然了，不能耽误时间，说走起来，玩命啊！这一口气就出去二百里地，然后找个地再歇着。有的时候，哥俩儿都忘了吃喝了，一个劲儿往前跑，程咬金恨不能肋生双翅，一下进了京城。好不容易，这天真就进了京了，远远看着皇城，程咬金心里难过呀：哎哟！我又回来了，莫非做梦不成吗？等一进长安，八爷不走了：

“四哥呀，您到家了，咱哥俩儿该分手了。”

“别呀！到家里见见你嫂子。凉水温热了，你喝一口，你着什么急？”

“不必，四哥我送你这，就破了例了。我是出家人，不能贪恋红尘，我修炼了这么多年，一念之差，岂不前功尽弃？四哥，看着您了，我就放心了。哥哥保重吧！我相信吉人天相，各位弟兄自然会平安无事的。再见吧！”

“老八，你……你真走？”

“我真得走，但愿你我弟兄还有见面的机会。”

谢八爷说到这，把马一拨，连头没回，“踏踏踏”远去。

“老八！”

咳！算了。老程一想：这人呢，要有一种信念，很难更改。算了吧！各人走各人的路，不能勉强。老程圈回马来，进了城。先上哪儿？先回家呀！先到鲁国公府，等到了红十字大街，到了府门这，守门的军兵和家人们一看：“呀！老千岁，您怎么回来了？从天上掉下来的吗？怎么事先连个招呼都没打？”

“废话少说，接马！”

到了现在，程咬金都散了架了，下不来了！好几个人拽着，从马上把他拽下来。马匹接过，架着程咬金进府，升坐银安殿。消息传出，裴氏老夫人听说丈夫回来了，率领着孙男弟女好几十号，赶奔银安殿来见程咬金。夫人一看，程咬金都走了形了都！那坨可不小，眼窝深陷，皮肉松弛，好像老了许多，脸色怎么那么难看呢？

“老爷你回来了！”

“回来了！”

“那么打完仗了？”

“打完仗？早呢！现在刚开头，不定打到哪年呢！”

“那您怎么回来了？”

“咳！先甭问我，先准备点吃的，没事咱们上屋里去说。”

孙男弟女过来，有叫爹的，有叫姥爷的，有叫爷爷的，有叫太爷的，好几辈了。程咬金挨个打招呼，抱抱孙子，喜欢喜欢这个，喜欢喜欢那个，然后回转内宅，把经过跟夫人讲述一遍。

“啊？”夫人大吃一惊，“这么说，你还得回去？”

“哎呀，我不回去，全城人性命难保！”

# 第四十四回

## 程咬金探听二王府
## 小罗通用计逼母亲

程咬金回京搬兵，先到自己的府里头。一家人见了，那是喜出望外。其实离开的时间并不久远，但别忘了，情况特殊啊！战争年月，九死一生，家里人企盼亲人回来，可以说是度日如年。老程这一回来，打开话匣子了，把前敌两军阵前的事情，一扑一解，跟裴氏夫人都讲了。夫人听完是又惊又怕呀！最后眼泪掉下来了："老爷，要这么说，你还得回去。"

"啊！我不回去，他们活得了吗？"

"那你回去能解决什么问题呀？"

"是啊！我路上我就盘算好了，现在能征惯战的，随着皇上出征了，现在京里没剩什么人，老的上不去能行马，小的拉不开宝雕弓，国大空虚，没有良将啊！谁能领兵带队，包打前敌？谁能闯联营救驾呢？现在都把我愁死了！"

"是啊！那究竟怎么办？"

"你问我，我问谁去？明天见着幼主之后，再做商议吧。"

正这时候，老程的两宝贝儿子程铁牛、程万牛听着信来了，刚才他们出去会友了，不知爹回来，听家人一说，哥俩儿乐欢了，两脚加一脚，三脚往里跑啊！等推门进屋，一看是老爹回来了："爹，怎么回来了？"

说着话，这个亲热劲儿就不得了！又搂脖子又抱腰。其实他这俩儿子也不小了，跟爹习惯了。老程点了点头："算了算了，挺大人没正形，坐下。"

"哎，爹，您怎么回来了？"

"刚跟你娘说完，前敌战事不利，都被困在牧羊城，爹我奉旨，搬兵求救来了。"

"噢，是这么回事儿。"

程铁牛一听，把胸脯一拔："爹，这好办，明天您不见幼主吗？您当着他的面就保举我，您让我做二路元帅领兵，带队闯联营，前去救驾。你看那好不好？"

程万牛也说："对！我哥当二路帅，我当副元帅，那么当先锋官也行！我们哥俩去解围救驾，那不手到擒来吗？这回立功的机会来了！"

程咬金一听："我说真行，你爹这一辈子就够吹牛的了，你们比我还能吹！你们撒泡尿照照自己那模样！就是你那两下子，还做二路元帅，还能闯重围？真是光屁股撵狼，光知道胆大，不知道害臊！"

两人也乐了："您别这么说啊！把你儿看得一钱都不值了。其实我们哥俩儿不是没能耐，你问我娘，自从您领兵在外，走了之后，我们哥俩儿没闲着天天苦练功夫！现在十八般兵器样样精通，特别是咱们祖宗传下来的三斧子半，那可以说是盖世绝伦！不信爹你检验检验！"

"算了，别说了，我怎么检验，我心里也有数。当然了，你功夫有长进，当爹的自然是高兴。但是做二路元帅，不称职！别在这跟我胡说八道，等明天再说。"

哥俩儿十分扫兴，但是他们有个好处，你就驳了面子，他们也不生气。当时不乐意，一会儿就好了。又详细询问了两军阵的情况，一看夜深了，老爹鞍马劳顿，也该早些休息了。就这么，他俩走了，一夜晚景无话，次日平明，程咬金梳洗已毕，带着亲兵，骑着马，赶奔八宝金殿。在午门外下了马之后，怀抱象牙笏板，迈步走进朝堂。今儿个正好是幼主李治升殿理事的日子，来得太巧了！皇上远征在外，太子监国，就代替皇上了。另外，辅佐他的就是左班大丞相魏征。李治坐下之后，问两旁："有本早奏，无本卷帘朝散！"

言还未落，有人过来启奏："鲁国公程咬金还朝，有急事要见驾！"

"啊！老千岁回来了。宣！"

时间不大，程咬金晃着胖大的身躯，走上八宝金殿，躬身施礼："殿下，臣程咬金叩拜殿下千千岁。"

李治就站起来了："老人家免礼平身，赐坐。"

这金殿上有绣龙墩，有人搬过来，让老程坐下了。程咬金跟文武百官打过招呼，李治这才问："老人家，您怎么回来了？两军阵前战况如何？皇上可好吗？"

李治急不可待呀，等问完之后，就见程咬金口打咳声："咳！殿下，一言难尽哪！总之呢，对咱们是大大不利。您先别着急，听我详细奏来。"

程咬金那么大年纪，记忆非常好，这回说话没有水分，全捞干的，如实地把经过讲述一遍。不但是李治，文武百官，值班的朝廷大臣听得都犯了傻了："啊！是这么回事儿！"

幼主听完哭了："诚如老千岁所言，皇上危险了！这要全军覆没不成吗？"

"是啊！就怕的是这手，因此臣奉旨，冒着风险回来搬兵。殿下快想办法，第一，筹措粮草；第二，派人挂二路元帅，赶奔两军阵前，前去救驾。"

“好！老千岁说得对，我就听您的主意马上照办！”

程咬金启奏完了，跟幼主李治、大哥魏征反复商量。怎么办呢？选拔二路元帅，这玩意挺难哪！谁能做二路元帅呢？有文有武，还会指挥军队，恐怕朝堂上没这种人了。魏征出了主意：“现在各国公府的少国公业已长大成人了，不要小瞧这些年轻人。可以从他们之中前去挑选，那备不住就能找出合适的来！事到了现在，也只好如此了。”

所以张出黄榜，从国公之中，从军队之中选拔能者。黄榜这一贴出来，很多人都看见了，一个个奔走相告，这消息迅速就传开了。程咬金下了殿，回到府里头歇了一歇。老程一琢磨：事情紧急呀！看我现在是逍遥自在，牧羊城的人，不定多着急呢！度日如年哪！我还不能待着，我得溜达溜达。老程一琢磨：到哪去看看？他把俩儿子铁牛、万牛找来了，跟俩儿子商议：“你们俩看，在这小弟兄当中，谁有资格做二路元帅？”

程铁牛听完了，翻了翻眼睛：“那既然我们哥俩儿挂帅您不同意，那我们就得让贤了。非罗通莫属！”

“罗通？我老兄弟罗成的儿子？”

“对啊！他的年纪比我们都大点，这是一。另外，那个人有心计，特别随他爹，平常少言寡语，心里头有数，在我们年轻的人当中，属他功夫最高！要讲究兵书战策，倒背如流，人说那话，我们哥俩儿都听不懂！那真有两下子。”

“噢，那么除了罗通，还有谁？”

“秦怀玉，我秦二伯的儿子。怀玉人好，见人随和，能耐也大。”

“现在你说，是怀玉合适，还是罗通合适？”

“我们也没法说，那得校场上比比看了。”

“那么还有谁？”

“多了！我们也就不一一说了，爹你拿主意吧！”

“行！”

老程听完之后一琢磨：我真得看看我二哥去，发兵的时候，我二哥就闹病，现在这个病情怎么样？还不清楚。我回来了，我得去看看，另外顺便看看怀玉，不知道这孩子能不能领兵带队？老程骑着马到秦府。一到秦府可了不得了，贾氏夫人听说，带着怀玉亲自接出来了，这一见面，亲热得不得了！怀玉赶紧跪倒：“叔叔一向可好？小侄有礼了！”

“起来！起来！孩啊，让叔叔看看。这个蹿起来了，这不棒小伙子了吗？哎呀，我们能不老吗？这年轻人跟水葱一样，长得这么快！来来，到里边说话。”

让进厅堂，程咬金就问：“我二哥身体如何？”

贾氏夫人闻听，紧锁双眉：“不见好，反而越发沉重。”

“是吗？那我想看一看去。”

“好吧，兄弟你随我来。”

怀玉陪着，老程蹑影潜踪。为什么这样？怕把病人给惊吓着。来到后边的内宅，贾氏夫人先进了屋，待了一会儿，转身出来，冲着老程一招手，程咬金闭着呼吸，尽量让它没有声音，迈步进了屋。提鼻子一闻，哎哟！这药味是直刺鼻孔啊！太浓点了儿。可能那还煎着药呢。来到病榻前，贾氏夫人把帐帘撩起来，搬了把椅子，让程咬金坐下。老程探身一看，叔宝秦琼在床上躺着，也不怎么，发现那个儿不像当初那么高了，都抽抽了，而且瘦得是皮包骨，就那么一小堆了。再往脸上观看，面似黄钱纸，唇似靛叶青，双目紧闭，鼻子眼睁得挺大，胡须散满前心。要不是看在鼻子眼动，要不瞅着胸脯微微有点起伏，就是死人！老程心里头一难过，好悬没哭了：“二哥！您听见没有？我是程咬金哪！我来看您来了！”

秦怀玉也说：“爹，我四叔来看您了，您能听见吗？”

其实秦琼什么都听得清楚，就是睁不开眼睛。想睁开眼睛，都费老了劲儿了！一听说程咬金来了，心里高兴，过了好半天，眼皮一撩，这才睁开眼睛。程咬金一看，二目失神，眼神都散了。程咬金这心就像刀子剜了一下：“二哥，我是程咬金哪！”

就见秦琼嘴唇动了动，这才说话，声音是极微弱极微弱，你在那听，根本听不见。老程就得哈下腰，把耳朵贴到哥哥嘴边，这才能听见。

“四弟来了。”

“噢，正是小弟！”

“我想你呀。”

“我也想你呀！哥呀！哥，你这病怎么这么重啊？这得什么时候能好？”

“咳，好不了了。这两天我就想啊，弟兄能不能见着面，还在两可之间呐。方才我还做了个梦，梦见你，梦见所有的磕头把兄弟，梦见皇上了，哎呀！真想跟你们在一起唠唠，恐怕没那机会了。”

贾氏一听，眼泪“刷刷”淌下来了：“老爷可别这么说，郎中讲了，最近几天，您有点好转哪。再养些日子，身体就能康复，何至于如此悲哀？”

秦琼闻听，苦笑了一下，那嘴角微微动了一下，代表笑了：“老四啊。”

“哎，有话您说！”

“仗打得怎么样了？两军阵前，胜负如何呀？”

程咬金一听，别说实话，这要说实话，二哥一着急，非死不可！程咬金多聪明：“哎，二哥放心吧！仗打得挺好，净打胜仗了！夺过来五关，大军直逼牧羊城，不久就班师回京了。”

“好啊！回京之后别再打了，老打仗有什么意思？”

“是，您说得太对了！不光您这么想，我们都这么想啊！”

“咳！我算完了，我要是没有病，也陪着你们西征。现在心有余，力不足了。”

“二哥呀，安心养病，我嫂子说得对，过些日子身体康复了，您要高兴的话，也到两军阵溜达溜达。也许您刚好，我们就回来了。您安心精养吧，大家都挺好，而且让我把好给您捎来了，都问候您呢！”

“好！谢谢各位。”

说到这，声音微弱，嘴唇动动，再也听不着声了。程咬金心说：人哪，身体是至关重要。你看我们活蹦乱跳的，你看我二哥，往这一躺，跟死人有什么区别？这病了怎么这么长时间？哩哩啦啦好几年哪！

秦琼为什么身体这么虚弱？年轻那时候累伤了痨病，秦琼这个人心还重，还顾全脸面，这一生之中，不考虑自己，光给旁人考虑，觉得自己得对得起朋友，就是不想对得起他自己。要不怎么说交友似孟尝，孝母似专诸？那当年一个雷天下响啊！那是隋唐年间的十三条好汉之一，胯下马掌中枪，背后一对熟铜锏，马踏黄河两岸，锏打三州六府，威震山东半边天！又称神拳太保。那个时代一去不复返了。跟现在的一比，是判若两人！看到秦琼，程咬金也是心灰意冷啊：迟早有一天，我们也会这样，多伤心哪！我程咬金真有这天，我“嘎巴”我就死了，想什么办法我也不活了！活受罪呀！本人遭罪不提，让家人跟着，多伤心呢！算了，别说了，让二哥休息吧。

“二哥呀，别说话了，见着您我就放心了，您好好休息，我还有点事要办，改日我再来看您。”

秦琼点了点头，就这样，秦怀玉陪着四叔到了前厅，贾氏夫人在这服侍丈夫。这秦怀玉年岁不大，心还挺重，有点随他爹。到前厅一看没人，这才问：“四叔，我听说前方战事极其不利，主公君臣被困在牧羊城，您老人家闯重围回来搬兵求救来了？此话当真？”

“孩啊，一点都不假呀！就是这么回事儿。难死了！孩子，这次我来一是看你爹，二是看看你，希望孩子挺起胸脯，能担起二路元帅，随我赶奔前敌两军阵！”

秦怀玉一听，掉了眼泪：“四叔，现在侄儿为难哪！你说我爹染病在床，岌岌可危，看这样不会长久了，我应该在堂前尽孝。可是国家又出来这种事情，您说我是下考场争取二路元帅呢？我还是留到家里头看着我爹呢？”

“这……孩子，自古忠孝难以两全哪！你在家守护你爹也是对的，你争取二路元帅去救驾，为国立功，也是对的。这个事，大主意你自己拿吧！”

"四叔，我想争夺二路元帅，不知道这是不是犯下不孝之罪？"

"哎，孩子你错了，忠孝不能两全，先忠后孝，这也不算不对。我看孩子你争取二路元帅，备不住你打个胜仗，你爹一高兴，就许好了。你想，国破家亡，咱的江山社稷没了，你爹就在九泉之下也闭不上眼睛。是不是？"

"好吧，听人劝，吃饱饭。那哪天我也下场去争夺二路元帅！"

"孩子，恐怕就在明天，时间紧迫呀，你做好准备。到时候我等着你！"

"好，我明白了。"

爷俩儿又谈了一会儿，程咬金离开秦府起身。一琢磨：天还早着呢，回家也没事，再到罗府转他一圈。他骑着马，又到罗成的府里，罗成那是王府，受了皇封了，比其他的府第高着一层，门前警备森严。但是能拦程咬金吗？老程下马，命人到里头通报。时间不大，庄氏王妃从里边接出来，王妃就是罗成的妻子啊，王妃夫人率领丫鬟婆子一大群，来到府门外，一看是程咬金，赶紧道声万福："四哥！是您呢！"

"哎呀！妹妹起来。哎呀，你挺好吗？"

"托四哥的福，一切平安。"

"那就好。"

"四哥，赶紧往里请吧！"

等来到银安宝殿，分宾主落座，程咬金看看这儿，看看那儿，心里很不是滋味。怎么呢？想起老兄弟罗成来了，可惜罗成全没看见哪！罗成真是个短命鬼呀！但这些事不能再提了，说了几句闲话，庄氏就问："四哥，您怎么回来了？两军阵前情况如何？"

"弟妹呀，情况不妙，我回来搬兵来了。"

"噢，是这样。那么搬请谁出阵？"

"现在是难题，想选拔个二路元帅，但是没这人才呀！我跟幼主李治、我大哥魏征商量过，准备御校场在里头选拔人才，这一半天就要开科取试了。这也是个紧急措施，没有办法。那么选出谁来，谁就做二路元帅，即刻起身，前去救驾解围。还不知道能选上谁呢！"

程咬金说完了，往四外看看："弟妹，小罗通上哪去了？我怎么没看着？"

"噢，四哥，这孩子练武术练出癖来了，到了现在，他也不回来，每天长到小校场，没完没散地练哪！"

"好！好啊！有出息，看来跟他爹一样！人呢，要干什么，都得有个狠劲儿，不然哪有出息？弟妹，这次我来，我就想跟你商量个事。我看旁人没有希望，要想做这二路元帅，非罗通莫属啊！还得我老贤侄！"

老程说到这儿，眉飞色舞，兴高采烈，哪知道夫人那脸"刷"沉下来了：

“四哥，我拦您一句话，万万使不得！”

“那是为什么？”

“四哥呀，你想一想，练武的人有几个有好下场的？你那老兄弟不就这么死的？他要不是一员武将，要不为赌气，他能死在战场？我们家能落到这步田地？另外，四哥你是知道的，老罗家的人都是孤子单传，我没有多儿多女，就是罗通这一个孩子，千顷地一棵苗，倘若罗通有个三长两短，什么人继承老罗家的香火？那孩子就是我的命！就是我的眼珠！我哪儿也不叫他去，就守在我的身边，不然也对不起我们家的死鬼呀！四哥呀，我求你了，你千万别跟他提这件事，什么二路元帅，解围救驾，都不要跟他提起。你就算可怜可怜妹妹我吧！”

“弟妹别哭，别哭。唉，我知道了。哎呀，弟妹呀，你这一哭，我心都碎了！你放心，我下保证，不提这茬儿。就罗通愿意去，我也不答应，弟妹你看怎样？”

“如此说来，我谢谢四哥，请上受我一拜！”

庄氏这一拜，程咬金哪，好悬没趴下！本来他想得挺好，没想到冷水泼头，来个烧鸡大窝脖。老程没词了，又坐了一会儿，说点闲话，起身告辞。庄氏一直把他送到府门外，这才洒泪分别。哎呀，程咬金骑上马，蔫头耷拉脑往回走，心里想：这老娘们头发长，见识短，这何苦来的？好心当了驴肝肺了。可又一想：庄氏这么做，也不是不对，拿人心比自心，要我们家摊上这个事，也难免这么想。总之吧，罗通是个材料，要照他娘这么办，把他搂到怀里头，这孩子就废了！

他正胡思乱想，就听身后马挂銮铃的声音，不但有马蹄子声，有人高声喊喝：“四伯父！四伯父留步！”

“吁！”老程赶紧把马匹带过，回身一看，追上一伙儿人来，其中有六名家人，都背着弓箭，骑着高头大马。为首的有个漂亮小伙，束发金冠，身披红袍，里边是箭袖，腰束凉带，挎着口宝剑，一看，正是罗通！罗通变样了，这就是大小伙子了，哎呀，跟分手那时候截然不同。程咬金非常高兴：“孩哎！咱爷们又见着面了！”

“是啊！”

罗通甩镫下马，“噔噔”跑到老程的马前，双膝跪倒：“四伯在上，小侄叩拜四伯！”

“起来！来，让伯父好好看看。好样的！漂亮极了！英俊威武啊！标准的美男子啊！哈哈！”

程咬金哪，没说过分，罗通长得是真水灵！真漂亮！超过他爹。谁瞅着不喜欢？老程也从马上跳下来：“孩子，你这是从哪儿来？”

“我从小校场来啊！四伯，我不知道您回来了，要不我就早来了！所以呢，我忙三火四地练了练，我没回家，我直接就找您来了。本来想上府里头看您去，没想到在这遇上了。”

“哎哟，我太高兴了！哎，孩子，此地并非讲话之所，跟我一块回家吧！”

“是！我正要去。”

爷俩儿高高兴兴，到了老程的府里头，彼此见过，进了书房，爷俩儿坐下。这罗通就问：“四伯，我听说两军阵前，咱打了败仗了。怎么？上当中计，连皇上加文武百官，都困在牧羊城了！是您老人家闯重围，回来搬兵求救。我还听说朝廷要选拔二路元帅，前去救驾解围，可有此事？”

“一点都不假！我就是为这事回来的。”

“那么四伯，这个二路元帅怎样的选拔法？”

“咳！这事是我跟幼主和我大哥，我们相互商量。咱不是有御校场？御校场一般不开科取试，按照惯例的三月初一，九月九，考拔英雄，这个英雄这个圈还挺小，都是各府的四品官以上的后人，旁人没资格加入。现在情况特殊，就得加个恩科，就像你名门之后，将门虎子，四品官以上的这些后人可以参加，其中选拔优者，只要文武全才，就有资格做二路元帅，就可以领兵赶奔牧羊城。”

“是吗？那四伯您看我怎么样？”

“孩子，还用问吗？你是当之无愧呀！我在路上我就想好了，非你莫属！”

“是啊！四伯，官不官的搁到旁边，是不是？我就想赶奔两军阵前，为国家立功，给我爹也报仇，我的心愿始终没了啊！这回机会来了，明后天我就去报名，我也下场比武！我估摸着差不多我能选上。”

“孩子你先等等，我从你们家来呀，你娘跟我哭了一大阵，说什么也不让我把这件事告诉你。她就怕你知道这件事，更反对你下场比武，更谈不到你带兵赶奔牧羊城。你娘是绝对不能同意！你说这事怎么办？”

“这……是啊，把我愁死了！我娘呢，是疼我，是爱我，我非常感激。但我毕竟不是孩子了，我现在是成年人了，学会文武艺，货卖帝王家呀！我也不能说守着我娘一辈子。我就在这闷着，一天吃三顿饭，无所事事，那不是我的志向。四伯，我非下场不可！让我去我也得去，不让我去我也得去！考得上考不上，那就看我的能耐了。反正不让我去，我死不瞑目！”

“好孩子，你去我双手欢迎！可你娘这个关你怎么过呢？”

“是啊，我娘一哭，我就没咒念了。四伯，都说您老转轴多，鬼点子也多，您帮我拿个主意怎么样？”

“待着！会说话不？那叫鬼点子吗？那叫足智多谋！”

“呀！打嘴打嘴，我说错了。四伯父，您别怪罪。那您足智多谋，您给我出个主意，您看怎么样？”

“这还差不多。我想想啊，哎！有了！孩子，附耳过来。你略做准备，如此这般，这般如此。”

“哎？能行？”

“哎，百灵百验，不信你就回家试一试！”

“要真行，我要多谢四伯呀！事不宜迟，我现在就回去。”

“孩子，我听你的信儿啊！你盯着点黄榜，只要黄榜贴出来，定准是哪天，你要准时必到！”

“明白，我走了！”

就这样，罗通回了府了，按照程咬金出的主意，到府里之后洗把脸，往床上一躺，脸朝着里，一句话也不说。庄氏夫人深感不解，她就问手下这些人：“你们少爷怎么了？”

“不知道啊！”

“你们少爷哪里不舒服？”

“不清楚，练武的时候还挺好呢，怎么这样啊？”

“我且问你们，你们是从小校场直接回来的吗？”

“啊！没错！”

“路上见着谁没有？”

“没有，谁也没见着，我们一直跟着少爷，从小校场就直接回来了。”

“是吗？”

手下人怎么这么说呀？罗通全交代好了。罗通告诉他们：“我娘如果问你们，就说直接回来的，跟谁都没见着。哪一个走漏了消息，我摘你们的牙！”

所以这些下人们，谁也不敢说实话。庄氏夫人信以为实啊，她疼爱这孩子，这是眼珠，赶紧来到罗通的房里头，一看孩子在这躺着，面朝着里，夫人就没脉了：“儿啊！通儿！你怎么了？”

罗通不说话。

“通儿！急死我了！你那里不舒服？”

罗通还不说话。庄氏夫人赶紧过来把手探出去，摸了摸他的头，看他发烧不发烧，是不是有病了。结果这么一划拉，满脸全是泪水：“哟！孩子，怎么哭了？哭成这样？”

夫人手忙脚乱，一把把罗通抱到怀里：“我的儿，娘的肉，你怎么了？你哭什么？你是受了什么委屈，快对娘说。到底怎么回事儿？”

“我不说！”

“你不说，把娘就急死了！到底为什么？你快说！冤家，难道你要我的命不成？”

罗通一看，差不多了，这才说："娘啊，我做了个梦。"

"啊？你什么时候做的梦？"

"我在小校场练武的时候，有点乏了，昨天晚上，也搭着觉没睡好，我就打了个盹。"

"那你梦见什么？"

"梦见我爹了，我爹满身是血，站到我的面前，拍着我的肩头。我爹说：'孩子，你得好好练武啊！练好了武艺，为国家出力报效，给你爹报仇，给老罗家扬名露脸。'我说：'爹，你放心吧，儿一定照办。'完了我爹就走了，我一下扑了个空，我就醒了，闹了半天是南柯一梦。我想我爹这是一，另外在回来的路上，我听说现在皇上打了败仗，被困在牧羊城，里无粮台，外无救兵，现在眼看就要玩完了！因此派程咬金回朝搬兵。现在国大空虚，没有良将，幼主没办法，降下旨意，在御校场选拔人才，凡是四品官以上者，凡是他们的后人，都有资格考取做二路元帅。不为的是当官，为的是带着粮草，赶奔前敌，去救驾解围。我一心一意想报名参加，但是我想起娘您来了，您肯定不同意，所以呢，我也没辙了，我就哭开了。"

"啊？通儿，这些话谁教给你的？哪个给你出的主意？"

"娘啊，你这是什么意思？谁能给我出这主意？我老大不小，能听旁人的？儿说得句句是实。娘，您也别问了，我就知道您不能答应。"

"对！我就是不能答应！我宁愿死在你的面前，我也不答应！通儿，你给我死了这条心！"

"是啊，我就知道娘您不答应，好了，反正我也不活了！我要是跟您拧着，我对不起您！我要不去，对不起我死去的爹！我是左右为难，我还活个什么劲儿？"

小罗通说到这儿，从怀里头一划拉，掏出一件东西来，叫他娘看得清清楚楚，塞嘴里。庄氏吓了一跳："孩子，你吃的是什么？"

"八步断肠散！"

"啊？快吐出来！"

"我不吐，我咽肚里，您要不答应，我就死在您的面前！"

# 第四十五回

## 校场比武众将显威
## 兄长败阵万牛出马

小罗通非要下场争夺二路元帅，他娘说什么也不同意，罗通急了，把一件东西含到嘴里，他告诉他娘："这是八步断肠散，我要吞到肚子里头，我这小命就交待了！您要答应了，我就吐出来，您不答应，我就咽下去！"

这下把庄氏夫人可吓坏了，都没脉了："儿啊！可先万别做傻事！快吐出来！这可不是闹着玩的！"

"那您答应不答应？"

"我……娘答应就是。"

"那您糊弄我呢？"

"我是当娘的，我能骗你不成吗？孩子，我说答应就答应，快吐出来！"

"哎！"罗通吐出来了，然后揣兜了。什么东西？真是毒药吗？不是，是一个糖球，把他娘可吓得不轻。这主意就是程咬金给出的，您说这老程坏不坏？罗通心中高兴，哎呀，我四伯父真有两下子，真有点损主意！我娘要知道了，非气死不可！这事得隐瞒着。当时虽然夫人答应了，她难过呀，"吧嗒吧嗒"掉眼泪。罗通连撒娇带劝："娘，您别难过，这是好事。我是男人，大丈夫志在四方，您说我学会能耐，不给国家办事，我干什么？我能在家里这么养着？那不就成废人了吗？从娘这说，您疼我，儿感激。但是您疼我，别把我害了。您不常说吗？这是命运的安排，该着死，就在家，我也得死。该着不死，就在战场上，我也死不了！娘啊，您就服从天意得了。"

夫人一听，还真就这么回事儿，拦也拦不住了，这才点头："儿啊，你大了，翅膀硬了，娘也就不劝你了，你要好自为之。"

不但不加阻拦，相反地，帮着罗通准备盔甲应用之物，娘俩儿是欢天喜地。到了第二天，程咬金又赶奔八宝金殿，见着幼主李治、大哥魏征，重新研究研究，最后制定的，赶奔御校场，前去选拔二路元帅。就大主考一件事情，谁担任呢？程咬金提议：“那肯定是幼主千岁了，您是当家人，您自然是大主考。”

李治摆了摆手：“不行，我呀，对武艺一窍不通。我看这样吧，老千岁，您多辛苦辛苦，担任大主考。”

“我呀？那怎么能行呢？有您，我怎么能当主考？”

“不，这事是我委托你的，能者多劳，您那么好的本事，那么丰富的经验，您不担任主考，谁担任呢？”

嘿！几句话不多，老程听完，这心里头美！

“好吧，既然千岁信任，那臣就担任大主考。”

这事就定下了，什么时候举行？明天就是黄道吉日，因为时间紧迫，头天过去，张出黄榜，所有的人几乎都知道了，这个消息迅速在京城传开，各府的少爷都做了充分的准备。到了第二天，天还不亮，程咬金就起来了，梳洗已毕，饱餐战饭，周身上下收拾紧衬利落，带着八名亲兵，四名家将，赶奔御校场，这个御校场就在皇宫的后面，都是一丈多高的墙，外头刷着红粉，上头黄绿琉璃瓦盖着，气势森严！一般的人没资格参加，得四品官员以上的才有这资格。老程领着人进了御校场，登上阅武楼，文武百官都在这里恭候多时，一看大主考来了，列队迎接。老程跟大家打过招呼，下了马，走上阅武楼，居中而坐。再往左右看看，两旁的桌子都闲着呢，幼主还没来，魏征也没到，程咬金坐下喝了点水，问了问长史，这长史就是主管这一切的官员，问他还缺什么准备得如何了。

“老千岁一切就绪，全准备好了。”

“好，我看这样也差不多啊！虽然咱们着急，但也要谨慎，不要忙中出错。”

“是，千岁放心。”

程咬金坐下，刚喝了两杯水的工夫，有人向他送信：“幼主千岁驾到！”

程咬金赶紧从台上下来，率领百官去迎接。幼主李治满面春风，见过程咬金，然后登上阅武楼，挨着程咬金坐下，这面就是左班丞相魏征，其他的官员分坐在两旁。程咬金这谱大了！腆着草包肚子，坨也大，满面春风，真有点派头！坐下之后，幼主李治就问：“老千岁，都准备好了？”

“都准备好了，一切就绪。”

幼主往下一看，今天报考的人，参加的人有几百号之多，一个个盔明甲亮，心中非常高兴：“老千岁，什么时候开始？”

“就等您呢，您说什么时候开始？”

“你是主考，一切听你的。你就好比大元帅一样，何必问我呢？”

“那好，既然大家都到齐了，那么现在就开始吧！”

老程站起来了，吩咐一声：“带马！”

有人把马匹带过，再看程咬金纫镫搬鞍，飞身上马。干吗？围着小校场转了三圈，把大肚子蝈蝈红催开：“嘚！”

场上的人一看，老千岁压场子，鼓掌热烈欢迎，刹那之间鼓乐升起，“咕噜咕噜咕噜”，程咬金高兴，老了老了，撒撒欢，光骑马还不算，还练了几招花活，什么镫里藏身，还来了个扁踹腿。哎哟！大伙儿一看，更高兴了！热烈鼓掌。再看程咬金，练完了到了梅花圈正中央，把马匹带住。您说这份折腾，他能不喘粗气吗？喘了半天这才说话：“呀呔！我说各位，大家听真哪！大概都认识我吧？我就是鲁国公程咬金。现在我们跟突厥国正在征战，征战怎么办呢？缺少良将啊！我奉旨回朝前来搬兵，今天在这里选拔二路元帅。选拔二路元帅，可不是一个简单的事，必须文武全才的人，方能克敌制胜，才能到牧羊城去救驾。怎么个选法呢？一、面试，得考考你学问怎么样，面试合格了，下场练武，有单练，有对打，你任选其一。必须得说明白，不管任何人下场，都得到阅武楼标名挂号，经允许之后，方能下场。如果不标名挂号，就撵出考场，依法从事！大家都听明白了啊！另外再宣布，看着我脚下，这是梅花圈，四外拦着红绒绳，绒绳的里边是比武之处。那么比武，当场不让步，举手不留情，谁把谁伤着，乃至丢了性命，那你算倒霉呀！要是不是对手，不想打了，出了梅花圈，对方不准追。你要追出梅花圈，把对方给伤着，那按国法从事，定斩不饶！这可是规矩啊！另外奉劝各位，刮风下雨不知道，自己吃几碗干饭，你应该最清楚。有能耐的你下场，没能耐，千万别冒险！这命都是咸盐换来的，不是大风刮来的，你们要仔细考虑。我可是代表着幼主千岁，这也是圣旨啊！话说一句，吐个唾沫是个钉，这就是法！望各位一体遵照执行。”

老程说完了，圈回战马，回归采桑殿阅武楼，等下了马上了楼，回归本座，这一坐，幼主李治冲着程咬金还鼓鼓掌：“好！讲得好！简练透彻。”

“怎么样我说得？”

“行，还得说老千岁您呢！”

“嘿嘿，我说幼主，您过誉了，想到哪我就说到哪。”

“现在可以开始了吧？”

“当然可以了！”程咬金吩咐一声，“来呀！各位都听明白了，哪位下场？谁先标名挂号？”

奇怪的是，老程连喊了数声，无人搭言。底下来的人不少，没有言语的。李治也着急了，那么来的都是看热闹的？这可麻烦了！急得冒了汗了。老程就站起来了：“我说各位，你们听见我说什么没有？你们干吗来了？是不是比武来了？是不是想做二路元帅？那么既然如此，怎么不言语呀？怎么不标名挂号啊？这是怎么回事儿？”

还没人言语，这程咬金急了，把大肚子一腆，声音提高了：“噢！闹了半天你们是聋子？要不就是装哑巴。既然如此，全他妈给我滚！贪生怕死之辈！就你们这样的还有出息吗？都给我滚！”

他骂开大街了，这一骂不要紧，有人说话了：“呔！老千岁不必着急，小将到了！”

老程一看，来了，哎，这还真不错，不骂他们不言语，看来在关键的时刻，骂还是有作用的。再看一员小将，在楼下戳刀拴马，然后分獭尾撩战裙，顺着台阶登上阅武楼，来到近前躬身施礼，先见过幼主千岁，又见过大主考，往那一跪。老程看了看，哎，这孩子瞅着眼熟啊！怎么想不起来了呢？

“孩啊，你叫什么名？”

“回老人家，我姓金，我叫金雷呀！我爹就是金甲金国栋。”

“噢！想起来了，噢，你是金国栋的儿子，哎呀，真没想到，你这一说，是像你爹！孩啊，今年多大了？”

“一十九岁。”

“站起来让我看看！行，这个头够用，身子骨也够结实的。你想夺二路元帅吗？”

“正是！”

“有出息！”

“你们家里都乐意吗？”

“乐意！”

“还真行！那么你是自己练呢？还是对打？”

“我打算两样都比画比画。”

“行啊！好！金雷呀，现在允许你下场。来人！把报条贴出去！”

什么叫报条？人家报了名了。台上的人知道，场上的人不知道，为了叫大伙儿知道知道，下场这个主叫什么名？祖宗三代怎么回事儿？得写得清清楚楚。所以大张的纸，写大字，然后贴到最显眼的地方。“啪”一声，报条往上一贴，在场的一人一看，全知道怎么回事儿了。

“孩啊，多加谨慎，下场吧！”

“是！”

金雷辞别大主考，顺梯子下来，然后飞身上马，手中提刀，直奔梅花圈！到了梅花圈，自己先练趟刀，春秋八法，八八六十四路。这刀练得还真精彩，幼主李治都看傻了！但见刀光闪闪：“好！好啊！老千岁您看呢？”

“我说千岁呀，这孩子练这玩意，华而不实啊！看着挺花哨，这是花架子，实际上没有什么真东西。”

“噢？是吗？您真是行家。我是外行，看不出诀窍来。”

"是啊！要不说呢！外行的看不懂，非得行家里手才明白。您先看着！"

金雷练完大刀，又练箭法，五十步以外，百发百中，每支箭都箭中靶心，鼓声一响，摇旗呐喊："好箭法！"

"哗！"

金雷高兴，练完之后，气不长出，面不更色，把大刀挂上，冲着四外一抱拳："各位，报条上写得清楚，我爹就是金甲金国栋，我是他不孝的儿子，我叫金雷，今年一十九岁。因为国家选拔人才，我自告奋勇参加了，我是首开旗门头一个，方才我练得不怎么样，蒙大家抬爱，报以热烈的掌声，我非常惭愧。一个人练没什么意思，我打算请一位，哪位捧捧场，跟我交交手？有没有？有没有好财买脸的，有没有陪我走几趟的？"

言还未尽，就听有人哇哇直叫："金雷休要猖狂！你等着，老爷爷我去标名挂号，回来再来会你！"

大伙儿一听，这词不怎么地，怎么还老爷爷？你多大岁数？再看一匹马趟翻，赶奔采桑殿。来到殿下，马匹带住，戳斧子拴马，分獭尾撩战裙，"噔噔"上了阅武楼，来到幼主李治近前，躬身施礼，然后见过大主考："爹！把我的名给写上！"

老程一看，谁呀？宝贝儿子程铁牛，大儿子。程咬金就一皱眉："我说这是什么地方？什么爹长爹短的，我是大主考！直呼官名，少来零碎！"

"嘿，行，管他主考不主考，您也是我爹，我也是您儿子，您说是不是呢？您给我标个名，我好下场。因为昨天晚上我做梦了，这二路元帅非我不可！谁也不行！"

"少要胡说！就你这德行，还做二路元帅？我先要面试面试，我得考考你，答上来的，批准你下场。答不上来，把你撵出场外！"

"爹，您对我怎么还这么严呢？好吧，那么您考吧！"

"我且问你，十八般兵器，你什么练得最好？"

"斧子。咱家祖传的三斧子半，盖世无双！您还问什么？"

"我再问你，身为元帅，讲究几个字，你知道怎么讲吗？"

"知道啊！身为大帅者，讲究的是五德八才。"

李治在旁边一听，行，将门虎子，真有学问！抻着脖子听着。程咬金就问："那五德是什么？"

"五德呀，就是做事别缺德，为人不能损阴丧德，那个要积点阴德……"

程咬金一听，把脸一沉："放屁！这叫什么五德？你懂是不懂？胡说八道！八才呢？"

"八才……发财、不义之财，脑门子都是财……"

这程铁牛是信口胡说啊！惹得台上的官员笑得肚子都疼，幼主李治眼泪都乐出来了。这程咬金哪，也受不了了，当众出丑往外轰他儿子。程铁牛也脸红脖子粗："我说爹，您这就不对了！答得上来答不上来，那玩意当饭吃？不得凭能耐吗？拿您来说，您大字不识，不也做了鲁国公吗？当年不也做了混世魔王大德天子？那有什么关系？怎么轮到我头上，就变样了呢？孩儿心里不服！总之我要为国家出力，我要争夺二路元帅！叫下场我也得下场，不叫我下场我也下场！"

爷俩儿就争执起来了。幼主李治一看，赶紧打圆场："将军且慢，别生气别生气。我说老千岁，我看他说得有一定道理，就给他标名挂号吧！还是叫他下场才是。"

"这……唉，好吧，既然幼主说话，臣遵旨照办就是。"

说着话，给程铁牛标名挂了号。老程这才说："下场可多加留神，别他妈给我丢人！"

"儿明白！"

程铁牛从阅武楼下来，㓗镫搬鞍，飞身上马，抄着大斧子，赶奔梅花圈。进了梅花圈把马匹带住："吁！"看了看金雷。

"兄弟，想不到咱小哥俩儿在这儿遇上了啊！"

金雷素知程铁牛是有名的饭桶，根本没把他摆在心里，他们从小在一起长大，什么不清楚？

"啊，闹了半天是铁牛大哥。怎么？大哥，还想跟我比画比画，争夺二路元帅不成？"

"对呀！你这不明知故问吗？上这来为啥呀？就是想做二路元帅，为国家尽忠。我说兄弟，别的你不清楚，你哥这两下子，你太清楚了！你说咱哥俩儿比到一块，你差得太远了！识时务者为俊杰呀！我看你呀，甭比了，自动退出场外，把二路元帅让给我就得了！咱哥俩儿还能掰脸吗？真要一伸手，你要有个三长两短的，哥也对不起你，你说是不是？"

"哈哈，程大哥，金子银子可以让人，功名二字不能让人。平时是平时，现在是现在。既然咱都标名挂号，众目睽睽，焉有不比之理？我就这么灰溜溜走了，算怎么回事儿？"

"哎，我说金雷，冲你这么一说，你还不服啊！还真想比画两下子？"

"那是自然！"

"好了！既然这样，好良言难劝该死的鬼，我可对你不住！那你就来吧！"

"程大哥对不起啊，这我可要伸手了！"

"你来吧！我知道你这两下子，伸手你也得败！"

金雷催马舞刀，搂头盖顶就是一刀！程铁牛一看刀下来了，一不躲二不闪，跟他爹程咬金一样，抡开大斧子搂头便砍！

“劈脑袋！”

幼主李治在台上看得清清的，把李治吓了一跳！心说：这是什么招？那刀也给他砍上了，他这斧子也给人家劈上了，这不玩命吗？程咬金得意，老程心说：真是我儿子！我教的这绝招一点都没忘，这叫拼命招！金雷明知道程铁牛这两下子，但是遇到实际，也有点犯傻。金雷一看，玩命啊！咱俩想同归于尽，我犯得上吗？万般无奈，抽刀横担铁门闩，往外招架啊！

“开！”举火烧天式。

再看程铁牛，搬斧头献斧攥，三棱一个尖，直奔金雷梗嗓咽喉！

“小鬼剔牙！”

“刷”，就到了。不怕千招会，就怕一招熟啊！那斧攥的尖，比枪尖还快！扎上好得了吗？金雷吓了一跳，双脚点镫，身子往后一仰，使了一招金刚铁板桥，斧攥扎空。

再看程铁牛搬斧攥，献斧头：“掏耳朵！”奔金雷这脖子就来了！金雷赶紧一哈腰，斧子走空了。二马一错镫，再看程铁牛腕子一翻，奔后脑勺来了：“捎带脚！”

真别说！这程铁牛真下了功夫，其快如风！尽管金雷都了解他的招数，但是在实际运用当中，他没尝过什么滋味。稍微躲得慢了一点，斧子来得太快，正砍到头盔上！做大将的，顶盔挂甲呀，这盔头上有缨子，正好砍那上！“咔嚓”一声，把盔缨砍落。吓得金雷一缩脖子，汗淌下来了，拨马败出圈外，扭回头跟程铁牛说：“大哥我服了，我甘拜下风！”

“这就对了！你那两下子根本就不行啊！”

哎哟，程铁牛是首开旗门呢！再看军兵弟兄擂鼓掌号，摇旗呐喊，“哗”！

这一给祝贺不要紧，程铁牛来精神了，一马趟翻，围着梅花圈在里面转了几圈，然后把马匹带住，单手背大斧子，把小草包肚子一腆：“呀呔！我说各位呀，有认识我的，可能还有不认识我的。我现在呢，先来个自我介绍，我姓程，我叫程铁牛，我还有个兄弟叫程万牛，我爹就是坐上面的那个胖老头儿，鲁国公老千岁程咬金！要提起我来，可能有人不太熟悉。要提起我爹，那可说一个雷天下响！无人不知，无人不晓！下来利用这个机会，我就数说数说，让你们知道知道，我说说我爹这点光荣的历史。我爹是山东兖州府东阿县小耙子村的人，年轻那会儿他卖过耙子，人家号称他叫净街王，他曾经贩过私盐，劫过皇纲，打闷棍、套白狼，背死狗、卖私盐，那胆可大了！什么都干！”

程咬金在座上一听，我娘哎！我这点丢人现眼的事，都叫他抖搂出来！这孩子是不是个二百五？怎么拿着羞耻当光荣？哎呀呀！程咬金简直无地自容。幼主李治，文武百官听得清清的，全乐坏了，眼泪都乐出来了！哎，这程铁牛这脸不红不白的，还接着往下说："后来我爹成了大事了，听说怎么地，还劫过皇纲，后来聚众在贾柳楼，四十六友滴血淋盆，来个大结拜。走马取金堤，三斧子定瓦岗，探地穴得来大旗，众人拥戴，做了混世魔王大德天子。我爹当过皇上，当过三年，后来我爹领着众人，大败靠山王杨林，九胜大隋。后来隋朝完了，我爹感觉到当那混世魔王没什么意思，赶奔扬州去探地穴，还搂过肖妃！"

哎哟！就这点事，又给抖搂出来。老程一听，心说：混账的东西，哎哟！臊死我了！程铁牛那还说呢："远的不说，就说现在，现在皇上被困牧羊城，我爹搬兵求救，国大空虚，缺少良将，幼主降旨选拔人才，所以才选拔二路元帅。我纵观全局，我这一看，这元帅非我莫属啊！就得老程家的人，你你你，都白给呀！那金雷那不是饭桶，让我几斧子给砍跑了，是不是呢？我说各位，知趣的你们就给我鼓鼓掌，选我为二路元帅，你们也没亏吃，是不是？没有下场的了，是不是都怕我了？二路元帅是不是就是我的了？"

程咬金一听，这孩子这脸皮厚劲儿比我还厚！哪有这么说话的？你给老程家丢尽了人了！上梁不正下梁歪，老程到现在也没有办法了。程铁牛言还未尽，可气坏了许多英雄！就听队伍当中有人高声喊喝："呔！程铁牛少要大言欺人，卖狗皮膏药！在下不才，与你争夺二路元帅！你稍候片刻！"

一马趟翻，赶奔采桑殿阅武楼，戳叉拴马，分獭尾撩战裙，这小伙子"噔噔"走上阅武楼，拜见过幼主，又拜见大主考程咬金。程咬金一看，这小伙儿长得黑不溜秋的那么精神，镔铁盔，镔铁甲，小黑脸蛋子，两眼倍儿亮！一看，认识，正是好朋友尤俊达之子尤世杰。

"下面是世杰吗？"

"正是我！"

"孩啊，你也想为国出力报效，考二路元帅吗？"

"正是！"

"好，我说千岁，这孩子叫尤世杰，他爹是我的好朋友尤俊达，善使飞叉，那是开唐的老将，他也是名门之后，允许他下场吧！"

"这是自然！老千岁做主就是。"

"好了，世杰，我允许你下场。"

"多谢主考！"

"慢！等等，我还有几句话说。我说世杰，你今年多大了？"

"一十八岁！"

"噢，也算成人了。我们老程家跟老尤家这段历史，你可知晓？"

"我知道，我听我娘跟我说了，咱两家莫逆之交。您从年轻那会儿，跟我爹就是好朋友。”

“哎，对了，千万不要因为功名富贵，伤了两家的和气。我们家铁牛是个二百五，说话有个对不对，你多加担待。”

“老伯放心，这算不了什么，我们是点到为止！”

“好孩子，我相信你呀，下场去吧！”

“遵命！”

尤世杰下了楼，上马提叉，赶奔梅花圈。一见着程铁牛，他把掌中三股托天叉摇三摇，晃了三晃：“程大哥，我来了！”

“世杰呀，哎，我说世杰，我真不明白，要讲究这一堆人当中，属咱俩交情不错。你说咱俩从小在一块长大的，玩得都出花活了！你忘了咱经常在一起摸鱼，摸旮旯，甚至撒尿和泥，放屁崩坑，玩得多新鲜！你说咱哥俩儿还想比画比画？再者一说，你那两下子也白给呀！何必伤了和气？兄弟，算了，你跟哥哥夺什么呢？”

世杰一听，乐了：“我说大哥，这是什么话？为国尽忠这还能让人？我下场是大主考亲点的，是殿下允许的，我能说叫你这几句话，说得我就不比了吗？还是得比比。”

“好啊！金雷的事你看见了，你想跟他走一条道！既然不听良言相劝，你过来吧！我让你知道知道你哥这两下子厉害！”

“哥哥，我正要领教，这个机会难得，打算跟您学几招。”

“你来吧！少耍花舌子，我让你知道知道你哥的厉害！”

说完了，二马往跟前一凑，两个人就斗在一处。这程铁牛还是老套子，劈脑袋、小鬼剔牙、掏耳朵、捎带脚，转回来劈脑袋、小鬼剔牙、掏耳朵、捎带脚，“啪啪啪”就是这几下，不会旁的。人家尤世杰早就知道，程铁牛忙活了老半天，这招不灵了。世杰乐了：“哈哈，大哥，还有新招没？要就这招，您是输定了！有没有新招？”

“废话少说，就是这招，你拿命来！”

他不灵了还能取胜得了？人家抖起三股钢叉，上下翻飞。时间不大，程铁牛是手忙脚乱，盔歪甲斜，带浪袍松，不是人家的对手。这世杰这孩子还真厚道，后把一压，前把一翻，“刺棱”，叉尖直奔程铁牛的哽嗓！铁牛一看，躲不开了，把眼一闭，等死。哪知道人家把叉又抽回去，世杰一笑：“大哥，算了吧！点到为止。”

程铁牛摸了摸脖子，没破，知道人家手下留情了。

“好吧，当哥哥的就得让着兄弟，明明我能胜你，也不能胜。看来这二路元帅让给你了！”

拨马败出梅花圈，大伙儿又一阵大笑。尤世杰心里头高兴：“各位呀，有捧场的没？我叫尤世杰呀，我爹是尤俊达。有没有跟我比的？我相信比我强的人有的是，有没有下场的？”

言还未尽，有人说话了，没说话之前先叫唤一顿：“哇呀呀！”

世杰一听，这是谁呀？这是你叫唤，什么有话说呀？再看一马趟翻，闯进梅花圈：“尤世杰，你狂什么？你酸什么？你这两下子差得远呢！你等着，我去标名挂号，回来我再赢你！”

说话间，这员小将催马来到阅武楼下，戳斧子拴马，来到楼上。程咬金一看，得，来者非别，正是二儿子程万牛。程咬金这个泄气呀！心说：你们哥俩儿跟这儿闹腾什么呢？二路元帅根本就没你们的份儿！谁当爹的不望子成龙啊？但是我心里有数。这万牛一过来，躬身施礼，见过幼主，又见过他爹。

“爹呀，给我标名，我要下场！”

“滚远点！这没你的份儿！你就站脚助威也就是了。”

程万牛一听，把脑袋一扑棱：“我说爹，您这话什么意思？这按照国家的规定，黄榜上说得清清楚楚。四品官以上的后人，都有资格下场，怎么把我排除在外了？咱们老程家论哪一样也够资格！尤其是你儿子这两下子，你心里最清楚。这二路元帅就是咱老程家的！我哥没夺过去，我能夺过来。您怎么撵我？”

“你放屁！你快给我滚！”

“我说殿下，您看这公平吗这个？我怎么了就撵我？”

幼主一看：“老千岁，您这是干什么？到了这地，不分儿子父亲，以公治公啊！万牛一片热心，想为国出力报效，您怎么撵他？给他标名挂号才是。”

“咳！这孩子，吊死鬼擦胭脂，不知道死的货！臭美呀！既然如此，我就给你标名，我叫你到梅花圈去出丑！”

# 第四十六回

## 秦怀玉出场小将败阵
## 表兄弟对枪罗通挂帅

御校场选拔二路元帅，程万牛打算下场，遭到老程的拒绝。幼主给求情啊，程咬金实在没办法了，硬着头皮给二儿子标名挂号，然后告诉他："小子，那丢人的事少说，听没有？下场比武，讲的是本事，闲篇别给我扯！"

其实程咬金知道，这俩儿子都是半槽扣，有什么他扔什么，这玩意太丢人了！二路元帅得不着，还丢人现眼。程万牛明白："爹您放心吧，该说得我说，不该说得我肯定不说。"

"下场吧！"

程万牛下了楼，提斧子上马，赶奔梅花圈来见尤世杰。其实这老二跟世杰的关系的确不错，天天不分彼此，你请我吃，我请你吃，搂脖子抱腰，形影不离。可是今儿个情况特殊啊！两人一见面，这程万牛就小声跟世杰在这商量："兄弟，虽然说功名富贵不能让人，他也分谁跟谁，我看你就让给二哥怎么样？你下场，别的心意我没有，零花钱我还是有的，你说你开个价，你要多少钱？"

世杰乐了："二哥，这是什么话？你还想贿赂我不成？这是夺二路元帅，这不是开玩笑。要换一般的事情，都好商议，唯独这个事情没法通融！"

程万牛一听，脸沉下来了："怎么着？噢，关键时刻才能看出远近厚薄，闹了半天，为了争夺二路元帅，你六亲不认，非想跟我伸手？"

"不是我非想伸手，是这个事非得这么办不可。"

"行，别说了，好良言难劝该死鬼，你非叫你二哥急眼不可，你有什么好果子吃？你别看我大哥败了，我大哥那两下子赶不上我！我是真人不露相，露相不真人，真拿出真格的来，你非吃亏不可！既然你不听，动家伙吧！"

世杰说："二哥，实在对不起，情况特殊。"

"行，来吧！"

两个人话不投机，当场动手。再看这程万牛，也是三斧子半，劈脑袋、小鬼剔牙、掏耳朵、捎带脚；劈脑袋、小鬼剔牙、掏耳朵、捎带脚……在场的人乐得都直不起腰来！哎哟！把程咬金给臊得，低着头也不看了。幼主李治乐得肝都疼，心说：这老程家的人，闹了半天就会这两下子！怪不得老千岁不叫他下场，的确是有点丢人。尤世杰也不敢乐，左躲右闪，左躲右闪："二哥，行了吧？都抖搂完了吧？赶紧走吧！何必在这儿丢人呢？"

"放屁！我那绝招还在后头呢！拿命来！劈脑袋！小鬼剔牙！掏耳朵！捎带脚！"

尤世杰以为他就这两下子，就没拿他当回事儿。哪知二马一错镫这工夫，程万牛使了一招绝艺，双手扣住铁过梁，把这马镫他甩了，然后伸出一条腿来，对准尤世杰那屁股蛋子，"咣"就一脚。尤世杰毫无防范，从来没见过这招！一下没躲利索，踹了个结结实实，"咔嚓"这一下，尤世杰坐立不稳，从马上摔下去，出乎众人意料之外。

"哗！"

一看，尤世杰怎么败了？尤世杰使了个就地十八滚，从地上站起来："二哥，你，你这是什么招？"

"我没说吗？压箱底的招我没抖搂呢！我让你长长见识。你知刚才这叫什么招吗？这叫牛蹬腿，又叫兔子蹬鹰，你明白了吗？"

尤世杰气得是面红颈赤，败出梅花圈。老程一看，行！孺子可教也！看来这老二还行啊！自己还发明了一招牛蹬腿，真行！老程也来了精神。程万牛一马趟翻，把小草包肚子一腆，脑瓜一摇，也吹上了，这是忘乎所以："呀呔！各位呀，看见没看见？是骡子是马，得牵出来溜溜。有钢得使到刃上。刚才那招大家看见没？那是我发明的，叫牛蹬腿，又叫兔子蹬鹰，多漂亮！大概众人都瞅见了，不仅我的姿势优美，而且这招数是百灵百验，这才堪称绝艺！你们大家服气不服气？你看我打了胜仗了，哪个不服？下来！我还有绝招呢！干脆听我的话，把二路元帅就让给我了！不然，你们是找倒霉，找丢人哪！怎么样各位呀？还有下场的吗？"

言还未尽，有人说话了："呔！我说你别死不要脸，你那叫什么招？在下不才，会你一会！"

程万牛抬头一看，谁呀？说话者非是旁人，正是小将马林。马林是谁？大将马三宝的孙子。这马林可厉害，这小伙子长得个儿不高，五短身材，车轴汉子，在这小弟兄当中那是佼佼者！掌中使一对双锤。他把双锤晃动，来到梅花圈。程万牛一看，有点脑袋疼："我说小兄弟，你也想找丢人吗？"

"你废话！功名富贵没有让人的。你等着我！"

马林标名挂号。这程咬金了解这孩子，马林这个孩子，脸酸不合群，在众孩子当中属他特殊，所以人缘不太好。有时候他上来热心肠了，搂脖子抱腰，一句话不对，他就翻脸，性情古怪。要讲能耐来说，他还是出人头地的，老程没短了听旁人介绍，这孩子力气也足，锤招也高，但是翻脸不认人。他来到上头一表名，老程自然允许，给他标名挂号。马林转身刚要走，老程把他叫回来了："等等，孩子，有几句话我要讲在当面。"

"老人家请讲!"

"你跟我们老程家，都是子一辈父一辈的交情，跟旁人交情也都不错。今天虽然说选拔二路元帅，毕竟不是两国的仇敌，要点到为止，听没听见?"

"老人家您放心，您的用意我清清楚楚。说白了，您怕我伤了你们老程家的人是不是?"

"孩子你错疑了，不光是老程家的人，换上张三李四谁也好，你明白了吗?"

"明白了，行，我知道。"

马林心里说话：是亲三分向，你呀，向着你儿子！这回我是毫不留情！这马林打定主意，挂完号之后，上马提锤，赶奔梅花圈来见程万牛。程万牛一看是他，头皮有点发紧，有点发怵："兄弟，想跟哥哥比比吗？方才我那绝艺你看见没？那招可厉害!"

"行，程万牛，收起你那招！那叫什么招？唬外行，行，那叫臭无赖！别看瞎猫碰死耗子，你赢了，那也不光彩！你跟我使使，你看好使不好使！你还有什么绝招，你抖搂抖搂。也不是我说句大话，你是甘拜下风!"

"好小子，你够狂的！行，马林，来，我陪你走几趟!"

话不投机，当场动手。这一动手不要紧，程万牛这两下子根本不行！马林双锤挂风，锤打流星式，没几下，程万牛就冒了汗了，那牛蹬腿也使不出来了，招也没了。实在不行，是拨马败阵而走！临走还说："马林，当哥哥的让着兄弟，让给你了!"

按理说，程万牛承认自己不行，败下去了就算结束。可马林这孩子太毒辣了！在后头紧追不舍。眼看就追出这梅花圈，非要一锤把程万牛给撂到这儿！说时迟那时快，程万牛这马一半出了梅花圈，一半没出梅花圈，就在这个当口，这锤就到了！万牛想躲，已然不及了！程万牛心说：好小子！够歹毒的！咱俩不是仇人，你怎么下死手？完了！闭眼等死。眼看锤就砸下来了，老程看得清清："哎呀!"

程咬金这心一下提到嗓子眼，心说：我儿子完了！他妈马林这小子真不是东西，你是什么玩意变的你是？正在这紧关节要的关头，耳轮中就听见"喤啷啷!"，火星四冒，有人用兵器把锤给架开了。这一架开，程万牛保住这条命，这时候他也出了梅花圈了，拨转马头，定睛瞧看，看谁给解的围，救了自己。一看，非是旁人，正是小将军秦怀玉，秦琼的儿子！胯下马掌中是虎头皂金枪，用枪把锤给架开了。

马林本来想出口气，可是没达到目的。抬头一看，是秦怀玉，他这脸就沉下来了："哎，姓秦的你要干什么事儿？这里头有你什么事？我们还没比完呢，你怎么半截插一竿子？"

怀玉也把脸往下一沉："马林，话不能这么说，会说的不如会听的。众目睽睽，大家看得清清楚楚，程万牛已经承认不行，甘拜下风，按照规定，承认败了，就算结束。人家把二路元帅让给你了，你何必赶尽杀绝呀？你刚才那干什么？人家马都要出梅花圈，你为什么下起毒手？幼主也好，大主考也好，三令五申，点到为止。你这是点到为止吗？你安的什么心？你太歹毒了！马林，咱们从小在一起长大，每个人的脾气秉性，谁心里都有数。你这个人向来独特，翻脸不认人，没想到你发展到这个地步！真叫人伤心！"

"你！秦怀玉，你别嘴大，知道你们老秦家了不起，欺负谁呀？他不没出梅花圈吗？在梅花圈里头，打死打伤，自认倒霉呀！你不服你过来！"

"好，马林，你等着我！"

说话间，秦怀玉来到阅武楼下，戳枪拴马，上楼来见大主考和幼主。程咬金这心才放下，从心里往外感激怀玉，没有怀玉解围，二儿子就归位了！

"咳！怀玉呀，你想下场吗？"

"正是！四叔，给我标名吧。"

"好，没的说。怀玉呀，我这意思是说，你现在最好先别下场。"

"噢？老人家，这是什么意思？"

"方才你跟马林闹了个半红脸，都在气头上，这个一有气，就没有理智了。还是那句话，你们都是名门之后，将门虎子，子一辈父一辈的交情，因为选拔二路元帅再翻了脸，有个三长两短都不好。肉烂在锅里，咱可都是一家人，马林年轻，你还要多加担待，好吗？我说你正在气头上，等一等然后再下场。"

"哈哈，老人家放心，大人不见小人怪。我可也不是什么大人，比他来说，我觉得大得多，我决不跟他计较也就是了。老人家放心，但能容人且容人，我们老秦家什么人，您心里有数。"

"对！好孩子，但愿你口心如一啊！要心平气和。这样那你就下场去吧！我放心了。"

"多谢主考大人！"

秦怀玉从台上下来，戳枪上马，赶奔梅花圈。等来到梅花圈，二次见着马林，马林那眼珠子瞪得溜圆，秦怀玉一笑："你跟谁运气？马林，你要不服，你就过来，我就陪你走上几趟。"

"我就是不服！你们老秦家也没什么了不起！"

说着话，抡锤便砸，两个人就斗在一处！马林还真有两下子，锤打流星式，上下翻飞，呼呼挂风，恨不能一锤把秦怀玉给拍到这儿。谈何容易？老秦家那枪法够多高！因此拍半天没拍着。最后秦怀玉心想：算了，他还年轻啊！但能容人且容人。"啪啪啪"，使了个盖顶三枪，马林用锤往上招架的工夫，再看怀玉后把一抬，前把往下一压，枪来得这个快！一拧个儿，奔他前心来了！马林再想躲，已然来不及了："啊！"

怀玉没往里进招，只是想吓唬吓唬他，"噌"，把枪撤回去了："嘿嘿，兄弟，还想比吗？"

"你！"

马林这孩子，最大的缺点就是不服人，明明败了，不承认败，还说人家羞臊他，催马抡锤接着打。怀玉一看，他妈这小子，真是得寸进尺！莫非真想叫我给你放点血？

"啪啪啪！"打来打去，打去打来，怀玉一枪奔马林哽嗓，他又没躲开，把眼一闭："呀！"等着死。

结果秦怀玉没扎他，把这枪撤回来，平着在他脸蛋上拍了一下，扇他一个嘴巴，不是用手，是用那枪尖扁着拍的，"啪"，没把马林给吓死！怀玉一笑："兄弟，这回行了吧？"

"你！"马林用手一摸，脸蛋都肿了，那拍上还好得了？尽管没使劲儿，也受不了。马林实在有点挂不住了："我……好了，我认栽了。秦怀玉，你等着我，我加紧练功，迟早有一天我还要会你！"拨马败出圈外。

老程在上边一看，罢了！老子英雄儿好汉，我二哥秦琼一辈子光明磊落，到了怀玉这一辈，继承他爹，真是君子之风啊！行家伸伸手，便知有没有，换旁人绝不能这么大度。老程高兴，幼主也看得清清的，暗挑大拇指：罢了！这才够帅才呀！不仅能耐大，还得豁达大度，鼠肚鸡肠那不行。全场的人无不挑大指称赞，怀玉胜了一阵，冲着四外一抱拳："各位，有没有下场的？有下场的，在下奉陪！有没有下场的？"

秦怀玉这一下场，全给镇住了。都知道老秦家那条枪太厉害，而且秦怀玉人缘还好，没有不服的。秦怀玉一看谁都不下场，自己练了一趟锏，练了一趟枪，弓刀石马步剑，都练了一练，全场全都叹服，现在样样做到了全能。秦怀玉再让："有下场的没有？没有啊？没有，我恕个罪说，二路元帅可就是我的了！"

幼主把笔提起来，御笔钦点。在秦怀玉那名字上点个红点，他就是二路元帅，把兵权就给了他。笔也提起来，还没等往下落的这时候，就听梅花圈外有人高声喊喝："慢！某家不才，我来会你！"

一马趟翻，跑进梅花圈。怀玉也是一愣，啊？谁这是？抬头一看，正是罗通！

秦怀玉一看罗通下场了，其实呢，他早料到这手，但还是感到意外，因为他们俩的关系非同一般。罗通那是自己的亲表弟，姑表弟兄，姑表亲姑表亲，折断骨头还得连着筋，比旁人都近着一层。但是为国尽忠，选拔二路元帅，这姑表亲也得放到一边。罗通兴致勃勃，进场之后，冲着秦怀玉一笑：“老哥，想到我能下场吗？”

“想到了。表弟呀，别的都不用说了，当场不让步，举手不留情，亲戚算不了什么，选拔二路元帅要紧。你标名挂号，哥哥我奉陪！”

“表哥，那我就不客气了啊！”

罗通说到这儿，催马到了阅武楼下，戳枪拴马，分獭尾撩战裙，走上阅武楼。幼主李治一看，罗通真精神！小伙儿长得也帅气，虽然年纪不大，跟成人那个头也差不多，那脸就像他爹罗成那脸上扒下来的相似！看前影，看后影，活脱就是一个人！程咬金看着，他想起老兄弟罗成啊，心里热乎乎的。罗通见礼之后，问程咬金：“伯父，我可以标名吗？”

“当然可以了，孩儿，伯父就等你来呢！你来了我太高兴了，现在就给你标名挂号。”

写完了姓氏名谁，大报条贴出去，然后叫罗通下场。程咬金不放心哪，嘱咐罗通：“孩子，这话不应该说，但是我还要说几句。你跟老秦家，那是姑表弟兄，姑表亲，千万注意，不要伤了和气。选拔二路元帅不假，要点到为止，你懂我的意思吗？”

“四伯我明白，您老只管放心，您就不说，我心里也有数。”

程咬金为什么要这么嘱咐呢？原来他心里清楚，这个老罗家的人，子一辈父一辈，有个通病，就是骄傲。气死小辣椒，不让独头蒜，翻脸不认人。你看，这种人很难对付，这个罗通好像比罗成还强着一点。那么毕竟他是个孩子，你不嘱咐嘱咐他，一伸手，他下了绝情，把怀玉给伤着，反为不美。其实呢，罗通心里头清清楚楚，也明白程咬金的用意，说完之后，转身下台，抄枪上马，直奔梅花圈，跟秦怀玉马打对头：“表哥，我标完名了，也挂完号了，咱哥俩儿该伸手了。”

“好！哥哥我奉陪！兄弟，咱可是点到为止。”

“我知道。但尽管如此，表哥，当场不让步，举手不留情，刀枪上没眼睛，您还得多加留神！”

“我明白，你伸手吧！”

“着！”

罗通阴阳一合把，大枪一抖，使了个金鸡乱点头，直奔秦怀玉！秦怀玉赶紧使了个怀中抱琵琶，往外一架："开！"

"噔啷啷！"把罗通的枪崩出去。紧跟着，后把一抬，前把一翻，使了个怪蟒翻身式："兄弟接枪！"

"噌"就一枪，罗通一拧身，把枪躲开，二马盘桓，就斗在一处，双枪并举，真是一场龙虎风云斗！罗通那是老罗家的枪，秦怀玉是老秦家的枪，而且他们不分彼此，路数都差不多少。这俩孩子都是有心计的人，别看表面上挺客气，暗中都下功夫，人有脸，树有皮，谁想当众败北？都想人前显圣，鳌里夺尊，只有这样的人，才有出息。否则自甘服输，那还有什么出息？今天哥俩儿这一出手，针尖对了麦芒了！因此谁手下也不留情！两条大枪跟两条长蛇相似，就搅在一起。

两个人打斗到八十回合，未分胜负，在场的人无不惊骇！别看那么大的场子，鸦雀无声。人们直着腰板，拔着脖子，瞪着眼睛，张着嘴，甚至屏住呼吸在这看，人们一边看，一边暗挑大指称赞："罢了，人比人得死，货比货得扔，跟人家这一比，没法下场！下场也白找丢人！那的确高人一头。"

两个人一眨眼，又打了二十回合，就接近一百个回合了，罗通也见了汗了，秦怀玉前后心也湿了，依然没分出胜负。罗通一想：我表哥真厉害呀！这怎么办呢？哎，有了，使出我们老罗家的绝招，卧马回身枪，败中取胜！看来就得这么办了。打定了主意，他"啪啪啪"枪招加紧，而后冷不丁把马一拨，奔东北方向就下去了。秦怀玉不舍，在后边摇枪追赶。罗通人往前边败，耳朵听着后边，一听这马蹄声已然接近了，右手提着大枪，左手一抓马的铁过梁判官头，往怀里一提。这马是经过训练的，要使这招，人和马得配合默契，不然这招不灵！这马经过训练，都明白怎么回事儿，主人这一提，它懂得了，再看前蹄子，"扑通"，这一弯，就跪下了。这一跪下，罗通利用这机会，甩镫转身，"啪"一转个儿，脸朝着后头，手中提着枪，奔秦怀玉当胸便刺！

在场的人一看，完！秦怀玉性命难保啊！这招太快了！出其不意，攻其不备，来了个迅雷不及掩耳。哪知秦怀玉事先早有防范，他一看，罗通招数没有散乱，根本不可能败，为什么要败？噢，想用败中取胜赢我。我要不追，显着我贪生畏死，那么我就追！我看你使什么招？莫非使什么卧马回身枪？兄弟，你那招我心里都有数。所以他是格外留神，眼珠瞪着在这看着，尽管罗通招来得十分快，没瞒过秦怀玉，秦怀玉身子往旁边一拧，由于他动作太快了，他这一拧身子，护双腿的凤凰裙也飞起来了，就像那裙子似的。人这一扭动，它飞起来了，罗通这一枪没扎着人，正挑到凤凰裙上，"刺棱"，把凤凰裙给撕掉。在场的人全看清了，秦怀玉恨得一摇脑袋，呀！心说：倒霉！做大将的可以说一点都不能叫人家碰，碰上一点就得认栽。这裙子你跟着起什么哄？哎呀，凤凰裙被人家挑落，说明自己躲得不那么利落。因此秦怀玉这脸一红，把马匹带住。此刻罗通把马提起来，也上了马："表哥，您受伤了没？"

"没有，兄弟，哥哥败了！"

"没有啊！您也没受伤，怎么败了？"

"我凤凰裙被你挑了，这就等于我败了，二路元帅是你的了！没我的份儿。"

说到这儿，秦怀玉脸红脖子粗，拨马便走。罗通就叫他："表哥，不算！你没败！"

秦怀玉连话也不说，这么一来，旁人谁也不下场了。没法下场，这两个人盖了帽了！老程一看，适可而止："幼主千岁，这事就这么定了。二路元帅从秦怀玉和罗通当中选拔一个，您看怎么样？"

"好！但是二路元帅只有一个，能出俩元帅吗？究竟他们两个人选谁呢？"举棋不定。

程咬金传话："让秦怀玉、罗通赶奔阅武楼！"

本来秦怀玉不想来，但是不敢违命，表兄弟双双来到阅武楼上，往幼主面前一站。程咬金看看这个，瞅瞅那个，都喜欢。按理说，这两人打了个棋逢对手，将遇良才，没分出胜负来。程咬金就说："孩儿啊，都不错，都不错呀！我看什么名门之后，将门虎子，落到你们两个人身上，恰如其分。旁的人都不配！我说你们两个人旗鼓相当，谁做二路元帅呢？"

秦怀玉说话了："四叔啊，我败了，我的凤凰裙被我表弟给挑落了。这要在两军阵前，那就是败了，因此我表弟可称二路元帅，我甘拜下风。那是我表弟的。"

罗通一听，脸红了："表哥，话不能这么说。四伯呀，那还是我表哥吧！我不行。我表哥对我容让。咱这么说，如果我表哥是计较的人，那么接茬儿跟我比，谁胜谁负还在两可之间。另外，我表哥善使熟铜宝锏，老秦家的锏占着一绝，人家提出来跟我比锏，那我就得陪着。要真比，我就得甘拜下风啊！我哪方面都赶不上我表哥，二路元帅是他的，我甘拜下风！"

这两人还让起来了。李治点了点头。看来这两人都有出息，豁达大度，不斤斤计较，这才叫大丈夫。但是他也为难，怎么办呢？跟程咬金商量，老程说："这么办，你们俩谁也别争，谁也别让。哎呀，实在没有法。我出个主意，我写俩纸条，一个写上中，一个写不中，那么中就是二路元帅，不中那就什么也不是。写完之后，你俩抓阄，谁抓着就是谁的，这叫听天由命。你们俩乐意吗？"

两人一听，也只好如此。

"一切听大主考的！"

"那好了，我不会写字。谁来代笔写写？"

大伙儿一看，多好！都出这招。最后拿了两张纸，写了两纸条，一个写中，一个写不中，把它叠好了，从外面你根本看不出来。程咬金命人把家什取来，取来个大竹筒子，把这两条全扔到竹筒子里头，抱到怀里，这么晃，那么晃。晃完了，往桌案上一放，一切就绪。

"来吧！你们俩谁先摸?"

罗通让秦怀玉，秦怀玉让罗通。最后罗通没办法了，闭着眼睛拿出一张纸条来，这玩意叠着，你看不出来。剩下的当然是秦怀玉的，秦怀玉伸手，也拿到手中。老程说："妥了，现在就给我看!"

两个人同时把纸条打开，罗通一看，上头一个字，中，秦怀玉呢，不中。那就是说，罗通理所当然的是二路元帅。罗通脸一红："这……我占了个便宜。"

"行了，这叫命有天定。孩子，我想怀玉不会有怨言。"

"四叔，我怎么会有怨言呢?就不抓纸条，我也同意我表弟做帅，我没说得!"

此事就这么定了，幼主李治提起朱笔，在罗通的名字上点了个红点，这就是名副其实的二路元帅。程咬金当众宣布："各位，考试结束，二路元帅是罗通!"

"哗!"刹那间，下边是摇旗呐喊，擂鼓助威，有人放起了鞭炮，整个御校场都开了锅了！百官也举杯祝贺。幼主李治命人准备袍服，都准备好了，给罗通帽插宫花，十字披红，然后陪着他，骑马绕场三周。罗通兴奋得脸跟一朵花一样，不知说什么好。但是幼主李治觉得对不起秦怀玉，怎么办呢?跟程咬金一商议，让怀玉委屈委屈，作为兵马督先锋。先锋官仅次于二路元帅。秦怀玉点头答应："只要为国尽忠，到牧羊城去救驾，我做什么都可以。"

另外程咬金当众宣布，凡是今儿个下场的，都不白下场，除了幼主给予赏赐之外，全都随驾出征，官拜将军之职。数了数，程铁牛、程万牛、尤世杰、金雷等八名小将，全都到台上来，幼主一一给披红戴花，然后敬御酒祝贺，也绕场三周。小弟兄们兴高采烈，这一切仪式结束之后，秦怀玉当众宣布："事不宜迟，明天大校场点兵十万，粮草筹措好了，明天就祭旗出发，不得有误！马上回去准备准备吧!"

这一天就这么结束了。程咬金干什么?奉旨还得回去，他搬兵求救，得陪着，这叫有始有终。幼主于心不忍："老千岁，你偌大年纪，为国操劳，我们心里头太不是滋味了。"

"哎呀，幼主不要说了，我这人就这命，越折腾越经活！那么小孩子挂帅，我不放心，我自然还得做这总监军，我得管束着他们。"

"是啊，老人家，没您跟着，我还真就不放心!"

程咬金理所当然地做了兵马总监。这兵马总监，监视着先锋官跟元帅，有什么事，得拿主意。一切就绪不必细说，程咬金上半夜都没睡觉，赶奔大校场看看，军队凑齐没有？粮草准备得怎么样了？直到万无一失了，这才回府，回到府里头，跟家人告别。打了盹，天还不亮就起来了，周身上下收拾好了，裴氏夫人千叮咛万嘱托，告诉老头子：“多加留神呢！你上了年纪的，跟年轻人不一样。”

程咬金点了点头：“老伴你放心，我且死不了！我是福将！跟那年轻的娃子在一起，我也高兴，你只管放心。这次我们去，肯定有一天会奏凯班师，你就听喜讯吧！”

程咬金这个人乐观，这长寿的秘诀就是乐观，所以家里人也就把心放下了。程咬金，带着程铁牛、程万牛，亲兵家将，顶着星星来到校场。一看，一切就绪，十万大军步列成方阵，大旗高挑，被晨风一吹，真威风！大校场上鸦雀无声。老程先升坐了帅台，一点名，八名小将、先锋官俱已到齐，就是元帅姗姗来迟。时间不大，幼主率百官也到了，也登上帅台，一看，二路元帅没来！问程咬金：“罗通因何没到？”

“就是！这孩子，嘴巴没毛，办事不牢啊！睡早觉啊？不能啊！这么大的事情，他能睡得着？你看，都到了，元帅不到成何体统？这小兔崽子，再等一会儿。”

再等一会儿，星星没了，天光已亮，人们在这站了一个多时辰了，二路元帅还没来。幼主也发了急躁了：“哎呀，老千岁，这，这是怎么回事儿？这是出什么岔子了？恐怕是有点事。”

“幼主您别着急，这事交给我，我赶奔罗府看个究竟。”

老程边走边骂，心说：小兔崽子，你要变卦，我就骂你的祖宗！

# 第四十七回

## 二路帅兵发两军阵
## 单天长出手截唐军

大校场军队全准备好了，就等着出发，可是这二路元帅罗通迟迟未到。程咬金一看，就知道出事了，让幼主、百官在这等着，老程上了马，直接赶奔罗府。到罗府门前一看，嗬！戒备森严，罗府的亲兵卫队左三层右三层，严阵以待，如临大敌。老程一想：这搞的什么名堂？想要干什么？程咬金从马上跳下来，把眼珠子一瞪："你们干什么？"

"哎，闹了半天，是老千岁。"

"滚！把刀全给我收起来！你们想打谁？跟谁拼命？"

"是这么回事儿。我们奉了主母之命，不让别人进去，如果有人往里头闯，说叫我们就下手。"

"我呢？对我也下手吗？"

"当然打死我们也不敢！"

"去！给你家主母送信，就说我老人家来了！"

老程气得心是咚咚直跳。时间不大，庄氏夫人率领着家奴、院工、婆子、老妈一大群结到府门外边。看见程咬金，赶紧施礼："四哥来了！"

"哎，弟妹来了，弟妹，我有事要见……"

"四哥，此地并非讲话之所，请到里边来。来来来！"

程咬金气得也没说别的，进了银安宝殿，分宾主落座，老程往这边看看，那边看看，没有罗通。

"弟妹呀，通儿呢？"

"通儿正在他的书房。"

"你得叫他来呀！我说弟妹呀，难道你不知道吗？现在通儿是二路元帅啊！今天要奠旗出发，赶奔两军阵救驾。大伙儿都到齐了，连幼主都等了半天，他这个元帅不露面，这怎么交代？弟妹，你不是普通的家庭妇女，军令如山，圣旨难违，这个道理你不懂吗？”

程咬金今天说话有点发急，这话说得比较直，庄氏夫人没动声色。等老程说完了，庄氏才说：“四哥呀，凭您怎么说，凭您怎么讲，我们家罗通不做二路元帅！我们不干了！”

“啊？不干了？弟妹，你怎么能说出这种非礼的话？这不是小孩过家家，说玩就玩，说不玩就不玩了。军令如山，开什么玩笑？此事已定，幼主御笔亲点的，说不干了，这能说得出口吗？弟妹，你知书达理，怎么能说出这种话？荒唐！”

正在这时候，罗通来了，听着信了，一看程咬金在这，罗通有点脸红脖子粗，冲着程咬金又挤眼，又努嘴。什么意思？那意思是说：我愿意，我娘不愿意，横拦竖挡，我有什么咒念？叫程咬金劝劝他娘。程咬金多聪明，看出来了，他问罗通：“孩子，你不去，是你的主意，是你娘的主意？”

“四伯，我娘有点想不通，所以不让我出门，我也没办法。”

“行了，我得先问明你的态度。弟妹，有话请讲吧！不能这么耽搁呀！幼主在那听信呢。”

“四哥，恕我直言，不干，就是不干！说什么我们也不干了！如果幼主怪罪那就怪罪，要杀那就开刀，吃肉就张嘴，抄家就抄家！我宁愿这么干，我也不让我儿做二路元帅！”

“你！”哎呀！程咬金气得没词了，心说：跟妇道人家，怎么好强呢？没办法，还把气往下压了一压：“弟妹，你心里不痛快，哥哥知道。你是不是又想起我老兄弟罗成来了？是不是？你认为做武将，没有好下场，你担心罗通有三长两短，说什么老罗家没后继香火。是不是这个？”

“不是！”

“噢，不是。那为什么呢？能不能当着哥哥的面，说点掏心窝子的话？”

“好吧，我也不怕哥哥怪罪，今儿个有什么，我说在明处。”

“对呀！说实话是最好不过。那你说吧！”

“四哥，我听说了，有个叫苏定方的，领俩儿子，什么苏山、苏林，都归降大唐了，可有此事？”

“有啊！苏定方弃暗投明啊，的确保了大唐，现在官拜平西大将军。”

“是吗？就冲他，我儿也不做二路元帅！你要叫我说实话，就是这么回事儿。”

“为什么？”

“为什么？四哥明知故问吗？我们家那死鬼罗成死到谁手里？不就是死到苏定方手了吗？苏定方在淤泥河，把我们家那人乱箭穿身，他死得太惨了！致使唐朝伤兵损将，我们家落到这步田地。您想想，杀人的凶手做了平西将军，我儿能跟他共事吗？能跟他同殿称臣吗？能跟凶手在一起吗？昨天晚上我想起这件事，越想越堵心，但是我们胳膊拧不过大腿，只好不干，绝不能跟苏定方在一起共事。我就为这个！”

“弟妹呀，你叫我怎么解释？你说得有没有道理？有，的确，我老兄弟死在他手了。但是你别忘了，那个时候是各为其主啊！对不对？我老兄弟保的是大唐，苏定方保的是赤比宝康王和刘黑闼，你说各为其主，他能不下死手吗？但是后来情况有变，人家苏定方识大局，顾大体，弃暗投明，屡立战功，人家知道错了，现在保了大唐，咱就是一家人，不存在什么凶手不凶手的。弟妹，你深明大义，不要计较此事，过去的事情就是过去了，你何必还再谈呢？”

“不！四哥，不管你怎么解释，这件事不给我摆平，我就不让罗通挂帅！你再怎么说，我心里不痛快！”

“那弟妹你的意思，打算怎么办呢？那苏定方也投降了，已经化敌为友了，你说怎么办？”

“怎么办？有老罗家就没有他，有他就没有老罗家！除非要了苏定方的命，给罗成我那当家的报了仇，我儿子才可以挂帅。”

“你！”程咬金这火三起三落的，气得身上那胖肉“嘣嘣”直蹦，“弟妹呀，听人劝，吃饱饭，你的条件太苛刻点。那苏定方现在弃暗投明，一心一意给大唐朝出力报效，毫无怨言，而且屡立战功，是朝廷的大将。就为了我老兄弟，无缘无故把人杀了，不然你儿子就不挂帅，这能说得出口去？弟妹，你是通情达理之人，你把这话说到桌子面上，叫大家给评评理。另外，你不显得心胸太狭窄了？弟妹，听哥哥的话，这件事，迟早咱也把它摆平，但分怎么个摆法，指定让你能顺过这口气也就算了。现在不能耽搁，还是放罗通出去吧！弟妹我求你了！”

“不行！四哥，不是我驳你的面子，就是不行！苏定方不死，我儿就不能挂帅！你说将来摆平，怎么摆平？你是敷衍了事啊！你无非就是这么一讲，将来我找谁去？我肯定不能允许我儿子出去！四哥，你随便吧！”

程咬金急得就坐不住了，站起来在屋直打磨磨。罗通也急坏了：“娘，别让我四伯为难了，上职下派，迫不得已，我四伯也是奉旨而来。那么多人等着呢，我四伯也已表态了，将来肯定能把这事摆平，您就允许我去吧！”

“不行！小冤家，不孝之子！你给我跪下！”

罗通是孝子，一看娘真急，“扑通”跪下了：“好吧，那我听娘的，您叫我去我就去，您不叫我去我不去。”

“哎，这就对了，四哥，我知道您不痛快，您随便吧！已经撕破脸了，不把这个事摆平，我肯定不答应！”

“这……”程咬金一想：干脆我不管了！这个事奏明幼主，让幼主出头，我没法劝了。秀才遇上兵，有理讲不通！我能跟我弟妹吵吵喊喊的吗？不可能啊！老程又一琢磨不行：幼主的脾气也挺暴啊，你别看平时和颜悦色，真翻了脸了，那是君，我们是臣，就冲我弟妹这么一来，幼主非要见怪，那不就完了吗？真要降旨怪罪，你说怎么办呢？什么事都得耽误了。这……

程咬金又一想：干脆我就和稀泥得了，能腾过一时说一时。就得这么办了！程咬金打定主意，又乐了：“弟妹呀，那么说，要把苏定方铲除了，你没有怨言了吧？”

“对！那我什么话都没有！”

“那么现在苏定方还在两军阵前呢，咱远水解不了近渴，比方说苏定方在京城，那我想什么办法，我要他的命，拎着他的脑袋送到你面前。现在鞭长莫及呀！对不对？要想报仇，现在肯定是不行了。弟妹，我说这句话，你别不爱听，哥哥撒大粗了，你不能管姑子要孩子，是不是？”

“那是自然。我就是说这个事情，要有个结论。”

“好，有结论咱这么办，苏定方肯定得死，肯定给我老兄弟报仇雪恨，肯定让弟妹你出气，肯定不能跟我侄儿同殿称臣，行了吧？”

庄氏一听，冷笑一声：“四哥，你糊弄孩子呢？你这么说有什么用啊？”

“哎，弟妹呀，你不要小瞧你四哥，你四哥现在是鲁国公，一品大员哪！咱谈的公事，可不是闲扯吧？我说话是算数的，那么现在苏定方远在前敌，你说叫他死，你够不着他。这事包我身上行不？我肯定叫他死就得了，你别管我用什么办法，用什么理由，他死了不就结了？不就等于达到你目的了吗？这事包在我身上。我要说话不算数，天打五雷轰！车轧、马踩、箭射、刀砍，我不得好死！”

“呀！别说了，四哥言重了，妹子说话可能有些生硬，您要理解我此时此刻的心情。就冲您这几句话，我代表我们家死鬼，谢谢四哥了！”

“哎呀，弟妹别哭，这事包到我身上，现在你得叫罗通去，罗通不去，没法交代。”

“好吧。但是呢，四哥，咱们可话说一句，罗通你起来，你四伯说的话你听见没？”

“听见了。”

“你四伯怎么说的，你记住了吗？”

“记住了。”

“好！你给我重复一遍！”

“我四伯说了，苏定方肯定得死，给我爹报仇！肯定不能同殿称臣，肯定让娘出气，都是肯定呗！”

“好，既然这样，咱们老罗家的人说话历来算数。四哥呀，咱们先小人后君子，我要求一条，将来不管打胜仗，或者打败仗，在奏凯搬师回来的时候，苏定方肯定得死！如果苏定方也跟着回来了，四哥，休怪我翻脸不认人！通儿，你听明白没？”

“听明白了！到那时候苏定方不死，我找我四伯算账！拿他的脑袋代替苏定方的脑袋！”

程咬金一听，得！我多倒霉！做人难哪！事到现在了，老程只好咬着后槽牙点点头：“行，通儿，将来苏定方不死，你要我的老命，行吧？弟妹，行了吧？”

“可以了。”

“那可以走了吧？罗通，快收拾东西。”

罗通赶紧收拾东西，跟程咬金走，庄氏送到门外一再解释：“请四哥千万别怪罪！”

老程一摆手：“算了，你的心情我完全理解呀！弟妹你瞧好吧！”

程咬金心说话：到时候再说，我就不相信罗通能要我的脑袋！真要办不到，我就往这一坐，你随便吧！你真抹得开要我这条老命吗？哎呀，女人哪，真没有办法。罗通跟娘洒泪分别，带着亲兵家将赶奔大校场。等到了这儿，李治不高兴，耽误多长时间，日头升老高的了！一朝的人王帝主就在这坐着，文武百官就在这干晒，十万大军就在这等着。等罗通来了之后，见了驾，李治没言语，面沉似水。程咬金一看不好，赶紧编瞎话打圆场：“哎呀，殿下，幸亏我去了，不去非出人命不可！”

“啊？怎么了？”

“咳！罗通他娘犯了急病了！本来罗通早早就想来，他娘一下摔倒了。还用问吗？当娘的都疼儿子，儿子远征，她放心不下，一股急火，把老病引起来了。她有个昏迷的老病。等我去那会儿，府里上上下下正抓瞎呢！罗通正哭呢，多少郎中围着在那抢救，也抢救不了。我一看，人死了。”

“哎呀！庄氏王妃不在了？”

“啊！我没说完呢，我要不去就不在了。后来我这一看，怎么办呢？我就把我祖传的秘方拿出来了，我开个药方，我说赶紧去。人们又抓药回来又煎，晾凉了给她灌下去。您猜怎么样？对症下药，起死回生，我弟妹又活了！”

“噢，这么说，老千岁真人不露相，你还精通医道？”

“那还用说！我这人的确真人不露相，轻易我这秘方不往外拿。我说千岁，往后您有事您尽管找我啊！这不是吗？把人抢救过来了。”

大家都高兴了。罗通在旁边听着也不敢乐，心说：我这四伯真能白话，哎哟，但是他怕幼主生气，只在旁边顺从着，没搭言。幼主问了问罗通：“是这么回事儿吗?”

罗通说:“是,一点都不假。好悬我没来了!”

这么一说,幼主也就不怪了:“好吧,二路元帅,既然你到了,赶紧准备授印!”

扭头狮子烈火黄金印,拿过来用红绿绸子条拴着,挂在罗通的脖项,秦怀玉挂上先锋大印。李治说:“事不宜迟,赶紧起兵吧!”

炮响三声,旗幡招展。

“起队!”

“起队!”

“咵咵咵!”

骑兵在前,步兵在正中,辎重车在后面,程咬金跟百官跟幼主辞行。临走之时,眼含痛泪:“殿下,听喜信吧!但愿此一番,旗开得胜,马到成功,我们早日班师。”

“老千岁,一切全仰仗着您了!为国操劳,我心里不忍啊!”

“哎呀!殿下不必说了,你就天天烧香拜佛,听我的喜信吧!”

程咬金真不容易,八十多岁,眉毛都是白的了。那么大的年纪,东征西讨,一颗赤诚的心。尽管程咬金这人爱吹牛,爱听好的,爱编瞎话,但这颗心是红的,文武百官无不动容啊!一直送出凯旋门。程咬金跟罗通商议:“把失去的时光得抓回来,咱得快走!现在牧羊城那块翘首仰望,不定这阵儿能不能活着,还在两可之间。”

“是啊!”

罗通也着急,令箭传下,快速前行。因此一离开京城,这人就像疯了一样!“咵咵”跑步前进,头一天就跑出一百八十里地去,哎哟!这步兵累得就甭提了!到了第二天兼程前进,速度加快,“咵咵咵”,一路之上,饥餐渴饮,晓行夜住,非止一日。这天正往前走着,出事了,因为十万大军这个队伍哩哩啦啦能有几里地长,再加上马匹车辆,一眼望不到边。走在最前边的是先锋官秦怀玉,怀玉身边带着程铁牛、程万牛、尤世杰、马林等小将,先锋官逢山开道,遇水搭桥,任务艰巨。在先锋营的前面,是探马蓝旗,有那么十几个骑兵,按现在来说,叫斥候,又叫侦察兵,在最前边。这天走着走着,眼前路过一架大山,这座大山非常险要,两边是山当中是关道,非得在这通过不可。这个地方遍地都是古木老林,那荒草都能有一房子高,所以前边这骑兵就格外地留神。可走着走着,突然响起一声响箭。

“吱!”这个响箭是往空中射的,又叫信号箭,带着哨声。这几个骑兵就一愣,正在这时,有人放冷箭,“啪!吱!”把前边一名骑兵给射翻落马。紧跟着

"啪啪啪"，又是一顿冷箭，又有几个人受伤落马。前头就开始乱了，有的拨马回来，给先锋大人送信。与此同时，从树林的里边，悬崖峭壁的两旁，是伏兵四起！

"别让他们跑了！把他们斩尽诛绝！"

闹了半天是一股土匪。你别看服装不怎么整齐，刀枪明亮，作战十分凶猛，往上一冲，把这十来名骑兵全给解决了，就是那个送信的得了活命了。就在这时，有人见着先锋秦怀玉："报！报先锋大人，大事不好！前头遇上伏兵了！"

"是突厥国的军队？"

"不是，看那样服装不整齐，像是土匪。"

其实这个事不奇怪，兵荒马乱的年月，这土匪趁机而起，到处打家劫舍，大的三五千人，小的四五百人，还有那结伙，二三十号的，趁乱发财。古往今来皆通一理，所以秦怀玉对这事并不感到意外，心说：几个土匪，一划拉就完！不过这土匪是不是有点二百五？你劫行商客旅，行；劫老百姓，行。你没看着这是军队吗？挑着大旗呢。你们吃了熊心、咽了豹子胆了！活腻味了！怀玉就有点气，带着几名小将，催马赶奔前敌。等来到出事地点一看，可不是吗？那弟兄有死的，有受伤的。往对面一看，有那么五七百人，服装不整齐，有的戴着帽子，有的光着头，有穿红的，有挂绿的，但是十八般兵器倒挺齐全。为首的有个黑大个，这家伙是步下的将官，手中使着泥金大棍，往脸上看，黑洼洼一张面孔，连鬓络腮的胡子，看样子能有三十岁左右，这是个当头的。秦怀玉用枪一指，高声断喝："呔！对面的强人，你找死不成？我们是大唐的人马，国家的军队，你拦住军队的马头，欲意何为？"

那黑大个没在乎："嘿嘿，我说娃娃，你是个谁呀？你唬谁呀你？张嘴你是国家的军队。我告诉你，不是军队我们还不劫，劫的就是军队！你觉得你了不起呀，我们没拿你当回事儿！你报上名来！"

秦怀玉一听，这土匪真有胆子大的："好吧！在下前部正印先行官，秦怀玉是也！"

"秦怀玉？噢！听说过听说过，秦怀玉，久闻大名，我先恕过罪说，你的先人，就是你爹，是不是秦叔宝秦琼啊？"

"正是！"

"好了好了，人的名树的影，老秦家的脸从地上露到天顶上去了！既然是你，我不必交手，禀报我家王爷。"

秦怀玉一听，他还有王爷？不用问，这都是草头王了。正在这时，就听山上炮响三声，"咚"，出来一支人马。这支人马比较整齐，看人数能有三千左右，盔明甲亮，还有旗号，二龙出水式，往左右一分，正中央闯出一员大将，这是大大出乎秦怀玉意料之外！再看这员大将，金甲绿袍，青鬃马，手使金顶枣阳槊，走兽壶悬天袋，是弯弓插箭，全身的戎装。往脸上一看，一张蓝洼洼的大脸，九转狮子朱砂眉，飞通两鬓，一对环眼努出框外，塌鼻子，大鼻子头，鲇鱼嘴，满嘴里出外进的蒜瓣牙，大耳朝怀，稍微有点黑胡，一瞅，两眼倍儿亮，真好像金甲天神似的！年岁不大，可有点派头。怀玉看罢多时，暗挑大指，罢了！田野埋麒麟。你别小看了山区和农村，往往有很多出类拔萃的英雄好汉。就拿这个主儿来说，真是金甲天神！他怎么落草为寇呢？让人百思不得其解。看罢多时，秦怀玉用枪一指："呔！来人报上名来！"

就见那黑大个儿往旁边一闪，躬身施礼对来人说："大哥！王爷！看见没？这是国家正牌的军队，为首这小娃娃叫秦怀玉。"

"哼！闪退一旁！"

说着话，晃金顶枣阳槊，来到秦怀玉近前，没说话，上一眼下一眼，左一眼右一眼，看了七十二眼。把秦怀玉看得发毛："你看什么？"

"请问，你就是秦琼之后？"

"然！"

"认得我是谁？"

"不认识。"

"那好，我就报通名姓。我是山西潞州天堂县的人，我爹就是赫赫有名的赤发灵官单雄信，我是他不孝的儿子，我叫单天长。"

哎哟！秦怀玉不听则可，闻听此言，又惊又喜。他跟单天长没见过面，但是早有耳闻呢！家里的人坐在一起就讲究，老秦家跟老单家的交情没法说！那是过命的交情，没有单雄信，没有老单家，老秦家的人得死绝了！那么秦琼就受益于单雄信，哥俩儿冲北磕头，八拜结交，同时在贾柳楼又磕头结拜，秦琼是老二，单雄信是五爷，老五。单雄信为了瓦岗的义军，不惜万贯家财，全捐献出来了，那也是程咬金手下五虎上将之一。当然，年代久远，成为历史了，但是单雄信的儿子依然还在。当初五王攻打大唐朝，这五王之中就有单天长，自立潞州王，就这小伙子。罗成大战定军山，把单天长全军都给消灭了，最后活捉了单天长。你不说罗成翻脸不认人？对老单家网开一面，最后把单天长给放了，所以单天长才活到如今。

那单天长怎么又跑到这儿来了？他怎么活过来了？几年都过去了，这是什么原因？自从罗成放了单天长之后，单天长就剩下一个人了，这回好，光杆总司令，甩手自在王！单天长性如烈火，从来没撞过南墙，这回潞州的人马整个解体了，剩下他一个人，他能受得了？又羞又恼，又气又恨。等离开了定军山，一个人落荒而走，天地虽大，没有容身之所，上哪儿去？有家难奔，有国难投。他心里这一起急，来了病了，走着走着，从马上栽下来，人事不省。这是旷野荒山，要真这么下去，这人就完了！他那匹马真不错，养马比君子，畜类也是人，有灵性。这青鬃马仰起脖子就打响鼻，用蹄子刨地。

"踏踏踏。"

"稀溜溜！"

它不会说话，它懂得呼救，借着山谷的回音听出多远去！自从单天长昏厥过去之后，能过了两个多时辰，战马也没离开呀！一会儿闻闻单天长，一会儿刨刨地，一会儿叫唤几声，真就把人给找来了！这深山老林，有一座不大的古庙，这古庙叫三皇观，老老道、小老道，有那么十好几个。这老道没事打柴火、拾粪、采药，也就干这个。来了几个小老道，一看有匹马在这叫唤，等到近前一看，呀！地上躺着个人，满身盔甲，还有兵器。心说：这是从战场上败下来的，是受了伤了是怎么的？一摸鼻子，还有热气。小老道撒脚如飞，给观主送信。这观主八十多岁了，倒是出家人慈悲，出家人不管是三清教下，还是佛门弟子，大部分的教门都是劝人为善，教人走正道，学好，所以这个老老道问询之后，拄着拐杖来到出事地点。一看，哎呀！这人病得不轻啊！先给号号脉，初步断定是夹气伤寒，就这么棒的一条汉子，要不是重病缠身，撂不躺下！怎么办呢？住到庙上吧！叫小老道用软床抬着，牵着这匹马，回到三皇观，这老老道真是慈悲的心肠，守候在床边，一个劲儿服侍。把银针取出来，扎针灸，总算把单天长救过来了。后来确诊了加气伤寒，这个伤寒病在旧社会，这玩意要命！十个得伤寒的，九个保不住命！没有那种有效的药。这老道就尽心服侍，不仅是他，小老道轮班在这服侍着。老道开个药方，他这也没有药铺，就采的那些草药，把它们混合在一起，熬成药汁，给单天长灌下去。

有道是人不该死总有救，单天长遇上贵人了，还真就抢救过来了！这一天，单天长迷迷糊糊把眼睁开，认为在梦中。后来明白了，没死！抬头一看，有个老老道，胡须煞白，穿得破衣败裳。再看周围，站着几个小老道，这房间里头也黑。单天长明白了，这是我的恩人，把我给救了！就想起来跪倒谢恩。但是一咬牙，没起来，再咬牙，还没起来，身体太虚弱了。老老道一看："无量天尊！哎呀，施主，你可缓过来了！施主莫动，你身体太虚弱了。你的意思贫道明白，这算不了什么，好好将养吧！"

老道挺高兴，救人一命胜造七级浮屠，这算积了阴功！老道吩咐下去，这得给做点好吃的。庙上清苦，哪来的好吃的？战争年月，连粥都喝不上了！没办法，让几个徒弟："你们出去，看找找那兔子、雉鸡，打一个来，这玩意有点荤腥，有利于他恢复。"

后来抓两只兔子，还捕了点癞蛤蟆，就这么给熬着了。熬完了之后，天天喂单天长。吃素赶不上吃荤，这荤腥里头有营养！等几顿过后，单天长可以坐起来了，但是还下不了地，一下地，他身子打晃。这天老老道就问："施主，看你的穿着打扮，你不是一般的人。你从哪来？姓字名谁？"

单天长不想丢人现眼，但是人家是救命的恩人，要不说实话，骗人家，于心何忍呢？想到这，单天长才说："老人家，实不相瞒，我姓单，我叫单天长，自立潞州王。在定军山我打了败仗，全军覆没，剩下我光身一人，才流落于此。"

"噢！闹了半天你还是王，恕贫道眼拙！死罪死罪！"

"老人家，别这么说，您是我的救命恩人！我现在算什么王？我现在不如一个乞丐，赶不上一个普遍的百姓！恩公切莫这么称呼，我是您的晚辈，您叫我什么都行，千万别提那个字。我不能不对您说实话，说了您现在有数，就得了。"

"好吧！"

老道知道，打了败仗了，心里不是滋味，提那事刺激他，所以也就不提了。但是他告诉单天长："你身体虚弱，你得的是加气伤寒，能活过来，这就是老天有眼，神佛保佑。但是你得好好将养，别看我们这困难，怎么也能叫你吃饱。"

光阴如箭、日月如梭，单天长一共在这儿病了两月，这两月过后，单天长才逐渐恢复。后来可以下地了，扶着墙，扶着窗台，可以散散步，有时候把门开开，到院里还站一会儿。但时间长了就恶心，两腿发软，头重脚轻，看来没有十分好。老道每天都坐着陪他说会儿话，另外叫他坚持吃药。这天话说起来，单天长就问："恩公，你这庙上有多少人？"

"老少十二个人。"

"那么仙长，看您这意思，生活挺艰苦。"

"咳！别提了！太苦了！不是一般的苦。施主请想，战争年月，老打仗，老百姓也不得安生，连我们这庙上也不得安生。烧香的、许愿的没了，那你说我们靠什么活着？出家人指佛穿衣，赖佛吃饭，香火一断，就等于把财源断了，一点收入都没有。原来靠着后山还种几亩地，现在这地也荒废了，所以我们跟那乞丐也没什么区别，天天我们老少十二个人，上四外打粮，反正饱了就算过去一天，饿着也能忍过一天，就将就凑合。艰苦透了！"

"是啊，人人都不想打仗，但是有些仗是非打不可。古往今来，皆同一理呀！那么恩公，赶上这个年月，也讲说不起了。"

"是啊！咱们无力回天，也就只好听之任之。行了，先别提这个，看您身体康复了，我就挺高兴，再过三日五日的，你就没有问题了。"

"好吧！"

当天晚上，单天长睡不着觉了，心潮澎湃。想什么呢？恩公这么苦，怎么报答人家呀？哎呀，摸了摸，也没钱呢！在战场上哪来的钱？盔甲给他没用，兵器也不能给他，马匹也不能给他，这难死人也！

前半夜没睡着，后半夜睡着了，这一觉醒来，就是第二天，日头老高的了！他昏昏沉沉，没等睁开眼睛，就听外边开了锅了！一开始他以为做梦，后来侧耳朵一听："老东西！要不拿出东西来，今天要你们的命！"

单天长闻听，大吃了一惊！

# 第四十八回

## 单天长凶悍战唐将
## 小将军一锤解恶斗

单天长病倒在庙里，让一个老道把他服侍好了。单天长是有心的人，他跟他爸爸单雄信一样，血心仗胆，知恩必报，就盘算着怎么报答人家。可惜囊中羞涩，没那个能力，你光说话有什么用？说谢谢，那不解决实际问题，所以他就睡着了。等第二天睁开眼睛，似睡非睡的时候，就听这庙里开了锅了，人喊马嘶，又哭又叫，他以为在梦中，后来坐起来，侧耳朵一听，真的，就听外头有人喊："他妈的，让你们准备粮米鸡鸭，你们当作耳边风了？你认为老子好欺骗？今儿个东西没有，就要你们的命！"

"啪啪啪！"

"哎哟！打死了！"

"啪啪啪！"

单天长一听，出事了，很可能来土匪了，不由得火往上撞。一看，身边还没有家伙。单天长迷迷糊糊下了地，扶着墙往外走，等来到前院，他一看，可不是吗？真叫自己猜对了，院里院外有那么百十来号，穿得破破烂烂，有的拿着棒子，有的拿着藤条，还有个别的拿着刀枪。为首的有个黑大个子，正抓住那老道，抽那老道的嘴巴子。单天长一见，是火往上撞，心说：这帮土匪，真是吃人不吐骨头！你没看这庙里头穷到什么份儿上？要鸡要鸭，他们上哪儿弄去？到了现在，单天长顾不得身体虚弱，大吼了一声："呔！尔等胆大包天！光天化日，竟敢抢劫勒索！拿命来！"

他喊了这一声，不要紧，惊动了这些土匪。一看呀，后院晃晃悠悠来个大个子，面似蓝靛，朱砂眉，但是形容憔悴。是喝多了怎么的？怎么晃晃悠悠的，赤手空拳，没拿着家伙。所以这帮人也就不在乎了："好小子！你管得着吗？他拿不出来，莫非你拿得出来吗？打他打他！"

"把他宰了！"

不容分说，往上一闯，把单天长包围。单天长再身体不好，功底在那摆着，他一看眼前这个形势，一股激劲，就忘了有病，正好有个喽啰兵搂头就一棍子，天长往旁边一闪，“啪”把他腕子叼住，往怀里一拽，像鹰拿燕雀一般，把这喽啰兵就给逮住了。没兵刃没关系，拿这喽啰兵就当兵刃了！把他举过头顶，就抡开了！这一抡不要紧，这喽啰兵魂都没了：“撒手啊！救命啊！别砍了！是我！”

那些喽啰兵都不敢下手了。一呢，惧怕单天长的力量；二呢，一伸手把自己人伤了。就这么一乱，那个黑大个也放下那老道，黑大个喊一声：“别乱！我看看怎么回事儿！”

扭回身奔单天长来了。不看则可，一看：“唉哟我的王爷！莫非在梦中相见不成？”

说着话，“扑通”就跪下了。他这一跪下，喽啰兵全傻眼了，紧跟着也全跪下了，单天长眼睛都冒金星，那是一股冲劲举起一个人，到现在，四肢酸软，“突突”成一个了。他一看这黑大个子，认出来了，原来是手下的大将，叫向忠，人送绰号大力神。原来单天长手下有五虎八彪上将，这向忠就是其中之一。

“你是向忠？”

“王爷，正是我呀！咱们怎么在这见着啊！”

也许是太激动，单天长眼睛一闭，翻身栽倒，把那喽啰兵也放了。向忠赶紧站起来，命人抢救，七手八脚把单天长抬到屋里头。一开始，那老老道都傻了，不敢沾边，小老道也蒙了，四散奔逃。后来一看，救的这个主，跟这强盗头是一家人，这心这才放下。向忠说：“把老老道叫过来！愣什么？有水没水搖一瓢，别的不趁，你水还没有？”

“来了！”

老老道招呼小老道，搖了一瓢水，向忠含到嘴里，对着单天长这脸，这么一喷。好半天，单天长这才明白过来，睁开眼之后，拉着向忠的手：“向忠啊，真是做了一场噩梦！你还活着？”

“王爷，不但我活着，很多弟兄都活着呢！”

“你们为什么抢劫呀？”

“哎呀！王爷，说起来话长了。咱长话短说吧！自从那天晚上，您领着我们偷营劫寨，想把罗成一举全歼。结果我们上了当了，相反，还被人家包围，乱军之中，我们被人杀散了，我领着几十名弟兄闯出重围，后来眯到深山里头。您别不爱听啊，两天之后，我们探听的消息，说您阵亡了，先是叫罗成给活拿了，后来罗成把您给杀了。我就信以为真，我哭了老半天，没有办法，领着弟兄，我们走了。王爷请想，现在我们像没娘的孩子一样，群龙无首，我们怎么办？有家难奔，有国难投，万般无奈，就落草为寇。你说不靠抢劫为生，我们喝西北风？前边有一架大山，叫黑风山，山上也有座破庙，还有几处古洞，我们就做了安身之地了。附近有不少饥民，我召集了百八十号，我就占山为王了。你说不靠着老百姓，咱们咋活呀？所以每天到四外打粮。这个庙也是我们目标之一，我觉得他们没多有少啊！拿出点来，弟兄好填饱肚皮啊！王爷您别生气，良心丧于困地，这也是迫不得已而为之。"

"噢，原来如此。向忠啊，我不怪你，良心丧于困地，谁愿意这么干？这回咱们重新团聚就好了。"

"是啊！见着王爷，我们就有主心骨了。只要王爷还在着，我们一切都有希望了。"

"好吧，另外还有件事情。不要难为庙上的老道，那是我的救命恩人。"

"这样啊！不知道啊！"

向忠转身把那老老道请过来，搬把椅子，让他坐下，向忠纳头便拜："老人家，不知者不怪，我不了解内情。你既然救了我们王爷，也是我的救命恩人！多有得罪。请上受我一拜！"

"咚咚咚"磕响头。老老道受不了："哎呀，请起请起，这算不了什么，算不了什么。"

"我把您打了，您可别生气！"

"唉呀！误会！谈不到话下。"

这叫皆大欢喜，大伙儿一团和气，后来经过商议，向忠说："您现在身体挺虚弱，最好您还在这养着，要到黑风山，条件赶不上这儿，我们轮流来看您。另外我再告诉您，侯明、侯亮都没死，他们出来打粮去了，过个一半天，我们叫他来看您来，您看怎么样？"

"好吧！"

单天长就在这养伤。其实也不是伤，就是劳累过度了，一直等着病体康复，彻底健康，单天长才离开三皇庙，赶奔黑风山。临走的时候，单天长还邀请这老老道："恩公，你在这也太清苦了，跟着我们一块占山吧！这个年月也讲不了什么了，您还怕丢人吗？"

老老道一听："无量天尊，师父，谢谢您的好心。我呀，是出家人，修炼多年了，在这待习惯了，因此我哪都不想去。"

单天长说："行，您等着啊！过一半天，我派人来看您。"

等他到了黑风山，让手下人想方设法，凑了一百斤粮食，又拿出几十两银子，给送到庙上，算报答老老道救命之恩。老老道是千恩万谢。单天长到了黑风山一看，纯粹是花子队！这帮人惨透了！有的那裤子都露屁股，穿的鞋都露脚指头，刀枪长短不齐。哎呀，他就一皱眉，后来把弟兄们召集在一起，单天长说："咱们还要重振旗鼓，卷土重来呀！"

人无头不走，鸟无头不飞。有道是一将无能，累死千军！你看这个当家人要有能耐，底下人都跟着沾光。自从单天长一到了黑风山，整顿军纪，开拓荒地，到四外再去打粮。有时候老百姓他们不劫，劫官商客旅，狠狠地做了几拨买卖。腰包丰厚了，什么事都好办了。另外，也救济附近穷苦的百姓，自愿入伙的有的是！人马不断地扩大。光阴如箭，一转眼三年哪！变化着实不小，现在单天长手下已经有五六千人马，不但人多，穿的衣服比过去也强得多！有一半成为正规的军队，有一半还像原来那土匪似的。没有办法，没那么大的实力啊！所以把精兵全打扮好了，旗号、甲胄、刀枪都集中起来，其他那些人就留守在黑风山，将来条件改善了，逐步替换。另外单天长每天抓紧时间操演人马，颇具实力。这天，单天长跟弟兄们正在议事的时候，探马蓝旗跑进聚义厅："报！报大王！据我们查知，离此不远，来了一支人马。风卷旗号，是大唐朝的军队，人数可不在少数，不知道是劫呀？还是不劫？"

向忠众人闻听，一拍脑袋："风险太大，大王是不是……"

"劫！一定要劫！旁人不劫，大唐朝的人马我是非劫不可！传我的令箭，前后给我准备，下山应敌！"

他是头领，一言九鼎，谁也不敢抬杠，迅速下去做了准备。单天长飞身上马，手提金顶枣阳槊，分兵派将，来劫唐军。

老秦家跟老单家，交情非同一般，天下人尽知，虽然说老一辈的人都没在眼前，死的死，亡的亡，但是这小一辈的也有耳闻。两个人没处过事，但是感情很近，秦怀玉一抬腿，把大枪挂上，抱腕当胸："我也不知道，您是我哥呀，还是我兄弟，我就管您叫哥吧！我说哥哥，您这是干什么？怎么占山为王了？"

"咳！我也不愿意呀！走投无路，只好如此。那么请问你们这是上哪儿去？"

"啊，奉旨西征，赶奔牧羊城，前去救驾。"

"救驾？救李世民？"

"对了！"

"好！太好了！咱们是各为其主啊！"

秦怀玉就问："既然这样的话，我说仁兄，我说句话您别不爱听。能否遣散人马跟我在一起呀？立功之后，不失封侯之位，紫袍金带，位列朝班，那有多好？那不胜似当上大王？不知意下如何？"

"哈哈，秦怀玉呀，谢谢你的盛情。你认为着我占山为王，落草为寇，我不承认！我是公道大王，我救苦救难，比正式的军队要强得多！这是一。另外你是知道还是不知道？我跟大唐朝解不开的仇疙瘩！我跟老罗家也解不开的仇疙瘩！

我怎么能归唐呢？我爹死到李世民手，对不对？罗成当监斩官给杀了，这口仇完了吗？我发了誓，得给我爹报仇，所以这件事情根本行不通！另外秦怀玉，咱俩不必伸手，我会的也不是你。我听说怎么着？二路元帅是罗通，是罗成他儿子，对不对？”

“对呀！”

“冤有头，债有主，今儿个我要会会罗通，给我死去的爹爹报仇雪恨！”

秦怀玉闻听，打了个咳声：“我说仁兄，怎么说呢？唉，我看这个事就算了，几十年前的事情。你说怪谁？那么我一碗水端平，要说我五叔那阵儿，有理，那么老罗家也不是没理。单巴掌拍不响，事从两来，莫怪一方。各为其主，是不是呢？才发生了那种悲剧。随着时光的流逝，已成历史了，作为我辈，还斤斤计较此事，未免显得心胸狭窄。为人要站得高，要看得远，要不怎么叫男子汉大丈夫？不知道老兄……”

“住口！别往下说了！秦怀玉，行，我看你说了半天，都是偏袒之词。你是一屁股坐到老罗家的怀里，言下之意，老单家不对呗！我给我爹报仇，怎么算心胸狭窄？老人说那么句话，杀父之仇，不共戴天！我是他儿子，我给他报仇，天经地义，有什么不对？算了，我不跟你斗嘴，老秦家、老单家，交情莫逆，咱们别为往事翻了脸。你能不能把罗通给我找来？有话我跟罗通说，有账我跟罗通算，跟你毫无干系，你把道路给我闪开！”

你说这个单天长，说话太生硬。秦怀玉脸一红：“我说单天长，你可别敬酒不吃吃罚酒。我一片好心，你别当作驴肝肺！既然不听良言相劝，耽误我们的事情，可休怪我无情了！”

“什么？你无情？你想怎么着？你还想动武，你想替罗通拔横？我告诉你，我单天长什么也不怕！我是腰里掖铳牌，谁玩跟谁来！你要不忿，就动家伙吧！”

程铁牛、程万牛在旁边一听：“我说怀玉大哥，跟他费什么唾沫？这种货就得收拾他！哥哥、兄弟，上！”

这两人要上去。秦怀玉一想：这俩是愣头青，往上一冲，出点事怎么办？对不起程咬金。想到这儿，他一摆手：“不，用不着你们，还是我亲自出马。”

秦怀玉催马摇虎头皂金枪，跟单天长就斗在一处！这一打呀，秦怀玉才知道，单天长真有两下子！金顶枣阳槊上下翻飞，呼呼挂风，不但有劲，招数奇妙。怀玉也不示弱，两个人打斗到七八十个回合，未分胜负。前军这一停止前进，后边的队伍还往前走，早有报事的人禀明二路元帅和总监军程咬金，后边这个队伍也站住了。离着好几里地远，前边发生什么事，不知道！正这时候，报事的来了，把事情的经过，一五一十这么一说。罗通那脸当时沉下来了：单天长，听说过！哎呀！怎么还记着前仇啊？人都死了，还翻什么老账？

“我说老伯呀，我到前头看看。”

老程一拍大腿，心说：天长啊天长，你好不晓事啊！我跟你呀，把嘴唇都磨薄了，你怎么就是不听？天下的拧种，你算头一号了！还得压着火忍着气跟罗通说：“孩子，怎么？到前边看看？你呀，先别言语，先看我的。咱们见机行事，你看好吗？”

罗通点了点头：“老人家，听您的！”

“哎，好孩子！嘚！”

“踏踏踏！”

几里地，眨眼就到了，军兵往左右一分，老程和罗通抬头往对面观瞧。一看，秦怀玉正跟单天长杀了个难解难分。程咬金把蝈蝈红往前一催，来到近前，高声喊喝：“都别打了！怀玉你住手！”

秦怀玉听见喊声，虚晃一枪，拨马跳出圈外。一看是程咬金，秦怀玉点点头：“四叔，您来了，那交给您了！”

“孩子，你到后边歇歇。天长啊！你真行！我算服了你了！你叫我说你句什么好呢？事隔多年，你耿耿于怀，张嘴报仇，闭嘴雪恨，我说除此之外，就没有别的方法解决吗？”

单天长一看是程咬金，一脸的抹不开，赶紧把槊挂上，躬身施礼：“哎呀，老人家一向可好？我有盔甲在身，不能下马施一全礼，望老人家担待！”

“算了，甭来这套！我说天长啊，怎么着？你还想报仇，是这个事吗？”

“对，老人家，我这个人就是犟，我要认准的事情，九头牛拉不回来！您是知道的，杀父之仇，不共戴天之恨，我不杀了老罗家的人，我死不瞑目！”

“我说孩子，你还叫我怎么说？不管怎么讲吧，罗成死了，你听说没？乱箭穿身，死得非常惨。那么人死了死了，一切都了啊！人都死了，你还报什么仇？你爹也不在了，罗成也不在了，老人们过去的事情，你就不必计较了。孩子，肉烂在锅里，咱都是一家人哪！是不是呢？我希望你放弃这个念头，兵合一处，将打一家，你说有多好？我看着多喜欢呢！真格的了，你就不给我的面子不成？”

“老人家，话不能这么说，分什么事给您面子。这件事情，我不报仇，我死不瞑目！罗成死了不假，他不有儿子吗？俗话说，父债子还，他还有后代，我就得报仇！”

“拧种！拧种啊！拧到你这，算到家了！行了，好良言难劝该死鬼，我呀，也没精力跟你费心了。你不想报仇吗？罗通就在后头，你可以报仇。但是咱把丑话讲在当面，你要报不了仇，你怎么办？”

“这……报不了仇，愿我命苦，杀剐存留，任凭自便！”

“行！那么比如我们不杀你，要把你收降，你可愿意？”

“这……那分怎么说，那得杀我个心服口服，不然，门都没有！”

“好嘞！这话是你说得啊！你要战胜了罗通，我帮着你把他宰了。你要不是罗通的对手，你就得倒戈投降，对不对？我说各位，大家都听见没？也别管你那边的人，也别管我这面的人，大家做个证人！男子汉大丈夫，吐个唾沫可是个钉！绝没有反悔之理呀！孩子，是这么回事儿吗？”

“当然了！老单家的人，绝不会拉屎往回坐。”

“行，有你这句话我放心了。不过，小子我先把底数交给你，你绝不是罗通的对手，你信不信？”

“那不见得！”

“那好，咱还别抬杠，你等着！”

这回程咬金没多说，他准知道，说多少也没有用。一拨马，来到罗通的马前，压低了声音：“孩子，你拿我当伯父不？”

“当啊！您比我亲伯父还亲！”

“我说话你能听不？”

“当然听！”

“好孩子，这个单天长这孩子，哪都好，就是一条道跑到黑。他爹死了，他心里难过，咱们可以理解，是不是？要说当年你爹活着的时候，也有不对的地方。你爹太毒了，翻脸不认人，所以呢，才结下这个宿怨。但是也不全怪你爹，过去的事情咱都不计较，咱说现在，那么天长给他爹报仇，也不能说不对，方才我把话都讲清楚了，他说得很好，你要能把他降伏了，最好把他降伏，这可是一员虎将！咱们西征，正在用人之际，要把他收降，一则把老账化解，化干戈为玉帛。二则，我们增添一员虎将，何乐而不为呢？孩子，你现在是元帅了，元帅高风亮节，胸怀大度，千万不要妒嫉，千万不要往窄处想，好吗？”

“明白。四伯的意思，是我把他收降了。”

“对！点到为止！你要把他伤着，我心里也难过呀！不冲他，还冲他死去的爹呀！他爹是好人。”

“我听说过，老人家尽管放心，我就按您的话办。”

“哎，这才是好孩子呢！你过去！”

罗通催马摇枪来到单天长马前，先把大枪挂上，躬身施礼：“对面是天长哥哥吗？”

单天长虎着个脸看看，哟！真像罗成！这小白脸子，银盔素甲，白马长枪，跟银娃娃相似！

“不错！正是单天长！你是罗通？”

“然！天长哥哥，您不必多说了，过去的事情我略知一二。咱们现在也别说谁是谁非，方才老千岁跟我讲了，我希望咱们化干戈为玉帛，天长哥哥，那么非得动手不可？”

“少来这套！谁是你哥哥？咱是仇人！我要给我爹报仇，父债子偿，我跟你没个完！”

“好！那么比方说，万一我要把你赢了呢？”

“赢了，你杀我个心服口服，那我就没话可说了。”

“这是您说得，那我可要斗胆会你一会了！天长哥哥，你就动家伙吧！小弟奉陪！”

“拿命来！”

单天长举起金顶枣阳槊，恶狠狠往下就砸！罗通也不示弱，摘枪还手，二人就斗在一处！这一打，是棋逢敌手，将遇良才，二马趟翻，两旁的人都看着，看得都发傻呀！程咬金那心提到嗓子眼，恨不能一张嘴，那心“嘣”就蹦出来。他真怕他们受伤！伤了罗通怎么去救驾？伤了天长，怎么对得起死去的老五？哎呀！摸哪都是肉，手心手背一样疼啊！程咬金就冒了汗了，在后头直玩这个劲：“哟！哎哟！呀！”

说话间，两个人打斗了八十回合，尚未分出胜负。单天长冒了汗了，心说：这罗通的能耐不次于他爹，看来用金顶枣阳槊难以取胜，我何不槊里加鞭，要他这条性命！打着打着，冷不丁把十八节钢鞭拽出来，奔罗通就是一鞭！事情也巧了，罗通也想到用枪很难取胜，打算用银装锏赢他。与此同时，他把锏拽出来，鞭和锏正好碰到一块！

“噹啷啷！”

把两个人震得是膀臂发麻呀！鞭也飞了，锏也飞了，两个人同时一抖搂手，重新拿长家伙拼命。哪知道这一着急，五钩神飞亮银枪那钩，正好挂到金顶枣阳槊那头上，给锁住了！这回可好，谁拽家伙也拽不回来了！那就是说谁有气力，谁劲足，谁得赢。气力顶不住，那就得撒手，兵刃就没了啊！这两个人都不肯示弱，各自夺自己的兵器：“你给我！”“你给我！”“你给我槊！”“你给我枪！”

两个人这一较劲不要紧，两匹马也绷上劲，“踏踏踏！”，说什么也分不开了，两旁的人瞅着都发傻：“这，这怎么办？”

到了关键时刻了，再不给大家分开，二虎相斗，是必有一伤！怎么分开呢？正在这紧关节要的时候，在正东飞来一匹快马，马鞍桥端坐一员小将，胯下大白马，掌中八棱梅花亮银锤，这锤头大得都出了号了！就见这员小将也不搭话，拍马如飞，直到两军阵，到了二将的中间，把双锤往空中一举，对着大槊和五钩神飞枪就拍下来：“开吧你！”

“噹啷啷！”

就这锤这劲，重有千斤！“咔吧”一声，把两件兵器给砸开，这一砸开不要紧，单天长双手用力往后夺，罗通也不例外，都绷着劲呢！中间这一开，两个人身子一侧歪，坐不住劲了，全从马屁股后头骨碌下去了，摔下去了，兵器也落到地上。

“噔唧唧！”

战场上就一乱，程咬金这才看清楚，来的是个小孩，说小孩不太小，也得有十六七岁，面似银盆，跟银娃娃相似！没有盔甲，头戴软包巾，身穿团花袍，腰束战带，箭袖、靴子、白马、银锤，再看这小孩长得这个漂亮劲儿，不次于罗通，哎哟！这是谁啊？真跟天神下界一般！

罗通摔到地上，火往上撞，心说：这是谁呀？哪来个愣头青？湿里有你，干里有你？你是哪头的？一骨碌身站起来，哈腰把大枪捡起来，二次飞身上马，就想翻脸。等仔细这么一看：“你！哎哟！兄弟是你呀！”

使锤这小伙儿赶紧把双锤一分，点了点头：“大哥，正是小弟！”

“哎哟！我的兄弟，你这从哪儿来？”

哥俩儿凑到一块，挂起兵刃，抱头大哭。大伙儿一看，闹了半天是罗通的人！那么程咬金赶紧催马过来了：“哎，我说这是谁呀？”

罗通擦擦眼泪给介绍：“老人家，此人非别，正是我二弟罗仁！”

“罗仁？”

程咬金还有点纳闷，心说：这玩意怪呀！我老兄弟罗成跟庄氏就生个孩子罗通，没听说他有第二个儿子。他也没有三妻四妾，这罗仁从哪冒出来的？其实程咬金不了解内情。跟罗成多年的，有个仆人叫罗春，这罗春从小就在罗府长大，别看是个仆人，跟老罗家一家人差不多少，他是奴随主姓，原来他姓李，到了老罗家，改了姓，也姓罗。北平王罗义就非常喜欢他，一看这孩子忠厚老实，聪明伶俐，后来就收为义子，干儿子了，开始升格，就跟罗成称兄论弟，府上府下都管罗春叫罗二爷。后来罗春娶妻陆氏，生下个孩子，就是这个罗仁，跟一家人一样，不知道的就是一家人！罗春对罗成毕恭毕敬，以长兄称之，罗成拿罗春也当亲兄弟。

那么以后呢，这孩子都长大了，罗成的孩子罗通，罗春的孩子罗仁，那么小时候就在一起玩耍。都是男孩，都有龙性，打着打着，玩着玩着，就闹翻了，一闹翻了，就动武，有时候两个人互相带伤，有时候打得鼻青脸肿，双方的老人都不以为然，罗成也不介意，庄氏也不介意。可是罗春不然，罗春深知自己的身份：我是个奴才，充其量我是个干儿子，我的孩子身份跟人家也不能比！人家是金枝玉叶，正宫正定，那么罗成他们高兴的时候好了，一旦不高兴，一翻脸，我们家算个什么东西？吃罪不起呀！因此暗地之中教训罗仁，掰开揉碎跟他讲，让他容让着罗通。但是小孩你告诉的时候，他答应了，过后他就忘了，我行我素，依然在这动武。为此这罗春天天是提心吊胆，想什么办法，能把这个事解决呢？

就在数年前，罗府来个出家的和尚，这和尚是九华山大佛寺的敬修长老，这个敬修到罗府来串门来，罗成百般款待，因为对出家人，他格外尊重。跟老和尚说话的时候，老和尚就把一百二十斤重的金顶九连环戳到这院里。他们在银安殿吃茶闲谈，后来老和尚的办完事要走，罗成往外送，结果这老和尚一找九连环，没了！这怎么回事儿？这出贼了？再者一说，偷那玩意有什么用？后来一打听，有的仆人说："叫二位小少爷弄到后花园玩去了！"

罗成大怒，赶紧命人把罗通、罗仁给找来了，把九连环也抬来了。罗成大怒，刚要责备他们，被老和尚给拦住了："慢！"

老和尚就问："你们哥俩儿怎么那么大的力气？这一百多斤的东西，你们能拿得起来？谁拿的？"

罗仁把小胸脯一拔："我拿的！"

"啊？你几岁？"

"九岁！"

"九岁？你就能拿得动这么沉的兵器？你再拿拿，我看看！"

罗仁说："这有什么？"

伸手拿起来，还练了那么几趟。把老和尚可乐坏了："真神力也！哎呀呀呀，太好了！我要有这么个徒弟，我是前世修的！"

他是不自觉地说了这么句话。罗春在旁边一听，哎哟！对！这是再好不过的机会了！这孩子正叫我担心，要拜老和尚为师，把他领走学艺几年，他也长大了，那时候他也懂事了，我也省着担心了。所以罗春就跪下："老师父，您行行好，我愿意让我的儿子拜您为师！"

"噢！这是你儿？"

"正是！"

老和尚点点头，问这罗仁："你愿意跟我走吗？"

"愿意！走哪都学！我跟你去学绝艺！"

# 第四十九回

# 小弟兄群英聚会
# 送粮食勇闯联营

罗春哀求老和尚敬修，把儿子给收下，老和尚非常高兴，问罗成，罗成也同意，就这么样老和尚把罗仁带到九华山大佛寺。这孩子天生也不想家，一说学能耐，那是津津有味！跟吃了蜜瓜一样！光阴如箭，日月如梭，一转眼就是八年，孩子上山前九岁，现在十七岁了，业已长大成人，学会十八般兵器。由于他气力大，他喜欢使用压手的家伙，最后老和尚给他选了一对双锤，分量加重了，这对双锤是好铁匠给铸造的，又用银水走了十六遍，锃光瓦亮！同时老和尚不惜工本，又给孩子买的马匹，制造的盔甲，要不怎么说老师不容易？天地君亲师，师徒如父子啊！当老师的就得负全责，现在孩子行了，要文有文，要武有武，那么这八年的变化太大了！罗成也死了，朝内朝外这变化很大很大。

后来老和尚把罗仁叫到近前，说："孩子，你十七八了，一晃上山八载了，你不想家吗？你这能耐也学得差不离儿了，这武学跟文学是相似，长到老学到老，无尽无休，你说什么时候算到头？没有头！你呢，边学边练，得到世间去闯荡闯荡，吸收经验教训。孩子，回家吧！"

这罗仁也挺想家，本来想走，后来跟师父唠来唠去，老和尚跟他说："现在听说唐朝跟西突厥开战，战况不利啊！皇上和文武群臣被困牧羊城，现在国大空虚，缺少良将，像你这样的，是不可多得的人才！孩子，凭你的武艺，可以到两军阵前去立功，你到家看望看望，然后起身赶奔西突厥吧！"

罗仁一听，改变主意了："师父，那我就不能回家了，最好我直接赶奔牧羊城。"

"为什么呢？"

"回家，我爹好办，我娘哭哭啼啼，要不让我走，不就麻烦了吗？不如我直接去打完仗，再回家看我爹娘。"

老和尚一听，这主意也不错呀！于是就点头答应了。这孩子他没出过门，庙里的和尚，有不少有经验的，他就找出一个大和尚作为向导，两个人，两匹马，赶奔牧羊城。这一路上是饥餐渴饮，晓行夜住。单说这天来到黑风山，就听见前边喊杀如雷，战鼓惊天动地。罗仁心说：这怎么回事儿？催马就下去了，这个和尚在后头紧撵慢撵，也没撵上。因为罗仁骑的是一匹宝马良驹，日行一千，夜走八百，那脚力非常！把和尚就甩到后头了。等罗仁登高一望，一看两旁的人都不少，能有好几千人，正中央两员战将，在那打了个难解难分。看那意思，兵刃咬到一块了。这是谁跟谁呢？哎，我去凑个热闹。就这样，他催马摇锤，赶到当场，“当”一锤，把两件兵器给打开了。结果罗通摔下来了，单天长也摔下来了。罗通本来想翻脸，等定睛一看，认出来，二弟罗仁！能不认识吗？发小的弟兄！因此哥俩儿这才见面。罗仁看了看：“我说那花里棒槌那是谁？”

“兄弟，那怎么讲呢？也是咱的朋友，也是咱的仇敌。”

“呀！这怎么解释？”

“有许多的事情你还不了解，总而言之，咱得把这个降伏，不降伏不好办。还是那句话，不降伏了就是仇人，降伏了就是朋友。”

“噢，原来如此。大哥，我来了，用不着您！把他交给我了！”

程咬金一看，这个小伙子挺厉害，看这样是有两下子。老程点头：“孩啊，能治一服，不治一死。要出了死，老爷爷可不答应！”

“您放心吧！”

程咬金和罗通退在一旁，把单天长就交给了罗仁。这会儿单天长也上了马了，手中擎着金顶枣阳槊，二目圆翻，咬牙切齿。一看这小孩奔自己来了，单天长用枣阳槊一指：“呔！娃娃，你是谁？湿里有你，干里有你？为什么中间插了一脚？”

“嘿嘿！”罗仁一乐，“我说花里棒槌，大蓝靛壳，你张牙舞爪地干什么？这是战场，你管谁参加呢？小爷爷就爱管闲事！不服吗？不服比画比画！”

“你是个谁？”

“罗仁！这你知道了吧，罗通是我哥，我是他兄弟，我们老罗家一家人！这你觉得怎么样？”

“噢！你叫罗仁，既然姓罗，就没有好东西！拿命来！”

单天长举起金顶枣阳槊，搂头盖顶往下就砸！罗仁一不慌二不忙，双腿夹着马肚子，腰板一挺，双锤往上兜：“开！”

“噹啷啷！”

这锤正好兜到枣阳槊上，单天长好悬没撒了手！震得是两臂发麻，十指酸痛，心说：好大的力气呀！连自己这匹青鬃马都“踏踏”往后倒退了几步。罗仁什么事都没有。

“怎么样？这滋味挺难受吧！不服再来！”

也没有单天长这么拧的，第二下又砸下来！罗仁照旧往上一扛，把枣阳槊又给崩出去了，好悬没给打飞了！单天长再看，虎口都震裂了，掌心都是血，最后一咬牙关，豁出去了！大战罗仁！但他这两下子，绝不是罗仁的对手，两个人打斗到二十几个回合，终于把枣阳槊给崩飞了，不仅崩飞了，单天长还从马上摔下来了。他刚想逃走，被罗仁生擒活拿，抓住战带，往胳肢窝一夹，回归本队。然后恶狠狠往地下一摔：“去你的！”

“扑通！”

唐兵往上一闯，抹肩头拢二臂，把他捆上了。程咬金一看，见好就收：“住手！”

老程从马上跳下来，来到单天长近前，过去把绳给解开。

“孩啊，说话算数不？这回你服气没？”

罗仁一笑：“你哼哼什么？不服再来！把他马匹军刃都给他，再比！”

单天长很识趣，准知道，再比也得丢人。而且从力量上讲，照人家差得太多了！因此低头不语。罗通过来了：“单哥哥说话呀！您要觉得委屈，那咱再比！或者您提什么条件，小弟能答复的，尽量答复，您看怎么样？”

他还不说话。程咬金知道，这孩子心服嘴硬，别冒出一句不是人的话，把事情弄糟了。老程眼珠一转，有主意了：“天长啊，好孩子，我知道你呀，也委屈，但有什么办法呢？我出个主意，你看怎么样？现在呢，就放你回山，你回去歇歇，明天我跟罗通，还有罗仁，带着礼物上黑风山请你去。哎，把你请下黑风山，帮着我们赶奔前敌，前去立功。我说孩子，这样总行吧？你也不丢人，我们也不栽跟头，怎么样？”

单天长心一翻个儿：“咳！老人家，就听您的！”

“好了！孩子，走人吧！”

单天长率领众人，回归黑风山，程咬金和罗通就在山脚下安营。头天晚上没什么事，就是罗通、罗仁谈了离别的经过，让罗仁跟所有的弟兄，大家都见了面，都熟悉熟悉。第二天平明，吃完了饭，带着八彩礼物，各位小弟兄，罗通、罗仁陪着程咬金，吹吹打打赶奔黑风山。山口的喽啰兵发现，到里头送信，单天长是列队迎接呀！

这天晚上，单天长也没睡好觉，翻来覆去考虑这件事，觉得自己做得有点过分。一看，程老千岁为的是什么？跑前跑后，老人家不容易，维护着老一辈的子弟，冲着他，这事我也得完！又一想：这罗通比他爹仁义得多，识时务者为俊杰，我也就别再追究了。所以第二天非常高兴，盛情款待，吹吹打打，把程咬金、罗通、罗仁，各位小弟兄接进分赃厅，然后盛情款待。席前频频举杯，一团和气，单天长先说话了："老人家，我错了，罗通贤弟，你别怪我，我是个粗人，好钻牛角尖，讲直理。过去我就是想不通，现在被你们把我感化了，我不是人！请求二路元帅发落！"

罗通一听，赶紧摆手："单哥哥说得哪里话来？我也有不对之处。我要求过去先人的事，就叫它过去，好吗？咱们重打鼓另开张，你我弟兄好好处着，你看看我罗通是个什么人。"

单天长频频点头："可以可以，我求之不得！"

程咬金也乐了，乐着乐着，程咬金咧着大嘴哭开了。这一哭众人都傻了，程咬金哭得真伤心："看着你们哪！就想起死鬼单雄信和老兄弟罗成了，当年在贾柳楼多好啊！没想到他们的后人还结下仇恨了。总算苍天睁眼，神佛保佑，天长想通了，过去的宿怨一笔勾销，我想我那兄弟们在九泉之下，也能闭上眼睛了。老五啊，安息吧！老兄弟放心吧！"

程咬金这回可不是演戏，动了真情了，他一哭，在场的人全哭了，单天长哭得更伤心，罗通"吧嗒吧嗒"掉眼泪，罗仁也陪着，在场的人无不动容。单天长跪下了："老人家！四伯父！您别往下说了，千错万错我的错，后悔药没地方买去，从现在开始，您看看我怎么表现！我跟老罗家的仇没了，就是没了，我这人说话算数，我要再惦记前仇，对不起我老叔，对不起我爹！"

说着话，他取过一支狼牙箭来，"嘎巴"一声，把箭撅折："如果我口不应心，以此箭为例！"

罗通也拿过一支箭来："大哥，我太受感动了，您看看将来我怎么对您！我拿您当我的亲哥哥！"

"嘎吧"，箭撅折了。

"口不应心，以此箭为例！"

程咬金把眼泪擦擦："好啊！太好了，今天我太高兴了！来，干杯！"

一直到正当午时，罗通一看，差不多了，跟单天长商议："我说大哥，您是不是跟着我们一起走？"

"啊，我都收拾好了，昨天晚上我们开了碰头会，所有的弟兄和军兵异口同声，愿意归唐。"

"我求之不得！那这么办吧，您呢，一共有多少人？"

"五千多人。"

"全归您领导，您原班人马，还归您支配，可现在我挂名是二路元帅，您先委屈委屈，总的调度是我，您可以单独行动，行吗？"

"多谢二路元帅关照！"

"哈哈，"老程乐了，"你谦我让，一团和气，这有多好啊？下山！"

就这样，他们下了黑风山，兵合一处，将打一家，启程赶奔牧羊城。路上无话，饥餐渴饮，晓行夜住，兼程前进，直不棱登到了牧羊城。离城二十五里，这座山叫老母山，安营扎寨。罗通那心都提到嗓子眼，不知城里的境况如何，派出探马蓝旗打探消息，其他的英雄都严阵以待，这要打大仗。到了玩命的紧要关头了！等打探的人回来说："城里的动静不清楚，外边全是突厥的兵将，没有百万也差不多少，光联营就扎出十八里去！层层设防，很难打得进去。"

为此，罗通召集手下大将，小弟兄开了个紧急碰头会，程咬金也参加了，商量怎么办。再难，也得像一把尖刀一样，把它捅透！再难也派人杀到牧羊城，跟里边通气。你这胡猜怎么能行呢？里边的人到底死了，还是活着呢？究竟是个什么情况？做到心里头有数。那怎么办呢？派谁去呢？最后罗通让罗仁闯联营，罗仁高兴："看来我哥哥真信任我！"

其实他也称此职，他能耐太大，锤也太沉，罗仁高高兴兴领令。罗通说："不行，光你一个人，我不放心，还得派几个帮手。程铁牛、程万牛、金雷、马峰、马林、尉迟宝怀、尉迟宝庆。你们八个人做他的帮手，给你们军兵三千，战马三千，粮食三千石，每人带着一百斤粮食，无论如何杀透重围，赶奔牧羊城！只能前进，不能后退，胜了有功，败下来必定受罚！你们敢领这支令吗？"

"敢！你放心吧，肯定能杀得进去！"

老程点了点头："孺子可教也！"

当天晚上，都准备好了，饱餐战饭，各带利器，罗仁在前头引路，其他的小弟兄燕翅形保护着，三千骑兵就出发了。程咬金一再叮咛，一再嘱咐："孩子们，千万不要掉以轻心哪！留神哪！等你们的好消息。"

"老人家请回吧，万无一失！"

在夜幕的掩护下，他们起了身了。二十五里地虽然不算近，但架不住他们跑，那马够多快！离着番营不远了，看着灯光明亮，一眼望不到边，牛角瘪咧号声传递信息。罗仁刚到这儿，程铁牛说话了："兄弟，等等。"

"程大哥有话请讲！"

"你打算怎么闯？"

"打呗！往里硬拼呗！"

"不行啊！你别忘了，一个人是死的，两人是活的，现在咱们这么多人，不能扎堆，要出了事，一个也跑不了！"

"那依你之见？"

"依我之见，兵分两队，咱几个人，兵分两队，三千人也分成两队，一队一千五，从左右两翼往里杀，让对方首尾难顾！哪怕有一支队伍杀进去，咱也算完成任务了。你看怎么样？"

“行啊！我说程大哥，您这韬略还不错。”

“那当然了！你看看我是谁呀？不过我这两下子不轻易显露，我要显露出来，军师大帅都没用了！我一个人包下了！你说是不是？”

“是！好，那么您看怎么个分法？”

“怎么个分法？这么办，你我咱们是一起的，尉迟宝庆、尉迟宝怀咱们一起的，那面交给金雷，金雷厉害，你领着一伙人，带着一千五百人从东边打，我们从南边打，不见不散，到城里集合，怎么样？”

金雷点头：“行！”

就这样，他们分开了，程铁牛和罗仁这一支人马，都准备好了，摸到敌营的边上。铁牛说：“差不多了，该下家伙了！”

罗仁点了点头，把双锤一分，喊了一声：“给我冲！”

十八里地的联营，那是说着玩呢吗？要穿过几十万敌军的设防，还要战斗，还得确保平安无事，到达牧羊城，谈何容易呀！仗着罗仁这些人都年轻，英雄出少年，有股冲劲，再加上小马乍行嫌路窄，大鹏展翅恨天低呀！这些孩子生龙活虎，再加上三千铁甲军，一个个斗志旺盛，立功心切，因此就好像下山的猛虎！一个冲锋就闯过四道战壕，刹那间突厥兵就乱了套了！

“了不得啊！唐军来了！闯联营来了！”

“把他们截住！”

“哗！”

也分不出个个数来，再看小罗仁，真是下山的小老虎！把亮银双锤抡开，上下翻飞，其他小弟兄配合着，往前一冲，一溜胡同，一闯就倒下一大片，眨眼之间就打到中军，深入重围了。周围全是突厥兵，灯球火把，亮子油松，哭爹叫妈，亮如白昼！这会儿有人撒脚如飞，给总兵大人送信，这儿的负责人，是东线的负责人，二驸马海东珠和阿塔公主，他们夫妻两个人。原来呢，他们得着令箭了，大帅左车仑通知他们：“据悉唐军已经来了，你们要做好防范。唐军也可能开兵见仗，也可能闯联营。如果从你们东线突破，唯你们是问！”

就这样，海东珠和阿塔公主开了个紧急会议，做了布防，现在他们正在开会呢，无论如何没想到，唐军刚到就敢闯联营！报事的进了大帐这一说，海东珠哇哇暴叫：“这还了得？他们有多大的胆子！带马抬槊！”

有人把马匹带过，海东珠飞身上马，单手提槊，阿塔公主手拎着一对鬼头钢刀，率领军兵赶到出事地点。再一看，前头正开锅，自己的军队像潮水一样，四散奔逃。阿塔公主手起一刀，砍翻了一个当头的，吆喝三军：“不要乱！站住！保持队形！不准乱！”

“哗！”

这一下才稳住，突厥兵纷纷归队，列开旗门。海东珠一马当先，敌住罗仁。罗仁一看，好家伙！这家伙怎么这么大？跳下马来，身高足有一丈一尺挂零，宽宽的肩膀，浑身上下全是腱子肉，胯下压骑一匹大青马，手中提着金乎乎独角娃娃槊。往脸上一看，满脸都是金钱癣，耳戴金环，梳着十六个虾米须的辫子，牛皮坎肩，牛皮战裙，牛皮靴子，这个穿着打扮，跟唐朝是截然不同啊！罗仁看罢多时，把双锤一碰。

"嘡啷啷！"

"呔！对面来将，你是何人？"

海东珠一看，噢，小年轻的，跟银娃娃似的！嚄！这锤的个头可不小！往左右观看，全都是年轻的，来的人不多呀！我一口就能把他们吃掉！想到这，他稳住心神："要问我，二驸马海东珠是也！娃娃，你是何人？"

"罗仁便是！"

"罗仁？没听说过！"海东珠一脸的瞧不起，"娃娃，你吃了熊心，咽了豹子胆！敢闯联营，你活腻味了！拿命来！"

催马抡娃娃槊，大战罗仁！他哪知道罗仁的厉害？就光看他是个孩子，娃娃槊往下一砸，没想到罗仁就攒足了劲儿了，双锤往上一兜："开呀！"

两锤正碰到娃娃槊上头，也搭着海东珠疏忽大意了，这一碰上不要紧，娃娃槊就飞了！

"吱！"

海东珠吓得魂不附体，一抖搂手啊，心说话：没想到啊，怎么这么大劲儿？他刚一愣这工夫，再看罗仁，手腕子一翻，以上示下："你给我在这！"就砸下来了。这个茬口讲的是手疾眼快，说时迟那时快，锤就下来了！海东珠再想躲，已然不及了，正砸脑袋上！

"啪！"砸了个脑浆崩裂，死尸栽于马下。一个照面，完了！程铁牛在后头一看："好！好兄弟！你这两下跟哥差不多少，照这样往下给我打！"

阿塔公主刚到，丈夫就阵亡了，疼得她在马上侧了两侧，晃了两晃："哎呀我的丈夫！呀呀呀！"

阿塔公主舞双刀直奔罗仁，跟罗仁就斗在一处！你看这阿塔公主，这能耐赶不上她丈夫，但她吸收了教训，施展出功夫来，一时半时还战不败她。他们两人在这打着，程铁牛着急，这时间越耽误长了，对自己越不利呀！倘若援兵从四面八方上来，我们被困在当中，想走就走不了了！怎么办呢？有主意了，他把斧子挂上，一伸手，摘弓搭箭，他要射一箭。把箭搭好了，前把推泰山，后把拉弓弦，对准了阿塔公主："哎！"

程铁牛心说：我这两下子不怎么地，反正助罗仁一臂之力吧！他把眼一闭，

“吱”，就放了一支冷箭。也该着程铁牛露脸，今儿是瞎猫碰死耗子，这一箭正好射到阿塔公主眼睛上头！眼睛是人的心苗，哪受得了？这箭的劲也加着大点，一下子穿透颅骨，跟穿糖葫芦差不多少！阿塔公主惨叫一声，摔于马下。程铁牛往前一催马，摘下斧子，“咔嚓”一下，人头砍落，然后把小草包肚子一腆，脑瓜一扑棱：“各位看见没？神射手！百发百中！”

罗仁、小弟兄们也不敢乐，程铁牛说呢：“兄弟，哥们，还等什么？冲吧！”

“对！”

大家是齐撒战马，乱抖嚼环，一个冲锋就杀过去了。咱就这么说，血染征袍啊！经过一场惨烈的争斗，终于杀透重围，来到牧羊城下。回头一看，远离番营了，弟兄们这才长出了一口气，你看看我，我看看你，龇着牙都乐了：“哎呀，我说小兄弟，咱还活着啊？怎么过来得跟驾云似的？”

查点军兵，他们这部分一千五百人，现在不到九百人了，可谓损失惨重。其实这也不奇怪，十八里地的联营，几十万敌军，就这一千多人愣冲过来了，这不跟神话差不多少！这就是仗着打人家一个措手不及，打人家一个冷不防，人家事先要做了准备，根本就过不来！不管怎么说，算到了城下。程铁牛、罗仁抬头往城上一看，静悄悄，死气沉沉。哎呀，小弟兄们这心就一翻个儿，心说：围困了快两月，备不住人都饿死了，空城。又一想：不能啊！空城，突厥兵围它干什么？肯定里头还有活着的人。喊一喊吧：“呀呔！城上有人吗？有人没有啊？我们是大唐朝的人马，我们是援兵啊！有人没有？”

喊了两三声，终于有人探出脑袋来了：“哎，你们是哪来的？”

大伙儿一听，咋这味儿啊？饿得底气都没了！

“我们是京城来的，他叫罗仁，我叫程铁牛，我爹是程咬金！”

一句话不要紧，城上的人是越来越多，都探出身来了：“援兵来了！”

“这是真的吗？你是谁？”

“程铁牛啊！”

“等一等，我们去送信！”

城上的军兵到银安殿去送信。这牧羊城里，死气沉沉，街头巷尾全是死尸，围困了两个多月，没有多少粮食，你说怎么熬过来的？人吃什么？不是有那么句话，人是铁，饭是钢，一顿不吃饿得慌。要饿上十来天，准死无疑啊！城里十几万人，那么指什么活着？一开始有几万斤粮食，一分吧，没了。后来挖鼠洞又挖出几万斤粮食，一分吧，没了。后来花高价筹措粮食，筹措点，没了。那么以后指着什么呢？杀战马呀！那什么老马、牲畜杀完之后，每人分一口，就这么维持来维持去，维持到现在。现在是惨不可言！饿死的人十之四五，有一半人饿死了，还剩下几万人。但是这几万，还在坚守城池。拿唐王李世民来说，每天分配他的粮食只能是二两，存一点，专门供养皇上的。军师一两，战将半两，就那样，已经都绝了！从前天开始，以水充饥，就喝水，那能当饭吗？所以说话哪来的底气。现在李世民只瘦得三根脖筋挑着个脑袋，恍恍惚惚，直冒虚汗。昨天晚上他和尉迟恭、徐懋功等人，对着面还哭了一阵，屈指算来，程咬金搬兵走了两个月，音空信渺，消息隔绝，也不知道这个人是在着，还是不在？能闯过联营吗？不敢相信。李世民心说：这就叫天意，天意呀！全怪朕一念之差，错走一步棋，害大家受此株连。众人还劝呢："陛下请放宽心，吉人天相！我想程咬金足智多谋，肯定能想办法杀回来的！咱们再等几天吧！据说喝凉水也能挺个十天八天的！"

"好吧！大家就振作精神，喝凉水吧！"

不喝也不行啊！正在这绝望的时候，报事的跑进来，三步一个跟头，两步一个趔趄，走路腿都软了，瞪着大眼睛往上报告："陛下！军师！给你们道、道喜了！"

"噢？何喜之有？"

"救兵来了！"

报事的说完了，躺地上就没气了。但这个消息跟炸雷一样，在场的人为之一振！真的？互相搀扶着来到城上，李世民靠着女儿墙，喘了半天气，探出身往下观看。一看，真来伙人！全是骑兵，也看不清是谁。

"下面是何人呢？"

程铁牛抬头一看，皇上，这认得，滚鞍下马，其他的人也下了马。程铁牛就说："陛下挺好啊！我是铁牛啊！程咬金是我爹，救兵来了！"

"噢！谢天谢地！铁牛啊，是你？"

"是我，快开城吧！给你们捎来粮食了！"

消息迅速传开，城门开放，把外边的人放进来，然后城门关闭。人们是奔走相告，程铁牛等到了里边一看，我的娘啊！一个个饿得都脱相了！不仔细看，都认不出是谁来。铁牛知道，赶紧吃饭吧，吃完饭再说！他们每人身上带着一百斤粮食，一个人一百斤，十个人一千斤，一百个人就一万斤，一千个人就十万斤。现在剩下九百人，那么说，也有不少的粮食。"啪哒，啪哒，啪哒"，把这粮食全都卸下来。人们一看有吃的，眼都绿了！徐军师说："别吃干的！都别吃干的！喝粥啊！慢慢溜溜缝，要吃干的，非撑死不可！"

这话不假，肠子饿得都细了，胃口都萎缩了。左一锅粥，右一锅粥，什么话都不说，先喝粥。大家喝得这个香啊！李世民一口气喝了六碗粥，连军师徐懋功也喝了七碗。其他的人这路喝！喝完了不够，不够再熬！那熬着，这心里头都有底了。李世民摸着肚子："好香啊！朕如果还活着，回到长安必定降旨，狠抓粮食！粮食的确是宝中之宝啊！铁牛啊，你们说一说。”

这才得空说，其他的人喝完粥，心里也有底了，听程铁牛说。铁牛口似悬河，把程咬金回京搬兵的经过，选拔二路元帅的经过，以及二路元帅罗通现在驻扎到什么地方，怎么派我们闯的联营，我们怎么打的，我们怎么带着粮食来的，所有的事简单介绍一遍。然后把罗仁小弟兄叫过来，一一做了介绍。李世民感动得掉了眼泪了：“好啊！太好了！天无绝人之路啊！那么爱卿啊，你们怎么办？”

“陛下，这不见着您了吗？我们放心了。我爹让我们进来，主要看看城里的虚实，看着您还健在不？各位平安无事，我们就放了心了。我们还得回去，见二路元帅，禀报一切，发大军闯联营，好解牧羊城之围啊！”

“噢！那还得回去！”

“不回去哪行？”

徐懋功一皱眉：“孩子，你们来的时候容易，恐怕回去就难了！来的时候，打人一个冷不防，回去人家有了准备了。你们就剩这点人马，怎么能闯得出去呢？”

“您放心！没问题！我们这些人都是老虎，随便出入！您尽管放心，我们不回去可不行，外边的人也不放心哪！”

大伙儿商议再三，李世民本想派点人增援，但一看这几万，饿得那德行，走路都走不了，还能参加战斗吗？只好还依赖闯联营这些人，让他们也饱餐了战饭，起码现在这点粮食，已解燃眉之急呀！铁牛和罗仁一商议，还得快走，然后上马继续闯联营！

# 第五十回

## 鬼铁牛戏弄左车仑
## 结姻缘大破宝康王

程铁牛、罗仁都交代清楚了，率领军兵刚要闯联营，偏赶上这时候，金雷、马林各位小弟兄也来到牧羊城。他们分兵两路，这路刚杀到，查点军兵，损失大半，冲进来的还剩下七八百人，这就是最大的胜利！每人带着一百斤粮食，这七八百人的数目也相当可观！牧羊城的军兵一看，粮食又送来了，是皆大欢喜！他们把粮食都卸完了，见过皇上、军师、各位将军，一商议，还得往回杀呀！所以呢，事不宜迟，兵合一处，完全统一归罗仁指挥，这往外杀。两路人马凑到一起，也两千来号，可是离开牧羊城往外走的时候，程铁牛眼珠转悠转悠，跟罗仁说："我说小兄弟，这回往回杀可不容易了！"

"为什么？"

"为什么？咱来的那会儿出其不意，攻其不备，打人家个冷不防。这回再往回杀，人家有准备了，而且来的时候，大伙儿精力旺盛，现在体力都衰退了，精神头也不足了，人也没那么多了，处处对咱都不利。因此我要求众位，攒足了精神，咬着后槽牙，大伙儿再鼓鼓劲儿！你看好吗？"

"没说得！我不知道你们怎么样，我精神头倒挺足！"

"挺好，你是胆我们是威，大伙儿给你捧场，全指你这对双锤呢！"

因此罗仁传下令去，告诉这两千来人："全都准备拼命！"

大伙儿摩拳擦掌，都准备好了。按现在的钟表说，在子夜三点多钟，离天亮还得有一个半小时，满天都是星斗，他们就靠近敌营了。程铁牛和罗仁互相一使眼色："准备！冲！"

"弟兄们冲啊！"

"哗！"

一个冲锋冲破了三道防线，就杀入重围！这就叫拼命！白刃格斗，短兵相接，有的人不断倒下去，有的人负了伤了，那也顾及不了了，就得认倒霉吧！罗仁一马当先，两柄大锤上下翻飞，跟虎入狼群一般！程铁牛在他后头捡漏，有那受伤，没死的，他补一斧子，一边打着一边吹牛：“你这两下子哪行？还得是我啊！”来了，“噗”一斧子一个。

其他的人齐撒战马，乱抖嚼环，也就玩了命了！刚杀到中军，可了不得！对面一声炮响，灯球火把，亮子油松，把道路给拦住！罗仁这阵儿，也感觉到有点乏累了，怎么？两条腿直突突，两个膀扇发酸。从天黑到现在，就没闲着！人不是机器，就机器到一定的时候，还得歇一歇，何况是人？所以小罗仁头一次感觉到有点乏了，其他的人也是如此。但是一看对面，在灯光照耀之下，一员大将拦住去路！再瞅这员大将好不威风！金盔金甲大红袍，青鬃马，手中锯齿飞镰大砍刀，看年岁，四十左右岁，后头无数的偏副战将。他们不认识啊！罗仁赶紧把马匹带住：“吁！”

把双锤一碰：“来人为谁？报上名来！”

对面那员大将冷笑了几声：“问我呀？非是旁人，乃是突厥国兵马大元帅左车仑！”

大伙儿一听，一缩脖子，啊？左车仑？他们没见过，听程咬金介绍过，知道这个左车仑勇冠三军，兵马督指挥，胯下马，掌中刀，那是突厥国头一员猛将！要说不打怵，那叫瞎话。那罗仁谁都不服，但是现在感到体力不支，所以也有点怵头。尽管如此，他依然把眼珠子瞪得溜圆：“噢！你是左车仑哪！我找你不着，拿你不见，拿命来！”

罗仁把马一催，抡双锤大战左车仑。到现在，利在速战，别说闲话了！没那时间。等一伸上手，他才发现，这左车仑名不虚传呢！掌中这把锯齿飞镰大砍刀，上秤称一称，一百二十六斤，那要抡圆了，多大的分量？并不畏惧他的双锤，双锤想把兵刃给人家崩飞了，也不可能。相反，震得罗仁膀臂发麻，三十几个回合，罗仁就吃不住劲儿了，鼻洼鬓角，热汗直淌，盔歪甲斜，是带浪袍松，鼓着小腮帮子直喘粗气。程铁牛一看，不行，别把我这小兄弟给累坏了！得替换他，让他歇一歇。想到这，铁牛高声喊喝：“呔！小兄弟，杀鸡焉用牛刀，把这草包交给愚兄！你回来！”

铁牛过去了，把罗仁给替换下来。其实程铁牛这两下子，能顶得住吗？根本顶不住！但程铁牛考虑事情挺周到，他过来，有三个目的。第一，他发现这个左车仑性情暴躁，这种人容易生气，也容易上当，我就给他来个软磨硬泡，把他给拖住，利用这个机会，让我小兄弟缓缓乏，然后还得靠着他；第二，看眼前的形势，真杀实砍是冲不出去了！有力使力，无力使智，就得动脑筋调理他；第三，利用这个机会，等待援兵。因为罗通说得清楚：“天如果快亮的时候，你们还没回来，我就发兵前去支援。”

他耗这个时间，就盼着天快亮，罗通好来。出于这三目的，程铁牛这才来战左车仑。你看，这程铁牛跟他爹没什么区别，把程咬金那一套全端过来了！尽管能耐不怎么样，派头可不小！来到左车仑面前，把马匹带住："吁！"

小草包肚子一腆，四平八稳，好像胸有成竹。

"你是左车仑吗？"

左车仑一听，谁呀？叫得这么亲热。仔细看了看是个蓝靛壳，年岁不大，手中端着大斧子。

"你是什么人？"

"我是什么人？提起我来，大概你不知道。提起咱爹……"

"废话！什么叫咱爹？那是你爹！"

"对啊，我爹，你想要，还不给你呢！提起我爹，大有名气，在大唐朝官拜鲁国公之职，程咬金是也！我是他不孝的长子，人送绰号'天下第一的英雄'，程铁牛是也！"

左车仑一听，气得鼻子都歪了，心说：老程家父子，那脸皮也太厚了！一听他是程咬金的儿子，这气就不打一处来。程咬金之前把他蒙得可不轻啊！结果程咬金跑了，为此事，赤比宝康王大怒，把左车仑官降一级，罚俸三年，好悬没把脑袋丢了！那左车仑是大元帅，当着文武百官的面，当着三川六国九沟十八寨的人面前，出尽了洋相！丢透了人！他能不恨程咬金吗？他已经发誓了：如果有朝一日，见着姓程的，把他千刀万剐！现在虽然说没见着程咬金，看着他儿子了，跟他也没什么区别？再一听程铁牛一吹牛，他这火就更大了！

"娃娃，胎毛未褪，乳臭未干，竟称天下第一的英雄，真是恬不知耻！拿命来！"

"刷"就一刀，铁牛一看，把大斧子抡开："劈你的脑袋！"

这招什么时候都好使！因为谁愿意跟他同归于尽？只好搬刀头献刀攥，横担铁门闩，往上招架。铁牛一看，行了，斧攥过去了。

"小鬼剔牙！掏你的耳朵！捎带脚！"

又是那套。小弟兄在后头观战，都不敢乐，但是铁牛倒挺认真，翻回头又是这几招，不厌其烦。左车仑一看，啊！你就会这两下，跟你爹没啥区别。放心大胆地进攻，结果人家这一加劲儿，铁牛受不了了，累得鼻子尖也冒了汗了。程铁牛一琢磨：拉倒吧！这可不是闹着玩的，一个不留神，把我脑袋砍下去！哎，得冒坏水得动脑筋，想到这儿，他喊了一声："别打了！"

这一嗓子把左车仑吓了一跳："哎，你有病啊？"

"咳！我有话说。我说左车仑哪，我服了你这两下子，你是个英雄。我呢，也是条好汉，咱俩今儿个遇到一块，针尖对麦芒，英雄遇上好汉了。如果照这样泛泛打下去，没啥意思，你说这么打多庸俗？咱来点新鲜的，你敢应战吗？”

左车仑一听，新鲜的，有点犯嘀咕。

“噢，什么新鲜的？”

“我摆一座阵，我看你认识不认识。你不是元帅吗？不善于排兵布阵吗？你看看我摆这个阵，你认识不？要认识，我服输认罪。要不认识，那你呀，狗屁不是！”

左车仑能服他吗？

“哈哈，好！我倒要开开眼，瞅你摆的是什么阵，你摆吧！”

“稍候片刻啊！一个人怎么摆阵啊？我手下有帮人呢，待我回去交代！”

程铁牛多坏！利用这个机会喘喘气，拨马回归本队。见着小弟兄，他压低了声音：“我说各位，累没累？”

“累死了！”

“累死了咱就别玩命，我现在把对方给稳住了，我说摆阵。摆什么阵？咱得溜之乎啊！但是呢，要听我的调遣，听没听见？我叫你们怎么着就怎么着。通知手下的士兵，做好准备！如此这般，这般如此。”

罗仁一听，一皱眉：“拉倒吧！这叫什么玩意？”

“嘿！你可别小瞧啊！这得省多少事？能拖延时间，等候援兵。小兄弟，你差得多，你听我的没错！”

罗仁也真累了，迫不得已，点头答应。铁牛都交代清楚，拨马来到左车仑近前：“现在我都交代好了，你留神注意啊！让你的军兵往旁边闪闪，碍事，离我们这么近，这阵怎么摆？”

左车仑点头：“弟兄们，往后撤一撤！”

“哗！”

突厥兵往后一撤，把道路闪开。程铁牛一看，有门！就从这条道跑啊！这他转回身提高了嗓音：“弟兄们站好！四路纵队，往前走七步！”

“咵咵咵。”

左车仑不明白，瞪眼看着。

“往后再退三步！”

“咵咵咵！”

“向左转，往前走九步，往后退一步！”

然后铁牛就问：“左车仑，什么阵，你看出来没？”

“我……”

左车仑糊涂了，他学过多年阵法，没见过这种阵，这是什么玩意？

“不明白。”

“说你饭桶，你还不服气！不明白你接茬儿再往下看！是不是我这个人心肠好？不厌其烦地教给你。大家注意，向左转！骑兵准备好，开始往前冲！”

“哗！”

跑了！铁牛一转身：“左车仑，你明白这是什么阵吗？”

“不明白。”

“不明白，我告诉你，这叫逃跑阵！再见！”

说着，催马他也跑了，左车仑这才知道上了当了，以拳捶自己的脑袋：“呀！我怎么那么笨？我怎么总吃老程家的亏？我跟你解不开的仇疙瘩，尔往哪里走！”

率兵就追。小弟兄一边跑一边乐呀，心说：程铁牛够损的！比那老程还损！不过也好，他这么一折腾，大伙儿缓过劲儿来了，再往外冲，也有劲头了。必须说清楚，不是说到了平安之处了，躲过左车仑，前边还有兵拦着，十八里地的防线，左一层右一层的。他们正往前跑着，就听见“咚”一声炮响，火把通明，拦住去路。借着火把的光辉一看，哟！前面是一员女将，就见这员女将长得是如花似玉呀！胯下桃红马，掌中绣绒刀，走兽壶悬天袋，弯弓插箭，全身的戎装。罗仁就一愣！这是突厥人吗？突厥人还有这么漂亮的？好像是中原的人。大家后头都挺紧张，有几十号在这站着，各拿刀枪，把去路拦住。罗仁无奈，赶紧把马匹带住：“停止前进！”

军兵也累坏了：“哎哟我的妈呀！”

这一口气，跑出来五里来地，但是往前一看，早着呢！敌兵的联营是无边无沿，抬头看看星空，离天亮还得有一段时间。什么时候能闯得出去？什么时候援兵能赶到？他们心里是万分着急。罗仁把队伍停止之后，催马摇锤来到女将近前：“呔！番邦的女子，报名再战！”

这女人往前头看了看，一不慌二不忙，单手背绣绒刀：“问我？托罗公主是也！赤比宝康王是我干爹，我是他干女儿！”

“噢！管你是谁呢？反正你是我的敌人！拿命来！”

罗仁催马摇锤，大战托罗公主。没打几下，在托罗公主的身后出来个老头儿，穿的这衣服也是突厥的装束，手里头擎鬼头刀。这老头儿催马到前边：“慢！先别打！”

这老头儿跟托罗公主说：“丫头，你先后退，我把话说完，你再打。”

“是！”

托罗公主一拨马，回归本队，这老头笑呵呵用刀一指罗仁：“小伙子，你叫什么名？”

“罗仁！”

“噢！罗仁，我跟你打听个人。”

“说吧！”

“罗通你认识吗？”

“废话！罗通是我哥，我是他兄弟，他是大爷，我是二爷。”

“罗通现在何处？”

“你问这干吗？你掏我的实底？我哥无处不在，属于军事机密，不能告诉你。”

“哈哈，年轻人不要太激动，老夫见你哥有话说。既然你哥不在，我再问一样，你们当中可有鲁国公程咬金吗？”

“不在！他老人家公务甚忙，没跟我们来。你找程咬金有什么事？”

“当然有事了！哎呀，不在是错过良机呀！”

铁牛在后头一听，找我爹？我爹不在还有我呢！“小兄弟，你先回来！我对付对付！”

罗仁拨马回归本队：“大哥，跟他费什么话？一会儿左车仑追上来就麻烦了！咱就得腹背受敌！”

“急什么？急也没用，急也出不去！你先喘喘气，先看我的！”

罗仁再急也得听铁牛的，程铁牛来到两军阵前见这老头儿，离近了才看清，你别看这老头儿穿着打扮是突厥，看脸面像中原人，心说：这里头有文章。

“请问老人家尊姓大名啊？”

“你是谁？”

“程铁牛！程咬金是我爹，有话你尽管对我说！”

老头儿报了名了，叫托罗松。这托罗松原来是突厥国驻长安的使者，那会儿两国还不打仗，是友好的邻邦，所以这托罗松跟那些国公、唐朝的显要人物都不错。其中关系最默契的就是程咬金，因为老程这人好交，所以托罗松没事就到程府去串门，无话不谈，因此两个人的交情还挺深。那会儿铁牛、万牛，天天去小校场练武，所以没见过这托罗松，但是听他爹说过。今儿两人一见面，托罗松一说往事：“你忘了？我还到你家去串过门！”

噢！铁牛想起来了，听爹说过。当时这个敌意就去掉了一半。

“我说老人家，您要见我爹什么事？”

“咳！我见你爹，有一肚子话要说！”

“您跟我说吧！我当我爹一半的家，有事我就能做主！”

托罗松点头，看看左右没人，往前一凑，跟铁牛说：“我说少将军，我说的是肺腑良言，现在大唐迟早得取胜，突厥必败无疑！为什么？因为大唐朝行的仁政，老百姓都拥戴。突厥连年征战，野心勃勃，刮敛地皮，苦害百姓，老百姓都恨它！得人心者昌，失人心者亡，这是天经地义的。别看我身在突厥，心在大唐啊！我现在要率部投降归顺，我求程老千岁给我搭搭桥。可惜老千岁不在，少将军，你能给我帮这忙啊？”

“哎，我说老头儿，你说得这是真的是假的？”

“口不应心，天地诛灭！”

“那我可太欢迎了！行，这事咱就定了，因为你是投降归顺，这是好事，我想上至唐天子，下至士兵，没有不欢迎的。老人家，那么您就是投降，有什么条件吗？”

“是啊！我要谈的就是这个条件。你看看我这女儿，托罗公主，有话我跟你实说，这孩子是我心中的一颗明珠，那是我的根苗，我千顷地，一棵苗，把一切的希望寄托在这孩子身上。这孩子自幼受异人传授武艺，精通文韬武略，没有不懂的！这你也看见了，也不是我夸。可叹命苦，生在我家！”

铁牛一听，这话什么意思？

“老伯，生到你家，不愁吃喝，身份也显要，何苦之有？”

“太有了！一家不知一家的难处，这就应了你们中原说那句话，家家有本难唱的曲，家家有本难念的经！就这么回事儿。我的女儿身大袖长，要许配人家，赤比宝康王从中为媒做主，你猜把我女儿要许配谁？”

“那我怎么清楚？”

“要许配给护国金刚大喇嘛佛！你说可气不可气呀？我听这话之后，我好悬没服毒自杀！我女儿也痛不欲生。为了我女儿的终身大事，再加上我心向大唐，这些日子我睡不着，我就等着你们。援兵一到，里应外合，大破突厥。第一，满足我的心愿；第二，救了我姑娘。我说这话一点虚假都没有！我恳请程老千岁从中为媒，在唐朝给我选个女婿，只要选一个合适的，我女儿有了归宿，我什么牵挂都没了！”

“哈哈，哎呀，老人家我发现您说得都是真的。唐朝人才济济呀！太多了！要我说呀，我给你保个媒。”

“那行啊！谁？”

“我身后这小伙长得也挺漂亮，不过小了点，是不是呢？我再给你介绍一位，二路元帅罗通怎么样？”

“真的？”

“这能假的了？”

“哎呀！那可太好了！老罗家的人谁不仰慕？那么二路元帅还没有成家？”

“没有！练武成什么家？整身的童男！现在跟你女儿要结成良缘，再合适也没有了！方才你这女儿我也看见了，长得如花似玉，跟我那兄弟，天生的一对，地配的一双！因此我给保这媒。”

“程将军，你可别开玩笑，这种大事情来不得半点虚假。”

“我说老头儿，你怎么这么说话？你把我程铁牛看成什么人了？男子汉大丈夫，吐个唾沫是个钉！拿这个开玩笑，那得造多大的孽呀！”

“那好，老朽愿意！”

老头儿一拨马，回去嘀咕嘀咕，跟托罗公主说。就见托罗公主脸一红，把粉颈低下，点了点头，托罗公主乐意了。托罗松二次来见程铁牛：“程将军，按照我们的风俗习惯，咱得对佛爷发誓，我恐怕这里头有变化。我女儿什么都乐意，就怕您为了眼前的需要，把我们给涮了！”

“怎么可能呢？老伯，咱这么办，上有天，下有地，离地三尺有神仙，我程铁牛愿意从中为媒，让你的女儿和二路元帅罗通结成良缘。如果我是儿戏，做不到这一点，口不应心，让我天打五雷轰！让佛爷降罪，什么罪都降到我身上！我临危不得善终！”

“将军言重了，这回我相信了！”

“老伯，要那么说，你得放我们过去，后头左车仑追我们！”

“可以。”

“咱们这么定下，明天晚上三更天，咱们里应外合，大破突厥兵。那老人家您有这个实力吗？”

“你放心，我手下现有五万精兵，足可以应付，再加上你们的军队，无往而不胜！”

“好了！一言为定！您把道路闪开。”

“将军一路保重！”

“哗！”队伍闪开了。这个事就是这样，要该着走运，一件事顺，件件事顺！要该着倒霉，一件事别扭，处处别扭！国家的事，个人的事，皆同一理。托罗松把道路闪开，这帮人死里逃生。等到了老母山近前，见着二路元帅罗通，见着鲁国公程咬金，把经过讲述一遍。大家一听，皇上还活着，主要的人一个都不少，非常高兴。铁牛呢，就利用这机会，跟爹把托罗松的事讲述一遍。老程一听：“知道知道！这个人我太熟了，别看是突厥国的人，人不错，是正人君子！孩子，有出息，你办了一件好事！既积了阴功，另外也办了件大功劳，这件事你放心吧！就这么定了！”

忙里抽闲，程咬金把这事跟罗通说了。这一说，罗通就火了：“我说四伯，这叫什么事？两国的仇敌，大战在即，怎么能谈到个人的婚姻？我是二路元帅，临阵招亲，掉头之罪！此事万万不行，休要提起！”

“呀！我说罗通，你小子张狂什么？你觉得你了不起，方才我这话没说明白呢，你不是贪恋女色，这里边对国家有好处。如果托罗公主帮忙，里应外合，大破番兵，就能解围，就能救皇上，这美事你上哪儿找去？你装什么英雄好汉？我告诉你，你爹不在了，我就是你爹！你的婚姻大事，我就能做主！你答应也得答应，不答应也得答应！”

这一顿拍唬，罗通没词了。罗仁也劝，程铁牛也劝，成败利害这一讲，罗通万般无奈：“好吧！四伯，一切由您做主。但此事必须得通过皇上，皇上允许了，我百无一说。”

“这事包我身上了！我答应的事，皇上不能驳我的面子！明天三更天咱就起事，你就做好准备！”

到了第二天，唐营的人马做好了充分的准备，刀枪、火铳、巨炮都准备停当了，到了三更天了，没信，哎哟！把大伙儿给急的！罗通立马横枪往番营那面看着，就问程铁牛：“我说大哥，这事有把握吗？”

“有！”

“怎么没动静？”

“别着急，还没到呢。司辰官，现在什么时候了？”

司辰官是报时辰的：“回将军，回二路元帅，现在正好是三更天。”

言还未尽，就听番营里头，“吱！咚！噔！”

“哗！”开锅了。老程用手一指：“看！打起来了！里边正接应咱们。孩子，下令冲锋吧！”

罗通精神一震，把银枪往空中一举，代替军令：“弟兄们！冲！”

“冲啊！”

十万精兵，分五路闯进番营。里边有托罗松、托罗公主，还有都督平章，托罗松手下的人马，中间开花，外边这一打，两头这一挤，左车仑可受不了！他也没想到发生这种事，顾前顾不了后，顾左顾不了右，约束部下也约束得不灵了，四散奔逃，让唐兵大破番营，突厥兵是大败而逃。在乱军之中，赤比宝康王、左车仑、铁板老道、飞钵僧以及重要的人员，全都被生擒活拿。

“报告程老千岁，把赤比宝康王抓住了！”

“太好了！不要伤害他，供给他吃喝，不准叫他受委屈，更不准他逃走。”

“报告程老千岁，二路元帅把左车仑逮住了！”

“太好了！”

红旗一路挨着一路报捷，天光破晓，罗通引得胜之兵来到牧羊城。李世民手扒垛口往外看着，心急如焚呢！虽然也吃饱了，有了精神了，就盼着救兵快来，那个心情可想而知！后来尉迟恭用手一指：“陛下看！咱的人来了！”

就见风卷旗号，唐兵像潮水一样，涌到牧羊城下。李世民乐得直拍大腿：“快！开城！”

放下吊桥，开关落锁，两路人马会师。进城后，程咬金头一个见这尉迟恭，两人是搂脖子抱腰啊！程咬金看了看："哟！大老黑你脱相了，大概都饿坏了。"

"是啊！能活着就不错！"

这又见驾。再看李世民，三根脖筋支着脑袋，脑门子上那青筋一根一根，看得清清楚楚。你想，皇上一天只给二两粮，后来减到一两，再以后一两都没了，靠着喝水这么活着，那人好得了吗？体质衰弱了。尽管如此，人逢喜事精神爽，这一会师，精神头都来了，这下粮食源源不断运进城中，吃饭，改善生活。虽然军师发下话去，最好先喝稀的，以后稀的干的慢慢吃，以后再吃干的。尽管三令五申，还有不少人撑死，见着饭了不要命了！

饭解决了，有精神了，程咬金把一件大事跟皇上说了，就是罗通和托罗公主的事。众所周知啊！没人家父女，能打得了胜仗吗？能这么快解围吗？李世民闻听，非常高兴，马上降旨，成全他们的婚姻，重赏他们父女。罗通也没词了，挑良辰择吉日完婚。

抓那么多俘虏呢，唐王李世民吩咐一声："把赤比宝康王、左车仑带上来！"

再看大殿上，密排刀斧手，唐营的兵将列立两厢，雄纠纠气昂昂，是神气十足啊！战胜国嘛！

"带赤比宝康王！带左车仑！"

赤比宝康王被抓十天了，哎呀，简直夜不能寐，见着吃的吃不下去。明明打胜仗，结果打败了，懊恼不及呀！更不知道生死。那全在李世民一句话，说杀就把他杀了。正在这时候，提他过堂，他一下这个心就缩紧了，他在前边，左车仑在后边，来到银安宝殿。他闪目往两旁一看，不由得倒吸了一口冷气！唐朝的人是真精神！而后老老实实往地上一跪，是一语皆无。徐懋功一看，把桌子"啪"一拍："咄！宝康王，你可知罪？大唐跟突厥，本是友好邻邦，和睦相处，就是你呀，从中作梗，无故派兵进犯大唐，你可知道杀了我们多少人？你知道我们受了多大的损失？拿这次来说，我们皇上差一点，命丧牧羊城！宝康王，其罪全在你的身上！今天还有何说吗？左右，把他和左车仑推出去，五马分尸！"

"是！"

刀斧手往上一闯，拖胳膊拽腿，往外就架。这时候李世民站起来了："慢！"

皇上说话了，其他的人退下。李世民转到宝康王和左车仑近前，亲自把绑绳给解开了。赤比宝康王就一愣，心说：这是真的吗？这要干什么？李世民吩咐一声："看座！二位请坐！"

他们就坐下了，李世民拉着宝康王的手："王兄，军师方才所说一点不假，咱是亲密的邻邦，为什么不能和睦相处，非得兵戎相见呢？如果较真了，你是死有余辜！但是朕不打算那么干，我打算把你们释放了。你们的人尽行释放，你的地盘还归你掌管，唐兵一律撤出。不知道王兄你可愿意？”

“真的？”

“君无戏言，千真万确！”

宝康王眼泪淌下来了，人心是肉长的，他非常聪明，“扑通”就跪在李世民脚下，痛哭失声：“陛下，您真能把我给放了，我这条命就是您赐的！从今之后，永修盟好，绝不再进犯大唐。如果有人进犯大唐，我也不答应！”

他不但这么说得，而且表了态，磕破中指，对天盟誓。李世民要的就是这个，其实呢，他跟军师徐懋功一个做柔，一个做刚，演的这一出戏。你不这样，他怎么能就范呢？李世民非常高兴，设宴款待，把抓的俘虏尽行释放，就在牧羊城里盛排筵宴，也不管汉民，也不管突厥国的老百姓，谁不高兴？欢欣鼓舞，这城简直就开了锅了！李世民当时跟赤比宝康王又签署了声明，颁诏三川六国十八寨，让大家都知道怎么回事儿。从现在开始，息兵罢战，永结盟好。宝康王非常感动！率领文武百官，又反过来请李世民，大家饮宴。也就十天左右，李世民一看，差不多了，率领文武，众卿洒泪跟宝康王分别，引得胜之师，返回长安。

# 得容人处且容人
# （代后记）

《大唐惊雷》是恩师作品系列里较为出色的一部，但是这部作品的地位稍微尴尬了点，它属于恩师最脍炙人口的经典作品《隋唐演义》的续集。不过作为《隋唐演义》的续集，《大唐惊雷》表现得却很不错。这部书讲述了唐朝一统天下后玄武门之变、西征突厥等一系列故事，虽然没有《隋唐演义》中四猛十三杰那么星光璀璨，但后起的苏定方，以及瓦岗英雄们的后人，也不可小觑。这部评书，再加上后面的《薛家将》，颇给人一种“长江水后浪推前浪，尘世中新人换旧人”之感。

说起这部书，其中最让听众和读者感慨的，那就是罗成之死。我不止一次听到听众，尤其是女性听众感慨：罗成死得太可惜了！这可恨的苏定方！

这种心态，有点类似于现在很流行的追星族心理：只要是自己喜欢的明星，无论他们做什么，都是对的。别人对其不敬，那肯定总是错的。

罗成的确有副明星相，首先就是长得帅气，连恩师在评书中都不得不感叹：罗成是整部《隋唐演义》中第一大美男子。从武艺上，罗成排在十三杰的第七，在《大唐惊雷》中，由于头六个或死或失踪，所以罗成的武艺更是数一数二。再加上罗成足智多谋，攻杀战守，斗引埋伏，无一不精，所以百战百胜，号称“常胜将军”。在《隋唐演义》中，罗成就以其英俊的面容，满身的武艺，征服了无数的听众，特别是女性听众，积攒了相当的人气。如果罗成活在今日，保守估计，粉丝至少以千万计。

不过，罗成的性格缺陷也很明显，就是太骄傲了！只知有己，不知有人，一个不对他心思，就会翻脸。而且罗成心黑手狠，杀孽很多，几乎从来不知：得容人处且容人。他的这种性格也就直接导致了他和苏定方之间矛盾的激化，最后自己马陷淤泥河，乱箭穿身而亡。

要说罗成和苏定方之间的矛盾，熟悉《隋唐演义》的人肯定清楚，苏定方夜袭北平府，一箭射中北平王罗艺的眼睛，罗艺在取箭时身亡。这绝对可以说是仇深似海，这是评书中最著名的两大仇——杀父之仇，夺妻之恨，这要是在一般人的情况下，结仇一生并不为过。

但大家可以想想，罗成此时的身份为何？征西大将军，按现在的说法，够个